心田

XINTIAN

宫淑琴 著

黑龙江人民出版社

图书在版编目（CIP）数据

心田/宫淑琴著. —哈尔滨：黑龙江人民出版社,2019.1
ISBN 978 – 7 – 207 – 11636 – 9

Ⅰ.①心... Ⅱ.①宫... Ⅲ.①中国文学—当代
文学—作品综合集 Ⅳ.①I217.2

中国版本图书馆 CIP 数据核字（2019）第 019936 号

责任编辑：夏晓平
责任校对：张军燕
封面设计：笑 彦
封面题字：迟培恒

心 田

宫淑琴 著

出版发行 黑龙江人民出版社
　　　　地址 哈尔滨市南岗区宣庆小区 1 号楼（150008）
　　　　网址 www.longpress.com
印　　刷 涞水建良印刷有限公司
开　　本 787×1092　1/16
印　　张 31
字　　数 530 千字
版次印次 2019 年 3 月第 1 版　2021 年 6 月第 2 次印刷
书　　号 ISBN 978 – 7 – 207 – 11636 – 9
定　　价 68.00 元

目　录

散　文

人物篇

心 田

心 田

报 告 文 学

读 书 札 记

随　笔

心 田

心情驿站

心 田

考察 · 游记

诗 津

五言绝句（新韵）

新诗

心 田

附　录

我所认识的宫淑琴同志

温明远

十多年前,在省城哈尔滨市,我有一个朋友圈。朋友们都是从家乡泰来走进省城各行各业人士。有一段时间,大家每每聚在一起,常常谈起一位朋友的名字——宫淑琴。宫淑琴和我们是同一时代的人,也有着"知青"的经历。是从一名普通商业职工,一路走上县妇联主席、副县长、县政协主席等领导岗位。宫淑琴对自己所主管的工作抓得风生水起,政声颇佳,人缘也出奇的好。大家都把她视为可以信赖的朋友。在省城工作的人都为家乡有这样优秀的领导干部而感到欣慰。

我因为在省直监狱系统工作,和地方行政部门没有工作上的交叉和往来,因而也没有机缘和宫淑琴谋面,一时引为遗憾。

2010年秋,省图书馆举办了一个盛况空前的"纪念抗战胜利65周年"的图书展。摆在前面的首册图书,就是宫淑琴主编的《江桥抗战诗词选》,作为家乡人,这让我感到振奋。这时我才知道,宫淑琴还是中华诗词学会会员、黑龙江省诗词协会常务理事,省作家协会会员。于是我有了第一个猜想:县政协主席,作家协会会员,宫淑琴是怎样把二者融为一身的呢?

2012年,因我写过一部长篇小说,成为作家。泰来作家协会决定聘我为名誉主席,同时聘请的还有宫淑琴、田友、迟培恒等人。作协主席李齐军是一位下岗工人,曾向我详细介绍了宫淑琴对作家协会的大力支持、热情指导和积极参与的事迹。言谈中可以看出,作为下岗工人的李齐军,和作为县政协主席宫淑琴之间,没有任何距离感,他们之间是知心朋友,更是情同姐弟。于是,我有了第二个猜想:官和民之间,官淑琴是怎样得到群众的充分信赖,做到心心相印的呢?

2014年夏季的一天,泰来作协请我们几位名誉主席相聚,共同商讨作协工作事宜。已经退休住在齐齐哈尔市的官淑琴也回到泰来,我们终于见面了。官淑琴给人的第一印象是衣着朴素,举止大方,眉宇间透露着真诚和善良。说起作协工作,她侃侃而谈,条分缕析,具体生动,可操作性强。表明了她具有丰富的领导工作经验和深厚的文化底蕴。

通过多次参加活动和面对面地交流,读她博客上的文章,这次又看她几十万字的书稿,让我对官淑琴有了一个深刻全面的印象。评论家们说,文学作品是作者和读者之间的桥梁,通过阅读作家创作的文学作品,读者探寻到了作家的心灵密码。我从官淑琴的作品中,了解了她的成功之路和取得成功的人生宝贵经验。我的两个猜想,也有了答案。

官淑琴出身于一个平民百姓家庭,从一名普通学生、下乡知青、商店售货员,走上了领导岗位。官淑琴是一位女同志,为人女,为人妻,为人母,又成为一个县级的领导干部。官淑琴同志的第一学历仅有初中文化,她却写出大量的诗歌、散文等文学作品,在泰来县她率先成为省作家协会会员。

官淑琴的成长之路,一是刻苦,有勤奋的毅力。她从学生时代起,就养成了天天动笔,天天写日记的好习惯。这个习惯一直坚持到了几十年后的今天。"'把经历变成财富',其实很简单,就是及时用文字记下自己的所思所想,不仅留下了自己成长的足迹,也留下了心路历程和属于那个时代的精神风貌。感悟人生,催人奋进"。"把情愫寄予笔端,记下生命之美,留住对生活的认识和感悟,让平淡的生活更加丰富多彩,让平凡的人生更加灿烂辉煌,让充盈的精神世界更加厚重恢宏(官淑琴2014年1月11日的日记)"!通过天天练笔,她从文通字顺到妙笔生花。练笔,不辍地耕耘,是每一个作家成功的必经之路。过了而立之年,官淑琴又参加了中央广播电视大学中文课程的学习。此刻正值事业、家庭负重的年龄,但她以坚强的毅力,用业余时间完成了学业。通过系统的学习,她的作品也有了升华,由平铺直叙转变为使用各种艺术手法,由通俗易懂转变为有感染力。她退休之后,又开始了律诗的创作,拜他人为师,一词一句,平仄对仗,从头起步,践行着古代圣贤倡导的"活到老,学到老"的精神。官淑琴不但天天写,还天天读。读古今中外各种文学作品,各种书籍。她每天业余之时,徜徉在书海之中。"开卷有益,收获颇丰。读一本好书,就是和一位有水准的人对话,仔细咀嚼那些凝练的文字,字字珠玑,寓意深蕴,不仅学到了高水准的写作技巧,更学到了做人处事的道理。闲花幽草皆有令人仰慕的品质,做人更要知轻重,懂情理,有志向,有追求,有爱心,讲奉献,做一个纯粹的人,高尚的人(官淑琴2012年9月10日的读书笔记)"。读书和写作,使她的眼界逐渐变得高远开阔,思想逐渐变得深邃缜密。在文学创作上充满激情,题材广泛,有了骄人的成绩。这也就是人们常说的"立德、立功、立言,三不朽"吧。勤奋是人们成功的第一法宝。

官淑琴的成功之路,二是有慎独自守,严于解剖自己的精神。鲁迅先生说过,我不但解剖别人,更严于时时刻刻解剖自己。官淑琴时时刻刻严于律己,解剖自己,使自己在政治上日臻成熟,始终和党保持一致,生活上始终保持努力向上、乐观健康的心态,这是十分难能可贵的。在她的文集中,有很多这样自责自砺的片段和文字。在2007年8月30日的随笔中,她这样写道:"好久没有写日志了。工作忙? 是借口;心情不好? 也是借口。是疏懒。""不写,不等于不想写。想写,又不知从何写起。其实,每一天都是新的,都有好多值得记忆的东西,或心情,或感悟,或发泄,都值得一写。记下一瞬间的感受,每个字都是宝贵的。写下自己的心情经历,就是把无形的时间、琐碎的生活保留了下来,这么重要的事情,为什么不去做呢? 是疏懒。""我反思,我自责。时间那么宝贵,我慢待了它。是疏懒作祟,快把它屏弃吧!"她正是有这种"吾日三省"的慎独精神,自我解剖,自我砥砺的精神,才使她能够抵御来自各方面的不良风气的侵蚀,一以贯之的坚守风清气正的做官准则,才使自己真正成为一个有益于人民的人。

官淑琴的成功之路,三是始终把自己置身于群众之中,把自己扎根于人民群众这个肥沃的土地上。官淑琴有密切联系人民群众的自觉,她走向领导岗位时刻不忘记仍然生活在社会底层的朋友们。在她的日志日记、散文随笔中,写了很多她的同学和朋友。她用饱蘸深情的语句,写他(她)们的快乐和幸福,写他(她)们的艰难和痛苦。她待人以诚,积极主动地替她们分忧解愁。当她学会网络交流,开通博客后,又结识了不少网上朋友,通过她们掌握新的信息,学习新的知识,不断地充实自己。密切联系群众,让她从政时如鱼得水,也让她创作的文学作品深受群众的喜爱。

说到官淑琴的文学作品,我特别喜欢她写的现代诗和散文。

她创作的现代诗,清新俊逸,寓意深远。而且押韵,大体整齐,节奏感强,可歌可唱。有的诗继承了古典诗词的传统,长短句并用,读起来起伏跌宕,令人荡气回肠。比如《我心飞翔》:

> 我的心长了翅膀/自由自在的徜徉/云儿与我为伴/风儿托着我飞翔……//云儿在我耳边呢喃/诉说着远方朋友的情谊/风儿与我携手同舞/传递着美好的畅想/我心飞翔/去那魂牵梦绕的地方……

开头和结尾这两段,以丰富的想象力,一下子就攫住了读者的心,让全诗充满激情,影响了读者的情感,给人以美的享受。

又如《我多想》:

> 我多想……/我多想……/多想躺在草地上数天上的星/任凭露珠打湿我的头发和衣裳/与草儿一同迎接初升的朝阳//我多想……/多想思绪随着时光倒转/回味年轻时不羁的畅想/跳动的心永远属于不老的胸膛//我多想……/多想静下心来做自己喜欢的事情/没有任何的禁锢和阻挡/驾驭属于自己的时光//我多想……/多想打开一本书/去咀嚼那文字间的人生百味/与主人公同喜同忧如痴如醉如狂//我多想……/多想敞开心扉直抒胸臆/毫无隐晦地倾诉衷肠/用坚实的脚步去寻觅隽永的诗行//我多想……/多想举杯邀月痛饮琼浆/"起舞弄清影"醉卧牡丹旁/也许梦才是我幸福的天堂。

这是一首表达老骥伏枥,志在千里,壮心不已之情的感叹。作者有理想,有追求,才写出了可叹的内心独白。作者想"时光倒转",让"跳动的心永远属于不老的胸膛"。作者想"做自己喜欢的事情","没有任何禁锢和阻挡","毫无隐晦的倾诉衷肠"。作者想"邀月痛饮琼浆","也许梦才是我幸福的天堂"。这也是诗人作为体制内的领导干部,追求人格高尚,追求思想解放,实现人生理想价值的追问和回答。这首诗没有一定的人生阅历和感悟,是写不出这样的既气势恢宏又隽永瑰丽的诗句的。

　　宫淑琴的散文随笔风格独特,可读性强。她所记叙的人、事、物,不拘一格,篇篇新颖,立意深刻,让人有深刻感悟。随笔的着眼点时大时小,小大由之。大者,让你能聚集着眼点,在小处有所汲取;小者,能放大立意,让你走向更高的思想境界。作者所写题材比较广泛,社会政治、家长里短、大人小孩、婚姻爱情、风物民俗……表明了作者是一个善于观察,善于分析问题的人;表明了作者是一个关心民寞,与社会民众心心相通的人。

　　宫淑琴通过多年的练笔写作,有较强的驾驭语言的能力。她的作品用词生动、鲜活、丰富,让读者有了精美的艺术享受。

　　我们有理由相信,宫淑琴还会写出更多的文学作品,在文坛上绽放异彩!

　　　　　　　　　　　　　　　　　　　　2018 年 6 月 10 日于哈尔滨

放 牧 心 田

——读官淑琴《心田》的感思

李齐军

心田，一个带着清新的词语，似乎流淌着甜美的梦，似乎交织着无尽的爱，有些温馨，有些浪漫，但更多的是一种对生活的向往和心境，也可以是心泉的流淌……

手里捧着厚厚的《心田》的校对稿，不仅没有了文字校对时的紧迫感，反倒有了一种先睹为快的急迫感。

读过了两遍书稿，对作者的认知一下子就从尊重变成了崇敬。可以说，从我2007 年加入县诗词社，认识了时任县政协主席的官淑琴大姐到现在整整 11 年了。这些年，我一个下岗工人，从当时的诗词爱好者到现在的县作家协会主席，始终都是在官大姐的支持和帮助下成长的。这期间虽然也读了不少她写的各类文章，但系统地读这些优美的文字，还是第一次，有了一种震撼的感觉。她，我们县的本土领导，能在现今这么繁冗的事业和俗务中，始终保持着心中这片净土，把一生的文学梦在那里播种，并辛勤耕耘，让梦想开花结果，真的在震撼之中产生了崇拜。

这些文字宛若一条生活的小河流，在作者的心灵里流淌，把她不为人知的另一面很有脉络地向我们展示，这其中有激流，也有浪花，有险滩，也有顺畅。它真实记录了作者工作、生活的足迹。读着它，就是在读一本心灵日记，日记中真实地记录了作者的心路历程，这里有生活中失意时的痛苦，有工作中的顺畅和落寞，有对亲情、友情的感悟，也有得到乡情滋润时的畅快。

作者常说，文字是心灵的写照，文字是抒发情感的载体，文字是沟通心灵的媒介。

我读着官大姐的文章，感受着她的心灵悟语。

也许是得益于她从小打就的文学底子，也许是她天生对文学的悟性，使她的文笔隽永，清新中带着对生活的品味；也许是得益于她从底层小职员到县级领导的一路摔打，也许是她心中那不灭的文学梦，使她的思维活跃，洋洋洒洒中写出了对生活的真爱。面向读者，她在希望的田野里放逐对家乡的爱，在那里用笔墨和行动滋润着这片热土；面向读者，她在心灵深处倾诉对父母的眷恋，在那里用真情洋溢着做女儿、做母亲、做女人的骄傲；面对读者，她用包容和豁达的心态，倾诉了对朋友的真诚和对事业的执着。

心田，是每个人用心耕种的希望；心田，是每个人吟唱泪水和快乐的沃土。官大姐在这里用诗词，用散文的形式，把日月星辰、花鸟树木、风土人情描绘得如同一幅幅美丽的画卷，我们徜徉其中，会感受到鸟语花香，会感受到风光旖旎，会感受到激情似火，也会感受到上善若水。

在她的笔下你会看到泰来县的文化趋脉和她为之添砖加瓦的默默奉献，从书画院的建立到国家诗词县的殊荣，从作家协会的引领到六年来成绩的取得，从对挖掘塔子城辽金文化的建议到为江桥抗战纪念地的奔走呼号，从对"九八抗洪"到泰湖风景区的建设，处处都有她的身影、汗水和心血。字面上，她把这一切都写得从从容容；字面上，她把这一切都写得风轻云淡，但是在我们眼中看到了她那如竹子般的柔韧和虚心。官大姐喜爱竹子，曾经用"文竹""淡文竹雅"作为自己的网名。这么多年她也如同修竹在生活和事业上任凭风雨而初心不改，这就是我们敬佩她的原因之一。

华丽的词句很多，我不想放在官大姐身上，因为她质朴的性情不允许我们；高大上的吹捧，我更不敢铺垫，因为官大姐的处世风格不允许我们。所以在这篇文章最后，我想用一首《柳梢青》祝贺官大姐的《心田》付梓出版。

柳梢青·贺宫大姐《心田》付梓

鸣玉瑶琴，问心寄梦，池墨云天。

笔下丹青，家山絮语，多少情缘。

虚怀韧骨诗篇。铸就了、从容不凡。

宛若兰馨，清清雅雅，灯火阑珊。

2018 年 6 月 10 日于泰来县

散 文

人物篇

温明远老师印象

前几日回家乡,正巧温明远老师也回县里。县作协的朋友告诉了这个消息,我很高兴!

虽说我与温老师是老乡,却从未谋面。还是去年县作协转赠我两本温老师的小说,并介绍其如何关注家乡作协工作的事情,才对温明远老师有了初步的了解。我很是崇敬这位泰来籍的作家,也期盼着有机会相识。

泰来县,早在 20 世纪 60 年代,就有"书画之乡"的美誉,我也曾与家乡在全国各地的知名画家见过面,却不知道家乡还出了作家,所以很兴奋。

2014 年 7 月 20 日晚,县作协的朋友们宴请温老师,我有幸参加。第一眼看到温老师,给我的印象是:温文尔雅,宽厚笃诚。大家互相问候之后,便落座聚餐。温老师侃侃而谈,话题围绕作协工作,提了很多建议,尤其是给大家提供了文学创作方面的新信息。说起县里作协工作的前景,温老师便兴奋不已,极力鼓励大家一定要把作协工作做得更好,把文学创作队伍发展壮大,不断出新成果。席间,温老师赠送给每人一本他在 2009 年出版的散文集《足音》。

我读过温老师的小说《三家孩子一个妈》,用最朴实的文字描写了家乡农村发生的故事。用动人的爱情、感人的亲情和友情,塑造了一个淳朴、宽厚、伟大母亲的形象。通过一些生活中最细小的情节和生动的地方语言,展示了黑龙江西部人们恢宏的生活画面,反映了那个年代独有的特征,读起来特别的亲近实在。那就是发生在我们身边的故事,就是邻家大妈坎坷命运的写照。《哈尔滨圣·尼古拉教堂大钟谜案》这部小说是温老师根据自己多年工作的积累,查阅了大量史料和文献,写出了引人入胜的谜案故事。

散文集《足音》是温老师的心路历程。运用朴实的文字记载了从童年到壮年经历的故事。对父亲的崇拜,对母亲的赞颂,对儿时懵懂趣事的回味,对同学、朋友的情谊,对自己成长中使用过的物品都充满依恋之情。读着、读着,会忍不住

笑出声来。每篇文章给人的感觉都是坦诚、自然。

我喜欢这两部小说，更喜欢这部散文集。小说借鉴生活原型塑造了一些活生生的人物形象，讲述了引人入胜，催人泪下的感人故事。而散文集写的是作者自己的经历和心声，实实在在，打动人心。读者会沿着作者的思路从 20 世纪 40 年代末一步一步地走到 2008 年。纵观了半个多世纪以来作者的经历和时代的发展过程。一个人的足迹，就是一个时代的足迹。通过那些细小的事情，感受到了属于那个时代的人文史话。

一个人能用心去描绘自己的生活，成为一名作家，首先，他是一个热爱生活的人。温老师是一个地地道道的农村孩子，1949 年出生在泰来县和平镇宝清村王兆凤屯。从小放过猪，尤其在三年困难时期，吃大食堂，吃野菜，没钱买书等等，这些艰辛的日子，并没有让喜欢读书的温老师放弃求学，执着地以自己优异的成绩考入当时的第三中学（平洋中学），继而考入克山萌芽学校，成为一名教师，后来恢复高考，又考入大学，圆了上大学的梦。

同时他是一个喜欢学习的人。从小酷爱文学，喜欢读书。尽自己所能读书、买书，嗜书如命。甚至把给爱人买围巾的钱，给儿子买衣服和饼干的钱全都用去买书。直至自己家的床下、案头全是书籍。他利用一切可以利用的时间读书，在夜深人静时读书直至天明，是他最大的享受。"机会总是给有准备的人"。温老师一步一步从基层走向省城工作，并成为一名领导干部，参与国家级专业词典的编撰、高校教材讲义和有关专业理论书籍的编写。这与他勤于学习、勤于思考是分不开的。

最关键的是他是一个知恩图报，懂得感恩的人。他不忘父母养育之恩，老师教育之恩，朋友相助之力，不忘对家乡的回馈。最令人感动的是，他这次回乡专程看望年近 86 岁的霍忠老师，并要为老师多年受奖的书法作品结集成书，他负责一切费用。同时还约请县作协为霍忠老师筹资编辑印制《千字文》，对于家乡作协工作也给予极大的关注和支持。

他是一个充满激情的人。温老师已经退休多年，依然热心于读书、买书、创作。对于喜欢文学创作的同仁给予支持和鼓励。他在齐齐哈尔专门招待县作协的顾问、名誉主席和霍忠老师。席间，热情洋溢地谈自己的设想和计划，鼓励我们多写作，多出书，带动文学爱好者，不断提高创作水平，写出更多的高质量的乡土文学作品，为泰来县的文学创作做出实实在在的贡献。

这次与温老师相识是一件幸事。得到面对面的指点，学到好多东西，不仅开阔了眼界，长了见识，更多的是受到了一种积极向上精神的鼓舞和激励。可以说,温老师是我们家乡文学爱好者的一面旗帜和榜样,在他的熏染带动下,相信在不久的将来,泰来县的文学创作必然会进入一个新阶段,花团锦簇,硕果累累。为文化之乡写下厚重的一笔,留下最美的篇章。

2014 年 7 月 25 日

又见刘春华老师

迎着初秋的朝阳,沐浴凉爽的清风,愉快地返回家乡。

回到泰来的第二天,便接到赵宏君的电话,问我在哪里呢,我说回县里了。他高兴地说,太好了,正巧我们的老乡,原北京画院院长刘春华老师回来了,他是县里专门请回来研究举办同乡画展的,约我参加聚会。听到这个消息,特别高兴! 真是巧遇啊,怎么就这么巧呢!

刘春华老师有十多年没回县里了,这次我们能相聚真是难得的机遇。

说起认识刘老师,这话得从 1995 年 7 月说起。那时我在县政府工作,第一次与刘老师见面,是他回家乡与县里亲人团聚,应邀参加县政府的宴请。当时我们都很仰视他,他是名人,是国内外知名的画家啊! 尤其是《毛主席去安源》那幅油画,让他红遍全国,也让他受尽磨难。刘春华是土生土长的泰来人,他考入中央美术学院,成为知名画家,是家乡的骄傲。

第一次和刘老师近距离接触是在 2001 年的 9 月份,因为县政协举办大型画展同时祝贺泰来书画院成立,邀请国内泰来籍知名画家赠画,请刘老师赠画的任务由我负责。我们在电话里联系,刘老师特别客气,特别热情,尤其对家乡画展全力支持。当时他身兼多职,应酬很多,却很爽快地答应了我的请求。在画展前三天,我们收到了刘老师寄来的画,《柿柿如玉图》。橘黄色的柿子挂满枝头,还有小鸟飞来,栩栩如生。上面题字:贺泰来书画院成立。我们如获至宝,请专人保管。刘老师的鼎力相助,让这次画展特别成功,激发了书画爱好者的创作热情,为泰来县书画事业的发展起到了一个助推的作用。2002 年,刘老师又回家乡,他送我一幅字:水净沙明。从那年开始,刘老师的画后边署名写的是:泰来春华。可见他对家乡的挚爱。

最难忘的一次与刘老师见面是 2003 年 10 月。正值县里组织去北京等地考察,为了促进书画院的进一步发展,我利用去北京的机会,约书画院的同事们一起去见刘老师,请他给予面对面的指导。刘老师很爽快地答应了我们的请求,按

照他给的居住地址，我们来到了他的家，非常不巧的是，刘老师唯独的爱女刚刚因病去世。刘老师从悲痛中转过神来，高兴地接待我们。原准备请他到一个大饭店吃饭，他却不答应，只好在他家附近找了一家餐馆，点的都是清淡的家常菜，喝的是北京二锅头。他滔滔不绝地给我们讲述如何发展书画事业的途径和方法，那么和蔼可亲，那么真诚谦和，就像一位老大哥在给我们指点迷津，又像一位兄长在讲述自己的故事一样，让我们心中充满了希望和激情。从那次回来之后，我们相继到昌图、铁岭、富裕县等地参观学习，走出去，请进来，举办笔会，互相交流，开阔眼界。使县书画院在原有水墨画的基础上，涌现了一批工笔画的原创作品，并且参加了省展和国展，得到了相应的奖励。

2005 年 10 月，县里出版泰来书画集《泰州风》，刘老师不仅积极参与设计，赠画，还自己出钱买机票，到哈尔滨参加首发式。

我怀着激动的心情来到泰湖国家湿地公园接待中心，只见刘老师依然是精神矍铄，笑意盈盈，和蔼可亲。这次他不但参观县内的四种文化基地，与亲属相会，还专门邀请老同学、老师、老朋友一起团聚，我算是刘老师的老朋友了，甚是荣幸。刘老师依然是滔滔不绝地向我们倾诉自己多年来在书画界创业的经历，倾情回忆儿时、青年时在家乡的生活点滴。谈吐间，让我们深深感到了刘老师是一个耿直、倔强、刚直不阿的人。在纷繁复杂的社会关系中，保持一个画家的清醒头脑，不被任何诱惑所左右。前几年他得了一场病，借养病的机会，退掉一切应酬，安心养病，潜心研究自己最喜爱的书画事业。难得回乡，便约请早年的老师和同学见面，他的同学都 70 多岁了，老师 80 多岁了，能坐在一起话师生情，真是太难得了。当韩秀义老师拿出自己画的《泰来旧事》的系列小画时，刘老师特别感动，立即向陪同的县领导提出请求，印制成书，作为一种史料收藏。韩老师感动不已。

我由衷地敬佩刘老师对家乡故土的眷恋，对亲情、友情的珍爱。刘老师是家乡书画界的旗帜，是挚爱家乡的赤子，是倾其所有智慧为家乡文化繁荣而无私付出的大家。

这次聚会收获颇丰。我不仅得到了刘老师近十年来的两本画册和一些报刊的画评，更进一步领略了刘老师的人格魅力。作为一个画家，作为一位名人，不仅仅是画功如何高超，名望如何居上，而是作画先做人。他温文尔雅，谦恭随和，感恩乡土，感恩师长，感恩社会，感恩亲人和朋友。不摆架子，不居高临下，不忘滴水之恩。正是这种高尚的情操才使刘老师的画充满生活情趣，绽放智慧的灵光。

2014 年 8 月 17

志在远方　心系家乡

认识远方老师，是在微信里，是县作协的文友介绍给我的。

远方：原名丛振谦，1963年2月生于黑龙江省泰来县汤池乡。作家、编剧、画家。北京远方热点文化传媒公司董事长，热点书画院理事长，中国热点文学丛书主编，《作家报》艺术总监。

我加了远方老师的微信，却从来没有私聊过。只是通过微信朋友圈和微信群，读到了远方老师的作品。

最先读到的是远方老师为家乡写的歌词《泰来，我可爱的家乡》，歌词中写道："梦中走进了白雪覆盖的土坯房，梦中睡在了麦秸烧热的火炕上，那小米饭酸菜汤的日子去远了吗，还有那大葱蘸大酱的苦乐时光。"后来便听到了由歌奴作曲，小琢演唱的旋律优美的歌曲。这首歌唱响泰来大街小巷，唱响了齐齐哈尔广场舞比赛的赛场。紧接着远方又创作了《心中的汤池》《绿洲之恋》《云桥之歌》等歌词，并很快传唱于泰来大地。最近又创作了《恋歌，唱给黑龙江》。

远方老师不仅歌词写得好，诗歌也写得特别有情调，字里行间充盈着浓浓的情感，读着，就会进入一种被浓郁情愫包裹的境界里。他在《远方不远》中写道："也许到了七八十岁，我才知道漫长而无声的情最能温暖天地；也许到了墓地的边际，我才发现最深的爱是在平淡中化作永恒。""远方不远，像初夏一天天越走越近的太阳，点燃了我火热的感情；远方不远，像盛夏一次次越飞越远的蜜蜂，牵动着我甜蜜的心声。"

写散文也是用最真挚的情感描绘优美的情思。早在1986年，远方的散文《乡村烟雨图》被《散文选刊》以"新星"推出。2015年，他的《生命倒计时》和小说《王老奶奶的宝物》被收入中学生《阅读林》。最近，他在微信朋友圈先后发表了好多怀念儿时的小散文，非常细腻感人。

今年以来远方老师多次回家乡泰来县，深入农村体验生活，并与作协、诗协的朋友们亲密接触，现在正在编写以反映精准扶贫为主要内容的四十集电视连续剧《沸腾》，我有幸与远方老师见了面。

2017年8月19日，应泰来县作协之约，回到家乡参加接待远方的系列活动。早饭后，县作协名誉主席田友陪我去泰湖大酒店，与远方见面。因为早已在微信群里见过远方的照片,所以并不觉得生疏。只见他中等身材,穿着浅白色格子半袖衫,戴着眼镜,儒雅大方,说话慢条斯理。简单叙谈几句便乘车去胜利乡参加座谈会。

正巧我和远方乘坐一台车,他笑着问我:"你是专门回泰来见我的啊?"我回答:"是的,很早就想见见你呢!"他话语不多,谈的都是对过去的回忆。他说,自己从小就喜欢画画、写作。开始写诗歌,写完就投稿,不管是否采纳,他都坚持写作,而且相信自己将来一定能有作品结集出版。他还讲了自己小时候上学时的趣事,逗得我们开心一笑。远方还谈到了自己是如何学会画画的。他自幼喜欢画画,并没有专门学习过,后来他专攻画鹰,画得很有造诣,自成门派,成为一个很有名气的画家。

在胜利乡的座谈会上,远方不多讲话,而是认真地、仔细地聆听。他特别喜欢听村党支部书记讲扶贫工作中遇到的具体事件,尤其是贫困户家里的故事,是他最为关注的。

结束活动回县里的路上,远方谈到了他的画,说要送给作协几幅画,其中有我一份,听到后特别惊喜。我说:"送我的画先放田友那里。"因为我要乘火车赶回市里。车到了酒店,远方说:"上楼取画吧。"我怕影响他休息,就说:"交给田友就行。"他说:"还得拍照呢。"哦!远方这么看重这件事情啊!我们便随着远方来到住地。只见他打开一个拉杆箱,里面竟然是折叠得整整齐齐的画!他小心翼翼地取出来,用双手轻轻地打开折叠得方方正正的画,翻过一张,仔细看看,又翻过一张,又仔细看看,然后取出一张,送给我的,并让田友给拍照。我用手提着画的一角,远方提着另一边,展开的画面是一只展翅的雄鹰。他风趣地说:"我是属兔的却专门画鹰,你也是属兔的,你收藏就行了。"我笑着说:"我不怕鹰。"我轻轻把画卷好,与远方道别。

文学创作是一桩辛苦的事情,只有不畏辛劳的人,才能达到艺术的高峰。远方既搞文学创作,又进行美术创作。他写文字累了,就起身拿起画笔,挥毫泼墨,一只只凌空展翅的雄鹰便跃然纸上。我猜想,那一刻,必定是抒发情怀的洒脱和淋漓尽致。文学与美术,相辅相成,互相渗透,互相熏染。读着远方的文字,眼前总会呈现出一幅美丽清新的画卷,那山、那水、那花、那草木都是充满灵性的;欣赏远方的画作,你会透过浓淡相宜的笔墨体味到振翅欲飞的那种豪爽和笃诚,那是执着、向上与坚韧的精神所在。

接触远方老师的时间并不长,给我的印象却十分深刻。他一个文化名人,有自己的公司,有成名的文学作品和画作,又是电视剧的编剧,却那么谦虚,平易近人,没有架子,没有名人的做作和居高临下。他就是邻家的小兄弟,谦恭,温和,还透着文人少有的朴实和纯真。

远方,一个出生在乡村的苦孩子,一步一步成长起来,凭着对文学艺术的酷爱,执着地追求,他走出乡村,走向了远方,在京城成就了自己的梦想。如今,年过半百,依然心系家乡,情系乡亲。在泰来县调研、采风的日子里,他联系同学,联系文化界的老朋友,结识各界的新朋友,以自己的热情和智慧为家乡创作了优美动听的歌曲,给小小的泰来县带来了无限生机。他酷爱家乡,倾情家乡,歌颂家乡,是家乡人的知心朋友。

志在远方,心系家乡。远方在谈写作中,说到了文学与故乡:"到底层的人群中去,这句话似乎是给写作者作为深入生活的一个提醒或启示。实际上,深入底层后有大多数作者常常回忆起曾经的生活和故乡。故乡是泥土,是庄稼。是作者生长成长的摇篮。故乡的炊烟、故乡的老房、故乡的炉火、故乡的老人、故乡的小叶草,会时常深入你的梦。包括故乡的童年。许多作者正是带着故乡的情结写下了最初的文字。"

远方写的《泰来,我可爱的家乡》的歌词是最能表达他对家乡的一片深情。

梦中回到了仙鹤起落的芦苇荡
梦中拾起了玛瑙滩的五彩嫩江
那幅炊烟升腾的暮归图去远了吗
还有月光下泰湖边的蛙鸣虫唱
梦中看见了塔子城的辽金城墙
梦中听见了江桥抗战的第一枪
那些充满传奇的老故事去远了吗
还有那篱笆院葵花朵朵的村庄
我的家乡哟沃野平畴鱼米飘香
我的家乡哟天蓝水清遍地牛羊
那达斡尔族姑娘的歌声去远了吗
还有那白云下雄鹰翱翔的翅膀
啊,泰来,我青春立志的地方
啊,泰来,我可亲可爱的家乡
啊,泰来,我心愿起飞的地方

啊,泰来,我可亲可爱的家乡

　　听着优美的歌声,我心里忽然明白了一个道理:远方之所以成功,是故乡的水土哺育了他,是家乡的山水、草木、人群给了他灵感。他源于对家乡的挚爱,才能创造出那么多脍炙人口的诗歌、散文、小说、剧本等文学作品,画出凌空展翅的雄鹰。那是他的梦,那是他心灵的寄托! 乡情是远方创作文艺作品取之不尽的智慧源泉。

2017 年 8 月 27 日

不老的青春

　　阳春三月,艳阳高照,春风送暖。在这个充满希望与期盼的时节,有幸参加我的恩师杨秀文主任(当年县妇联主席称主任)的 80 大寿庆典。

　　2016 年 3 月 29 日,农历二月二十一日,我准时赴约,来到泰来县唯一的一家四星级酒店——泰湖国际大酒店。在一个中型餐厅里早已聚集了参加杨主任 80 寿辰的亲属和朋友。只见老人家身着浅灰色薄呢子半大衣,内穿大红色的中式羊绒衫,满面春风地迎过来。她让一位姐姐送给我一个红色的手提袋,里面装着一个酒红色的背带皮包,一条高档丝巾,是送给我的礼物! 这老太太就是这样爽快,没等我送上祝寿的红包,却先得到了老人家的礼物。她笑着说:"女士每人一份,让你们沾沾喜气。"就是这么自信!

　　大家落座,寿宴即将开始,杨主任对我说:"今天请来了记者和摄影师,一会儿你讲两句。"嗬! 还有任务呢! 我欣然接受。参加宴会的有杨主任的亲属和三个女儿、女婿、外孙女,寿宴是外孙子出资举办的。参加寿宴的还有杨主任退休后牵头组织的"强支队、快乐团"的姐妹们,这些姐妹都是退休的女干部。

　　寿宴安排得很隆重,年轻的主持人诙谐浪漫的主持让人们发出阵阵欢笑。我和侯士荣分别代表老妇联和快乐团祝词。人们纷纷敬酒,杨主任举起盛满白酒的杯子,开心地与大家同饮。快乐团的姐妹们唱起了祝寿歌,杨主任起身给她们打拍子,一起放声歌唱。我望着她的背影,由衷的赞叹:这哪里是 80 岁的人啊! 分明是一快乐青年!

　　说起和杨主任相识,还是 20 世纪 70 年代中期。那是 1976 年的年末,我刚刚调到县第二百货商店任副主任不久，正值党的路线教育开始。杨主任当时担任进驻商业路线教育工作队的副队长，分管专案工作。二百商店有一个贪占货款的案子，也是商业系统的大案。为了便于对案件的查处，专案组提出商店派一名懂业务的领导参加专案组，这样我就被商店主任派到百货公司专案组，帮助查票据，写分析，写工作总结和经验材料。当时我对杨主任是特别敬仰，觉得她非常了不起，敢说敢为，工作雷厉风行，干脆利落。大约一年时间路线教育结束了，我又回到商店工作。

1979年秋季，当年驻百货公司专案组的副组长县法院王文发庭长（这次有幸见到老人家，今年已经85岁了，是杨主任的老同事）来到商店认真地对我说，最近县法院增编，在各系统选书记员，他已经把我推荐给法院院长了。还说我特别适合这个岗位。我听到后特别高兴，一想到穿上法官服该有多精神啊！可是不久，我接到商业局政工组的通知，通知我被调到县妇联工作，我有些不情愿，后来才知道是杨主任选我去的。就这样我于1979年10月调入县妇联工作，开始了我人生新的转折，也开始了我的从政生涯。

当年的县妇联正处于"文革"后期的恢复整建时期，组织建设不齐不利，人员短缺。县委选派杨秀文到县妇联任主任，由她一手组建县妇联的班子和队伍，尽快打开工作局面，任务很重。她首先选人，把县妇联的编制配齐，然后配合各乡镇党委配齐乡镇妇联干部，紧接着把各村妇代会组织建立起来，从基层抓起，把全县妇女工作全面开展起来。我们工作重点在乡镇和村屯，下乡开展工作是常事。我根本没做过群众工作，也没有下乡开展工作的经历，一切从头做起。好在有杨主任给我们做出榜样，为我们撑腰，下去开展工作也很顺利，从中学到了好多基本知识和工作经验。当时妇女工作不被重视，杨主任下乡专门找党委书记，她一个乡镇一个乡镇的走，一个书记一个书记的谈，以自信、自强、雷厉风行的工作精神赢得了各乡镇党委的重视和支持，在党群工作中取得了重要位置。跟她一起下乡，开眼界，长见识。杨主任求真务实的工作态度得到各乡镇党委的认可，各项工作很快得到落实。几年时间县妇联工作不仅打开局面，而且成为省、市妇联工作的先进单位。

在做好工作的同时，杨主任还特别注重培养女干部。支持我们机关的三位同志参加电大学习。同时向县里推荐女干部，我和王兆兰、朱秀珍等先后提拔为副科级干部。在1987年换届时，杨主任推举我接她的班，成为县妇联主任。在关心妇联机关女干部成长的同时还积极推荐乡镇妇联干部，当时的乡镇妇联干部大部分提拔为乡镇的副乡镇长、纪检书记等职务。

妇联工作真正发挥了党和政府联系妇女群众的桥梁和纽带作用,是妇女的娘家人。妇联工作有了成绩,有了地位,得到了社会的认可,为以后的妇联工作奠定了一个良好的、坚实的基础。

平时工作中有张有弛,闲下来杨主任给我们讲一些过去的事情,我们听得入迷。从她的讲述中,学到好多东西。她很会生活,每年都要做几件新衣服。最值得一提的是在妇联经费紧缺的情况下,她想方设法为我们搞福利。过年过节的,请我们到她家里吃饭。谁家有了困难,她鼎力相助。动员自己的人脉为家庭困难的干部安排住房,帮助单身大龄女干部调动工作。以一颗热心关心身边的人,关心女干部的成长,理解她们的苦衷,实心实意帮助解决实际困难。后来,她调到县工会、县卫生局担任主要领导,依然是热心工作,关心下属。

退休之后,她身边聚集了好多女干部,这些人都是以感恩之心,关心她,回报她。杨主任更加焕发了青春活力,她们以快乐为中心,经常聚会,"三八"节、"五一"劳动节、端午节、中秋节,即使"六一"儿童节,快乐团的姐妹们也要聚集到一起唱歌,唱儿童歌曲,从中享受生活的乐趣。如果有去外地的姐妹回来也要聚上一番,往往都是杨主任先做东,宴请姐妹们。

杨主任是个时尚老太,她的网名叫潇洒老太。她与时俱进,玩电脑、上微信样样都会。她还是个爱美的老太,衣着讲究,紧跟服饰新潮,不落伍。她还是心灵手巧的老太,闲下来,她找出一些布头给大家做各种颜色的拖鞋,全是纯棉布的,穿上特别舒服,我现在穿的拖鞋还是杨主任亲手做的呢。

她爱生活、爱亲人、爱朋友,身边总是聚集着好多的人。她说,自己的晚年很幸福,不孤单。这是她多年积累的人脉和亲情,是自己播种的爱心和真诚,是自己的魅力使然。

80岁,她依然腰板挺拔,依然步履轻盈,依然谈笑风生,依然小酌不醉,依然不让须眉,依然健壮美丽! 乐观、豁达、热情、豪放,这就是80岁杨主任的魅力!

认识杨主任已经40个年头了,我从她身上学到了好多东西,学会开展群众工作,学会处理棘手问题,学会关心下属,学会帮助他人,学会坚持正义,学会自尊、自重、自立、自强,学会包容和宽容,学会热爱生活,学会乐观与豁达。在一起工作时,杨主任是我们的主心骨,现在是我们生活的榜样!

40年过去了,我从一个商店的基层干部一步一步成长起来,杨主任是我的恩师,是我的榜样,是我心中的女神。

祝愿杨主任健康、快乐、美丽、幸福!

赋诗一首,赠予恩师。

贺杨秀文恩师八十寿辰

阳春三月绽芬芳，亲友相逢话语长。

昔日杨门出将女，昨时执印显铿锵。

平生刚烈明心智，一世清廉魅力强。

时尚慧聪堪美丽，耄耋之岁寿福康。

2016 年 4 月 2 日

络　　络

一

络络的实名叫刘欣华，因为网名叫经络，我便称她为络络。

2007 年"五一"休假期间，我的腰部突然疼得厉害，起、坐、卧都受限制。上班了工作特别忙，坚持了有两周，实在坚持不住了，就去医院检查，原来得了腰椎间盘突出。医生说，只有一个办法，按摩。我一听，心里就打怵，实在是害怕又抻，又踩的。

县政协办公室主任王富介绍我去经络养生做按摩，因为他突然扭腰，到这里来治，只扎了一针就好了。他还特意强调说是一位女大夫。我抱着试试看的态度来到了经络养生。

在县中心广场的东南角，新开发的公寓楼下，有一个十分别致的牌匾，上面写着"经络养生"四个大字，下面还有一行小字，写的是保健的项目和联系电话，竟然还有 QQ 号码，我觉得很新奇。

一进到屋里，整洁、素雅的空间给人以温馨的感觉。我看见一个女孩正和一位客人讲话，便搜寻按摩大夫在哪里。这时王主任把那个女孩介绍给我："这就是刘欣华大夫"！只见女孩转过身来，微笑着望着我，样子很可爱，有几分羞涩，还有几分稚气，好看的眼睛忽闪着，很有灵气；红衣蓝裙高筒靴，衣着入时得体，落落大方，整个人散发着不可抗拒的青春气息。真出乎我的意料，没想到她这么年轻，这么精致，活脱脱一个未出校门的大学生模样！

或许是初次见面，也许是年龄的差距，她有点拘谨，轻声地问我病情。看过 CT 报告单，便十分干脆地说，你这个病是劳损造成的，一周可以缓解，三周可以明显见效,如果您时间允许,四周可以解除疼痛。哦!这么简单吗?我腰疼是老毛病了,最近只不过是加重了,四周就可以不疼了?我心里有些怀疑。她让我俯卧在床上,用手轻轻地按摩椎骨和周围的肌肉,一边按摩一边给我讲有关经络方面的知识。我听着很新鲜,也很信服。

我每天坚持去按摩,确实如络络所说,腰疼明显减轻了,我们也逐渐地熟悉了。边按摩边聊天,因为她的手法适中,我感觉特别的舒服,没有人们传说的那种痛苦感。一天,我们不经意地聊起了上网、论坛和写作,越聊越投机。原来她也喜欢网络,喜欢写作,我听了非常高兴,便互相记下了QQ号码。

28天的时间很快就过去了,好像一瞬间,我的腰疼病也好了,我们成为朋友。和她相处,我也觉得自己年轻了好多。由于我的工作繁忙,没有机会常去她那里交谈,网络成了我们交往的最好通道。偶尔互相的问候,闲下来在QQ里聊聊,或者到论坛、博客里交流,很开心!多了一位青年朋友,就多了一份好心情,我的生活就多了一分青春的气息。我们从经络到网络,互相欣赏,互相学习,互相切磋,成了忘年交的朋友。认识了络络,是我生活中的一件幸事。

刚刚开始读她的文字,就被吸引住了。她文思敏捷,文风大度,文字凝练。读她的文章,给人一种气宇轩昂之感,很容易想到此文出自一个洒脱的男人之手。引经据典,博古通今,字里行间凸显着旺盛的生命力和叱咤风云的豪气!尤其是凝练的文字功夫让我折服。她小小年纪,很自然地将学到的知识融会贯通,对生活的感悟深刻,敢于仗义执言,是个敢爱敢恨的人,是个敢于拼搏的人,是一个刚柔相济的人。

她有一篇文章我特别喜欢,题目是"喝酒的男儿别样风流",写道:"诗人与酒一结合酿出的便是流芳千古的经典,将军与酒一结合造就的就是日月沉浮、藏龙卧虎的时代。""饮酒的男儿是雄浑豪迈的,是热血澎湃的、是风骨硬朗的、是飘逸舒野的,是潇洒不羁的。""真正男儿饮酒,醉而不沉,醒而微醺,七分化成月光,剩下的三分啸成剑气,绣口一吐就是半个盛唐。所以呀,饮酒的男儿别样风流。"她的词填的也很美,以泰来的泰湖景色述说自己内心的情愫:《八声甘州·早春游泰湖》:"经三十载青葱岁月,豪情冲衣冠。揽东湖春色,兼葭灵气,花籽微言。浮沉世情冷暖,冰雪满心间。碧水滔滔去,柳瘦年年?此生本多寂寞,却轻拈文字,巧弄琴弦。对滕王暮雨,无计梦中看。望南山菊花尚好,更几回垂泪向幽兰!终无悔,一怀心绪,独立栏杆。"

为了纪念江桥抗战80周年,泰来县电视台拍摄了一部电视片,由她来撰稿,那精致的文字随着片中的情节,时而高亢时而舒缓,时而激情昂扬时而诗情画意,把江桥镇80年来的历史发展、壮大以及人文、地理、民俗描写得淋漓尽致,激情澎湃。

文学是她的业余爱好。对于经络养生保健,如醉如痴,各种按摩、针灸的书籍堆满案头;她善待每一位顾客,用自己的双手,给人们祛除病痛;她是一个有韵味的人,用自己特有的笔触叙说对生活和爱情的感悟,警醒着人们。和络络的交往,让我看到了新世纪年轻人的新风范。新的一代人,生活在新的时代里,如鱼得水般的展示自己的才华,他们是时代的主角,是时代的创造者,在创造中享受着新时代的灿烂阳光。络络就是我心目中的阳光女孩!

二

络络很虚心,经常向我请教一些问题,不论是生活中的琐事还是工作中的困难,她都特别虚心地问这问那。我对于她提出的一些问题,仔细认真地作答,或者给她提点建设性的意见和建议,她都非常认真地去做,从中得到不少的收获。这样一来,我们之间没有代沟,沟通起来特别的顺畅。我很高兴她小小年纪这么愿意听我这个长者的话,很难得。

络络多次约我回去时,给她点儿机会,我们在一起吃烤肉、喝啤酒,说说心里话。每每有这样的机会,我们都特别的珍惜。她从我这里学到生活的经验,我从她那里获得新思想、新思维,也受到青春气息的熏染,自己也觉得年轻了好多。我们两个可以说是互惠互利,相得益彰。

我们之间的交往,牵动了两个家庭的交往。聚会由我们两个人发展到两个家庭。聚会的内容更丰富了,也更和谐融洽。她们小两口把我们当作她们的亲人对待,每逢过年过节,就看望我们。听说我们回县城,就要安排聚餐。每次回去,都是一次开心的聚会。络络抢着喝酒,就想看看喝醉什么感觉。其实我知道她就是太开心了,想借酒抒发感情。

一年的腊月里,我接到了络络的电话,约我们去她乡下的婆婆家吃杀猪菜。我说,刚刚在朋友家吃过了,不去了。她说,不行,不是一个味啊!我忍不住笑着说,那是什么味啊?这时络络的爱人苗占海抢过电话,特别诚恳地邀请我们,盛情难却,只好答应了。络络夫妇还约了我原来单位的几位好友一同前往。沿着村村通公路,来到一个小屯子,络络婆婆家住在最后一趟房。宽大的园子里是育水稻秧苗的大棚,钢筋焊成的大棚架子,占了整个园子。宽敞明亮的大瓦房,后院一排杨树林,是自己种的树,树林往北全是稻田地了。坐在热炕上,边喝着红茶,边吃葵花籽,边闲聊着。我是第一次认识络络的公婆,都是满面红光,身体特别的好。屋子里干净利落，一看就是很会过日子的人家。不一会儿，酒菜就摆上桌，一样的杀猪菜，做得很精致，确实不一样。我笑着说，络络说得不错，一家的猪肉一个味道啊！我们赞赏大哥大嫂的精明，养育了优秀的儿子，又娶了一个才华横溢的儿媳；我们边吃着边赞叹菜做得好，老两口乐得合不拢嘴。老大哥是个很讲究分寸的人，他十分得体的和我们喝酒，在我们谈笑的空隙时间，及时敬酒，让我们感到很亲切。老大嫂是老做派，怎么也不上桌吃饭，就在旁边看我们吃。不时地加菜，和我们说话，在一片赞叹中，她特别的开心。看她的神情，就像在欣赏自己制作的工艺品一样，为自己的手艺得到赞赏而非常的满足。我从内心敬佩这老两口，那么朴实，睿智，勤劳，节俭。一个普普通通的农民，在农村生活了大半辈子，养育了特别优秀的儿子（络络的爱人原来在乡镇工作，凭自己的能力考入县直机关，仅两年时间就提拔为副科级干部），日子过得很滋润。更羡慕他们平淡、充实的生活。

络络的"经络养生"越办越好了，经过 10 年的苦心经营，规模逐步扩大，养生项目也不断增加。由原来租用的小门市发展到自己购买了二层楼房；服务项目由原来的按摩、疏通经络发展到专用品牌养生、调理、美容、妇科保健等。原来只她一人经营的小店现在发展到有六名员工的养生会馆。

这 10 年，络络积累了丰厚的养生经验，也成为我的义务保健医，每逢我遇到身体有问题，便向她咨询，每次都给我一个满意的结果。那一年，我颈椎病与肩周炎同时发作，疼痛难忍，彻夜难眠，十分痛苦。回到县里我就去找络络，她用一种新方法，给我敷药、拔血罐，我心里挺害怕的，效果还是很明显。

还有一次，我突然头晕，心跳加快，到医院检查是心脏供血不好，这已经是老毛病了。只是右侧肋骨疼痛，不知啥原因。我回到县里，向络络诉说看病的过程，她什么也没说，用手掠起我的上衣，看看我的前胸和腹部，说道："姨，你是肝胆湿热。"我问："你怎么知道的？"她说："看，你身上有红色的小疙瘩，这就是症状，肋骨疼，是肝经不通畅，我给你按摩一下，通通经络就好了。"她这样一说，我心里一下子就轻松了，疼痛似乎好了一半，再经过她的按摩手法，感觉舒服好多。

这 10 年，络络经历了不少的困难和迷茫，曾一度有不想做下去的想法。贷款买楼是她最大的压力，每月还贷，迫使她必须努力去做事业；员工流动性大，还要不断地招聘保健按摩师；员工之间避免不了有这样或那样的矛盾和冲突，她也要耐心去化解；保健养生事业的快速发展，也推着她不断更新相关的品牌和设备。

络络，小小年纪，聪明过人，凭着对养生事业的酷爱，一直坚韧地前行，经络养生保健稳步发展。我默默地祝福她越做越好!

2007 年 9 月初稿,2017 年 7 月 26 日修改

开朗大方的邱景媛

　　邱景媛在网络里我称她秋妹。前几日回县城与老朋友聚会。秋妹安排了一个别开生面的晚餐。

　　说别开生面,是参加聚会的人与往日不同。以往都是年纪相当,工作近似的朋友们团聚。今天,有秋妹的女儿青青(在北京工作,回乡休假)、秋妹的姐姐,有两位秋妹的好友,也是我的好朋友。还有我和艳芳,我们是相继回乡探亲访友的。可以分为三个层次:我、艳芳、秋妹,是老朋友;淑杰、清瑜是我们的交往时间不长的新朋友;再就是秋妹的亲人。出乎意料的是,席间的气氛异常的热烈,融洽,欢声笑语接连不断。喝了不少的酒,乘兴又去歌厅唱歌,玩个痛快,玩个淋漓尽致!

　　这样开心是秋妹开朗明快的性格使然。

　　秋妹曾经是我的秘书。那时我们是上下级关系,但是相处的却是姐妹情谊。我们分别变换工作岗位以后,她就叫我大姐。一直叫到如今,已经十五六年了,当年她的女儿青青才八九岁。

　　秋妹参加工作就在机关,在领导身边,一直到自己也成为领导干部。这么多年,她不阿谀奉承,不趋炎附势,以自己独有的纯净、大方、爽朗、率直的性格赢得一个真。

　　秋妹最值得赞赏的是对公婆的孝敬。她结婚就和公婆一起生活,婆媳之间处得特别的融洽。前些年婆婆病逝了,公公的身体和神经方面大不如从前,秋妹变着法照顾好老人,不嫌脏,不怕累,得到了家人的尊重和世人的认可。

　　秋妹大大方方的,不会矫揉造作,不会玩小女人的伎俩,和男同事相处,也是那样的率真,非常有亲和力。我曾经说过:"男士们和秋妹相处,那就是哥们儿。"

　　对待朋友,不是天天地黏着,而是挂在心里。偶尔间给你一个问候,给你一份叮嘱,还有一份默契。多年前,我突然得了心脏病,说话都没了力气,心情也沮丧到了极点,这时秋妹打来电话,问我最近身体怎么样,我立即就来了精神,把病情细细地说了一遍,放下电话,觉得病好了不少。在我遇到突如其来的打击后,

情绪处于最低落的时候，一个人坐在办公室里暗自落泪，她在 QQ 里和我聊天，安慰我，劝说我，逗我开心。她的一句话让我破涕为笑。她说：大姐，你在我心中一直是坚强的女性，怎么变成小妹妹了呢？这句话一直激励我，要做个好大姐，不能做整天哭唧唧的小妹妹啊！后来我时不时地叫她秋姐，然后我们开心的大笑。

她兴趣广泛，喜欢锻炼养生，经常在网上给我发一些养生的帖子和视频，还不时地督促我。她喜欢打乒乓球，练瑜伽，还学会了钓鱼。好几次一到周末就给我打电话，问我回来没有，要给我钓大鱼。一次我回县里了，接近晚 18 点的时候给我打电话，让我下楼取鱼。到楼下，下车的是秋妹夫宏达，从后备厢拿出一条有五六斤重的鱼来说："这条最大，给大姐吃吧。"我看到秋妹歪靠在座椅上，累的快睡着了，我好心疼，这个小妹妹啊，到什么时候都想着大姐啊！

欢快的乐曲将我从对往事的回忆中召唤回来，我看着正在一边唱着，一边跳着的秋妹，心中很是喜爱。她时尚的发型，活泼的表情，活像电视明星海青，从内心里透出的幸福感，感染着每一个人；她和女儿那份亲昵，那份嬉戏，就像一对姐妹；她开心地唱着一首首流行时尚的歌曲，陶醉其间。

秋妹，是一个幸福的女人。我是看着她成长起来的，也深知她的幸福来自于自身的人格魅力。善良、宽厚、豁达、率真、睿智、透明。多了一些豪气；少了一些做作，多了一分爱心，少了一些私利。在善良中寻求做人处世的真谛，在豁达中执着地奉献爱心。所以，她收获了亲人和朋友对她的爱。

2011 年 3 月 2 日

百岁老人

邱景媛的老父亲，刚刚过了百岁生日。国庆长假，我专程去看望老人家。

和景媛结识多年，我却没有见过她的老父亲和老母亲。今年适逢老人家 100 岁了，我很想去看望这位老爸。

我特意去沃尔玛超市买了香港麦道点心和罐头、奶茶，都是适合老年人吃的东西。经景媛指点，我来到了邱老爸家。

只见老人家高高的个子，满面红光，笑逐颜开，说话声音洪亮，哪里像 100 岁的人啊，看上去也就 70 岁的样子。看见我来，就说："你给我买的果子还没吃完呢，怎么又亲自送来了？"我说："过节了，来看望您和老妈妈"，两位老人高兴地笑着。我们一起坐在沙发上，景媛的姐姐递过纸和笔，让我用文字与老人家交流。原来老人家耳朵背，说话需要大声喊，写字交流比较方便。

我在纸上写下了几句问候的话，交给老人家，只见他双手拿着纸，大声地读着，字正腔圆的，好认真的样子。太可爱了，老人家！我写，老人家读，然后再和我说话，交流的很顺畅。老人家每天吃三顿饭，每顿都喝一点点酒。早饭后和午饭后稍事休息一会儿，就自己去中心广场散步，生活很有规律。看着老人家乐呵呵的样子，我从心底由衷地敬慕老人家。

人活百岁，对于大多数人来说，只是个梦想。而邱老爸却这么潇洒自如地过了100岁生日，不由得让人心生敬仰。

听景媛讲，老人家一生勤劳、节俭、乐观、豁达、幽默。对子女要求严格，对做人做事，有自己的章法。他老人家七个子女，十三个孙子女，工作和生活很好，都很孝顺。老人的健康是子女的福分，子女们孝顺，是老人的福分。老人家不操心，保持好心情，身体自然就好。乐观的心态，勤俭的好习惯，自然形成了健康长寿的体魄。

拜访百岁老人，让我的心情久久不能平静。邱老爸是我们的典范，他老人家能健康地度过百岁，不只是他身体素质好，遗传基因好，更重要的是老人家有着豪爽的性格和健康的心态。

给我的启迪是：过平淡的日子，走平凡的人生，对于一切功名利禄，淡然处之，坦然面对生活中的一切烦恼和困苦，活得洒脱，活得精彩！

2011 年 10 月 9 日

老妇联姐妹小蔡

在一个快乐的日子里，我轻松地睡个午觉。晚上有个约会，和小姐妹们聚餐。心中一直快乐地期盼着晚上别开生面的聚会。

一阵悦耳的铃声把我从酣睡中叫醒，是克东县原妇联主任小蔡的电话！她急切地说："我来市里了，我要见你！"我马上说："好的，你在哪里？我们在哪里见面？"我们约定在我家附近 15 路公交车的一个停车站见面。一辆车过去了，又一辆车过去了，还不见小蔡的踪影。我打电话问她走到哪里了，她说在车上。又等了一辆车过去，还没见她下车。这时她打来电话，原来她坐 3 路车来了，停车站

心 田

在一个相反的位置,我又跑了过来,远远地看见她矮小瘦弱的身体和憔悴的面容。我们同时快步走过来相拥在一起。她哭了,告诉我一个不幸的消息:她的老伴儿去年病逝了。

说起小蔡,她叫蔡淑兰,其实她比我大两岁。因为她长得矮小,性情纯真,待人厚诚,像个小妹妹。当年我们都叫她小蔡儿。

我们相识在20世纪80年代初,当时都是30岁左右。那是1982年的2月,我们参加省妇干校的培训班,三个月的学习生活,让我们结下了深厚的友谊。

小蔡从小没有母亲,和父亲相依为命。她没有多少文化,只读过小学。因为她劳动出众,为人厚道,多年被评为先进,很快就当上了妇女干部,后来转正提干,成为县妇联主任。她工作认真,深得大家的爱戴和拥护,人缘也特别的好。

那时省妇干校还没有自己的校舍,培训就安排在省委党校。环境优雅,住宿条件和学习条件都不错。我们十几人住一个大宿舍里(是由教室改的),很是热闹。嫩江地区一共去了六个人,小蔡年纪最大。她孩子刚刚满周岁,就扔给她老爸看管,只身到省城学习。可见当初我们这些妇女干部是多么的不容易啊!有时候到了晚上,她想孩子,就偷偷地躲在被窝里哭。我们劝她请假回家看看,她坚决不肯,一直坚持到"五一"放假,才回去。

学习虽然很紧张,但是到了晚上或者周日,还是有好多空闲时间。女干部们都是心灵手巧的多,没事了,我们就织毛衣毛裤。手里织着毛线活,嘴里闲聊着,很快地把时间就打发了。小蔡因为从小没有母亲,没有姐妹,也就没有学过织毛衣。看见大家手里都有活计,也想试试。买来了织针和毛线,准备给孩子织一条毛裤。和她挨着住的史淑芬手巧,活计好,她织的毛衣毛裤都是特别的平整,即使带有复杂图案的,也是像熨过一样的平,我们大家就推举史淑芬来教她。小蔡学起来很认真,可就是带不好线,织出的东西不是丢针就是跳线了,一点儿也不平整。她自己说,看来是做不了这个活计了。后来在史淑芬的帮助下,终于织成一条小毛裤。

别看小蔡做细活不行,心地却十分的善良,质朴,热心。在一些细小的事情上很会关心别人,肯吃苦,不怕吃亏。她那淳朴的话语总是让你心里暖烘烘的。她常说,自己没有什么亲人,同志就是亲人和朋友。所以她拿出自己最真挚的情感去对待身边的每一个人。虽然她文化水平不高,也没有任何背景,凭着自己的一颗火热的心赢得了世人的拥戴。从一个农村的小女孩,成长为一名正科级干部。

由于我们的工作都发生了变化,我和小蔡已经有20年没联系了。如今,当年一起做妇联工作的姐妹们都退休了,互相之间基本没有什么联系。可是小蔡还是想着我们这些姐妹们,她一有机会就打听这些人,想办法找到联系的电话。她找到我是通过她的邻居,闲谈间知道邻居原来和我在一个县城,便委托邻居往县里的亲属家打电话,找到我的手机号码,马上与我联系上了。我一听声音就知道是小蔡,我们聊了好久,那么熟悉,那么亲近,就像从来就没有分开过一样。我们约好了,她来市里,就来看我。我去她那里,就去看她。有了那次的相约,才有了今天的相聚。

不巧的是我晚上已经有了约会,我便提出先找个地方我们边吃边聊天。小蔡说,不用,她这次是来市里串亲戚,借机看看我。让我陪她去买衣服,已经好几年没添新衣服了。以前都是她爱人给她买衣服。我看她穿着八年前的格呢子上衣,已经很旧了。便陪她到百货大楼看看,她嫌那里的服装太贵,不买。她说:"花那么多钱买衣服,不值。"我说:"孩子们都成家立业了,你也该为自己着想了,我们老了也不能太落伍,该穿也得穿。"又陪她到永青市场,选了一件半大风衣。她还想买一件夏天穿的薄衫,我又陪她到红楼,帮她选了一件白地带淡紫色花的纱料小衫。她说太花哨了,不肯买,我便让她穿上试试,还是很漂亮得体的。对着镜子左看右看,她也喜欢上这件衣服,而且价格不贵。我灵机一动,晚上我陪不了她,就给她买了这件小衫吧。趁着她和营业员砍价的时候,我便悄悄帮她付了款。小蔡一看马上变了脸,不要你给我买!我说,本来晚上该请你吃个饭的,这次没有机会,我就给你一个小小的纪念品,也表达老朋友的一分心意吧。再说了,也没几个钱啊!她争执不过我,就叨叨咕咕地跟着我走出了商店。她是一个只想为别人付出的人,接受别人的礼物她很不安心,这就是小蔡的性格。

当我们挥手道别的时候,我看见她眼中的泪珠在打转,还强笑着和我摆手。我内心很过意不去,小蔡来看我,我们没有更多的时间叙叙往事,也没有请她吃顿饭,真对不住她的这番心思啊。好在我们又约好了,下次再见面时一定好好地唠唠嗑。

走在回家的路上,看到草坪里已泛出淡淡的绿色,风儿还有些凉,那草儿早已迎着阳光破土而出,草的生命力是那样的顽强。在春日到来的时候,小草总是先给人们带来新绿。我不仅想到了小蔡,她没有高大的身躯,没有靓丽的容颜,也没有精心的打扮,那么朴素,自然,平凡。而她内心深处有火一样的情愫,那就是真挚、热情、敦厚、亲和。我在心里说:"小蔡,你一定要好好生活!有老朋友在,你不孤独!"

2014 年 4 月 29 日

淡泊名利　倾情山水

——回忆万家宾老师

时间如流水，匆匆流过岁月的沟沟坎坎，一去不回头。转眼间，万家宾老师离开我们已经三年多了。2015 年的 10 月 28 日，应书画院之约，回来参加明珠洗浴中心老板高威独家出资赞助的纪念万家宾老师逝世三周年书画展暨《丹青丰碑》万家宾卷首发式，来自全国各地的万家宾老师的亲属、朋友、学生聚集在泰来文体中心偌大的展厅里，县委等四大班子的领导也亲临画展。

画展展出了万家宾老师多年的画作 100 多幅。我认真地欣赏每一幅画作，心中十分激动。一幅幅画卷，是作者倾心的力作，是作者淡泊的情怀。那飘逸的笔触，写意的手法，通过山水、花草、鸟虫诉说着画家对生活的热爱，对大自然的敬畏，对亲人、朋友的真情。

看着那些熟悉的画作，似乎又看到了万老师伏案作画的情景和那恬淡的微笑。

最后一次见到他，是在 2012 年的夏季，我们一起参加县书画院培训基地剪彩仪式。那时，他已经很瘦弱了，他穿着一件红色的半袖衫，显得很精神。我们夫妇俩和他聊天，问候他的身体状况。他微笑着说，老毛病了，听说你们来了，我就过来看看。说话时喘得厉害。中午他不能到楼上吃饭，只能在一楼用餐。气喘病折磨他多年了，他始终顽强的支撑着，坚持着。谁想到才几个月时间，他却离我们而去了，我内心充满遗憾，总惦记着要去他的画室看看，却没有成行。

认识万家宾老师，还是在 20 世纪 70 年代，他和我老伴曾经是同学也是同事，经常到我家串门。我记得最清楚的是，那一年，他在我家里作画、裱画，画了梅花和竹子两幅画，用纤维板把画好的宣纸裱好，然后装在镜框里。喝完酒后，又画了两幅仕女图。我最喜欢的一幅是一个美丽的古代仕女，半坐在假山和花丛间，手里举着一个精致的酒杯，旁边题字：劝君更尽一杯酒。那时我不会喝酒，却觉得这幅画很有意思。只可惜后来搬家，这几幅画没有很好地保存下来。

我在第二百货商店工作期间，马文海（现在是知名画家、美术教授）请万老师等画家为商店装饰橱窗。万老师画了一幅莲花，特别的美，我就想向他求一幅荷花的画。一直到我调到县直机关工作，也没有机会去求这幅画。后来万老师送我一幅凌霄花和一幅牡丹图。我调到市里工作，他又送我一幅牡丹图，让我挂在办公室里。我想自己快退休了，还是把这幅画挂在市里住宅的方厅里了。如今，这幅画成为万老师留给我们的最珍贵的礼物了。

万家宾老师，从事师范美术教育工作三十多年，是省内有名的画家。画画是他一生的追求，画画是他活着的精神支柱，画画是他生活的全部。他是职业高中的一名美术老师，因为身体原因，提前退休，就凭着那点儿工资过着特别拮据的日子。然而近十多年来，他积极创办了书画院，培养了一批人，带动了一批人，形成了一个美术创作群体，为泰来县书画之乡建设做出了默默无闻的贡献。

记得那是1999年9月，为了庆祝中华人民共和国成立50周年暨人民政协成立50周年，县政协组织了一次画展。万老师听说后，只身一人悄悄地去看了画展。这次画展让他看到了泰来县美术事业重新兴起的希望，也就是从那时起，他又一次萌发了创办泰来书画院的想法，一直默默地筹划着。直到2000年7月末的一天，借着一位游走的年轻画家张志果，艺名一壶来泰来采风的机会，万老师让我见见这个小画家。借机和我谈谈他想创办书画院的想法。本来原任的县委书记石发已经准备成立泰来书画院，只因为1998年一场大洪水，就搁浅了。石书记调走了，这事就放下了。我认真考虑了一下，说："只要你们不要编制，不要经费，我就可以支持，"我还说："书画院是民间的艺术团体，只有民间的，才会有生命力。"就这样万家宾老师与书画爱好者们积极筹建泰来书画院，请退居二线的杜学礼担任书画院的院长。万家宾老师甘当书画院的副院长，负责画院的具体工作。并借助县政协组织"纪念辛亥革命90周年书画展暨政协书画之友联谊笔会"的机会，宣布泰来书画院正式成立。

当时是白手起家，特别艰难。靠借房子，社会集资来维持书画院的正常活动。冬天取暖不好，屋子冷，就向有些单位要点煤。缺少纸张也是靠一些单位帮助解决。最初那几年，真是特别的艰辛，可是万老师凭着对美术的挚爱，克服了好多困难，几经周转，换了好几个地方，甚至一度在自己家低矮的平房里开辟了一个画室，供书画爱好者切磋、交流、练笔。为了提高书画院的社会知名度，真正把书画事业做好做大，我带队与万老师等人去辽宁铁岭、昌图参观学习，去北京、烟台、威海、青岛等地寻求老乡的支持。

万老师身体羸弱，但是对于书画事业却是投入了无穷的力量。他创作的山水画大都是大兴安岭、黄山、泰山、华山、峨眉山、千山等连绵起伏的山峰和云海，这和他多次到名山大川采风有关。踏遍千山万水，在自然风光中寻找灵感和美的内涵。

2002年9月，我们借去辽宁昌图县、铁岭市参观学习的机会去登千山，以为万老师不可能登山,可是他坚持着,不放过这次难得的采风机会。在他的眼里,山水都是有灵性的,有着一般人感觉不到的美感。他走走停停,歇口气,再走。快到五佛顶了,我们怕他身体吃不消,就让他在那里等我们。我们回头看他时,只见他凭栏远眺,早已把目光投向连绵的山峦,这种精神深深感动了我。

走出去参观学习,收获很大,带回来好多新的信息,开阔了眼界,万老师如鱼得水,迸发了从未有过的创作热情。在万老师的带动下,泰来书画院掀起了创作的热潮。同时,吸引一些年轻人拜他为师,一些爱画的人也积极为他的创作无偿提供场地和费用。有人买楼让他做画室用,有人经常帮他解决生活上的困难,尤其最近几年他身体每况愈下,全靠这些朋友们细心照顾和帮助。十多年来,在万老师的带动和指导下,成长起一批优秀的画家。他们走出县门,走出省门,作品参加国展并且获奖,还有的作品走出国门。有的人已经在北京等地有了自己的画苑,马大悲、王立新、冯英杰等人都是从泰来走出去的画家。王伟、王会文、赵晓刚、高威等都小有名气了,他们都离不开万老师的帮助、指点和言传身教。

万老师擅长水墨画,他画的山水、花鸟具有特别独到的神韵。万老师画山水,既有静默之美,又不失激动奔放,笔墨间透出一种少有的大气、浑厚、深沉。万老师画的花鸟,寥寥几笔,便情趣盎然。尤其是画竹子,特别有灵动之感,他笔下的竹子在风中摇曳、飘逸、刚劲、洒脱。同时还喜欢在画的一角写下几句特别有意味的诗句。记得2011年的冬天,连天大雪,他竟然来到市里为朋友们作画。我们得知便去锦江饭店看望他。那时他就喘气很费劲,画一幅画要休息半天,等气喘平稳,便站起身来,一笔挥就,只见那墨绿的竹子在他颤抖的手下浑然成趣。他给我们画了一幅,是两根直立的竹子,下边是一堆小竹子,比喻我们夫妇和孩子们,他题词写道:"双竿比玉好题材,挥毫泼墨难表白,不是画家功夫差,只因半气喘不来。"让我们会心一笑,特别的开心。

万家宾老师做人与他作画一样,认真、严谨、恬淡、静默。对于名利地位他从不伸手,而是退居到适合自己性情的位置,潜心作画。他结识了许多政界的朋友,但是,从来没有为家人和亲属谋过私利;对于他的学生和朋友,倾其所有,鼎力相帮,尤其对向他请教学画的人,倾心教学,一丝不苟。

万家宾老师的一生历尽坎坷、生活拮据、病魔缠身。但是为了他挚爱的书画艺术,他执着地追求,顽强地拼搏。在他生命的最后阶段收获了丰厚的友谊和亲情,他实现了自己的梦想,看到了满天下的桃李芬芳! 他是富有的,他是幸福的,他的形象正如他的画一样,刚劲、飘逸,恬淡如菊,淡雅如兰,直立如竹,有君子之风。书画院成立这么多年,他就是一位画师,不论谁担任书画院的院长,他都是全力支持,维护整体的利益,他以自己的魅力凝聚了一批人才,培养了一批画家,为泰来县书画之乡的振兴做出了重要的贡献。

万家宾老师是国家一级美术师,中国书画研究院高级美术师,其作品多次赴日本、新加坡等国家和地区展出,多次获得奖项,有些作品被海内外艺术机构、博物馆收藏。他是泰来县美术界的领军人,是泰来美术界的一面旗帜! 为泰来文化艺术史写下了辉煌的一页。

2016 年 4 月 19 日

平妹的酸甜苦辣

昨天在 QQ 空间里看到高丛平又去练拳的消息,着实为她高兴一阵子。

前些日子,平妹不小心摔了一跤,膝盖骨磕坏了,行动很不方便,也不能参加她最喜爱的健身活动——打太极拳了。

说起平妹打太极拳,还要感谢我们的老乡于秀梅,是她主动邀请平妹学太极拳的。一年下来,平妹不仅学会了几个套路的太极拳,还结识了几位好朋友,给她的生活带来了诸多的乐趣和温暖。

平妹打太极拳,改变了她一贯性孤独封闭的生活,也让她开阔了眼界,重新走入一个温暖的团队,体会到了群体活动的友好、和谐、欢愉的氛围,给自己的生活增添了新的色彩。

平妹高兴地把自己的变化告诉我,也把小梅介绍给我,原来都是有着亲密关系的老乡啊! 后来我们三人又把张丽华大姐也拉进来,成为一个小群体,经常聚聚,大家轮流坐庄,喝点儿小酒,唠唠家长里短,互相赞美,互相鼓励,不亦乐乎。我们交流更多的是如何保持健康的身体与平和的心态。受平妹和小梅的影响,我也就近参加了一个练太极拳的小群体,动动拳脚,体味中华民族武术精粹的博大精深,感觉很不错。

说起平妹,我们两人交往很久远了。当年,我插队返城参加工作时,就与平妹在一个单位——第三百货商店向阳分店,她做收款员,我是鞋帽组的营业员。那年我 20 岁,她 19 岁。因为她是独生女,县里照顾她参加了工作,所以她比我早工作一年。我们都是未婚的女孩子,用现在话讲就是闺蜜。

平妹,性格耿直,工作认真,为人直率。第二年,向阳分店与总店合并了,我

们两个又同时留在三百,她依然是收款员,我到布匹组做营业员。三百商店以前是由老工商业者经营的,后来公私合营。店里大部分营业员是这些老商人,年轻人很少,和他们一起工作,规矩很多,虽说受到好多约束,但是也确实学到了好多经营理念。

后来我们两人相继结婚成家。成家后,工作依然是保持积极上进的状态。平妹任商店团支部书记,我是团支委,负责宣传、学习工作。那时是计划经济,物质短缺,好多商品一上柜台就被人们抢购一空,所以工作量很大。下班后不能马上回家,还要把第二天需要卖出的商品一一摆上柜台。然后政治学习,很晚才可以回家。我们都有了小孩儿,也得坚持把工作做好。隔三岔五还要送货到工厂,去敬老院做好事等等,这些工作平妹做得很出色。

1976年10月,我们两人同时被任命为商店的副主任,她留在三百任职,我到新成立不久的第二百货商店任职,那年我25岁,她24岁。后来我们又一起入党,一起转干。由于工作的关系,我们自然成为好姐妹,尤其是她没有哥哥姐姐和弟弟妹妹,就把我当成自己的姐妹了。

那年职工夜校恢复上课,我们两个都报名参加。当时,我们的志向就有了不同之处。我报了高中语文班,她报了财会班。也许这就是我们两人后来工作岗位不同的开始吧。

三年后,我被调到县直机关工作成为一名行政干部。她先后在三百、二百担任经理,成为一位商界的女能人。她坚韧的性格和认真的态度,把当时县里最大的第二百货商店管理得井井有条,把一个改革中的企业经营得风生水起,她也成为商业系统最有实力的女企业家。

企业改革,经济核算,集体承包,面对这些,她如鱼得水。她像自己家过日子那样节俭、苛刻,不肯浪费一个铜板,为着全体职工的利益,为了企业的发展,深得全体职工的拥戴。

生活总是在关键的时候给你出个难题,或者给你一个意想不到的打击。她的家庭婚姻出现了问题。最后她忍痛割爱,毅然决然地带着一双女儿调到了齐齐哈尔工作,放弃了她倾注全部心血的事业和爱她的同事们,还有那个温馨的家。

然而当她满怀信心开始重新经营自己的事业的时候,在新的岗位刚刚崭露头角的时候,一场改革的大潮袭来,她只有提前退休,靠微薄的退休金维持一家子的生活。她也感受到了一个人支撑家业的艰辛。记得有一年,我到市委党校学习,正好她刚刚搬进新楼,我便去她家看望她,看着崭新的房子,我赞不绝口。

可是她却悻悻地说道："唉,我才体会到一个人顶门过日子的不易呀!缺个钉子都没地儿找啊,挂个东西也没有帮手。"就这样她省吃俭用倒出一间卧室收住宿生、给学生送盒饭等增加收入。这一转眼就是17年,终于小女儿上了大学,两个女儿成家了,可想而知,她付出了多少艰辛啊!

平妹的小女儿结婚,我们老两口、张姐老两口、还有小梅都去参加婚礼。这一天,她穿着颜色鲜亮的衣服,发髻高高梳起,让我们看到了一个崭新的平妹(她平时特别简朴)。从她的装扮看出了她的自信和对女儿的厚爱,是她十几年苦心经营的最好诠释。我们为她高兴,为她欣慰,喜酒尽情地喝着,为了平妹的坚韧不屈,为了平妹的执拗和刚强,为了她的喜悦和幸福!

平妹这些年真不容易,但她很少和别人说起自己的苦衷,在众人面前依然是那么刚直,那么坦然。她也曾经有熬不过去的时候,但是咬着牙硬是挺过来了。回想过去的岁月,我们的心里都是酸涩的。

记得我刚调市里那年,我们两人在一个饭店见面。她带来一瓶自己酿的葡萄酒,我说,这酒送给我吧,教给我怎样做葡萄酒,我们喝点儿白酒吧。我们俩喝了半斤白酒,唠了好多的话。她很高兴我能调市里来,又多了一个老朋友,我也高兴可以和她经常见面了。

小梅认识她,就是出于对她早年在县里工作时的一种敬佩和仰慕。是小梅主动和她打招呼,给她朋友间的关怀和厚爱,帮她走进一个阳光灿烂的,温暖和谐的大家庭——轩德太极。

从此平妹的生活里多了一些欢乐和笑声,多了家乡朋友的温暖,多了姐妹间的亲密和温馨。所以,平妹把这些温馨的日子看得很重,宝贝一样的珍藏和欣赏。每次姐妹聚会都会给她也给我们增进一份理解和关爱,增进几许闺蜜间的甜蜜和美好。

都说生活是九苦一分甜,不如意事十有八九,但愿平妹的生活多一分甜美,少一些苦涩;多一分温馨,少一些孤独;多一分阳光,少一些暗淡。有我们姐妹在身边,我们的快乐就会增值;有我们姐妹的相聚,我们的生活就会阳光灿烂!

(后记:很早就想写关于平妹的文字,总是不知道如何落笔。昨日听到她去打拳的好消息,便来了灵感,把多年的友谊浓缩在这些文字里,难免挂一漏万。44个年头的相识、相知,用语言难以表达,用文字难以诉说。仅此,作为一个记忆的回眸。)

2014年6月5日

卢姐的圆梦之旅

卢姐，名字叫卢秀兰，我的老知青朋友。下乡插队时，我曾经和卢姐、张姐（张丽华）一起在青年点食堂做饭，卢姐和张姐是我的师傅。在那段难忘的日子里，我与两位姐姐结下了深厚的友谊。时间已经过去48年了，虽然我们身各一方，却心心相牵，情同手足，甚至超过了亲姐妹的情谊。

最近几年，卢姐身体不是太好，心脏病、哮喘病、失眠症等苦苦地折磨着她瘦弱的身体。同时，还有一种情愫令她十分的痛楚，那就是对家乡的眷恋和对知青朋友们的思念。病魔缠绕和身在异乡的孤独，让卢姐内心充满惆怅和向往，她总是向往着有一个机会，再回到生养她的故乡——泰来，与老知青朋友们相聚。

自从建立了老知青微信群，卢姐特别的高兴，通过一部手机就可以与远在外地朋友们视频聊天。我们几乎天天晚上在知青群里聊天、唱歌、发红包，这个时段成了卢姐一天中最开心的时刻。接触越多，思乡情愫越浓，卢姐萌发了要来齐市看看我和张姐，要回泰来与老知青聚会的心愿。可是我们心里很矛盾，一是，很想与卢姐聚会，我们喜欢她那种顽皮、调侃的性情，和她在一起特别开心。二是，我们又很担心她的身体，春天时，她曾经病情很严重，走路、呼吸都很困难。看着她那急切的心情，我们也左右为难。我悄悄和高姐、张姐私聊，都是担心她的身体，终究年近古稀，身体孱弱，怎么能经得起出行聚会的折腾呢！卢姐，很有心劲，她明白我们几位的担心，便悄悄和我的老伴儿（他也是我们知青）她最尊敬的姜二哥私聊，求得支持。最后，老伴儿决定欢迎卢姐来齐市，然后他开车，我们一起去泰来。

6月2日，卢姐乘坐高铁从大庆东站来到齐齐哈尔，老伴儿开车，我和张姐去火车站接她。中午我们在李家小馆聚餐，前来参加聚餐的还有老知青赵锡昶夫妇和张姐的爱人王洪仁。卢姐说，她有20年没来齐齐哈尔了，今天到来也了一桩心愿。卢姐为了这次出行的安全起见，她约张姐陪同她回泰来，并且全天候陪同。热心的张姐答应了她的请求，安排好她老伴儿的生活起居，便随同我们一起回泰来。

6月3日清晨，我们早早起床，收拾好行囊，驱车行驶在回乡的路上。泰来的老知青们，早已接到卢姐到来的消息，我提前在泰来宏胜饭店预定了房间，中午大家欢聚,欢迎卢姐的到来。一路上,伴着欢快的乐曲,看绿色原野葱茏繁茂,高高的白杨树和樟子松在我们眼前掠过,高速公路的开阔平坦都让卢姐兴奋不已。回来了,回来了,四年多没回来了,家乡的变化这么大啊!此刻卢姐开心得像个孩子。迎着夏日清晨凉爽的轻风,我们的心也同卢姐一样兴奋、欢快、欣慰。我在心中默默地祝福着:愿卢姐此行平安、顺畅、圆满。

中午聚餐,来了16位老知青朋友,大家围着卢姐问长问短,亲近的不得了。这时大华夫妇(姜秀华、孙敬华都是知青)过来了(她们有客人也在这里聚餐),她大步走过去,一边喊着卢姐,一边把卢姐抱了起来,久久没有放开。姐妹们说着笑着,男生们逗着,调侃着,好不热闹。大华说,今天家有重要客人,不能参加聚餐,明天中午还在这里继续团聚,她做东。说话间,便把明天中午聚会的事情定了下来。卢姐太高兴了,眯着一双亲善的眼睛,焕发了昔日活泼的性情,依然那么幽默,那么调皮,那么诙谐。大家轮流举杯欢迎卢姐的到来,祝福她身体健康,卢姐也破例端起酒杯,与老朋友们共述衷肠。仿佛我们又回到了48年前,在青年点时的情景。发自内心的知青情怀遮盖了我们的白发,发自内心的欢笑,拂去了我们满脸的皱纹,发自内心的欢愉掩饰了我们缺失的牙齿,青春、欢乐的旋律在我们心中跳跃、盘旋,我们的思绪穿越时空,在清纯的岁月里徜徉、飘逸。

第二天,我们如约而至,这次聚了17人。大华夫妇热情张罗着,快乐依然,激情依然。我时不时地关注卢姐,生怕她身体招架不了。这次她不喝白酒了,以冰红茶代酒,笑容可掬的与大家推杯换盏。我心里知道,她是硬撑着呢,一定很累很累的。席间,大家提到野餐的事情,明天上午由杨德禄和张晓明做东,请大家到东方红林场二队的江边野餐,尽量多通知一些老知青朋友,来一个大聚会。这个消息让大家特别的兴奋,期待明天的野餐一定会把聚会推向高潮。

真是天公作美,这几日都是晴朗的天气。虽然气候炎热,但是来到野外的树林和水边,感觉特别的舒适。蔚蓝的天空,茂密的樟子松林,拔节疯长的水稻、玉米,连水边的蒿草都长得一人多高,呼吸一口清新的空气,肺腑都是清爽的。当天来了21位老知青,有的玩麻将,有的玩扑克,我们几位女士到水边和树林里拍照。张丽华大姐特意带来几件色彩鲜艳的丝巾,大家分别披上拍照。一会儿几个人合影,一会儿自己来一个特写镜头,一个个像个青春少女一般,张开双臂,做出各种可爱的姿态,留下最开心一刻的情影。虽然年纪在66岁以上,那纯净无邪的笑容让我们焕发了青春,看着每一张照片都是那么美!卢姐,是中心人物,大家都围着她拍照,她就像一朵花一样在我们中间绽放。

午餐开始了,男生一桌,女生一桌,互相敬酒,互相祝福着。酒喝到好处,我们便开始唱歌。卢姐也不示弱,她最拿手的是演唱样板戏,有板有眼,字正腔圆。李玉和的"临行喝妈一碗酒",沙家浜的"智斗"她演唱刁德一的唱段,博得一阵一阵掌声。只见她稍事休息一会儿便约张姐跳舞,张姐便带着她一起一伏地跳起了中四舞步,我们也跟随着跳起舞来。卢姐不尽兴,还要跳探戈,这可把我们难住了,没有人会跳啊。张姐说别跳探戈,不适合老年人,这才作罢。聚会达到了高潮,载歌载舞,欢声笑语,在这个静谧的夏日原野里飘荡,传到很远很远。

怀着无比的兴奋和欢愉,我同张姐、卢姐回到我们在泰来的住所。本来应该好好休息一会儿,卢姐对我说:"我和你没单独照相呢。"我说:"是啊,那我们在家里照几张吧。"张姐马上接过话题说道:"我带好几件衣服呢,咱们换着穿几件衣服拍照呗。"我和卢姐一听,好啊!一场没有准备,没有计划的时装秀拍照一拍即合。我和张姐个头差不多,胖瘦也差不多,换穿衣服很合体,卢姐个头稍矮,比较瘦弱。可是卢姐照样把我俩的衣服全穿一遍,拍出的照片还挺耐看的。卢姐很会做表情,样子也很洋气,拍出的照片自然是很不错的了。我把三人的"时装秀"照片做成音乐相册发到老知青群里,逗大家一笑。有几个在外地的姐妹动了心,她们说,等有机会回泰来团聚时一定多带些鲜艳、时尚的衣服,多拍一些照片,留住自己最美好的瞬间。

爱美之心,人皆有之。我们已经不年轻了,却还是满满的年轻心态。看着我们互相拍的照片,反复地翻看着,心中一丝丝喜悦,一阵阵宽慰。是啊,时光把我们带进了老年,岁月夺走了我们的青春。一段知青的经历把我们定格在那个广阔天地里,我们就是那不老的松柏,我们就是那腊月的梅花,昂然挺立,傲雪凌霜。一片翠绿,一抹鹅黄,是我们心中的底色。这松柏之气度,这梅花之品格,是我们生命的保鲜剂,留住青春在心间。

卢姐的人缘好,与知青朋友相处得很亲近。每当聚会结束,总有几位姐妹陪着她到我家休息。上四层楼,她要歇好多次,要等气喘匀了,才能再登楼梯。这几位姐妹陪卢姐唠嗑,陪她吃晚饭,有时候陪到很晚才回家。这是卢姐的人格魅力所在,也是卢姐特别期盼回泰来的目的所在。这里有她的朋友,胜似亲人的朋友,她不顾自己多病的身体,不惧旅途的劳顿,不怕聚会的劳累,把老知青情放在首位,这份执着与痴情足以让我们感动。

短短的几天时间,老知青的聚会高潮迭起,卢姐很累,比卢姐还累的是张姐。张姐比卢姐年长一岁,却成了卢姐的"贴身秘书",白天寸步不离地陪着卢姐,晚上还要陪她睡觉。卢姐睡眠不好,加之兴奋的心情,总想聊天,张姐困的了不得。偶尔我陪卢姐聊,到了夜间零点也坚持不住了。同时,张姐时刻关注着卢姐的身体,看她稍有不适,就赶紧地询问或者督促她吃药,控制她喝酒、吸烟。因为我这几天中有两天时间参加县作协的活动,陪卢姐的事情就累了张姐一个人,我心里很过意不去。好在还有其他姐妹陪伴在卢姐身边,我也就放心了。

高淑清大姐去哈尔滨参加群众体育团体教练员的培训,5日的晚上才回来。她下了火车直接到饭店,张姐做东宴请我们几位。这三位姐姐都是我的好朋友,好姐姐,这回我们终于是聚齐了,大家都很高兴。第二天早上,我们要返回齐齐哈尔,送卢姐乘高铁回大庆。高姐早早就来到我家楼下,我们在楼前合影留念,高姐夫还买来一大箱子香瓜和西红柿装到我们的车上。挥手告别,卢姐眼里充盈着泪水,匆匆忙忙,相见又别离,真是有千般留恋,万般不舍。高姐还想留卢姐多待几天,卢姐早已让女儿定好返程车票,该回家了,为了卢姐的身体,不能久留。卢姐以刚强的毅力,怀着对家乡的眷恋,对老知青兄弟姐妹的痴情,圆满完成了回乡圆梦之旅,我们为她高兴,为她祝福。

车子在高速公路上疾驰,两侧的绿色映入眼帘,悠扬的乐曲充盈耳畔,一个夙愿成为现实,我和张姐的心也放了下来,轻松、自在,心中是满满的成就感。卢姐几年的心愿实现了,她那么开心,那么满足,就像一个孩子得到了自己心仪的玩具一般快乐、幸福。

卢姐回乡,没有带走一件礼物,包括那满箱的香瓜和西红柿。可是她却收获了老知青们给予她的一片真情,一颗颗爱心和深厚的友谊,这些情愫足以够她回味多少年。卢姐回乡只有五天时间,却给我们留下了诸多的欢乐和情趣,知青情更浓,姐妹情更深。

祝愿卢姐带着家乡山水的精华,带着老知青的情谊和祝福,身体健康,心情愉快,生活幸福!

2016 年 7 月 9 日

归　来

自从建立了同学群,一些身在外乡的同学,都期盼着回家乡与同学聚会。居住在县城的同学,也盼望同学归来。

孙秀玲同学,是我们同学中的大姐,今年70岁了。离开学校50年,她一次也没有和同学聚会过。这次她主动提出,要专程回来与同学们聚一聚。

约定了回乡的时间,同学们都在期盼着这一天的到来。

2017年6月6日,孙秀玲如期而至。她是做了充分的准备,回来聚会的。

50年了,同学们都发生了很大变化,还能认得出同学们吗?

当她来到聚会的饭店——小城味道的包间里,同学们都站起来了。她不需要别人给介绍,自己一个人一个人的认,竟然有对不上号的。在同学们的提示下,她一一说出同学的名字。

孙秀玲同学也有了很大的变化。她依然是中等的身材,微胖,面带微笑。而变化最大的是她慈眉善目,侃侃而谈,古今中外,天文地理,名山古刹,她一一道来,可以说是满腹经纶,谈吐自然流畅。从她那简洁明了的话语中,让我们看到了她不仅有一个清晰的头脑,还有特强的记忆力,令人刮目相看。

互相交流一会儿,她便起身打开随身带来的双肩包,拿出三个用报纸包着的包包,点名送给三位同学,并且让他们打开给大家看。原来是上学时的合影,经她翻印、放大、装框后送给与她合影的同学。这个礼物太有创意了!让我们眼前一亮。紧接着她又打开背包,拿出了每人一份的礼物:精美的银镯、护身符、挂件。又给同学们一个惊喜,想得太周到了!

酒菜摆了上来,她吃素菜,不饮酒。和同学们聊天,每一个话题,她都会滔滔不绝地说出来龙去脉。交流中我们听到了好多新奇的知识,也了解了她50年的足迹和心路历程。

孙秀玲是泰来县街基乡街基村人,从小失去了父亲,姐姐出嫁在县城,只有母亲与她和弟弟一起生活。在20世纪60年代,生活是特别的拮据,她这样的家庭更是困难重重。可是,她从小聪颖好学,硬是以全乡第一名的成绩考入泰来一中。因故休学一年,又回到学校读书,这样就来到了我们67届3班。

在学校里,她酷爱文学,喜欢读书,擅长文艺,是个多才多艺的学生。毕业后,她去大庆工作。为了母亲和弟弟,她一直拖到30岁才结婚。用她自己的话说,一个24岁的姑娘,没有一点儿积蓄,却负债为老母亲料理后事,为弟弟娶媳妇。直到只身一人还清债务,才考虑个人婚姻问题,这是常人难以做到的啊!

她考入了师范学院,毕业从事教育工作,是一位中文教师。更令人惊奇的是,在她50岁退休以后,却进入了旅游业,成为一名导游。她喜爱旅游事业,更喜欢祖国以及世界各地的名山大川。她把自己积累在胸的文学知识、历史知识、佛教知识与旅游事业融会贯通,凭自己的口才和智慧,赢得了大庆市金牌导游和黑龙江省十佳导游的荣誉称号。一直到69岁还带团出游,真是令人敬佩。

她认为:"旅游不是吃青春饭的,智慧是生命的源泉,目标是生命的动力,行动是生命的展现。在适当的时候做适当的事,这是和谐旅游的大因素(《导游的智慧》)"优秀的导游不在于你多么年轻,多么靓丽,而在于自己的素质和内涵,在于自身的智慧和经验。别看她年纪大,旅游局总是把国家领导层的旅游团和知识分子的旅游团交给她带,在她精心备课、策划下,每次都出色地完成带团任务。

她喜爱旅游事业,如鱼得水,做得风生水起,展示了自己的才华,满腹经纶有了用武之地。同时她也饱览世界各地的人文和地理状况,丰富了自己的学识,也丰富了自己的人生。

聚餐从中午 12 点到下午 15 点才结束,这期间除却同学们敬酒,介绍自己之外,大都是听孙秀玲介绍自己的情况,介绍她的所见所闻,给聚餐带来了好多新奇的信息。

在就要结束聚餐的时候,她又打开了背包,送给每人一套她自己写的书《拾起童年的落叶》《梵音散唱》《导游的智慧》,又给我们每人一份厚重的礼物。我们双手捧着这些散发墨香的书籍,感慨万分! 孙秀玲同学,一个从农村走出去的普通女孩,历经半个世纪的历练拼搏,勇猛精进,如今已经成为一个博学多闻的才女,一个行走在纷繁生活中的智者,一个以大爱仁心、造福众生的信念去演绎精彩人生的觉者。

在孙秀玲面前,我们被她那种淡定从容、心怀若谷、宽厚大方的魅力所折服。同学们回馈她的没有一份礼物,只有共同的敬重和爱戴,为有这样优秀的同学感到骄傲和自豪。

归来,给家乡一个拥抱;归来,给同学一片真情;归来,圆了自己童年的梦;归来,给故乡一份丰厚的礼物!

参加聚会的同学深感幸运,收获满满。孙秀玲离开县城时,虽然没有带走一草一木,却满载着同学的情谊,家乡的眷恋和对故土的一片痴情。在她心中,已经装满了对故乡的回馈,她是家乡的骄傲。

不同寻常的同学聚会很短暂,在每个同学的心里却留下了感动和启迪。人生,如何活的精彩;人生,如何过得充实;人生,如何做到完美。孙秀玲做到了,她是我们的榜样。

孙秀玲给我们这些年近古稀的同学们上了一堂生动的人生课,在洗尽铅华之后,如何面对将来,如何面对病魔,如何面对衰老。人生的精彩是面对暮年的淡定从容。

2017 年 6 月 8 日

七十岁的大女孩

一个晴朗的下午，我们四姐妹张丽华、高丛平、于秀梅约好时间，来到龙沙公园拍照。原本是打算拍几张练太极拳的照片，张姐建议带几件裙装，拍几张时装秀。

这是一个难得的好天气，气温很高，公园里游人很多。为了找一个僻静的地儿，我们转了好久，后来在一个小桥边选了一块平地，背后就是劳动湖，有树、有水，有远处高层楼房的倒影，很适宜拍照。

张姐今年 70 岁了，刚刚过了生日，是我们三位的大姐。她带来了几套颜色鲜艳的衣服和丝巾，红色的凉帽，穿着五色花点缀的凉鞋，一眼看去哪里像 70 岁的人啊！

秀梅最小，给我们拍照兼做指导。她说："真佩服张姐，这么有精气神！"

张姐玩得开心，便说："是啊，我都 70 岁了，就喜欢开心地玩儿，尤其喜欢拍照。"接着又对我说："给我写篇文章，写给 70 岁的我。"我即刻答应道："好的，题目就叫《七十岁的大女孩》。"由此便有了这篇小文。

和张姐相识，还是在下乡插队的时候。她比我大三岁。记得那年我们一起在青年点食堂做饭，她是师傅，我是助手。我只会烧火、摘菜、洗菜、切菜、淘米等活计。大锅闷高粱米饭，张姐最拿手。她还会发面，蒸窝头、馒头和发糕。

记得是冬天的一个清晨，张姐把我叫醒，我们一起蒸窝头。因为这天青年点儿的青年们去打柴火，去的地方很远，要起早走，还得带饭。张姐忙着弄一大盆发好的面，一边让我把酸菜缸上边装面起子（小苏打）的瓶子拿过来。我刚刚起床，有些迷迷糊糊地，就随手拿起一个代乳粉的瓶子给了张姐，她倒出一些揉到面里。等窝头熟了以后，有些发红，张姐说，哎呀，面起子放多了。大家也没有理会，又把这些窝头装好给他们带去做午饭。我们吃了窝头，觉得有点儿甜丝丝的，宣腾腾的。等到天亮了，我们收拾饭桌才发现，那瓶子里装的不是面起子，是洗衣粉！一下子我们都惊呆了！我们也吃了洗衣粉做的窝头，没有什么不良反应，但是心里特别害怕。好不容易等到晚上青年们回来，我们胆怯地问，今天的干粮怎么样啊？有人说挺好吃，就是碱大了点儿。我们才松了一口气。不久，大家知道了这件事儿，并没有人埋怨我们，却当成笑话一直说到今天。张姐也没责怪我，我觉得张姐真有大姐的范儿。后来我和张姐学会了做饭、做菜，我们也成为好朋友。

张姐家境比较好,在 20 世纪 70 年代,算是日子过得比较不错的人家。她家住在老街的一个小巷子里,我经常去她家,大家庭的温暖给我留下深刻印象。张姐结婚后,家庭条件也不错的。那时候她家就有缝纫机,我就是在她家学会了蹬缝纫机。

张姐是一个热心的大姐,不但对自己的弟弟妹妹关心备至,邻居、同事、朋友都处得非常好。她还是一个时尚的大姐,喜欢穿新潮、鲜艳的衣服,总是把自己打扮得十分得体。她还是一个喜欢旅游的大姐,每年都要天南地北地走上一圈,不是串亲就是老朋友组团旅游,甚至与原来的老邻居们几家组团出去游玩,玩得不亦乐乎。

张姐还是一个社区活动的积极参与者。她刚搬到一个新的小区,就和邻居们熟悉起来,扭秧歌、跳交谊舞,举手投足间是那么娴熟。一次,在清真寺门前有秧歌会,特别的热闹。我路过那里禁不住驻足观看,突然看到张姐身穿彩色秧歌服,头戴花冠,正扭得开心呢。当时我眼前一亮,嘀!张姐的秧歌扭的这么好啊!还有一次,我和张姐两个人聚到一起喝点儿小酒,她非拉着我到她家小区的一个小广场。那里好多人在跳舞,我们两个也随着音乐跳起来。她跳男步,带着我旋转,拉花,给我转的直晕,她却步履轻盈地跳着。真是没想到,在我心目中一位热情、憨厚、朴实的大姐原来是这么会生活啊!自愧不如!

仔细想一想,张姐身上真的有好多的闪光点,值得我学习、借鉴。她一副热心肠,和她相处总是给你带来一些温暖和关爱。记得我们刚搬到市里,那时她家离我家很近,她就约我到公园做健身操。她会挑选香瓜,有时候她会买一兜子香瓜,悄悄放到我家的小园子里,然后告诉我。

她喜欢逛街,有时候约我一起去商店转转。看到合适的衣服一定会给我买一件,还嘱咐我,多穿些鲜艳的、新潮的衣服,让人感受到了一个大姐的温情和厚爱。

她还是一个美食家,不仅会做菜,还会品尝美食。有时候约我去吃烤肉,告诉我哪家的饭菜做得好。看着她津津有味地吃着烤肉,喝着小酒的时候,我从心底说了一句:"张姐,你真有福气,会享受生活。"

她人缘好,源于她懂得顾全大局,不会耍小性子。尤其在重要场合,大庭广众面前,宁可自己受委屈,把眼泪咽到肚子里,面带微笑,化解一些不愉快的气氛,这一点我是特别的折服。转眼间张姐 70 岁了,到了古稀之年。然而她依然保持着年轻的心态,保持着旺盛的精力,保持着时尚的风范,充分地享受着退休后的闲适、自在、多元化的美好生活。秀梅说的好,张姐的精气神值得我们学习!

认识张姐至今,已经有50年了,我一直把她和卢姐、高姐当作我的姐姐。一直陪伴着我,走过了半个世纪的时光,给我温暖、关爱、信赖和支持,是我的宝贵财富。

70年来,张姐走过了美好的童年,也走过了生活的坎坷;她的工作曾经呼风唤雨,也曾经低落迷茫。无论什么处境,她那宽厚的胸怀、热情的心肠、燃烧的激情一直伴随着她走过风雨,走过四季,在真诚、仁爱与宽容的天地间幸福、快乐的生活!

70年过去了,虽然岁月的刻刀留下了抹不去的痕迹,可是在张姐的心中,她一点儿都没有老。她是一个单纯、开朗、活泼的大女孩! 在我们眼里,张姐就是一位乐观、开明、美丽、年轻的大女孩!

2017 年 6 月 13 日

我心中的一号

——写给我的同学王丽伟

王丽伟,是我小学一、二年级的同学,说起来有60个年头了。我1958年入泰来第一小学(后来改为育红、实验小学)和王丽伟一个班级。

她家住在学校东侧下坡的机关干部大院。给我的印象是,她穿着整洁,梳着两条长长的辫子,从她身边走过,会闻到淡淡的清香。特别羡慕她,心里思忖,她家一定用香皂洗衣服。在班级我几乎和她没怎么说过话。因为我特别自卑,自己是普通工人的女儿,家境贫寒,怕她瞧不起我。但是在我幼小的心目中,王丽伟就是我心中的偶像,名字叫的美,人也端庄、大方,家境又那么好,怎么不让人羡慕呢? 尤其是和这样的同学在一个班级读书,学校的条件又这么好,心中难免有些小小的幸福感。

转眼间,我们读三年级了,刚开学我就被转到新成立的商业子弟小学读书。这是利用县供销社的办公室改建的学校,简陋,破旧。老师也是从各学校调过来的。我们的班主任是一个姓付的女老师,身体不好,经常休病假。只好临时找个老师给我们代课,很少讲课,没事儿就教我们唱歌。那时候我的心情特别不好。学校离家远了,不能正常上课,我还是坚持天天上学,两年时间就这样荒废了。

每每想起一、二年级的美好学习生活,心里特别的难受。

当年的企业办学以失败告终,五年级开学,我又被转到第二小学读书。遇到一位好老师——殷玉明,他教我们数学和语文,还组织我们成立习字小组,我的学习兴趣得到了发挥。查字典,写作文,练钢楷,特别的投入,也特别的开心。

1964年暑期,我考入泰来一中67届3班,心中满是欢喜。

我相信缘分,人与人之间的缘分真是特别的神奇。

上学的第一天,老师点名,同时介绍同学们互相认识。只听老师点到:"一号王丽伟!"随着一声"到!"我回过头去,看到了我的小学同学王丽伟,分别四年,我们又在读初中的时候分到一个班级,当时的心情别提多高兴了!一号,我心中最优秀的同学,当之无愧!

王丽伟依然是梳着两条长长的辫子,衣着整洁、利落、端庄、美丽,大方中多了几分沉稳。真不愧是一号,她学习堪称班级第一。数学考试总是一百分,作文也是班级中的佼佼者。她的字写得特别好,有笔锋,有劲力,像男生写的字。她不仅学习好,还是百米健将呢!每次学校运动会,她都是有记录的。

我们都长大了,都发生了变化,那种青春的气息如春天的树木一样生机盎然。我们如饥似渴地学习各科知识,我们如展翅的飞燕在美丽的校园里尽情地翻飞。理想、志向,如美好的蓝图在我们胸中生成。泰来一中,是泰来教育的小宝塔,在这里读书,是最幸运的事情。我们的知识随着年纪的增长,一点点儿的积累着,我们的思想也在一点点儿地发展着。每个人都憧憬着自己美好的未来。

王丽伟家依然住在那个干部大院,她的父亲是机关干部,母亲是商业职工,家庭环境特别的好。我家依然住在低矮的土坯房,我的父亲依然是一个普通的工人,由于又添了弟弟、妹妹,家里的生活更加拮据。虽然我们两个家庭相差悬殊,但是我内心深处特别想与王丽伟接近。也许是我们有一些相同的地方,也许是出于某一种默契,我们逐渐地接触密切起来。

王丽伟与其他同学不同的地方,也是我最欣赏她的地方。她不苟言笑,不喜欢咋咋呼呼,没有小女生聚堆说闲话的特性。特别沉稳地用心学习,一丝不苟地做好每一件事情,给人一种有条不紊、扎扎实实的感觉,在同学中出类拔萃。我喜欢她的眼神,很有内涵。有时候不用说话,一个深邃的眼神,就表达了一切。

"文化大革命"开始了,正常的学习秩序被打乱了。虽然天天去学校,不是开批斗会就是写大字报。我对老师很尊重,我没写大字报,我想王丽伟也不会写大字报的。这时候王丽伟就带我去她家玩。到了她家,让我眼前一亮,整洁的小院儿,宽敞明亮的居室,尤其让我眼馋的是书柜里那些书籍。我忍不住拿出一本书来读，王丽伟说，你喜欢读就带回家里去读吧，读完再来我家取。我高兴得了不得。于是她家成了我的图书馆，我看完书就去她家还书，然后再借书。在那段时间，我把她家的书看了好多。我从心里感激她，也打消了原来的自卑心理。她虽然是干部子女，却一点儿也不小瞧我这个贫穷工人的女儿，给了我自尊，给了我力量。

1968 年，我们离开了学校，轰轰烈烈的上山下乡运动把我们分别送到乡下和山区。王丽伟选择了投亲靠友，到大兴安岭农场接受再教育。她做过连队的文书、广播员、排长等职务。后来知识青年返城安排工作，她也调回县里，在新华书店做一名职员，一直到以书店经理的身份退休。

在新华书店，她也是一步一步，稳稳当当地做到了经理。成为一名书店经营的行家里手，为新华书店的发展写下了最浓重的一笔，可以说是空前绝后。

新华书店地处县城的黄金地段，在兴起房地产开发热的当头，王丽伟明智地预料到了一个不容忽视的问题，就是有人盯上了书店这块地儿。她马上决定跑省新华书店争取项目，扩建新华书店，并建职工住宅楼。目标定的非常正确，可是真正运作起来，谈何容易。作为一个女经理，她用自己的智慧和毅力，克服了好多困难。多次到省里汇报项目，争取立项，争取资金。在得到省里支持之后，马上与县里各相关部门协调、运作、施工。这段时间，王丽伟承受着一般人难以承受的压力和阻力，一步一步，稳扎稳打，历尽千辛万苦，终于建成了一幢造型新颖、质量上乘的新华书店大楼。面对那么多的困难，她只有一个信念：书店的地盘儿不能丢，书店的门市要扩大，书店职工的住房条件要改善。为了这个信念的实现，自己吃多少苦，都是值得的。王丽伟做到了，做得那么坚定、执着、完美。这就是王丽伟的性格：做就做到最好，做就做到极致。她是一个功臣，为新华书店的老干部和在职职工创造了最佳工作环境，最佳居住条件，在新华书店的发展史上，留下了辉煌的一页。

工作之余，我喜欢到王丽伟的办公室坐坐。约一两位知近的同事，吃火锅，聊天，有时候会聊好久。我钦佩她的工作能力，更佩服她料理家务的睿智。她和我说过，家里要干净整洁，多么忙也要把家里收拾干净利索。她喜欢研究美食，学做一些菜肴，我想她做的菜一定也是很精致的。她还叮嘱我买好一点儿的包，夏天要戴太阳镜，保护眼睛等等。她的着装总是很得体，讲究颜色搭配和衣服的质地，不花哨，不追风，却端庄大方，十足的职业女性的范儿。

每个人都要面临退休，不管你做出多大的贡献，那些付出与贡献只能作为自己问心无愧的资质。

面对退休生活,王丽伟和其他人一样,为了儿女去服务,上海、长春、泰来三地轮流地跑来跑去。王丽伟的爱人代福臣也是我们班的同学,他们夫妇养育了一对优秀的儿女。女儿在长春工作,儿子在复旦大学毕业后留在上海工作。繁琐的生活之余,王丽伟喜欢摄影,经她拍照的景观显得特别的精致。我佩服她的聪颖和细腻,在同学微信群建立以后,我发现她制作了好多精致的美篇,可以与专业美术摄影的专家相媲美。看着那些美篇,我特别的感动。感动的是她的那种执着和精益求精的劲头,是一般人不可比拟的。

我曾说过她不苟言笑,不善侃侃而谈。可是,内心深处却是充满柔情,那就是对家乡的爱恋,对母校的爱恋,对亲人、朋友的挚爱。

代福臣同学对我说:王丽伟为了拍好拍全泰来一中的全景,竟然先后四次去母校,寻找当年的影子。拍照新建的广场、教学楼、公寓楼、活动中心、雕塑、老树等等,为了找到一个完美的角度,甚至登高攀爬,然后从几百张照片中选出最满意的拿来作美篇。功夫不负有心人,在她拍照的时候遇到了一中的现任校长等学校领导,他们被王丽伟的执着所感动,把她的美篇《五十年后回母校》发到泰来一中校友群里,点击率达到几万次,她的美篇得到泰来一中校友的喜爱,传到了国内外,成为人们关注母校的最好美篇。她还制作了《泰来小城,可爱的家乡》《光明寺》等美篇,每一个作品都是美轮美奂。

最近,有同学从外地回来,她认真安排接待,给予最真诚的关爱和温暖。

王丽伟我心中的一号,她当之无愧。不论学识、胆略、智慧和毅力都是堪称第一的。60年过去了,她依然保持最纯真的情感,最精细的思维,最敏锐的眼光,最诚挚的本真。不张扬,不虚浮,不被世俗所左右,默默地去践行自己设定的目标,默默地去展示一个职业女性的优良品质。

回眸走过的路程,她是成功的母亲、称职的妻子、优秀的领导者,值得信赖的好朋友!

2017 年 6 月 14 日

景物篇

二 月 兰

有诗曰："好雨知时节,当春乃发生。"其实世间万物都是应运而生的,我家的二月兰就是最应着时节而开花的。

朋友送给我一盆二月兰,告诉我说,这花二月开,清香四溢,花期长。我看着它那单薄的叶子,真的不相信它会有那么好。春节就要到了,我忙碌着准备过节的事情,一点也没在意那盆二月兰。除夕的早晨,我整理窗台上的花盆,出乎意料地闻到了幽幽的清香,我随着香气巡视着,哦,二月兰竟然开花了。昨天还是一串花蕾,今天绽开了花蕊,洁白的花瓣伸展着,嫩黄的花蕊吐着清香。我的心情特别的好,忍不住看着那晶莹剔透的小花笑了。我轻轻地说,谢谢你二月兰,你是新春送给我的最好礼物。我情不自禁地吻了它一下。

正月初一,又有几串花开了,香气也增加了许多。一盆二月兰,给节日带来了新奇和美好,我们一家人开心了好一阵子。几天的工夫,花开满盆,满屋子的清香。

这盆花一直开到四月,花落尽了,叶子也枯黄了,按照朋友说的,我把它放在了阴暗的地方。到了九月初,我拔出花根,竟结了好多小蒜头般的根茎,这些根茎栽了三盆。春节又要到了,花蕾已经从根底窜了出来,像小麦穗似的。我精心地浇水施肥,摘掉黄叶,期盼着它如期开放。

二月兰,一盆普通的花草,却给人们带来了许多美好的东西。它应时节而开放,把自己的美丽和清香毫不保留地献给了自然和人类,用自己生命的轮回,年复一年地繁衍着。它对生存环境要求很低,只要适时地休眠、栽种,就会适时地开放。它是一个普通的不能再普通的花草,但是,它淡雅、随和、脱俗;它守时,应运而生,所以它有着特别强的生命力。

春节又到了,窗台上的二月兰那紧绷着的花蕾正等着时机的到来,它将和我们一起迎接又一个春天!

2006 年 1 月 27 日

黄　杨　木　梳

那是 1999 年的 5 月，我去北戴河全国政协培训中心参加市县政协主席培训班。黑龙江的树木刚刚吐绿，这个美丽的海滨城市已经是花团锦簇了。我一路欣赏着迷人的景色，一面怀着新奇的心情，来到了全国政协培训中心。这里依山傍海建起的红楼，错落有致。一进到里面就像进了迷宫一样，我好不容易才找到了自己的住处。是面对着大海的三层，标准间，宽敞明亮。还有一个开放的阳台，站在这里正好看海天一色，听涛声阵阵。作为生活在北方平原的人，面对这碧海、蓝天、红楼，别有一番情趣。

回过头来看房间内，已经有人住在这里了。我看到桌子上放着一个粉红色的化妆包，很新奇的，心里想，怎么用这么大个洗漱包呢。

我整理随身带来的物品，安置床铺，一边美滋滋地琢磨着这 20 天的美好生活。正当我欣喜万分的时候，房门打开了，进来一位三十七八岁的女子，她穿着玫瑰红色带小碎花的纱质长袖衫，黑色的体形裤，身材十分匀称，梳着一条马尾辫。没等我开口，她便十分诧异地问："这里不是山东的韩姐住吗？怎么换人了？"我一脸的茫然，我说："是报到处让我来这里的呀。"她只"哦"了一声就躺下休息了。我一肚子的高兴劲，立刻就冷了下来，这人好奇怪呀，看来和她相处要多加小心呢。晚饭后我们只简单地互相介绍一下就睡下了。

她是云南一个壮族自治县的政协副主席，无党派人士，在县民政局任实职。她的脸形是典型的壮族人的特点，不过那很耐看的微微突起的颧骨和深邃的眼神更显出她独特的个性。经过几天的接触，我发现她的性格特别孤僻，不爱多说话，似乎有什么难言的心事。她很爱清洁，也很爱打扮，对着镜子认真的化装，把头发梳得光光的。每天都要换两次衣服，一会儿是休闲衣裤，一会儿是裙装，都十分得体。

我试探着和她闲聊，主动介绍自己的家庭和工作情况。她被我的真诚打动了，终于说出了自己的心事。原来她已经离异了，同十几岁的儿子一起生活，她对这件事情特别在意，说这些话的时候非常不好意思，吞吞吐吐的，好像天大的丑事似的。我对她说："这是很正常的事情，不要太在意，更不要把它作为一个痛苦的包袱背在身上，过去的事情已经成为历史，应该开始自己新的生活。"她听了很感动，与我相处也十分自然了。我们很快成为好朋友，她亲切地称我大姐。早晨我们一起去海边散步,一起拍照。晚上一起谈生活,谈工作,谈女干部工作处世的酸甜苦辣,每天都很开心。

转眼间,学习就要结束了。大家都准备约家属来,一起出去走走。我也准备约老伴和小女儿来,去承德、北京玩。我忙着为他们联系住处,由于家属来得多,住处很紧张,我便到对面的宾馆联系房间。她知道了,忙说:"姐,我到别的房间挤一下,让姐夫、孩子和你一起住吧,你们一家团聚多好呀!"我忙说:"那怎么行呀,我都安排好了。"她不由分说,就打电话和女学员们联系,找到了一个人住单间的,就把东西都搬了过去。我心里过意不去,又阻拦不了她,她却爽快地说:"我一个人好对付的。"她随手拿出一把精致的木梳,郑重地对我说:"姐,这把木梳是朋友送给我的,它不值几个钱,送给你做个纪念吧,谢谢姐姐对我的理解、关心和爱护,看到它就会想到在遥远的南方有个妹妹在想着你。"我无语,小心地接过了这把木梳。它只有十几公分长,有一个柄,淡黄色的木质本色,上面印着"黄杨木梳"四个字,我小心翼翼地把它放到包里,不知道用什么语言来表达我的心情。这哪里是一把平常的木梳呀,分明是一颗纯净又真诚的心啊。她自己饱含了那么多的苦涩,却给别人创造了一个广阔的空间,"感谢"两个字已经平淡无味了。

这把木梳和一种美好的心情伴随着我和老伴儿、女儿一起度过了愉快的旅游假期,每天看到这把木梳,心里就涌起了感动之情。

从此以后,我将这把木梳放在随身携带的挎包里。它伴随我到大江南北,随我出国考察。从北极村到三亚的天涯海角,从圣比得堡到奥克兰,它给我带来友谊和吉祥。黄杨木梳寄深情,友谊常留我心中。小小木梳,就像一颗美丽的心灵,陪伴着我走过充实的每一天。

2006 年 10 月 12 日

山 杏

在县城东有一座不高的土山,上面长满了荒草和各种灌木,还有榆树、桑树和杏树。当春风裹着寒冬未尽的冷气吹来的时候,草儿返青了,树也发芽了。不经意间杏花悄然开放了,那浅粉色的花团,绽放在枝头,把春的消息带给了人们。这杏花是北方春季最早开放的花朵。淘气的孩子们,会折回几枝放在瓶子里,能观赏好几天呢。

到了初夏，那杏树上便结了好多的杏子，手指肚大小。勤快的人们便上山把杏子采摘下来，放在小口袋或者小箩筐里，放一只小瓷碗，在街头叫卖。

小的时候，山杏是我们最容易吃到的野果。那诱人的苹果和梨子，我们是买不起的。只有过大年的时候，妈买几个苹果，给我们姐弟几人分着吃，连里面的核都舍不得扔掉，嚼得剩了渣子才吐出去。可是山杏是我们每年都能吃到的，等第一茬山杏上了市，我们把早已攒下的零钱拿出来，花五分钱买上一碗两碗的，你一小把我一小把分着吃。

山杏是野生的，怎么也没有种植的果子好吃。绿色的小杏子，上面有一层白茸茸的毛毛，用手撮撮就放到嘴里，先把绿色的杏肉咬下来，先是酸酸的涩涩的还有点淡淡的苦味。大一点的杏子，里面的仁是白的，像一个心的形状，包着一股水。小一点的杏子，就整个放到嘴里吃，那酸、涩、苦交织在一起的味道也挺有滋味的。等到了杏子老了的时候就不好吃了，但是价格便宜了好多，我们花两三分钱就可以买一大碗。绿色的杏肉变硬了，更酸涩了，里面的仁也结成了硬硬的壳。尽管这样，我们还是很开心。

小小的山杏，那么不起眼，却是我童年难以忘怀的情结。那酸酸的，涩涩的还有淡淡的苦，就是我童年的味道。

2007 年 10 月 23 日

牡丹之魂

经历了将近 10 个月的时间，这幅《花开富贵》终于绣完了。

这幅十字绣，一般的快手，每天坚持绣 5～6 小时，不到两个月就可以绣完的。我是断断续续的、时绣时不绣的，就这样用了这么长的时间。绣完了，没有太过分的欣喜，也没有特别的成功感，却有些失落和淡淡的不舍。因为绣完了，它就该离开我了，这是我送给忘年交小朋友刘欣华的。

这 10 个月来，绣牡丹成了我生活的重要组成部分。每天收拾完屋子，做完其他活计后，就坐在窗前的沙发上，一针一线地绣牡丹。洁白的绣布上，一点一点地生成了绚烂多姿的牡丹，一片叶子，一个花瓣，在我的手下一点点地变化着。由无数个点组成了一朵朵硕大的花儿、壮实的枝干和幽绿的叶子，我的情愫也被绣进来了。

时光，悄然在我身边流逝，我却把时光留在牡丹里。那一针一线绣出的花朵，就是时光的足迹。这里有春日的花红，有夏日的绿荫，有秋日的清爽，有冬日的宁静。

梦想，总是美妙的，总是那么遥远。这里有我童年的梦。记得小时候，我最喜欢各种颜色的线。在未曾刷过白灰的土墙上，挂着一幅《花好月圆》的年画，很美，我非常喜欢看，每每看着它，就会产生好多美丽的梦幻。我想得最多的不是那诱人的景色，而是梦想将来自己拥有几团画上各种颜色的彩线。如今，用58种颜色绣成的牡丹图案，色彩斑斓，浓淡相宜，远远超过儿时的梦想啊。

情愫，总是那么丰富，那么流畅。喜欢遐想的我，静静地坐在那里绣花的时候，思绪也随着针线的跳跃而飞扬。尤其那些鲜艳的彩线，给我带来了那么多美丽的情思和幻想。这里有对生活美好期盼的喜悦，有对悠闲日子的闲情逸致，有对生活的感恩，也有对于久违了的快活日子的惶恐，还有对那些烦乱情绪纷扰的淡淡忧伤。

陪伴，人都怕寂寞，怕无所事事。我是忙惯了的人，一刻也闲不住的双手，必须有点儿活计可做。如今，生活很清闲，没有那么多事情可做。闲散的时间里，有牡丹与我为伴，很惬意。日渐丰盈的牡丹成为我的好朋友，我可以用心与它对话，向它诉说心中的苦与乐，它也会安慰我，逗我开心。

宝贝，这幅牡丹图，犹如一个婴儿般给我带来希望和喜悦。如十月怀胎把它孕育。如今鲜活地展现在我的面前，给我带来欣喜和欢乐。它陪伴我走过了一个轻松愉快的四季，也陪我一同领略了春夏秋冬的无尽风光。

牡丹，花中之王，雍容华贵，国色天香。牡丹，人们寄予了它富贵吉祥的美好象征。牡丹，世人心中的图腾，它带给人们的是富丽堂皇，是高雅华贵，如火如荼般的绚丽，是对于蓬勃繁茂的生命生生不息的追求。

我有幸以自己的双手，用五光十色的彩线，把牡丹的美丽之魂绣在洁白的绣布上。实现了自己的梦想，美化了友人的生活，净化了自己的心灵。

2011 年 2 月 28 日

采桑粒儿

桑粒儿，学名叫桑葚，有很高的食用和药用价值。在我的家乡城南、城东的土山上,有着好多桑树,每年6月份,正是桑粒儿盛产的时节。周日回家乡,我们姐弟五人开车去采桑粒儿,可出了不少笑话,走了不少弯路,最后还是满载而归。

周日清晨,老伴儿叫醒我,让我和他们去山上采桑粒儿。与我们同行的还有老妹夫、老弟、老弟妹。老弟妹说,春天时她去采野菜,看到路边有一片桑树,我们就直奔城南的公路,找来找去,也没有找到桑树。在一片林边停车下去查看,里面全是早年防沙时种植的锦鸡树。老弟问正在浇地的农民,他们说北山有。他们说的北山,就是我们说的东山。顺着一条老道(土路),我们就奔东山去了。

这条老道,我们太熟悉了。每年我们都要开车从这里去东山顶转一圈,看看小城的远景,走一走小时候打柴走过的路。车子在土路上颠簸着,开上了东山顶。进入了开发区的别墅小区,顺着老路下山,看到新建的光明寺。在庙宇的北侧,就是下山的路。走着走着,路被高高的土堆挡住了,这里变成了一条死路。车子只好调转车头,向东驶去,没走十几米远,就看到了高速公路绿色的栅栏,哦!此路不通!我们不禁大笑起来,看来老路行不通啊!只好往回走了,按照老妹夫指点,在一处宽敞的坡道下了山,走上了新修建的环湖路。西侧是茂密的芦苇荡,平坦的水泥路面,两侧有树木和路灯,再也不是泥泞难走的土路了。我心中很感慨,仅仅两年时间没来东山,这里却发生了这么大的变化,高速公路连接着黑龙江和吉林省,交通十分方便。环湖路整洁清幽,给人们一个极好的休闲空间。在山脚下,望着县城的轮廓,只见湖畔新城的楼群倒映在泰湖的水中,碧水绿树环抱的小城更加雅致秀美。湖中的水鸟翩翩起舞,清脆的鸣叫着。夏日的清晨,如此的静谧、清幽,如诗如画。

车子上了县城的北出口,也是进入高速公路的地方。这时老妹夫说,东湖边有一片桑林,到那里一定能采到桑粒儿。我们越过通往胜利乡的高架桥,往北进入一条土路,走大约200米左右,就见到了采桑粒儿的人们。那是一片很大的桑林,树木高大,树叶在阳光照射下泛着亮光。桑树的叶子酷似榆树,但是,叶子比榆树叶子宽大,油亮。老伴儿打趣地说,哦!老妹夫真深沉啊,不早说,让我们走好多弯路啊!我们也都跟着调侃,说说笑笑地开始采摘桑粒儿。不一会儿,声音就小了。后来一点声音也没有了,大家被满树的桑粒儿给吸引住了!

桑粒儿结得很厚,好多早已成熟的果实落在地上,都干瘪了。我们小心翼翼地采摘,一不小心弄破果肉,手上就染上了紫红色的果浆。不管如何小心,手还是染成了紫红色。老弟妹采得又快又多,老弟是边采边吃,把舌头都染紫了。我采的质量好,数量也可以。老伴儿采的最少,却破坏性地剪了几个结满果实的树枝,说是拿回家给小外孙女看看桑树是什么样子。采果子真有瘾啊,望着满树的

果实,恨不得一个不落地都采下来。一转眼,快7点了,这时只觉得太阳晒得厉害,该收工了。老伴儿张罗着,喊我们赶紧回来。看着满树的桑粒儿,恋恋不舍地停了手,上车回城。

在这个风和日丽的清晨,我们一行五人,从城南转到城北,循着老路却走上了新路。看着家乡的变化,心中充满欣喜和快乐;采摘天然的果子,领略夏日田地山野的风光,尽享收获的喜悦和欢愉,品尝了生活之醇,生活之美!

2011 年 6 月 28 日

太 阳 花

太阳花,俗名叫蚂蚱菜花,属马齿苋科,极普通、极平凡的花。田间地头,房前屋后,农家的窗台上,小园子里,都可以看到它那矮矮趴趴的身影。

我喜欢花草,尤其特别喜欢太阳花。记得八九岁的时候,后院邻居家有个大园子,园子边上开着各种颜色的太阳花。每每路过那里,我总是情不自禁地停步观望那些花草。终于有一日,讨来几个花杈,栽到一个小盆子里,没过多久,竟然开了一盆花。

太阳花的叶子是圆柱形的,叶子尖尖的,里面全是浆液。它生命力极强,一旦春风送暖,泥土复苏,阳光充足的时候,它就会发芽,从泥土里钻出来,自在逍遥地成长起来。它不断地从根部、茎部长出好多细小的枝叶,不过几日,便结出豆粒大小的,特别饱满的花骨朵,不经意间便花开满盆了。只要把那些细小的枝叶剪下来,随意栽在哪里,它就会成片地长起来,花开满地。

太阳花的花朵很美,一如丝光般的缎子一样,圆圆的花朵,就像一个个小笑脸,又如一个个金灿灿的小太阳。花蕊里嫩黄色的花粉,那么细腻柔和。红的、黄的、粉红的、白的,特别的鲜艳。每当伫立在它的身旁,欣赏它的美丽的时候,由衷地感受到了生命力的坚韧和勃发,感受到了小小生命带来的生机盎然。

如今,我已经来到城市里生活,可是,那太阳花依然陪伴着我们。只需几个枝杈,便繁衍了好几盆。它那细小的种子,一经接触到泥土,就必定发芽、长大、开花。尤其在阳光充足的日子里,它开得最鲜艳,最火爆,最惹人喜爱。

看着那名不见经传的小花,浮想联翩。它没有牡丹的雍容华贵,没有莲花的清俊高雅,没有梅花的暗香浮动,没有菊花的绚丽多姿。它没有伟岸的身材,没有摇曳的风韵，没有诱人的浓香，没有招摇的风情，甚至不能和任何花草相媲美。但仔细观察，就会发现它独有的品质和风范。它是生命力的强者，只要有泥土、水分和阳光，那细如沙粒的种子，就会适时而生。一旦生根发芽，就会以惊人的速度繁茂起来。那结满花蕾的枝叶，迎着阳光盛开，艳丽夺目，经久不衰。

由花想到了人，芸芸众生，人生百态，普通的人过着平凡的日子，他们更具有最纯真的情感，最朴实的性情，最坚韧的生命力，最强劲的创造力。犹如太阳花一样演绎着生命之强、生命之美、生命之绚丽！

2011 年 7 月 15 日

阳光的味道

早上起来，透过窗子，看到天很蓝，阳光也暖暖的，便把被罩、床单等都换了下来。撤下浅粉色的，换了一套淡蓝色的底儿，带红色、橘黄色散淡花朵的床单和被罩，给冬日的卧室添一分亮色，增一分柔和。

走到小园子里，感受初冬阳光的温存。风儿轻柔，空气清新，太阳在偏南方向远远的照着。热量远没有夏日那么炽热，也没有秋日那么火爆，感觉柔柔的暖。真应了一句俗语："十月里也有小阳春。"如今，已经进入农历的十月初了，竟然有这么明媚的日子。看那楼前的柳树，还泛着绿色，在微风里轻轻地摇曳。我想，它们一定是得到了太阳的眷顾吧。我把洗净的床单、被罩还有一床新做的厚棉被，晒在阳光下。

坐在方厅的沙发上，绣着蓝玫瑰，沐浴在阳光里。偶尔抬头望一下窗外晾晒的被单，那么鲜亮，那么透明，淡淡的粉色在风中轻轻摆动着，它也在吸吮阳光的精华吧；那床新被，是白色底儿，带着一束一束浅粉、淡黄、天蓝色的小花，很规则的排列，给人的感觉是温馨、安宁。我不喜欢大块的几何形图案，也不喜欢特别张扬的大红大绿和大朵花儿的图案，喜欢那浅淡的，柔和的，素雅的或花儿或圆圆点点的图形。这样的图案和色彩让人感觉温和、宁静。

轻轻地抖了抖晒干了的被单，轻轻地用手把它抚平，双手托起到腮边，只觉得一股淡淡的清香扑入鼻端，哦！是那么清新，那么柔和，有点淡淡的甜，这就是阳光的味道啊！随手又轻轻拍打那床新被子，让阳光的味道渗入到棉絮里，用一个冬天来收藏，它会一点儿一点儿的散发着阳光的热量，把冬日里的寒风驱逐。

此刻的心情格外的清爽,格外的甜美。这难得的初冬的阳光,必定集纳了春的温暖,夏的火热,秋的清爽,汇聚成一股暖流,把万物抚慰,也抚慰了人们的心灵;这难得的初冬的阳光,必定采撷了春花的嫩蕊,夏花的烂漫,秋叶的丹红,糅和成那淡淡的甜、淡淡的清香。

看看手中绣着的蓝玫瑰,那花蕊是淡黄色的,在一片浅淡适宜的蓝色中,泛着奇异的光彩。忽然想到,这花蕊莫非是阳光的化身吧!你看,无论什么花儿,那花蕊大都是黄色的,这黄色不就是太阳的颜色吗?这花蕊散发的香气就是阳光的味道啊!

也许是我太突发奇想了吧。阳光就是阳光,怎么会是花和蕊呢,怎么会有味道呢。可是我感觉,阳光与万物的默契,才有了这斑斓的世界,阳光与万物的交融,才会散发出那迷人的幽香。

我们的心中,都有一轮太阳,那是照亮我们前行的灯塔,是我们生活的希望,是走过春夏秋冬的脚步,是我们生活之花的芬芳!是太阳的味道在我们心中生成绚丽光环,照亮我们的心灵!阳光属于大地,阳光也属于我们的心灵!

2011 年 10 月 29 日

十 月 花 红

昨日,缠缠绵绵地下了一天的小雨,温度也明显下降了。白露过后,霜降就不远了,秋已去,冬日即将来临。

今日,阳光明媚,雨后的天空湛蓝湛蓝,早晚虽然很凉,中午的阳光还是特别的温暖。我推开小园子门,出去走走。一抹红艳艳的色彩闯入我的眼帘,转头望去,那是邻家大妈栽植的西番莲,开得正艳,在秋末的阳光下显得更加妩媚娇美,在早已枯黄的草地里凸显出一片生机盎然。我欣喜地跑回屋里,拿出相机,左右上下拍了好多幅照片。这是即将进入冬季的最后的花红!

西番莲,也称地瓜花,学名叫大丽花,在农家小院和城市小区的庭院随处可见,颜色花型也是多种多样,有红色、黄色、白色、粉红色和深红色等,红色最为多见,也最为美丽。大丽花,就像它的名字一样,美丽、大气、雍容华贵,堪同牡丹媲美。大丽花的花语是:大吉大利,大方、富丽、新意、优雅。据说,大丽花是墨西哥的国花,是全世界栽培最广泛的观赏植物,我国引进已有四百多年,是美化街道、公园、庭院的首选花卉。大丽花是吉林省的省花,张家口的市花。

大丽花更优秀的特点是耐寒,在北方,10 月中旬就进入取暖期了,这也预示着冬天的到来。人们早已穿上比较厚的衣服,大地里的庄稼早已收割入仓了,田野里的主色调已变成暗黄色。小区的草坪里,草儿早已枯黄,一些花儿经过一次低温,就蔫了。而大丽花,却是花开最旺盛的时节。它那红红的花朵像一团团火焰,闪耀着生命的顽强;它那浓绿的枝叶闪着油亮的光,整个花树绽放着勃勃生机!夏日里,它枝繁叶茂,悄悄地孕育着花蕾,奋然开放。在绿丛中,开始它并不显眼,也不张扬,与各种花草一起吐露芬芳。然而,秋风袭来,好多花草落尽铅华,悄然隐去,而大丽花不入俗流,再次孕育花蕾,盛情绽放,给秋末的天地带来一抹嫣红,一片生机。记得前年的初冬,雪下的早,皑皑白雪覆盖在红色的大丽花上,那美景引来好多摄影爱好者抢拍难得的景致。白雪、红花、绿叶相映衬着,是初冬最美的画面。大丽花,可以称得上是北方最耐寒的花了。

我一边欣赏大丽花美丽的姿色,一边想到花的主人邻家大妈。她今年80 岁了,特别勤快,每天早早起床,去早市买菜。白日里自己动手摆弄小院子里的菜,侍弄各种花草。年年到了春天,就把大丽花的根茎栽到楼前草坪的隙地里,浇水,拔草,特别的精心,似乎把自己美好的心情都栽植到花草里了。说起大妈还有一件趣事,虽说年轻人听起来觉得好笑,我却特别赞赏大妈的心态。一日,大妈看到女儿从秦皇岛回来,戴着一串珍珠项链,便对女儿说:"我也要戴珍珠项链。"女儿说:"我也不知道您也喜欢啊,在这里买很贵的呢,等以后去秦皇岛再给您买吧。"她女儿看见我在园子里呢,不好意思地说:"这老太太,看见什么都要"。大妈听到了,说:"我就是喜欢,别人有的我也要有,别人家老太太都戴着呢!"听到她们母女对话,我也觉得怪有意思的,可是仔细一想,大妈说的有道理,人老了,爱美之心不会老啊!大妈身体这样好,可能就来自她这种不服老,不惧老的心态吧。大妈拥有大丽花一般的心情,大丽花一样的情怀啊!

美丽大方的大丽花,向人们昭示一个道理:生命要灿烂,生活要多彩,即使秋日已尽,风雪袭来,仍然保持华丽隽永的姿态,展示生命的繁茂、鲜活和美好!

2012 年 10 月 10 日

蒹 葭

在我家乡的城东,有一片湖水,那里常年生长着茂盛的芦苇。在绿色繁茂的夏季,风儿吹过,那芦苇荡便掀起层层绿浪,在蓝天下蔚为壮观。密密匝匝的苇塘里有野鸭成群地游动,飞跃而起,还深藏着一窝窝的野鸭蛋。各种鸟儿栖息其间,灰鹤、大雁也会在这里做短暂的停留。这芦苇荡便是它们栖身的地方。每每在湖边散步时,便会想起千古流传的诗句:"蒹葭苍苍,白露为霜。"似乎看到一个身着罗袍的古代男子,风度翩翩,伫立水边,透过茂密的芦苇,遥望在水一方的窈窕淑女,倾诉着委婉哀怨的爱慕之情。

这芦苇荡是我家乡的美景之一,是纯美的自然风光。那摇曳的芦苇,如秀美的淑女,亭亭玉立,倩影婆娑,随风吟咏的便是清丽的诗句,隽永的诗行。那飘逸的芦花,便是秋日的精灵,在绿水间自在地飘荡。那由绿变黄的苇秆,柔弱中焕发出无穷的韧性,似乎在诉说着动人的故事,历史的沧桑。

和芦苇亲密接触,那是在我的少年时代。对于成熟的芦苇,我对它真是再熟悉不过了,那是一段辛酸的回忆。

小的时候,家里靠编苇席为生。那时候的家乡一江五河,无数沟泡沼泽,盛产芦苇。每到收获的季节,我家都会买进好多高高的苇子,堆成小山一样。整天和苇子打交道,它是我们的生产原料,有了它,生活就有了保障。然而那一堆一堆的苇秆和苇叶把我家的院子、屋子弄得乱哄哄的,实在是下不去脚,扫不净,清不完,甚是无奈。

后来父亲参加了工作,有了固定收入,但是几十元钱根本不够八口之家的生活消费。母亲便把编苇席作为她的主业了,当然父亲和我们姐妹也是最得力的帮手。

记得那时候,父亲早早起来,把第二天编苇席用的苇子都准备好。他用一种特殊的刀子把苇子破开,然后捆好,洒上水闷着。等到晚上下班,便把苇子放在屋子里经过硬化处理的地面上,用石头滚子把苇子压平,变得特别柔软。然后由我和二妹把苇子上的叶子剥去,再把这些苇子捆起来,等到第二天编苇席用。剥苇皮是我们最惧怕的活计,磨手不说,还爱犯困,有时候直打瞌睡,但是必须把这些活计做完,要不就会影响第二天的活计。

母亲早早起来做饭,收拾利索,便在那块硬地上起头,编织苇席。母亲一边编苇席,一边做家务,一天下来很紧张。等我们放学后,帮助母亲编苇席。我和妹妹都会编席子,但是就是不会起头。母亲说:不教我们学起头,不许我们将来吃这碗饭。她希望我们好好读书,做有出息的人。这样我们只会编席子的一角和收边。席子起完头以后,便剩三个角,我要完成其中的一个角,还要编边。一只手拿着苇子,同时双手撩起苇子,隔两条拣两条,把苇子编进去,用手按平整,再继续这样往复多次,直至把角编完为止。然后把编好的席子反过来,用一把长长的木尺比着,拿一把钝刀使劲划一条线。再用手把席子的四个边都按过来,用特制的刀子把边上多余的苇子翘掉,别在苇席缝隙里,我们叫这种活为"翘席"。这样整张席子就编成了,然后由我和妹妹背着席子到土产公司去卖。有时候不顺利,或者收席子的人挑剔,就会再背回来或者拿到街上去卖。一领席子可以卖三到五元钱。这些收入就是我们身上的新衣服,新鞋子,新书包和纸笔,还可以补充家里其他生活开销。

我们很厌烦编苇席的枯燥无趣,又期盼多编席子多卖钱,改善我们的生活。一直到我念初中,妈妈出去做零工挣钱,我们才告别了苇子,家里的院子、屋子也变得整洁干净了。可是每每回想起来,对于苇子还是有着特别深厚的情感。这情感不是它的俏丽轻盈,不是它窈窕的身姿,不是它飘荡的闲逸,而是它最根本的品质是柔韧、坚强、质朴,全身奉献给人类,给人们的生活带来实惠。是它陪伴我们度过了那段最困难的时光。

如今家乡周边的荷泽泡沼大都干涸了,芦苇也所剩无几,唯有城东的湿地仍然水草丰美,这芦苇便显得特别的珍贵。这片芦苇早已成为人们休闲时欣赏的美景,在湖水的映衬下显得更加妩媚俏丽,婀娜多姿。摇曳在微风中,合着鸟儿的呢喃,唱着全新的歌谣,不再是哀怨的情歌,而是对新生活的赞美和颂扬。

2013 年 2 月 17 日

老　树

公园里生长着茂密的树木,有榆树、柳树、榆叶梅、丁香、樟子松等。还有好多叫不出名字的灌木。一场春风吹过,千树万树,花团锦簇,芳香四溢,美不胜收。引来蝴蝶和蜜蜂,也引来游人青睐的目光。赏春景,是人们最开心的事情,所以人们对于春日的红花,夏日的绿荫,情有独钟,却很少有人去欣赏冬日的树木景象了。

每每在湖边走过,看着千姿百态的大树,我总会驻足凝望。用手抚摸那斑驳的树干和柔弱的枝条,心里思忖着,有一天来了灵感写一篇关于《老树》的日志。

今日难得的好天气。虽说农历快进冬月了,气温依然很适宜,阳光下的白雪还在悄悄地融化着,湖面还没有封冻呢。我来了兴致,便顺着湖边进入了龙沙公

园,一边活动身体,一边欣赏那些千姿百态的树木,竟然有了一种特别的感觉。

北国的冬季,一片白雪茫茫,草儿早已在厚厚的白雪覆盖下冬眠。而那些高高的大树却昂首挺立,迎着凛冽的寒风和霜雪,尽显刚劲和坚韧。只要你仔细观看,会发现那些树木形态各异,有千百种的造型。沿着劳动湖的水边,一排排的柳树,有接近百年的树龄,它们的根须裸露在地面上,树干是倾斜的,厚厚的树皮皲裂着,枝杈也是那么干练。像无数只手伸向天空,真是老干虬枝,英姿飒爽。由于多年的风霜雨雪的侵袭,有的树木已经横在水面上,那粗大的枝干弯曲着,好像与日夜相伴的湖水接吻一样的亲密无间。仔细端详这些树木,会发现在遒劲中透露着柔美,有的好似害羞的少女,扭曲着腰肢,双手掩着面庞;有的恰似一个舞者,高高举起双臂,翩翩起舞;有的犹如坚强的卫士,守卫着平静的湖水。这些树木历经了多少个酷暑寒冬,经历了多少暴雨狂风,见证了多少历史的沧桑啊。

它们是百年花苑的卫士,是百年历史的见证,是鹤城人民的绿色屏障。春日里,老干新枝,柔软的枝条吐出鹅黄,给人们一片春色;夏日里,枝叶繁茂,郁郁葱葱,给人们一片绿荫;秋日里层林尽染,姹紫嫣红,给人们一个斑斓的世界;冬日里迎风傲雪,更显雄姿勃勃,苍劲坚毅,为人们遮挡风寒。老树,是最美丽的风景,一年四季,变换着不同的姿态,展示生命的顽强。时而柔弱扶风,时而摇曳婆娑,时而茂密葱茏,时而苍劲挺拔。在不同的季节,显示着各异的神韵和风姿。

透过密密匝匝的树木,看到好多老年人在悠闲地活动着。有的打拳,有的跳舞,有的徒步行走,淡定从容,悠闲自在。他们好比这些老树一样,历尽人生的雨雪风霜,走过人生的春夏。虽然满头华发,依然精神矍铄,尽享人生之美好。

铁干虬枝,生命不朽。萧瑟寒风里,更孕育着勃勃生机。待到春风化雨,老干新芽报春知!

2013 年 11 月 24 日

"蝴蝶"梦

我说的蝴蝶,不是美丽的昆虫,也不是飘逸的风筝,而是一台蝴蝶牌的缝纫机。当年它就是我的梦,梦寐以求,终于求到了,圆了我的蝴蝶梦。这台缝纫机伴随我度过了最宝贵的青年时期,给我带来了好多欢乐和艰辛。如今梦还在延续着。

20世纪70年代,缝纫机是最贵重的家庭大件,俗称的"三大件"有自行车、手表、缝纫机。那时候有条件的人家在结婚时必备这"三大件",好比如今的房子和车子一样。当年结婚时婆婆送我一块上海牌手表,已经是很奢侈了。至于那两大件就得靠自己去挣了。

我喜欢做针线活,大女儿小的时候,我就用手一针一线地缝衣服。记得她周岁的时候,要照一张周岁照,我便买了一块粉红色花布头,裁成娃娃服(前胸是断开的,连接处有皱褶,上肩的样式,像小风衣的样子)一针一针地缝起来,穿上那件衣服到齐齐哈尔大光明照相馆拍的周岁照,我们一家三口也拍了一张合影。那时候心里就想,要是有一台缝纫机该多好啊,我可以给孩子做出各种各样漂亮的衣服。当时就是想一想而已。我们两人的工资加一起才60多元,一台缝纫机要150多元呢。自己没有积蓄,也没有外援,想买缝纫机真是白日做梦啊!

张丽华大姐家有一台缝纫机,有时候去她家,我就学着用缝纫机,很快就掌握了基本的技巧。只要脚劲儿使匀了,不倒轮,不扎断线,就可以。至于引线、上底线梭子,也很容易掌握。虽说自己没有缝纫机,却可以到邻居家使用缝纫机做活。

那时都住平房,一个院子里好几户人家,邻里处得特别好,谁家缺东少西的,都串换着用,特别的和睦融洽。我家邻居赵大嫂和陈嫂家都有缝纫机,我就借她们家的缝纫机做活。陈嫂家孩子少,我去她家做活的时间就多一些。每当到了星期日,或者到了我休假的时候,我就去陈嫂家做活。她便到外面去和邻居唠嗑,我一个人静静地做活。陈嫂是高度近视,她家缝纫机里外的棉线头等,她也看不全,我就先清理一遍然后再做活。有时候赶到中午没做完,就先回家吃饭,等人家午休以后,我再去接着做。小活儿还可以,马上就做好了,要是活多了,一时半晌也做不完,我也特别不好意思。实在需要做活儿的时候,我也到赵大嫂家借缝纫机用,她家孩子多,家里总有人忙活着,我也觉得特别的不自在。

当时我在百货商店布匹组上班,经常可以买到减免布票的布头。所以孩子和婆婆的衣服基本上是我自己裁剪自己做。那年我给婆婆做了一条灰色暗格子的的确良裤子,一件月白色的确良上衣,婆婆特别喜欢,收拾完屋子,就穿上这套衣服坐在大门口和邻居们聊天,得到邻居们的啧啧称赞,老人家也美滋滋的。

有了二女儿后,给孩子做衣服的活计便多了起来,自己没有缝纫机真是太不方便了。那一年,商店分了几张购物券,其中就有缝纫机券,我斗胆和经理要了一张,是蝴蝶牌缝纫机,而且是新型的,第一批出厂的。当时拿到购物券的时候高兴得不得了,比中了大奖还高兴啊!可是回到家里却发起愁来,150多元钱从哪里弄啊？我们结婚几年，又先后有了两个孩子，每月都是超支的，怎么办呢？当时，我灵机一动，正好亲属求我买手表的钱在我家呢，先用了再说吧。于是用亲属的钱先买了缝纫机。

打开包装，一台新鲜油亮的缝纫机展现在我面前，尤其是那台缝纫机头，是绿色的、最新造型的，上面贴着闪闪发亮的三个字"蝴蝶牌"！说明书的封面上印着白色的牡丹和金色的蝴蝶，还有JB8-2蝴蝶牌缝纫机，上海缝纫机二厂出品。我用手轻轻抚摸着期盼已久的缝纫机，心里说不出来的高兴和满足，那一刻，感到特别的幸福！从那时起，我就可以天天晚上在灯下做衣服了，结束了到邻居家小心翼翼地借用缝纫机的窘迫局面了。另外我们养猪、喂鸡，节俭度日，攒钱还债，小日子还是特别有滋味的。

有了缝纫机，做衣服就特别的轻松，没事就琢磨给孩子做什么样的衣服。那年我给小女儿做了一条天蓝色的喇叭裤，一件橘黄色的上衣。为了样式新颖，我把前襟设计成不抠扣眼，而是在小长条的布上抠出扣眼，对称的再钉上一个扣子，然后缝在衣襟上，穿上后效果特别的好。正值我在哈尔滨妇干校学习，爱人带她去看我，我便带小女儿去妇女儿童商店买鞋。一位带孩子买衣服的男士问，这孩子穿的衣服是在哪里买的？我笑笑说自己做的。当时心里可美了。

1979年，我调到机关工作。闲暇时间多了，我就买了几本裁剪书籍学习规范的裁剪技术。大家知道我会裁剪衣服了，就都把孩子的、老人的衣服让我做，我也都承揽过来了。也不知道是我好胜、爱显摆还是热心肠，这下子可把我累坏了。一到过年，我就忙得不亦乐乎。记得有一年春节将近，我白天抽空裁衣服，晚上回家就做缝纫活计，缝纫机的响声吵得大人孩子都睡不好觉。那年都腊月二十八了，我两个女儿的新衣服还没做呢，我得先把同事们的活计做完，再做自己家的。那天晚上我和老姜带着做好的衣服到朱姐家去，一是提前给她家老人拜个年，二来顺便把衣服送过去。到了朱姐家一看，人家屋子里收拾得干干净净，桌子上摆好了糖块和瓜子。朱姐不在家，带着孩子们去后院邻居家看电视去了！我的心里当时就不是滋味人家悠闲地等着过年呢，我的活计却堆成山了。

说起做衣服，我的手艺一般，只能给孩子或者老年人做。可是还有人特别信任我，同事小付要结婚，拿来一块毛料让我给做裤子。我确实没有那个技术，一直没给她做。那块毛料在我的文件柜里放了好久，当我还给她时，她还有些不理解呢。但是我只能尽力而为。

缝纫机给我带来欢乐，也带来了辛劳。虽说辛苦点儿，可是心里却是甜甜的、美美地。这台美丽的蝴蝶一直陪伴着我，是我的好帮手。直到孩子都大了，也不用穿我做的衣服了,这台蝴蝶也退役休息了。可是我一直没有舍弃它,几次搬家都把它搬来搬去的。后来就把它放在阳台里了。

最近翻箱倒柜,找出一些旧的被罩和床单,觉得扔掉了可惜。"旧物利用,变废为宝",这时,我又想起了这台缝纫机。它还静静地在县城旧居的阳台上呢。不知道它是否还能正常运转了。我们便把它请了出来,清理干净,经过十几年的寒暑侵蚀,台板的油漆起了皮,掉了颜色。摆好机头,挂上皮带,用脚蹬一下,运转正常。我又引线,拿来旧布扎一下,针脚很匀称,一切正常!真够意思啊,我的好哥们儿!我高兴得了不得,有一份欣喜,一份久违了的亲近感涌上心头。老伴儿把它用车运到市里的家,我便开始新一轮的设计、裁剪、制作了。小女儿拿来一片旧窗帘,我做了四个椅子罩,旧被罩做了一个大褥子,边边角角有绣花的,就拼了一个小坐垫。还别说,真挺实用的呢!尤其是那个大褥子,是纯棉线的,好用、环保。

将来我还可以改改旧衣裤,扎个裤脚什么的就不用到外面去做了。生活中真的离不开这个缝纫机呢!

缝纫机曾经是"高档的家庭装备,是身价的象征"(原上海缝纫机二厂厂长的话)时过近四十年了,它依然熠熠生辉,那种近似孔雀绿的颜色仍然未改。它那灵巧的运转速度依旧,它扎出的针脚还是那么匀称、平整。唰唰——唰唰刷——犹如一位老朋友在与我悄悄耳语,那么亲切、那么温润。

2014 年 9 月 12 日

枸　杞　树

我家楼前有一片公共用地,里面栽了一些松树和果树,这里只允许栽树种花,不允许种菜。每年春季,我们种上一些花草,美人蕉、大芍药、步步登高等,还有自己繁衍的爬山虎和扫帚梅。春暖花开,各种花草争相开放,姹紫嫣红,甚是好看。

去年,从大哥家移来几枝枸杞树苗,原本是种在花盆里的,纤细、柔软的枝条,灰绿色的叶子。我们把它们栽在紧挨着南墙根的空地上。春天里它便发出新芽,很快就伸展了好多的枝杈。刚入夏季,便开出细碎的小花,结出小小的果实。今年雨水勤,光照也好,那几株枸杞长得特别的茂盛。忽一日,只见茂密的叶子底下有红红的果实,枸杞成熟了!刚开始只结了几个果实,也着实让人心生

欢喜。一入仲夏，红红的果实一串一串地结满枝头。我便拿个小盘子，成熟了就摘下来，又成熟一茬，就再去采摘。开始那些枸杞果，本想放在阳光下晒干，可是，那果实还在继续成熟，竟然变了颜色，软软地烂掉了。后来有人告诉我，把果实清洗干净放到白酒里泡或者放到冰箱里冷冻，这样保存很省事，也不会腐烂。这样一来，隔几天，便收获一些枸杞果，竟然有两三斤果实了。

枸杞树是灌木，带刺，叶子上还喜欢生一种虫子。枝条柔软，枝杈繁多，开淡紫色的小花。我到网上查看，原来枸杞的名字还是很有来历的呢。"枸杞这个名称始见于中国二千多年前的《诗经》。明代的药物学家李时珍云：'枸杞，二树名。此物棘如枸之刺，茎如杞之条，故兼名之。'"耐寒、耐旱，喜阳光。听它的名字不是太好听，可是它结出的果实却很美。椭圆形的果实，红得晶莹剔透，亮光闪闪，煞是好看。而它的药用价值不菲，是人们最喜欢的保健养生用品。枸杞子，养肝、滋肾、润肺，枸杞的叶子还可以做菜吃。

今天，老伴儿提醒我，枸杞又结了一茬果实，该收获了。我暗自思忖，这几日夜间气温低，那果实怕是冻坏了吧？待我来到树前一看，只见那树叶更加浓绿，繁茂，红红的果实挂满枝头，用手一摸，很结实，摘下来一看，果实的外皮闪着亮光，像一颗颗红宝石一般。由于气温低了，树叶上的虫子不见了，树叶也变得宽大起来，心中不免生出一种敬意来。这小小的枸杞树，弯弯的枝条垂向地面，看上去只是一丛丛矮小的灌木，和那些高大张扬的花比较起来，它是那么不起眼，却在它的叶子下面生成一串串红彤彤的果实，是那么可爱，是那么有价值。我忽然想到一句话："简单就是快乐，平凡就是幸福。"这话是对生活的感悟。可是，这一丛丛茂盛的枸杞树用自己的生长过程向人们昭示一个道理：最普通的就是最有价值的，最简单的就是最美好的。它没有高大的身姿，没有绚丽的花朵，没有诱人的香气，却悄悄地生长着，蔓延着，在低温（6°）下可以发芽、生根、开花、结果。那红宝石般的果实隐藏在树叶下面，红得透明，红得闪亮。

我不禁想到，在我们身边，就有如枸杞树般的亲人和朋友，他们没有英俊的面庞，没有高大的身材，没有时尚的服饰，却有金子般的心，有聪慧的头脑，有高尚的品行，有人格的魅力。

小小枸杞树，令人生出好多遐想，令人感悟好多道理，做人如枸杞树，不求索取，只为奉献。

2014 年 10 月 10 日

樱 花 情 结

　　第一次看见樱花是在2008年4月到江苏省淮安,在周恩来故居的后花园里,有几株樱花树。正值樱花盛开的季节,粉红色的樱花开满了树枝,我在樱花树前拍照留念。

　　对于樱花,在记忆里,总觉得它是日本的花,在内心深处有一种说不出的滋味。偶尔在视频或者图片中看到樱花盛开,心里十分羡慕,希冀着有一天能看到一片一片的樱花。

　　去北京探亲,有幸赶上了玉渊潭第27届樱花节,亲人们陪我们去看樱花,内心十分高兴。4月中旬,北京花红柳绿,春意盎然。可是樱花大都已经开过了,只有晚樱还在盛开着。进了玉渊潭公园,便有提示牌告知晚樱园的位置。我们走过弯弯曲曲的小径,透过树隙看到了一片粉红色的花树和赏花的人们。喔!樱花树一株挨着一株,满树的花朵盛情绽放着。花朵十分的密集,花瓣一层裹着一层的,有的已经盛开了,有的含苞待放,粉红色的花瓣嫩嫩的,十分娇艳。还有几株白色的樱花树,如雪花般洁白剔透。人们争着在花树下拍照,留住这瞬间的美丽。

　　我仰望着一团一团的樱花,欣赏它那纯净美丽的花颜,心中难免一阵惊喜,一阵欢欣。樱花啊!原来你的根在中国!到网上查询,才知道樱花起源于中国,秦汉时宫廷皇族就已经种植樱花,距今已有2000多年的栽培历史。汉唐时期,已普遍栽种在私家花园中。至盛唐时,万国来朝,日本羡慕中国文化之璀璨,园艺花卉种植技术随着建筑、服饰、茶道、剑道等一并被遣唐使带回了东瀛。樱花也被日本人喜爱,大面积种植,培育了好多新品种,樱花也就成为日本的国花。

　　唐代诗人白居易有诗云:"小园新种红樱树,闲绕花枝便当游。"明代于若瀛有诗曰:"三月雨声细,樱花疑杏花。"周恩来总理有一首诗:"樱花红陌上,杨柳绿池边;燕子声声里,相思又一年。"

　　樱花,象征纯洁、高尚,代表着高雅、质朴、纯洁的爱情。好多情侣在樱花树前留影纪念,我们也不示弱,与老伴儿肩并肩拍了照,满脸的欢笑,满心的欢喜。

　　樱花,远远望去如一片片美丽的云霞,映红人们的笑脸;走进它仔细观察,纯净、高洁、娇嫩,让人从心底升起一种美感。

　　樱花,是属于世界的,好多国家种植樱花树。樱花是美好的象征,是友谊的

使者。北京之行，让我对樱花的狭隘情结得以诠释，得以解脱。樱花，是大自然的恩赐，是美丽的精灵。它的根在中国！

2015 年 4 月 22 日

采 艾 蒿

快到农历五月了，是采艾蒿的最佳季节。最近老伴儿叨咕着要采艾蒿。正巧我们要回县里与老友聚会，借机到乡间采艾蒿。

说起艾蒿，引起一些回忆来。

记得小时候，每到寒暑假，我和二妹必到乡下姥姥家玩几天，然后带回一些农产品，这是假期最有意思的事情。

姥姥家住在平洋公社平洋大队，从县城坐火车半个小时就到了。在姥姥家总能闻到一股蒿草燃烧的味道，那便是挂在炕边的"火绳"。姥姥喜欢抽旱烟，一根尺把长的乌木烟袋，装好烟叶，便用这根"火绳"点燃烟袋锅里的烟叶。那条"火绳"整天燃烧着，冒着青色的烟，用的时候用嘴一吹，便冒出火星来。不用的时候，它就悄悄地在那里燃烧着，慢腾腾地燃烧着，屋子里飘荡着淡淡的草香味。这"火绳"就是用艾蒿编成的。这是我第一次认识艾蒿。

后来每到端午节，人们喜欢到郊外采艾蒿，把彩色的纸葫芦挂在上面，插在门边、窗户框上，还有的人把艾蒿叶放到耳朵里，或插在发髻上。艾蒿和粽子一起成为端午节里最有象征意义的物品。

记得有一年，我们去市里办事，正值端午节前夕，当车开到江桥江边时，（那时，还没有建公路桥，只能靠摆渡船过江）老伴儿看到一片泛着白色的艾蒿，便停车，在路边拔了好多艾蒿，当时我一点儿也不理解他干吗拔那么多艾蒿。回家后，只用了几根艾蒿栓葫芦，剩下的放在阳台里慢慢地阴干了。后来，老伴儿把这些艾蒿搓成了绳子，盘起来，放在一个角落里。他说，这东西熏蚊子最好了。话是这么说，却一直没有动过它。

转眼间，我们搬到市里五六年了，那盘艾蒿绳子，依然在老宅里放着。一年中秋节前两天，我们回县里参加一个朋友家的婚礼，家里没有人，下水堵了，好多脏水涌了出来，等我们回来才发现，脏水已经渗到地下室里，味道难闻极了，虽然几经擦洗，依然臭味扑鼻。老伴儿想起了这盘艾蒿绳，便从老宅取回来，挂在地下室里,每天点燃一会儿,一直把这盘绳烧完,艾蒿的草香味终于把难闻的味道赶走了。真没想到这点儿艾蒿发挥了这么大的作用。

这次回到县里,天气特别的好,蓝天、绿树,碧水莹莹。干涸多年的东河和宏胜水库都蓄满了水,这是从嫩江引进的江水。老伴儿开车,我们一边欣赏野外的夏日景色,一边寻找艾蒿。在通往胜利乡的公路旁,发现了在绿丛中泛着淡淡灰白色的艾蒿。遗憾的是我们没有带镰刀,只带了一把剪刀,我用剪刀剪,老伴儿用手拔。艾蒿是根系繁殖的植物,它的根系很发达,拔的时候很费劲呢。可惜的是拔掉了根,影响它明年成长哦。

在返回市里的路上,又发现了一片艾蒿,它们就在公路的边上,也许是根系繁殖的缘故,发现艾蒿不是一株,而是一大片,一株紧挨着一株,特别的密集,所以也方便采集。不一会儿就采了一大堆,老伴儿用长一点儿的艾蒿拧个劲儿便成了草绳,把艾蒿捆了起来,放在车后备厢里。一路上闻着艾蒿的香气,迎着初升的朝阳,优哉游哉地回到了市里。

把这些艾蒿先放到阳光下晒晒,把根部去掉,把剪好的艾蒿靠根部用斧头砸一砸,老伴儿便开始他的拿手好活儿了,用手搓艾蒿绳子。用了大半天时间,搓了有几十米长的艾蒿绳,在放到阳光下晒着。真服了他那双手了,虽说男人的手很有劲儿,也不免把手掌搓的生疼啊!其实做这些并没有具体的目的,只是一种久违了的感觉,一种对艾蒿的旧情吧。在欣赏山野美景时,随手采集一些有价值的植物积攒起来,一定会派上用场的。它可以驱蚊、排除异味,还可以泡脚等等,对净化环境有益,对健身有益,何乐而不为呢!

艾蒿,也叫艾草,是多年生草本或略成半灌木状植物,植株有浓烈香气。艾草生长在路旁荒野、草地。其适应性强,只要是向阳而排水顺畅的地方都生长,但以湿润肥沃的土壤生长较好。除极干旱与高寒地区外,几乎遍及全国。以根茎分株进行无性繁殖,但也可用种子繁殖,全草都是药材。小小艾蒿,极普通的草药,它就生长在很容易被人们发现又很容易被人们忽略的河边路旁,没有惹眼的翠绿,没有招摇的身姿,却全身是宝,以独特的、浓郁的香气给人们带来乐趣和健康。

我们能与艾蒿结缘是一件幸事。还得感激老伴儿独具匠心,在这个夏日里,安排了一次别开生面的野外采集活动。在欣赏大自然风光的同时,收获了全身是宝的艾蒿。

2015 年 6 月 16 日

紫 丁 香

5月中旬,正是紫丁香盛开的季节,在满园红粉落幕之时,在草木葳蕤之际,淡淡紫色,淡淡幽香,在苍翠的草木中倾情绽放。

丁香,北国最常见的灌木,路边、湖畔、山坡上,只要有泥土的地方,它都会生根、开花、成长。

每当北国的初夏来临,丁香便悄然开放,它犹如一个夏的使者,给人们带来了清新和恬淡。

清晨,漫步在公园的丁香树旁,淡淡的幽香在空中弥漫,远远地望去,犹如一片淡紫色的雪,扑鼻而来的香气让人心旷神怡。

丁香花,像一个亲密的朋友,如影随形,走到哪里都会看到它的身影,如紫色仙子般飘逸、旖旎。

在回乡的路上,路边一丛一丛的丁香绽放着;在高速公路的隔离带间,满是淡紫色的丁香,形成一个长长的花带,与路边高大茂密的白杨树相映成趣,绿色的屏障,紫色的花带,一路伴随着我们,携手前行。抬眼远眺,蓝天、白云、绿树、淡紫色的丁香,好一幅初夏美景,靓丽、秀美、清新。

走近丁香树,心中便生成一种情愫,它没有迎春花那么鹅黄惹眼,也没有榆叶梅那么红粉娇嫩,却以一身素洁、清丽、优雅的身姿展现出自己独有的美丽。好似一位古典美人,一袭淡紫色的长裙,素雅的淡妆,款款而来,从她身边走过,清香宜人。

徜徉在公园的小径,欣赏铺天盖地而来的丁香花,转角处更有它俏丽的身姿,禁不住驻足拍照,留下最美好的瞬间影像。

紫气东来,这满园的丁香不就是这真实的写照么!

紫丁香,淡淡的紫,淡淡的香,淡淡的雅,淡淡的美。平凡、雅致、隽美。

我突然想起我的挚友,她们就如这丁香花一般,不抢眼,不喧闹,不缠绵;几分宁静,几分优雅,几分矜持;默默地关注着我,适时地问候我,长久地陪伴着我;给我温馨,给我静美,给我凝重,偶尔给我浪漫的惊喜!

美哉,5月! 美哉,紫丁香! 美哉,我的挚友!

2016 年 5 月 17 日

北国的春天

时间已经进入阳春三月,春分刚刚过去,预示着春天已经过去一半了。在南国早已是花红柳绿,草长莺飞,一派春日融融的景象。而在祖国的北疆,依然是一片萧肃,春天的脚步却是太迟缓了。

有人说,北国的春天太漫长了,也有人说,北国的春天太短暂。其实仔细想想,各有各的道理。说春天太漫长,是说从立春开始,春天的气息就显露出来了,一直到立夏的时候,才会花红柳绿;说春太短暂,是说等到杏花、迎春花开放的时候,夏天就要到了,有时候没等人们穿上美丽单薄的春装,就换上夏天的衣裳。

北国的春天依然是步履缓慢,姗姗来迟。

立春开始,气温虽然还没有明显提升,可是你会感觉到春天的气息势不可挡。最先感觉到的是室内的花草开始萌动抽蕾,在不经意间,悄然绽放,散发着沁人肺腑的清香,屋子里的阳光也逐渐亮堂起来。然后再看看窗外,冰雪也在发生变化,往日坚实的冰雪变得酥软起来,一遇到阳光的直射,便会一点儿一点儿的融化;走在公园的小径上,会有清风拂面,凉凉的,柔柔的。抬头看看一排排白杨树,只见树冠之中有隐隐的、淡淡的绿,那不是树叶的包蕾,是树枝的颜色发生了变化;如果走在草坪上,会觉得脚下的泥土软软的,草根儿在萌动;湖面上的积雪悄悄融化,冰面也不再那么光滑,出现了一些被阳光灼蚀后的斑驳;走在阳光里,会觉得阳光暖暖的,天空蓝蓝的,风儿也变得柔和起来。

北国的初春,寒风料峭,乍暖还寒。民间有一句俗语:"着人不着水。"是说人觉得很冷,可是冰雪却在融化。还有一句说:"春捂秋冻,老来不得病。"是说虽然天气变得暖和了,却不可轻易换掉冬衣,因为阳气上行,冰冷的空气会让人们的身体受到侵害。

进入3月中旬,春天的气象比较明显了,白昼渐渐变长,气温逐步上升,蜗居一冬的人们陆续走了出来,公园里晨练的人们一天比一天多起来。寂静了一个冬天的公园也变得热闹起来了,人们一如那树木、花草一般,活跃起来了。

跑步、快步走、打羽毛球、乒乓球、广场舞、太极拳的队伍也在逐日扩大,你经常会看到老拳友、球友、舞友们互相问候,关切地了解相隔一个冬天的大事小情。

风儿是唤醒大地的使者,每当3月下旬到4月下旬,是一年中刮风最多,风力最大的日子。一场大风刮过,大地就会化冻几分;几场大风刮过之后,湖水解

冻,微波粼粼,枯黄的草根里萌生出新的嫩芽,树枝结满苞蕾;再刮一两场热风,一夜之间,满树的绿叶伸展开来,那么鲜嫩,那么青翠;粉色的杏花、鹅黄色的连翘花、粉红色的榆叶梅、白色的李子花相继开放了!北国的春天异样的美丽!等到丁香花满枝头的时候,夏天就来到了。

虽然草儿萌芽,但树叶泛绿,杏花绽蕾的日子离我们还很远,至少在 4 月下旬才可以真正看到草儿发芽,树木吐绿,可是春天却着实来到我们身边。

北国的人们早已习惯了慢慢地等待,在等待的日子里,慢慢地一点儿一点儿地品味着春天万物复苏的漫长过程,仔细体味春天悄然而至的细微变化,欣赏着冰雪融化成水,浸润大地的神奇景象。在等待、品味、欣赏中静候那鲜花盛开的春天,期待那鸭绿鹅黄,繁花似锦的春日到来!

其实居住在北方的人们何尝不是与这树木花草一般经受春日的蜕变,在寒冷中期待温暖,在复苏中期盼萌动,在萧肃中盼望色彩缤纷的春景呢!期待美丽的时节,也是一种充满希望的幸福呢!

2016 年 3 月 22 日

与神树邂逅的故事

在 23 年前的夏天,我和邱景媛到好新乡(现在与宁姜乡合并)检查工作。当时天气炎热,久旱无雨,抗旱工作是当务之急。

中午在乡政府食堂就餐。席间乡领导们谈起黄花村蒙古族村民向神树求雨的事情。

当地有个多年不变的习惯,每逢久旱无雨,村民们就会杀猪给神树上供,并跪倒膜拜,祈求神树降雨解除旱情。

我问,他们用什么方式求雨呢?乡领导说,村上出一位年纪大,威望高的人组织求雨祭祀活动,杀一口猪,用猪头供在村头的神树前求雨。

我又问,那剩下的猪肉怎处理?乡领导说,剩下肉村民们吃了。

我问,那今年求雨显灵了吗?回答说,还没下雨呢。

我半开玩笑地说,猪肉村民都吃了,那就不灵了呗!

说话间午餐结束,我提出去看看那两棵神树。虽然曾经在村头路过,并没有到老榆树跟前仔细参观过。

据说，早年黄花村是一个水草丰美的地方，蒙古族游牧至此，并在这里安营扎寨，定居，并把这个村子称为黄花村，是蒙古语的译音。由于风蚀水撤，水土流失，这里变成了黄沙岗。每逢旱天，没有适宜的水源解除旱情，只有靠天吃饭。村民们便借助神树祈求老天降雨。这个民俗已有多年了。

我们来到了神树跟前，只见满地的秧苗旱得打蔫了，黄沙在中午烈日下，更显得烫脚烤脸。高大的老榆树的树叶卷曲着，显得很疲惫的样子。我伸手掠起一棵枝条，才发现老榆树生虫子了。这可能也是干旱所致吧！

我赶紧说，快看，树生虫子了！抬起头仔细观察神树，虫害挺严重的。我说，快告诉村民们，赶紧想办法灭虫啊！这样的树木怎么会显灵啊！

说句实在话，我并不迷信，但是我非常理解村民面对干旱无雨的灾情，在没有其他办法的情况下，唯有寄希望于老天和神树了。跟随一起去看神树的乡领导马上说，对！赶紧告诉他们尽快把神树的虫灾治好。

站在神树面前，感受到了一种神奇的力量。这神树盘根错节，铁杆虬枝，奇特的造型与山岗上的任何一棵树都不一样，有一种独特的魅力，让人肃然起敬。我也禁不住在心里默默叨念：老神树，快征服你身上的虫子吧，快点儿显灵吧，保佑黄花村风调雨顺，解除旱情。跟随我的邱景媛也特别虔诚地祈祷着。

第二天，我们还要继续下乡检查工作。我早早起来，却神奇地发现，下雨了！

在去往塔子城的路上，景媛喜不自禁地说："哈！神树显灵了！真下雨了啊！"我赶紧制止她，别瞎说，这会让人家作为笑柄的。没有几日，我们去神树求雨的故事就传到了各个乡镇，传的神乎其神。

也许是一种巧合；也许是该到下雨的时候了。我并没有认为下雨与我们去看望神树有关。

但是这种巧合，也真是太巧了。

我觉得树木也是生命，尤其具有几百年树龄的古木，必然会吸吮天地日月之精华，必定有着其独特的天赋和神奇的力量，必定有我们人类所难以解析的种种因缘，是值得人们敬畏和崇尚的。

2017 年 4 月 11 日

毛 毛 狗

"毛毛狗"是人们对杨树、柳树花的俗称。

春季到来,先叶开花的是木本植物。比如:连翘、榆叶梅、杏花、樱桃等等。杨树、榆树、柳树等树木也是先开花后长叶的。

人们都喜欢欣赏色彩艳丽的花朵,却没有人欣赏这些杨树花。因为它长得太丑了,就像一条毛茸茸的虫子一样,非但不能给人以美感,还有几分令人讨厌呢。在春寒料峭的季节,树木抱蕾,最先绽放的就是这些类似"毛毛狗"的杨树花。

在道路两旁,在小区里,到处都可以看到这些杨树花。

我喜欢观察树木的变化期盼春天的到来。在寒冬过去,立春之后,树木便开始发生明显的变化。先是树干颜色由枯黄变得青黄,枝条柔软了。尤其树枝上结满红褐色的苞蕾。它在寒风中摇曳,经受雪雨的洗礼,劲风的摇晃。清明前后便清晰可见这些红褐色的苞蕾日益长大。忽一日气温上升,这苞蕾便绽放开来,一串串暗红色的,类似毛毛狗的花朵缀满了树枝,在春风中悠荡着。这个时候人们知道春天来了,树叶就要长出来了。

谷雨这天晚间,下起了小雨,雨借风力,下的淅淅沥沥。真是"谷雨难得雨",这雨下得真是时候。

谷雨过后,雨住天晴,清晨的空气特别的湿润。只见高大的杨树下面落了一地的"毛毛狗",就像成群的毛毛虫在地上卧着。我从树下走过,从"毛毛狗"身上走过,脚下软软的,心里有些害怕,真以为它们就是毛毛虫呢!

走进龙沙公园,只见台阶上一缕一缕的褐色的颗粒,这是榆树的花,和大杨树一样,昨夜经受了风雨的吹打,如今落了一地,像褐色的绒毯。

我望着这些落花,不免心生怜悯。这些其貌不扬的花絮,是春的信使,是绿色的开路先锋。它们在料峭的寒风里孕育、发芽、绽放,为来日的一片绿荫做着铺垫,待到春暖日高时,却悄然凋落,随风飘荡,与雨水混合成褐红色的泥土。

这么多年来,从未把"毛毛狗"当回事,甚至不知道它是花儿还是树叶的守护者。我就以为"毛毛狗"是树叶的外壳,里面包着树叶的嫩芽,树叶发芽了,它便破裂落地,随风而去了。仔细观察后,才知道它是杨树的花朵,是特别柔软的,毛茸茸的花儿。

突然我对这些落地的"毛毛狗"心生几许敬意。这不起眼的花朵,绽放在枝头,把树根的养分引到树的顶端,牢牢地粘在树梢,顶着寒风与霜雪,在乍暖还寒时,绽放自己的身姿。把最柔软的嫩蕊包裹着,在春意阑珊时,借着风势悄然飘落,完成自己的使命,为树叶的盛放做出默默地奉献。

此刻我想到了那些默默无闻为事业、为社会做出贡献的最普通的人们。他们没有西装革履,他们没有浓妆淡抹,他们没有显赫的地位,只是默默地做着自己的事业,兢兢业业地尽职尽责,全心全意地为社会服务。知足、无所求、平淡、平凡而快乐着。不以物喜,不以己悲,倾情释放自己的光热,演绎独特的人生。

我想到了一首诗:"〈苔〉清·袁枚 白日不到处/青春恰自来/苔花如米小/也学牡丹开。"凡是生命都有其最典型的意义,都有自己释放光华的姿态,都有独具特色的美好品质。鲜艳的花朵,被人欣赏,不起眼的花朵也会被人们赞誉。所以,千万别忽视那些平凡的人们和平凡的事物,对平凡、普通、不张扬的人更应该给予关爱和敬重。因为他们更质朴,更笃诚,更纯净。

2018 年 4 月 21 日

连 翘 花

北方的早春姗姗来迟。树木花草在料峭的低温中孕育着。

前几日,突然温度升高,树木的苞蕾快速地生长。

清明前从公园的小径走过,突然发现连翘花打朵了,鹅黄色的小花蕾在枝头露出了尖尖的小角来,星星点点地,不仔细观察,根本发现不了它。

过了清明节,温度骤然下降,最低温度达到零下 4 度。

我担心那些小小的苞蕾是否会被冻掉。

每天清晨从这片连翘花旁走过,看那弱小的花蕾依然在枝头紧绷着,没有长大,也没有掉落,紧紧绷在枝丫上。

转眼到了 4 月中旬,气温依然没有升高,反而连续几天低温小雨。

也许是雨水的滋润,也许是阳气上转的氤氲,突然间,在一个微凉的清晨,我看到连翘花绽放了!点点鹅黄,悄然绽放在枝头,给北方的早春增添一点秀色,给晨练的人们一个惊喜。

说起连翘花,还有一个模糊的认识过程。

每年看到大片的鹅黄独占春光,就把它称作迎春花。后来才知道它不是迎春花,是连翘花。

连翘花是一种木犀科、连翘属植物。它的花是四个花瓣向下开放的,呈伞状的花形,而迎春花是六个花瓣,向上开放;连翘花的枝干是浅褐色,而迎春花的老枝是灰褐色,小枝是绿色的;连翘花结果实,而迎春花却很少结果实;连翘花的花

期短，而迎春花的花期长；连翘花源自韩国、日本和欧洲，而迎春花在我国有一千多年的栽培历史；连翘花是韩国首都首尔的市花，而迎春花是河南鹤壁市的市花。它们的共同点是都在早春开花，先开花后长叶，花是黄色的，都可以入药。

北方此时很少见到迎春花，却到处可见连翘花。虽然有如此之大的不同，却在人们眼里把连翘花当作迎春花看待。因为它是北国春天里最先绽放的花朵。

公园里的松柏已经泛绿，榆杨、柳树及其他树木都在孕育着叶蕾，依然是一片灰褐色的枝干。这一片鹅黄，缀在枝干上，给单调的风景里增添了几分色彩，给人们带来了春天到了的惊喜，它就是人们心中的迎春花啊！

世上好多事情皆如此。名字不代表本质，美丽的桂冠下不一定名副其实。只要你在适当的环境、适当的季节绽放自己的美丽，你就是那个时段的骄傲。不一定独占群芳，不一定馨香馥郁，只要把最美好的情愫释放给世间，此刻的天地属于你，你就是最美的花朵。

2018 年 4 月 13 日

秋 菊

平素喜欢花花草草，不论是开花的还是不开花的植物，我都喜欢。在这些平凡的花中，我很喜欢菊花。记得小时候，没有菊花可以栽植，便买了一本关于如何画菊花的书，没事儿的时候就仔细观察那些菊花，特别喜欢那细如流苏的花瓣。只可惜，那些图片都是黑色线条勾勒出来的，虽然千姿百态，但没有任何色彩。

后来我遇到了菊花，便开始种植起来，不论住平房还是楼房，或者在办公室里，我都会养一盆菊花，看着它抱蕾，绽放。每日里浇水、施肥、减去多余的枝杈，欣赏那一朵朵或黄或白或紫色的花朵。这些菊花都是栽在花盆里的，天冷了，就把它搬进暖和的屋子里。只觉得菊花开花很美，并没有感觉到它的本真。虽然经常读到"人淡如菊""人比黄花瘦"等名句，也没有真正领会到菊花的独有特质。

说起欣赏菊花，想起十多年前我去郑州开会，适逢金秋十月，在开封见到园林工人们忙着筹备菊花节，千百种菊花让我大开眼界，第一次看到了硕大的菊花如一个花团般灿烂，更见到了如豆粒一般大小密密麻麻的菊花，真是千姿百态，灿若云霞。街头巷尾全是菊花搭建的各种造型的花坛，有的如龙凤呈祥，有的似雄鹰展翅,有的是一片花的海洋,不胜枚举。只可惜走马观花,并没有太多的感触。

前几年我从邻居家里移过来一棵黄色的菊花。邻居告诉我这是月月菊,经常开花。当时我也没多想,只要开花就好。菊花根系发达,不多时日,就从底部发出好多新芽来,我便把老枝减掉,让新枝继续开花。秋天换土时,把多余的根部去掉。就这样养了几年,年年是春天暖和了,把花搬到外面,天冷了再搬到屋子里。

今年春夏之交,我买了一些花土,把一些花都换了含有腐殖质多的营养土。菊花只栽了两盆,剩下好多弱小的根芽,我看着这些枝芽扔了可惜,便随手把它们埋在楼前的空地上。那里已经长出了我精心种植的大丽花、美人蕉、扫帚梅、太阳花和胭粉豆花儿,它们被埋在一个狭小的空隙里。扫帚梅和胭粉豆花长势最快,占地儿也多,大丽花、美人蕉都长起来了,高高地挡着阳光。几场透雨下过,草也特别茂盛。这些菊花早已被埋没在绿草丛中了。我们每天观赏陆续开放的花朵,早已忘记了那几颗孱弱的菊花了。

夏秋之交,雨水充沛,花草繁茂。忽一日,我看到了点点鹅黄在密密匝匝地绿草丛中显露出来!仔细一瞧,咦?那不是菊花吗?细细的枝丫,细细的花瓣,兀自地绽放着。突然我心里一种感动,还有一种愧疚,当初只是觉得扔了可惜,随手埋在土里,可是它却扎根,发芽,育蕾开花了!虽然那么弱小,那么细嫩,那一抹鹅黄却十分显眼,与那些高大的花草一起盛开。

随着天气逐渐变凉,花草也一天天地枯黄了,尤其下了霜以后,这些花草纷纷落叶、枯萎,而那些菊花却开的十分灿烂。原来的几株根芽如今已经长出十六七株枝杈来,每株枝杈上开着密密匝匝的花朵,数也数不过来。

当最低温度下降到零度时,我便把窗台上的那些花搬到室内,连同那盆菊花。奇怪的是搬进室内的菊花开得不怎么鲜艳,出现了枯叶,有的花朵也开始蔫了。而楼前地里的菊花却特别茂盛,枝丫嫩嫩的,叶子翠翠的,花朵水灵灵的。

气温越来越低,夜间温度竟然达到 -4℃。太阳花枯萎了,红色的茎贴在地面上;扫帚梅枯萎了,连根拔掉了;胭粉豆花也枯萎了,也连根拔掉了;大丽花和美人蕉也经不住霜冻,盛开的红花也耷拉下来了,便把根茎挖出来,留着明年栽种。此刻楼前那块空地唯有这一簇菊花依然盛开,那片鹅黄给北方的晚秋增添了难得的妩媚与清芬。

我突然明白了:菊花是属于大地的,而不是栽种在小小的盆子里的。它的根系极度发达,不择环境,肆意疯长,枝繁叶茂,花团锦簇,清丽可人,在寒霜降临的时候倾情绽放,这就是秋菊的品格啊!

此刻,我才真正读懂了诗人笔下的菊花是如此的美好。白居易《咏菊》:"一夜新霜著瓦轻,芭蕉新折败荷倾。耐寒唯有东篱菊,金粟初开晓更清。"

翻开古诗词,一首首咏菊的诗句润人心扉:宋·苏轼《赵昌寒菊》:"轻肌弱骨散幽葩,更将金蕊泛流霞。欲知却老延龄药,百草催时始起花。"我最喜欢(宋)朱淑贞的《菊花》中的诗句:"土花能白又能红,晚节犹能爱此工。宁可抱香枝头死,不随黄叶舞秋风。"这些隽永的诗篇歌颂了秋菊不媚流俗,自然、质朴、从容的品格。秋菊,以自己独有的性情展示了春不浮躁,夏不张扬,秋不消沉,不择环境,不慕繁华,不计得失,在属于自己的季节里灿然怒放。秋菊,不愧是中国十大名花、花中四君子(梅兰竹菊),其凌霜傲雪的品格值得人们称颂。菊花象征高风亮节,是淡泊名利之人所具有的品质。在古神话传说中菊花还被赋予了吉祥、长寿的含义。

重阳节到了,正是菊花盛开之时,所以有了"待到重阳日,还来就菊花"的情怀。面对露凝霜重的萧瑟,菊花是此时唯一明媚至心底的温暖。

秋菊,极普通的花木,不仅给人们以清丽高雅的环境,也给人们以深刻的启迪。

"寒花开已尽,菊蕊独盈枝"。学习菊花的品格,以淡泊、质朴、从容的情怀笑对人生的秋天。

2017 年 10 月 25 日

感悟篇

登 山 有 感

每次外出考察,除了游览一些名胜古迹外,登山是必不可少的项目。

一般的山都是开始的时候比较好走,等到了一定的高度,就越走越吃力,气喘吁吁,汗流直下。歇一歇,走一走,再歇,再走,走走停停。

记得第一次登泰山,我们同行的是六位女士,有两位在山下等候,有两位走到一半就走不动了,只有我和柳秀英坚持走到玉皇顶。最难走的是十八盘,石阶高且陡,走三步得歇一歇。在山下穿着裙子还直流汗,到了天街,凉风阵阵,云雾从身边飘过,冷得直发抖。一般到了这里,体力也有些不支,腿有些发颤,望着高高的玉皇顶,真是举步维艰。我们用手攀延着山石,艰难地爬行。陡峭险峻的山路,像是故意和人较劲一样,傲然挺立着,游人们十分艰难地往上攀登。越往上走,路越险,力气也用尽了。终于我们看到了玉皇顶了!真正体会到了"会当凌绝顶,一览众山小"的恢宏气势。

登四川的黄龙,给我留下了深刻的印象。那是从海拔3 000米处开始登山的。15华里的路程,在平坦的路上走,不算什么,可是一步一个台阶地往上走,真是体力和毅力的考验啊!缺氧就是一个难以克服的困难。也是走一走,歇一歇,缓冲一下疲劳,走一段,又累了,还得歇歇再走。有的人走不动了,脸色苍白,坐在路边喘气;有的走了一半,就乘滑竿原路返回。我们一行租了两个氧气袋,大家轮流吸氧,都坚持走到了山顶,观赏了色彩斑斓的秋山秋水,抬头望去,远远地看见雪宝顶在阳光的照射下,闪着皑皑的银光。

每次登山都是一次历练。不只是对身体的考验,更是对毅力,心理素质的检验。虽然每次登山下来,腿要疼上三五天。但是那心情是非常的愉悦,登山的过程和登上山顶的那种感觉实在是太诱人了。临风而立,远眺山峦起伏,云海茫茫,天地一体,云雾从身边、脚下飘过,山风掀起衣袂,心中便生成一种感觉,似乎自己已经融到这山这水这云雾之中了。空旷、豪放、如风如云如仙一般,心灵如

此的超脱,那短暂的超世之感却让我久久不能忘怀。登山的苦、累和艰难都抛到了脑后了。付出了汗水、辛劳,累也是值得的!

由登山不禁联想到了人生、事业、爱情和生活。仔细品味,它们之间有着极其相似之处。

人生犹如登山一样,幼年时期,在平坦的路上行走,有父母、师长的关心呵护。成年之后,人生就有了新的目标和新的高度。举步走来,步步登高,随之付出的精力就越多。越往高走,越需要积蓄更多的力量,学识、技能和必要的经济支撑。人到中年,上有老,下有小,家庭、社会、事业的责任一肩挑,人生的旅途步履更加沉重。有多少人被生活的担子压得喘不过气来,英年早逝;有的挨不了继续前行的苦累,甘愿过低水平的生活;有的人为了逃避生活的责任,走向极端甚至走上了犯罪的道路。但是大多数人勇于拼搏,敢于攀登,一路走来,挥洒了汗水,滋润了心田;辛勤的耕耘,收获了幸福;奉献了智慧,圆满了人生。当鬓发染霜的时候,皱纹里荡漾着喜悦和满足,手里握着沉甸甸的果实。

一分耕耘,一分收获。珍惜时间,勤于学习,苦于工作,甘于奉献,一步一个脚印的前行,一步一个台阶的迈进,在人生的征途上,经受住风霜雪雨的袭击,经受住意想不到的磨难,或被误解,或被嘲讽,经受住这样或那样的诱惑,只要心存一个目标,勇于进取,不屈不挠,必定能达到人生的峰巅。

至于生活、事业和爱情也是如此,学会驾驭生活,踏实地做好事业,经营好爱情,付出的是艰辛和苦涩,收获的是甜美的生活、成功的事业和真挚的情感。

2008 年 3 月 25 日

下 雪 了

下雪了,江面上已经封冻的冰排翘着茬,如利剑般在阳光的照射下闪着寒光。江的下游还有青口没有封冻,曲曲弯弯地流着。一条船儿疲惫地游过来,想要靠到岸边,可是岸边已经被冰凌堵塞。假如青口也封冻了,船儿只好停泊在江中了,等到明年开江的时候,它才能驶到岸边。

凛冽的寒风刮个不停,卷起雪花儿,在阳光中飞舞,如细小的星星在闪烁。那条疲惫的船如同一个年迈的老妇人,苍白的发丝被风扯起,与雪花共舞。岁月的年轮在脸上刻下了深深的痕迹,佝偻的腰身已经没有了往日的婀娜,只有无奈的叹息。唯有那双眼睛还闪烁着生命的光泽。

这条疲惫的船真是太累了，行动也是太迟缓了，在冰封的日子到来之前没有赶到岸边。它多么期盼在岸边寻找属于自己的港湾啊！休息一会儿，只是一小会儿。它知道自己虽然老了，可是生命的轨迹还在眼前延伸，还有好多的事情等着它呢！

回想当年，这条船载过多少匆匆过客啊！年迈的老人，青年学生，受灾的百姓，生病的孩子和求助的母亲，还有踌躇满志的同仁。数也数不清啊。如今乘过船的人们都各有所得，或者功成名就了，他们也早已忘掉了这只不起眼的、非常平凡的船了。可是船并没有完成自己的使命啊，它的亲人们还在彼岸等着它来摆渡呢！

它太累了。它真的需要休息一下，只是一会儿。那被风雨冲刷的船身，需要修补，那被风刮乱的船帆需要更新。

它也太孤独了，也需要好好地睡一会儿，只是一小会儿，再做一个美梦，在梦中重温昔日的安宁和温馨；在梦中与久别的朋友聚会，没有漂泊，没有奔波，没有烦恼，只有竹林掩映，小溪潺潺，绿柳拂烟。

它不想萎靡不振，虽然已经不会在大风大浪中拼搏了，还会在浅滩溪流中徜徉，为亲人和朋友送来春天的鲜花、夏日的清凉，仲秋的果实和冬日的温暖啊！

下雪了，就在这里赏雪，体会"独钓寒江雪"的情致；刮风了，就在这里观风，回味"起舞弄清影"的情怀；早迎朝日，晚送金霞。孤独寂寞的小船儿，独享这冬日的快乐！

待到春风融化冰雪，江水款款而流的时节，船儿会与它的伙伴一起前行！

2008 年 12 月 2 日

心　田

大地承载着山川河流，滋生着万物生灵，养育着生生不息的生命，演绎着人间的悲欢离合。天地是人们赖以生存的空间，田地是人们耕耘希望的宝库。在这广阔的天地里，创造着美好的生活；在这广袤的田野上，寄托着生命的辉煌。人们依赖大地的恩惠，春种秋收，周而复始，世世代代，无限地延续着。

心脏支撑着生命的活力，心底蕴藏着无限的智慧，心田栽种着人生的希望，

心 田

心中满怀着无限的情愫。

每个人就是一个小世界,每个人都有心中的田地。在与天地之间搏击的同时,也在心田里耕耘着自己的愿望。这心田如天阔,似海深,容得下偌大的乾坤。为父母耕种孝心,为儿女耕种爱心,为朋友耕种友谊,为事业耕种奉献。之余还有属于自己的点点滴滴的小自留地,空间很小很小,却能容得下自己的梦幻。

在我的心田里,留给自己的真是太少了。已经到了花甲之年,才领悟到属于自己的东西有多少,在哪里。虽然年纪大了,但是时间充裕了,我有了更多的时间来耕种自己荒芜多年的心田。先把遗失的天赋找回来,播撒在属于自己的角落里,让它滋生繁衍;把淡薄了的情愫找回来,安置在一个空间里,让它枝繁叶茂。再设计一个美丽的楼榭,置精美桌几,摆一壶清茶,几杯美酒,邀三两知己,谈天说地,吟诗赏月,抚今追昔;再植些花草树木,造假山奇石,引小溪山泉,听流水潺潺,闻鸟语花香。在我小小的田地间,有自己编织的云锦,有自己绘就的山水,有自己书写的诗篇,有自己采集的玫瑰,有自己酿造的美酒,有属于自己的浪漫。

我的心田,是雅致的小屋,是幽静的竹林,是清爽的风,是淡雅的兰。

我的心田,有灿烂的阳光,有璀璨的星月,有和煦春风,有金黄硕果。

我的心田,有苦涩的泪水,有无奈的烦恼,有舍弃的诱惑,有奉献的艰辛。

我的心田,是疲劳时的港湾,是委屈时的安慰,是失落时的靠山,是迷茫时的彼岸。

我的心田,充满了慈善,充满了爱心,充满了奉献,充满了温暖。

在我小小的自留地里,撒满爱的种子,收获了更多的爱;编织了美丽的梦,实现了更多的梦想。

在我小小的自留地里,爱好和情感是种子,亲情与友谊是阳光和雨露,滋润着我梦想的小苗茁壮成长。我愿做一个辛勤的园丁,呵护它,浇灌它,培育它,让心田成为我温馨的港湾。

2010 年 5 月 24 日

思 乡

在这个静谧的夏日里,静静地在家里恢复身体。随着身体日渐康复,思绪一如翻江倒海般奔腾不息。人，真是个奇特的动物。说奇特，就是不甘寂寞、不享清闲，不断滋生繁衍着各种欲望。在闲暇之余，我想的最多的是家乡，那山、那水、那树、那一望无垠的稻田；那花、那草、那湖、那茂密的芦苇荡；那片蓝天、那片热土、那美丽的鱼米之乡。更想念亲人、同事、朋友和众多的老乡。

儿时的记忆，那么清晰，思绪穿越时空，回到20世纪50年代，小城的轮廓再现。似乎我在东湖边上采摘一束马莲花，在浓密的草丛中与小伙伴们嬉戏；似乎在月明星稀的夜晚，和邻居的孩子们捉迷藏。似乎在雨后初霁的黄昏，眺望那一抹彩虹，望着奇形怪状的云朵遐想。那天真烂漫的童年，是记忆中最美的时光。

读中学了，进入那绿树环抱的泰来一中，从心底感到无上的荣光。那一排排老干虬枝的榆树，那一行行细嫩的白杨，掩映着我们的教室和操场。琅琅读书声，昭示着年轻人美丽的理想。

时代赋予我们特殊的使命，十七八岁的我们上山下乡，充满激情，充满理想，年轻的心儿，随时代洪流奔向前方，任何困难都不能阻挡。锻炼、成长，练就了特别能吃苦，特别能忍耐、特别能战斗的坚韧和刚强！我们成就了属于那个时代的栋梁！

时光啊，时光，转眼间就走过了半个世纪。多少汗水的浸润，多少劳苦的淬炼，多少心血的流淌，编织着美丽的梦，书写着纯真的情，行走在充满理想和梦幻的人生路上。坚实的脚步，艰难的行走，走出了漫天霞光。那云蒸霞蔚的波光里，有付出的艰辛，有奉献的快乐，有欣喜的泪水，有收获的欣慰，有失落的忧伤。

回首往事，心情激荡。时间的磨合，激荡又变成了沉稳与淡忘。是啊，那云无论多么美好，都会云消雾散；那霞无论多么绚丽，都会消失在天际；那些辉煌的场景，都如海市蜃楼般的沉入大海。只有那片蓝天，还是那么湛蓝；只有那片热土，仍旧散发着芬芳；只有那童年的梦境，如诗如画般隽永不忘；只有那百年的大树，仍然伸展着茂密枝叶，随着风儿自在地摇曳；只有那清澈的江水，荡漾清波，潺潺地流淌。

思乡，思乡啊，思乡！忽然觉得自己就是一棵大树，无论迁徙到哪里，根就在故乡，扯不断，剪不断，盘根错节地扎在这片生我养我的土壤。亲人的呼唤，声声在我耳旁；朋友的情谊，牵动我的情肠；曾经的生活和工作场景，时时潜入我的梦乡。不能忘，常思量，常思量，不能忘！梦里总是在故乡！

2011 年 6 月 24 日

身后的风景

人们有一个习惯,总是喜欢眺望远方的群山和森林,总是喜欢看眼前的河流和花草。一路走来,眼花缭乱,看过了也就忘记了,却很少欣赏身后的风景。

假如走过一段山路,回头望去,只见群山峻岭都在脚下,云雾缭绕,风光旖旎;跨过一座小桥,回头看来,流水潺潺,鸳鸯戏水,绿柳拂风;走过水榭风亭,回眸凝视,银波泛舟,渔歌唱晚,人在画中行。美哉!身后的风景。

人生亦是如此。我们匆匆地长大,匆匆地成熟衰老。生活的压力,不能有更多的时间去回首,去体味走过来的路程,也没有更多的时光,去欣赏身后的风景。匆忙中,走到了暮年,蓦然回首,才觉得错过了那些美丽的风景。我们何尝不在每一个人生的转折点,坐下来,歇歇脚,领略身后的风景呢?

年轻人,回首往事,会让你更加成熟,吸吮夏花春草的甘露,品味秋菊冬梅的芬芳,朝看红日升腾,晚阅霞光满天。生活之美好,让生命之火更加炽热,青春之花更加绚丽多彩。

人到中年,背负的担子最重,犹如爬到了半山腰,回头看去,走过的路弯弯曲曲,路边的鲜花野草千姿百态,虽说难免遇到风吹雨打,酷暑严寒,那四季轮回的美景秀丽依然。看烟云渺渺,逝水潺潺,青松浴雪,玉树临风。即使脚下有无尽的牵绊,心中便从这亮丽的风景之中汲取信心和力量!

老年将至,正是人间好时节。充足的时间和空间,让思绪飞扬!恰似一个探险家登上了山顶,坐在石崖上,眺目远望,那山那水皆在一片飘渺之中,雾罩崇山峻岭,雪覆千里冰封。此刻忘记了跋涉的艰辛,忘记了行程的险恶,忘记了旅途的凄冷,忘记了严寒酷暑的折磨。点数着零零散散的往事,一切皆化为了美好的图景。只记得春风拂柳之惬意,只记得夏花璀璨之美好,只记得秋月如银之清爽,只记得煮酒赏雪之幽雅。遐想中的景色如丹青般浓墨淡洒,如工笔般细腻至微,如水彩般浓淡相宜。

回望身后的风景,姹紫嫣红,绚丽多姿,旖旎风光,如诗、如画、如歌。

赏析神奇的图画,高远深幽,隽永清丽,寓意悠长,栩栩如生,美轮美奂。

品尝陈年的佳酿,清醇爽口,沁入肺腑,回味绵长,柔和、缠绵、醇香。

一路走来的风景,是诗篇,是画卷,是美酒琼浆。把繁华往事定格为隽永的诗画,赏之,品之,回味无穷!

2012 年 1 月 15 日

云水禅心

清晨,打开窗帘,只见阳光明媚,空气清新,心情也不错。想听听音乐,舒缓一下这几天紧张烦乱的情绪。打开QQ音乐,点了《云水禅心》古筝曲。

只听到清润舒缓的音乐声起,优美的旋律在屋子里荡漾开来,一时间整个屋子里都溢满了雅致清灵的乐曲。

我随着乐曲轻轻地走动着,身心都觉得舒展开来,情不自禁地伸开双臂,两手高举过头,双手合十,放在胸前,微闭双目,用耳聆听。

似有一阵微风吹来,那是来自山谷的回想,送来了百合的清香,似乎看到了那浅淡的花蕊和娇嫩的花瓣在风中轻轻摇曳。

云雾飘渺,流动的祥云,闪着淡紫色的光环。婀娜的仙子,身着霓裳,轻轻舞动水袖,裙袂飘飘,妙曼的身姿,在云雾中时隐时现。

听,流水潺潺,泉水叮咚,时而高亢,时而低沉,跌宕起伏。仔细聆听,有水滴落山石的声响,如珠落玉盘,悦耳养心。似有"明月松间照,清泉石上流"的意境。

好似在寂静的山谷里,草木繁茂,古木参天,青松翠竹,苍翠欲滴。古香古色的禅院坐落其间,远远传来浑厚悠长的钟声,礼赞佛乐在旷谷里飘荡。

此刻不知身在何处,似乎在幽静的山间徜徉,呼吸着清新的空气和醉人的花香。又好似在云端轻歌曼舞,飘飘欲仙。恍如一片落叶,随着飞瀑的玉帘,飘落泉水之中,轻盈地随波逐流。又好似静坐在千年古刹,聆听梵乐声声。万物肃穆,百鸟低鸣,只有魂灵在云水间游弋。

美妙的乐曲,把万物之美积聚到一起,凝天上甘露,撷山间清泉,采百花之蕊,取古柏之珍,聚空谷之灵气,酿造了浓郁香薰的琼浆,清洌醇香,回味悠长。天籁一般的绝妙之音,漫卷漫舒,仿佛天地万物都溶在这亦真亦幻的意境之中。借用杜甫的诗句:"此曲只应天上有,人间能得几回闻。"

这美妙的乐曲,摄人魂魄,沁人心扉,妙曼清幽,荡气回肠。顿觉身心舒畅,神清气爽,情淡如兰,心静如水。来自远古的天籁之音,有着神奇的力量,浸入身心,润泽着每一个细胞,抚慰着烦乱无章的心田,荡涤着积聚内心的烦忧。注入一份清凉,倾入一份静谧,抚慰心灵,豁然开朗。

2013 年 3 月 24 日

最美艳阳天

灿烂的阳光透过玻璃窗照射在屋内的地板上,折射出橙黄色的光亮,把整个屋子都笼罩在一片暖色里,一种自然的温暖,荡漾在屋子的角落里。

已经是初冬时节了,难得有这么好的天气。走出屋门,便被一片灿烂包围了,抬起头来,仰望天宇,是广袤的蔚蓝,清澈无垠,一丝云彩也没有。湛蓝湛蓝的天幕,衬托着炙热的太阳,满地金色阳光,太阳照在后背上,只觉得从头到脚都是暖融融的。只因前几天下了一场雨,空气是湿润的,风儿是清爽的,走在阳光里,感觉特别的舒适,不冷也不热,真是难得的艳阳天啊!

啊!想起来了,昨晚太阳快落山的时候,我看到室内一抹橙黄,便知道是火烧云,出门一看,只见西边天际,一片美丽的云霞。夕阳把原本灰白的云朵染成了艳丽的橘黄色、玫瑰粉色,云的边缘是亮丽的金黄色,远处较厚的云层也被镀上了一层淡淡的玫红。云的缝隙间是透亮的蓝天,这天蓝色把彩霞衬托得更为绮丽壮观。哦!那是七仙女的霓裳还是嫦娥倾倒了胭脂盒?是天女巧手织就的云锦还是西施浣洗的彩纱?真是充满诗情画意啊!俗话说得好:"朝霞不出门,晚霞行千里。"晚霞满天预示着明日是一个晴朗的好天气。果真如此,今天风和日丽,艳阳高照!

九九重阳,也许一年四季中,只有这个时节才是最舒适、最美好的。蓝天,那么深远;阳光,那么灿烂;风儿,那么清爽。沐浴在一片金色的阳光里,行走在秋冬之交的林荫路上,金黄色的落叶,铺满小径,好似提花地毯,软软的,柔柔的。

忽然,我的眼前一片色彩斑斓,晶莹的银白色,那不是邻家大妈颈上的珍珠项链吗?那嫩绿、鹅黄色不是精致老太的丝巾吗?那火红的不是楼上大姐的风衣吗?那白底粉花的不是和我同龄女士的休闲服吗?还有那张总是挂着微笑的脸,透露着年轻时的风采;那挺直腰板快速行走的身姿,依然显现着年轻时的健美;那优美的健身操的韵律,迸发着青春的活力。还有那句话,深深地感动着我:"老姐姐,出去走走吧,咱们活一天就要高兴一天,快乐一天啊!"这是那位精致的老太太对邻家大妈说的。她们都是八十多岁的人了,身体都很硬朗。那位老太经常从我家楼前走过,找邻家大妈出去散步。她一天换一套衣服,样式很时髦;每天换一条丝巾,颜色很鲜艳;头戴一个漂亮的帽子,脚上穿一双红色的软底皮鞋,迈着小步,总是笑盈盈地。看见她不免心头一震,眼前一亮,多么会生活的老人家啊！她就是一面镜子，照亮自己，也照亮他人的心怀。

人生四季，走过春夏，走过秋冬，也许在那深秋之际的重阳日，是最美的时节。如蓝天般清澈，如阳光般灿烂，如云霞般迤逦，如陈酒般醇厚绵长。珍惜眼前的大好时光，焕发内心深处最亮丽的色彩，迸发出自己潜在的智慧和光热，书写心灵之约，描绘生命之壮美！

最美艳阳天，人生之壮年！

2013 年 10 月 16 日

感动"文学义工"

应约回县里参加作协成立一周年庆祝活动，刚刚踏上列车踏板，身后便有人喊我的名字，原来是已经退休的张裕山校长和王力强，我们一起走进车厢，正巧我们的座位是同一排，只是我靠左侧窗户，他们靠右侧窗户。

原来他们到市里报社印刷厂印制诗刊，来做校对工作。说话间，王力强便把诗刊的大样递过来让我看看。我一边读着，一边听他简单介绍他们这次来市里的情况。因为经费有限，他们住小旅店，吃简单的饭菜。尤其是除了食宿费，平时征集、整理、编辑等工作全是尽义务。我很感动，便说："晚上我请你们吃饭。"这时王力强便给负责诗词协会工作的王瑛打电话，说在火车上遇到我了，晚上一起聚一聚。王瑛便在电话里和我说："我请，忙碌这么久，我还没请他们吃一顿饭呢。"这样我和县诗词协会的朋友们聚了一次。席间，听说他们三人筹备并接待了全市的诗词协会年会很成功。听到这里我特别感动。张校长退休好几年了，参加协会后才学写诗填词，一心为了诗词协会做贡献，他说："虽然忙活点儿，也是做了一件自己喜欢的事情，无怨无悔。"王力强四十多岁，是一位地道的农民，喜欢文学创作，不仅写诗，报告文学写得也很好。他平时除了接送孩子上学，闲暇时间就是为作协和诗词协会编辑会刊，一分钱报酬也没有。

第二天参加作协的活动，我遇到了好多老熟人，大多数都是退休的机关干部、医院的领导和学校的领导、教师，还有两位农民诗人。作协的创办者李齐军是一位下岗工人，生活并不富裕，可是他却积极创办红歌会，组织小剧团，自己创作编剧，已经印刷出两本诗集。为了作协的创立，奔走呼吁，感动了县领导和文联的领导们，支持他成立了县作家协会。虽然刚刚一年时间，已经编辑 3 期综合

性的文学期刊,为热爱文学创作的人们提供了一个展示才华的舞台。作协期刊的印制也感动了已经走出县城的家乡人,得到了来自省城的泰来籍作家温明远的支持,得到了市作协的家乡人的支持,还有远在北京的退休老同志的赞誉和关注。

还有一枝文苑奇葩,由离退休老干部组成的桑榆诗词协会,他们在县老龄委的支持下,已经编辑了6期诗刊,诗词的质量堪称一流,凸显了一种稳健、凝重、笃诚的文风。

在一个县城同时创办三种文学期刊,难能可贵。参与创作的最大的年纪90岁高龄,最小的是读小学的学生,他们用凝练的笔触写出内心真挚的情感和美好的情愫。翻阅散发墨香的诗刊和文学期刊,字里行间涌动着一股激情,是对祖国的热爱,对党的政策的颂扬,对社会新风和家乡美景的赞誉,对美好生活情趣的褒奖,对民族文化繁荣的弘扬。

这些文字体现正能量的思想,宣传积极向上的精神,振奋人心,陶冶情操,同时也培养了一批文学创作的新人。

手捧着这些期刊,心里涌起一股暖流,激荡着我的心扉,久久不能平静。感动我的不仅仅是那些精美的文字和隽永的诗行,也不仅仅是文字描绘的家乡美景和醉人的乡情。透过散发墨香的纸张,我看到了那些"文学义工"们付出的汗水和心血;看到了他们取得领导重视支持的欢欣和满足;看到了他们为文学创作者无私奉献的崇高精神。

他们都是极普通的人,生活在社会的最基层,农民、工人、教师、医生、退休的老干部。然而他们却有着不平凡的情怀,为文学创作而倾心倾力,为文学创作奉献自己的智慧和才华,开创了一个县域文学创作的辉煌!

诚然这些业绩的取得离不开县委、政府的重视和支持。每个协会都有定额的活动经费和办公场所,这是协会健康发展的保障。

但是没有热爱文学创作的群体自身的努力和发展,没有一定数量的热心人士无偿的付出和艰苦细致的工作,也不会有文学创作的发展和提高。

在《泰来文学》第三期的卷首语中,有这样一段话,很鼓舞人心:"让我们和着时代的节拍,与文学共舞,与梦想为伴,驾着这艘征船,在文学的劲流中,加足马力,向着那理想的彼岸,破浪扬帆!"充满激情,激情澎湃,如海燕翻飞,似雄鹰展翅,在无垠的蓝天里翱翔,在浩瀚的大海里穿行,多么雄壮的胸怀啊!"与文学共舞",这就是"文学义工"们形象的写照,这是他们的誓言,是扬起心中理想风帆的劲风!

"一枝独秀不是春,万紫千红春满园"。在感动之余,真诚地祝愿可敬可爱的"文学义工"们在浩渺的文学创作的海洋中扬帆远航! 祝愿可敬可爱的"文学义工"们在文学创作的花苑里辛勤耕耘,播种美好的希望,收获丰硕的果实。祝愿可敬可爱的"文学义工"们用自己的才华和睿智写出更新更美的篇章!

向家乡的"文学义工"致敬!

2013 年 12 月 19 日

月与雪(生日寄语)

今年冬月的月圆之时,适逢"一九"的第四天,气温也是入冬最冷的日子。气温虽然很低,天空却格外晴朗。蓝天与白雪相映,纯净、洁美。空气里涌动着冰雪的味道,清新、爽冽。深呼吸,让清凌凌的冷气吸入肺腑,把体内污浊的废气排出来,舒展臂膀,拥抱这个美丽的冬日。

当夜幕降临的时候,华灯初放,整个城市笼罩在一片灯红酒绿之中,车水马龙,热闹非凡。真是巧,真是太巧了! 这一天是 12 月 25 日,圣诞节;这一日是周五,美好的周末;这一日是农历十一月十五,月亮最圆的一天。这一天是我的生日。丰厚的礼物,让人心醉,美好的祝福,暖人心扉,浓浓亲情如酒,醇厚、绵长。

夜深人静,月挂高空,银光清辉。白雪在月光的抚慰下,闪着冷峻的光亮,晶晶地闪烁着。我清醒地醉着,独自欣赏这月光,这夜色,这月与雪的辉映。

我是这白雪么? 它静静地匍匐在大地之上,用自己的身躯给裸露的土地盖上厚厚的绒毯。它那么安静,温顺,任凭阳光照射,任凭风儿刮过,它依然静静地匍匐在大地之上,用自己的爱呵护着厚重的土地。它那么洁白,如果你在万米高空之上鸟瞰北国冬月的广阔原野,映入眼帘的是"千里冰封,万里雪飘",银色的世界把你拥抱。如果你俯下身来,用手抚摸那软软的白雪,你会发现它那么娇柔,那么细小,那么美丽。白雪,冬日的精灵!

我是这明月么? 它静静地悬挂在高空,把银色的光辉洒满大地。那么明亮、清冽,任凭云儿遮挡,任凭雾霾弥漫,它依然把自己的光辉抛洒在大地上,用自身的光亮驱散漫长冬夜的黑暗。它那么清灵,如果你仰起头,看见那一轮明月高悬,在暗蓝色的天幕上,闪着银光,似乎在向你娓娓讲述月中的故事,那么亲切,那么温润。如果你低下头来，看月光在雪地上折射出的光环，你会发现，它会让白雪闪闪发亮，那么神秘，那么清幽。冬月，冬天的神话！

在这个寒冷的冬夜，白雪与明月相映，是那么神奇的景致。不知道是雪映月影，还是月映雪晶，月与雪互相映衬，互相交融，互相回应，演绎着静谧、清雅、高洁的情趣与神奇。

也许，在这月与雪之间活跃着无数的精灵，它们在月光与白雪之间尽享空灵之美，无边无际，自由自在，任意徜徉。

我忽然想做一支梅花，在月与雪之间绽放，让我的心灵随着暗香浮动，翩翩起舞，吸月之精华，吻雪之静美，任思绪飞扬！

……

2015 年 12 月 28 日夜

幸福像花儿一样

幸福像花儿一样，不精心培育，就不会绽放芬芳；幸福像果树一样，不经常松土、施肥、剪枝、杀虫，就不会枝繁叶茂，果实累累。

幸福不是天上掉馅饼，不是坐享其成，不是哪个人的恩赐。幸福是辛勤耕耘后的收获；是付出奉献后的回报；是勇敢攀登后的一览众山小；是经历苦涩酸楚后的甘甜。

幸福是需要经营的，需要精心呵护的。善良是幸福的种子，勤奋是幸福的土壤，不懈的追求是幸福的生长剂。只有播下幸福的种子，才会生长出幸福的苗木；只有辛勤的耕耘，才会苗壮成长；只有精心的打理，才会繁花似锦；只有不断地补充养分，才会果满枝头。

幸福的生活，不是风花雪月，不是浪漫情怀，不是随心所欲，不是利欲熏心。幸福的生活是靠自己的双手打造出来的，是甘于平淡后的勃发；是从无到有的不断积累；是在繁琐中不懈追寻自己梦想的韧劲；是经历风霜雪雨吹打后的坚韧；是专心致志、勇于攀登的情怀；是懂得取舍、知道进退的智慧；是索取少于奉献的品格！

幸福的生活，不是完美无缺，不是莺歌燕舞，不是花天酒地。幸福生活是亲人间的和睦相处，是夫妻间的相濡以沫，是朋友间的包容默契。幸福的生活不是高官厚禄,不是豪宅名车,不是金银珠宝。幸福生活是平淡、静好的日子;是精心打造的温馨家庭;是简洁、大方、舒适的服饰;是舒畅、愉悦的心情;是把自己喜欢的事情做好的那份执着。

每个人都有自己的幸福,每个人都是幸福生活的创造者。人犹如一株花树,各有各的姿态,各有各的繁茂,各有各的果实。所以,才有芸芸众生的千姿百态;每个人对幸福的感受不尽相同,各有各的滋味,各有各的体验,各有各的苦乐悲欢。所以才有大千世界的千滋百味。

其实,幸福是一种感受。对于每个人来说,幸福无处不在,只是人们缺少发现幸福的慧眼,缺少感受幸福的平和心态。人们有一个习惯,总喜欢拿自己的短处与别人的长处做比较,越比越低落,越比越伤感,越比越痛苦;人们总喜欢评论别人得到的多少多少多,多么多么好,却不去想想别人付出了多少,舍弃了多少,辛苦了多少,忍受了多少,创造了多少。

其实,每个人都是一道亮丽的风景,你在羡慕别人的时候,别人也在羡慕你。每个人都是一树花开,你在欣赏别人芬芳的时候,别人也在欣赏你。

所以我说,幸福是公平的,一分耕耘,一分收获。谁都不会轻易成功,成功的背后必然有着更多的艰辛。就像爬山一样,登上山顶的人,必然会有与常人不同的体力和毅力,必然会付出更多的汗水和辛劳。

如果常怀一颗平和的心,多看自己的长处,多发现自己生活的亮点,多体会自己生活的甜美,那么幸福感就会油然而生。人们常说,知足常乐、平安是福。就是这个道理。

突然想起一则小故事:有一个老太太,儿子很优秀,在美国创业,一年也不能回来一次看望她,日子过得极富有,却是很孤独。在一个巷子里,有一个补鞋匠,整天妻子、孩子围在身边,其乐融融,虽说生活并不富有,日子却过得有滋有味。那么谁更幸福呢? 不得而知。我觉得,他们各有各的幸福,全靠自己去体味了。

有一首歌唱得好:"樱桃好吃树难栽,不下苦功花不开。幸福不会从天降,社会主义等不来。"

幸福像花儿一样,在这个春天里,竞相开放,花团锦簇,姹紫嫣红,给生命增添勃勃生机,给生活增添绚丽色彩。幸福的花儿,花开四季,只要我们心存善念,恬淡宽厚,清心、静心,不断创造生活的美好,不断发现生活的奇异色彩,我们的生活就会充满阳光;幸福的花儿常开不败,生活就会溢满芬芳!

2016 年 4 月 6 日

微 笑 最 美

——写在建党 95 周年

晚霞辉映,彩云漫天的时刻,一阵悠扬的乐曲在小区里回旋、荡漾。我顺着音乐响起的地方,来到了小区的中心广场,只见那里正在举行庆祝建党 95 周年"我为党旗添光彩"的文艺演出。我找一个正对着舞台的地界站好,很快就被充满激情的表演吸引住了。好久没有在露天广场看文艺演出了,感到挺新鲜也很欢愉。

这是一场精心准备的演出。观众席的前几排是区文体局的领导,还有街道工委、街道办事处、各社区管委会以及有关协办单位的领导和有关人士。临时搭建的舞台是由一块印有天安门图像和庆祝建党 95 周年字样的红色大宣传板竖立而成,简洁而庄重又不失热烈的气氛。演出的节目有独唱、合唱和歌舞表演,一排排身着彩裙,头戴彩饰,身姿优雅的女子们,正在舞台两侧候场,两位年轻的主持人以浑厚、清亮的嗓音在朗诵主持词。

音乐响起,只见裙袂飘逸,红色镶着金边或者黄色缀着亮片的长裙,飘上了舞台,轻盈的舞步,优美的舞姿还有那如花的笑靥,一个美字了得。那些色彩斑斓的长裙,在舞步的起伏下,忽而飘起,忽而闪开,变化多姿,然而最惹眼的是这些舞者那微笑的眼神,直接牵动人的心扉。我被这些笑面感动了。我们都知道,不论是唱歌还是舞蹈表演,最惹眼,最凸显节目效果的不仅仅是服饰和装扮,而是适宜的微笑。微笑才是最美的看点。一个节目接着一个节目的表演着,我忽然发现,这些从舞台上走下来的舞者竟然都是年过半百的女士们!我又被感动了!那些让人难以忘记的微笑又呈现在我的眼前。她们可能是生在红旗下的 50后、60 后,她们可能是共和国的同龄人,岁月的磨砺,让皱纹爬上面颊,然而对党的热爱,对生活的热爱却是不忘初心。她们心中那火一样的热情如青春闪光;她们对生活的欣赏和热爱一如青春少女般的纯真。那微笑便是发自肺腑的欢歌;那微笑便是源于内心的快乐;那微笑便是青春不老的魅力。她们是美丽的,那翩翩舞姿就是内心真情的释放,那婉转的歌声就是激情在飞扬。

演出结束了,小区又恢复了往日的平静。可是我的内心却很不平静。一场演出,拨起我兴奋的神经,思绪万千,想到了好多好多。

思绪把我带回十几年前,那时候每逢重大节日要组织一场演出,需要付出好多的精力,动员、分配任务、落实任务、检查督促,等到一场演出结束,累的人困马乏的。如今各社区都有群众自发组建的文艺团体,她们自编、自导、自演。各种表演、竞赛、庆祝活动连续不断。"七一"临近,就是小小县城的社区或者文化、体育协会都会组织庆祝建党95周年的活动,表演者就是最基层的普通群众,载歌载舞,挥毫泼墨,竞技演练等等。这些最基层、最普通、最平凡的人们演绎的节目,都是自愿而且争先恐后的,人人都想在这些活动中表现自己,抒发情怀。就像一个微笑那么自然,那么魅力无穷。

说到微笑,我又想起那些舞者和歌者,她们是历史的见证人,她们又是历史前进的践行者,不论什么职业,什么工种,她们都在用自己的双手建设新社会,创造新生活,用自己最诚挚的心力推动社会的前进,也在推动历史的前进。那发自内心的微笑便是对自己付出的慰藉,对时代的感恩,对现实的满足和赞许。

微笑发自内心,是自然流露,具有神奇的魅力,所以微笑最美丽。心里感到愉悦,才能会心的一笑;心里感到满足,才会嫣然一笑;心里感到幸福,才会笑靥如花。这些感受来自于社会的平和,生活的富裕,家庭的和谐,还有不忘初心。有国才有家,国泰民安,国富民强。时代赋予我们伟大的祖国不断繁荣昌盛,屹立于世界的前列,屈辱的历史一去不复返。在中国共产党的领导下,不屈不挠,勇往直前。正像习近平总书记讲话的内容一样:不忘初心,继续前进!

微笑,像蓝天般晴朗,像春风般妩媚,像夏花般绚烂。就像一首儿歌唱的那样:"党是太阳我是花。"在党的阳光沐浴下,我们的笑靥是最美丽的花朵!

2016 年 7 月 1 日

书　缘

喜欢读书的人,都与书有缘。世上的书不计其数,我们能读到的却是微乎其微,人与书有着一定的缘分呢。一如我们在茫茫人海中,好多人擦肩而过,而只有极少数人成为朋友和知己,这就是缘分吧。

说起读书,我想到了读小学五年级、六年级的时候。那时候一般人家买不起书,我家一本书也没有。有幸读到小说,还是很偶然的一个机会。

我大舅家住在城东的县政府基地(养猪场),大舅是基地的会计。每年暑期我都会到大舅家住几天,然后再和表妹回到县城,在我家住几天。一年暑假,我又来到大舅家,只见大舅妈的烟笸箩里有一本厚厚的书,前后都被大舅妈撕去卷

烟了,看看书脊,隐隐看到了《青春之歌》几个字。我翻开一看,就被里面的内容深深吸引住了,虽然有的字还不认识,但是里面对北戴河的沙滩,对林道静的描写让我爱不释手。我马上对大舅妈说:"舅妈,这书给我吧,我拿写过的作业本和你换这本书。"大舅妈笑着说:"不用,你大舅单位有好多书呢(被机关图书室更换下来的书),你喜欢就拿去吧。"我如获至宝,把这本书带回家里,好在这本书除了开头和结尾的一小部分,大部分都是完整的。这就是我读到的第一本小说,也给我留下了深刻的印象,不仅仅是动人的故事感染了我,那些娓娓道来,细腻从容的文字在我的心中掀起波澜,那时还不懂什么是文学,却在内心深处埋下了一颗种子——喜欢文字,喜欢文字里蕴涵的美好。

从那以后我从大舅家带回了《红岩》《太行风云》《百炼成钢》《八女投江》等书籍。这些书给我打开了一个新的世界,让我看到了更广阔的人生。

终究这样读书是有限度的,我很想自己买书读。每当放学我就去新华书店,贪婪地看着玻璃橱柜里陈列的书籍,只可惜自己一分钱也没有。后来我形成了一个习惯,放学先到书店,呆呆地看着那些书,然后再回家。那时我的理想就是长大后到书店工作,可以天天看书。

平时妈妈让我去买酱油醋或者买菜等,我会悄悄存点零钱,今天攒一分,过几天攒两分的,不知不觉攒了一块多钱了。我最喜欢的书是《红岩》,虽然在舅妈家带回了一本,但是残缺不全,没头没尾的,总想看看渣滓洞和白公馆关押的革命者有多少人逃了出去。所以我就想到了,如果有钱我买第一本书就是《红岩》。这一天终于到了,我等到放学,就直奔新华书店,花一元零五分(大概是这个价,模糊记着这个数字)买回了书,闻着书香,陶醉其间。当我把书放到书包里时,突然紧张起来,回到家里,怎么和爸爸、妈妈说啊!那时候家里生活特别拮据,一元钱够买多少菜啊!我忐忑不安地回到家里,挂书包的动作非常不自然,甚至连话都不知道怎么说了。妈妈看出我与往常不一样,就问我怎么了,我一狠心,实话实说吧,这也不是藏得住的事啊。妈妈听了后,并没有责怪我。我却觉得自己买书有点太奢侈了。《红岩》这本书成了我的至爱,不知道读了多少遍,每一次都有新的感受和新的理解。以至在几十年后,我又买了一本《红岩》放在我的书柜里留作纪念,因为这是我买的第一本书,也是对我影响最深的一本书。

读初中时,我同学王丽伟是我们班的学习尖子,我一直很敬佩她。由于我们两个在小学一年级、二年级同班,所以关系一直很好。她父亲是机关干部。在"文革"刚刚开始的时候,不能正常上课,我就到她家里玩,看到她家有一个书柜,里面摆着好多的书,我忍不住去抚摸那些书,她说,你喜欢读,就拿去读吧,记得再拿回来就行。于是我便借了几本回来读，然后再去她家换回几本，这样一来我又读了《林海雪原》《苦菜花》《风雷》(上中下三册)《钢铁是怎样炼成的》高尔基的《童年》《在人间》《我的大学》等小说。

参加工作后，我买了《红楼梦》《水浒传》《西游记》《三国演义》等自己喜欢的书籍。1982年，我上电大读书，便选择了中文专业。在忙忙碌碌的工作与家务中学习古代汉语，现代汉语和写作等科目，于1985年取得了毕业证书。当时读电大并不是为了文凭，就是为了自己的喜爱。这个喜爱和我读书有关，是《青春之歌》《红岩》等小说激发了我对文学的挚爱，给我的脑海开通了一个广阔的遐想空间，也为我世界观的形成奠定了正能量的思想基础。电大期间我有幸读到《安娜·卡列尼娜》《飘》《简·爱》《复活》，以及巴金的《春》《秋》《家》，鲁迅、茅盾等等文学作品，还自费订阅了《当代》《小说月报》《读者》等文学刊物。

曾经我也怠慢了这些书，买的多看得少。但是书依然是我的至爱。我喜欢读女作家的书，王安忆的《长恨歌》《流逝》，唐敏的《红瘦》以及毕淑敏的作品。

如今退休了，书是我最亲密的精神伴侣。闲暇时间，翻开一本书，就进入了一个崭新的天地。随着作者的文字神游偌大的空间，甚至周游世界。《平凡的世界》不仅让我了解了陕西农村的生活，更知道了作者路遥花费10年心血写就了一代人的生活史诗所付出的艰辛。《追风筝的人》《灿烂千阳》让我看到了20世纪70年代阿富汗人的流离失所以及独特的风俗。《舞者》《惊鸿姣影》等新生代作家的作品讴歌了为爱而舞，为爱而坚守的感人故事。尤其喜欢一些散文作品，林徽因、席慕蓉、周国平、林清玄等的散文百看不厌，每次读书都会得到心灵的抚慰和升华。最近得到温明远老师的赠书，我又读了《散文学综论》《写作的事》《他与书同寿.赵家璧》《生命的呼唤》等等名家作品，感到特别的幸运。读这些书依然有如饥似渴之感。

随着时间的推移，读过的书留在印象中的不是太多，有些甚至连书的名字都忘掉了，但是，那些文字潜移默化的影响却深深地在头脑里扎了根。我永远忘记不了读第一本小说给我的深刻影响，买第一本书留给我的陶醉感，是这两本书把我带进一个深邃、美好的精神世界，它们是我一生的知己。

每当我驻足书柜前，浏览着书脊上的书名，心中就会涌动起波澜，每一本书就是一段历史，它们记载的不仅仅是作者的心迹，也承载着我前行的脚印。我与书有缘，书是我心灵的朋友。

2016年7月28日

清欢在心田

林清玄的散文集《人生最美是清欢》的自序题目是："人间有味是清欢"，此题目引自苏东坡的一阕词："细雨斜风作小寒，淡烟疏柳媚晴滩，入淮清洛渐漫漫。雪沫乳花浮午盏，蓼茸蒿笋试春盘，人间有味是清欢。"这阕词说的是苏东坡与朋友到郊外游玩，在山里喝着浮着雪沫乳花的小酒，配着春日里的野菜新笋，不禁赞叹"人间有味是清欢"。

林清玄是这样解析"清欢"的，他说"清欢"是生命的减法，在我们舍弃了世俗的追逐和欲望的捆绑，回到最单纯的欢喜，是生命里最有滋味的情境。

我理解"清欢"是心灵的纯净，是清纯高尚的境界，是做人的品位。

当年苏轼把浊酒野菜的滋味看作清欢，是他超越了世俗繁华与权贵的束缚。虽然仕途坎坷，他却一心写诗作画，以毕生的精力追求心中最初始的梦想，成为著名的文学家、诗人、画家。达到了淡泊明志，宁静致远的境界，被世人称道，流芳千古。

超越世俗，做自己喜欢的事情，寻求心中那份清宁和欢愉，不正是人生最美的滋味吗？

画师倾心作画，心灵之美融于笔端，画出心中的意境，挥毫泼墨的瞬间，是清欢；剪纸，一刀一剪刻画出精美的花鸟、人物与风景，那种全神贯注，一丝不苟的过程，是清欢；诗人采风赏景，情景融合，经过巧妙构思，凝练出优美含蓄的诗句，是清欢；工匠用心灵之魂雕刻或塑造出精致的艺术品，是清欢。

生活中，清欢是最平淡的日子，最平凡的生活，最平静的心境。

清欢，在纷繁的世界里很难做到。但是，只要我们给心中留一片田地，给清欢一个居所，就会拥有人生最美的味道和风景。

清欢，不是脱离现实，不是看破红尘，不是隐居山林。而是在纷繁、复杂、琐碎的大千世界里，保持一份淡定与从容，在各种诱惑面前，保持清醒与理智。

如果我们每个人都以恬淡之心处世，宽容之心为人，以清雅的志趣涵养性情，摒弃浮躁与虚荣，漠视权贵与金钱，潜心研究学问，倾心于自己从事的事业，踏实地走好人生之路。那么我们的家庭是清纯、宁静的，我们的社会是和谐安宁的。在千变万化，激烈竞争的社会中追求超凡脱俗的境界，不忘初心，感恩时代，必然岁月静好，世事安稳，社会清宁。

"清欢,永远不会失去,只要我们不俗"。

2017 年 2 月 18 日

青 春 万 岁

昨晚做了一个梦。梦里的情节特别清晰,似乎在一个偌大的会堂里,好多人聚会。我慷慨激昂地发表演讲,大致内容是动员大家重走知青路,说到动情处,我便大声说:"我今年六十多岁了,还要重走知青路!"下面一片哗然。突然又静下来了,鸦雀无声。这时候我特别想说一句最振奋人心的话,略加思索,便举起左臂高呼"青春万岁"!同时右手举起玻璃高脚杯一饮而尽。当我的视线盯住手里的酒杯时,却发现杯子变成一个变了形的塑料杯,这时候梦醒了。自己禁不住好笑,太离奇了,太不可思议了!

仔细一想,这梦境不是空穴来风,也不是稀奇古怪。因为白天我看到一条微信,说的是作家王蒙 80 岁了还经常高呼"青春万岁"。是这条信息触动了我内心深处的一缕情思,是"青春万岁"这句话引起了共鸣。

《青春万岁》是王蒙早期现实主义小说的代表作,为王蒙 19 岁时创作,也是其进入文坛的代表作品。

长篇小说《青春万岁》集理想主义、英雄主义、浪漫主义于一身,描写了 20 世纪 50 年代初期,一群天真烂漫的北京女中学生的生活。如今王蒙已经 80 岁了,他依然在内心深处保持着青春时代的浪漫情怀。

青春,最美丽的字眼儿;青春,最美好的时光;青春,最动人的旋律;青春,最恒久的情愫。

我们 50 年代出生的人,如今已经奔 70 了。我们最难忘记的依然是知青岁月——十七八岁的时光。那段经历曾经让我们过早地走向社会,走入艰苦的岁月,在我们生命的光环里,留下了最璀璨的光能。

知青岁月,不似王蒙笔下的女中学生们浪漫的学习生活和对理想的美好憧憬,不如生活在首都北京女孩子们的快乐和幸福。可是艰苦劳动的磨炼以及与淳朴的农民一起战天斗地,在广阔天地里挥洒汗水,收获了学校里学不到的真实、丰富的社会知识和生活经验。练就了最能吃苦、最能忍耐、最能战斗、最能奉献的坚韧性格。

转眼间,半个世纪过去了,我们从青年到中年又到老年。白发遮不住青春的笑脸,皱纹锁不住青春的情怀,我们的性情早已定格在知青那个年代,我们永远是知青,我们的心永远是青春的心态,我们拥有永远的青春时光!

时光不能倒转,岁月不能回头,而青春的情愫却可以在我们的心里生根,在我们的生命里熠熠生辉!

当我们徜徉在公园或者广场,当我们散步于幽雅的小径,在湖边,在树下,都会看到充满青春活力的老年人,或翩翩起舞,或引吭高歌,或优雅地练着太极。

感恩时代,感恩社会,感恩优越的社会制度。虽然命运给予我们一个艰苦的青年时代,却赐予我们一个美好、幸福的老年生活。

优越的生活条件,优雅的生活环境,闲适的退休生活,涵养着我们美丽的青春梦想!是啊,我们做梦也没想到年过花甲,过着衣食无忧的日子,做着自己喜欢的事情,享受着社会主义制度的优厚待遇,生活充满诗情画意。

我们每个人都是画家,用心灵之笔描绘最美的图画;我们每个人都是歌手,唱着甜蜜、快乐的歌谣;我们每个人都是不老的青松,昂然挺立傲苍穹!

此刻我们振臂高呼:青春万岁!

2017 年 3 月 17 日

黄花村的变迁

在草木葳蕤的 5 月,来到了远近闻名的宁姜乡黄花村。在村头的高坡上,两棵古榆显得特别的繁茂多姿,盘根错节的树干,造型奇异的枝丫,挂满榆钱,沉甸甸地垂坠着,如一把偌大的绿伞,护佑着大地、田野和村庄。这就是人们传说的神树。

23 年前,我曾经与神树邂逅,留下了美丽的故事和趣闻。今天,又一次来到神树面前,我却觉得特别的新奇,变化太大了!

当年我多次到黄花村开展工作,给我的印象是这个村十年九旱,而且地处丘陵地带,黄沙满地,是全县出了名的沙化最严重的村屯。靠村边的房屋的山墙都被黄沙掩埋。我亲眼见到岗地上的垄被风吹走,只留下播下的种子。农民住的房子全是土坯房,连院墙都没有,生活十分拮据,靠贷款、救济过日子。

时隔二十多年,黄花村发生了天翻地覆的变化。站在村头神树下,抬眼望去,一排排红砖房,红色或蓝色的彩钢瓦的屋顶,在阳光下熠熠生辉;村边、田地里纵横交错的杨树林带,犹如天然的绿色屏障,挡住了流动的黄沙;多年碱化的土地早已变成了网格状的水田。

再回过头来看看这两棵相依相伴的神树,早已用水泥垒砌了保护圈,山坡也铺上了地砖,四周有铁丝围起了一个神树观瞻区域,在入口处的左侧树立着一排嘛尼杆象征蒙古族信仰的图腾标志。建立了字碑,上面用汉文、蒙文分别介绍了有关神树的历史渊源以及保护措施。具有了供游人参观的旅游景点的雏形。

神树被保护起来,是当地政府的善举,这种保护是对蒙古族民间信仰的保护,是对蒙古族村民民心的保护,是对大自然奇异景象的保护。

神树,之所以称为神树,是这两棵树的生长确实存在着神奇的地方。

这两棵树生长在村子的东南岗上,遥遥相对,树根特别的粗壮,深深地扎根在泥土里,不论怎么干旱,别处的树木枯萎凋零,这两棵树依然特别繁茂,郁郁葱葱。走进神树,仔细观察,根本分不出哪里是根,哪里是树干,有十几条类似树干的根裸露在外面,上面满是皴裂的树皮和扭曲的造型,有的像一只老虎的形状,有的像一条龙的脊背,有的像一个怪兽的脸。

据当地老年人讲,他的祖辈口口相传,到他爷爷这辈就告诉他,这神树有三百多年的历史,每到端午节,有祭祀神树的习惯。全村人在族长的带领下,来到村头,杀一口猪,把猪头等供品摆在神树前,全村人按照一定的习俗程序叩拜神树,祈求神树显灵,保佑风调雨顺,国泰民安。

不论这神树有多少年的历史,不论这神树有多么神奇,如今傲立在黄花村的村头,以独有的姿态显示了大自然的神奇和造物主的伟大。三百年甚至不止三百年的古树,我们在它的面前是那么渺小。三百年的风蚀、雨打、雪压、冰冻、虫害、干旱等等对于这两棵树是多么难以想象的磨砺啊!三百多年的人间又经历了多少变迁呢? 神树,就是见证,神树就是守护神!

想到这里,我为现任的乡党委、政府领导对于神树的保护措施而感动不已。他们是明智的领导,是有超前意识的领导,是体恤民心,爱护民意的领导,更是具有客观对待自然景物积极采取保护措施,做到人与自然和谐发展意识的领导。

我为黄花村的村民感到欣慰,为泰来县各级领导的举措感到敬佩。

诚然,保护古木,人人有责。保护人们心中的神树,是对大自然神奇景观的敬畏,是对蒙古族村民习俗的保护。崇尚自然的神奇,呵护村民心中的图腾和寄托,这是善举,是明智之举。

又一次举目眺望黄花村,昔日风沙肆虐的景象早已不存在了,取而代之的是

宽敞明亮的砖瓦房,整齐划一的砖院墙,平整的水田,网格式的防风固沙的绿树带,村民们喜悦的笑脸和侃侃而谈的自信和富足。

世间一切事物都不是孤立存在的。我们的祖先讲究成事要靠天时、地利、人和。黄花村的变化正是应了这个古谚。两棵古树承载着民心的寄托;一个村的变化,体现着整个社会的发展;一项举措体现党的富民政策的温暖。归根到底,党的富民政策让一方水土的人们富裕起来,让人们的心愿有所寄托,让人们生活的环境越来越好。这神树与世世代代居住在这里的人们共同见证了历史的沧桑和时代的进步与发展。这神树不就是我们中华民族的一种精神吗!

人们景仰大自然的神奇,大自然的造物也护佑人们的心愿。在人与自然和谐发展的过程中,必然离不开人对自然的保护和景仰,离不开大自然对人们的回馈,这是互为的关系,所以,对于神树的呵护不是迷信,是人们心愿的寄托,是人们对自然的崇敬。习近平总书记让我们讲好中国故事,我们首先讲好自己家乡的故事,让那些美丽的传说带给人们美丽的情愫,凝聚人们的心愿与自然界生灵的默契,去创造更加美好、富庶的生活!

2017 年 5 月 4 日

雨 中 独 行

清晨,照例 4 点多钟起床,准备出去晨练。拉开窗帘,才发现下雨了,雨丝很密集。看样子下了有好长时间了,楼前的甬道上已经积满了雨水。

这样的天气是不能练拳的。突然有一个雨中独行的念头,去雨中散步,体会一下久旱逢甘露的感觉。

独自一人撑着伞,在雨中行走。我抄近路走进龙沙公园。公园里没有了往日的喧闹,静悄悄的,只有雨声刷刷作响。湖边的广场上竟然一个人也没有。我信步来到游船码头,放下雨伞,在栏杆上压腿,一边压腿,一边欣赏着周围的景致。密集的雨滴落在湖水里,泛起白色的水花;雨雾蒙蒙之中,树木、花草乖乖地沉睡着,在梦中吸吮着上天降下的甘霖。雨水顺着石阶潺潺流淌,沿着湖边护栏的排水口倾泻而下,与湖水融为一体。回头左右顾盼,依然我一人在湖边码头上凭栏远眺。此刻难得的静谧包围着我,感到一种超然的寂静。

雨越下越大,雨滴落在蓝色的遮雨棚上发出嗒嗒的响声,除了雨声,什么声音都没有。我突然感悟到，寂静如此美好，由此想到了孤独。我孤独吗？不！在偌大的公园里，我独自一人在雨中赏景，体味一种寂静之美！我分享着雨声、空旷、静谧，柔柔的树木、清新的空气、清丽的花朵还有雨中的雾气蒙蒙，我拥有着身边的一切静谧的美！

静下来的时候，思绪也变得特别的清晰，特别的流畅。看那雨水恰似潺潺溪流，沿阶而下，"水往低处流"，雨水流入了湖中，它便成了湖水的一分子，湖水容纳了它，自己也丰盈起来。"海纳百川，有容乃大"。我们做人也是如此，顺应时代的潮流，才能激流勇进；包容了他人，就是丰富自己。携手前行，生活才会充满生机与活力。

看那花坛里的花儿，矮矮的枝叶，细碎的小花儿，却呈现出一片嫣红、一片鹅黄、一片淡淡的紫。由此想到了"一花独放不是春，百花盛开春满园"。我特别敬慕那些星星点点的小花儿，它们紧紧地靠在一起，便是一片花海。一个群体何尝不是如此呢？众多的智慧凝聚在一起，就是不可阻挡的力量，是推动时代前进的动力。

静中出智慧。难得这样一个静静的清晨，给我偌大的一个空间，没有喧闹，没有躁动，我一个人独自享受寂静之美。我突然想大声唱歌。便随口而出"美丽的草原，我的家……"又禁不住笑了，这里不是草原，是雨中的公园，是清净的湖边，是我一个人的世界！感谢苍天给我一个难得的静思的空间，我拥有了整个湖水、小桥、树木、花草和宽阔的广场以至于这秀丽的景色。

这时陆续有行人走过，打断了我的思绪。我便撑起雨伞在雨中前行，任凭雨水打湿裤脚，任凭细细的雨丝在眼前掠过，踏过石阶上的雨水，看那雨水汇成溪流，汩汩地流淌。

2017 年 6 月 18 日

我们一直在路上

——参加敬一丹赠书仪式有感

2017 年 9 月 11 日晚，接到泰来县文联副主席才立国的电话，有一项活动请我参加。我刚从县里回来，还没来得及好好休息呢。我便问："什么活动呢？"才立国说："敬一丹要来泰来签名赠书，需要两位嘉宾与敬一丹老师同台互动，县文

体局推荐您和温明远老师做嘉宾，是县委书记审查同意的。"我听到这里感到很惊讶，离开县里9年了，我参加过几次县政协的文史资料征集和县妇联的纪念"三八"节的活动，其余都是民间活动，参加以县政府名义组织的大型活动是第一次。参加这次活动的主要原因是我和温老师都有知青的经历，都有文学创作的经历，与敬一丹是同代人，有着共同的经历，聊得来，可以给敬一丹的书所写内容做一个见证。

接到这个通知，心情很激动，一个原因是县里还记着我们离开泰来的人，另一个原因是与我十分仰慕的国家知名主持人近距离接触，感到很幸运。

按照通知要求，我找出三本书，准备与敬一丹老师互相赠书。一本书是我主编的《泰湖诗词选》，另一本是我主编的《江桥抗战诗词选》，还有一本泰来政协文史资料《激情燃烧的岁月》，书里有我写的文章"知青岁月"。

这时候我想到一个问题，我穿什么样的衣服上台互动呢？我找出一套很精致的衣服，有些厚。我又找出一套衣服，颜色太暗。后来我想到前几天为了参加朋友女儿婚礼新买了一件裙装，舒适大方，只是薄了点儿。我查看天气预报，这几天温度还比较适宜，便带着这件裙装回到了县城。我看到街上很少有人穿这样薄的裙装，便到一家时尚服装店转转，真遇到了比较合适的裙子，颜色鲜亮，样式时尚，我试了试，有些犹豫。回到家里，仔细一想，还是穿自己带来的裙子比较合适，那个橘黄色的连衣裙，平时的日子我是穿不出去的。再说了敬一丹是一个非常稳重端庄的主持人，退休之后她不会过分讲究服饰的，可能会很朴素呢！我一个平时不讲究时尚着装，不会化妆打扮的人，没必要这么折腾啊。这样一想也就释然了。

2017年9月14日14点半，我与温明远老师以及县作协、诗协的同事们一起来到县实验小学。实验小学是刚刚搬迁过来的，宽阔的校园，宽阔的广场，还有新建的教学楼。我刚刚迈进教学楼的门槛，就见到了精明强干的女校长藏亚男，她热情地迎过来，陪着我们上楼。我问她学校的情况，她兴奋地说，现在的校园面积是原来校园的两倍，而且各种设施设备比较先进，各方面条件都比以前好上几倍。看她的神情，如数家珍一般向我介绍学校的新变化。说话间，我们来到了四楼电教馆，只见馆内宽敞明亮，红色的折叠软座椅，梯式的座席。前面主席台上铺着红毯，主席台上方的电子显示横幅上写着"书香泰来——敬一丹老师《我末代工农兵学员》签名赠书仪式"，主席台的背景是敬一丹的大幅照片和她的新书照片，东侧写着"一支话筒"，西侧写着"丹心可敬"的字样，把整个主席台映照的特别明亮。

我回过头来看到座席上已经坐满了小记者、电视台的记者们、各学校的教师、各机关单位的领导等。这时候,年轻的女副县长顾宇佳跑过来热情地和我们握手,并请我和温明远老师在前排就座。

15点30分,敬一丹老师从电教馆东侧的入口走进了会场,大家起立热烈鼓掌欢迎。只见敬一丹老师素颜简装,走了过来,微笑着向大家致意。她穿着浅白色的休闲上衣,灰绿色的长裤,浅棕色的休闲鞋,一条淡绿色的花丝巾折成一个细细的条状搭在胸前,十分的休闲、素淡、清雅,似一枝青莲般雅致。看到这里,我不由地暗自庆幸没有买那件刺眼的橘黄色的裙装,我的虚荣心一下子就灰飞烟灭了。敬一丹老师的这身朴素、大方、休闲的装扮反而让我心生敬意。

我赶紧走出座席,请敬一丹老师入座,并和她握手说:"非常欢迎您的到来!"

赠书仪式开始前,我们一起观看县电视台精心制作的电视短片:《一直"在路上"的沟通者》,这个短片体现了敬一丹老师从小到大的成长过程,尤其是对于她下乡那段历史的回忆,让敬一丹老师十分感动。

赠书仪式开始了,主持人韩淑艳请敬一丹老师上台讲话,她说这个片子做得非常好,有的照片她自己都没有,很感动。她对着坐在台下西侧的新闻记者们表示感谢,并说:"给我复制一套光碟。"

然后敬一丹老师向大家介绍她写这本书的初衷。书中主要写她与大学同学一起回忆上大学前后的那段历史,为的是记住历史,告诉孩子们。书中内容分三个部分:上大学之前的经历;上大学的经历;毕业后将成为什么样的人。在一个相同的时间里,每个同学都有自己不同的经历和感受,在书里同时展现。书中有好多珍贵的照片,还有精美含蓄的图画,这画也是同学们自己画的。更新颖的是在书的封面上印有16个二维码,只要用手机一扫,书里的文章就显示出来了,而且是有朗诵声音的。能得到这本书,真是三生有幸。

主持人把我和温明远老师请到台上,与敬一丹老师坐在一起开始互动。先聊下乡时的事儿,敬一丹老师说到了"书荒"没有书读的事情,温明远老师说他曾经步行几十里到一位老师那里去借书读。问到我的时候,我没有一点思想准备,突然想到在青年点看着糊在门上的报纸大声朗读的事情,便说了这件事儿。敬一丹马上说道:报纸,那时候就是"抱纸"啊,在林场,报纸不能按天送达,都是多少天的报纸一起送到驻地,就成了一大抱"抱纸"了。后来我在她写的书里读到了自己做油灯贪黑读报纸的情节,没想到我的这个回答还真符合了她书中的内容。现在想想这不是我机智也不是巧合,是我们有着同样的经历啊。

当谈到文学创作时,温明远老师讲了自己退休后创作出版了两部小说,一部散文集还有其他书籍,而且简要介绍了两本书的主要内容。我是写过一些文章,大都发表在齐齐哈尔政协文史资料、泰来文学期刊和网络的文学网站里,并没有编辑出版过一本属于自己创作的书。我就如实说道,我从小喜欢文学,下乡时喜欢写日记,工作后很少写,2005年起开始在网络里写一些心情日记。她问我写作的体会,我说文字,首先是给自己看,是自己与自己的心灵对话,然后发表与文友分享,有人点赞或者评语觉得很开心。她说,在网络里创作,你的网名叫什么?大家都听听!我说,我叫淡文竹雅,因为原来我的网名叫文竹,后来进了论坛,注册时一个文友在我的文竹前后各加一个字,就变成了淡文竹雅。主持人问我写了多少文章,我说从2005年到现在,12年时间写了有五百多篇文章,有六十多万字,大都发表在中国散文网、中国诗歌网、江山文学网、网易博客等网站。敬一丹老师说,哎呀!67岁了写了12年,写作的人都显得年轻啊!她还说,我对网络认识的晚,向你学习。我觉得自己说的离出书太远了,赶紧说:我也要出书,把这些文字印成书,台下一片掌声。

温明远老师经得多,见识广,特别有文化功底,有参加谈话节目的经验。他适时地向敬一丹老师提出两个问题,都是关于文学创作的,其中问到敬一丹老师退休以后从知名主播到从事文学创作的华丽转身是如何做到的。敬一丹老师马上说,主持人问你问题,你怎么问我问题啊?然后很礼貌地回答了一个问题。敬一丹老师还对温明远老师说,你方才谈到文学创作时有个字不应该说,不能说暮年,以后要把那个暮字去掉!比如我60岁那年,我就说年方60。大家哈哈大笑起来,轻松、自然。敬一丹真不愧是名主持,很会把握每一个话题,那么自如,那么洒脱。我开始有些紧张,手心直出汗,后来便随着主持人的引导和敬一丹老师主动的和我们谈话,便放松自如了,说到有趣的地方,大家会报以掌声。

这时主持人提出,让我们互相赠书。温老师带来自己的两部小说《三家孩子一个妈》和《哈尔滨圣·尼古拉教堂大钟迷案》,我把带来的三本书送给她,并一一介绍每本书的内容,同时我又把作家协会委托我把几年来作协、诗协的期刊、书籍送给她。敬一丹老师对我主编的《江桥抗战诗词》特别感兴趣,因为她到泰来就去参观了江桥抗战纪念馆。她说,泰来要好好挖掘江桥文化,写好那段历史,留给后人。我才想起来,政协有一本专门写江桥抗战的文史资料,那本书里有着翔实的历史记载,只可惜时间来不及了,但愿这本诗词能给她带来深刻的印象。

互相赠书结束了,我们一起合影留念。同样的经历让我们走到一起,文学创作让我们有了共同的话题,互相交流,互相学习,真是难得的机缘。

　　我和温老师到台下就座,敬一丹老师与台下的观众互动,主持人提出六道题,请大家作答,并请答对题的人上台领取敬一丹老师的签字赠书,非常幸运的是,我的大外孙女莹莹,刚从北京回来,今年从北京传媒大学毕业,与中央电视台新闻栏目签约,走上了工作岗位,成为一名新闻编辑。她参与答题,并获得赠书与敬一丹合影。与自己的老校友名主持合影,莹莹特别开心。

　　参加赠书仪式的各方代表分几批上台领取赠书,敬一丹老师现场认真签名,一一赠给大家,并与领书人合影。在赠书的最后一个环节,10名年轻的女教师,走上台前,随着音乐唱起了《校园里还有一排年轻的白杨》,敬一丹老师站在中间与教师们一起歌唱。当第二段音乐响起的时候,敬一丹老师激动的拿起书来,翻到那一页,倾情朗诵起来,等她朗诵一段之后,又一起唱起这首歌,歌声与掌声响彻整个会场。

　　赠书仪式结束了,与会的人们争先恐后地跑到台上,争着拍照合影,久久不愿散去。

　　赠书仪式结束了,那份激动却在心头回荡。

　　我们都见过名人写书,签名售书,可是敬一丹此行就是为泰来小城的人们送来自己倾心编著的书籍,送来名人的一个高尚的情操,名人一个淡雅的情怀,名人一个朴实的身影。给我记忆最深刻的一个镜头是:在赠书仪式结束时,敬一丹老师走向主席台的最前端,说了一句话:感谢泰来书香! 然后深情地向台下的人们深鞠一躬。我感动至极。感谢泰来书香! 我联想到,泰来书香——泰来书乡! 期望着泰来有一天真的会变成人人喜爱读书的书乡!

　　参加这次赠书仪式,是一个意外的收获。不仅仅是一次与名人近距离接触、交流,更是与一个美丽的心灵的沟通,受益匪浅。燃起了人们对文学创作的激情和用心读书的热情。就像开头的电视短片一样,在路上,我们一直在路上,不论遇到什么样的艰难险阻,我们勇敢地前行;在路上,我们一直在路上,遇到无数的人们,有亲朋,有知己,有芸芸众生,人与人之间的交流与沟通,是机缘,是缘分,值得珍惜;在路上,我们一直在路上,为了自己喜欢的事业而执着地前行,冲破风霜雨雪,迎接春风拂面,花开满园!

　　一个人的经历,必然体现着那个时代的印记,记下自己的经历,就是记下时代的足迹。为了心中美丽的梦,我们一直在路上!

2017 年 9 月 16 日

有感聚会之风盛行

最近几年聚会风盛行:同学聚会、知青聚会、战友聚会、同事聚会、邻里聚会,甚至一起上幼儿园的也聚会。还有接风酒、饯行酒、周年庆等好多名堂。更让人瞠目的是年过古稀及至耄耋之年的老者,除却天南地北的旅游之外,就是聚会了。他们跋山涉水,不远几千里,回到故乡,回到母校,回到知青点,回到工作过的车间,回到旧时居住地。虽然这些地界早已发生了天翻地覆的变化,但昔日情怀依旧。花白的头发,蹒跚的步履,依然找寻当年的影子,一点一滴都是那么亲切,那么留恋,那么有意义。

这是一种什么现象呢? 我也是这个行列其中的一员。扪心自问:这是为什么? 怀旧。怀旧,证明人老了。眼前的事情越来越淡化,过去的事情越来越清晰。那些深藏在脑海里的影像经过多年的沉睡,一点一点被激活了,活跃起来了,沸腾起来了。似乎又回到童年、青年时期。虽然当年不曾说过话,未曾有过密切的交往,甚或有些纠葛和误会,都被岁月磨淡了,被时光洗净了,只剩下纯纯的情感。因为我们一起学习过,一起下乡插队,一起当兵站岗,一起工作过,一起住在一个院子里;因为我们一起吃苦、挨累,一起度过艰辛的岁月;因为有的伙伴已经掉队了,早已远离这个世界了。几十年后,甚至半个世纪后的重聚首,足以让人们欢欣不已。是曾经的岁月和经历造就了这份扯不断的情谊。

聚会中女士们是最活跃的,最积极参与的,最惹人注目的。你看吧,新做的发型,新化的淡妆,新换的衣裙,尤其是每人都备有多条鲜艳夺目的丝巾。女士们聚会时特别喜欢拍照。自拍、合影,乐此不疲。一花、一草、一树、一石,都是可以拍照的背景。双手高高举起丝巾,或者披在肩头,或者系在腰间,做出各种萌萌的姿势,开心地笑着,从心里到外表给人一种倾情释放的感觉。心里的花儿太多了,不释放不为快啊! 这是为什么? 答案只有一个:如今生活条件好了,社会环境好了,压抑在心里的,久违了的青春之花才得以盛开。这些美好的情愫在心里隐藏了几十年。当年青春年少,风华正茂,然而我们的衣着却是清一色的蓝、灰、草绿色,没有花朵的点缀,没有色彩的烘托。齐耳的短发,或者扎一个造反辫(马尾辫),至单至简到了极致。多想有一件漂亮的衣服和裙装啊! 多想做一个漂亮的发型啊! 多想开心地美上一把啊! 这些只是想想而已,甚至连想都不敢想。条件不允许,社会环境也不允许。腰包没有多余的钱,即使有了钱也买不到。

如今,女士服装琳琅满目,样式千姿百态,花色绚丽多彩。服饰以独特为最美,如果有两人穿了一样的衣服,那叫撞衫,很尴尬。如今,家里有存款,兜里有余钱,想穿啥就穿啥,想怎么打扮就怎样打扮。虽说满头银发,满脸皱纹,身姿不再苗条挺拔,但是,心中那份美依然盛情绽放,像雨后的秧苗一样疯长,或者说"疯"了一样无拘无束,开水一样"沸腾"!

有人评论"中国大妈现象"从广场舞开始。看看广场上,跳广场舞的、交谊舞、大秧歌、水兵舞等等,各种娱乐活动中八成以上是女性,中老年女性居多。这些大妈需要理解,需要尊重。人生需要均衡,早年的匮乏,老年补偿,这是规律,无可厚非。我推测如今的年轻人到了老年不会这么"疯狂"地去展现不合时宜的美。因为她们年轻时已经做到了尽善尽美。她们的老年会更智慧,更理性,更富有时代感。

话题扯远了点儿。聚会场合有了女性便会清风拂面,色彩纷呈,欢声笑语,轻松愉快。女士是美的使者,美将伴随女士的一生。

聚会,融合了一代人的情感,是时代的一个独具特色的章节,也是历史上特殊的一页。聚会,让人们互相怀念过去的时光,不论如何艰难苦涩,不论如何贫穷辛劳,都是甜美的回忆。这是人的性情使然。经历就是财富,值得回味的人生才有意义。

聚会,也是一种文化现象。友谊做桥梁,交流人生感悟,互补生活经验,赞美生活,珍惜眼下,畅想未来。

聚会,让闲适安逸的生活多一份激情,多一些温暖,多一些关爱,多一些美好的情愫,让晚年生活不孤独。

聚会,诚然是一件好事。但是必须注意要尽力而为,量力而行。

美丽夏日,是聚会的好季节,愿我们以恬淡之心,平稳姿态,理性参加聚会。让聚会给我们的生活增添高雅的趣味和无尽的欢欣。

2018 年 6 月 29 日

情感篇

四十年情结

2008 年 7 月 27 日,是我们老知青聚会的日子。为了这一天的聚会,我们已经策划了近两年的时间,今天终于成行了!

这是我们下乡插队 40 周年的聚会啊!当年的青年学生,现如今已是鬓发斑白的老年人。岁月如歌,我们一路走来,踏着"文革"这个特定年代的节拍,走进了广袤的农村这个大学校,进城工作,结婚生子,苦心经营着自己的事业。如今大都到了退休和退养的年纪,儿孙绕膝,尽享天伦之乐了。可是那魂牵梦萦的情结啊,总是在心头缠绕,什么时候集体回到当年插队的地方,再去追寻青年时代的梦啊!

1968 年的 8 月,城里的初高中毕业生,随着"文革"的飓风,响应毛主席"知识青年到农村去,接受贫下中农的再教育"的号召,插队落户,在农村这个广阔的天地里学习、生活。

当初我们都是十七八岁的青年,正是应该继续读书的年纪。可是时代在召唤,到农村去,是那个时代的大潮流!上海、北京、哈尔滨的知识青年都来插队务农,何况我们生活在县城里的知识青年呢?义无反顾到农村去!当时按家长所在单位的系统设立青年点,青年们分到各生产小队劳动,在青年点吃住。青年点就是我们的家。我们都是商业系统的青年,被分配到大兴公社阿拉新青年点,开始了真正的农民生活。这也是我们走向社会的第一步。当地的村民特别的热情,给予我们很多的关照,教我们农活,也教我们学会了好多生活知识。面朝黄土背朝天,汗水泪水交融着,晒黑了皮肤,磨粗了手指,也锤炼了我们的吃苦精神。我们失去了继续学习文化的机会,却得到了农村再教育的锻炼,两年的农村生活,为我们的人生路程奠定了一个坚实的基础。两年的劳动和磨炼,造就了我们不怕苦,不怕累,热爱事业,勇于进取的坚韧性格。两年的时间,知青之间也结下了深厚的友谊。我们也成为特定历史时期的宠儿,用自己的聪明才智写出了属于那个时代的光华！无愧无悔！

今天，阳光灿烂，清风徐徐，老知青们在县政府宾馆集合。来自牡丹江的同学已经在这里住了两天了，还有从沈阳、哈尔滨、大庆、齐齐哈尔赶来的同学们。从早上6点多开始，大家陆续来到这里，多年不见面的同学们，互相回忆当年的影子，互相问候着，说着、笑着。人声鼎沸，压过了暑天的热浪。现有67名知青，来了54名。我们乘坐两台大巴车，准时出发了，去我们当年的家——大兴阿拉新，去看看40年后的新变化，去寻找40年前的影子。一路上欢声笑语，欢乐的情绪感染了每一个人，似乎又回到了那火热的年代，青春的热血在沸腾！

顶着烈日，来到了阿拉新村，村党支部书记、主任和当年的老队长都在迎接我们的到来。更令人感动的是我当年插队的队长已75岁了，从河北赶回来和我们团聚。互相打量着，惊讶地想起是谁，热情地握手，那情景让人感动不已。我们先到青年点的原址看看，那里已经是一座座民房了，依稀可见当年的轮廓，通往生产队的路没有什么变化，两侧的草房变成了砖瓦房。又到各自的生产队原址去看，有的已经不存在了，只有两处还可以看到当年的影子。人们的生活发生了很大的变化，一派富裕、和谐的景象。

老知青们陆续回到村委会，与当地的领导、老乡代表合影留念，分别与各自生产队的老队长合影。

中午，我们来到嫩江边的阿拉新泵站，这里绿树成荫，风拂杨柳依依，江水推波助澜，偌大的水泵把江水引入稻田，抬眼望去，蓝天、绿地相接，广袤无垠，一片生机盎然。我们在水边的亭子里休憩，沐浴江风徐徐，心情豁然开朗，回忆40年前的往事，赞叹阿拉新美好的今天。

午餐就安排在这里，村上为我们准备了丰盛的农家菜饭和美酒。乡镇和村上的领导致辞，青年点的老点长发表热情洋溢的讲话，大家举杯畅饮，互相祝福。

就要返程了，依依不舍，握着的手，久久舍不得放开，祝福的话说也说不完。再见了，美丽的阿拉新，富饶的第二故乡！再见了，当年的朋友！再见了，芬芳的土地！我们曾经为你洒下汗水，付出了青春；我们曾经留下了坚实的脚印，辛勤的耕耘；我们曾经找到了友情、亲情和爱情。40年过去了，我们的心仍然牵挂着这里，阿拉新，永远系着我们的深情！

2008年7月30日

牵手

在我们新居的小区里,有一对老夫妻,每天都手牵着手的散步,即使在雪花飘落的日子,他们也是手牵手的慢步行走。

走在前边的是男人,他的脸上平静的一点表情都没有,一只手轻轻地拉着跟在后边女人的手。女人步履蹒跚,小碎步紧跟在后面,就这样慢慢地走着。上午和下午在一个固定的时间里,总能看到他们夫妻的身影。

刚刚装修房子的时候,我每天都看见他们,心里一阵感动。我猜测他们可能是退休的教师吧,也许是哪个机关退休的干部。他们从来不说话,就是围着楼区走着,非常的慢。看着他们平淡的表情,我觉得他们是幸福的,就像一杯白开水那么的纯净。看着他们脸上的皱纹,猜想他们曾经走过人生四季的风雨路程。看着他们轻轻拉着的两只手,那是几十年恩爱的纽带吧。他们在我身边走过,我感到特别的神秘,真想知道他们的真实生活是怎么样的,幸福吗?困惑吗?苦闷吗?

等我搬进了新居,才知道他们就是我隔壁单元的邻居。他们夫妻不是教师,也不是干部,都是普通的工人。他们的收入也不高,是子女给他们买下了在市里堪称贵族小区的房子。那位女人腿有毛病,行走很吃力,所以每天必须走一走,活动腿脚。望着她那蹒跚而行的身影,我想,也许她已经把自己最光华的精气神都奉献给了社会、子女和家庭。那位男人一定很爱她,每天都牵着她的手,不离不弃。

有一天,雪特别的厚,男人把房前甬道上的雪清除干净,领着女人在平坦的小路上来回地走着。我猜想,当年他们一定是风华正茂的青年,为着事业和家庭奋斗着,谱写着爱的浪漫诗篇。携手走来,走进了人生的秋季,他们都老了,身体已经不如从前,可是那双枯瘦的手却紧紧相牵。

他们的身影,就是一道亮丽的风景。连我的小外孙女都用异样的眼神看着他们,我想在孩子幼小的心灵里留下的一定是美好的情感印记。

看到他们缓慢的行走,我总是被感动着。也产生好多的联想。夫妻是人生相伴最长久的、最亲密的亲人。夫妻结合组成了家庭,生儿育女,赡养老人,奉献于社会,用智慧和汗水耕种着生活的田地,还要携手并肩走过好多的风雨路程。在几十年的跋涉中,夫妻间互相理解、互相包容、互相关照、互相牵挂,建立了亲密无间的情感,浪漫的爱情变成了浓厚的亲情。现如今有的青年人却不懂得对自己已经建立的夫妻感情和家庭的爱护,随着各种欲望的膨胀,肆意泛滥自己的欲望和所谓的情感。我想这样的人是体会不到,也享受不到婚姻和家庭的幸福的,他们也不会在人生进入黄昏时节享受那份相依相伴的温暖。

《牵手》那首歌里说的好:"因为牵了手的手,来生还要一起走。因为有了伴的路,没有岁月可回头。"我衷心地祝福那对牵着手行走的夫妻,让幸福感充满他们生活的每一分每一秒!

2009 年 3 月 26 日

伴 儿

一个周日,老伴儿独自回县城为朋友办事,我心中窃喜,这几天我可以自在逍遥了!

周日晚上,女儿来电话,说外孙女要吃火锅,我们出去吃饭。我喜滋滋地和两个女儿、两个外孙女一起吃火锅,我买单,哄得孩子们都乐呵呵的。

第二天,收拾利落,坐在沙发上,边绣荷花,边看自己喜欢的电视剧。累了,就起身活动活动筋骨。晚上,准备四个小菜,邀孩子们回来吃晚饭。收拾停当,就坐在电脑前,读博客,玩游戏。困了,就睡觉,两天下来,感觉挺自在的,没有人管着,也没有人磨叨,只是感觉有点儿形单影只。

第三天,早上就想好了,去百货大楼转转,选点物美价廉的换季服装。9 点多钟,我穿戴整齐,兴致勃勃地去逛街。刚走出小区东门,忽然觉得右眼一阵刺痛,我马上停住脚步,只听得一个男声说:迷眼睛了吧? 哦,是门边买鸡蛋的人在说话。我心想:这要是个女的,我就让她帮我把眼中的东西弄出来。无奈,只好自己小心地用面巾纸擦了擦眼皮,疼了一会儿就好了,本来的好心情一下子打折了。

几分钟就来到百货大楼,这里正在搞促销活动,大都是衣物和鞋,价格和质地还是比较合适的。我选了几件适合我和老伴儿穿的衣服,又楼上楼下转了一遍,欣赏一下今年的服饰新款,便回家了,顺便买了二斤新鲜牛肉,准备晚上给孩子们包饺子。

回到家里,把新买的衣服穿在身上试试,对着镜子左看右看,感觉不错,心里

美滋滋地。呵呵！好久没有这么开心的感觉了。自己心里笑话自己，都多大年纪了，怎么还像个孩子似的呢，买件新衣服还这么高兴啊！收拾起来新衣服，就简单吃点午饭，休息一会儿。

下午，看电视的时候，就觉得左耳下部不舒服，用手一按，好疼。都说痛则不通，通则不痛，是哪里有毛病了吧？我一边按摩着一边想，心里有些害怕，赶紧找来消炎药吃了。不一会儿，就觉得头晕脑涨，特别不舒服，就想躺下休息。真是的，刚自在不到两天半，咋就得瑟病了！

答应给孩子们包饺子，赶紧准备吧。拌馅，和面，包饺子。孩子们都回来了，吃的很高兴，又每家一盒饺子带回去。收拾好后，才觉得特别不舒服。打开电脑看看，头晕得厉害，赶紧关机休息，这时还不到 20 点 30 分呢。

躺在床上，昏沉沉的。一杯开水放在床边，救心丸放到枕头下边，身边没人，心里没底啊。这时我就想，老姜在做什么啊？便打个电话过去，人家正在酒兴上呢，我只说不舒服，劝他少喝点，就昏昏沉沉地睡去了。一觉醒来，快 23 点了，觉得有些发烧，浑身难受，原来是感冒了啊！还是惦记他别喝多了，没人照顾他，又怕打电话吵醒他，就发个短信，那边回了一个字：谢。呵呵！这就放心了。整整一夜，睡也睡不好，一会儿热，一会儿冷，还有些恐惧感，心里嘀咕，要是老伴儿在身边，我会睡得更踏实一些，心也不会这么慌乱，一边胡思乱想，一边盼着快点亮天。

天亮了，头重脚轻地，起不来，又昏睡一会儿。快 8 点钟了，有些饿，就起来做点小米粥，喝完仍然躺下昏睡。电话铃声把我吵醒，是小外孙女从学校来的电话，让我中午给她送轮滑鞋。我看时间已经接近中午 11 点，便起来梳洗，一会儿去给外孙女送轮滑鞋去，难受也得挺着啊！正在我犯难的时候，屋门开了，老伴儿从县城赶回来了，我好像见了救星一样，高兴得不得了，当时就感觉特别放松。都说人老了怕孤独，其实在身体不适的时候，更怕孤独啊！

自己思忖：平时总想自己一个人自在点，看来不是那么简单啊；总想自己开心点，也不是那么容易啊。少来夫妻老来伴儿，真是不假。在一起的时候，避免不了鸡毛蒜皮的口角，容易心生烦恼，可是真正离开了，却又觉得那么孤独无助，寂寞无主。在生病的时候，更是需要那个人在身边的陪伴、问候和照顾啊！老伴儿，就是依托和靠山啊，互为的依赖，互相的关怀，互助的温暖，互谅的胸怀，支撑的是家的一片天地。人到了一定的年纪退休在家，家就是生活的全部。在这个小天地里，如何经营、呵护，确实大有学问啊。夫妻之间，不能任意地追求自己的自在和所谓的开心，互相间的理解、支持、关怀和互爱才是生活的幸福所在。两个人携手同心才能抵挡生活中的困难和阻碍,才能战胜孤独和寂寞,赢得生活的自在和快乐。

珍爱自己的伴儿,不论年纪大小都是如此。

2011 年 4 月 27 日

红 宝 石

2011 年农历八月二十八,是我们结婚 40 周年纪念日。在西方,结婚 40 周年,称为红宝石婚。

两个女儿早早就策划着,如何庆祝这个日子。

9 月 25 日,是星期天,也是农历八月二十八。

天高云淡,艳阳高照。蔚蓝的天空,没有一丝云彩,风和日丽。

中午,我们来到潘冬子一品酱骨大酒店。陆续来参加宴会的有我们的姐姐、姐夫、哥哥、嫂子,还有外甥、外甥女和她们的孩子们,特别邀请我们老知青的代表,亲密战友张姐参加。

张姐想得真周到,特意去百花园买了两套睡衣,作为礼物送给我们。大嫂给我们两盒高级茶叶。外甥女买了风味烤鸭。最让我们开心的是,三大姑姐的孙女田田送给我们一束鲜花,百合和玫瑰散发着淡淡的幽香。

一共 16 位亲属,三代人团团围坐,热闹非凡。

小女儿主持,我和老伴儿分别发表感言,大家纷纷祝酒。美好的祝福,美好的回忆,大家一同感受我们的经历和心情。孩子们也祝福我们和谐相伴,快乐幸福。在外地上大学的外甥女的儿子优优也打电话祝福我们,让我们倍感亲切和温馨。

席间,有人提出唱歌祝贺,把气氛推向了高潮。一首歌,一杯酒,酒浓情更浓。

包厢服务员被我们的欢乐气氛所感染,他向领班说明了我们酒席的内容,得到了酒店的赞许。正值我们开心欢笑饮酒的时候,一排四人,身着潘冬子的军装,头戴红星帽,背着枪支,健步走来,为我们赠送了一盘水果,服务员还发表了贺词:祝福我们携手并肩牵手到永远!我们和潘冬子队伍一起唱起了"红星歌":红星闪闪,放光彩,红星灿灿,暖胸怀。

几经风雨,几度春秋,走过了困苦和贫穷,走过了艰辛和劳累。我们把孩子抚养成人,我们孝敬老人,尽了孝心,我们事业有成。

如今我们鬓发染霜,儿孙绕膝,尽享天伦之乐。走进了人生的秋季,是收获的季节,也是享受的季节。虽然我们的性格和爱好各有不同,我们的生活习性略有差别,也避免不了有这样或那样的烦恼和误会,但是,我们携手走来,相濡以沫,相互理解,相互宽容,那份牵挂是无法割舍的。

感谢亲人们的美好祝愿,感谢朋友们的美好祝福,感恩社会的恩泽,感恩命运的眷顾,珍惜这大好时光,珍惜亲情、友情和爱情,珍爱身体,珍爱我们夫妻的红宝石之旅,继续携手向蓝宝石和钻石之旅迈进!

2011 年 9 月 25 日

"三侠"情

每次回县里,少不了朋友相聚,每次聚会都会无比的快乐,每每想起聚会的场面,都感到特别的欣慰。

前几日回去参加亲属的婚礼,又有了聚会的机会。

2012 年 6 月 29 日阴天,小雨。我正想和郭桂琴联系中午聚聚,刚好琴妹来了电话,约我们夫妇中午喝酒,同时还约了姜丽梅夫妇,我们三家,三对夫妇相聚了,热闹劲就别提了。丽梅因有一份特别的婚礼,她来回跑着喝。喝着,说着,开心地笑着,酒也就挥发了。丽梅非要明晚做东,再增加一对夫妇,那就是在乡下的凤侠夫妇。说话间,丽梅便给凤侠拨通了电话。丽梅担心凤侠太忙不肯出来,便特认真地说:"明晚请你们喝酒,我儿子结婚。"接着,我们分别和凤侠说话,我提醒她:"明晚只喝酒不随礼。"当时还确定下来明日几点钟去接凤侠。三位男士互相开玩笑,因为凤侠最小,他们都称呼她是小姨子,三位姐夫争着去接。说说笑笑地,结束了酒局,各自回家了。

第二天下午丽梅爱人何畅给老伴儿来电话,约好 16 点半去乡下接凤侠。老伴儿也没听清楚,让我跟着,开车就去克利镇了。我们来到凤侠的小营业室,只见锁头把门,他们已经先回县里了。我们马上来到饭店,只见凤侠夫妇两个在那站着呢。凤侠问我:"今天摆几桌啊?"我说:"什么摆几桌啊?就我们四家聚会。"凤侠真以为丽梅的儿子结婚呢,把随礼钱都带来了,还特意做了头发,换了衣服。大家一听都笑弯了腰。

我们四对夫妇团聚，话题又多了起来。一个是那两位妹夫逗我老伴儿，说他自己抢着接凤侠，还没接着；另一个话题就是凤侠是来喝喜酒的，可是丽梅的儿子还没有预定婚期。边开玩笑边喝酒。以往一些平常的事情，如今都成为美好的回忆了：联欢会请家属参加，每年到郊外搞一次野餐，也请家属参加。大家争着敬酒，丽梅爱人何畅举杯说："大姐调走四年了，我们仍然保持密切联系，以后我们就是终生的朋友！"大家一致赞成，共同干杯！

说起我们四人的关系，很简单，我们就是一个单位的同事。工作中，她们是我的好助手，工作时间以外，是我的好朋友，生活中是我的好妹妹。这三位妹妹，还有一个绰号，叫侠。琴妹是大侠，梅妹是二侠，侠妹叫真侠。说起侠字，不是她们武功如何高超，也不是她们讲究江湖义气，而是在她们身上有一股侠气，大度、宽容、坚韧、自强，不让须眉。

先说琴妹，我们认识得很早，曾经先后两次在一个单位工作。琴妹聪明能干，干净利落，我最喜欢她那股子钻劲。早年打字用的是手动铅字打字机，要记住字盘，她很快就把字盘背了下来。后来单位买了电脑，她就整天手拿着一个大本子，自学电脑知识，学会了五笔打字。在她代管账目期间，悉心清理了多年的乱账，一笔一笔核对清楚，底数清，账目明。闲下来，她下载游戏教我玩，在游戏里是我的师傅。后来我们还一起弄十字绣，她仍然是我的师傅。另一个让我佩服的是她勤快干净，每当我做家务搞卫生想草草了事的时候，就会想起她那干净劲儿，做活就不对付了。琴妹曾经担任一个单位的主要领导，为了陪农村来上访的妇女，竟然在办公室睡，那个认真劲真是了不得。她和我之间，从不多说话，却默默地关心我，帮助我，我有时候心情不好了，也喜欢和她说说，她就会陪我解劝我。最难忘的一件事是1990年11月，我到县政府工作，离开妇联那天，我请大家到家里喝酒。琴妹悄悄地到第二副食品商店买了一瓶茅台酒（当时100多元）祝贺我当选县政府副县长。那种无声的关爱一直感动着我。

再说梅妹，一个特别认真的人，有时候我称她傻妹妹，并不是她人傻，是做事太认真，太投入了。梅妹是学音乐的，声乐、键盘她最拿手，这也注定她是一个闲不住的人，一个辛劳的人，而她却乐此不疲地奔忙着。因为她是教师出身，所以那股子较真劲，很是难得。为了搞好一个活动，她会花费比别人多出几倍的功夫去运作，甚至几个通宵都不休息。每到周日她还要辅导一些学生学声乐和键盘。我有机会去看她上课，她对每个孩子都一样认真地教，尤其是个别孩子先天条件不好，不适合学声乐的，她也要手把手地教，一个字一个字地领读，一个音符一个音符地带着练,那个累啊。我说:"梅,看你上课,好感动,你真是一个负责的好老师。"她不仅如此,带着孩子家长到市里琴行买琴,尽量把价格讲到最低,卖琴的人都不理解,好多老师都是在买琴环节挣点儿回扣,可是她却尽量为家长们省钱。她整天都是忙忙碌碌的,在忙碌中收获了友谊和快乐。昨日,她参加一个学生的婚礼,学生的家人非要特别感谢她,因为那个学生智力发育不全,从小跟她学声乐,梅倾尽心血教她,使那个学生在声乐方面有了发展,后来考入音乐学院,出国留学,学成回国结婚,梅的启蒙教育功不可没。

再说侠妹,是一个优秀的乡镇干部。近几年我们才在一个单位工作。侠妹一个普通农民的女儿,却好学上进,工作很出色,曾经是出席全省统计系统先进个人。一个女同志在乡镇工作多年,下乡、包村和男同志一样吃苦受累。一次下乡,我看到她在又冷又暗,烟气熏人的村办公室里和村干部研究工作。那个村经济落后,上访户也多,真是苦了她了。后来她调入我工作的单位,我们成了同事。侠妹做事谨慎、缜密,每项工作都要精心策划,慎重实施,保证自己的工作不出任何纰漏。对待同事和朋友,更是特别的重情义,在一些细节上她总能做到至善至美。

三位"侠女"都已经退居二线了,各自忙着自己的事情。时间一长,大家互相惦记想念,一有机会就聚一聚。我们四姐妹的丈夫早已成为好哥们,他们在一起有说不完的话题,开不完的玩笑,都特别的投心对意。

我们在工作中结下了友谊,经历了时间的考验。如今,都离开了曾经工作的岗位,情感却与日俱增。以往的岁月在心中留下了不可磨灭的印记,以往的情愫,也如陈年老酒般醇厚香甜,回味无穷。

2012 年 7 月 6 日

缘　分

俗话说:"千里有缘来相会,对面无缘不相逢。"

说起缘分,一般都理解为男女之间的姻缘关系。其实不然。

缘,顾名思义,解释为五种意思,一是原因,二是因为,三是边缘,四是沿着、顺着,五是发生联系的机会。第五个里就有缘分的意思。

缘分,亦作缘份,是中国文化和佛教的一个抽象概念,是一种人与人之间无形的联结，是某种必然存在的相遇的机会和可能。

缘分，具有其广泛的意义。每个人都是亿万人的一分子，都会与成千上万的人擦肩而过，而相遇、相识、相聚的人却很少。虽然身在千里之外，却会有缘相逢，这样的事情谁都会遇到过。偶然相遇却是一种必然。这就是缘分。

前几日，我就遇到过这样一件非常有意义的机缘。

说起来，和芳妹有关系。我和芳妹是同乡，曾经在一个办公室工作，是要好的朋友。芳妹很喜欢读我空间的日志，有时转载，有时简要评论，还有时读给家人听。一天，我们闲聊关于空间日志的话题，她突然眼睛一亮，高兴地说："大姐，我给你介绍一位朋友，她是我的同学，在日本居住呢，喜欢写文章，你们一定能成为好朋友的！"说着，便把同学的QQ号告诉了我。

我加了这个号码，网名叫"月满西楼"，实名叫顾蕊。进入她的空间，我看到了她激情飞扬的文字，也读出了旅居异国他乡的孤独。再浏览她的相册，看到了一位俊俏的女子，文静、优雅，气质不凡，微笑中展现着成熟女人的美。

我们开始在网上交往，有时候聊天，有时候谈写作，有时候互相留言，因为我们是同乡，很快就成为好朋友，后来发展到姐妹相称，渐渐地有了些许牵挂和期盼。

一日，我看到QQ留言："姐姐，我要回国了，很想见到你！"我回复说："欢迎你回来，我们一定好好聚聚！"又过些日子她留言说："姐姐，这次回国有一个很重要的任务，请你帮我陪陪北京的客人。"我也应承了。等待回国，成了我们之间的一个互为的期盼，她急着回来，我急着见到她。

这一天终于来到了，在家乡的一个饭店里我们相遇了，我第一眼就认出了蕊，和照片上的形象一模一样，我们拥抱着，互相问候着，那种喜悦如同多年不见的老朋友。随后蕊介绍与她同行的北京客人，一位是年过六旬的学者蒋先生，一位是年富力强的老总小徐。他们来县城就为一件事情，答谢一位老中医。这位老中医在县城很有名气，他通过芳妹和蕊电话联系，为蒋先生医好了耳聋的毛病。远隔千里，跨国交流，真是让人难以置信，我听了这件事非常的感动。这真是难得的缘分啊！缘于一份爱心，缘于一份友情，缘于一份真诚。

蒋先生是一位学者，著有《中国地域文化》一书，还有散文集《半是诗意半是禅》，正在酝酿出一本《万里江山万里情》。小徐是经营照相器材生意的，是蒋先生的挚友，专程陪同前往。在以后的三天里，我有幸陪同几位客人聚会，更有幸得到蒋先生的赠书一本，是我最喜欢读的散文集。

蕊，很真诚，富有爱心，没有她热心为蒋先生提供医病的信息，也就没有这次

聚会。在短暂的与蕊单独交流的时候,蕊全盘托出了几度旅居日本的原因。原来她是一个很优秀的学生,尤其喜欢文学,是同学中的三姐。从同学对她的敬重中,看出她从小就是一个富有爱心的人,热心助人,是她的品格。可是命运却给她设置了好多坎坷,一种难言的病痛,让她失去了报考大学的机会。她自己开了美容院,拼命地挣钱,来弥补自己的不得志;失败的婚姻又把她抛进痛苦的深渊,无奈外出拼搏,有了一定的经济基础。为了唯一的女儿,借亲友在日本的机缘出国打拼,转眼就是十几年。如今,女儿成家立业,有了外孙儿,生活也安定了,自己却已过中年。说到激动处,蕊禁不住潸然泪下。我被她的故事感动着,更多的是同情和赞许。蕊,是一个不甘落伍的人,是一个积极向上的人,她追求完美,虽然为之付出了许多许多,但是她不气馁,不后悔。如今,她对自己的生活很满足。在闲暇的时候,她读书,写文章,结交有层次的朋友,不断充实自己,提高自己。在我们的交流中,她还鼓励我如何写好自己的回忆录,我感到很惭愧,因为我很慵懒,太随意,写东西不爱多思索多谋划,一气呵成了事,缺少精雕细刻,这是对学问的不认真。

在短短三天时间里,两位北京客人也给我留下了深刻的印象。蒋先生年轻时曾经在国家机关工作,因受某些政治株连,离开政界。从头开始,潜心文化研究和文学创作,他的散文集就是日常生活的感悟。走遍祖国大江南北,游览大好河山,随时记下自己的感悟,结集出版,一半诗意,一半禅心,对人很有启发。年轻的小徐,特别乐于帮助别人,在整个行程中,他不仅细心照顾蒋先生,还特别勤快地为我们年纪稍大一点儿地搞好服务,那份热情让人感动。

时间很短暂,留下的记忆却是那么清晰。虽然有些遗憾,因为我身体不适,没能全程陪同,可是蕊带给我的那份真情和北京客人的温文尔雅让我受益匪浅。

蕊就要回日本了,她还要去北京见同学和朋友,蕊在电话中说,留点儿遗憾好,那就是留下一份期盼和挂念。是的,短暂的相聚,是一种难得的机缘,是珍贵的回忆,是一份希冀和祈盼。祝福蕊和她的朋友们幸福安康! 如果有缘,我们会再相逢!

2012 年 8 月 7 日

最浪漫的事

夜深了,静静地坐在电脑前,手指轻轻地敲打键盘,心潮难平,思绪万千。

今天(农历八月二十八),是我们结婚纪念日。没有什么特别的安排,就是一个寻常的日子。因为老公的生日是在五天前,我们一般就在他过生日的时候,一起庆祝了。今天本来想一家子在家里聚聚,谁知老乡约我今天有个重要的聚会,女儿也有事情出去吃饭,只有小外孙女陪着老伴儿吃晚饭了。

平淡的一天里,竟然有出乎意料的开心事:晚上我在回家的路上接到老弟和妹夫的电话,祝贺我们结婚纪念日快乐,听了好开心的,难得他们还想着我们的好日子呢。更有趣的是我进到小区里,走到五号楼前,看见树丛中有人影晃动,走近一看是一位老大姐把一片大丽花都剪了下来,装在一个小篮子里,我上前问道:"怎么把花剪下来了?"这时又一位大姐从对面走来,她们互相说话呢,只听得大姐说:"给你这两支花!"我以为是送给那位大姐呢,便抬脚往前走,就听背后大姐喊道:"别走啊!"我回头说:"是叫我吗?"老大姐说:"叫的就是你,快把花拿回去,要上大冻了,花冻坏了可惜了。"我忙不迭地接过花,高兴的连声说:"谢谢,谢谢,谢谢了!"拿着这两只红色的大丽花,特别开心,真是天意啊,这不就是送给我们结婚纪念日最好的礼物吗!回家把花插在瓶子里,这时才看到两只花还带着两个花骨朵呢!我又想起了大丽花的花语:大吉大利,富丽,优雅。我心中默默叨念着:不图大富大贵,只求平安地过好平淡的日子,心安,静好。

虽说没有安排酒席,没有庆祝的举动,可是内心深处却是不平静的,思绪穿越时空,又回到那个难忘的岁月。在那个时代,大多数家庭生活都是很拮据的。我们没有存款,没有像样的嫁妆,唯一的财产是我们自己盖起的两间土平房。当时自己年纪还小,内心深处有一个信念:不能因为结婚影响自己的前途,所以工作摆到了第一位,克服好多困难,坚持年年都当先进工作者。有了孩子,父母和公婆就是我们的靠山,孩子从小也没有得到太多的溺爱,在双方老人的照顾下逐渐长大了。现在想起来,最对不起的就是两个女儿了。岁月的脚步匆匆而过,我们度过了最艰难的前10年,后来我们夫妇都转为国家干部,随着国家经济形势的不断发展,我们小家的生活也逐步变得好起来。

如今回想起来,很是感慨。婚姻就像一条路,避免不了风雨的侵蚀,要保持这条路宽阔平坦,就必须经常的修理维护,保证畅通无阻。唯有夫妻间的齐心协力,真诚奉献,才会把这条路走得更远。

婚姻就像一条河,必然要流过坎坎坷坷的山崖,才会平稳的前行。唯有夫妻间的相濡以沫,互相支撑,才会保证这河水丰盈,清澈,不至于干涸。

在前行的路途中,会遇到好多美丽的风景,也会受到好多的诱惑,要保持婚姻的健康和长久,夫妻双方必须保持清醒的头脑,不被眼前的花花草草所迷惑;

必须坚守做人的品行,坚持住感情的底线,不做越格的事情。

在日常生活里,避免不了磕磕碰碰,吵吵闹闹,唯有夫妻间的互相理解,互相谅解,互相谦让,才会保持夫妻感情的不断升华。

俗话说:"少年夫妻老来伴。"人到了年纪,夫妻间的情感就以亲情为主了,互相依赖,互相照应,手牵手共同度过最闲适的晚年生活。那份情是最纯真的,也是最厚重的。

回首往事,回味无穷,语言、文字都表达不了心中的那份情愫。我最喜欢的一首歌是《最浪漫的事》,歌词里写道:"我能想到最浪漫的事,就是和你一起慢慢变老,一路上收藏点点滴滴的欢笑,留到以后坐着摇椅慢慢聊。我能想到最浪漫的事,就是和你一起慢慢变老,直到我们老得哪儿也去不了,你还依然把我当成手心里的宝。"多么浪漫的情怀啊!生活就该多一些浪漫,多一些情趣,多一些美好!

2012 年 10 月 12 日

快 乐 之 旅
——依安之行

霍亚贤的儿子于 2013 年 5 月 25 日在依安县城举行婚礼。约我们夫妇与司春云、张晓明夫妇一同前往。

24 日下午,老伴开车,我们一起去火车站接春云夫妇。亚贤、春云夫妇和我们夫妇都是老知青朋友、至交。亚贤的儿子 31 岁了,终于结婚成家了,了却了她一桩重大的心事。也是我们老朋友最关注和最期盼的。如今婚礼在即,我们也和亚贤一样开心、高兴。这次出行必定是愉快的、舒畅的。

火车进站了,春云夫妇满脸笑容地走出了检票口。我们不需多说什么,就上车前往依安县。

老伴儿没有开车去过依安,对出城的路口不是太熟悉,在车站已经和出租车司机打听个大概情况,便顺着站前大街向北行驶,走着走着,竟然进入一个偌大的建筑工地,下车打听路,行人说可以走,但是路难行。走了这么远,也不好再回头了,就左拐,右拐的,横穿过正在修建的公路,越过动迁房屋的小墙豁,趟过一段泥水路,终于上了正道。嗨!出师不利啊!继续前行,终于来到建华高速路口，只顾高兴了，接过磁卡，也没问路便上了高速，只见老伴儿把舵一打走上了通往甘南的路口，我心里一惊，不对啊！只见齐齐哈尔城已经被我们的车甩在了后边，车走过嫩江东大桥，又走过西大桥，我说，老伴儿，错了啊！大方向错了啊！依安在齐齐哈尔的东北方向，我们这是往西走啊！错了也没招了，上了高速就没有回头路。只好等着在下一个出口再拐回来吧。我们这个笑啊，可有了笑料了，出城就找不着北了！也好顺路游览野外的大好风光吧，映入眼帘的是一片嫩绿的草原，有牛儿在悠闲地吃草；看嫩江水波荡漾，下午的阳光斜照在江面上，波光粼粼；远处是高楼林立的市区，那些高层楼房凸立其间，高高的塔吊正在缓慢地转动着；蓝天白云间，有鸟儿飞翔。春云说，这景致真美啊，这段路没白走，还观赏自然景色了呢！说话间，来到一个出口，下车向执勤的交警问路，又从右侧路口往回走，这次我们问怎么行走时，发卡的小民警笑着说奔哈尔滨方向走，那边有路牌。

　　我们重新走进高速，直奔东北方向前行。行不多久，从冯屯出口直接上国道，大约百十来公里就到依安了。一路上笑声不断，这个小插曲够我们乐一阵子了。

　　依安，坐落在乌裕尔河畔，地势平坦，土质肥沃，文化底蕴深厚。是农业大县。顺着平坦的田地望去，网格化的林带把大地划为无数个区域，这里原来以种植玉米为主，如今也改造了好多的水田，以往的草房也变为高大的起脊的砖瓦房，偶尔可见两层或三层的小楼房。

　　进入依安县城，来到泰安宾馆，这里干净，整洁，环境十分优雅。亚贤早已在这里等候我们了。办好入住手续，我们去城里另一个饭店，那里有好多亲友等我们呢。

　　出乎意料的是，在这里遇到好多老乡亲。有我儿时的邻居白文夫妇专程从大庆赶来，有我中学同班同学梁丽梅的丈夫，还有几位很熟悉的老乡。大家团团围坐，一点儿都不生疏，难得我们在这里相聚，心情是别样的温暖和亲近。席间，酒兴高潮迭起，每个人都是满心的欢喜和祝福，为亚贤、李青夫妇高兴，为一对新人祝福。更多的是乡情与友情的交流和升华。春云悄悄对我说，今晚咱们多喝点儿。我明白，多喝点儿，就是尽兴一些，为亚贤捧场。老乡在异地相聚，心情都特别的愉悦，酒自然就不用深劝了，争先恐后张罗敬酒，气氛很融洽，很活跃，亚贤夫妇也都喝的满脸都是笑纹啊！

　　说起亚贤的儿子，是一个聪明上进的孩子。没有辜负他父母的苦心养育，考上了公务员，在依安工作，还在这里找到一个可爱的伴侣。如今过了而立之年，成家了,做父母的怎能不高兴啊!我看着亚贤夫妇那开心幸福的样子,从心眼里为他们祝福,为人父母,真不容易啊!

我们带着几分酒意回到宾馆,正好四个人玩扑克,一边打扑克,一边谈论今天的开心事,高一声低一声地,一直到22点多,才散去,各回各房休息了。

婚礼在上午10点48分在泰安宾馆宴会厅举行。亚贤的儿子长得十分精神,一眼看去,给人的感觉就是一个精明的人。他的新娘十分慈善,笑眯眯地很可爱。双方父母都很淳朴,敦厚。亚贤的丈夫因高兴过度,嗓子都哑了。亚贤代表主婚人讲话,落落大方,稳稳当当,娓娓道来的都是感谢和赞美,有条理的思维,流畅的语言,发自肺腑的情意都表达的特别得体到位。望着她那坦然大方的形态,心中默默为她祝福着。

亚贤原来是国企的会计,离岗后,她凭借自己特有的潜能打工10年,如今仍然在工作着。为了自己有事可做,更是为了儿子早日成家,年过六旬,依然工作在第一线,这是她的睿智,她的独特性格所致。我从心里佩服她!

隆重的婚礼结束了,一对新人幸福的依偎在一起。双方老人也满脸幸福的笑容。这喜庆的气氛感染着每一个参加婚礼的亲朋好友,我也跟着掉下激动的喜泪。

亚贤,对于我们四人的到来特别的欣慰,落座敬酒,一口就喝了接近半杯,我知道,她高兴,她开心,她了却一桩重大的心愿。喝多少酒也表达不了她此刻的心情。我们劝阻她,她依然频频举杯,感谢的话说了又说,感激的酒敬了又敬。

婚宴结束了,我们启程返齐齐哈尔。借这个机会,我们四人回市里好好聚一聚。返城一路顺风,只一个半小时就进市区了。大女儿早已安排好饭店,我们径直进入饭店,继续喝酒。说起春云夫妇与我们夫妇是特殊的好朋友。我和春云插队时,一个生产队。我老伴儿与张晓明在一个生产队,他们两个是铁哥们,我们两个就是铁姐妹了。45年来,我们从知青到朋友,又从朋友发展到两个家庭的情谊,不是亲兄弟姐妹胜似亲兄弟姐妹。一路走来相扶相携,亲密无间。他们夫妇从沈阳回家乡二次创业,每每我们回去,春云夫妇都是热情款待,今天难得来到市里,我们自然要好好做把东道主了。我家的孩子们都过来作陪,一一敬酒,创造一种家庭的氛围,让春云夫妇开心不已,酒自然喝得很尽兴。大女儿事先给春云夫妇买好车票,又打车送他们去火车站。满怀着欢乐和欣慰,还有开心的小插曲,结束了这次快乐之旅。

2013 年 5 月 28 日

野　餐

　　好几年没有去郊外野餐了。前几日有幸我们一大家子去离市区 86 公里的甘南县音河水库游玩。原以为在水库游览区的饭店用餐,没想到汽车把我们拉到水库边上的松林里,那里早有好多游客聚会野餐呢。

　　接待我们的朋友们早已支上一口大锅,里面煮着香喷喷的羊肉,有一位朋友,穿着一身工作服,稳当地坐在一旁给我们烤鱼片呢。还有一个锅里炖着鱼。树荫下放着三张桌子、板凳,盆盆罐罐、碗筷一应俱全。看来这些朋友们可是没少费心思啊!

　　饭前还有一段时间,我们陪孩子们到水边玩玩,又拍了一些野花、松林的照片。今年雨水充足,野外的花草树木特别地青翠繁茂。那些小花,昂扬着头,在草丛中摇曳,招来野蜂采蜜。站在水库的岸边,远眺水与天相接,近看绿草葳蕤,树木葱茏,空气清新,略带一些湿气。正巧多云天气,并不十分炎热。

　　开饭了,我们几位年纪大的坐在一起。甘南的朋友和孩子们分别过来给我们敬酒,就着松林中清芬的气息,肉和鱼还有羊汤显得特别有滋味。

　　这久违了的感觉把我的思绪带到了从前。

　　在县里居住时,我们家每逢夏季到来,喜欢聚集亲友到城外的东方红林场野餐,年年组织一次,以致后来发展到组织我们单位的同事们一起去野餐。

　　记得那年,三大姑姐家在县里开个汽车修理部,我们借来一台大车,拉着液化气罐、桌子、板凳、锅碗瓢盆等,在林场的空地,东湖的岸边野餐。我们先到湖里摸蛤蜊,把蛤蜊肉挖出来,炒着吃。女士们择菜,切菜,准备午餐。一大家子十几口人,老老小小的,聚的十分开心。

　　后来湖水干涸了,我们就选择林中平坦的草地上野餐,因为护林防火的需要,那里不准动火,就买些熟食或者在家里做好菜肴,带一些新鲜的瓜果,铺上一块苫布,就开席了。如果玩累了,可以躺在苫布上,透过松林的枝叶看天上的白云轻轻地飘移,那时候心静极了,思绪也随着悠忽的云朵飘逸。那一刻,身心都轻松自在了,忘记了一切烦恼和琐碎,静静地,静静地,唯有草香在鼻端萦绕。

　　最有意思的一次,是我们和单位的同事们一起去野餐,还有几位带了家属。把车停靠在树荫下,打开收音机放着流行歌曲,有的去采野花,有的去找蘑菇,有的打扑克。开餐了,我们席地而坐,摆好菜饭,便开始了别有风味的野餐。年轻

的萍儿,从身后拿出一大束野花送给我,说是献给我的花儿!我接过花,闻了闻,一股天然的清香扑鼻,我好开心,微笑着谢过了萍儿。开始敬酒了,广和用矿泉水的瓶子做了一个杯子,他把瓶子的后半部用刀子割掉,只剩下瓶嘴的上半部,倒过来像一朵莲花,便把这个杯子称作"莲花杯",不论谁敬酒,都必须喝掉这一杯酒。我们十几个人,每人轮流拿着"莲花杯"敬酒,一轮下来,早有人喝多了。借着酒兴,大家便手舞足蹈起来。我起身到松林中散步,走了很远,忽然听到随风飘来的歌声,那么清脆、高亢,哦!原来是丽梅在高歌呢。我还是第一次在野外松林中听到这样的歌声,那声音特别的美,美就美在这声音与大自然的空气结合在一起,随着风儿的传送,歌声是飘忽不定的,断断续续的,充满了动感,远比舞台上经过麦克风传送的声音美上百倍,那是自然的天籁之音!这次野餐给我们大家留下了深刻的印象,也由此产生了两个难以忘怀的情愫,"莲花杯"醉倒人;丽梅的歌声醉倒人。

回首这些难忘的野餐镜头,心中依然凝聚着莲花杯的酒香,耳畔依然萦绕着优美的歌声。时过境迁,转眼七八年过去了。同事们也天各一方,忙着自己的生活。可是留在心间的印记却还是那么深邃,那么悠远。

非常感谢甘南的朋友们安排了这个野餐,让我重新享受野餐的美味,让我重新拾起美好的记忆。

亲近自然,亲近草木和河水,亲近黑土地,人与自然融合在一起,对身心都有益。愉悦身体,陶冶心灵,心的灵动给人以无限的美好。

2013 年 8 月 10 日

三 月 抒 怀

一

3 月,冰雪还没融化,扑面而来的风中,却夹带着温润的气息,阳光暖暖的照射着。俗话说得好:立春以后的天气是"着人不着水"。春风刺骨,冰雪却在悄悄地变化着,一天一天地消融。我们听到了春的脚步声。3 月,是女人的节日,是鲜花与笑声融合的早春。

早早就接到县妇联的邀请,约我回去参加"兰馨"女子文学社成立暨女子文学专刊首发式。很高兴地接受了邀请。

3月6日,吃过早饭,老伴儿开车,直接上了高速公路。公路两侧的原野,被皑皑白雪覆盖着,天空中有轻微的雾霾,只觉得天地间雾蒙蒙、白茫茫一片。节令已经到了九九第三天,农谚说:九九加一九,耕牛遍地走。虽然大地还伏在厚厚的积雪下面,春的萌动早已开始了,只等着冰雪融化,土地便会酥软起来,那些草儿、花儿和树木就会萌发嫩绿的叶芽,伸展枝蔓,报告春天的气息!

想到这里,心中涌动一股暖流,一股冲动的力量。联想到兰馨女子文学社的成立,抑制不住激动的心情。这件事酝酿很长时间了,真正运作起来仅仅四十多天。春节前我回家乡参与了成立女子文学社的筹建工作,当时已经进了腊月,人们都准备过年呢,加上春节长假,有效工作时间很短,拟定在3月6日召开成立大会,并且首发专刊,时间太紧迫了。可是县妇联和县作协的同事们,硬是抢时间,挤时间,如期印制了专刊。这是什么力量?是创作的激情,是对所创建的事业的挚爱,是一种勇于创业的正能量!

作协的同志们都有自己的一摊事业,他们挤时间忙于征集稿件,撰写文章,修改、校对文字,付印期刊,多么繁琐、辛苦的事情啊!做这些工作,全是尽义务,没有一分钱的报酬。为了自己所喜爱的事业倾注了极大的精力和爱心,放弃了春节的休息时间,起早贪黑,有序地忙碌着,赶在3月6日前女子文学专刊印制出来了。

兰馨女子文学社专刊,是泰来文学创作的一枝独秀,是泰来文化建设的一朵奇葩,在料峭的初春,悄然绽放了!那么娇艳,那么妩媚,散发着淡淡的幽香,萌生着浓浓的春意。这是泰来文学史上一个新亮点,是泰来妇女工作的一个新成果。来自不同岗位的女子们,把对生活的热爱,对事业的真诚,对爱情的执着诉诸笔端。用充满香馨的笔墨书写心灵深处最美的情愫,洋溢着女子特有的,如兰似菊的馨香。讴歌母爱之伟大,颂扬时代之恢宏,畅想最美好的未来。作协的各位会员,也借女子文学创刊的契机,创作了好多歌颂母亲,崇尚新时代新女性的诗词歌赋,给女子文学专刊增色不少。

兰馨女子文学社是以女性为主体的文学创作群体,是一个群英荟萃的文苑,是文学女性启迪心灵的家园。散发着墨香的期刊,是送给全县女性最厚重的礼物。虽然它还很稚嫩,但充满勃勃生机。那些精美的文字,饱含女性特有的韵味,温文尔雅,秀美清灵;那些隽永的诗行,洋溢着青春的旋律,似泉水叮咚,如玫瑰铿锵!这些作者有农民、教师、医生、记者、私企老板、警官、法官、大学生村干部、公务员、退休干部等来自各行各业,来自社区和乡村。

心 田

翻开期刊,你就会被那些文字吸引着,被那些故事感动着。作者们颂扬、赞美的是那些平凡岗位上平凡的人们创造出不平凡的业绩,演绎着民族精神和传统美德。报告文学《山窝窝里飞出的金凤凰》,给人们讲述了一个农村女孩历尽艰辛,成为米业老板的故事;格律诗词《破阵子. 铿锵玫瑰》赞美的是妇联干部与妇女工作;散文《柔美双肩担重任,素雅玫瑰铸师魂》《靓丽的环卫女工》《女大学生村官的忧与喜》《女警四十,笑对人生》《凤凰于飞》等,歌颂了各界女性最美的理念和无私奉献的敬业精神;新诗《古韵新词说泰来》《赞特教巾帼》《女儿情》《法院彩霞》《白衣天使赞》等,赞美家乡和女性爱岗敬业,巾帼建功的业绩。还有小品脚本《龙妹家政月嫂好》,诗文赏析《春秀诗笺巧手裁》《泰来文化名人——闫丽娟》等作品,从不同角度展现了泰来女性厚重的文化底蕴和勇于开拓创新的精神风貌。

在兰馨女子文学社成立大会上,女作者们倾情交流文学创作的经验和建议,给女会员们增添了信心,激发了创作热情。妇联和作协的同事们及时总结经验和教训,对今后的创作充满了信心。

我为这些动人的场面而感动,我为家乡文学创作的美好前景欢呼,我为女子文学社的创立和发展而骄傲!

兰心蕙质,尽显芬芳! 这是兰馨女子文学社的真实写照! 衷心地祝福"兰馨","将文字幻化成爱,演绎出美,供我们徜徉、休憩,不仅感动我们一季,更会美丽我们一生! 朋友们,让我们逐浪书海,镌刻锦绣,让兰馨永远馥郁芬芳"!

二

女人如花,气质如兰。世界因为有了女人才美丽,家庭因为有了女人才温馨。女人如水,清柔温润。涓涓小溪,汇成大海,那是母亲的情怀!

3月,是女人的节日。伴随着春风徐徐,伴随着鲜花的馨香,女人们的心长了翅膀,踏着早春的旋律,与春天共舞!

3月6日,刚刚从女子文学创刊的聚会场景走出来,便有一只温暖的手挽住了我的左臂,悄声说道:"晚上我们聚聚。"回头一看,是陈丽。我推脱说:"你们都很忙,不要浪费时间了。"陈丽说:"听我电话吧。"我又一次诚恳推辞。

下午16点接到陈丽电话,通知我到东方肥牛聚餐,不容分说,就给我下了命令,我只好遵照执行了。去饭店的路上,我猜想着,今晚到场的必定是那几位女干部。果然不出我所料,一进房间就见到了雅英、景媛,还有金萍、丽梅、丽娜等,大家好久没有聚会了,一见面特别的亲近。

这一年多来，有几位在岗的小姐妹儿工作特别忙，机关纪律非常严格，她们之间聚会的机会也特别的少。看见大家精气神十足，一个个打扮得特别的靓丽。雅英还特意买了一套时尚的衣服，穿在身上让姐妹们羡慕不已。陈丽以前不怎么注重衣着，如今也很讲究服饰的色泽、样式的搭配了，让人看了赏心悦目。

席间，话题只有一个，女人如何健康、快乐的生活。其实这个话题很宽泛，涵盖了女人立家、创业、成长、进步乃至于婚姻、家庭生活中的一切。

回忆成长的过程，每个人都有一部丰厚的成长史，每个人都有在成功的背后付出的艰辛。没有谁会轻易成功！女人能在政界谋得一席之地，谈何容易！

节日的欢欣，让我们忘记了、淡化了曾经的艰难困苦，已然陶醉在对美好生活的向往之中。女士，兰心蕙质，总把付出看淡，把艰辛看淡，为了追寻美丽的梦想，执着而坚毅。这就是女人的柔中有刚，巾帼不让须眉。不论多么辛劳，不管多么疲惫，每每出现在众人面前时，依然是神清气爽，精神百倍。

借着酒兴，雅英强烈要求我们后天吃完午饭再返回市里。我知道推脱不了，就欣然接受邀请，这种情况不止一次了。

三

3月8日，节日的气氛充满鲜花的芬芳。县妇联给我送来祝贺节日的鲜花，百合、康乃馨，衬着星星草，散发着淡淡的清香。我们把鲜花放到车里，便驱车来到"风波庄"武侠特色餐厅，一进厅堂，便见到用竹片装饰的包房一个连着一个，每个包房都有一个武侠传说中的地域名字，我们在嵩山派落座，便有身着武侠服饰的服务生前来服务。传菜员每上一道菜都要说出一个出自武侠故事的词语来，一小盘卜留克咸菜报出的菜名叫"黯然销魂菜"大家忍俊不禁。饭店的氛围让人耳目一新，感觉身临武侠帮派一般，特别的轻松愉悦。也衬托出我们这十几位女侠不同凡响的风范来。

参加今天聚会的人多了几位，雅英请来了在金融、私企工作的女老板。这次聚会是几位女士联手买单，雅英带来一箱低度白酒，茹伟带来蓝莓干红。几位女老板倾力赞助，姐妹们一起欢度节日，总导演就是雅英了。姐妹们一个个都换上了春装，一件件呢绒外罩颜色鲜艳，样式新颖，纯白、玫红、嫩绿、橘黄、浅粉、天蓝、孔雀蓝。一位妹妹把这些衣服一字排开，挂在墙上的衣挂上，拿着手机拍照，嗬！这些外罩就成了一道靓丽的风景啊！我望着那一排颜色各异的衣服，眼前展现出一幅美丽的画面，那不是含露滴翠的鲜花吗？是姹紫嫣红的春景啊！

雅英宣布纪律，不准喝红酒和啤酒，一律喝白酒！最有意思的是聚餐多了一

位男士，那就是我的老伴儿，因为我们要直接回市里，他负责开车不能喝酒，只能做个护花使者了。众姐妹们却说，今天大姐夫是红花，我们都是绿叶了。谈笑间，花店送来一大束包装精致的鲜花，贺卡上写着：祝各位阿姨节日快乐！原来是雅英的儿子送来的，每年她儿子都给她送花祝贺节日，今天，雅英让大家共同分享她的幸福，便把花献给了我们。这时不知道是谁从花束中间抽出一支玫瑰，非让我给老伴儿献花，我也不扫大家的兴致，便给他献上一支玫瑰，姐妹们争相拍照，拍手欢笑。

因为我们下午回到市里还有家庭聚会，便起身提前退席。众姐妹们纷纷起身下楼送我们，雅英大声说道："别忘记给大姐夫带上烟啊！"便有人送来两盒香烟。这时茹伟把自己带来的红酒连手提袋一起送了过来，雅英又喊道："花！花！花！"我说："车里已经有一大束鲜花了，这束留给大家吧！"几个人硬是打开车门，把一大束鲜花塞进了车里。

一张张笑脸如鲜花般美丽，一声声问候如鲜花般温馨，一份份情谊如鲜花般美好。好感动，挥手说："谢谢！谢谢！再见！再见！"车子在高速公路上行驶，看着家乡的土地、树木、江河从眼前掠过，心里满满的感动，满满的温暖。

三月，给了我太多的美好记忆，久久不能忘怀；三月，给了我太多的温暖，让我的心灵释放着更多的热能；三月，有着太多的故事，让我感动不已，铭记于心！

三月的情怀，永远也抒发不尽；三月的梦啊，永远美丽！

2015 年 3 月 21 日

与 友 同 乐

刚刚从县里回来的第三天，老伴儿接到一条微信"3 月 3 把酒端，运动乐大本营定于 3 月 3 日聚会，邀请二哥参加，回音。"这是我的同事齐洋发来的。看了微信，心中不免有几分妒忌还有几分欣慰。妒忌的是老伴儿把我的同事处成了他的哥们儿，欣慰的是这些小哥们儿还惦记着我们，喜欢在团聚的时候请我们参加。我便半开玩笑地说："回音问问女生参加可以不？"那边回答："有女生参加，锦上添花。"几分调侃，几分玩笑，挺开心的。

前几日和老哥们聚会的愉悦还在心头萦绕，又接到小哥们（也都 60 岁左右了）邀请，自然是欣然前往了。

3月3日,虽说是多云天气,依然是风清日朗,早早就登上返乡之路,心中满是期盼聚会的急切和激动。

运动乐大本营,是由十几位退居二线的机关干部组成。他们大都从机关主要领导岗位退下来的,每天一起晨练,一起骑自行车环湖,一起打乒乓球,偶尔安排一次外出旅游,以此充实退离岗位的每日生活。

说起老伴和他们的关系,一是都是老乡,早就熟悉。二是去年他和运动乐大本营的几位哥们去五大连池游玩,又结下了新的友谊。在返回时,在齐齐哈尔住了一晚,我也有机会和他们聚了一次。这个团队里有几位是我原单位的同事,还有其他科局退下来的领导,我们都很熟悉,关系也很密切,所以聚餐时,特别热闹。其中大为老弟与我老伴同住一室,对他有了进一步的了解,便有"相见恨晚"之感,一个劲儿地赞誉二哥细腻,有头脑。这次正好大为老弟从北京回来,刚刚回归团队,也是借给他接风的机会,大家聚一聚。运动乐团队活动特别有规律,清晨,是快步走,边走边聊,说新闻,谈趣事,再爆几个笑料,愉快的一天开始。天气暖和的时候,早饭后骑山地车环湖锻炼,下午打乒乓球,一天时间排得满满的,运动过后,身心轻松愉悦。隔三岔五地大家轮流做东,喝点儿小酒,叙叙感情。在新的团队里,体会集体的温暖和运动的快乐,怡心健体,增进友谊。他们的活动令人羡慕,他们的心态更让人折服。离开岗位,这是一种必然,但是离开后的心态却各有不同。有的人放不下架子,找不到感觉,孤独寂寞,怕见人,更不敢在大庭广众下跑步锻炼了。看这几位哥们,看淡以往的地位和风光,看重团队的和谐与友好,每每聚会时,不谈以往,只谈感悟,把自己的运行重心放到养生保健和颐养身心上。国臣老弟说得好:"参加一个好团队,锻炼一个好身体,与友同乐!"

工作的岗位是组织安排的,是工作的需要,离开岗位之后,能聚到一起同乐的人,那便是兴趣相投,性情相近,志同道合的人。

不说他们如何锻炼,也不说他们如何聚会,有好多令人感动的故事值得一提。我的同事刘晓平,性格内向,处事沉稳,一心朴实地工作,闲下来看看新闻,不爱运动,不善言谈。退下来后,大家都担心他会不适应,齐洋便动员他加入了运动乐团队,给他一个新集体的温暖和乐趣,从中受益匪浅,不仅身体变得健壮了,心情也开朗起来,家人和朋友都为他高兴。在这个大家庭里,如果谁家有个大事小情,大家都伸出友谊之手倾力帮助解决困难,这些事情很多,就不一一列举了。感谢团队有个好领头人,那就是齐洋,他凭借自己的人脉和热心,为朋友们做了好多实事,让每个人都体会到了大家庭的温暖。

第二天,大为老弟早早打来电话,他要回请各位,请我们务必参加。又是一次开心的聚会。紧接着刘晓平也张罗着安排了聚餐。还有人要安排,我说:"事不过三,聚会暂时告一段落,以后再聚。"话虽然这么说,聚会依然继续,只不过参加的人员有了变化,我们几位老姐妹又聚到了一起,以家庭为单位聚会,更是热闹非凡。侠妹、琴妹分别安排场面,五个家庭10个人,频频举杯,欢声笑语,再来几句笑话,气氛特别热烈。真是酒喝干,再斟满,不醉不还。酒并没有把我们喝醉,醉在心里的是友谊和快乐。

"与友同乐",这句话太经典了,四个字,蕴涵多少情感啊!有的曾经是同事,有的并不是同事,因为工作的关系,因为同乡的关系,有着密不可分的联系,虽然若即若离,却始终在一个点上聚集,一条线上同行。如今洗尽铅华,以本真底色相遇相行,谈笑风生中有着一种信任和赞许。

与友同乐,这是经过岁月磨砺后的纯真;是时光流逝后的积淀;是心与心相通的默契;是情与情相容的豁达;是抹去粉饰后的平等相待;是浪迹天涯后的聚首重逢;是人与人之间的互相认可和信赖;是历经几十年不变的德行与品质;是宽容、练达、亲和的人格魅力!

"与友同乐",是我们共同的心愿,因为我们是一辈子的朋友!

2016 年 3 月 1 日

为了婆婆的心愿

我的婆婆个子不高,一双笑眯眯的眼睛,头发拢在耳后,梳理的十分整齐,穿着整洁干净,给人一种精干利落的感觉。

婆婆很会处理邻里关系。我刚结婚时,住的是平房,我家住在最西边,东侧一连三家邻居,都处的特别融洽,婆婆也因此得到大家的尊敬和爱戴。

平日里,婆婆总喜欢在饭后,穿着整齐,坐在门前的一根大木头上休闲。偶尔有邻居过来闲聊一会儿,当她听到邻居称赞她的衣服或者鞋子好看的时候,她会眯起一双眼睛,开心地笑着,那么开心、得意。

在县城里,婆婆的亲属很少。我知道她有一个亲姐姐在呼兰县,她们分别有六十多年了,从没见过面。一天,婆婆接到来自呼兰县农村的一封信,是她的外甥寄来的,信中提了一句,希望婆婆有机会去呼兰与她的姐姐见面。

这件事成了婆婆的一桩心事,她觉得自己虽然年纪大了,身体还硬朗,还能走得动,想去看看她的亲姐姐。

去呼兰县的农村,要从泰来县城坐火车,在齐齐哈尔换乘火车到呼兰县,然后还要从呼兰县坐车到屯子里。婆婆从来没出过远门,我们也没去过呼兰,那年婆婆75岁了,这个年纪只身一人是不可能出远门的。亲属们衡量来衡量去,谁都没有时间去送她。我仔细一想,只有等孩子们放暑假,我请几天假和她们一起送她去呼兰。婆婆天天盼着孩子们放假。终于这一天等到了。

1988年的暑期,正值两个女儿放暑假,我便请了三天假,和两个女儿陪婆婆去呼兰县探亲,那年大女儿15岁,小女儿12岁。

我先按照来信地址给呼兰县康金镇林泉村亲属家发了一封电报,告知我们去呼兰的时间,请他们到县里接我们。那时候没有手机,一般人家也没有电话,发电报是最便捷的通讯方式了。

这一天,我和两个女儿陪着婆婆从泰来火车站上火车,在齐齐哈尔站换乘火车去呼兰。我也没去过呼兰,第一次走,心里一点儿谱也没有。

火车快到哈尔滨站了,我无意中问列车员,火车几点到呼兰站,列车员说,火车不到呼兰站,在哈尔滨下车再换乘其他车次去呼兰。我一听,赶紧做下车准备,到了哈尔滨已经接近午夜了。那时候火车车速很慢,从齐齐哈尔到哈尔滨接近5个多小时。候车室里人声如潮,酷热难挨。我征求婆婆意见,是找地方休息休息还是继续乘车,婆婆说,有车咱们就走,可见她迫切的心情。两个女儿困得不得了,东倒西歪的。我马上查看列车时刻表,找一趟最快的车换乘。到了呼兰站,大约清晨4点钟左右。我们来到了呼兰公路客运站,时间太早,候车室里一个人也没有,我们就在座椅上暂时休息一会儿,可婆婆两只眼睛亮亮的一点儿困意也没有。

原来以为到了这里就等着亲戚来接我们,可是事情没有我们想象的那么简单。大约早上七八点钟,候车室里人声鼎沸,一辆一辆客车开走,一批一批旅客来往,我看看汽车运行表,没有去那里的汽车。我们等啊,等啊,就是不见来接我们的人。

转眼间接近上午10点多钟了,婆婆就坐在马路牙子上看着过往的路人,寻找她的亲人,崭新的衣服和鞋子都蒙上了灰尘。我让她到候车室找个地儿休息,她说什么也不去。就那么痴痴地等待亲人来接我们。这怎么行啊!我一下子想到了,可能是他们没有接到电报。我凭记忆知道婆婆的外甥女在呼兰火柴厂工作。对!我去找他们。

于是我让大女儿陪婆婆,我带着小女儿去找火柴厂,一边走,一边打听,终于

在县城里找到了火柴厂的位置。我进到厂子里一打听，人家说她早就退休了。我着急地说，我们是外地来的，请帮我们找到她的家，还有一位 75 岁的老人家焦急地等着他们呢。工厂的人看我焦急的样子，便说，我马上找熟悉她家的人去送信。这时候我悬着的一颗心终于平静下来，我和小女儿快步地回到汽车站，告诉婆婆，我们找到她的外甥女了，就等着亲属来接我们吧！婆婆笑了，笑得那么开心，那么满足。我们陪着婆婆依然在马路边上来回地张望着，婆婆的亲属我们都不认识，只能凭这边的亲属根据婆婆姐姐的相貌来认出我们了。快到中午了，只见过来几位男士朝我婆婆走来，端详了一会儿，喊道："姨！姨！是姨吧！"婆婆马上反应过来了，对着来人答应着。我也马上迎过去，问清楚他们真是来接婆婆的，这才同他们一起来到婆婆外甥女家。他们已经准备了午饭，炕上摆着饭桌和盛好的饭菜。一进屋只见小女儿头朝里一下子躺在炕上，说了一句："困死我了。"就睡着了。

这边的亲属费了好半天劲儿，给村上打电话找人给婆婆姐姐家送信，让他们来接我们。我们等着他们来接，等了好久，天都快黑了，农村的大马车到了，我们不由分说赶紧上了马车，开始了颠簸的行程。

原来这些天连续下雨，农村的黑泥土路又粘又滑，特别难走，电报根本没有送到。大马车在凹凸不平的乡路上艰难的行走，有时候颠簸的特别厉害，我们双手紧紧抓住车檐子，时刻做好颠起来的准备，两个女儿不时地尖叫。来到这个陌生的地方，也不知道这个村子有多远，在黑暗的夜里颠簸着，我真担心婆婆是否能经得起这样的折腾啊！

路上黑乎乎的，什么也看不见，任凭马车一阵一阵的颠簸。也不知道过了多久，见到一个村子，偶尔有一丝微弱的亮光，到了。等我们下了马车，进到屋子里，才知道已经夜间 23 点多了。

婆婆见到炕上坐着一位白发苍苍的老太太，就带着哭声喊着："姐呀，姐呀！"两人便抱到了一起。两位年近八旬的亲姐妹竟然六十多年才相聚，此刻一切辛苦、颠簸、劳顿都忘掉了。婆婆不顾两天来的奔波劳顿，老姐俩不停地说话，一会儿笑了，一会儿哭了，我听她们说的都是儿时的事情。

我和女儿们怀着一种欣慰的疲惫在两位老人家呢喃的话语中沉沉地睡去。

我们计划第二天就返回，婆婆要在这里住上一段时日，然后由她的亲属护送回泰来。可是天公不作美，又下起雨来，我们只好再多住一天，第二天再往回返。借着雨停的间隙，我和女儿们到大地里走一走，这里是黑土地，庄稼长得特别好，玉米比人高出好多好多，还有一片一片开着紫蓝色小花的植物，我们也不认识是什么。

晚饭后，我提起明天返程的事情，他们似乎很为难，刚下过雨的乡路太难走，农村有大马车的人家不是很多，还得借车送我们。我坚持说明天必须回去，因为我只请了三天假，这已经耽误时间了。两个女儿不习惯农村的环境，也张罗着快点儿回家。亲属们说，看看明天的天气吧，要是还下雨的话，根本就走不了。还劝慰我们，好不容易来一趟，就多住些日子吧！他们哪里知道我心急如焚啊！

第二天早上，万里无云，天晴了，我们特别高兴。亲属们也忙着张罗车送我们去呼兰。我和女儿对婆婆千叮咛万嘱咐地让她安心多住些日子，老姐两个好好亲近亲近，想家了就回家。

我们娘三个坐上了大马车，有两个年轻的小伙子送我们去呼兰。晴空万里，大地绿油油的，我们的心情也十分愉悦。有了前天夜间颠簸的底子，今天虽然路还泥泞着，我们也不觉得颠簸之苦了。望着偌大一片开着紫蓝色花的植物，我问他们这是什么植物啊，他们说是亚麻。哦！亚麻，这么漂亮呢，我们还是第一次看到亚麻是这个样子，嫩绿的茎，枝头开着细细碎碎的小花，淡雅、清新，我们的心情也伴随着这淡淡的色彩轻松愉快起来。

雨后的太阳火辣辣的，照的我们睁不开眼。只见马不停蹄地跑着，马身上都是汗水，越跑越慢了。走过一个村子又一个村子，还是看不到呼兰县城的边。这时已经过了晌午，赶车的小伙子说，去呼兰还有好远的路，这马是走不动了，给你们送到附近一个小站，在这里也可以去哈尔滨的。我说可以，只要有去哈尔滨的火车就行。于是在一个叫马家的小站，我们下了车。

这里是一个铁路工区，没有几户人家。我们进了小小的候车室，竟然一个人也没有，售票口严严实实地挂着一个白色的布帘，室内有几个破旧的长条椅子，我们便坐下休息，也都饿了，我打开包，里面只有来时候吃剩下的一点儿饼干和面包，还有一根黄瓜和几个西红柿，这就是我们的午餐了。两个女儿吃东西，我便到外边观察一番，这里没有商店，也没有旅店，如果今晚走不了的话，就得到住户家求住了，我心里做最坏的打算。我又到铁路这边看看，只有两条铁轨，可见这个小站该有多小了。这时，我透过铁路对面的树林，看见送我们的车并没有往回返，车卸下来了，两个人在割草，马在树林里吃草呢。哦！原来是喂马呢，看来他们也够辛苦了，吃不上午饭，还要把马喂饱才能回村子里呢，我心里有些过意不去，都是为了我们，给他们出了这么大一个难题。

我又回到候车室，仔细看看简单的乘车表，傍晚有一趟去三棵树的火车（三棵树是哈尔滨郊区的一个车站，离市区很近）我心里有了底，就坐在空荡荡的小候车室里等待售票。天渐渐暗下来了，这时候进来几个膀大腰粗的男士，看来也

是乘火车的,他们里外走着,大声说话,我心里有些忐忑,真害怕在这人烟稀少的地方遇到坏人。刚才候车室里冷清,心里觉得孤寂,这时候有人来了又觉得不安全,真是太矛盾的心理了。不一会儿,售票口的布帘唰一下子打开了,我赶紧排队买票,那颗不平静的心随着车票到手也安静下来了。

马家站离三棵树站不是太远,大约一个多小时就到了三棵树车站。我们下了火车,在附近找一家旅店住下来了,这个房间三张床,有一张是上下铺,小女儿说,她住上铺。安顿好了孩子们,我就去买吃的,真得好好吃一顿了,一天都没怎么吃东西呢。吃饱了,洗漱完毕,我们就早早休息了,真是太累了啊!我住在小女儿的下铺,大女儿住在我对面的单人床上。在这干净、舒适、幽静的小旅店里,感觉特别的舒服,好好睡一觉,明早乘公共汽车到哈尔滨站,当天晚上就可以到家了,心里美滋滋地想着,就进入梦乡了。

睡到午夜时分,忽然我听到咕咚一声,小女儿连人带被子从上铺滚落下来,我一惊,忙起身抱住小女儿,喊着她的名字,一边用手从头到脚地摸了一遍。小女儿好像做梦似的,自己还不知道已经掉到地上了,我和大女儿又全面观察一遍,让她活动活动胳膊腿,问她头疼不疼,她说没事儿,我紧张到嗓子眼儿的心才慢慢地落了下来,心还是扑通扑通地打鼓。心里想,真是万幸啊!我便把小女儿抱到我的床上,我搂着她睡。我们娘三个又接着睡去,有惊无险啊!

第二天,天气晴好。我们娘仁整理好行装,乘公共汽车到哈尔滨站,坐上开往齐齐哈尔的火车,回味着这几天的经历真是感慨万分。虽然我们经历一次特殊的旅行,经受了一个又一个未知的考验,最终把年迈的婆婆送到了她的姐姐家,看到老姐俩时隔半个多世纪的相聚,是那么令人感动,令人心酸,也令人欣慰。60年前的小姐妹,如今白发苍苍,已到耄耋之年,能在几经周折后聚到一起是多么的不容易啊!亲情,血浓于水的亲情,在有生之年相见,这是多么大的心愿啊!我理解婆婆此刻的心情,我也更佩服婆婆对于亲情的执着和执着的守望。

回到家里,回想这次出行让人难以忘记的情节,心里真是又是苦涩又是甜啊!圆了婆婆的一个梦,了却了婆婆的一桩心愿,怎么劳累也值了。

婆婆在她姐姐家住了一个多月回来了,看见她瘦了一圈,非常理解她在遥远小村子与姐姐相伴的珍贵时日里,自己要克服多少不习惯带来的不便啊。她心安了,再没有牵挂了。60年姐妹离别之苦终于在耄耋之年圆了团聚的梦,千辛万苦也是甜!

2016 年 6 月 31 日

蓝　宝　石

　　一说起蓝，人们就会想到蓝天和大海，那是大自然的本色。无限高远的天空，深邃、广袤，让人有一种神秘感。与蓝天相接的大海，浩瀚无边，一望无际，在大海面前，人的心胸也变得宽阔起来，让人心生敬畏。

　　蓝色，象征着真理、高贵、恬静、纯真，它是天空的底色。

　　说起蓝宝石，我知之甚少。我不曾拥有蓝宝石，只是在商店的珠宝柜台前见过镶嵌着蓝宝石的项链坠和戒指，一目而过而已。为了与蓝宝石的一段情结，我到百度搜了一下，才了解到蓝宝石的历史渊源。

　　蓝宝石，属于刚玉族矿物，是除了钻石、红宝石之外的地球上最硬的天然矿物。它和红宝石统称为"姊妹石"，是九月和秋季的生辰石。蓝宝石的产地在泰国、斯里兰卡、马达加斯加、老挝、柬埔寨，其中最稀有的产地应属于克什米尔地区的蓝宝石，而缅甸是现今出产上等蓝宝石最多的地方。

　　"在古代，蓝宝石是神的礼物，它深邃悠远的独特蓝色来自神的恩宠，让所有看到它、触摸它的人都感受到不可思议的强烈的吸引力，就像被引入充满梦幻的无限夜空，体会从未有过的宁静、智慧与平安"。

　　"星光蓝宝石又被称为命运之石，能保佑佩戴者平安，并让人交好运。蓝宝石属高档宝石，是五大宝石之一，位于钻石、红宝石之后，排名第三。蓝宝石以其晶莹剔透的美丽颜色，被古代人们蒙上神秘的超自然的色彩，被视为吉祥之物。自从近百年宝石进入民间以来，蓝宝石分别跻身于世界五大珍辰石之列，是人们珍爱的宝石品种"。

　　蓝宝石一经现世，被赋予神秘和无可比拟的神圣光环。它以其通透的深蓝色而得到"天国之石"、"帝王之石"的美称。

　　蓝宝石的意义是：象征忠诚、坚贞、慈爱和诚实。

　　在现代，蓝宝石寄托着人们对于婚姻的幸福和对未来的希望。为此人们把结婚45周年誉为蓝宝石婚。

　　2016年的9月28日既农历八月二十八，是我们结婚45周年纪念日，今天我们共同拥有了珍贵的蓝宝石。

　　这个属于我们夫妻俩的蓝宝石是无形的，是穿越45年后采集到的，是历经45个春秋倾心培育出来的，是经过45年精心锻造而成的。

心 田

说来也巧，今年特别偏爱蓝色，春节前买了一件宝石蓝的羊绒衫，春季买一件宝石蓝色的居家服，夏季又买一件宝石蓝色的花半袖衫。这是一种巧合呢，还是对于蓝宝石的一种敬慕和寄托呢！我不会买一块真正的蓝宝石，也不会买一个镶嵌蓝宝石的饰品，有这些蓝宝石的色彩在生活中辉映，就是最好的拥有。何况我们抬头可以看见蓝天，我们心中有蓝色的大海，这些足以让我们欣赏蓝宝石的品质和璀璨的光环，足以领略蓝宝石高贵、典雅的风范与魅力！

45 年，接近半个世纪的时光。回眸走过的路程，感慨万千。今天不想细说太多的过往，只想谈谈感悟。过去早已成为历史，那些尘封的记忆，不值得一再提起。45 年的日日月月，积累了丰厚的人生感悟，那些琐碎平凡恰似酿酒的原料，早已糖化成了醇厚、甘洌的酒浆，散发着浓郁的芬芳。我们的心境一如蓝天般高远，大海般宽阔，蓝宝石般坚实。

生活的路，要靠自己的双脚，扎实地踏在大地上，走出属于自己的道路。生活，不仅仅是吃喝拉撒，还要有理想和奋斗的目标。用自己的双手去搭建温暖的港湾。白手起家，如燕子垒窝，一口口泥，建造属于自己的殿堂。虽然简陋、朴素，却充满温馨和希望。

事业的路，要靠自己辛勤的付出，去打造属于自己的辉煌。勤奋、好学、上进，不图名利，不争褒奖。只要出于公心，肯于奉献，必定得到眷顾和回报。

家庭，错综复杂的关系，只要孝敬老人，善待家人与亲人，互相包容，不计较得失，必然得到和谐与恩爱。

日子，琐琐碎碎，柴米油盐，只要简朴、实惠，悉心经营，必然其乐融融。

为人，包括邻里、同事、朋友，多一些宽容和理解，多一些付出和关爱，必然得到真诚的友谊。

夫妻间，多看对方的长处，多找自己的不足，互相欣赏，互相关心，互相体谅，互相尊敬，多谅解，多担当，多忍让，懂得感恩，必然得到家庭的平和与稳定。

这些感悟说起来容易，做起来很难，只要坚持去做，必定受益。

45 年过去了，我们从青年走过壮年，从血气方刚、朝气蓬勃到两鬓如霜，进入老年行列。我们携手走过了风雨，历尽艰辛，我们更懂得人生的宝贵，更珍惜眼下的时光，更憧憬美好的未来。"莫道桑榆晚，为霞尚满天"。我们收获了蓝宝石这块至宝，更期待有新的更大的收获。这不是我们太贪心，是对美好人生的展望和期盼！

2016 年 9 月 28 日

同 学 情

一

在我的日志里,有很多写知青聚会、同事聚会、朋友聚会的内容,却很少见同学聚会的事情。

不是我与同学无有情分。自从我们离开美丽的校园之后,各奔东西,其间也聚过多次,给吴老师过生日,有外地同学回来小聚,同学孩子结婚大家聚聚。等到王丽伟的儿子结婚时,我们勉强找到了七位同学,至今已经有三年之久。

有一部分同学,离校后便去了外地,加之当时通讯不甚便捷,便失去了联系;一部分同学在人生旅途中过早地掉队了。唯有留在县内的和虽在外地经常返乡探亲的同学还保持着联系。同学情分依然很深厚,很持久。

前几日,我突然接到已经离开县城十几年,在沈阳定居的同学葛英琦的电话(他也是多方打听,找到我的手机号),他说:清明节期间要回县里,给其老父亲过生日,很想与同学们聚一聚,说得非常恳切,还给我读了一首他写的想念同学的诗,我很受感动,答应他一定满足这个心愿,同时我也很想借机与同学们聚一聚。

我翻找同学的电话,因为换手机,竟然一个电话号也没有。三年前有一个"同学通讯录"也找不到了。我通过原单位的同事,找到同学儿子的电话,才找到了我们一向公认的同学聚会的秘书长郑俊仁,请他联系同学们。

很快有了回音,眼下在县里可以联系上的只有七位同学。

为了联系方便,我们先建立一个泰来一中 67 届 3 班同学群,由我和在上海暂居的王丽伟、代福臣夫妇、沈阳的徐国志、泰来的郑俊仁先组成一个群,后来又加入了谢玉芳、徐梅英、王惠民、梁丽梅一共 9 个人,还有几位没有开通微信,正在运作之中。动作很快,效果不错,互相问候,特别开心。久违了,同学情。

正巧近期回县城与老朋友聚会,我便安排时间先与同学们小聚。

在星期天火锅店里,我们聚了七位同学。虽说几年未见了,同学之间没有拘束,也没有客套,大家最关心的问题就是身体状况如何,我们年纪最小的 67 岁了,都是奔 70 岁的人了,想想都觉得不可思议,我们怎么这么快就老了呢?

掐指一算,我们 1964 年入学,应该 1967 年毕业,因故在 1968 年离校,距今已经有 50 个年头了,半个世纪的光景,我们怎么能不老呢?

心 田

我们从学号查起,谁也记不住全部同学的学号,数着数着,竟然有十几位同学早已离开人世了。还有一些同学离校后就没有一点儿音信,有的随子女在外地生活。我们叨咕他们(她们)名字,回想当年的印象,真是别有一番滋味在心头啊!

50年,时间很久远了,然而在我们心中,时间又是那么短暂,好像就在一瞬间,我们便走入老年。

50年,我们从一个初中生走向社会,下乡插队,回乡务农,然后参加工作,成家、生子,经过几十年的闯荡、拼搏,如今退休在家,安度晚年。

50年,是人生旅程的大半,我们在风雨中成长,在磨砺中成熟,尝尽生活的苦涩,阅尽人生之起伏跌宕,付出了自己的心血和智慧,无怨无悔。如今我们重拾青葱岁月的美好时光,在记忆里依然是那么清晰,历历在目。多么美好的年华啊!泰来一中,全省排名在先,师资力量雄厚;宽阔的校园,绿树围绕的操场、果园、温室、实验室、大礼堂、菜园。都留下了我们年轻的脚印和对未来美好的憧憬。还有那别开生面的元旦晚会,我们即是组织者,又是表演者,给我们留下了一生都不会忘记的美好;窗外绿树婆娑,教室内书声琅琅,老师绘声绘色地讲解课文,我们如饥似渴地倾听,记下笔记;每年一次的体育运动大会,排练大型团体操,对于我们来说是最开心的事情;国庆节,排练大秧歌,参加庆祝国庆的游行;课外小组的活动,让我们学会了养花、种菜和果树施肥、灭虫、剪枝等技术。

迎着朝阳走在上学的路上,满心都是欢喜;披着晚霞放学回家,我们心中总是充满美丽的梦想,将来考高中,上大学。

时代的变迁,打破了校园的宁静,我们茫然了,不知所措。然而我们太年轻了,一场突如其来的革命使我们又兴奋了。一颗红心,两种准备,时刻听从党安排。

我们城里的同学,上山下乡,农村住宿的同学,回乡务农。从此各奔他乡,在广阔天地里学习、生活,在社会这个大熔炉里历练、打拼。

时光如流水般,一去不复返,最美好时光的印记在心灵深处生根,那份青春梦想的田地依然在我们的心间永存。那段时光学习的知识,依然在我们的脑海里增值,是我们取之不竭的精神食粮,是我们不断成长、进步的根基。

话题又回到了现实,我们真的老了,这是不争的事实。同学们更珍惜晚年相聚的珍贵和不易。我们互相鼓励着,好好享受生活,多聚会,多沟通,多联系。有了微信,我们即使身在天涯海角,依然可以见面说话,共叙同学情。

同窗共读的美好时光,是我们留在内心深处的青春元素,经过50年的培植、生长,这种情愫已经成为我们心中永远保持童真、纯净、青春的源泉。

二

2017年4月6日,是我们早已约好的同学聚会的日子。只因葛英琦同学从沈阳回乡探亲,王丽伟、代福臣夫妇提前从上海赶回来,同学聚会的人数可以超过10人,这是近几年同学聚会人数较多的一次。

吃过早饭,老伴儿开车,我们从齐齐哈尔回泰来。

本来中午想休息一会儿,却被原单位几位退休的老哥们知道了,不由分说,出去喝酒。下午14点半才回家。刚想休息一会儿,便接到同学电话,让我15点准时到泰湖湿地公园照相。我马上下楼,打车来到公园大门口,早已有几位同学在那里等候呢,紧接着又来两位,我们一共9位同学,互相问候过后,便开始拍照。大门牌坊前,泰湖石碑旁,小桥下,标志性建筑前,留下了我们的合影。一边走着,一边谈着。我打量这些同学们,都是精心准备而来的,男同学基本都穿着整洁的浅色衬衫,外穿比较讲究的外罩。女同学们也是穿着比较鲜亮的衣服,围着漂亮的丝巾,包括背包都是很精致的,女同学中王丽伟着装最得体,绣着红色、绿色图案的休闲外衣,系着鹅黄色的丝巾,一副大都市女士风范,高雅、时尚。徐梅英,原来就是班级里的美女,如今依然笑容可掬,岁月的沧桑没有留下任何痕迹,还是那么年轻,根本不像六十七八岁的人。

从公园的正门走到北门,边走边聊,不知不觉地就来到了名都晓荷塘——荷文化主题火锅店。进入早已定好的包房,已经有两位同学在这里点菜呢。这个火锅店,突出荷文化,室内正面墙上喷涂着偌大的莲花、荷叶,环境幽雅,文化气息很浓,给我们同学聚会增添了高洁、文雅的氛围。

不一会儿,各种菜品堆满了桌子,小火锅热气腾腾地摆开,每个人都斟了一些白酒,还没说几句话,我们班的团支部书记谢玉芳拿出了一张写满同学名字的纸张,标有学号,还有十几个人的后面画着星号,一共54人。这是谢玉芳经过大约十几天时间一点儿一点儿回忆出来的,真是太不容易了!我们聚会了11人,建群有16人,带星号的人已经离开人世了,还有二十多人联系不上。

从1964年入泰来一中初67届3班至今,整整53年了。我们于1968年离开学校,也接近50年了。这半个世纪的时间,每个人都经历了青年、中年直到进入老年阶段,每个人都尝尽了生活的艰辛和苦辣酸甜,怎么能不珍惜这样的聚会呢?虽然仅有11个人团团围坐,代表的是全班同学的情感。

喝酒成为一种摆设,我们倒像是开班会一样。大家人手一部手机,全都开了微信,有的同学为了加入同学群,新换了智能手机。虽然还摆弄不太明白,拍照、发微信还是很快就掌握了。这时候谢玉芳又拿出一枚校徽,白底红字"泰来县一中"依然还是那么鲜亮!大家眼前一亮,都放下手中的手机,争相戴上校徽拍照,一个一个快活的像个孩子!一边拍照,一边换上自己的微信头像,忙得不亦乐乎。

酒还是要接着喝,每个人都倾诉着自己喜悦的心情和聚会的感悟。轮到葛英琦敬酒,他从挎包里拿出一个本子,早已为这次聚会写了一首诗《送给67-3班同学》,充满激情地朗诵起来:"清明时节嫩江开,同学聚会在泰来。执手相见一瞬间,并肩穿越五十载。四年朝夕情如海,一生相遇难忘怀。不忘初心人长久,但愿千里入群来。"

我们的话题从初中入学开始,回忆了学生时代的美好和一些趣事,也谈到了眼下我们更要尽量多聚会,多联系,争取找到更多的同学加入到微信群里来,共同回顾那青春时代的美好,共同发展我们的同学情谊,共同珍重半个世纪的情缘。

有的同学手疾眼快,把聚会的照片传到了同学群里,身在天津的刘玉凤、沈阳的徐国志在群里与我们互动起来,写诗,唱歌,就像与我们一起参加聚会一样!

时间在我们的欢声笑语中悄悄溜走,谈笑间,已经到了晚间20点钟了,葛英琦要乘晚21点多的火车回沈阳,我们不得已结束了聚会。

要分别了,同学们一一与葛英琦握手话别,互道珍重。

相聚的时间虽然短暂,却又一次凝聚了同学情,在离开学校第50个年头相聚,弥足珍贵。

三

为了这次聚会,同学们都做出了积极的努力,郑俊仁不顾身体欠佳,提前预订饭店,精心安排,提前通知同学们聚餐的时间和地点,被大家推举为秘书长,席间,勤快地为同学们服务;王连志,是提倡同学聚会的积极行动者,早早来到公园陪回乡的同学;贾春山帮亲属看场子,也提前从乡下赶回来;王惠民在班级就是"伙委",这次也主动担当了"伙委"的角色,把大家集资的招待费保管起来,买单,公布账目;王丽伟,摄影技术很高,主动给大家拍照;代福臣不时地调侃几句,逗大家开心;杨文泰很少参加各种聚会,接到通知,啥也没说,匆匆赶来了;徐梅英还把自己的初中毕业证拍照下来,发到同学群里。

人间情谊好多种,最纯真、最久远、最难忘的是同学情。我们十四五岁入中学,十七八岁离开学校。这个阶段,我们对生活充满希冀和企盼,对前途充满理想和憧憬,对未来充满信心和勇气。那个时代是充满激情的时代,给我们留下了深刻的烙印,也磨炼了我们特别坚韧的性格。半个世纪的风云变幻,半个世纪的雪雨风霜,我们走过来了。有泪水,有欢笑;有艰辛,有收获;有坎坷,有成功。一路走来,用自己的汗水和智慧写就了人生这本书。今天我们仍然在写着自己的故事,描绘美丽的图画,吟诵心灵的诗篇,在色彩缤纷的霞光里起舞、欢歌、修炼心性、感悟人生。

五十多年过去了,洗尽铅华,历尽沧桑,生活中的好多事情都淡化了,唯有"初 67 - 3 班"的记忆越来越清晰,越来越鲜活。虽然我们大部分人都读过电大、业大和各种学历班,但是在我们求学的道路上,"初 67 - 3 班"是最美好、最宝贵的时光!

2017 年 4 月 15 日

第一次骑马

我生来胆子小,从来不敢靠近牛、马、骡、驴等大牲畜。

记得下乡插队的时候,青年点儿有一头小毛驴,女青年中有好多人敢骑在小毛驴的背上,可我却连碰一下都不敢,害怕毛驴一抬蹄踢着我。

谁能想到呢,年过花甲,却真真地骑了一次马。

早年,马是农村最好的劳动工具,现如今早已实现了机械化,马也退役了。所以,农村养马的人很少了。

在内蒙古包头市却兴起了养马、骑马娱乐的新行当。人们的生活水平提高了,娱乐的方式也发生了变化,具有民族特色的赛马已形成规模了。

2016 年的夏天,有机会去包头二大姑姐家探亲,有空闲去外甥女(小名二南)家的马场看马。在微信里早已知道她们家自己买了马,也知道她们学骑马的过程,看到他们夫妇携女儿一起骑马奔驰在大草原上的视频,感觉挺新奇也很有派头,像个骑士一样令人羡慕。这次难得有机会去看看他们养的马。我和老伴儿及三大姑姐抱着十分好奇的心情,来到了他们寄养马的地方。

这是个不大的小屯子,在包头市区的东南方向,离市区二十多里地。一座老房子里有一对老夫妻,他们负责喂养马,按月及按马的匹数付给他们一定的饲养费。

心 田

只见二南取来马厩的钥匙,打开木板门,我们都跟了进去。看到了几匹马中有一匹长得很俊秀的马,二南称呼它为公主。大家都上前去摸公主金灿灿的鬃毛,我不敢上前,远远地看着。二南喊我过去,我说:"不敢,害怕马踢我。"二南笑着说:"舅妈,公主可听话了,不会踢人的,快过来吧!"我壮着胆子小心翼翼地走了过去。公主很温顺,我试着用手摸它的头,它一点儿也不反抗,挺拔的身姿,长长的腿,秀气的脸庞,有玉树临风之感。我对公主也打消了原来的恐惧感。

二南和忠明夫妇带我们参观他们的休息室。在前院有一排平房,靠东侧那两间是二南家租用的休息室。里面有沙发、茶桌,还有骑马用的马鞍、辔头及其他物品。她们换上了皮靴,戴上头盔和手套,把马鞍放到公主的背上,带好辔头,便把公主牵了出来。在后边的树林边上,我老伴儿也戴上头盔和手套,忠明牵着马找一高处,让老伴儿登上了马镫,上了马,他先牵着马走,适应了一会儿,老伴儿便自己拉着马的缰绳,信步朝树林西边走去。我特别担心,不一会儿,拐了回来,老伴儿下了马。这时候二南和忠明非让我骑马,我一点儿心理准备都没有,害怕地只往后躲。忠明说:"舅妈,没事儿的,这马老实着呢,您就放心地骑吧!"我说什么也不肯上前一步。在大家连推带举的帮助下,我还真的爬上了马背,坐在马鞍上还真挺舒服的,没有那么恐惧。可是当马走起来的时候,我就觉得自己的身体很难平衡,特别害怕摔下来。忠明牵着马,我坐在马背上直喊:"快停下!快停下!"双手紧紧地握住马鞍上的扶手。这时候75岁的三大姑姐过来了,她说:"我牵马,我牵马!"她真的牵着马逗我,吓唬我,我越发害怕。终于马停下来了,我也不会下马,把右腿往里撇,就下来了。忠明笑着说:"舅妈下马的姿势太特别了啊!"人家下马都是把右腿往外撇,我来个特殊下法。其实是太紧张了。

谁也没想到三姐竟然轻松地骑在马背上,还高举一只手臂高呼着,真像一个骑士一样,我是自叹不如啊!

过后一想,我是太紧张了。其实不必那么紧张,有人牵马,有人呵护着,没什么可怕的啊!还是顾虑太多了,胆子太小了。

一想起骑马的过程,自己就禁不住想笑。不是笑自己骑马的窘态,而是笑自己本来不可能骑马的事情竟然真真地经历过了,真是不可思议。同时还有些遗憾,应该多走一会儿,体会骑马的过程是什么感觉。我只是在惊恐中神不守舍地,一点儿也没有体会到骑马的乐趣。

有些事情就是如此,经历过了才知道貌似可怕的事情其实没什么可怕的,可怕的是自己的内心,是自己没有勇气。真正实践过后,惧怕就消失了。

这次骑马给了我好多的启示:生活中我们有好多事情不敢去做,不想去做,囿于一些偏见之中不能自拔。没有做过的事情,怎么知道自己做不到呢? 尤其退休之后,我们有更多的时间去做想做没有时间做的事情,也可以大胆地去做我们想做不敢做或我们压根没有做过的事情。比如有好多老年人进入老年大学,学写诗、学画画、学声乐、学舞蹈,样样做的精彩。

俗话说得好:"活到老,学到老。"在我们面前,未知的东西太多了。我们要学会探究新领域,认知新事物,学习新知识,敢于尝试新生事物。世界这么大,社会进步这么快,不去适应新形势,怎么能跟上时代的步伐呢!

我很感谢二南和忠明,给我们三位七旬的人创造了一次骑马的机会,难得,难得,太难得了! 在年近古稀的时光里,又有一个第一次的经历! 真是活到老学到老,经历到老,生活中的尝试无有止境!

2017 年 5 月 13 日

月是故乡明

中秋假日,天气晴好。小女儿开车,我们老两口与外孙女一起回县里参加刘威(外孙女的叔伯姐姐)的婚礼。

女儿建议顺路参观泰来的"四种文化",让外孙女见识一下家乡的历史文化。我们觉得这个建议太好了,难得外孙女有这么一个机会回县里,顺路参观一下,非常有必要。

我忽然想到今天是中秋节,纪念馆是否开馆呢? 便在微信朋友圈里发了一条询问的信息,有朋友告诉我今天开馆。

我们的车子从卜奎收费站上了高速公路,从大兴收费站下了高速,直奔大泡子村附近的"九八"抗洪纪念馆。公路两侧的树木已经泛黄,唯有这段乡间公路两侧的树木依然绿树婆娑。按照路标指示牌,很快就到了"九八"抗洪纪念馆,此刻,正值吃午饭的时间,只见管理人员刚刚把纪念馆的门锁上,看见我们开车过来,便又打开门,说道:"今天来参观的人真不少呢! 人家都去吃饭去了,你们怎么这个时间来啊!"我说:"我们的行程正巧赶上这个点儿到这里,先参观,后吃饭。"说话间,我们步入纪念馆,映入眼帘的是一个高大的雕塑,人民解放军与老百姓一起抗洪抢险的造型,再往里面走便是各种图片、抗洪时期使用过的物品。看着被洪水淹没的村庄、庄稼,又把我带到 20 年前那个夏秋之交,阴雨连绵的日

子,洪水肆虐,冲毁堤坝,冲毁铁路,村屯、庄稼一片汪洋,当时的国家领导人先后来到大泡子村和大兴中学,看望转移出来的受灾的乡亲们⋯⋯

一幅幅照片,一件件物品,还有当时县防汛指挥部的各种文件、简报等等。我们从一楼展厅到二楼展厅,仔细地参观着,一边给小外孙女讲当年洪水泛滥的情形,让她记住在家乡曾经有这样一次百年不遇的特大洪水,以及抗洪救灾的壮举。

从大兴镇出来,我们直接去江桥抗战纪念馆。因为江桥收费站正在升级施工,我们从乡间公路行走,这样必须经过一段浮桥才能到达江桥镇。这个浮桥我们有好多年没有走过了,有几分亲切感。公路两侧绿柳拂风,浮桥上车来车往,浮桥两侧江水滔滔。过了浮桥进入江桥镇,已经快13点了,我们选择先参观,然后吃午饭。这时候我收到一条微信,是塔子城镇的施恩惠发来的,他说:"你们什么时候到塔子城,我在博物馆等你们。"原来他在微信朋友圈看到我的询问了,便给我回了微信。看到这条微信,心里热乎乎的,深表谢意。

来到江桥抗战纪念馆,只见公园里有好多的车辆和参观的人们。我们登记进入纪念馆。小外孙女对这个馆特别感兴趣,看的也非常认真。我也是在纪念馆升级之后第一次来,只见馆内较以前发生了很大的变化,阵列的物品更加丰富,增加了嫩江大桥的模型,而且从西侧的大桥模型进入展厅,给人的感觉很特别,突出了江桥的直接感观。在二楼展厅里,大幅的照片、塑像、日本侵华用过的衣物、武器、器皿一应俱全,有好多物品是从泰来和平镇抗战收藏家张树明那里征集来的,丰富了馆藏,也丰富了陈列展出。一拨一拨的参观者络绎不绝,人们一边参观,一边轻声地议论着,感慨着。我从内心深处感到了这个纪念馆的升级融入了更多内涵,充足的展品进一步证明了发生在泰来县江桥镇境内的这场战争是震撼世界的,是打响反法西斯战争第一枪的地方,江桥抗战,越来越得到世人的关注和褒奖。

从纪念馆出来,小外孙女在公园里拍照,并到各个纪念碑前瞻望。紧接着我们又来到观江大道和稻草艺术广场参观。我和女儿总喜欢拍自己,而小外孙女却喜欢拍大桥,拍江水,她自己到离我们很远的一个地方认真地拍照,我莫名其妙地猜想,她拍什么呢?那么认真,抬眼看看也没有什么特殊的景观啊?等她走回来,我才知道她拍了一个日本人修建的炮楼。咦?我怎么没有看到这个炮楼呢?看来,年轻的高中生和我们的眼光真是有着太大的差别啊!我从内心里为外孙女点个赞!

江风习习,江水滔滔,近处一座铁路桥横跨嫩江南北,远处一座高速公路大桥雄伟壮观,我依着江边的石栏杆远眺,昔日的抗日战场,血雨腥风,看今日太平盛世,人们安居乐业,一派祥和景象。嫩江水平静地流淌着,滋润着万亩良田,金色的稻穗沉甸甸的,已经到了收获的季节;嫩江岸边的树木染上了秋天的颜色,姹紫嫣红。我手扶石栏眺望远方,任凭江风拂面,心胸也开阔无比。

时间已经接近下午14点了,我们还没有吃午饭呢,只见小外孙女恋恋不舍地上了车。我们在镇内一个小饭店里吃午饭,此刻是又累又饿又渴啊。人们都回家过节去了,唯独我们一家在这个小店里吃过了晌午的午饭。老伴儿点了炖江鱼、炒蛤喇肉等四样菜。这时候我才想起来,清晨大弟妹电话约我们下午14点半到她家里过节聚餐的事,看来是赶不上了,赶紧在"幸福一家亲"群里发个消息,抱歉地告知他们,我们的行程才走了一半儿,不能赴约了。

炖江鱼很快就做好了,吃起来真香。店老板很热情,告诉我们从江桥去塔子城有一条近路,叫江音公路(江桥到内蒙古扎赉特旗音德尔)。这时候,微信提示音响了,是施恩惠发来的微信,告诉我别着急,同时也详细告诉我从江桥到塔子城走江音公路,在乌鸦站村边下来走柏油路很快就到塔子城。

有了详细的前行路线,我们也安心地吃饭,一边品味嫩江小杂鱼的醇香,一边聊天。在中秋节的下午,我们四人坐在这个叫作"福满天天"的小饭店里,回味已经参观过的两个纪念馆的情景,感到既舒心又开心,别开生面的中秋节,特别有意义。

接近下午15点,我们出发了。从江桥镇内的一条东西大街直接往西南方向走,便上了江音公路,这条道路比较宽,是单行道,中间有隔离带,车辆很少。很快就进入内蒙古扎赉特旗境内了。内蒙古的道路建设很好,途中路过努文木仁乡和好力保乡永兴村,这个村是全国文明村之一,国家投资创建,十分先进。继续往前走,就到了乌鸦站村,我们从旁边路口向西南方向转弯,上了一条柏油路,继续前行,不远就是巴岱乡。这时候施恩惠又发来微信,问我们走到哪里了。虽然我们没有走过这条路,有施恩惠指点,很顺利地到了塔子城镇,施恩惠和一位值班的同事正等着我们呢。天色已晚,游人也稀少了,我们抓紧时间参观拍照。

塔子城,千年古城,昔日土夯的古城墙依然矗立在世人面前,在城西新修建的塔子城遗址博物馆里以图片和出土文物展示了千年画卷。博物馆的前方有一个纪念广场,那里新修建一座青砖塔,是仿造1953年倒塌的砖塔原型修建的。古塔虽然不在了,仿造的砖塔依然展示着千年古塔的雄姿,告慰后人记住逾越千年的历史,莫忘历史赋予古城的文化底蕴和历史的沧桑。

施恩惠今天休班,专门过来接待我们,心中十分感激。下午16点多了,快到闭馆时间了,我们才离开,返回县城。

还有泰湖湿地公园没有游览,明天抽出时间再去那里,听说湿地公园有寒地菊花展呢,十分期盼。

外孙女离开泰来已有9年之久,很少回家乡,这是她第一次参观家乡的特色文化。看她专注的神情,相信这些发生在家乡的史实会给她年轻的心灵留下深刻的印记。

夜幕降临,满月清辉。倚在窗前,看圆圆的月亮在深邃的天宇里散发出柔和的光,抬眼看到的是家乡的万家灯火,楼前偌大的停车场里,一排排轿车在月光下反射出光亮来,犹如落地的繁星般璀璨。

离开泰来这座小城9年了,家乡每天都在发生变化,越来越美,越来越富裕。唯独不变的是那一轮明月,给予回归家乡的人满满的温馨和祥和。难得今天过了一个特别的中秋节,家乡的山山水水,一草一木,在月光的抚慰下是那么的清灵、美好。

2017年10月11日

杀 猪 菜

在东北农村有个习俗,一进腊月各家杀年猪,宴请亲朋好友、左邻右舍,特别的热闹,比过年还有意思。有那么一句话:"卖粮换钱,杀猪过年。"人们结束了田间的劳作,一心准备过年了!是庆贺丰收,企盼明年好年成的意愿。

如今农村的生活发生了巨大的变化。农民种地不交税,国家还发给粮食补贴。日子一年比一年好。原来的土坯房变成了大瓦房,是彩钢瓦的砖瓦房。不等进腊月,大地一封冻,就开始杀猪了。自家养猪的杀猪请客,不养猪的花钱买猪,杀猪宴请亲友,早已成为司空见惯的事情了。

刚刚过了元旦,接到泰来县克利镇韩亲家的邀请,我们老两口与大女儿夫妇一同开车去吃杀猪菜。从齐齐哈尔市里到韩亲家接近两个小时的行程。

正值下午15点多,太阳已经偏西,火红的太阳在路边的树丛中忽闪着,心情也十分的轻松,思绪便飞扬起来。

想起当年,那是20世纪70年代初,我们刚刚成家不久。那时候猪肉凭票供应,平时很少吃肉。当时我们的工资每月35元,两个人的工资加到一起,过日子也是很拮据。如果想添置一件大物件，比如，自行车、缝纫机等，就得想办法赚钱，唯一的途径就是养猪。所以那时候，我家也养猪。养猪很辛苦，猪饲料很难弄。我们两个人都上班，就得起早贪黑，利用班余时间到野外采猪菜，然后放点剩饭、玉米面，就是猪饲料了。我老伴儿当年在果品公司上班，偶尔拉回一些腐烂的水果或者过期变质的饼干等，作为猪的饲料。我在百货商店上班，中午回来吃饭仅有一个小时的时间，于是我把饭热好，就去喂猪，我在猪圈外面拿着饭碗吃饭，猪在圈里吃食，我一边吃饭一边给猪添食，等我吃完了，猪也吃饱了，赶紧去上班了。猪长大了，我们可舍不得杀猪吃肉，而是卖给食品公司。挣了钱买自行车、缝纫机。有一年，那头猪长了有三百多斤，为了多卖钱，就杀了卖肉。当时是不允许个人卖肉的，老伴儿就与几位亲属推着一个手推车，拿着一杆秤在小巷子里叫卖。最终还剩了一点儿肉，我们也做了肉菜，解解馋。

车子下高速了，我也从对往事的回忆中转回到现实中来。这时候太阳已经下山了，留下一片玫瑰红色的晚霞。车子进入村村通公路，村屯的房舍在霞光里影影绰绰，炊烟袅袅，明亮的灯光从窗子里投射出来，把房前的院落映得通明，一派祥和景象。在纵横交错的村路间一辆又一辆的小轿车来来往往，我感到很惊讶。早年村屯之间的路很少有轿车通过，如今农民富裕了，好多人家买了小轿车。我猜想，莫不是他们也是去亲友家吃杀猪菜吧。

车子走过了几个小屯子，便来到了韩亲家家。当我们的车开进宽敞的院子里时，屋门开了出来一群人热情地来迎接我们。

一进屋门，就见厨房里早已准备好杀猪菜，只等我们还有泰来城里的韩大嫂一家过来就开饭了。韩大嫂是我大女儿的婆婆。今天来到这家是韩大嫂的小叔子家，我便称韩亲家夫妇为韩老弟，韩弟妹。

我们刚刚落座，韩大嫂一家也从城里赶到了，我们两家就接近十口人，屋子里一下子就热闹起来了。韩弟妹一个朴实的农村妇女，热情、豪爽、好客。前年我来她家吃过饭，对她的印象特别的好。这么多人来到家里，韩弟妹乐得合不拢嘴，屋里屋外地忙乎，一会儿拿烟，一会儿倒水，还哈哈地笑着。我和韩大嫂坐在热乎乎的火炕上，从心里往外的温暖。

韩老弟家没养猪，自己花四千多元钱买回一头四百多斤重的猪，还从外屯子雇来一位专门杀猪的人来杀猪、处理猪肉、猪内脏等。孩子们也专程从县城回来做饭做菜。

不一会儿，各种菜肴摆满了两大桌子。杀猪菜最讲究的主菜是猪肉烩酸菜，大片的五花肉薄薄的，吃上一口特别的香。还有拆骨肉、炖排骨、猪肝、猪心、蒸猪血、猪血肠、油滋了、黄瓜拌凉皮等十多个菜。香喷喷的猪肉，辣辣的白酒，热气腾腾的，满屋子的香气。

韩老弟起身敬酒，祝福大家身体好，日子越过越好！我本来嗓子发炎，不该喝酒，这两口子的热情、实在劲儿，让我无法推辞，便举起杯来喝了一口白酒，火辣辣的直到胃里。再吃一口烩酸菜白肉，感觉好刺激。韩弟妹一个劲儿地往我的碗里夹排骨、肉片、血肠，不一会就满满地一碗，嘴里还说着："吃吧，吃吧，多吃点儿，多吃点儿。"我说："别夹了，我每道菜都要吃的，你们费这么多心思，我们大老远来的，一定多吃的。"我们都哈哈大笑。

韩弟妹看我们吃的实在，喝的也实在，特别的开心。她说："请你们来不只是为了吃一口肉，就是为了亲戚们团聚，高兴高兴，要的就是这个气氛啊！看，多热闹啊！多开心啊！"她这番话让我们很感动。是啊，一年忙到头，日子过得好了，就是图个高兴，图个热闹啊！

韩老弟与我老伴儿一口接一口地喝酒，开心地数点着这一年的收获。他说："前几年在外边打工，今年有20亩旱田没包出去，就自己种苞米了。如今种地机械化，用不了多少时间，闲下来我也待不住，就买了两头小牛犊，天天喂牛。当时买牛一头花3 000多，现在10 000元钱都拿不走。"他又说："屋前屋后都是地，大部分种苞米，还种了土豆、白菜、萝卜、大葱、大蒜等等，全是没上化肥的，用的都是农家肥。没事儿就到各家收集羊粪、猪粪，发酵后给菜地施肥。这些菜够亲戚们吃一冬天呢！"听这一番话，看着韩老弟眼神，是那么的知足，那么的喜悦，这是丰收的喜悦啊！

我也起身敬酒，祝福韩老弟一家获得了大丰收，祝福他们一家明年再获得好年景，日子越过越红火！

酒宴进行到高潮，韩弟妹说："咱们唱首歌吧，乐和乐和！"话音未落，她便开口唱道"千山那个万水啊，连着天安门，毛主席是咱社里人……"突然停住了，忘词了！大家一片笑声。我知道，她就是想带个头，让我们大家唱歌。韩大嫂接着唱一首，她为了活跃气氛专找逗乐子的歌曲唱，便打开手机，放出一曲，是阿宝唱的那首《看妹妹》跑成了罗圈圈腿。大嫂韵味十足地唱着，逗得大家笑得闭不上嘴。韩弟妹赶紧追着我说："你唱，你快唱！"我知道是躲不过的，干脆大方地站起来唱了一段《毛主席的话儿记心上》。那一桌的小字辈们过来给我们拍照、录像，和我们一起开心地笑着。和谐、欢愉、快乐的气氛笼罩着整个屋子，再加上热炕的烘托，真是热闹非凡。

酒宴一直到晚间20点才结束，我们欢快的情绪，欢乐的笑声，欢愉的心情早已把杀猪菜的香味覆盖了。

一顿杀猪菜，一次亲戚聚会，是情感的升华，是亲情的凝聚，是最接地气的农村生活的体验。

返回县城的路上，依然能看见小轿车在乡间公路上来来往往。现如今的农村今非昔比，村村通公路给交通带来便利，整洁的村屯改善了卫生条件，宽敞的民房让村民安居乐业，富裕的生活提升了人们的幸福指数。党的富民政策实实在在地改变了以往农村贫穷落后的面貌，拉近了城乡距离。

民以食为天，一顿饭，不简单，印证了新时代新农村的新风貌。农民富裕了，国家才是真正的富裕。

路灯闪烁，与天上的星星媲美；霓虹灯变幻着颜色，给人们带来祥和、欢愉的色彩。小屯子，小城，笼罩在一片温馨的气氛里。

杀猪菜，这是北方农村冬季最有特色的聚餐，也是最寻常的酒宴，却散发着浓郁的馨香，醇厚而绵长，沁人心扉，它折射出了整个农村的富庶和美好。

2018 年 1 月 23 日

巾　帼　情

三月，是女人的节日。三月，荡漾着春风，也荡漾着女人最美的思绪。

三月，南国繁花似锦，北国春寒料峭。在乍暖还寒的初春，女人们的心里却早已鲜花盛开，那是最艳丽的花朵，那是最绚烂的情怀。

作为一名曾经在妇联工作过的女干部，对三月情有独钟。因为三月寄托了我们太多的希望，凝聚着我们用心血编织的美丽的梦。

一

偶遇就是相约的必然。世间有些事情就是那么不可思议，偶然与必然总是在不经意间发生了。回味起来，那是最好的安排，是水到渠成，是瓜熟蒂落，是早已铺就的坦途。

说起偶遇，和一次同学聚会有关。我的初中同学聚会，引起临班同学的注意，她们也组织了一次较大规模的聚会。在她们聚会的照片里，我发现了原江桥镇妇联主席闫秀芝，我们曾经是同行，多少年没联系了，便要来她的微信号码，并加为好友。然后各忙各的,也没怎么私聊。偶尔有一天,闫秀芝发给我一个微信号,是原汤池乡妇联主席王淑君的微信。我便加为好友,聊得热火朝天的,淑君说特别怀念妇联工作的日子,特别想念妇联的姐妹们。我们仨人便成立一个妇联姐妹群。

有一种情感,潜伏着,蕴藏着。这种情感就像种子,在尘封中孕育,适时生长。不论过多久,只要遇到适宜的条件,它就会生根发芽开花结果,迸发出震撼人心的光热,这光和热让重逢时的情感沸腾!我们的群像一块磁石,很快就吸引了28位当年的县乡妇联干部加入了老妇联姐妹群。每天群里都热热闹闹地说个不停,大家都有一个共同的心愿,聚会!

说起聚会谈何容易。我们离开妇联有二三十年之久,分别走向不同的工作岗位,如今退休在家,随着儿女,远离家乡,天南地北,难以相聚。尤其正值寒冬腊月,冰天雪地,不适宜召集聚会。

这些实际条件,依然阻挡不住这些女干部火热的情怀,那种期盼,那种希冀,与日俱增,恨不得马上就聚到一起,来一次狂欢。

二

微信群里荡漾着一种激动的情绪,总是叨念着过去的时日,难以忘怀曾经一起工作的岁月,又互相问候着今天的状况如何。视频、发照片,总是觉得不解渴。为了平和大家的情绪,我想出一个办法,组织姐妹们在群里唱歌,用歌声抒发情怀。于是,我们选定2月5日晚上19点,在群里唱歌,叫作"迎新春歌会",然后让大家报名,自己选歌曲,到时候按报名顺序演唱。说来也巧,到了这一天,老伴儿说晚一点儿吃饭,晚上18点多了,才让我做饭。我心里惦记着晚上歌会的事情,心不在焉,随手把电饭煲的锅胆拿了出来,一想,不对,这次的大米需要事先淘好再放锅里。于是我又拿起一个小盆,把米淘好,把水也放好,便向电饭煲里倒去。突然,我想起锅胆还在外边呢,忙停下来,此刻只见水顺着锅底流了出来,我慌忙喊来老伴儿,把电饭煲倒过来控水。好在没有造成损失。不过这件事儿也够我乐一阵子了!歌会还没开始呢,我先慌了手脚,真是忙中出错啊。

刚到19点,群里的姐妹们就都来报到了,什么时候唱歌啊?我按照排好的顺序,正要主持歌会呢,突然远在广东中山市的刘亚芬发来一个在歌厅K歌的视频。这里我还在主持呢,江桥的闫秀芝又发过来一个自己刚刚录制的唱歌的视频,有些乱。我正维持秩序呢,那边有人先唱上了。泰来镇的陈雪梅在群里喊:乱套了!乱套了!听主持人的,一个一个来啊!给我笑的啊,肚皮都疼。这些女干部,锐气不减当年,一个个争先恐后,自顾自地引吭高歌。终于是平静下来了,大家也明白怎么在群里唱歌了,秩序基本恢复正常了。远在兰州的王慧娟唱了两首早已准备好的歌曲,准备唱歌的都唱了,大家乐呵地,特别开心! 把集聚在内心的那份激情释放了一下,感到特别的轻松愉悦。这时候我们的老领导,年近82岁的杨主任(当年称妇联主任)说话了:"我看歌会接近尾声了,我发出一个邀请,请各位在'三八'节那天回到家乡泰来聚会,庆祝我们的节日,我做东。"大家积极响应! 可是不能让老领导做东啊,我们提出一个建议AA制。经过几次争取,终于说服了老领导。但是她也提出一个条件,必须在聚会之前,把人数告诉她。

歌会在热闹的气氛中结束了,大家有一个更加热烈的期盼"三八"节聚会!

三

期盼,是那么强烈。每天大家都在数着日子,期盼"三八"节的到来。屈指一算,离"三八"节仅一个月的时间,其间还有一个春节呢。时值小年前夕,过了春节就是"三八"节。聚会也不是那么简单的事情啊,必须筹谋在先,安排好各项事宜。我们几位积极倡导者都不在县里居住,必须选两位责任心强的姐妹做好具体工作。大家推选原胜利乡的两位妇联主席刘桂芝、陈凤云负责聚会的具体工作。我真佩服这些女干部的热忱和细心。她们姐俩选酒店,选聚餐的包房,选住宿的客房,经过几次考察,最后选定在韩王府大酒店。和酒店预订了包房和客房。凤云因为外孙没人照顾,提前飞往重庆,走之前,又细细落实一遍,把菜单都预定了。

聚会牵动每一个人的心。众姐妹们人人献计献策。微信群成为我们大家谈论聚会,提出建议的平台,好多建议值得我们采纳。比如闫秀芝提出聚一次不容易,要做一个聚会纪念册,并把她们同学聚会的纪念册拿给我们看,大家一致同意。陈雪梅提议,聚会时大家拍旗袍照,她负责提供旗袍及相关道具。姐妹们一致赞同。说起我们这些姐妹们,当年工作时都是朴素的职业装,没人刻意打扮过,穿旗袍,想都不敢想啊! 又有人提出,我们大家要给最尊敬的老领导杨主任买一份礼物,以表敬意。这些都纳入我们筹备工作的主要内容。做纪念册,我们都没尝试过,我通过咨询闫秀芝的同学,才知道制作纪念册要在淘宝网通过网购方式进行。于是我便注册了淘宝网,下载了旺旺客户端。浏览制作纪念册的店面,并和相关的商家取得联系,最后,敲定了一家"纸上功夫"的店面。等聚会结束后,就着手制作纪念册(其实,我对网购一窍不通)。购买礼品,自然也落到我的头上,因为我住在市里,姐妹们委托我去购买。我便到百货大楼,百花园商场转了两天,最后选定"赏心岁月"品牌的春装一套。我试穿上以后,请营业员拍照,通过微信发给闫秀芝,请她帮着参谋,最后选中。

过了春节,我便约筹委会的几位回泰来,实地踏查聚会的具体事项。王淑君早已定好正月初十送外孙去依安学习。为了聚会事宜,硬是推辞一天。我们也好久没见面了,在火车站,我们相逢了,相拥在一起,亲近的不得了。又找来帮儿子照看店面的毕秀琴,一起到韩王府大酒店。

一个群体的力量会产生无形的魅力,会赢得各方的助力和关爱。我们的聚会在冥冥之中,占了天时地利人和的瑞气。原来预定的包房可以坐30人,我们实地一看,与我们聚会的20人差距太大,这房间是春节前预定的,当时看好这里有音响设备。我们与领班提出是否可以串换一下房间,领班很爽快地答应帮忙,她让我们先预定一个16~20人的包间,临近时帮我们串换可以坐20人的包间。我们又查看了住宿的客房,宽敞、明亮、很适宜。又查看一遍早已预定好的菜单,最后敲定。一切就绪。毕秀琴执意宴请我们几位,在尚川味火锅,我们又请来了老领导杨主任,一起喝酒,畅谈聚会的事情。只等"三八"节到来,我们来一个大聚会!

四

"三八"节老妇联干部聚会进入倒计时,我们在群里天天算计着聚会的时间。为了聚会更加顺畅,我和闫秀芝、王淑君,都提前回到泰来。3月7日,我与刘桂芝先来到韩王府大酒店,因为中午大庆的朱秀珍和陈玉珍大姐就到了。刚刚走到酒店附近,桂芝就接到酒店领班的电话,她说只要在明天下午15点之前结束,就能把20人的包间调给我们!太好了!我们走进811客房,里面刚刚收拾完卫生,干干净净的,我俩就在这里等候朱姐和陈姐她们。不一会儿,闫秀芝过来了,我们仨人没事儿就互相拍照。中午把杨主任请过来,到宏盛饭店小聚。我们聚会前的小聚,开一个好头,一切安排就绪。

当我们回到驻地的时候,眼前一亮!陈姐及原四里五乡的几位妇女干部都在呢!这是县乡村三级妇女干部大会合啊!几位村妇女主任一个个特别精神,着装很时尚,根本看不出来她们来自村里。借机大家一起合影,给我们的聚会又增加一个亮点!

我们稍事休息一会儿,只见房间门开了,陈雪梅、张玉英、迟秀云等过来了,她们带来两大包旗袍、扇子、花伞。陆续还有几位姐妹们过来了,旗袍秀拍照在一片欢笑声中开始了。看着姐妹们一个个兴奋的样子,我才发现是自己低估了这些女士的爱美之心。大家争着换下厚衣服,穿上旗袍,一个个的好苗条,好精神,气质一下子就变得古典,优雅起来。82 岁的杨主任也换上旗袍,按照雪梅的指点,做出各种姿势,那个精气神一点儿不输年轻人。

穿旗袍,是我们不敢奢望的事情,只是在心里美美地羡慕着,没想到今天我们也穿上旗袍,尽情地拍照,心里是美的,笑靥是美的,做出的姿态也是美的。女人,就是美的化身,就该把自己打扮得美丽优雅。虽然我们年纪大了,对美的挚爱非但未减,却是与日俱增。

旗袍拍照,激发了每一个姐妹压抑了很久的激情,激活了蕴藏在心灵深处的青春活力。这一刻我们的情绪到达了沸点,用沸腾两字形容,一点儿不逊色。

五

2018 年 3 月 8 日,这一天,曾经在妇联工作过的 19 名女干部,在家乡的韩王府大酒店相聚了!这是我们离开妇联岗位之后的第一次聚会,是我们退休之后,在记忆的过往里,最令人难以忘怀的岁月和情谊。

这一天从威海、沈阳、大庆、齐齐哈尔等地归来的姐妹们,欢聚一堂,只为了这次聚会,只为了妇联情怀,只为了那段工作结下的情谊。一个个感人的情景让人心里暖暖的。

从沈阳回来的李菊梅,提前发来一箱军中茅台白酒,3 月 8 日早上 5 点在泰来下火车,为了不惊动我们,她只准年轻一些的周玉琴去接站。小周让老公开车头一天晚上就来到县里。

促成这次聚会的是 82 岁的杨秀文老前辈,她是我们的老领导、恩师、榜样。当老人家来到酒店的客房时,姐妹们一拥而上,把老主任紧紧抱住,拥抱着,亲近着,争着和老领导合影。

宋顺琴,在家看孙子,好不容易安排好了,准时来到会场,乐的闭不拢嘴。

于宝珍多年身体不好,从来不参加任何聚会。这次老妇联聚会,她积极报名参加,累了就休息一会儿,热了就找凉快地方放松一下。谁都不想错过这次难得的聚会。

有几位远在南方的姐妹们不能回来参加聚会,她们分别发来微信红包,表达自己参与聚会的一份心意。还没等聚会开始,就收到了五位姐妹的 1 000 元的赞助款。人未到,心意到了。

酒店的领班被我们的欢乐气氛感染了,她把我们请到三楼礼仪大厅,说道:"各位阿姨到这里拍照吧,有 T 台,有布景,宽敞明亮。"

我们请来的摄影师徐国强也被我们的情绪感染了,他不仅认真地拍照,还兼做导演,指点我们怎么样摆出各种姿势,忙得满头大汗。

心 田

集体合影、小群体合影、个人拍照，旗袍秀足足拍了近两个小时。

俗话说："仨女一台戏。"我们 19 位女士，就是一场大戏。这场大戏的主心骨，也是我们的核心就是杨秀文主任。年过八旬，身板硬朗，精神矍铄，英姿不减当年。

当我们围坐在圆桌前，开庆祝会的时候，杨主任第一个起身祝词，她老人家不用写稿，全凭自己即兴演讲。条理清晰，句句铿锵。她说："我们聚会有三个内容，一是庆祝我们的节日'三八'国际劳动妇女节，这是一个伟大的节日，作为曾经的妇联干部，要永远庆祝这个节日。二是，有些姐妹们回到家乡来聚会，一定要看看家乡的新变化。家乡的山更青，水更蓝，发生了天翻地覆的变化。这里有我们的汗水，我们要为家乡的巨变感到骄傲和自豪。三是，也是最重要的是，我们的祖国强大起来了！2018 年是全面落实党的十九大提出的各项任务的开局之年，是走进新时代的起步之年。我们作为一个中国人感到骄傲和自豪！祖国的强盛有我们女性的一半功劳！我们生活在这太平盛世的年代，一定要好好的生活，幸福的生活，潇洒地生活，乐乐呵呵地生活！活一个寿比南山心不老，天长地久常聚首！期盼着，明年再相聚！"杨主任一席话，赢得了姐妹们热烈的掌声和欢呼声。老领导，永远是我们的楷模，永远是我们的带头人！耄耋之年不落伍，与时俱进，值得敬佩，值得尊重。

在极度热烈的气氛中，原县妇联主任、原县妇联干部、原乡镇妇联干部、原县妇联执委各方代表祝词，在李菊梅代表外地回乡的妇联干部祝词时，她有一个令大家意想不到的举动，为以杨主任为首的我们三任县妇联主席赠送礼品，当她把漂亮的丝巾披在我们三人身上的时候，直觉的一股热流涌遍全身，心里滋生出一种甜甜的感觉，面对大家热烈的掌声，我们三人起身向大家的致意。谢谢菊梅，谢谢各位姐妹们的一片深情！

我们的老领导总是惦记这些姐妹们，她自己出资给参加聚会的姐妹们每人一个漂亮的手包。当我们拿到这份礼物的时候，心里感到沉甸甸的，这是老一代的厚爱，是老领导的深情，是老人家的激励与重托。犹如回到当年，得到老领导的言传身教，呵护关爱、提携重用一样的温暖、幸福。

离开妇联这个岗位接近三十年了，我们的巾帼情却一天都没有离开过。这种情感在每个人的内心深处滋生，繁衍，犹如陈年老酒，经过岁月的沉积、酿造，愈加绵厚醇香。

军中茅台白酒的爽冽，美味佳肴的馨香，升腾着我们的激情；频频举杯，祝福我们的情谊源远流长；发自肺腑的话语，燃烧着每个人的情怀；悠扬的歌声，唱响了我们的心愿；欢快的舞步，尽情挥洒着我们的本真；经过岁月淬炼的巾帼情，激励着我们快乐生活的信心!

聚会虽然短暂,却深深地凝聚了妇联情谊,留下了回味悠长的美好瞬间。人心不老,情谊永存。用我们内心的美丽,装扮我们美好的形象,让青春之光,辉映我们退休生活的每一天!妇联情,巾帼情,一生情!

2018 年 3 月 26 日

五十年礼赞

草木葱茏,稻谷飘香的 7 月,被一场接一场的聚会,装点得更加绚丽。这是一个美丽的夏天,一个忙碌而快乐的夏天。忙忙碌碌中,心情是激动的,欢乐的,幸福的。

有人不解地问:"今年怎么这么多的聚会呢?"是的,今年的聚会比任何一年都频繁而且隆重有加。只有经历过半个世纪前那个年代的人,才能理解这些聚会的缘由和深远意义。

让思绪穿越时空,再回到 20 世纪 60 年代中期,曾记得 1968 年,是不寻常的一年。那一年全国的三届初、高中(66 届—68 届)毕业生同时毕业;那一年有一部分毕业生参军入伍;那一年绝大多数毕业生上山下乡。

时光荏苒,岁月如梭。今年 2018 年,正是老三届学生毕业 50 周年,参军 50 周年,下乡插队 50 周年。

50 年,半个世纪的光阴,一个人一生的大半过去了。50 年,我们从懵懂少年成为下乡知青、参加工作、成家立业直至退休。历经了人生青年、中年、老年三个阶段。

曾记得,下乡 20 周年聚会时,我们还不到 40 岁,正是精力充沛、事业有成的年代,我们健康、向上、拼搏。

曾记得,下乡 40 周年聚会时,我们还在工作岗位上,但是已经有人掉队了。

如今,毕业 50 周年,下乡 50 周年,大都年近古稀或超过古稀之年,进入老年行列了。耳朵不再聪灵,眼睛不再敏锐,步履不再轻盈,青春早已被岁月夺走,精力早已交给光阴。可是,在我们的心中有一个印记是那么的刻骨铭心。那是难以忘怀的、难以磨灭的、难以淡化的——我们的青春,我们的芳华,我们的绚丽,献给了广阔天地——阿拉新村。特殊的青春岁月留下了可以回忆一生的记忆。

每当我们相聚的时候,仿佛回到了十八九岁的时光,知青情随着岁月的更

| 145 |

替,越来越厚重,越来越绵长。

当年下乡的日子,成为我们说不够的话题。知青情已经注入我们的灵魂,成为生活的重要组成部分,时刻萦绕在我们的脑海,陪伴在我们的身边。这种情感唯有知青之间才能互相理解,互相珍重。

50年过去,我们雪染双鬓,但神采依然。看!知青点点长的讲话依然充满豪情,依然活力四射,依然激动人心!看!知青的笑靥依旧纯净无瑕,依旧欢愉绚烂,依旧一往情深。看!知青们的诗文,充满青春活力,充满豪迈的激情,充满向上的正能量。

我们无悔。青春岁月的淬炼,让我们懂得生活的真谛;青春岁月的见识,让我们学会坚韧;青春岁月的磨砺,让我们懂得珍惜。我们涵养了一种精神,那就是最能吃苦,最能奋斗,最能忍耐,最能奉献。我们走过来了,走过青春岁月,走过春秋冬夏,走过风霜雪雨。领略了大自然的神奇,领略了人生规律的不可抗逆,领略了生命的绚烂与珍贵。

同学情、战友情、知青情,互相渗透,相互融合,凝成了一种胜似亲情的情感。每每相聚的时刻,总会激情澎湃。尤其随着年纪的递增,更加珍惜聚会的机会。感谢网络平台,给人们建立了最便捷的联络方式。纵使在天涯海角,却如身在咫尺。感恩时代的速度发展,感恩社会制度的优越。为老年人创造了优越的生活环境,闲适的生活空间和健康的体魄。

回想下乡50周年聚会的前后,仍然兴奋不已。酝酿着,设计着,筹备着。聚会的时间一经发出,天天有报名参加聚会的消息。居住在齐齐哈尔的几位老知青提前回到县里着手聚会的准备工作。秘书长石松林家的店面成为老知青聚会的办公室,天天有人来报名、交款、议事。因故不能回来聚会的,天天查看老知青微信群的动态,与聚会的知青们互动,写诗,写感想表达心情。参加聚会的知青们发照片,发视频,在群里同欢乐,同高歌,互动气氛达到高潮。

50年,多么厚重的岁月;50年,多么难得的聚会;50年,我们携手同行。让我们举杯同贺,欢呼高歌!为知青干杯!为青春干杯!为50年后聚会干杯!

50年,依然是我们的芳华!知青不老,青春永在!

2018 年 8 月 6 日

报告文学

唤醒历史的记忆

——江桥抗战纪念馆建设纪实

滚滚嫩江水,年复一年地流淌,它像一部史书,记载着历史的沧桑。

当你徜徉在泰来县江桥抗战遗址的十里观江大道上,眺望嫩江大桥,眼前一定会浮现出 84 年前那场震撼世界的战斗场景,刀光剑影,血雨腥风。1931 年 11 月 4 日,抗日将领马占山打响了现代史上中国军队有组织有规模抗击日本侵略者的第一枪,并向世界证明了中华民族不畏强暴,勇于抗击外辱的爱国主义传统。当你走进江桥抗战纪念公园,策马凝视的马占山铜像映入眼帘,似乎他刚刚从战火硝烟中走来,"以一旅之众,首赴国难"的不屈不挠抗击日本侵略者的怒火在胸中燃烧。公园内那座如利剑般直刺青天的江桥抗战纪念碑,凝聚着无数个为反击日本侵略者而献出血肉之躯的抗战先烈的英魂。馆内展出的一件件物品,一帧帧图片,让你深刻地感受到中国军队抗击日本侵略者的壮志豪情。庄严、古朴、肃穆的江桥抗战纪念馆伫立在嫩江南岸,伫立在人们的心间!

让思绪倒流,再回到十几年前,那些鲜为人知的故事,如今说起来,让人感动,令人敬佩。我们不能忘记那些为建造江桥抗战纪念地而付出艰辛的有识之士,他们用自己的胆识为江桥抗战这段历史建造了一座丰碑。

久远的梦想

早些年,人们对于江桥抗战知之甚少,唯有搞历史学术研究的人们,才会潜心研究那段历史,还有居住在泰来县江桥蒙古族镇的人们关注那段历史。1987 年,江桥抗战遗址被齐齐哈尔市人民政府列入市级文物保护单位,在江桥的铁路桥边立了一块 1.5 米高的石碑,上面刻有"江桥抗战遗址"字样。这是唯一可以体现江桥抗战纪念的石碑,占地面积只有几平方米。每每有慕名而来的关注江桥抗战的人们,只能在这个不起眼的纪念碑前望江兴叹,想进一步了解江桥抗战的内涵和重要历史意义,只有通过一些历史资料去探寻了。何时建造一座可以展示江桥抗战历史的纪念馆,这是泰来县江桥镇人们心中的一个久远的梦想。

机会总能给有梦想的人一个希望,给有准备的人一个惊喜。1998 年,一场百年不遇的大洪水使泰来境内的铁路受到严重损坏,江桥镇境内的铁路桥桥墩受到趸船的冲击,产生裂痕。1999 年,铁路部门决定重新修建嫩江铁路大桥。在规划铁路新桥时,江桥抗战遗址纪念碑需要迁走,经过建桥单位的测算,补偿迁移费 21 万元。这个消息让江桥镇党委镇政府的领导们兴奋不已。面对这笔钱款,他们也有过犹豫,在县级、镇级财政十分拮据的情况下,是暂时挪用发展经济还是全部用于江桥抗战纪念碑的重建,对于时任的领导们是一个考验。经过反复思考和斟酌,还是决定不能挪用这笔专款,应全部用于纪念碑的建造。这一年江桥抗战遗址被黑龙江省人民政府列为省级文物保护单位。文物保护等级的晋升,让江桥镇的党委和政府更加坚定了信心,为桥抗战这段历史建造一座丰碑。

2000 年,时任县委书记杨树清亲临江桥镇,与镇领导一起踏查选址,最后选定江桥中学校园(当时学校已经搬迁)为建造纪念碑的最佳地址。这里地势高,开阔,交通方便。2001 年开始由时任镇党委书记胡德文牵头,镇长苏桐庆、人大主席团副主席包长玉等人组成了专门领导班子,制定建碑规划并分步实施。

从赤峰运来建碑的石材,一块高 7 米的形同利剑的花岗岩石,请民革中央副主席周铁农题字:"江桥抗战纪念碑。"石碑竖立在校园内,同时开辟绿地,种植树木、花草,地面硬化。建造大门,门上题有"江桥抗战纪念公园"鎏金大字,占地面积 3 万平方米的江桥抗战纪念公园初见雏形。

在恢复重建纪念碑的过程中,党委书记胡德文开始潜心研究江桥抗战这段历史,他被江桥抗战的精神所感动,被英烈们的壮举所震撼,他也为自己家乡有这样的历史而感到自豪。由此萌发了发掘江桥抗战文化,弘扬江桥抗战精神,用江桥抗战提高江桥镇的知名度,吸引外地客商来江桥投资兴业,推动江桥经济快速发展的想法。他把自己的想法与党政班子沟通,得到了大多数人的拥护,他们萌生了一个强烈的愿望:通过建纪念园,扩大影响,提高江桥的知名度,为官一任,造福一方。让先烈们用鲜血和生命换来的大好江山更加富饶美丽,让江桥镇人民的生活更加富庶。于是他们把这个心愿用 14 个字体现出来,并把这 14 个字镶嵌在公园最醒目的地方:"让世界了解江桥,让江桥走向世界!"初步形成了"以碑招商,发展江桥"的理念。

2001 年,省人民政府参事、齐齐哈尔市政协副主席、民革齐齐哈尔市委主委伊忠义,带队来到江桥镇视察少数民族乡镇经济发展情况,胡德文在汇报工作时,提到了"抓文化,促经济","发掘抗战文化,以碑招商"的具体想法。正巧伊主席所在的党派就是负责国民党的这些工作,看到江桥镇党政班子能尊重抗战史实,发掘和弘扬江桥抗战精神,特别激动。尤其参观了江桥抗战纪念公园后,感慨万千,立即向市政协和市委领导汇报,得到了市委、市政协领导的重视和支持。

有了梧桐树,引来凤凰鸟。江桥抗战公园的建立,像一股劲风吹遍了省内外,以一种神奇的力量,吸引了社会各界的关注和青睐。建园当年,民革中央副主席周铁农等领导前来参观,给予充分肯定和支持。2002 年,中共齐齐哈尔市委、市人大、市政府、市政协的领导前来参观,并根据市政协副主席、民革市委主委伊忠义的请求,将爱国志士伊作衡的纪念碑移到江桥抗战公园,并拨付建碑专款 27 万元。同年,马占山将军的嫡孙马志伟携家人前来参观,拿出 3 万元赠给纪念公园。2004 年 8 月 15 日,马占山将军铜像揭幕仪式暨"江桥抗战"纪念邮票首发式在江桥抗战纪念公园举行。全国政协常委、民革中央副主席李赣骝及省民革主委、省委宣传部领导,马占山将军嫡孙马志伟等出席。2005 年,抗日将领苏炳文的纪念碑移至江桥抗战公园,并由黑龙江省民政厅拨专款 35 万元,建立了苏炳文将军纪念碑。随着马占山将军铜像的落成以及这两位爱国志士纪念碑的建立,江桥抗战公园的建设也日趋完善。吸引了来自县内各部门以及省内、国内有关人士的关注,纷纷前来参观。2005 年 8 月,黑龙江省作家协会、诗词协会在江桥镇举办了"反法西斯战争胜利 60 周年暨江桥抗战 74 周年江桥诗词笔会",来自全省各地的 100 多名诗词爱好者,写词、诵诗,缅怀先烈、歌颂江桥抗战的爱国主义精神。各种纪念活动的开展,使江桥的知名度逐步提高,缅怀抗日将领,祭奠抗日英雄的活动越来越多。泰来县江桥镇的人们多年的梦想终于得以初步实现。

执着的追求

2004 年,在江桥抗战纪念公园召开世界反法西斯和江桥抗战研讨会,需要办一个江桥抗战图片展览,因为没有展馆,只好在还未拆除的教室里举行了一次图片展。这次图片展使江桥镇党委政府更加坚定了抓江桥抗战,发展经济的信心。同时,他们萌发了建设江桥抗战纪念馆的想法。

江桥镇党委向县委常委会议提出了建造纪念馆的报告,经县委常委会议讨论决定:建造纪念馆是功在当代利在千秋的事业。虽然县级财政和乡镇财政十分拮据,但是对于江桥抗战纪念馆的建设刻不容缓,多方筹集资金,建设江桥抗战纪念馆。江桥镇党委和政府按照县委的决策,展开了建造纪念馆的工作。

正在紧锣密鼓地寻找筹资门路的时候,出现一个意想不到的困扰,齐齐哈尔市一个行政区也争着建江桥抗战纪念馆。在市委召开的会议上,市政协副主席伊忠义直言相谏:江桥抗战发生在哪里,纪念馆就应该建在哪里,江桥是唯一的选择!最后市委决定在泰来县的江桥抗战纪念公园内建造纪念馆。

有市委、县委的重视支持,江桥镇党委和政府的领导们,有了压力,也有了动力。他们多次到市政府、省政府汇报项目。刚开始有些人对这个项目不感兴趣,当时,各县跑项目都是发展经济方面的项目,建纪念馆这样的项目基本没有,加之有的人对民革这个党派知之不多,对江桥抗战那段历史了解不够,所以,相关部门对这个项目的确立缺乏可参照性,立项的阻力很大。这些困难没有压倒他们,开弓没有回头箭,千难万难也要闯这个关!

2005 年 5 月,在资金没有着落的情况下,江桥抗战纪念馆破土动工,由施工单位先行垫付工程款,一边施工,一边筹集资金。没有钱跑项目,镇党委书记胡德文把准备给孩子上学的钱拿出来先垫上。他们奔走于国家、省市县各相关部门。他们顶着压力,坚定信念,不达目的不罢休。终于有了效果,经一位省委副书记协调到资金 135 万元。

他们请马占山的嫡孙马志伟出面协调,由市政协副主席、民革市委主委伊忠义牵头,由县委副书记郭宇航和镇党委书记胡德文参加,直接到民革中央汇报。2005 年 10 月,几经周折终于得到民革中央的认可,他们直接到山西太原与时任全国人大常委会副委员长、民革中央主席何鲁丽见面,汇报建馆事宜。领导们的真诚得到了民革中央的重视和支持,何鲁丽主席直接与中宣部联系,特批给泰来县江桥镇建造抗战纪念馆专项拨款 200 万元,并由黑龙江省发改委立项,由省委宣传部对项目进行调研,做出可行性报告,报给中宣部核准后,再行拨款。

资金仍然有缺口,他们又先后三次见周铁农副委员长,多次到省政府参事室、省委统战部和民革省委汇报建馆情况,并得到各部门的大力支持,共筹资 830 多万元。纪念馆于 2007 年 10 月竣工,共三层,建筑面积1 522平方米,展厅 800 多平方米。纪念馆的陈列设计大纲经中宣部、中共党史研究室组织史学家审查通过,在东北烈士纪念馆的支持下,馆内陈列了近三百件江桥抗战将领使用过的实物、抗击日军用过的武器、侵华日军的物证和大量珍贵图片。历经三年时间,终于在 2008 年 8 月 14 日举行了"庆祝齐齐哈尔市第二届和平节即江桥抗战纪念馆开馆仪式",全国人大常委会副委员长、民革中央副主席周铁农,全国政协常委、民革青海省委主委、马占山嫡孙马志伟,民革省委、省委宣传部、市委、市人大、市政府、市政协以及县里四个班子领导参加了开馆剪彩仪式。

经过三年苦战,一个初具规模的江桥抗战纪念馆如一座丰碑在嫩江南岸昂然挺立,它以自己独特的姿态重现江桥抗战不朽的史实,展现出"为国家争国格,为民族争人格,不当亡国奴"的江桥抗战精神,昭示后人不忘国恨家仇,不让历史的悲剧重演,弘扬爱国主义精神,建设祖国大好河山。

丰厚的硕果

江桥抗战纪念馆,是全国唯一一个乡镇级的开放式的主题展馆。纪念馆就像一部史书,记载着1931年11月那段震撼世界的战争史实;它像一颗耀眼的明星,吸引着国内外的有识之士前来参观;它又是一张亮丽的名片,展示了江桥蒙古族镇独有的魅力。它本身的意义在于厚重的民族精神和伟大的爱国主义精神。它本身产生的价值是不可估量的。

2005年,江桥抗战纪念公园分别被中共齐齐哈尔市委、市人民政府,中共黑龙江省委、省人民政府列为爱国主义教育基地、青少年爱国主义教育基地。

2009年举办了"东北地区中日关系研究会暨江桥抗战学术研究会年会"。同年,接待民革中央"关于江桥抗战二期开发项目调研汇报会"。

2010年,江桥抗战纪念馆被纳入第二批全国红色旅游纪念地。从这时起纪念地的地位提升,得到的项目款也接踵而来,国家14部委联合下发文件,当年就得到1 000万元的项目款,几年时间得到的项目款达5 000多万元。这些款项不仅充实了纪念馆的建设,江桥镇的小城镇建设标准也得到整体提高。

从2010年开始,每年的"九·一八"与全国同步鸣响警钟,中央电视台派出记者到现场采访报道。这一年纪念馆被评为"黑龙江省100个最值得去的地方"。

2011年,举行了"齐齐哈尔市第五届和平节暨江桥抗战80周年江桥现场会"和"走抗战路,铸民族魂"泰来行活动。

2012年,举行了"勿忘九·一八,弘扬江桥抗战精神暨纪念反满抗日志士伊作衡诞辰100周年学术研讨会"。

2013年,举办了纪念"九·一八"82周年活动,中央电视台《朝闻天下》栏目现场直播。同年,江桥抗战纪念馆被晋升为国家4A级旅游景点。

2014年,举行大型国画历史长卷《浩气长流》画册捐赠仪式,全国政协相关领导与辛亥革命元老的后人前来参加捐赠仪式;中东铁路西线红色文化之旅——九·一八重走抗战路,大型户外穿越纪念活动在纪念公园举行,中央电视台《新闻直播间栏目》进行了报道。

2015年,承办了全国博物馆建设现场会。全国红色旅游故事会大赛黑龙江分赛区。中央电视台"东方战场"纪录片第一集在江桥拍摄。电视剧《血战嫩江桥1931》在观江大道举行开机仪式。同时台北记者考察团来江桥抗战纪念馆参观。几年来纪念馆承办了国家级的会议、赛事、研讨会以及红色旅游启动仪式等多项活动。

从体制管理上,泰来县委、县政府确定纪念馆为事业单位,核定事业编制,向社会公开招聘纪念馆工作人员。镇里选调有责任心,会管理的干部担任馆长。纪念馆纳入县财政开支,每年拨付养护资金37.5万元。2015年,县政府拨款140余万元,用于纪念馆布展升级、设施更新和日常维护。

泰来县委、县政府把江桥抗战纪念地作为一种文化来培植,列为泰来四种文化之一,即"抗战文化"。同时,正在申报国家级爱国主义教育基地和国家级文物保护单位。

最让人期待的是,江桥抗战纪念地的二期工程已经在国家发改委申报立项,可望投资1.5亿元,这个项目的实施,将会更全面地体现江桥抗战的具体场景,江桥镇也会同时建成"滨水宜居,抗战文化,蒙古风情,生态产业"特色的全国著名的红色旅游小镇。

江桥纪念馆开馆以来,接待参观人员达20余万人次。

这些数据,体现了江桥抗战纪念馆充分发挥了爱国主义教育基地,红色旅游纪念地的独特优势,不仅仅是精神建设的载体,而且有力地拉动了当地经济发展,取得了显著的效果,带来了新变化。

江桥镇的知名度提高了,真正实现了"让世界了解江桥,让江桥走向世界"的夙愿。江桥镇的人气旺了,来自国内外的游客络绎不绝,来自国家、省市的领导、知名人士越来越多,组织、参加全国性的赛事越来越多;江桥镇的经济发展速度加快了。不论是争取项目还是招商引资,国家、省市各部门,各地客商都优先考虑江桥。近十几年,先后有工业、建材、粮食、经贸、餐饮、旅游等行业投资兴建实业,累计投资超亿元。最近,乌江铁路(乌兰浩特——江桥)物流园区原本拟在内蒙古自治区境内建设,只因为江桥是红色旅游纪念地,把园区建在江桥镇,投资可达15亿元。

十几年过去了,泰来县和江桥镇的党政班子经过几次调整,历任的领导们一如既往地重视支持江桥抗战纪念馆的建设和发展。江桥抗战纪念馆,从无到有,从小到大,离不开县、市、省及国家各级领导的重视,离不开各级民革党派的关怀,离不开宣传部、发改委、文体局以及各相关部门的全力支持,离不开江桥抗战学术研究会的大力支持,更离不开那些热爱家乡,关注历史,为弘扬民族团结和爱国主义精神默默无闻、无私奉献、可爱、可敬的有识之士!

嫩江之水奔流不息,抗战精神代代相传。84年后的今天,江桥镇由一个贫瘠落后的小村镇,变成了生态型的富饶美丽的鱼米之乡,文化之乡,红色旅游纪念地,爱国主义教育基地,以新的姿态名扬天下!这些足以告慰为反对外来侵略而牺牲的先烈们的英魂,足以教育后人热爱家乡、热爱祖国,为建设更加美丽、富庶、和谐的幸福家园而努力。

(撰写此文之前采访了胡德文,并得到江桥抗战纪念馆的大力支持。在这里一并表示感谢)

2015年8月2日

塔子城情结

塔子城是泰来县内的国家级文物保护单位。它始建于辽代,历经辽、金、元、明、清、民国至今有千年的历史,原来叫绰儿城,因在城西南1.5公里处有一座六角密檐攒尖青砖塔而称作塔子城。

说起塔子城,有着好多的情结。

年纪还小的时候,由于历史传说的关系,对于塔子城有一种敬畏感。尤其是对于那座早已颓圮的塔特别的神往。在图片上看到了那座底座已经风蚀的塔,感到特别的神秘,猜想着,那座塔一定有着不寻常的故事和传说。它历经近千年的风雨侵蚀,见证了烽火硝烟的弥漫和金戈铁马的驰骋。然而除了那幅照片,知道的东西很少。越是了解的少,越增加了神秘感。

由于亲缘的关系,对于塔子城有一种亲近感。我的姥姥家是塔子城人,我结婚以后,婆家也是塔子城人,我俨然成为半个塔子城人了。有时候陪着婆家人去塔子城寻根,到城里转转,到城墙上走走,到故居所在地看看,与老邻居聊聊,听他们讲儿时的趣事,感到特别的亲切。

20世纪80年代初,在妇联工作时,我经常下乡到塔子城,那里的农村工作在全县是标兵,也是县委领导的点,妇女工作开展得也很好。记得有一次是大雪天,我和同事住在镇政府的招待所里,大约晚间 21 点多了,镇里的主要领导带来一位蒙古族的小女孩,让她和我们住在一起。原来她是内蒙古扎赉特旗人,由于下雪天自己出来玩雪迷路了,走到了塔子城,正巧被镇党委书记遇见了,便把她先安排住下,问清情况再和她的家人联系。那个小女孩一点也不沮丧,还用生硬的汉话和我们聊天,她说:"大打拉嘎真好!"还伸出大拇指赞赏的意思。我们听不懂,还是那位书记明白,他说:"打拉嘎。"是大官的意思。这件事情给我留下深刻印象。在这里不仅觉得土亲,人也亲切啊!

到了 90 年代初,我到政府工作,分管文化,对于文物保护有了近距离接触,对塔子城的历史地位和价值有了进一步的了解,生成一种责任感。

当我看到夯实的城墙土层,设在四个城门的瓮城和塔子城内的刻着莲花的汉白玉石柱底座和破碎的琉璃瓦片时,深深被历史遗留的实物震撼了。这座古城历史悠久,是一座有历史研究价值的古城,是一座有待进一步挖掘、开发的古城,是一座有待弘扬历史文化的古城! 可是塔子城只是省级文物保护单位,加之地方财政收入有限,没有管理维护能力。当时面临两个难题:一是管护工作难度大,没有专人、没有经费,加之人们经常到城墙取土,破损程度与日俱增。二是申报进入国家级文物保护单位难度大。对此,一方面我和县文化局的领导们经常去检查督促,加强城墙的维护工作,另一方面积极和省文物管理部门争取申报国家级文物保护单位,只要进入国家级文物保护单位就会有相应的政策和经费,古城的维护就有了保障。那时候条件极其有限,时任县文化局长张玉莹带领文管会的同志们,借用建筑公司的吊车去拍照片,录制塔子城的全景,费了好大的劲,效果还是达不到省里要求的标准。申报国家级文物保护单位的工作成了县、镇政府和文管会的一个遥远的梦。

历时十几年,终于经过几任县、镇、局领导的努力,在 2006 年的 5 月 25 日,塔子城被国务院批准为国家级文物保护单位,得到了国家的重视和支持。为了扩大对塔子城的宣传,提高知名度,时任的党委书记和镇长积极征集资料,由包乡镇的领导,市政协选派的挂职干部黄松任主编,出版发行了《塔子城考记》。这本书,不仅仅是对塔子城历史的考证,为发掘、弘扬塔子城历史文化,创造了一个良好的开端,奠定了坚实的基础。

随着县域经济的发展,县委、县政府更加重视文化建设,塔子城作为辽金文化被纳入泰来县四种文化之一,县财政投资 1 300 万元,于 2012 年 5 月开始建造塔子城遗址博物馆,本年 10 月竣工,经过 8 个月的内装修和布展,于 2013 年 6 月正式开馆。同时建造了塔子城辽金文化景区,青色的仿辽塔伫立在广场上,成为景区的一大景观,让千年古城重放光彩,让历史钩沉熠熠生辉。塔子城成为黑龙江省第一批历史名镇,乡村旅游示范基地,国家 AAA 级旅游景区。每年接待参观人数超万人。各地历史研究爱好者和旅游爱好者纷纷前来参观。从此,这座默默无闻的古城走出千年的雾障,凸显出古文化独有的光彩,昭示着塔子城这块宝地乘着改革开放的劲风,走出禁锢的城墙,走向全国,走向世界。古城新韵,再展新姿!

当我走进塔子城遗址博物馆的时候,被馆内的画卷、雕塑、文物深深地吸引住了!似乎穿越千年,看到辽、金时代的腥风血雨,拓荒者的艰辛耕耘,古城建造者的智慧和技艺。这些出土的文物,是历史的见证!那块辽《大安七年残刻》碑碣证明了千年前就有汉人居住此地,并为抗拒水患而修堤建塔;那颗辽金泰州"大辽行省委差句当印"让人们仿佛又回到那"金鸟斜落炊烟竖,辽雁平飞古道横。蒙古骑兵萧沓过,满洲迁部轧压行"的画卷之中。展出的图片又让人们目睹清末时期这里残垣断壁,杂草丛生,城外荒芜,"登城望古塔,金邦旧都城。村烟无佳景,四野草青青"。的景象。

往事越千年。新中国成立以后的塔子城成为商品粮生产基地,盛产玉米、杂粮、杂豆,还有闻名省内外的塔子城白酒、蔬菜。改革开放以后,塔子城成为杂粮集散地,尤其是绿豆已经形成产销一条龙,绿豆经销经纪人队伍应运而生,在北京、河南、河北、广东等地都有了固定的客户和市场。

经济的发展促进了辽金文化的振兴,辽金文化又给塔子城的经济、文化发展开辟了新的广阔天地。相信在不久的将来塔子城必然成为经济腾飞,历史文化快速发展的新兴的旅游城镇,中国历史名镇。塔子城将成为泰来人的骄傲!

2015 年 10 月 10 日

平洋印象

一

平洋,是一个人的名字,一位将军的名字;平洋,是一个村的名字,是一个乡镇的名字。把一位将军的名字与一个村镇的名字融合起来,就是历史的见证,是缅怀,是敬仰,是弘扬;一位将军的名字与一个村镇的名字融合在一起,是荣耀,是骄傲,是无形的助推力,势必会迸发出无穷的力量,震撼人心,激励斗志,促进经济、文化蓬勃发展。

泰来县平洋镇、平洋村,就是这样一个具有悠久的历史和深厚的文化底蕴以及党的地下组织活动中心的革命老区。

我知道平洋这个名字,年纪尚小,只有9岁(1959年)。因为我的姥姥家在平洋居住,每逢寒暑假,我和二妹结伴儿去姥姥家住几天,然后再背回点儿倭瓜、豆角或者青苞米。

那时候去平洋坐火车五角钱一张票。下了火车,顺着那条主街一直往北走,路过供销社,快到城边了,姥姥家就到了。姥姥家住在公路的东侧,后来又搬到西侧,我只知道离平洋大队不远。

暑假时,姥姥带着我们到自家的园田地里摘豆角,天气炎热,蚊虫叮咬,汗流满面,虽然挺难受的,看着大地与蓝天,绿油油的庄稼,还有蝴蝶、蜻蜓飞来飞去的,特别的开心。尤其姥姥家小院子里种了好多花,我特别喜欢。当朝阳升起,我们就踏着露水玩儿,任凭露水打湿裤腿。等到天边晚霞铺满西边的天空,我们就在院子里尽情地玩耍。在平洋镇的铁道东侧,有一大片草地,那里开满了黄花,姥姥告诉我那是黄花菜,不等花开就摘下来,晒干后就是最好吃的干菜。我望着连天成片的黄花,心里思忖,这么多黄花,怎么就没有人来采摘呢?可见那时的生态环境是特别的好。

在平洋镇的道西有一家照相馆。记得一年夏天,妈妈买了一大块花布,金黄色底儿带粉红色花,给我和二妹每人做了一件制服布衫,穿在身上特别好看。只是做的略大了一些,布衫长的都快到膝盖了,妈妈就把长出那块缝到里面,等我们长高一点儿,再放出来。我和二妹穿着这件新衣服在那家照相馆照了一张相,至今我还保存着这张照片。

平洋街里很繁华,街道从南到北得有三四里地长,街道中段两侧都是各种店铺。小舅带着我们去那些店铺里溜达玩儿,虽然什么也不买,也愿意去看看热闹。有时候晚上还可以去剧场看二人转、拉场戏呢。

到了寒假,我迫不及待地要去姥姥家,一到姥姥家就闻到一股艾蒿的清香味,那是悬挂在挂衣服的竹竿上的火绳,用艾蒿搓成的一盘一盘的绳子,姥姥就用它点烟。姥姥家的火炕上有一个火盆,一个自己用牛皮纸糊的烟笸箩,里面是自己家产的旱烟。姥姥喜欢抽烟袋,每当抽烟的时候,就会盘腿坐在炕头上,伸长胳膊,把烟末揉在烟袋锅里,点燃后,慢慢地吸,然后就开始给我们讲故事或者前后邻家的趣事,那个样子特别的享受。我们还可以品尝黏豆包、年糕饼等好吃的,回来时也要带回一些。

在姥姥家过寒暑假,给我留下了深刻的印象,一直到今天,想起来就觉得特别的美好,有时候在梦中又回到了那充满艾草香的姥姥家。

上中学以后,就很少去姥姥家了,后来姥姥去世,我们基本就不去姥姥家了。但是,每逢出差路过那里,总要找一找过去的影子,在心里体会一下儿时的感觉,一种亲切感在内心深处升腾着。

二

等我年纪稍长一些的时候,才开始注意泰来火车站前小广场上矗立着的张平洋将军纪念碑,才知道平洋公社、平洋大队原来是以张平洋将军的名字命名的。记得那尊纪念碑造型十分古朴庄严,四周有绿树围绕,是泰来的一大景观,每逢清明节,少先队员们就会排着整齐的队伍来扫墓、祭奠。后来县政府扩建了站前广场,重新修建了张平洋将军纪念碑,这座纪念碑特别的高大,四周有水池围绕,还有假山石映衬,各种树木花草郁郁葱葱,人们都喜欢到这里拍照、休憩。路过的人们也会停下来,仰起头来读读碑文,是一个爱国主义教育的好去处。张平洋将军的名字被广为流传,他为革命壮烈牺牲的精神鼓舞着一代又一代泰来人。

据资料记载:平洋公社原来叫五庙子。张平洋将军 1940 年被党组织派到这里开展党的地下工作,组织发动群众开展革命活动,并建立了人民自卫军。反动势力如坐针毡,设法暗杀行刺,1945 年 11 月 28 日,张平洋被"维持会"的人枪杀,壮烈牺牲。1946 年 2 月,泰来解放后,党和人民为了纪念张平洋将军,把他生前战斗过的五庙子乡,命名为平洋乡,后来改为平洋镇。并于 1946 年 10 月 10 日,在泰来站前广场上修建张平洋将军纪念碑,又于 1977 年 7 月 1 日改建。

平洋镇历史悠久和文化底蕴深厚。20 世纪 60 年代初,泰来县城只有泰来一中、泰来二中两所中学,泰来三中就设在平洋镇,十里八村的学生都来这里读初中,这里有着良好的教育基础和环境,师资力量比较雄厚,培养出了不少人才。

平洋镇有着很好的民俗文化,很早的时候就有自己的小剧团,经常有戏剧演出。

平洋镇的永发村崇尚尊老敬老的美德,学习四里五曙光村的经验,创建了老人节,每年的 7 月份给全村老年人过节,表彰奖励好儿媳和好公婆,举行集体聚餐,十分热闹。在尊老敬老方面为全县做出了榜样。

三

2007 年 11 月 16 日,泰来县委 14 届 14 次常委会议,讨论决定由我兼任泰来县革命老区促进会会长。按照省、市老促会文件要求,在县委、县人民政府主要领导的指导下,组建了老促会,成立了办公室,确定了编制、人员、活动经费和办公地点,由徐国强担任办公室主任,并着手开展工作。

2007年11月末,我有幸参加全国老促会在北京举办的"学习贯彻十七大,促进老区家庭致富大讲堂"的培训班。主要学习了党的十七大报告中提出的"一个加大,两个提高"的要求,即:加大对革命老区、民族地区、边疆地区、贫困地区发展扶持力度,提高扶贫开发水平,逐步提高扶贫标准。从全国的角度了解了党和国家对革命老区的特殊政策和扶持力度。同时也学到了全国各地开展革命老区工作的先进经验,尤其是我们就住在天安门的附近,劳动人民文化宫东侧,受到国家老促会领导们的热情接待,这些国家部委级退休的老领导,倾心老区工作的精神也深深感染了我,觉得做好老区工作特别有意义。决心认真做好泰来县的老区经济发展工作。

平洋镇是当时确定的三个乡镇中革命老区特征最显著,老区工作最有开发价值的乡镇。2008年5月6日,我们到平洋镇调研,了解了平洋镇的整个经济情况和需要从老区角度解决的问题。当时的镇领导和平洋村领导参加座谈会,提出了扩建铁东自来水与平洋村后东干线至小六队后的排灌工程。根据这些情况,我们积极做出可研报告上报市、省老促会,同时根据县委马志军书记讲话精神,提出创建革命老区的建议:在积极发展农村经济的同时要提高对革命老区建设的认识,对过去老一辈革命家领导群众开展革命斗争的事迹要给予肯定和弘扬,尊重历史,从中汲取精神力量。让当代人知道这块土地曾经发生过的英雄壮举,用历史教育后人。同时要组建镇、村老促会组织,明确任务和职责。积极开展工作,一边争取政策扶持,一边挖掘历史,撰写老区革命史。要制定长远规划,建立张平洋将军纪念广场(当时确定在学校院内),在出城口建立标志牌(类似红色热土、将军之乡的内容)。当时的镇党委政府主要领导表示:一定要提高认识,做好规划,抓好落实。

由于县老区办的积极协调,努力工作,关于平洋镇平洋村铁东自来水项目通过立项,省老促会拨专款15万元,打了一口机电井,解决了近400户老区村民吃水难的问题。我们也分享了开展老区工作的乐趣。

2008年9月我调到市里工作,离开了这个充满革命激情,传播党的温暖的工作岗位,心里真有些恋恋不舍。

最近有幸参加泰来县作协、诗协组织的采风活动,得知现任平洋镇党委、政府主要领导提出了"创建将军文化"的理念,挖掘老区革命历史,弘扬将军精神,扩大宣传,提高平洋镇的知名度。又得知即将着手创建"张平洋将军文化广场",确立"将军之乡"的标志性建筑,由县老促会与作协联手为平洋镇编辑《记忆不能忘却》(三)的专集,感到特别兴奋。尤其是杨永奎老先生提供线索,找到了当年张平洋将军开展地下活动的"老安所"遗址,又为那段历史提供了有力的物证,为进一步挖掘革命老区历史文化开阔了视野。

张平洋将军牺牲七十多年了,张平洋将军的精神鼓舞着一代又一代的平洋人,在改革开放的征程中奋勇前进。历届党委和政府,以将军精神为动力,在农村改革的大潮中默默奉献,勇敢前行。几十年来,平洋镇大力兴建水利设施,发展水稻生产,发展畜牧业,植树造林,防沙治沙,取得了显著的成效。农民人均收入明显提高,生态环境有所改善,建立了一个初具规模的小康村镇。爱国主义教育和精神文明建设成果显著。打造"红色热土,将军文化"的新理念已经形成,并且付诸实施。

时代在前进,社会在发展。历史不能忘记,红色的热土不能褪色。在不断改革开放,经济迅猛发展的今天,我们更要珍惜革命先烈用鲜血和生命换来的安宁和富庶。打造"红色热土、将军文化"的构想势在必行。打造将军文化,首先要让将军的故事深入人心,要把张平洋将军的事迹编写成小学生和中学生的乡土教材,结合思想品德教育,让在平洋出生的人和在平洋居住的人都知道张平洋将军的故事。要深入挖掘当年的历史遗迹,采访知情人,了解掌握更多的史料。每年要大张旗鼓地开展纪念活动,要把将军的事迹、生前用过的物品以及资料、图片、影像、书籍等向世人展示。要把将军文化广场或者纪念馆办成爱国主义教育基地,以革命先烈的精神教育后人,继承、弘扬老区革命精神,创建更加美好、富裕的新平洋,让将军精神永存!

2017 年 4 月 1 日

县妇联工作花絮

每当"三八"节,总爱回忆在妇联工作的日子,那份印记深深地刻在脑海,留在心田,回味无穷。

1979 年 10 月,我调到县妇联工作,一做就是 11 年。那是一段最美好的时光。在杨秀文主任领导下,工作充实,干群一心,和谐共事,开创了妇联工作的新局面,树立了妇联干部的良好形象,也培养提拔了一批优秀的妇女干部。有几件事情给我留下深刻印象。

全县妇女工作大检查

20世纪80年代初,妇联组织正处于恢复组建阶段。为了加强基层妇女组织建设,推动全县基层妇女工作的全面开展,妇联主任(当时称主任)杨秀文,有胆有识,雷厉风行,面对当时妇女工作的形势,决定组织一次全县妇女工作大检查,以此推动基层妇女工作。

当时全县一个镇、14个公社,177个生产大队。每个公社检查好、中、差三个生产大队。我们分成四个组(各乡镇妇联主任参加),每组走四个公社,12个生产大队。当时,交通工具短缺,乡村道路凸凹不平,我们坐火车或者公共汽车到公社后,就要坐拖拉机、四轮车、大马车、老牛车或者步行到大队上去检查工作,一走就是四五天,特别的辛苦。每到一处要检查大队妇代会建设、妇女参加生产情况、五好家庭开展情况等项工作。等检查结束,大家累得不行,尤其是坐四轮车的,颠得浑身肉疼,好几天都不缓解。虽然很累,但是我们深入基层,了解了妇女工作的现状,引起了各公社党委的重视。在很短的时间内,基层妇女组织建设基本完善,妇女工作也全面开展,活跃起来。我们基本掌握了全县妇女工作的基本情况。也更加佩服杨秀文主任的工作魄力。群团工作抓得这样实在,在当时是很少见的。

下乡、包村

妇联工作重点在农村。下乡开展工作是县妇联工作的主要内容。当时各公社、大队条件很差,吃住都不方便。到大队就吃住在妇女主任家里或者住队房子。说起下乡,趣事很多。一次,我和朱秀珍到江桥镇落实工作,需要到艾伦大队。江桥妇联主任闫秀芝联系到一台送砖的拖拉机,送我们去艾伦大队。开始我们挺高兴的,我们三人爬上拖拉机的拖斗,站在前面的扶手前,有说有笑地向艾伦大队驶去。不一会儿,风卷起车斗内的砖灰,刮到我们的身上、脸上、头发上,甚至刮到嘴里、耳朵里。到了大队妇代会主任家,我们三个都变成红砖人了。她给我们烧了一大锅热水,我们洗脸、洗头,脸盆里面沉下的全是红砖末子。当时也不知道辛苦,还哈哈大笑呢。

还有一次是冬天,我和张艳伟下乡到街基公社永胜大队,晚上住在生产队队房子。屋里生个火炉子,只有炉子附近热乎。火炕烧得滚烫,被子的被头油黑铮亮,一股汗泥味。公社妇联主任张艳陪我们俩在炉子旁边唠嗑。夜深了,我们困得不行。我和张艳就到热炕上睡觉,把被子搭上一半儿,也呼呼睡去了。艳伟坐在火炉边织了一宿毛衣。类似这样的事情真是不少,我们习以为常。同时也锻炼了我们的适应能力。

1987年开始,县妇联和其他和科局一样包村。县妇联包克利乡乌兰村,这个村是全县穷的出名的村,银行不给贷款,村民不借给东西。我和朱秀珍住在村部,那铺炕长年不烧火,我们不敢睡。我就睡办公桌上,让朱秀珍睡长条椅子上。我对朱姐说,我比你年轻,睡桌子摔下来也不怕。那年内涝严重,烧火的柴火都没有,我俩就捡树枝烧开水喝,晚上睡觉就可以看见小青蛙在屋子里蹦来蹦去的。后来,我们从"六一"儿童节活动集资款里拿出一部分,买了床和被褥还有饭桌和小凳子,解决了我们驻村的问题。包村就得解决实际问题。妇联一没钱二没权,纯粹的清水衙门,怎样帮助村上解决问题呢?我们除了落实县里提出的农村工作任务,还得想办法帮助村上做点儿实事儿。在乌兰村栽种"三八"林,我们负责买树苗,村民负责植树。根据村上没有农机具的实际情况,我们又牵头与乡党政主要领导找县政府主管农业的副县长、县农行的行长、县农机局的局长汇报村上情况,争取给解决农用拖拉机一台(当时有匹配指标)。我们的诚意感动了各位领导,破例给村上拨付一台拖拉机。为村上争取了有史以来的第一台拖拉机,让村干部及村民特别的振奋。虽说包村工作很辛苦,真正为村上办实事,也赢得了他们的敬重和拥戴。

牵头做好儿童少年工作

80年代初,县里成立儿童少年工作委员会,妇联牵头,办公室设在县妇联,从教育、卫生各借调一名工作人员。创办幼儿园、指导婴幼儿保健与教育成为妇联的一项重要工作。

1983年9月初,县少年之家的两位老师来到妇联,提议由妇联牵头组织一次幼儿运动会。我们觉得这个想法很新颖,立即向杨秀文主任汇报我们的想法,得到肯定后,决定尝试一下,便与县教委、体委联系,共同组织泰来县第一届幼儿运动会。这项活动,没有先例,我们反复研究活动方案,分工负责,抓好落实。在落实过程中遇到好多阻力,有的人认为妇是多此一举,找各种理由不予支持。我们以儿少委牵头单位的名义向儿少工作委员会成员单位集资,作为运动会经费,请妇联执委卢慧智所在的建筑工程公司给搭建主席台,还有其他具体事宜求得有关单位给予支持。我们在体委的支持下,参照成人运动会,搞队伍检阅,还有小型团体操表演以及 50 米、20 米的趣味性赛跑等项目,印制了项目册。为了鼓励孩子们参加检阅,从经费中拿出一部分钱买了好多糖果,作为纪念品,发给每个参加检阅的孩子们。晚上在妇联办公室里,我们每人面前点一支蜡烛,把糖果分装在小塑料袋里,然后用蜡烛封口,几百袋糖果装完,已经到下半夜了。

第二天,是 10 月 2 日,突然降温,天特别的冷,可是体育场上却热闹非凡,参加检阅的孩子们手持鲜花和绸带,家长们围观,县里四个班子的领导和儿少委员会的组成人员在主席台就座,孩子们排着整齐的队伍接受大会的检阅,特别的壮观,一举成功,得到了县领导的高度赞扬,也得到了幼儿家长的赞赏和支持。让个别不理解、不支持的部门领导对我们刮目相看。两天的比赛结束了,我们既是组织者又是裁判员,尤其是县妇联、儿少办的朱秀珍、张学芝、曲亚民三位大姐跟着每个项目跑,跟着每个孩子跑,累得抬不动腿了。运动会圆满结束了,孩子们经受了锻炼,家长们长了见识,我们虽然很累,却特别有成就感。为孩子们组织了一次别开生面的活动,也积累了好多的经验,从那时起我们连续举办了六次幼儿运动会和幼儿文艺会演。是县妇联牵头与少年之家、教育局、文化局、体委等单位开创了幼儿运动会和文艺会演的先河。我们也从中体会到不断创新的新奇和喜悦与精心组织活动付出辛劳后的那份欣慰。同时也悟出一个道理,工作必须勇于开拓,冲破阻力,认真落实,必定会感动各方,得到支持,取得成功。

2016 年 2 月 14 日

抗洪救灾中的政协组织

1998 年,全国部分地区遭受了严重的洪水灾害。黑龙江省泰来县也遇到了百年不遇的大洪水,自 6 月下旬到 8 月中旬,泰来县遭受了嫩江和绰尔河四次大洪水袭击。8 月 13 日江桥水位实际达到143.50米,超过保证水位3.10米,超过历史最高水位2.74米。军民奋战了 50 个日日夜夜,终因水势过大,部分国堤发生漫堤、铁路决口,导致 10 个乡镇的 136 个村,269 个屯被洪水吞没,受灾人口达19.5万人。

在省、市、县党组织的领导下,在全国各地的援助下,党政群齐心协力,抗洪救灾,恢复重建,在两三年内全部恢复了正常的生活。在这百年不遇的灾害面前,各级政协组织同党政部门一样走在抗洪抢险的第一线,经受了考验,做出了贡献。

1998年7月30日，我到县政协报到，因需要重新调整办公室，我暂时仍然使用人大的办公室，主要筹备政协全会。当时正值防汛的关键时期。政协的常务副主席王云山和几位机关干部都在胜利乡防汛的前沿。

8月11日深夜0点30分，平齐铁路大兴站与江桥站区间的铁路被洪水冲开有60多米长的豁口，铁路中断，大兴、托力河境内一片汪洋。抗洪工作到了非常严峻时刻。8月11日上午，我刚刚把办公用品搬到政协的办公室，还没来得及摆放到位，就接到一个紧急会议通知，我马上到县政府常务会议室参加由田玉文县长主持召开的在县里的四个班子领导的紧急会议（因为县委书记及有关县委、政府领导在大兴防汛前沿，铁路冲毁后，一片汪洋，在江北的大兴镇指挥抢险救灾，就形成了江南、江北两个指挥部）。会上通报了万家围子大坝情况紧急，在江南的县领导马上到各乡镇，组织群众转移，并研究了具体方案。下午15点，又召开了有各科局领导参加的紧急会议，布置转移群众的具体工作任务。晚上我到克利镇连夜召开会议，落实转移群众的具体方案。

8月12日上午，我和克利镇的领导到胜利村、新胜村检查督促群众转移情况，天一直下雨，道路泥泞难走，我们乘坐"28"拖拉机走了一上午才到村上，晚上回来已经很晚了。

8月13日，我与克利镇的领导们和民工一起到万家围子大坝防汛。大坝有一半在内蒙古自治区的扎赉特旗境内，而且大坝居高临下。我们爬上一个山头，才看到大坝里水天相连，可想而知，如果这个大坝决口，南边的各个乡镇一直到县城和吉林省境内，将是一片汪洋。只见人民解放军某部"老虎团"的战士们和各乡镇的民工们在水中挖泥装进丝袋子里，垒砌子堤，天气雨雾濛濛，风吹江水一阵一阵地掀出堤外，情形十分严峻，大坝时刻有被洪水冲毁的危险。8月14日，继续到万家围子大坝防汛，天气依然是雨雾濛濛，好像天与地之间全是水雾一样的感觉，万家围子形势依然严峻，可以说是一触即发。这时候，我们听到一个令人震惊的消息，胜利乡老局子段洪水漫过山口，将胜利乡的10个村全部淹没，宁姜乡、好心乡部分村也是一片汪洋。在前线指挥的市防汛包县工作组的市政协副主席王玉、市委办公厅主任张革以及县政协副主席王云山等被洪水围困在半子山上。万家围子保住了，大坝以南的乡镇也保住了，而下游的胜利乡、宁姜乡、好心乡却被洪水侵袭。

8月14日下午，田玉文县长召开县级领导会议，成立灾民安置办公室，做好接收灾民、接收救灾物资的准备工作。田县长安排我负责接待安置灾民工作，我和政协、民政局的同志们住在民政局招待所，连夜召开会议，落实灾民住宿、吃饭等等事宜,并责成各中省直单位准备好明天接待灾民的食品。学校负责灾民住宿,卫生负责医疗。半夜时分接到消息,戚秋野副县长带摆渡船到胜利半子山,只接回市政协副主席王玉、市委办公厅主任张革和县人大副主任逯再国、县政协副主席王云山等人,灾民没有一人上船,都在山头上搭建了临时窝棚。计划有变,事情完全出乎意料,昨晚安排的一切都用不上了。

第二天早上,也就是 8 月 15 日,各中省直单位送来了面包、馒头、香肠、矿泉水等,我们带车把这些食品送到胜利乡临时救灾办,由他们把食品发给灾民。我们的主要任务就是负责接收救灾物资。因为石发书记和负责民政工作的副县长都在江北大兴镇,田县长又把接收救灾物资这项重要工作由我负责,并在临时救灾办值班。

8 月 16 日开始,来自各地的救灾物资蜂拥而至,仅一天时间就接收救灾物资达 60 多吨,主要物品有塑料布、无纺布、饼干、矿泉水等。连续几天都是边接收救灾物资,边发放,解决在山头、高地临时居住的灾民住宿和饮食等问题。

8 月 21 日,我们向市里派出的防汛救灾工作组的市政协副主席王玉、市委办公厅主任张革汇报灾情和救灾情况。王玉副主席是代表市委市政府在泰来县指挥抗洪的领导,从 6 月下旬开始就在县里指导防汛工作,而且战斗在抗洪前沿,在最危险的地段。8 月 9 日晚,风大雨急,伸手不见五指,王玉副主席和县政协王云山副主席冒着生命危险,乘小船巡视已经十分危险的大堤。晚上 23 时,因为天太黑,又没有航标,开船的同志迷航。这时船顺着风势,急速滑向江心,随时有被江水吞噬的危险。王玉副主席临危不惧,凭借经验,按着风向,终于在第二天凌晨 2 点钟返回了驻地。过后想想真是后怕,太危险了。

8 月 23 日,县级领导到大兴镇参加县委常委会议第一次扩大会议,明确任务,全力救灾。临时救灾办历经 10 天时间,完成了临时救灾任务,我也回到政协继续筹备政协全会。

面对灾情,县里四个班子领导和各科局的领导们特别的痛心,全县沿江的六个乡镇及相邻的其他乡镇几乎全遭到大洪水的袭击,庄家被淹没,灾民住在山头和高地上。摆在我们当前的任务就是全力救灾!为此,县里决定组织一次赈灾义演,一来鼓舞士气,而来动员全国各地的泰来人参与到救灾中来。县里委派我到近邻大庆采油九厂进行募捐活动。

8 月 28 日,我带领县政协干部王明久,县科委副主任吴晓燕带车去大庆采油九厂。早晨早早出发,到了江桥渡口,却过不去江,因为摆渡船在江北岸,不知道什么时候才能过来,我们只好在江桥渡口吃午饭。下午 1 点多钟,船来了,又装了一船面粉,我们的车子也上了渡船,在漫无边际的水面上慢慢地行使,那时候从江桥渡口到大兴镇一片汪洋。天下着小雨,渡船行走的特别慢。下午 16 点多了才靠近大兴镇的大岗子,相距不到 20 公里,却走了两个多小时。第二天我们早早来到大庆采油九厂,由于这里也一样遭受洪水袭击,领导们都在防汛第一线。我们先联系到泰来老乡采油九厂组织部长佟汉中,他又联系到十几位泰来老乡,我们聚在一起,我向他们介绍灾情,求得大家的支持和赞助。8 月 30 日,我们又联系到大庆市总工会主席刘万友和大庆石油管理局工会主席杨均,请他们给予帮助。他们表示一定想办法为家乡救灾做好实际工作。晚上,九厂厂长等领导接见了我们,他们表示,虽然九厂也是重灾区,一定想办法支援邻县的救灾工作。当时,泰来老乡捐资14 800元,落实救灾物资款项等价值 128 万元,并于 9月 23 日送到泰来县城。

沿江乡镇遭到洪水袭击之后,县委立即做出决定,县里四个班子及各科局全力以赴做好包扶重灾村的恢复重建工作。县政协办公室牵头与另外七个单位组成工作组,包扶重灾村胜利乡半拉山村。县政协派出曾经在胜利乡任过党委书记,现任政协秘书长的吴万生和提案委主任朱峰带队,8 月 27 日进驻半拉山村,配合乡党委、政府和村党支部、村委会做好恢复重建工作。半拉山村紧靠嫩江,地势低洼,8 月 13 日老局子堤段决口,洪水直接进入半拉山村,仅仅四个小时,全部农田和村庄变成了一片汪洋。洪水淹没的土房全部倒塌,村民被迫迁移到半拉山、马蹄后山、退伍山和老局子屯高岗处。吴秘书长等工作队员,自带行李,住在紧挨江边的一个高岗上幸存的民房里,救灾指挥部就设在这里。当时水位已经下降了 2 米,可是抬眼望去依然是一片汪洋,可见当时的洪水是多么凶猛。半拉山屯的 100 多户村民搭起塑料帐篷,集聚在东西不到 50 米,南北不过 300 米的山坡上,人畜混居在一起,做饭只能到江里取水。两个自然屯成了孤岛,公路不通,有线通讯中断,电路全部瘫痪,群众情绪十分低落。

吴万生秘书长带领工作组深入村民之中逐户调查登记,逐户做思想工作,鼓舞大家恢复重建家园的斗志和信心。当务之急是解决村民住房问题,工作组齐心协力,千方百计,克服许多困难为灾民设计、修建越冬房屋。吴万生秘书长亲自协调江桥渡口的摆渡船破例为建越冬房拉运红砖和芦苇等建筑材料,村民看到工作组真办实事,增强了重建家园的信心,他们扒出自家倒塌房屋的檩木和门窗等可用的材料,积极修建房屋。干群一心齐努力,在 9 月 20 日,灾民全部搬进了越冬房。与此同时,还组织村民把泡在水里的村小学重新修整好,协调有关单位解决桌椅、教学用具等，保证孩子们如期上学。工作组的同志们不怕天气炎热，蚊虫叮咬，一心为灾民着想，得到了村民的爱戴。当工作组完成任务即将离开的时候，房东大嫂非要安排家宴为他们饯行，真正体现了党群鱼水情深。同时，也树立了政协干部的良好形象。

泰来的灾情牵动了全国各地人民，也牵动了省市政协领导的关注、支持和帮助。

9月2日，省政协、省委统战部、各民主党派的有关人士急赴泰来慰问救灾。省政协副主席、九三学社省委主委沈根荣，省政协副主席、农工党省委主委王甀谦，省政协副主席、省工商联会长欧阳吟带队，一行21人，三台车，从哈尔滨出发，绕道双城，经吉林省的松原市、大安县抵达泰来县，随行人员有省政协办公厅主任，行政处副处长，省委统战部党派处处长，省工商联经联处主任科员。随团记者有《人民政协报》记者、《北方时报》记者。还有随团医疗小分队等医疗专家。市政协副主席、市委统战部部长王桂梅、副部长刘江等四位同志到泰来接待省政协慰问团。下午，县长田玉文向省政协慰问团汇报灾情，并感谢省政协领导雪中送炭。

9月3日上午，省政协慰问团分成两组，一组到好心乡黄花村，一组到胜利乡三家子村鲍拉火烧屯，送去棉被等生活用品，并为灾民义诊，还向两个乡镇的卫生院捐赠了理疗仪。慰问团共捐赠物品、药品价值5万多元。省政协领导还视察了灾区，了解受灾情况，给灾区送去了关怀和温暖。

市政协特别重视泰来受灾情况，把抗洪救灾列为政协常委会重要议题。9月9日，市政协副主席马学云，提案委主任朱秀娟等一行四人，来到泰来县，进行抗灾自救议题调研。分别到胜利乡、江桥镇听取镇党委政府汇报灾情和抗灾自救情况。

9月10日，在县政协会议室，市政协调研组召开有关部门座谈会，参加单位有：粮食局、水利局、交通局、电业局、建设局、农办、民政局、卫生局、教委等。市政协领导认真听取了各部门的汇报，马学云副主席做了总结讲话，他对泰来县遭受百年不遇的特大洪水造成的灾害表示非常的痛心，对县、乡镇积极主动、群策群力，有条不紊，全力以赴的救灾工作表示特别赞赏，受教育，受感动。表示要认真整理调查报告，积极宣传泰来抗洪救灾的精神，积极向市委、市政协汇报，并提出积极的建议和意见，尽全力支持帮助泰来县把救灾工作做得更实际，更深入。同时，对县政协及政协委员在抗洪救灾中表现的勇敢顽强、冲锋在前的精神给予表扬和鼓励。

从 7 月 30 日到政协报到，到 9 月 10 日，仅仅 40 天时间，我一到岗，办公室还没来得及安置，就投入到防汛、抗洪、救灾的前线，面对滔滔洪水和被淹没的村屯，面对在山头临时居住的灾民，真是心急如焚，痛苦难当。在这危难时刻，省政协派团慰问义诊；市政协领导亲自到抗洪抢险第一线指挥，并派团深入灾区调研视察，慰问灾民。让我感到特别的温暖，特别的感动。有人说，政协是二线班子，事实证明，政协组织是党的得力助手，以自己独特的优势，紧紧围绕党的中心工作，走在前，想在先，在危难面前不畏缩，冒着生命危险，做了好多实实在在、深入细致的工作。我对政协组织有了新的认识，对政协人有了新的了解，对做好县政协工作充满了信心。

9 月 17 日，我接到市政协一个通知，要求县政协准备一个材料，主要内容是县政协是如何在抗洪救灾工作中发挥作用的，在市政协常委会上做大会发言。我们认真总结县政协机关干部和政协委员参加抗洪救灾的事迹，形成材料，做好在市政协常委会上发言的准备。

9 月 25 日，我参加了市政协八届四次常委会议。我是第一次走进市政协大楼，只记得是一幢黄色的大楼，位于市中心。市政协的同志们热情地招呼我，虽然环境生疏，人也不熟，但是总觉得有一种特别亲切、温暖的氛围包围着我。促使我以一种特别的情感，认真做了"发挥政协优势，全力抗洪救灾"的大会发言。发言很成功，百年不遇的灾情打动了与会人员，政协参与抗洪救灾的事迹感动了与会人员，我这位政协新兵也给大家留下了深刻印象。

抗洪救灾之后，恢复重建是个难题，也是最艰巨的任务。在恢复重建中得到省市以及国家领导人的关注和支持，给予全县人民极大的鼓舞和力量。全国政协牵头组织全国政协委员及参加单位为救灾重建做贡献，泰来县托力河乡创业村就是全国政协捐建的新村。全国政协定向捐资 1 500 万元（全国政协领导及委员个人捐款），港澳同胞、海外侨胞等社会各界捐资 2 000 万元，要求建标准住房 400 户。省政协主席周文华、马国良多次来泰来县托力河乡，督促、催办创业新村的建设，马淑洁副省长亲自到托力河乡为建新村选址，省各有关部门积极参与重建新村的各项工作。

1998 年 9 月 30 日，正式成立创业新村建设指挥部。10 月份开始抢运材料，11 月、12 月份集中力量搞自来水工程。1999 年 3 月 15 日，进入第二期工程施工阶段。到 6 月 5 日，创业新村重建工作大功告成。建成后的创业新村占地面积 25 万平方米，总建筑面积 25 962 平方米，建成房屋计计 386 栋，其中民房 379 栋，自来水、有线电视、程控电话等公用设施及 3.3 公里白色路面、1 000 米黑色路面、

8 400平方米绿地,工程总造价4 420.22万元。新村设施齐全,功能完备,是现代化农村的典范。

创业新村的重建,在泰来县这块土地上不仅留下了一个现代化的新村,也留下了一座丰碑,它体现了全国政协、省、市政协真心为民创业,真心为民解难的政协精神。体现了政协组织联系社会各界,联系港澳同胞、海外侨胞的强大的凝聚力和向心力。创业村为了感谢全国政协及有关部门的赞助,铭记这段历史,在村子的中心位置建立了村标,刻写碑文,留作纪念。

百年不遇的大洪水考验了泰来人民,也考验了各级领导干部。见证了全国政协及省、市、县政协组织及政协干部心系灾区,情寄灾民,全力以赴援助灾区重建的崇高境界和无私奉献精神,树立了政协干部的良好形象。

(创业新村的有关数据引自泰来政协文史资料《感天动地的壮歌》)

2016 年 4 月 8 日

读书札记

淡泊情怀　坦荡人生

——读刘辰《回忆录》有感

2008 年 2 月 26 日,正月十九。刚刚上班不久,刘辰秘书长兴冲冲地来到我的办公室。没等我说完问候的话语,秘书长便拿出一包东西,打开后,是五本厚厚的日记本,我正纳闷呢,秘书长说:我退养这几年,没什么事,利用一年时间写了自己的回忆录,又用一年时间抄了一遍,终于写完了。我想请你看看,帮我写个序。我接过来一看,四个本子写的满满的,有前言和后记,工工整整的字迹,还有一个和四个本子一样大小的空白本子,是让我写序用的,我特别的感动。首先想到的是,秘书长不仅是我们尊重的兄长,更是一个懂得生活,热爱生活的朋友,我手捧着这沉甸甸的回忆录,感到一份信赖和重托。真担心,凭我的见识和对生活的认知水准,能否写好这位聪慧、睿智、精明、善良的老兄回忆录的序。虽然心中没有什么底,但是秘书长那份真诚深深地感动了我,我毫不犹豫地应承了这份重托。

秘书长是我在泰来一中的校友,我们都在一中读初中,他高我两个年级,但我们并不认识。知道刘辰这个名字的时候,他在汤池乡政府工作,真正认识的时候,是他在宁姜乡工作,比较熟悉的时候是在四里五乡工作时期。当时给我的印象是,不苟言笑,不喝酒,不张扬,总是比较严肃的样子,工作很扎实,经常上台领奖,接受省级的奖励。后来到县民政局任局长,经历了百年罕见的“1998”大洪水和抢险救灾工作。1998 年 12 月 17 日,刘辰秘书长调到县政协,当时我在政协担任主席职务,在工作上给予我极大的帮助和支持。对于治理政协机关的涣散状态做了好多实在的工作,对于政协的调研工作开了个好头,为树立政协形象做出了积极的贡献。我不仅从中学到了好多东西,也非常轻松地把政协工作搞得有声有色。

心 田

在 2008 年我经历了太多的事情,对我的打击也很大,好一阵子精神萎靡不振,后来又联系工作调转、买房子、搬家。竟然把写序的事情给搁浅了。直到我调到齐齐哈尔市政协上班了,才陆陆续续地读了秘书长的回忆录。读着这本回忆录,就像聆听一位资深的老大哥在讲过去的故事;读着这本回忆录,就像读一本厚重的书,那些感人至深的生活情节和工作经历,在告诉人们做人的原则、从政的经验和处世的道理。通过自己的工作生涯,写就了属于具有时代特征的历史。13 万字的回忆录,记载了秘书长的童年、上学、工作、退养后生活的各个方面,全面展现了秘书长大半生的生活经历,随着时代的脉搏成长、进步、成熟。从另一个角度说,回忆录也是一本近半个世纪的史实的记录,那么生动、鲜活。回忆录中,既有成长的艰辛,又有付出的快乐;既有辉煌的政绩,也有不得志的困惑;既有背负家庭重担的苦涩和无奈,也有尽心尽力培养三个优秀女儿的幸福和满足。

刘辰秘书长自 1970 年 4 月担任泰来县汤池乡团委书记开始,就以超人的毅力和能力,把工作开展的有声有色,凸显了优秀的领导才能和刚直、睿智的性格。直至提拔为乡革委会主任、乡长、党委书记、民政局长、县政协秘书长。在政协工作期间,秘书长虽然是我的下属,实质上是我的老师、兄长、朋友。他以自己磊落的人格魅力、丰厚的学识底蕴,丰富的工作经验,坦荡地走着自己人生的道路,充实、踏实,令人敬佩。

秘书长,不只是工作上的成功者,也是一个兴趣广泛,热爱生活,感悟自然的智者。在家庭,他们夫妻恩爱,相濡以沫;对子女,倾尽爱心,时刻关心孩子的学业和工作。在探亲访友期间,喜欢游览祖国名山大川,写下了好多赞颂美好河山的诗歌和游记,倾诉了对大自然的酷爱。对朋友,以诚相待,在受聘于企业经理的日子里,精心打理朋友托付的重任。闲暇时喜欢和老朋友玩玩牌,然后喝点小酒,畅谈友情,乐在其中,悠哉悠哉。令人羡慕不已。

秘书长的回忆录详细地记载了好多生活、工作的细节,特别的生动,从字里行间看出了秘书长的记忆力特别的好,好多事情时隔多年,时间、地点、人物,细节都写得那么清晰让人折服。

读秘书长的回忆录,是一件幸事,只是里面蕴涵的思想太深奥了,我的理解能力和接受能力有限,不能确切地体会回忆录中那厚重的思想和内涵,只能如蜻蜓点水般的一知半解罢了。

读了秘书长的回忆录,我感受最深的有三点:

一是秘书长工作扎实。不论做什么工作,都特别地认真,特别的投入,他善于把自己的聪明才智融汇于具体工作之中,融于对具体事件的处理之中。他善于思考,善于调查研究,对各项事物都有自己独到的见解,解决困难抓在根本处,处理问题彻底不留根。工作不图领导褒扬,不图虚名,不做表面文章。可以说,他的从政生涯就是靠着这股子扎实劲儿一步一个脚印,踏踏实实走过来的,积淀了好多宝贵的经验,赢得了群众的信赖和领导的认可。

二是善于团结人。最喜欢和群众交朋友,这是他立足于政界特别稳定的基础。尤其善于和班子成员交朋友,取长补短,扬长避短,让每个人都能高兴地开展工作。最突出的是善于和素质不高,和自己观点不同的人交朋友,善于宽容、包容。他说:"朋友可交不可弃",所以,不论他在哪个单位,哪个岗位工作都能做到游刃有余,团结人,是最主要的因素。

三是清政廉洁。回忆录中他引用了一位老领导的话"廉洁好做,清政难为",要求自己好做到,为了工作的需要,清政就真是难为啊。即使这样,秘书长始终严格要求自己,从不贪占集体和国家的钱财,即使工作需要做些事情,他也不直接接触钱物,而是集体研究解决,保证自己一身清。担任主要领导多年,从不走上层路线,凭自己的工作实力赢得上级的信赖,这是当今一般人难以做到的。

以上这三点是我粗浅的体会,虽然不全面,不深刻,但是,足以体现秘书长的人品、官品和光明磊落的人格魅力。写到这里我想起一本书里说的,"仁者不惑、智者不忧,勇者不惧。"秘书长就是具备这些特点的人。他工作的稳健,为人的大度,生活的洒脱,是非常值得我们学习和效仿的。

回顾秘书长走过的路程,给人的启示是:成功的人生是靠艰苦的付出创造的,这里饱含着生活艰辛的磨炼,饱含着智慧与汗水,饱含着独特的人生观和价值观,体现了一个人的胸怀和气节。

以上这些不成章法的文字,是我三翻回忆录才写出的体会,有不当之处还恳请秘书长批评指正。

是为序。

2009 年 9 月 1 日于齐齐哈尔

梅花香自苦寒来

2011 年 10 月 7 日,应邀参加《苦斋吟》诗词选首发式。作者是我的老同事王德江,笔名叫苦斋。《苦斋吟》收录了七年来创作的四百多首诗词、赋和碑文。

心 田

　　王德江是我电大同学,后来又是同事,在一个单位工作了10年整。他喜欢研究文字,写作水平很高。除了机关应用文以外,他经常写一些反映政协委员先进事迹的文章,在市政协会刊上发表,一些小消息也在人民政协报和省市报纸上发表过。后来他潜心练书法,几年下来,书法水准也很有造诣。

　　他又钻研古诗词,开始写诗词歌赋。功夫不负有心人,几年下来,竟然写了五百多首诗词。

　　诗词社成立时,王德江就是诗社的核心人物。他不仅自己写诗填词,还发现了一批诗词爱好者,和他们交朋友,互相切磋,互相交流,很快就形成了一个群体,诗社也更加活跃起来。

　　诗社开展活动没有经费,就去有关单位协商,求得支持;没有社址,就在自己的办公室里挤一挤。为了诗社的活动能够保持经常开展,就依托有关单位和部门,搞专题诗词竞赛和专题宣传,既协助有关部门宣传了工作和有关政策,也为诗社创造了活动机会和展示的舞台。为了创建全国诗词之乡,他尽自己最大的努力,多次联系省市诗词协会,多次向县委有关领导汇报,求得支持和帮助。在创建“全国诗词之乡”的过程中,有王德江付出的心血和汗水,智慧和才华。

　　我读着《苦斋吟》,深深地被其中的诗篇所吸引。这些格律诗词,平仄对仗很是讲究。诗词所涉及的内容特别的广泛,有针对时事政治的,有专门反映某一项工作的,有歌颂祖国大好河山的,有庆贺节日的。诗词所歌颂或描写的内容比较宽泛,有赠给友人的,有赞美田园风光的,有颂扬普通百姓的平凡工作和生活的,也有抒发自己情怀的。诗词立意新颖,意境高远。读罢诗词,深深感到作者用恬淡的笔墨绘就了一首首饱含着浓重深情的诗篇,对祖国的爱,对家乡的爱,对事业的爱,对友人的爱,对亲人的爱,如歌如泣,真实感人。

　　王德江是一个肯于吃苦的人,在自己分管的工作之外,还要负责文史资料的征集和编辑工作,所以,他的工作时间比别人长,比别人忙,比别人累。记得1998年大洪水过后,泰来县政协准备编辑一本反映“九八”抗洪和救灾重建工作的文史资料,王德江随从领导到各乡镇征集抗洪抢险的文稿,从人们早已淡忘的记忆里挖掘当时的情形和事例,费尽周折,经历了三年时间,终于编辑了《感天动地的壮歌》。我记得有一个场面非常感人,那是一个三伏天,同事们都找凉快的地方避暑、喝茶聊天,唯有王德江在闷热的办公室里埋头修改文稿。他退养之后,又被请回单位上班,专门协助文史委作文史资料的征集和编撰工作。后来他又成为县书画院和诗词社的领导成员。王德江是一个干事业的人,一点儿也不会悠闲懒散,时间对于他,总是不够用,因为他要做的事情太多了。

苦斋,顾名思义,就是苦苦研读于自己的书斋里。这些年来,王德江吃了好多苦,挨了好多累,却乐此不疲。我觉得他就是为了自己的梦而苦苦求索,为了自己的爱而苦苦追寻,为了自己的理想而苦苦跋涉。

每天清晨,他伴着晨曦和朝霞,习练书法,读研诗词;每天的白日里,奔波于书画、诗词爱好者之间,奔波于社会各部门之间,为书画、诗词事业奔走呼吁;每天的夜晚,挑灯夜读,为诗词爱好者的新作提出修改意见。天天如此,岁岁如此。他把别人喝酒、玩麻将、遛弯的时间全都用于诗词、书法的研读之中。孜孜不倦,无怨无悔。

功夫不负有心人,《苦斋吟》结集成书,圆了王德江多年的梦,实现了自己爱好文学创作的理想。他自己也成为诗词界的领军人物,人们尊称他为老师,绰号:师爷、老夫子。我觉得,这些称呼,当之无愧。

《苦斋吟》,就像一朵奇葩,散发着淡淡幽香,沁人心脾;又如灿烂云霞,辉映着素有文化之乡的小城。字斟句酌的诗篇,诉说着人间的真善美,讴歌爱祖国、爱家乡、爱人民的赤子之情,褒扬友谊、爱情、亲情的真谛,描绘了一幅幅绚丽多姿的画卷,展示了作者对生活、对亲人、对自然风光的美好情愫。

《苦斋吟》,是王德江多年写作的积累,是其智慧才华的结晶,是泰来县诗词界的丰硕成果,也是他诗词创作的一个新的起点。"梅花香自苦寒来",祝愿王德江的文思再上层楼,再谱新篇!

2011 年 10 月 15 日

以史为鉴　鉴往知来

——祝贺泰来县政协文史馆成立

2014 年 12 月 12 日,应约参加泰来县文史工作会议,并参观文史馆。整个活动安排有序,内容丰富,让人耳目一新。

会上宣读了《关于加强文史资料工作的意见》,以《站人的由来及习俗》《黑帝庙的由来》为题目进行了文史资料交流,县政协主席对今后的文史工作提出了具体要求和意见。然后参观文史馆。

文史资料征集、编辑工作是政协的一项重要职能,作为县级政协建立文史资料馆,却是一件新事物。

心 田

为了筹建文史馆，他们可没少费心思。外出考察，到上一级政协学习，反复地研究文史馆筹建方案，召开社会各界人士座谈会，组建文史学会，向离退休老干部请教、征求意见等等。更让人感动的是，把多年来封存的字画一一整理好，拍成照片，一幅画照放在一个文件夹内，标明分类、作者、时间，一目了然。资料柜里整齐摆放着历年的文史资料和相关史料书籍。便于人们查找资料，便于史料的使用和宣传。

政协的文史资料具有其特殊性，它与政府的史志工作部门所不同的是具有"三亲"性，即：亲历、亲见、亲闻。就是当代人写自己，当代人记当代事。

政协文史资料具有"存史、资政、团结、育人"的重要作用。可以"匡史书之误、补档案之缺、辅史学之政"。我曾经读过全国政协文史委征集、编辑、出版的《文史资料精华丛书》，从辛亥革命开始到新中国成立，通过社会知名人士的亲历、亲见、亲闻，写就了大量的文史资料，真实地再现了当时历史时期的详细经历。尤其是在抗日战争到解放全中国那段特殊的历史时期的重大事件，都是亲身经历者写出的历史见证。比如几个大的战役、和平解放北京等都是国民党高级官员亲自撰写的。让我们深入一步了解了共产党领导的部队如何以少胜多，国民党的精锐部队如何涣散溃败的真正原因，特别的珍贵。

作为一个县城，必然有着漫长的历史，有着各个时期发生的重要事件，有着生存在这片土地的人们的生活习俗、有着各种各样可歌可泣的故事。用文字记录下来，用图片收藏起来，用音像保存起来，就会成为历史的见证。一些可以代表本地民俗，可以反映当地文化的书法、字画、剪纸、摄影等艺术形式和作品，也可以从独特的视角反映当代的社会风貌。这些事情只有政协的文史资料工作可以广泛地搜集、整理、编辑成书，成为重要的史料。

泰来县政协做得很出色，开创了县级文史工作的新途径。尤其是他们特别重视离退休老领导的重要作用，邀请他们担当文史学会的顾问。聘请社会各界热心文史资料工作的，有较强写作能力的人担任学会会员，积极开展文史资料的征集和撰写工作。

在这次会上交流的两篇文史资料文稿引起了很好的反响。当我听到《站人的由来及民俗》后，感到特别亲切，因为当年下乡插队那个乡镇就有站人。《黑帝庙的由来》一文重点写的是胜利蒙古族乡黑帝村的历史由来，让我们了解到罕为人知的历史故事。撰稿人查阅了大量的历史文献，采访了与这段历史有密切接触的有关人员，掌握了这个蒙古族村的历史兴衰与发展的脉络。通过这篇文章，让人们对黑帝村有了新的认识，对于蒙古族的发展史也有了更深刻的理解。

一个人的历史，反映的是时代的特征；一个村的历史反映的是民俗、民情、民风；一个县的历史反映的是社会、经济、文化的历史渊源。追根溯源，是一个民族的自信；不忘历史，是一个民族的自尊；以史为鉴，是一个民族发展的根基。

"以史为鉴，可知兴替"，历史就是一面镜子，照出我们的过去，也会昭示我们的未来。如果及时记载重要的、有意义的事件、人物、民俗、文化状态等，就会为历史留下见证，为后人留下思考的依据。同时，在挖掘史实，整理史料的过程中，也会提升人们对历史的尊重和借鉴，是一件利在当代功在千秋的事业。

参加一次会议，受益匪浅。时隔六七年时间，泰来县政协工作发生了巨大的变化，随着时代的脉搏快步前进，把无形的工作做得有声有色，把传统性的工作做得风生水起。特别感谢县政协给了我一次与老领导聚会的机会，从82岁离休老秘书长的举杯欢笑中看到了老一代人对政协的情感和关爱。可以说尊重老同志，就是尊重历史。

2014 年 12 月 26 日

《梦》读后感

《梦》这部小说的作者陈倩伟是我最敬佩的老师，今年已经80出头了。在耄耋之年出书，可见老人家是用了大半生的心血写就了自己一生的梦。

去年国庆节期间，回县城与亲友聚会，听说陈老师出书了，很想一睹为快。终于得到了老师的赠书，他在书的扉页上写道："小朋友，老同志：书赠读书人，爱书人，这是一件幸事，乐事！你快乐！我高兴！"读着简短的赠言，感到特别的亲切。

陈老师是我初中时的老师，他并没有教过我，那时他是高中语文课老师，却负责全校的文娱活动的整体策划和编导。所以我们都认识敬慕这位才华横溢的老师。陈老师给人的感觉是温文尔雅，英俊潇洒。却不知道他曾经是一位军人，参加抗美援朝，立功受奖。

读着《梦》，深深地被那平和的文字，燃烧的激情吸引住了。小说讲述的是陈老师自己的故事。1931年，他出生在美丽的嘉陵江畔，一个官吏的家庭。其父亲曾经担任民国时期的县警察局长。自幼就跟着母亲一起度过那兵荒马乱，漂泊不定的生活。他痛恨自己家庭的封建礼教，忧国忧民。只身离家求学，却历尽艰辛。青年时期,寻求革命,弃笔从戎。作为一个文艺兵,他也出生入死,沐浴血腥的战争风雨,经受了战争的磨砺,学会了坚韧和顽强。他曾经有着如梦幻般美好的初恋,可是那美丽如花的人儿,却因病撒手人寰。他把痛楚隐藏在心底,一心追求舞蹈、音乐的精致,成为一名文艺骨干。在朝鲜的前沿阵地,冒着敌人盘旋的飞机和轰炸的炮火为战士们和朝鲜老乡们演出精彩的节目。他最珍爱的是那套文职兵的军装,那是他一生最珍贵的宝贝。那条皮带上刻着他的梦:"立功入党!"可是只因为自己的出身,入党的梦想一直到了1985年,才圆了这个梦。最好的看点是他转业了,恋恋不舍地脱下那身军装:带着绶带的上衣和高筒的皮靴,还有那条皮腰带。怀着新的梦想来到了哈尔滨,等待分配。一纸调令,他来到了黑龙江省最西南角的一个小县城,当了一名中学教师。这里风沙大,干旱,空气干燥。对于一个天府之国来的青年来说真是一个考验。然而生性要强的陈老师,面对陌生的环境,陌生的人群,陌生的工作,只有一个选择,那就是从头学起。他自信自己可以再造一个新形象,再创一个新天地!

逐渐地他喜欢上了这个小城和这所学校,更喜欢自己的这份事业。在这座小城,他遇到了一位美丽的护士长,也是他终生的爱侣。他们先后有了三个儿子,幸福的生活让他打消了返回原籍的念头。全身心地投入到教育事业和文化事业之中。经过他亲自编排的舞蹈、话剧以及各种文艺节目都是全县一流的,也可以说是他把一个县城的文艺提高到一个新水准。他不怕辛劳带着同学们下乡慰问演出,到省城参加汇演,多次获奖。在教学上也是独树一帜,公开课别具一格。不论编排演出还是讲课育人,都带有深刻的军人的那种严谨、缜密和勇往直前的精神。

然而家世给他带来了不小的影响,一直让他心中隐隐的痛着。他把这些不快隐藏起来,总是精神抖擞地出现在人们面前,精力都用在工作上。他和志同道合的挚友们亲密相处,他们喜欢整夜地研究剧本,整夜地编排舞蹈的动作,也会聚在一起喝酒调侃,生活的既紧张又愉快。那舞动的旋律就是他最美的梦!

他文笔精湛,细腻,读起来有身临其境之感。字里行间涌动着一股激情,任凭世风变换,自己的追求始终如一,不计较个人得失,不追求名利地位,一心为了心爱的事业付出自己的全部心血和才华。当年的"立功入党"就是他毕生追寻的目标。也是他执着追求的动力。

《梦》叙述了一个追梦人的情怀,展示了80年来的历史画面。世事变幻,风起云涌,历尽坎坷,尝尽苦涩和艰辛。然而作者把这些不同的感受酿造成为甘甜的美酒,精心调制,与世人分享。在《后记》中写道:"《梦》记述的就是一个平凡人一生的信仰和追求，""在小说里以寻梦、追梦、问梦的形式记述了不同凡响的世俗情怀，一步步深深的脚印，一件件的平凡事回答了读者。主人公的一生有悔恨而不是虚度年华；知羞耻而不是因碌碌无为。他以平凡人为骄傲，以平凡人为光荣。"陈老师是为师楷模，师德为先，事业为大，默默无闻，潜心奉献。在桃李芬芳中品味付出的甘甜。值得如今的教师们学习效仿。

梦，是美好的。圆梦，却是艰辛的。尊敬的陈老师，他成功了！值得敬佩，让人敬仰。在 80 岁的时候一部《梦》呈现在世人面前，了却了自己的一个心愿，也把自己收获的果实分享给大家。是一种无私的奉献！

引用《梦》的最后几句话作为此篇小文的结束语："——梦，永远在；追求，永远在。梦永远在建伟（主人公）的心中、脚下、前方——也在我们每一个人的心中、脚下、前方——"

2012 年 6 月 13 日

有感《把经历变成财富》

《把经历变成财富》是周国平在"青年与幸福"讲座第六期的题目。他主要讲了把外部经历转化为内在财富，最主要的方式就是坚持写日记。他说："我很早就有这样一种意识，就是要把我的外部经历转化成内在的财富。怎么转化呢？主要就通过写日记。纯粹外部的经历，你是留不住的，但是你是带着感情去经历的，内心会有感受，你要珍惜这种内心的感受，不让它轻易流逝，这样也就是以某种方式留住了你的经历。很多人生活一天天过下来，从小到大，过一天少一天，什么也没留住。我就说你是把你的日子都消费掉了，这太可惜了。"这段论述富有哲理，发人深省。

我们每天都在经历生活的苦与乐，繁杂与闲适，每天都会对自己的生活有所感悟，或高兴欢欣，或迷茫沮丧。从小到大，我们曾经历多少数不清，说不尽的事情啊，全凭脑子的记忆终归是有限度的，随着时间的推移，记忆也在一点儿一点儿的淡化，即使对有些事情还记得当时的情景和经过，但是随着年岁的增加，感受也不一样了。

人的思维是活跃的，对自己的经历，包括对生活的体味，对大自然的认知，对所遇到的事物的感受及时记下来，就留住了生活的本色。待过些时日，再去翻阅那些日记时,你会觉得自己穿越时空,又回到那个年月,体会那段经历的滋味。对当时记载的事件和过程会有一种特别新奇的感觉,你会惊讶有些观念和感触常常会感动自己。

"把经历变成财富"其实很简单,就是及时用文字记下自己的所思所想,不仅留下了自己成长的足迹,也留下了心路历程和属于那个年代的精神风貌。感悟人生,催人奋进。

日记,就是一本心灵的账本,只有收入,没有支出。只有增值,不会贬值。也许,不经意间的一件小事,很微小的一点儿感受,会在经年以后给你带来意想不到的欣喜,让你倍感那段记忆的珍贵。

日记,及时记录自己的心情与感受,也记录了时代的印记。我们是踏着时代的节拍成长的,必然给我们留下独特的感受,它是属于那个时代的。同时,也记录了我们成长的过程。如果一个人从小学时代就坚持写日记的话,那么等到了老年,那就是一部丰厚的书籍。

喜欢写作的人,日记就是他的素材总汇。即使不喜欢写作,对于自己也是一本厚重的历史记录。是属于自己的财富。

每个人都是一部书,作者就是我们自己。把情愫寄予笔端,记下生命之美,留住对生活的认知和感悟,让平淡的生活更加丰富多彩,让平凡的人生更加璀璨辉煌,让充盈的精神世界更加厚重!

2014 年 1 月 11 日

有感《艺术是一个过程》

一向喜欢读王安忆的文章,喜欢她那种独特的视角和深蕴的思维以及隐喻性、象征化的叙述方式。让人被那细腻的、富有神秘色彩的描述深深吸引,并随着作者的笔触,进入一个充满生活气息的空间,似乎读者就是其中的一个角色,就是主人公的近邻,与主人公同呼吸共命运,禁不住潸然泪下或欣喜若狂。

在《艺术是一个过程》这篇散文中,她开门见山地写道:"艺术其实就是一个创造的过程,当这过程结束,艺术的活动便也结束了。"她很迷惑为什么有的艺术大家竟然选择自杀了却自己的一生,站在艺术角度的思考,她认为,艺术的终结就是生命的终结。然后,她列举一些艺术形式,譬如,书法与国画中的"飞白";篆刻中那种金石迸裂的痕迹;油画中的笔触;音乐演奏的奇妙;作曲者的想象力等等,都是具有转瞬即逝的特征的,这些来自于灵感的创造,便是艺术的灵光。她说,艺术,是创造的过程,而不是复制。她又写到制陶和酿酒,小鸡出蛋壳和婴儿出世,"每一种结果都无法预测,会有神来之笔降临。这些都可以说是自然的艺术活动,那些创造的诀窍是自然永远深藏不露的隐私"。这些酝酿、孕育的过程无比神奇,"而当它们一旦形成,便成为物质世界的一部分,付与实用的目的,结束了自然的艺术活动"。

她接着说道:"艺术有时候还是一种生活状态,一个生活场景。"她描写东北人赶着大马车到杨家埠画坊买年画的过程:赶着大车往杨家埠来,在画坊阁楼上等着交货,再赶着大车回东北,以及保镖的护卫,夜间行走荒山野岭的恐惧等等。"包含人的具体劳动是艺术的又一个特征"。

"艺术还体现在一些人生的场面","艺术往往在人生里体现为一种奇迹的景观,它具有一种非凡的创造性","创造是艺术最表面也是最本质的特征"。"从这个意义上也可以说所有的人生都是艺术活动,人生其实就是创造命运"。

阅读《艺术是一个过程》这篇散文,让我开阔了视野,对"艺术"的认识有了新的,深刻的理解。说起艺术,人们往往会把它看成高不可攀的、遥不可及的,是属于艺术家的专利,普通人是可望而不可及的。阅读《艺术是一个过程》之后,豁然开朗起来,艺术无处不在,它就在我们日常生活里,我们每天都在从事着艺术活动。艺术家创造的是奇迹,我们创造的是平凡,而平凡中蕴藏着厚重的文艺内涵。仔细想来,其实我们每一天都在创造生活,创造自己的命运,从事着各种各样的艺术活动,譬如:下厨制作美食,编织剪裁衣服,整理打扫房间,撰写文稿,与人交往,都是含有艺术内涵的。我们每一刻都在创造着,虽然平凡、细小,那里面都饱含着人们创造的智慧和心血。我们常说的领导艺术、处理棘手问题的方法、人际关系的维系、公关艺术等等,都是一个创造的过程。

生命不息,创造不止。只要我们生活在这个世界上,就必须去创造,去践行,谁也不会是生活的旁观者、生命的守望者。每个人都是艺术家,每时每刻都在谱写属于自己的乐章;每时每刻都在描绘属于自己的画卷;每时每刻都在雕塑自己的形象。我忽然想到,人生如此壮美,生命如此宝贵,我们有什么理由不去珍爱它呢?假如我们把生活的琐碎当作一件件艺术品的创造过程的话,那该多有意义啊!在有限的时间和无限的空间里,发挥我们的想象力和创造力,除去那些忧郁,忘掉那些烦恼,少一些抱怨,多一些赞美,少一些贪欲,多一些付出;从我们身边的事情做起,从一点一滴做起,用内心的柔情去感受生活,用敏锐的双眼去发现美好,用灵巧的双手精雕细刻,用智慧的头脑去创造艺术人生!

2014 年 8 月 25 日

美丽的风筝

——《追风筝的人》读后感

元旦前,我用了三天时间读完了〔美〕卡勒德·胡赛尼著,李继宏译的《追风筝的人》,这本书由上海人民出版社出版,2006 年 5 月第 1 版,2014 年第 75 次印刷。可见这部小说是多么受读者的喜爱。

作者卡勒德·胡赛尼,1965 年生于喀布尔,后随父亲逃往美国。《追风筝的人》是他的第一本小说。

作者以第一人称,讲述了阿富汗富家少爷阿米尔与仆人哈桑之间发生的故事。通过两人之间的爱恨情仇,向世人揭开了富人与仆人,和平与战争,亲情、友情、爱情与悔恨、愧疚、救赎以及阿富汗普通人的生活画面。

阿米尔从小失去母亲,与父亲一起生活,仆人哈桑和父亲阿里一起生活。阿米尔住在高宅大院,哈桑和父亲住在低矮破旧的小屋里。每天早晨哈桑给阿米尔送来饭菜,阿米尔吃着美味佳肴,哈桑在旁边给他熨烫衣服。阿米尔上学读书,哈桑一个字也不认得。但是,茶余饭后,哈桑还要陪他玩耍,他们一起爬山,一起放风筝。阿米尔总给哈桑出一些难题,哈桑虽然不识字,但是很聪明,很理性。尤其是阿米尔的父亲对哈桑特别友好,有时候让阿米尔心里有些妒忌。哈桑任劳任怨地伺候少爷,愿意为他付出自己的一切。哈桑弹弓打得好,可以说是弹无虚发;哈桑风筝放的好,追风筝也很有招数。阿米尔和哈桑是情如手足的兄弟一般。可是两个人的出身不同,决定了他们之间的情谊是经不住残酷的现实考验的。

一次回家的路上,他们两人遇到了另一个富家少爷阿赛夫带着两个帮凶,他在当地可以说是臭名昭著,他的裤兜里装着黄铜色的不锈钢拳套,想要收拾谁,便掏出来一顿痛打,人们都很害怕惹着他。阿赛夫故意用语言辱骂哈桑,阿米尔和他理论,他便伸手去掏那个不锈钢拳套,眼看着一场痛打是躲不过了,阿米尔很害怕,又无处求救,这时,哈桑大喊一声,阿米尔回头一看,哈桑手里举着弹弓对着阿赛夫的眼睛,石子就在弹弓上一触即发。阿赛夫等人一看,不敢造次,灰溜溜地走了,留下一句话:"总有一天,我会让你尝尝我的厉害!"

阿米尔总想让父亲夸奖他,认可他,可是他父亲对他特别严厉,在内心深处他很惧怕他。

一次机会来了。一场风筝比赛,在哈桑的全力帮助下,阿米尔的风筝割断了所有参赛的风筝,最后割断那个是一个蓝色的特别有实力的风筝,阿米尔胜利了,全场为他欢呼,为他祝福。他看到了父亲远远的为他鼓掌。他为父亲赢得了荣誉,也为自己赢得了骄傲。哈桑拼尽全力去追那个蓝色的风筝(当地习惯是把割断的那个风筝追回来才算是全胜)。阿米尔带着满腔的喜悦也随后追去,这时候,在一个僻静的小巷,他看到了一个惨不忍睹的场景:蓝风筝在一旁静静地躺着,哈桑烟色的裤子扔在碎石堆上,阿塞夫骑在哈桑的身上,正侮辱他。阿米尔惊呆了,他双腿一软就坐在了墙根下。他胜利的喜悦荡然无存,是去救哈桑还是躲起来?最后他痛苦地选择了躲避,他自责、他痛苦、他无颜面对哈桑。最后他逼走了哈桑父子。不久因为战争的原因,阿米尔与父亲逃往美国。

成年后的阿米尔,始终无法原谅自己对哈桑的背叛,为了赎罪,阿米尔再度踏上了离开 26 年的故乡喀布尔,希望能为不幸的好友尽最后一点心力。当他踏上故乡的土地,战争使故乡蒙上了一层阴影,残垣断壁,战火硝烟,早已不是儿时那安宁富庶的景象。通过老朋友,他得知了哈桑的消息,哈桑结婚了,有了一个儿子,也学会了写字,他们又搬回阿米尔家的老宅,为了维护阿米尔的家产被塔利班官员枪杀了。在一张照片上,他看到了哈桑和他的儿子索拉博,还有一封哈桑写给阿米尔的信。

正当阿米尔沉浸在极度痛苦、自责之中的时候,他又得知,哈桑的身份,哈桑是他同父异母的兄弟!这个残酷的事实让他几乎疯了!

当他冷静下来的时候,一种赎罪感迫使他必须找到索拉博,把他带回美国。可是,当他来到寄养索拉博的地方,才知道那可怜的孩子被一个富人给买走了。历尽千辛万苦,终于找到了那个买走索拉博的人,真是冤家路窄,这个人就是当年侮辱哈桑的阿塞夫。经过几番周折,阿塞夫要和阿米尔以决斗胜负来决定是否把索拉博带走。阿塞夫又掏出那个黄铜色的不锈钢拳套,阿米尔赤手空拳,只有挨打。在被打得头破血流的时候,忽然一声断喝:"住手!别打了!"原来是索拉博手中拉开弹弓,弹弓的皮子夹着一个铜球,他对准阿塞夫的眼睛,弹了出去,只听得阿塞夫一声狂叫,一只眼睛就冒血了,在地上滚来滚去。阿米尔拖着重伤的身体,拉起索拉博便飞奔出去,老友正在路旁接应他们。儿时的噩梦再度重演,索拉博和他的父亲哈桑一样睿智和勇敢,他救了阿米尔也解救了自己。至于,如何等待办理签证去美国,虽然费了好多周折,但是,终于圆了阿米尔悔罪救赎的心愿,终于把索拉博带回了美国,完成了救赎之旅。

故事如此残忍而又美丽,作者以温暖细腻的笔法勾勒出人性的本质与救赎,读来荡气回肠。故事娓娓道来,轻笔淡描,引人入胜。

作者在前言中写道:"如同《追风筝的人》的阿米尔,我在上个世纪70年代的喀布尔开始写作,当时还是孩子。虽然我用来写作的语言已经变了——从法尔西文、法文,到如今的英文,但有个因素却始终未变:我向来只为一个读者写作——我自己。""于我而言,写作总是服务于我自己,是一种把故事告诉我自己的行动。"这本书于2003年6月在美国出版。

然而这部小说一经出版,即风靡美国以至于风靡世界,作者收到了来自世界各地的信件,"在这些信中,我看到小说作品独有的联结人民的力量,我还看到了人类的体验有多么普遍:羞耻、负疚、后悔、爱情、友情、亲情、宽宥和赎罪。""谢谢你们阅读这本书,愿你们的风筝飞得又远又高。"

译者李继宏在译后记中写道:"在这本感人至深的小说里面,风筝是象征性的,它既可以是亲情、友情、爱情,也可以是正直、善良、诚实。对于阿米尔来说,风筝隐喻他人格中必不可少的部分,只有追到了,他才能成为健全的人,成为他自我期许的阿米尔。"

"也许每个人心中都有一个风筝,无论它意味着什么,让我们勇敢地追。"

《追风筝的人》值得一读。用芝加哥论坛报的评论结束这篇读后感:"敏锐,真实,能引起人们的共鸣。《追风筝的人》最伟大的力量之一是对阿富汗文化的悲悯描绘。作者以温暖、令人欣羡的亲密笔触写阿富汗和当地人民,一部生动而易读的作品。"

2016年1月7日

勤奋执着　倾心打造《梦魂情》

有梦想就有希望,有希望就有成功。《梦魂情》出版发行,是李齐军的圆梦之作,是泰来作协的重要成果,是泰来文学创作乃至于文化事业的丰硕成果。

泰来县作协隆重举行《梦魂情》发行仪式暨《梦魂情》创作研讨会,是一件非常有意义的事情。通读《梦魂情》之后,又一次被感动,被震撼。有一些感想借机发表。

"三情"织就文学梦。

一是"热情"。作者凭着对文学的酷爱,以极大的热情去探索、实践、成就自己的文学梦。所以,几十年如一日,不论遇到什么困难和阻碍,都满心热情地去追逐自己的梦想。

二是"感情"。这部书里最突出的特点就是一个"情"字。这个情涵盖了亲情、友情、乡情和爱情。作者用最贴切的文字倾诉了自己对父母的孝道,对妻子的挚爱,对儿子的谆谆教诲,对朋友的真诚,对家乡的眷恋和赞美。同时,对于社会上普通劳动者的赞誉和褒扬也充分体现了一个"情"字。

三是"激情"。李齐军的文章不论什么主题或体裁,表达的是一种积极向上、执着、奋进的激情,充满正能量。歌颂、赞美、褒扬,表述的都是发自内心深处的激昂和真情。即使偶尔抒发一下内心的郁闷,也是把握得很得体,很适宜,低落中有希望,有奋进。对于社会的不良作为是积极的指教和善意的规劝,而不是夸大阴暗面,肆意地借题发挥。以普通社会一员最淳朴、最笃实的视角去看待社会和事物,去表达自己阳光的心态。

"三倾"演绎梦魂情。

一是倾其所有精力,用自己独有的视觉去观察、揣摩、构思、落笔成章。作者经历了落榜、就业、下岗、生病等诸多生活的考验,却能在琐碎繁杂的生活中,以忘我的精神,去探寻文学梦。

二是倾其所能,在文学创作的路途上勇往直前。忘掉自己的身份,凭借自己多年的积累,借助诗词协会这个平台大显身手,以自己的真才实学独树一帜,并积极创办泰来作协,克服一切困难,创造了"小城文人"文学创作群体,而且成果显著。

三是倾其所爱,痴情演绎《梦魂情》。一个作家最根本的属性就是对生活的热爱。不管生活如何对待你,一个爱字足以创造奇迹。李齐军就是以满腔的爱去寻求心中的梦。他不计名利,不计报酬,用纯真、质朴、聪慧的爱去踏平生活中的不平之路,去探索生活的真谛,去发现生活之美,去赞美生活之乐,去感化人们的迷茫,去抚平内心的忧郁,去感动人们的内心,以赤诚之心塑造自己的文学形象,实现文学梦。

"三勤"成就三部曲。

《梦魂集》《梦魂吟》《梦魂情》堪称圆梦三部曲。

一是勤学,早在读高中时的诗作中就有这样的诗句:"在知识的花丛中,我们是一只求知的小蜜蜂。"诗言志,小小年纪便立志勤学,求知,在知识的海洋里遨游。散文《读书之趣》，非常详实地记述了从小爱读书的趣事。

二是勤练，把写作融入生活的细节，坚持经常练笔、创作。每逢过年过节，亲友过生日或自己所见所闻，一有灵感便动笔成诗。正如诗中所写"练笔数年集百篇，情心悟语赋中渲"（《梦魂集》）。大略估算一下，三部曲中收集的诗篇早已超过千篇，这是何等的韧劲啊。

三是勤思考。作者善于观察，善于思考，善于提炼。作品中不仅仅体现了作者对自然景观、人物、事物的观察与思考，而且对全县的重点工作和重要项目也了解的特别透彻。当我读到"风雨招商人""为上项目演出而作""见证"（反腐倡廉内容）以及"泰来赋""泰州赋"以及围绕"四种文化"作赋等内容，特别的感叹，一个普通的工人，能把县里大事和历史写得那么清楚，不学习，不思考，怎么能写出来这样感人的诗赋呢！

纵观李齐军的创作经历，大致分为三个阶段：

一是凭兴趣喜爱文学阶段，也可以叫作原始积累阶段。10 岁就开始在其父亲的教导下学习古诗词，由此对诗词产生了兴趣，读初中遇到一位教语文的班主任，读高中时又遇到一位喜欢写诗的语文老师，又有幸读到王力的《诗词格律》，认真的研读、学习创作格律诗。同时，大量地阅读国内外名著、名篇，汲取文学素养，大量地占有文学知识，为后来的文学创作奠定了一个良好的、坚实的基础。

二是凭实力不断探索文学创作阶段，也可以说是勇于实践，把诗意融入生活，不断发展阶段。参加工作、结婚生子、下岗再就业，历经多个岗位的工作，丰富的平民生活经历和琐碎繁杂的生活磨砺，为文学创作积累了丰富的资源。李齐军把对生活的感悟，对文学梦的期盼都融入笔端，并把自己写出的诗词或小文辑成《心迹》的小册子，送给同学、亲友和朋友。可以说是一个自然发展的阶段。

三是凭借诗词协会、作家协会这个平台，文学创作达到了快速成熟阶段。李齐军 2007 年加入泰来诗词协会，2008 年编辑了《梦魂集》，把自己多年来积累的诗作结集成册。诗协给他一个广阔的诗词创作新天地，结识诗友，参加各种采风、创作活动，使其实现文学梦的夙愿越来越强烈，越来越急迫。2008—2013 年，这段时间李齐军被聘为泰来诗词协会副主席，国家诗词协会会员，他的创作也达到了快速发展时期。诗词协会围绕县域经济、文化的发展开展创作活动，让李齐军的视野更开阔了，他从歌颂亲情、友情以及自然风光的基础上，更多的作品反映了泰来的经济建设和文化建设，站得高了，看得远了，创作的内容和内涵更深远了。仅仅五年时间，不仅创作了大量的格律诗、词，还写了多篇赋，并结集成册《梦魂吟》。这部书比起《梦魂集》更臻于成熟。2012 年，李齐军的文学梦达到了水到渠成的时期，他凭自己对文学的挚爱，凭借社会各方的支持与省市泰来籍作家和关心泰来的朋友的鼎力相助，积极牵头组建作家协会，并担任泰来作家协会主席。仅仅三年多的时间，正式出版发行了《梦魂情》，收录了三年多来创作的诗、词、曲、赋、楹联、散文，还有各种文艺题材的脚本和神话故事，真可谓体裁多样，文采纷呈。这个时期是李齐军文学创作的鼎盛时期。

《梦魂集》《梦魂吟》《梦魂情》这三部曲，足以构成李齐军圆梦之旅的丰厚成果，足以体现圆梦之旅"一分耕耘，一分收获"的艰辛历程。"常思圆梦献诗卷，久望抒怀扬舸帆"。李齐军用超常的聪慧、超人的毅力奉献给我们能体现生活实际，打动人心，接地气的文学作品。同时，也告诉我们，文学创作的成功，不在于一个人的社会地位和拥有的权力，不在于富有的经济条件和舒适的生活环境，而是在于一个人的对文学创作的挚爱与执着。

圆梦三部曲，向人们展示了作者火热的情怀，恬淡的胸襟，高远的志向，执着、笃行和无私奉献的精神境界。同时，也展示了泰来文化、泰来风土人情、泰来历史底蕴以及泰来的未来。

圆梦三部曲，讴歌了亲情、友情、乡情、爱情的伟大和厚重，是一部有收藏价值的书，是一部学习、创作诗词歌赋、散文以及各种文艺体裁的教科书和戏剧脚本。

李齐军，是文学创作者的一面旗帜，是泰来文学创作的领军人。他不仅自己倾心创作，而且善为人师，悉心指点喜爱诗词创作的同仁，填词写赋，传播格律诗之美韵。带动一批人痴心于格律诗、辞赋的创作，成绩斐然。"小城文人"群体逐步壮大，创作的作品数量增多，质量不断提高。在圆梦三部曲的感召和影响下，一定会有更多的泰来籍诗人和作家涌现出来，泰来文化事业方兴未艾！

2016 年 6 月 28 日

心若幽兰远

——读毕淑敏散文有感

毕淑敏的香淑系列散文集《做一个——有香气的女子》的副标题是：心若幽兰远。我很喜欢这句话。

在这部散文集的自序里，毕淑敏通篇写的是兰花。开头便写道："在中华文化中,什么是天下第一香?是兰花香。"

"古人赞'兰之香,盖一国'。兰花以它特有的叶、花、香独居四清(气清、色清、神清、韵清),其香也淡,其姿也雅,给人以高洁、清丽的美好形象,被喻为花中君子。"

作者倡导向兰花学习,要有一点精神:"希望每个女子的精神世界,都是遍植兰花,香氛悠远。""望你在心灵深处,埋下兰花的种子,终于有一天,你的心灵的香气,会旷日持久地飘荡和远播。"

以上几段文字让人心生兰韵,似乎闻到了兰花淡淡的幽香,悠远绵长。

我们何尝不去做一个心若幽兰,香气四溢的女子呢!

兰之香气,不是胭脂粉黛,不是穿金戴银,不是妩媚艳丽。兰之香气是与生俱来的高雅,是心灵深处的豁达,是散发书香的气质。

高雅,是内在气质的一种外在表现,言谈举止有较高的风雅度和令人欣赏的情趣和风格。在这些优良的表现中,最能打动人的是微笑。一个微笑,足以震撼一个人的心灵。这微笑犹如兰花的花蕊散发的香气,沁人心扉;这微笑,能拉近人与人之间的距离,有亲切感;这微笑,能抚慰人的心灵,传递信任和温暖;这微笑,能化解纠结化干戈为玉帛。淡淡的微笑,是女子高雅的极致。只要我们以发自内心的微笑面对生活,我们的生活便会充满阳光和芬芳。

豁达,是一种品格和美德,是大度和宽容,是乐观与豪爽,是开朗与洒脱,是人生中最高境界之一。豁达,更是一种博大的胸怀和自信的气度。作为一名女子,面对社会和生活,必须学会坚韧和自信,相信自己的力量,才能具有开阔的胸怀;相信自己的力量,才能包容这个世界;相信自己的力量,才会稳健前行。正如毕淑敏写的那样:"爱慕自己,你就是夏日里的香气。"

气质,泛指一个人的姿态、相貌、衣着、性情、行为等结合起来的整体表现,源自内心深处的修养。它体现在一个人适宜的服饰,儒雅的言行,智慧的头脑,慈善的心灵。这里最重要的是内心世界的纯正和洁净。正如毕淑敏在《内心的洁净》一文,写了关于参加时装发布会的体会,她不追求时尚的华服和知名的品牌,而在意衣着的整洁和高雅。她写道:"华贵表达着你的财富,而洁净证明着你的品质,衣服只是外在包装,内在的精神洁净才是最重要的。"所以,我觉得一个女人的气质来自于自身的经历、阅历和历练。勤于读书,勤于思考,勇于实践,才能高雅、聪慧、淡定、从容,散发着浓郁的书香。这样的女人才是兰心蕙质,馥郁芬芳,美丽清芬。毕淑敏在《柔和的力量》一文中说道:"女人需要美丽。美丽,是女人最初也是最终的魅力。""美丽的女人是和谐的,柔和的,持久的。"

美丽的女人拥有善良、智慧、坚韧、果敢、顽强。所以,我们应该做一个有香气的女子,心若幽兰,必芳香持久。

2016 年 8 月 6 日

不求名利　只做学问

——评杨绛先生的《我们仨》

"我们这个家,很朴素;我们三个人,很单纯。我们与世无争,与人无争,只求相聚在一起,相守在一起,各自做力所能及的事。"这是《我们仨》的作者杨绛在第三部的开头写的一段话。这段话把一个名人、名家的平凡生活表达的淋漓尽致。《我们仨》这部散文集,详实地记载了杨绛、钱钟书、钱瑗一家三口简约而厚重的日常生活,有幸福的甜蜜,有时世的动荡,有生活的艰辛。他们一家三口"不求名利,只做学问",成为世人瞩目的名人、名家。

杨绛,1911 年 7 月 17 日—2016 年 5 月 25 日,原名杨季康,中国著名作家、戏剧家、翻译家,江苏无锡人。主要作品有剧本《称心如意》、《弄假成真》长篇小说《洗澡》,散文及随笔《干校六记》《将饮茶》《杂忆与杂写》《我们仨》《走在人生边上——自问自答》等。译作《堂.吉诃德》《吉布.布拉斯》等。2001 年,杨绛把她和丈夫的稿费和版税捐给母校清华大学,设立"好读书"奖学金。

《我们仨》是作者于 2003 年 93 岁时出版的,风靡海内外,再版达 100 多万册。

《我们仨》,是杨绛一个人对三个人一起生活的回忆。也是作者写这部书的初衷。

这部书分为三部分。第一部,我们俩老了。第二部,我们仨失散了。第三部,我一个人思念我们仨。

第一部,仅仅 500 多字,写了一个梦境。"做了一个梦,我和钟书一同散步,说说笑笑走到一个不知什么地方,黄昏薄暮,忽然钟书不见了。急着找,却突然醒了"。作者经常做这样的梦,凄惶中,好像只要能找到他,就能一同回家。在青年时期就怕失散,怕另一半走失。"钟书大概记着我的埋怨,叫我做一个长达万里的梦"。

第二部开头与第一部的结尾紧紧相连。这是一个"万里长梦"。作者通过一个长梦回忆他们三人失散的过程。古驿道、客栈、乌篷船，圆圆走了，钱钟书也走了。在这个漫长而又痛苦的时段，是人生最大的痛。作者却用梦境的描写，在古驿道上，他们一家三口，相聚又别离。客栈的变换，船的不断前行，最后人走船空，只剩下作者一个人。"我抚摸着一步一步走过的驿道，一路上都是离情"。

作者在不到两年的时间里失去了两个至亲的亲人，是多么痛苦的事情。而作者却用梦境写了他们三人走上古驿道，在古驿道上相聚，在古驿道上相失。梦中离奇的感觉冲淡了失去亲人的痛苦，却把三人之间的情感描绘的那么超然物外。真是神来之笔，令人惊异，令人赞叹。

第三部，作者回到现实中来，以最平和的心态回忆三个人一起生活的岁月。

1935 年 7 月，杨绛 25 岁那年与钱钟书结婚，一同到英国牛津求学。后来钱瑗出生，他们又到法国巴黎留学。这一年，钱钟书下功夫扎扎实实地读书，中文、法文、英文、意大利文。这段时间是他们最幸福的时光。甜蜜的爱情，良好的学习环境还有可爱的钱瑗。他们对于夫妻间的情感特别的珍惜。

钱瑗从小喜欢文字，看一眼就能记住，过目不忘。一个阿姨记地址的明信片丢了，钱瑗却一字不漏地背了出来，那年她还不到八岁。她喜欢读书，别的孩子整天玩耍打闹，她却静静地读书。她爷爷说她是"读书种子"。杨绛说："钱瑗是我生平的杰作。"钱钟书称钱瑗是"可造之才"钱瑗却是特别聪慧，报考北京师范大学，甘愿一生做教师。

1938 年家乡被日军占领，他们急着回国。沦陷的生活很艰苦，却觉得一家人同甘共苦，胜于别离。面对忧患他们坦然处之。最让人敬慕的是钱钟书不为名利所诱惑，只一心搞学问。他们夫妇俩不但爱家庭，更爱国家。在解放前夕，他们夫妇有优越的条件到国外去。但是，他们不愿意出去做二等公民，爱祖国的文化，爱祖国的文字，爱祖国的语言。一句话"我们是倔强的老百姓，不愿做外国人。安静地留在上海等待解放"。

1949 年夏，他们夫妇得到清华母校的聘请，携女儿到达清华大学，开始在新中国工作。他们是从旧社会过来的知识分子，经历了"三反运动""反右斗争"等政治运动，由于他们一心专攻学问，顺利通过政治运动的审查。即使在"文革"期间，他们只一年时间便走出"牛棚"，在一个破旧的办公室居住。虽然条件简陋，他们却继续自己的读书与写作。直至到了晚年，依然读书写作。

《我们仨》是一部值得一读的好书。作者用最平淡的文字，讲述了一家三口人甜蜜的生活，展示了名人、名家的淡泊情怀。他们之所以成功，写出传世之作，不仅仅是他们有聪慧的头脑和超群的才华，更令人敬慕的是他们有普通人最纯净的思想、最勤奋的学风、最执着的信念和不受名利诱惑,甘于读书写作,为世人留下了不朽的著作和精神食粮。

《我们仨》以最恬淡的情怀展示了作者一家人的明智、明理,以自己的智慧与勤奋创造了人间奇迹。教会人们如何做事、做人、处世。

《我们仨》没有华丽的辞藻,朴素、简洁的文字迸发出震撼人心的力量。读着,像一位哲人与你谈心那么轻松自如。作者是世纪老人,百岁以后依然坚持写作、出书。她经历了那么多的坎坷和苦难,却没有一字的抱怨和仇恨。而是赞美生活,赞美爱情与亲情,感恩生活的恩赐。他们饱经忧患,也见到世态炎凉。却把这些日常感受,"当做美酒浅斟低酌,细细品尝,因为忧患孕育智慧"。

《我们仨》的附录了收集了他们一家三口的手稿、便条和信件,还有钱瑗为钱钟书画的画,十分有趣,感人。

《我们仨》出版已经十几年,多次再版。但是真正读到这本书的人依然是少数。希望有更多的人读到这本好书。

2018 年 10 月 10 日

随 笔

景物咏叹

秋

仲夏即将过去,秋天快到了。早晚已有了徐徐的凉风。

秋天是成熟的季节,是收获的季节。也有人把秋天比喻为伤感、离别和暮年等等。我以为,秋天是黄金的季节。有诗为证:"喜看稻菽千层浪""战地黄花分外香。"金黄的稻穗,金黄的菊花,金黄的果实,真是一个金色的世界。看着片片金色,心里特别的踏实,一年的心血没有白费,辛勤的耕耘有了收获,丰收的喜悦挂在眉梢喜在心头。

人生何尝不是如此呢？走过天真烂漫的童年,走过活力四射的青年,学习、工作、拼搏、创业,历尽千辛万苦,饱经风霜雨雪,爬过坑坑坎坎,一步一步走到中年。看着各种奖励、学历、任职证书,心里涌出苦辣酸甜。回首往事,历历在目,好像就在昨天。如今,不再担心房屋漏雨,不再担心路途泥泞,不再担心没有买米、买煤的钱,不再担心冬日的冷暖。安稳、恬静的生活早已把昔日的苦累取代。回首自己的经历,好像看到了一望无垠的稻田,颗颗稻粒,包含着多少苦涩和辛酸。今天,终于可以收获了,饱尝丰收的甘甜。披着金色的霞光,走向金色的秋天。

有人说,人生的秋天,让人暗淡。是的,人生的秋天也会有落叶和枯干,四季的轮回,谁也不能把乾坤倒转。但是人生的秋天是最美的季节,我们何尝不去领略这大好的风光呢？天高云淡,是我们的胸怀;把酒赏菊是我们的情趣;神清气爽是我们的气质;成熟沉稳是我们的魅力所在。

让我们唱一首秋之歌吧,用金色的音符赞美这金色的季节,美好的人生！

2005 年 4 月 8 日

时　空

宇宙之大,空间无限,浩浩渺渺,没有边际。

天地之间,空旷无边,风云翻转,不见尽头。

大地之阔,一望无垠,千山万壑,与天相接。

有了空间,星球得以按照自己的轨迹运行。

有了空间,风云雨雪任飘洒,繁星明月映太空。

有了空间,春华秋实,夏花冬韵,四季变换,姹紫嫣红。

人的一生,既有空间,又有时间。空间无限,时间却是有限的,即使人生百年,也终究会离开这个世界。而人类生活的那个空间却是永远存在的。

一个人如何潇洒自如,轻松愉快地生活在自己的时空之中呢?我觉得,要靠自己的智慧来拓展生活的空间,充实自己的生活,让生命的时空绚烂多姿,流光溢彩,繁花似锦。智慧来自人心,心有多大,人生的空间就有多大。

人的一生,面临着错综复杂的人际关系,父母、夫妻、子女、兄弟姐妹、朋友、同事,还有对手和难为你的人。

人的一生,遇到难以数计的困难和问题,还有刁难和委屈,误解和排斥,挫折和打击,妒忌和陷害。

人的一生,需要学习知识,适应环境,应对局面,接受考验,经受诱惑,面对琐碎和无奈。

诸如此类,林林总总,都需要以一颗宽容的心来包容。可见,人心就是一个偌大的空间啊!真正做到包容、宽容、饶恕,是多么的不容易啊!不禁想起一句话:"后退一步,海阔天空"。由此看来,要想自己生活的空间更宽阔,那么就必须给别人一个空间。对父母,多孝敬;夫妻之间,多恩爱;对兄弟姐妹,多关心;对朋友和同事多关怀。对于委屈和误解要多理解、宽容。对于考验和诱惑要冷静、沉着。对于挫折和打击,要坦然、坚韧。对于妒忌、琐碎和无奈要从容、淡定。对于对手和为难你的人,要理智、平和,化干戈为玉帛。这样才是智慧的生活。虽然很难,必须努力去践行。学会淡忘,学会宽恕,学会达观,视野开阔了,心胸就空旷了,生活的时空才会变得色彩斑斓。

2010 年 8 月 30 日

雾　凇

周末,应家乡朋友之约,回县里和朋友聚会。

因为大雾天气,能见度很低,车缓慢行驶着。灰蒙蒙的雾气笼罩着大地,距离50米以外就什么也看不清楚了。只可以看见公路和两边的护栏,城市和大地都被大雾掩盖了。

车在一片雾霭里行走,犹如进入了仙境一般。渐渐地,可以看到路边的树木,上面的雾凇似碧玉琼花,时隐时现。大地里的荒草也结满霜花,洁白如玉。随着雾气的扩散,隐隐约约地看见远处的楼房、铁塔。最让人心醉的是那披满霜花的树木,一片连着一片,在雾中闪着银辉。缥缈的雾啊,就像轻纱一样,轻柔地浮动着,缭绕着。

我被这奇异的景色迷住了,那玉树琼花,可是上天恩赐的甘露吧,把冬日干燥的土地以滋润;那飘忽不定的雾霭,是天上神仙的衣袂吧,给北国银色世界披上了轻纱;也许,是天上的仙女来这里浣纱。

我正沉迷在这景色之中的时候,雾气已经悄然散去了,车开到160迈,我都没有感觉到,老伴儿笑我太痴迷了。

过了江桥,云开雾散,天空晴朗,阳光明媚。也早已不见了那雾霭景观。大地、楼宇、高塔都披上了一层淡淡的黄色。阳光的温暖正抚慰着寒冷的土地呢。看着这一路截然不同的风景,让人感慨万分。大自然就是这样的神奇,百公里的路程,却是两个世界的感受。造物主就是这样公平吧,在你沉醉在迷雾之中奇思异想的时候,阳光已经悄然来到你的身旁,展现在你眼前的是那最真实的一切。

雾、雾凇,这样的景致一年中都是很少见的。它是那样的神奇美丽,大自然的恢宏和变换无穷让人折服。有幸一路欣赏这旖旎的风光,是难得的幸事。

我不禁感叹:奇异美好的东西,都是那样转瞬即逝,只有实实在在的生活,才是那么长久。珍惜悄悄溜走的每一刻时光吧,在人生的道路上,既有美好的风景值得我们观赏,更有平凡的生活需要我们去践行。扎实地走好每一步,学会欣赏生活的美好,学会创造美好的生活。

2010 年 11 月 15 日

小　草

　　去冬少雪，春暖花开时节，楼前的草坪却光秃秃的。我暗暗担心，这草坪是要荒废了。每天都要看看草坪的变化，虽然长出一些草儿，大部分还是裸露着土地，仔细观察发现那草根也是干枯的。心中猜测着，这草坪看来得重新铺草皮了。日复一日，未见物业有什么动静。每日望着像得了斑秃的草坪，心中不免有些不悦。

　　进入夏季，连续几日降雨，空气特别的清新，湿度也越来越大了。我们把草坪边上露出土地的地方，整理一下，栽植一些花草。每天给花儿浇水，观察长势。却发现，平地长出一些草儿来，开始是小小的草芽泛绿，然后一束一束地长出细细的叶子，只几日，草儿已经把裸露的土地覆盖了，连我们翻过的土地也长出小草来。绿茸茸的草儿，在微风里摇曳，像绿色的波浪。

　　真惊叹草儿的生命力！干枯的草根，遇到适宜的温度、雨露、阳光，便生长起来，茂密的草儿把整个大地覆盖。虽然错过了春的季节，在夏日里依然俏丽、繁茂！忽然想起那句耳熟能详的诗句："野火烧不尽，春风吹又生。"描写的就是离离原上草啊。可见，草的生命力是诸多植物中生命力最强的。

　　小小的草儿，是那么不起眼，永远是花儿的陪衬，永远是夏日的底色，任凭风吹雨打，任凭干旱和火荒，甚至任凭人们的践踏，却凭借极强的生命力，执着地生长着，只要遇到土壤和雨露，就会生根发芽。无数的草儿聚集到一起，就是一片绿地，就是一片草原，就是一片绿色的海洋！

　　看清风拂过草地，好像在抚慰草儿的面颊；看阳光照射着草地，好像给草儿涂金；看雨珠落在草叶上，好像在给草儿输送乳汁。青青的草儿，散发着淡淡的草香，净化着空气，装点着庭院的空地，给人们带来夏日的青翠和清爽。

　　我不禁想到：芸芸众生，世代繁衍生息，代代相传，犹如草儿一样，任凭世事变迁，顽强的生存下去，一代又一代，生生不息。

　　做人，也如草儿一样，无所奢求，脚踏实地，默默奉献，以自己微薄的力量，为大好河山增一点儿绿色，在万花丛中悄然微笑。

2012 年 6 月 27 日

生命的绿色

　　夏天的雨,下得特别的勤。刚刚还是一片蓝天,艳阳高照,须臾间,飘来几片淡灰色的云,便有雨滴洒落,淅淅沥沥,密密匝匝的倾泻下来,人们还来不及找个地儿躲雨,天便晴了。一阵晴,一阵雨的。给炎炎夏日带来些许清爽和湿润。这就是夏日的雨,来得快,去得也快。

　　其实,这样的雨水对植物却有好多益处呢。农谚说:"有钱难买五月旱,六月连雨吃饱饭。"植物不论花草树木还是农作物,喜欢热烈的日光,喜欢适宜的雨水。尤其这个时节,那些瓜菜和粮食作物,拔着节疯长着。小园子里的西红柿、辣椒、茄子、吊瓜等一夜间可以长出几寸长的枝蔓。满眼的绿色,浓浓的绿色,特别的养眼。

　　看雨滴从叶子上滚落的那一刻,心中不免生出好多联想来。生命的绿色,绿色的生命,凸显着生命的顽强,以不可抗拒的力量萌生、成长。那些瓜的蔓儿好像长了眼睛一样,顺着竹子搭的架子,向上攀爬着,细细的蔓儿紧紧地缠在竹竿上或者它可以触及的物体上,打朵、开花、结瓜,直至成熟。

　　说到绿色,想起儿时的记忆。在图画课上,老师让我们把蓝色的水彩和黄色的水彩等份地放到一起,这时候,我发现水彩变成了绿色。当时就想到了,蓝天和阳光。老师告诉我们,颜色由三原色即红、黄、蓝组成,这三种颜色的混合会产生多种色彩。绿色便是蓝色和黄色混合而成。

　　在我们的生活当中,绿色应该是主色调之一。绿色被人们看成是一种和谐的颜色,它象征着自然、生命和生长。绿色又象征着宁静与和平,给人以安全感。谈起绿色,我们的眼前会浮现出广袤的草原,茂密的森林,无边的田野,路边的树木,公园里的草坪,房前屋后的绿荫和灌木。

　　由此又联想到人与植物的相通之处。萌生、生长、开花、结果、成熟。我们常说:生命之树常绿,友谊万古长青。其实我们生命的每一个时期都与绿色紧密相连。豆蔻年华,青葱岁月,风华正茂,都是绿色在主宰。青年时代就像拔节向上的枝蔓一样,在阳光雨露的滋润下苗壮地成长,这些阳光雨露就是知识。所以,要维持生命之树常绿,就得在年轻的时候多学习,多积累,多实践,为了生命之树枝繁叶茂,积淀厚重的绿源。要保证生命之树长青,就要活到老学到老,不断更新知识,不断提高认知能力,跟上时代的步伐,做个与时俱进的人。倚老卖老只会被时代抛在后边。

保持生命的绿色，也是生命的本色，就要保持良好的心态，平和、宽厚、淡定、自如;阳光，向上，友善、和谐。我们生活的空间，源于大自然，有着必须遵循的自然规律。学会顺其自然，学会宽容，学会适应，我们就会拥有无限的空间。反之，就会把自己推进狭窄的死胡同而没有出路。保持生命的绿色，更需要人与人之间的和谐相处，良好的人际关系会让生命力更旺盛，生活更精彩!

在这美丽的夏日，草木葳蕤，天蓝水碧。在阳光里，枝叶繁茂的树木花草，散发着馥郁的清香，给人们带来了清灵和静美。呼吸着清新的空气，行走在芳草萋萋的小径，柳枝轻抚脸颊，惬意、清爽。人与自然的和谐，勾画出一道旖旎的风景。让我们用心中的水墨丹青为生命的绿色描上厚重的一笔。让天更蓝，水更清，人更美!

2014 年 7 月 17 日

冬 瓜

明天就要下霜了，最低气温可达到零下一度。园子里的冬瓜该收获了。吃过早饭，我便和老伴儿，开始收获那几个大冬瓜。

经过春种、夏长，秋成熟的冬瓜长得结结实实的，特别招人喜欢。平日里，这些冬瓜有的挂在特别显眼的位置，过往行人都会凝目相看，并且夸上几句:这瓜长得真大! 有的则藏在树丛里，没有人发现它的存在，自顾自地在那里生长，依然青绿健壮。

我们先到楼前绿地的树丛里收获那些藏在树隙里的冬瓜。在茂密的树枝遮挡下，瓜秧靠着墙壁蜿蜒生长着，结成的冬瓜原来是静静地趴在地上的。后来老伴儿细心地用木棍顶了起来，给了它生长的空间，便自由自在地伸展开来。大大的冬瓜绿油油的皮，有一二十斤重。当我抱起第一个冬瓜时，心中涌动特别甜美的喜悦，笑得合不拢嘴，嗬! 收获了! 好像一个可爱的胖娃娃!

有一个冬瓜最有趣了，那是老伴儿无意中栽在松树下的一棵瓜秧(园子里没地儿栽了，扔了觉得可惜)，谁知道它竟然苗壮成长起来了。开始的时候，并没有发现它。它细长的蔓儿紧紧缠绕在松树的枝杈上，隐没在一片绿色里。直到有一天，老伴儿发现了这棵没放在眼里的瓜秧已经结瓜了! 从那以后，老伴儿仔细观察它,按时浇水、施肥。这个瓜好像懂得人的心意似地,在一个特别恰当的位置挂在了树枝上,不仔细看谁也发现不了它。随着时间的推移,它越长越大,老伴儿就用粗绳子给它加固,一天天地长大成熟了,硕大的冬瓜悄悄藏在树丛里,直到收获,它才显露出自己的本色。比较起来,这个冬瓜长的最直、最大,竟然有38斤重,哈!真人不露相啊!植物也是如此。

最受人瞩目的是那个灰白色皮的冬瓜,它长在我家小园子右侧栅栏上的一个高高的架子上。当时,园子里种满了菜,在小园子门前左侧的一个空隙里栽了两棵瓜秧,日复一日地生长起来。它们一点儿也不占地方,顺着栅栏攀爬而上,等长到和栅栏一样高时,老伴儿便搭了一个架子把它们引到门的右侧,然后顺着那个架子继续攀爬,忽一日,开花结瓜了,一棵秧各结了一个瓜,一个绿色,一个后来变成灰白色。灰白色的瓜越长越大,瓜秧的养分都由它自己吸收了,其他花儿开过也不再结瓜了。那个绿色的瓜像个配角似地,悄悄地傍在灰白色瓜的旁边,一绿、一白,煞是好看。每当人们在门前走过,都要多看几眼或者称赞两声。邻居家的老同事们来吃烤肉,借着酒兴到我家冬瓜跟前拍照。这两个冬瓜可给我们带来不少的乐趣呢!每每看到它们心里总是充满愉悦。一有客人来,我们便让人家参观我们的大冬瓜。这个灰白色的大冬瓜足足有48斤重!我家小菜园种了三茬菜,又翻土又起垄的,只有这些冬瓜不让人怎么操心,却生长的特别茂盛。

一阵秋雨一阵凉,眼看着就要下霜了,冬瓜早该收获了,虽说我们有些不忍心把它们摘下来,可是,季节到了,成熟了,就该收获了。这些可爱的冬瓜将成为我们赠送给亲友的礼物,成为我们口中的美食。

这些冬瓜,是我们意想不到的收获。有几分欣喜,几分欢愉,更有了深邃的遐想。

冬瓜,是保健蔬菜,是人们喜爱的菜肴。可是它的生长却是那么的平凡、简单。不需要占有多少土地,不需要如何的精心料理。只要有一个植根的地方,它便攀延生长,自由自在。等到开花结瓜的时候,它便充分地吸取阳光、雨露和土壤里的有机质,结出偌大的瓜来。它凭自己的枝蔓,寻找可以依托的物件,可以是土地、可以是墙壁、可以是栅栏,只要给它一个支撑,它便会在那个空间里自由生长。枯萎了瓜秧,结成了果实,奉献给人们的是厚重和清香。

收获的季节,体味了收获的快乐和欣喜,不仅仅收获了可爱的冬瓜,也收获了对生活的感悟和震撼。植物如此,人生亦如此。

2014 年 9 月 28 日

自酿葡萄酒

一进 9 月，地产的葡萄就上市了，人们都喜欢自己酿点儿葡萄酒。

今年，新上市的山葡萄，价格便宜，出酒率高。我便买了 37 斤，装了两大瓶。

说起酿葡萄酒还得感谢我的老朋友高丛平，从她那里学到了酿葡萄酒的技巧。连续酿了几年，有了些许的经验，做起来也并不难。

9 月 3 日，那天清早去练拳，在早市买了 17 斤葡萄，我和老伴儿就用剪刀把小葡萄一粒一粒地剪下来，然后用水清洗两遍，放在一边沥干水分。然后静下来看阅兵式。下午，把葡萄用手捏碎，放在大口瓶子里（20 斤容量），放一层葡萄，放一层冰糖，放到瓶子的 80%，就可以了，然后密封起来。在正常室温下就自然发酵了。

9 月 14 日，我又遇见了卖葡萄的，价格比那天买的还便宜，一桶 20 斤，1.5 元一斤，便又买了一桶。上次那些小葡萄我们两人剪了有一个多小时，这次我改变了做法，先用自来水把葡萄冲洗干净，把葡萄里藏的虫子、泥沙、枯叶等全都冲洗干净了，然后沥干水，再带上一次性手套，用手一个一个地往下撸，然后放在一个大盆里，撸完葡萄就不用再次清洗了，这样葡萄皮的白霜就不会被破坏，易于发酵。用手捏碎一层一层地放在瓶子里，同时放一定数量的冰糖，也可以放白糖和白砂糖，比例自己根据口味确定，多少都不重要。最重要的是装葡萄的器皿一定要干净，最好用酒精消毒。

最有趣的是看着瓶子里的葡萄发生变化，一天时间，瓶子底部就出现了大约有一到二寸高的葡萄汁，葡萄果粒在半空中漂浮着，再过两天，就可以看见葡萄汁又增高了，呈紫红色，密集的果粒开始发酵，有白色的小泡泡在里面活动着，这时，可以打开瓶口，用长筷子上下搅动一番，便于果粒全面发酵。等到一个月以后，就可以根据发酵情况，把葡萄籽粒过滤出来。葡萄酒密封后，再静置一到两个月后，再过滤一下，密封保存，等到半年之后就可以饮用了。

每当晚餐时，斟上一小杯自己酿造的葡萄酒，看着杯中紫红色的琼浆，不仅浮想联翩起来，那些小小的紫黑色的葡萄，经过精选、冲洗，放在大口瓶子里发酵，把果汁一点儿一点儿地分解出来。它由普通的果汁变成酸甜可口的酒浆，需要一个酿造的过程，这个过程很简单，就是经过时间的磨砺，经过一个发酵的过程，那就是时间和温度。经过一定的时间和适宜的温度，果汁变为酒浆。

仔细想来，这酿酒的过程，如同我们的生活一般，我们何尝不是在酿造自己的生活呢！

我们曾经如同一颗青涩的果子，随着岁月的流逝，逐渐成熟起来，经过生活中林林总总的催化和积淀，我们本能地过滤掉一些残渣，积累生活的经验，学会驾驭生活的风帆，在人生这个大海洋里分享拼搏的快乐。化苦涩为甘甜，化腐朽为神奇，创造属于自己的幸福和快乐！

2015 年 9 月 18 日

为雪拍照

连续两天的飘雪终于停了。昨晚看到"清风邀月"小朋友给我留言，要我传几张雪的照片上来，便决定去公园拍几张雪景。

走出家门，进入白色的世界，空气特别的清新。小区的树木都被积雪覆盖着，玉树琼花，煞是好看。被车碾压的路和被人们踩踏的人行道都是厚厚的冰雪，踩上去特别的滑。只见人们都小心翼翼地行走，眼睛紧盯着地面上的冰。轿车鱼贯而行，没有超车的，也没有抢道的，像蜗牛一样。我倍加小心，好不容易来到了龙沙公园，只见白雪挂满树枝，一片洁白的世界。游人还很少，我边走边拍照，边欣赏难得的雪景。已经落尽树叶的树木的枝干上，挂满了白雪，犹如梨花开满枝头，整个公园都是一片银白。偶尔，看到来拍照的人，在玉树面前久久不肯离去。继续前行看到一群人在雪地里练太极拳呢，我暗自思忖，看看人家，风雪不误练太极，我出来欣赏雪景还要下好大的决心，真是太懒惰了。来了兴致，我便把晨练的人们摄入我的相机镜头。

树木密集的地方，景致更美。在望江楼的两侧，树丛披雪，像朵朵白色的绒花，那么柔美，圣洁。两个穿着红色羽绒服的男士在那里拍照，白雪中的一点儿红，特别的显眼，给白色世界带来了生气。我被他们感染了，心想，看来在北国的冬日里，真该添一件红色的外罩啊。这时他们从对面走过来了，我突然来了灵感，请他们帮我拍一张雪景照吧。因为自己年纪的关系，平时只喜欢拍景，很少拍自己。一位男士说："难得这么大的雪，拍一张特写吧。"我说："人别拍太大了，显得太臃肿了。"他说："我刚才还拍了一张特写呢，就是为了这雪。"说着就给我拍了两张，我连声道谢，看看照片，还是蛮不错的，不为别的，只为了这难得的雪景。

心 田

风儿轻轻刮来,雪花开始慢慢地从树梢飘落,太阳躲在薄薄的云层里,已经有暖暖的光线透过来。刚入冬,温度不是很低,这雪也是软绵绵的,是经不住风吹日晒的。这童话般的世界须臾间就会融化掉。我驻足在这美景里,心中默默叩念着:风儿啊,你轻一点儿,阳光啊,你慢一点儿,让这醉人的雪景多保留一会儿吧。

世间好多事情都是如此,美到极致,存留是短暂的,之所以它美好,是因为它稀有。就像这初冬的雪,娇柔、洁净、神奇,却最容易融化。

人们开始清雪了,公园里有清雪机在清理路上的积雪,街道上也有好多人在清雪,叮叮当当的声响,那是在用锹铲雪呢。以雪为令,这是北国冬日里约定俗成的规矩。昨天早上,小外孙女打来电话,让我们给准备好扫雪工具,平板锹和丝袋子,要放在班级一个学期呢。走在回家的路上,雪开始融化了,行路更艰难了,冰雪上面有了水,变得更加湿滑了。我更加小心地慢慢走着,生怕滑倒了。虽说行路难一点儿,想想刚刚欣赏的雪景,心中还是特别的欢喜。看来,欣赏美景也要付出辛劳的。我满心欢喜地构思起今天要写的日志内容,正想得美滋儿的呢,突然脚下一滑,吓了我一跳,差点儿跌倒。赶紧集中注意力,盯住脚下的路,小步慢走地回到了家。

阳面的雪开始融化,在阳光直射不到的地方,或者没有人踩过的地方,仍然是白雪皑皑。看来这雪大部分要等到明年立春时才能融化了。

我喜欢冬天的雪,它是冬的精灵,是冬日里最美的花朵,它不仅具有独特的神韵和灵气,它还净化空气,遮盖冬日的荒芜,滋润着万物,孕育着春的生成。

太阳从云层里露出了笑脸,风儿吹散了浮云,蓝天与白雪相映,阳光与白雪相溶,折射出柔和的光线,把人们的心都照映得明亮起来。瑞雪兆丰年,预示着明年又是一个丰收年!

2012 年 11 月 15 日

中 秋 节

日历一页一页翻过,日子一天一天过去。时光走过了春夏,迎来了中秋,一年一度。

楼前的大丽花、波斯菊、美人蕉开得正艳,在蓝天骄阳的映衬下愈加妩媚俏丽。赏花,看月,心中不免生出些许的舒畅与快慰。花依然美丽,天依然蔚蓝,云依然飘逸,月光依然皎洁,而花前月下的人儿却又多了一些秋意。真是岁月催人老啊!

时光如流水,缓缓流过生命之河。沉积下来的是对生活的感悟,对生命的挚爱,对大自然的敬畏。

回眸走过的岁月,忘却的是愁苦和艰辛,留下深刻印记的是美好的过往;舍弃的是恩恩怨怨,深深扎根心田的是亲情和友谊;飘逝的是地位与名利,挥之不去的是淡淡的乡恋与乡愁。

曾记得,花团锦簇的春天里,播下友谊之花,盛开在葳蕤的夏日,在斑斓的秋天,收获了甜美的果实。

曾记得,天各一方的兄弟姐妹,遥相呼应,关爱与祝福徜徉在网络间,在中秋月圆之时,我们相聚在故乡的热土上,是那么温馨、和谐、亲近。

兄弟姐妹,一奶同胞,手足深情,是血浓于水的情结。二妹说:"自从走出小城上大学,就没在家乡度过一个中秋。"这是近四十年的心愿啊!如今,虽然年过花甲,坐在二弟家的圆桌旁,我们姐弟六人与家人眷属共度中秋佳节,实在是难得的机缘与情分,实属一段佳话。浓浓的亲情,是那么炙热,能融化岁月的沉积,能催化异地的阻隔,能淬炼情谊的精粹,能助推手足情谊的升华!把酒水化为甘霖,浇灌生命之树长青;把亲情化为雨露,滋润生命之花常艳;把美好的祝愿化为行动,珍惜当下,让生活更加美好。

皎洁的月光,笼罩着美丽的小城,泰湖的水波光粼粼,在月光的映照下,更加令人着迷,那么幽静、雅致,还有几分神秘感。霓虹灯勾画出泰湖湿地公园的轮廓,与月光相映成趣,那么清灵俊美,恰似月中嫦娥来到人间,婀娜多姿,轻舞霓裳。

行走在月夜里,心中满是欢愉和畅快。呼吸着家乡清新的空气,似乎闻到了母亲的乳香;双脚踏在平坦舒适的甬道上,心中满是稳健和安然。家乡的气息总是那么温馨,甜美。家乡的一草一木总是那么充满深情。我眷恋着这片土地,我牵挂着这里的亲人和朋友,我忘不了这座小城带给我的美好记忆。

在月光如水的中秋之夜,任思绪自由飞翔,在家乡的上空翩然起舞,用最真挚的情感演绎心中的美好祝福;用最轻盈的舞姿抒发激情燃烧的情怀;用最绚丽的色彩描绘心中的图腾,那就是对亲人的爱,对朋友的情,对家乡的恋!

2016 年 9 月 17 日

莫负时光

——夏至随想

刚刚过了端午,便迎来二十四节气中的夏至。夏天已经过了快一半了。民间俗语说:"冬至长,夏至短。"过了夏至,白昼就会一点一点地变短了,一直到冬至,白昼才会逐渐地长起来。这样往复交替,一年又一年的时间就过去了。

夏至,半夏时光,草木葳蕤,花开绚烂。樱桃缀满枝头,蔬果丰盈,绿意正浓,充满诗情画意。此刻我写不出诗句来,却喜欢刘禹锡的《竹枝词》:"杨柳青青江水平,闻郎岸上踏歌声。东边日出西边雨,道是无晴却有晴。"且不说这诗的寓意,这字面却是应了夏至的景色。

近日,天气一会儿阴,一会儿晴的,一会儿风,一会儿雨的。雨水比较充足,草木也特别的繁茂。行走在绿树掩映的小径上,心情十分清爽。夏日,那么静谧、恬静、温润,让人的心也沉静下来了。看惯了绿树红花,看惯了清灵的湖水,远眺蓝天白云,闻花香,听鸟鸣。树荫下,随着舒缓的音乐练练太极拳,身心都是轻盈的。这就是北国夏日清晨的美妙时光。只是这夏日特别短暂,过了七月,便进入秋天了。这短暂的夏日显得弥足珍贵。

夏日里,又是亲朋好友频繁聚会的日子。有朋自远方来,必然聚一聚。即使生活在同一城市的朋友们也是要聚的。尤其女士们,不论年纪大小,谁会轻易放过这大好时光呢? 在湖边,在柳下,在花丛留下倩影。爱美之心不会因为年纪而淡化,尤其我们这些年纪大的人,爱美的心情却更迫切、更浓烈,更无所顾忌了。抓住这美好时光,补回当年清一色着装的无奈,让积蓄在内心深处的青春之花,倾情绽放!

说起夏至,便想起一段往事。那一年适逢夏至刚过,我们外出考察来到了漠河的北极村。听说夏至前后会有北极光出现,我们抱着侥幸心理,期待着北极光。吃过晚饭,我们七八个人坐在小别墅的露天平台上玩扑克,一直等到 21 点钟左右,天才稍稍暗下来,还能看清扑克牌呢。我们回到住处稍事休息一会儿,便到外面来观察天空的景象。只见繁星点点,闪闪烁烁,却没有看到北极光。回屋刚刚睡了一会儿,天就亮起来了。后来听当地人说,北极光不是每年夏至都出现,但是夏至那天夜间特别短,刚黑一会儿,就亮天了。虽然我们没有看到北极光,却领略了北极村那短暂的夜和满天璀璨的星斗。

　　夏至,太阳直射地面的位置达到一年的最北端。过了夏至,太阳就向南转了。这一年也过去了一半。想一想,时间啊,就是这样的无情。真是"年年岁岁花相似,岁岁年年人不同"啊!

　　随着时间的推移,我们悄悄地变老了。谁也留不住时间,唯一可以做到的是不虚度光阴,不让时间在我们身边偷偷溜走。年纪大了,时间更充裕了,我们何尝不把这时间安排好,让每一分钟都过得有意义,让每一天都过得很充实,很快乐。做自己喜欢的事情,做对身心有益的事情,多学一些新知识,不让时代把我们拉的太远。我们很幸运,幸运赶上新时代,生活安逸,世事安稳,更应该让生活丰富多彩,绚丽多姿。

　　看院庭里的果树结满了青涩的果子,树叶在风中摇曳;花草疯长着。满眼的翠绿、葱茏、蓬勃。夏日的傍晚,落日的余晖把草木染上一层金色,更添几分清幽,几分惬意,几分静美。享受这美好时光吧!

2018 年 6 月 20 日

随情记事

平 凡

在我居住的小城的一条主要街道上，有一位女保洁工。她四十多岁了，矮矮的身材，纯朴的脸庞。她每天负责中央街十字路口北侧的卫生保洁工作。她手里不离一把扫帚，一个口袋，袋口用铁丝缠成圆形，还带一个把，这样可以随时把街道上的垃圾扫进口袋里。她穿着一件橘黄色的马甲，整天在街上保持路面的清洁。因为我工作的原因，她认识我，每当我从她身边走过，她就主动和我打招呼。时间长了，我便主动与她打招呼，偶尔也过问一下工作累不累、工资挣多少，我们成了老熟人。她不卑不亢，尽心尽力地工作，至今我也不知道她的姓氏名谁。

一个周日，我上街购物，远远地看见她那橘黄色的背影。突然，一辆摩托车急驰而过，她被刮倒了。行人忙停了下来，围拢上去，我也快步奔了过去，心想：糟了，她一定受伤了。当我穿进人群时，骑摩托的人也过来了，只见她已经坐了起来，用双手揉着双腿。骑摩托的青年惊恐地望着她，说："去医院吧。"围观的人也异口同声地说，"快去医院检查一下吧"！她慢慢地站了起来，晃了晃腰，又抬了抬腿，平静地说："没事，没伤着筋也没伤着骨头，一点皮外伤。"并对那个骑摩托的青年说："以后注意，别骑那么快，你走吧，没事。"大家很诧异地问："你怎么这么傻呀，怎么也得去医院检查一下呀？"她笑了笑，说："咳，都不容易呀，也没什么大事。"

听了她这句话，我肃然起敬：一个普通的保洁工，一个月的收入十分微薄，过着清贫的日子，却有金子般的心，那么透明、宽容，时时处处为别人着想。她的形象在我的心中立刻高大起来，一个平凡的人，平凡的话语，却折射出她那高尚的情操和品格。

这个保洁员的故事，深深地印在我的脑子里，也成为我与人交谈时一个常讲常新的故事。很简单的情节，很平常的事情，却又是那么的不平凡，感染着我，也感染着我身边的人。

一滴水能折射出太阳的光辉,一句话表达了一个人的精神境界。

2005 年 12 月 1 日

走 访 有 感

今天去走访慰问贫困的下岗职工。这是每年一次的惯例性的工作,也是很庄重的一项任务。每一次,都是送一份温暖;每一次,都是受一次教育;每一次,都是一次心灵的净化;每一次,都是难得的水与乳的交融。

慰问下岗困难职工,是党和政府在春节前最重要的一项工作。过年,是中华民族的传统节日,是举家团聚,辞旧迎新的重要节日。老百姓的话讲,叫过大年,年关。富裕人家过年是欢聚,贫穷人家过年是年关。现在党有了新政策,困难的下岗职工,有了最低生活保障。只要自己多少能谋点生活,加上政府的最低生活补助,一般的温饱还是没问题的。最怕的就是生病和额外的支出。

我去慰问的两户,都是 50 岁左右的下岗职工。孩子上大学,妻子有病,把住房都卖了,供孩子上学,给妻子看病。生活虽然特别的困难,可是他们生活的信心特别足。租来的仓房,不保暖,却收拾得非常干净;为了减少支出,拣牛粪和苞米杆做取暖用,省吃俭用,期待着孩子就业,生活就会有转机。当他们接过慰问金的时候,热泪止不住地流下来,发自内心的说:感谢党,感谢政府!

回来的路上,我一点也高兴不起来。看到他们生活的艰苦,度日的艰难,心揪得紧紧的,酸酸的。如果大家都能节俭一点,积聚起来就会帮助暂时困难的下岗职工改善一点生活,就会救助一个或者更多个困难的家庭。

社会是个大家庭,有个别的困难户也是正常现象,我们党和政府能在最关键的时候给他们送去温暖和关心,是党的亲民政策的最好体现。慰问金虽然有限,可是能感动人心,能激励人们的志气呀! 如果还有来自社会的资助,暂时困难的家庭会更快地脱离困境。

但愿有爱心的人们,伸出友谊之手,帮助处在困境的人们,早日脱贫致富。

2008 年 1 月 10 日

泰来县诗词协会成立

2008 年 5 月 16 日上午,齐齐哈尔诗词协会泰来分会成立大会在县政协召开。省诗词协会副主席、市诗词协会主席赵世贵等协会的领导以及县四个班子的分管领导出席了会议。县诗词协会的会员近五十人参加会议。会议选举了协会主席、副主席和理事会成员,新任会长、市诗协的领导、县委领导分别讲话祝贺。会后请市诗协孙翔副主席做了专题讲座,会员们纷纷提出创作中的疑难问题,各位主席认真作答。台上台下互动,气氛特别的好,对诗词的爱好和情趣把大家密切的连在了一起。

因为还有其他接待任务,没有全程参加,但是我特别地关注,用电话联系,得知会议开得很成功,超出了我们预先估计的效果,非常的开心!

诗词协会的成立,是全县诗词事业发展的一个新的起点,是诗词爱好者和支持诗词事业发展的同仁们的夙愿。是经过了四年多时间,白手起家,以滚雪球的方式,一点一点发展起来的新成果。这四年几位诗词爱好者自发地成立了泰湖诗社,集资编印了泰湖诗刊,聚集了一批骨干力量,培养了一批创作人才,也发现了一批新人。他们(她们)倾心于诗词创作,用自己的睿智和美好的文字抒发着对家乡、对生活、对事业的热爱和赞美。他们也在创作、交流中不断地提高。是他们感动了我,也激发了我对诗词事业的热爱。我尽自己所能,做一些协调、服务、鼓励、支持的工作,居然得到了省、市诗词协会的重视和支持,得到了县委主要领导的重视和认可。心血没有白费,值得,值得,值得啊!

多少人的不理解,多少次被冷嘲热讽包围,多少次想退出来,又有多少次的迷茫啊!

看着大家期盼的眼神,想着这份美好的事业,真是欲罢不能啊!我还在岗在位,有这个条件,只是多费点心思而已。也许我的举手之劳,就把事情推进一步;也许,我的几句话,就给大家一些支持和帮助。

我微不足道,是诗词事业吸引了我,是诗词爱好者的执着感动了我,是一份信任激励着我,是一份责任驱使着我,与同仁们共同经历了创业的苦涩,跋涉的艰辛,分享了成功的喜悦。

四年的足迹,写下了感人的诗行;四年的耕耘,留下了一片绿荫;四年的磨砺,奠定了坚实的基础。诗行,诉说着心灵最深处的美好;绿荫,带给后人一片清凉;基础,是新的起点!

感谢热爱诗词创作的朋友们!感谢支持诗词事业的领导们!祝愿诗词事业腾飞!祝愿我们的生活姹紫嫣红!祝愿我们的家乡如诗如画!

2008 年 5 月 16 日

乔迁新居

2009 年 3 月 7 日,星期六。今天是我们乔迁新居的日子。

昨天还是冰封雪冻的,今天是阳光明媚,冰雪消融。原来单位的同事、亲属和朋友,一共 11 台车,早上 6 点出发,非常顺利地从泰来县城到达齐齐哈尔市的新居。

大家都很高兴地参观我们的新家,简洁,淡雅,是主要风格。10 点钟,在飘香百合大酒店宴请大家。老弟学堂做主持人,我代表全家向亲友和同事表达了特别感激之情。心情特别的好,是近 10 个月来心情最好的一天。因为我们度过了那么多不眠之夜,度过了那么多心情抑郁的日子,度过了人一生中的最难的经历。今天,在亲友的支持帮助下,我们终于有了一个可以安居的、温馨的、崭新的环境了。安居才能乐业,我们这把年纪,安居是最重要的了。已经付出了大半生的精力,为了事业和家庭。如今,我们携手走过最艰难的日子,流了那么多的眼泪,克服了那么多难以克服的困难,冲破了那么多烦恼的缠绕,走出了阴影,走出了抑郁,走进了新的生活环境。虽然,还有好多新的困难,有了那些艰难日子的磨炼,我们有了更加清醒的头脑,那就是勇敢地面对生活!

回想过去的时光,真是感慨万千!最难以忘怀的,是亲人、朋友和同事的关心和支持,给了我们无穷的力量和勇气。亲人们在物质和金钱上帮助我们。朋友和同事在精神上关心鼓励我们,想尽一切办法为我们排忧解难。一个问候的电话和短信,就可以让我们开心好几天;一顿简单的午餐会让我们感到亲人的温暖;一条帮助的信息就会给我们带来希望;一个善意的建议就会给我们省去可观的金钱。

今天我们搬进新居了,比我们还高兴的就是这些亲人和朋友。大家开心地参观我们的居室就像在欣赏我们的作品一样。从他们的眼神里,我读到了赞许和褒扬,我也读到了关心和放心。这段时间让大家跟着操心,我们很过意不去。

心 田

在这里我真诚地感谢我们的亲人、朋友和同事,谢谢了! 我永远不会忘记你们的亲情和友情!

2009 年 3 月 7 日

冰雪游览会

冰雪游览会设在劳动湖风景区,在我家小区的北侧。晚饭后,我一个人去观看冰雪雕塑。天气很冷,游人不是太多,但都玩得很投入。

路很滑,我小心翼翼地来到展区大门前,映入眼帘的是一幢高大的冰雕牌楼,上面用霓虹灯照射出:"齐齐哈尔市第三十届冰雪游览会。"几个大字,再往里面走去,只见彩灯闪烁,冰雕雪雕,造型各异,洁白的冰雪在彩色灯光的映照下,熠熠生辉。

道路两侧是矮小的灯座,冰块做的造型,冰的里面是彩色的灯管,像小游龙一样滚动着柔和的光。往前看是一个冰雕的楼阁,一座是亭廊,一座是宝塔造型,人们依着冰雕的栏杆拍照。在左手边用透明的冰块堆砌成拱门形状,每个拱门是一个生肖的造型,一共是12个。每个生肖洁白透明,栩栩如生:精灵的小老鼠、低头奋进的老牛、回首展望的老虎和抱着萝卜的小兔子等,特别惹人喜爱。在路的中间有一对尾巴高高翘起的鲤鱼,象征着鲤鱼跳龙门和年年有鱼,有几个年轻人在两条鲤鱼中间拍照呢。往日人们健身的广场用雪堆起一个小雪山似的造型,仔细看原来是一个弥勒佛,笑眯眯地看着游人呢。沿着湖边往回走,湖心有用水浇成的树,高低错落,在灯光的映照下十分的美丽。湖边是一座座雪雕,有人的肖像,有动物的造型,刻画的十分细腻,特别的传神,我禁不住拍起照来。最让人感兴趣的是用水浇注成的树墙和通道,在中间走过如同走进了童话里的冰雪世界,伸展着的树干和垂挂着的枝条,在寒光中展示着清凌的美韵。

凝望着这冰清玉洁的世界,陶醉其中,感慨万千。晶莹的冰,洁白的雪,经过神工巧匠的精心雕琢,变成了富有神韵的生灵,与色彩斑斓的灯光交相辉映,造就了一个超凡脱俗的世外桃源,犹如一个冷艳的美人,让人震撼心魄。我忽然想到:也许世间最纯美的是白色,最纯净的是冰凌吧。在这洁白的冰雪世界里,觉得心境也变得如冰雪般的淳净了,自己好像变成一个冰凌仙子一样,任凭寒风袭人,徜徉在这冰魂雪韵之间,呼吸着清新的空气,身心都被净化了。

在返回的路上,我回头望去,只见那冰雪的精灵与湖对岸高楼上的霓虹灯相互辉映,在阑珊的夜幕中是那么的璀璨绚丽。抬头仰望那漫天的繁星,却觉得特别的逊色,群星也被这美丽的景色折服,悄悄地眨着小眼睛,窥视着人间的冰凌世界。也许月中的嫦娥也会思凡的吧？我拍下了这美景中的一些镜头,回味起来,一个感觉:美,冷艳,圣洁。

2010 年 1 月 13 日

参加县"三八节"百年庆典

2010 年的 3 月 8 日,是国际劳动妇女节 100 周年。我应邀回县里参加百年庆典活动。

3 月 7 日晚上 18 点 30 分到县里,就受到茹伟的热情款待,她带一位老弟开车来火车站接我,我特别的感动。到了饭店,大家互相问候,开心的谈笑着。其实茹伟和我没在一起工作过,她被聘为政协委员不久,我就调离了。但是她已经几次约我聚聚,甚至准备到市里来请我,我很感激她。她就是一杯不凉的热茶啊,让我感到特别的温馨。

3 月 8 日,庆典大会隆重热烈,形式也特别的新颖,颁奖和文艺演出穿插进行。县委书记祝词之后,由我代表历届妇联干部发表感言。当我面对台下几百双眼睛的时候,我一阵激动,深深地给大家鞠躬行礼,没想到的是,台下一片热烈的掌声,我向大家点头致谢,这是浓浓的乡情啊！非常庆幸参加这样重要的庆典活动,精彩的演出和别致的颁奖仪式,把我的思绪带回到 31 年前。

1979 年的 10 月,我还不满 29 岁,调到县妇联工作,做宣传干事,后来做宣传部长,副主任、主任,一干就是整整 11 年。把自己最美好的时光都奉献给了妇女事业。那时候是计划经济时期,农村是大集体体制,妇女工作显得特别的繁琐,下乡、开展少儿活动,维护妇女儿童合法权益。我和我的姐妹们忙得不亦乐乎。那时候财政拮据,开展活动大部分靠集资,我们也做得有声有色:培训基层妇女干部,举办幼儿运动会和文艺演出,下乡包队,开展五好家庭评比活动,搞法律知识竞赛,组织农村妇女开展双学双比活动。我们的足迹和身影经常出现在各个乡镇和村屯。

在这 11 年里,我还和其他两位姐妹业余读电大。周日就到办公室听录音,做作业，一学就是三年啊。可以说是没有节假日，没有礼拜天。我们都有公婆，孩子还小，家里家外忙忙碌碌，早已习以为常。尤其那时候下乡，起早坐公交车，还有马车、牛车、四轮子、拖拉机。经常住宿在农民家里，吃派饭。现在想起来真不知道当时是怎么样过来的。那时候县妇联六七个人，非常的开心，非常的团结。我们总是买一样的布，做一样的衣服，过年的时候，大家互相请到家里聚餐，特别热闹，现在想起来是那么美好。

在这 11 年里，我学会了做群众工作，学会了当领导，学会了协调平衡各种关系，学会了做人处世。我非常感谢妇联的老前辈和老大姐们，是她们手把手教我，言传身教地带我，真心实意地指导我，放手大胆地锻炼我，使我不断成熟，不断成长。

转眼间，我离开妇联已经 20 年了。这些年来不论我做什么工作，任什么职务，都不会忘记妇联留给我的宝贵财富，靠这些财富，我稳步前进，沉着应对，低调做人，认真做事，执着地走着自己的人生道路。一路走来是那么坦荡，那么自信，那么充实，那么实在。

一串串耀眼的烟花在我面前升起，把我从回忆中带到现实中来，大会就要结束了。熟悉的朋友们和我握手、问候、约我聚会。感动、激动、开心、快乐，都达到了极致。此刻的心情只有我自己知道，因为，我太爱我的家乡和我的朋友们、同事们了！

原本一天的活动，我竟然在县里待了五天。其余的时间，就是聚会。原来班子的聚会，亲切地叫我一声大姐，就给我醉倒了！看着大家那份神情，那份愉悦，我感到了莫大的幸福。

"三八"节的百年庆典，我是最大的受益者，虽然我不是会议的组织者，也不是受表彰者，但是，我体会到的是对妇女事业发展史回顾的一种震撼；是对新时代、新时尚、新女性的一种褒扬；是对新理念、新生活方式、新思维的一种向往。紧跟时代步伐，走在时代的前列，做时尚新女性，是每个女性的骄傲！

2010 年 3 月 14 日

泰来书画院成立十周年

2010 年 9 月 19 日上午，应邀参加泰来书画院成立 10 周年庆典仪式和书画展。

庆典活动在县文化宫门前的文化广场举行。

10年了,泰来书画院从无到有,从小到大,经历了诸多的风雨。如今已经拥有六十多名创作员和省、国家级会员,一些作品已经参加了市、省、国家级的展出并获得了奖励。涌现出一批水墨画、工笔画、篆刻、书法的群体。为弘扬民族文化创造了一定的财富。看到这些成果我特别的欣慰和自豪。

10年前,几个人借一间小屋,没有编制,没有经费,纯属民间文化团体。在十分简陋的条件下,一点点地发展起来了。最为人感动的是他们几位书画爱好者,那种执着的精神令人难以置信,克服了好多困难,坚持创作,发展会员,搞作品展,到外地学习、考察、联谊,把泰来的书画风格和品位推开来,把外地的好经验、好技法引进来。几年时间就小有成效。这些年来之所以有这样的发展,离不开县里的支持,离不开社会的赞助和热心人士的鼎力相助。这次庆典就是由县领导协调,由开发湖畔新城的老板独家赞助的。书画与商家联手,创造的是双赢,书画宣传了商家,商家支持了书画事业,这就是民间文化团体的最佳出路啊!10年前的设想如今实现了,并且是这样的协调顺畅,令人欢欣鼓舞。实事证明了,民间的才是最有生命力的。

步入展厅,一幅幅精美的书画作品映入眼帘,迎面感受到的是一种高雅,清纯,静谧,深邃的气息。淡淡的笔墨勾画的是一种宁静的美。欣赏着每一幅作品,就是净化心灵的享受;驻足品味,沁入心扉的是超凡脱俗的意境和内涵凝重的情调,是对生活、对世界、对人、对物感受的特殊的提炼和挖掘,体现了一种人性美。

在这些精致的作品中徜徉,如同进入了一个弥漫墨香的仙境一般,让人流连忘返。我随手拍下一些作品,收藏在我的博客里,便于随时欣赏、品味。

10年,说起来很漫长,没有韧性是坚持不了这么久的。10年,也很短暂,在历史的长河中,只是一瞬间,但是这一瞬间意味着书画事业发展的永恒!

值得庆贺,值得回味,值得弘扬! 衷心地祝愿泰来的书画事业蓬勃发展,源远流长!

2010 年 9 月 29 日

除　夕

2011 年的除夕,是我家人数最少的一年。大女儿一家回县里婆婆家过年,我

们家就有老两口和小女儿、小外孙女。人少了，年也要过得轻松愉快，这是我和女儿的共同心愿。

以往的除夕，大都是婆家人团聚。早年是以我家为主，除夕，我们忙乎一天，快开饭了，大大小小的就都回来了，吃饱喝好就都回家了，我们还要收拾一大阵子，累得我腰酸腿疼的。那时候，我真是怕过年啊，怕的是太累了。后来孩子们都相继成家了，就轮流坐庄，我们也曾经到大哥和三弟家过年。最近两年我们搬到了市里，去年是大女儿和小女儿和我们一起过年，就感觉略略有些平淡了。今年大哥夫妇去北京和儿女团聚，三弟在县城和女儿过年，我们要和小女儿一起过年，所以就各自为政了。虽然人少了不怎么热闹了，但是，过年的气氛是一点也不能差。

除夕的早晨，我们早早起床，先贴窗花、福字和对联，然后换上新衣服，我是本命年，全是红色的。然后就是准备晚上和除夕之夜的晚餐。这顿饭是过年最重要的事项，一定要认真准备的。前几天老伴儿很辛苦，把鸡鸭鱼肉都收拾好了，冻在冰箱里。今天，我和小女儿做饭菜，他自管看电视，逗小外孙女玩。我负责摘菜、洗菜、切菜，收拾碗筷，打下手。小女儿主灶，她穿着橘黄色的围裙，用一个小碎花的浴帽临时把刚刚烫过的长发拢在里面，一是免得头发掉到饭菜里，也是避免油烟把头发弄脏了，一举两得。在厨房里我和女儿一边干活一边聊天，感觉特别的开心愉悦。一切都有条不紊地进行着，老伴儿不时地过来瞅瞅这看看那的，平时他做菜，对我们有点不放心呢。其实我们觉得自己做得很认真，效果也很不错的。

我们四个人，弄了八个菜。我拿出相机，把饭桌上的酒菜都拍了下来。然后开开心心地吃饭。老伴儿打开一瓶留存多年的茅台酒，我们和女儿都喝了点，剩下的留给大女儿他们，小外孙女喝露露。一边吃菜喝酒，一边谈笑风生，老伴儿说："不做饭只管吃的感觉真好啊！"我们说："按照自己的意愿做饭菜感觉真好啊！"

吃过饭，稍事休息一会儿，我们就准备除夕夜的饺子。为了饺子的口味好，我现用刀剁的肉馅，有牛肉葱花的、猪肉芹菜的、韭菜鸡蛋的，三样馅。小女儿和面，我拌馅，我们两个包饺子。包好的就先放到冰箱冻一部分，那是留给大女儿一家的。

外面的鞭炮、礼花声连成一片，震耳欲聋，家家户户彩灯高挂，似天上的繁星。火树银花，流光溢彩，一片节日的欢乐景象。电视里正热播着新春联欢晚会，室内室外，灯火通明，人们都在期盼着，兔年的美好，迎接着崭新的春天的到来。

饺子煮好了,热气腾腾的端上来,一边吃饺子,一边欣赏热闹的节目,很是开心,也不觉得累。小外孙女不睡觉和我们一起迎接兔年的来临。我们虽然只有四口人在一起过年,不觉得寂寞,也没感到失落,感到的是温馨、美好,轻松、愉快。

除夕,多少人从千里之外,风尘仆仆赶回来过年。这个传统是多少朝代流传下来的,是中国的特色,也是中华民族的优良传统。是对家乡的眷恋,是对亲人的眷恋,是对父母的眷恋。体现的是和谐,是亲情,是团圆。可是,我却觉得,春节的过法还是应该与时俱进,过节就应该轻松、恬淡,有更多的时间休息,有更多的时间玩乐,有更多的时间做自己喜欢的事情。

除夕,一刹那就过去了。人们在这短暂的一刻,倾注了一年的心血;在这短暂的一刻,人们又倾注了一年的期盼和心愿。年复一年,年年如此,直至把青丝盼成白发,把少年盼成老年,还是盼着,希冀着幸福和平安。

2011 年 2 月 9 日

"三八"节花絮

连续四年回家乡过"三八"节,今年本不想再回去了,可是许金萍的真诚邀请,让我欲罢不能,只好欣然接受。短短两天时间,我又一次被友情所包围。

惊 喜

3 月 6 日下午,乘 K550 次客车只身回县里。在车上给一位朋友打了电话,因为上次回去他已安排好的晚餐因我有急事推辞了。约好了今晚继续进行那次约定的聚会。17 点 35 分,火车到站,我下车走出站台,径直往家里走。这时只听一声高喊:"大姐——!"我回头看去,有四位熟悉的朋友在向我招手,原来他们是来接我的,还开来一台车,直接就到了饭店。本来是想和诗词社的几位同事聚聚,没想到是他们。这几位都是我的老部下,教育战线的朋友们,有很久没和他们聚会了,今天是一个难得的机会。

没等坐稳,大家七嘴八舌的和我说话,那股亲热特别让我感动,我高兴的不知道说什么好。想当年他们都刚刚 30 岁出头,如今也年近半百了,双鬓已经挂上了霜花。谈起当年开展教育工作的艰辛,是那么的充实,那么的满足。我只是从工作分工的角度关注、支持他们，却让他们难以忘怀。聊着过去的岁月，话题越谈越多；回首昔日的经历，无怨无悔。我举杯对大家说：谢谢你们，给我一个惊喜！

芬 芳

3月7日早晨，阳光明媚，风和日丽。

庆祝"三八"国际劳动妇女节的文艺演出大会在新修缮的文化宫举行。门前红旗招展，来自各个单位的领导和各级妇女工作者，陆续进入会场。一进门，只见迎面墙上挂着一个巨幅的白色的绸布，上面写着"巾帼志愿者行动签名"，已经签了好多名字，县妇联的同志看见我，马上送过一支笔，对我说："请您给我们签个名吧。"我欣然接受，签了名，这也预示着我也参加了巾帼志愿者活动，是支持，更是参与。刚刚进会场，就让人耳目一新，我从心里佩服县妇联以许金萍为首的小姐妹们的精心策划。

进入装修一新的人民文化宫，心情十分的舒畅。几位老妇联干部早已坐在那里，我便和她们坐在一起，大家互相问候，那么亲近，那么欢乐。邱景媛远远看见我来了，便跑到我身边坐下，陪我聊天。我看着她俊美的脸庞画了淡妆，更显得妩媚俏丽，大衣里面穿着低领的淡粉色的演出服，一会儿她们要上台演出大合唱呢。

红色的丝绒大幕徐徐拉开了，舞台背景是荷塘月色的创意，硕大的莲花，红色的鲤鱼，翻卷的浪花，衬托着妇联的会徽，给人一种祥和、喜庆、优雅的感觉。金萍身着红衣黑裙，宣布大会开始。领导祝词后，便是由县直机关女干部表演的文艺节目。欢快的舞蹈，悠扬的歌声，深深地吸引了观众。郑玉萍表演的独舞"妻"，最抢眼了。她已经56岁了，身着天蓝与白色相间的长裙，轻盈地翩翩起舞，用舞蹈语言把一个妻子的贤淑、温柔、刚毅之美展示的淋漓尽致。妇联机关的诗朗诵"巾帼园里竞芬芳"热情讴歌了女性作为女儿、妻子、母亲在社会事业中付出的智慧和力量，赞美了女性的平凡与伟大。一个接一个的精彩节目，展示了女性如菊如兰般的气质，犹如进入了大花园一般，花团锦簇，满园芳菲！机关女干部的大合唱，把演出推向了高潮。

女人的节日，女人最美丽，衣着是时尚的，气质是高雅的，心情是舒畅的，微笑是温馨的。一个美字了得！我不由地想到：世间因为有了女人，才这么美好，这么芬芳！女人，永远是一道靓丽的风景！用自己的智慧创造美，用自己的美装扮世界，用自己的爱，抚慰生灵！

团 聚

会议结束了,我和几位老妇女干部带着满心的欢喜去聚餐。共9位女士,都是曾经做过妇联工作或者参加妇联执委会的女干部。这些人虽然鬓发斑白,满脸皱纹,但那神气还是不减当年。我们六位都穿着大红的毛衫,特别的耀眼。大家欢声笑语,快乐非凡,恰似一群年轻的女子们在嬉闹。我们的话题不是回忆过去,而是如何面对今天。大家互相交流着,有喜欢打牌的,有喜欢唱歌跳舞的,有喜欢十字绣的。日子过得很充实。最年长的老主任杨秀文说:"我们不能总说自己老了,要想自己如何保持年轻的心态,怎样与时俱进,跟上时代的发展。面对日新月异的新生活,我们绝对不能落伍,要活得开心,活得自在,活出质量!"一番话,让我特别的感动,曾经的美好时光早已远离了我们,如今,我们年纪大了,退休在家,如何生活好,也是常谈常新的话题。保持一个良好的心态是最难得的,珍惜今天,过好今天是最实际的。做自己喜欢的事情,多与老朋友聚会,多出去走走,领略大自然的美好风光,写写自己的心情,与人与己都是有益的。我和大家举起杯共同祝愿我们高高兴兴地过好每一天!看着一张张笑脸,我突然悟到:原来女人的心中永远是充满青春情怀的,爱美之心,时尚之感,永不凋零。

狂 欢

晚间本来想好好休息一下。谁知原单位机关的鲁清瑜听说我晚上没有安排,推掉自己小姐妹的聚会,和单位同事一起陪我过妇女节。几位要好的朋友到一起,说不完的话题。他们和我谈工作,诉心情,竟然把办公室如何改建都和我详细地介绍,好像汇报工作一样。在他们心里,我还是他们的领导,更是他们的大姐。新当选的政协副主席王朋也赶来了,他说,以后知道我回来,就得喝酒。和我是忘年交的朋友。

调离原单位都五个年头了,朋友们还是一如既往地关心我,惦记我,聚会的场面不计其数,他们还是不厌其烦地请我,还总叨咕:不能忘,永远不能忘啊。这份友谊太珍贵了!我们是因为工作走到一起的,我只是做了应该做的一些事情,可是他们却以感恩之心报答于我,让我感到不安。我只有把美好的祝福送给朋友们,祝大家幸福安康,祝愿我们之间的友谊长存!

2011 年 3 月 10 日

急　诊

急　诊

5月25日,老伴儿自己起早开车从县里回来。我也早早起来,忙着准备早餐。也不知怎么了,最近一段时间觉得特别容易疲劳。都说本命年烦事多,果真如此吗?

下午15点多钟,胃不舒服,隐隐作痛。吃了点胃药,稍有缓解,还是时不时地作痛。我忙乎着包韭菜合子,也就没在意。晚饭后,大约18点多钟,胃疼加剧。一阵疼似一阵,一点都不间歇。只好在屋子里走来走去,累了,就躺在床上哼哼。一直到晚间21点,不见缓解。不能这样拖下去了。马上找出医疗卡和银联卡,对老伴儿说:陪我去医院。家离医院很近,不到10分钟就到医院急诊科。先到内科检查,做B超,化验血,诊断为胆结石胆囊炎急性发作。大夫说:"先用点药,如果不缓解疼痛就转外科治疗。"在急诊观察室点了两种消炎和止疼的药,仍然不缓解。马上转急诊外科,大夫说住院吧。这时已经夜间23点多了。又做一个血液的化验,我自己乘电梯上12楼,老伴儿在一楼办理住院手续。一边呻吟着,一边找到病房大夫,他说:"先消炎,给你下个胃管,不能再进食水,缓解胃的压力。"护士引导我到病房,只有一张床了,在监护室里,男女混住。病痛折磨得不由分说就进了病房,只见地上、桌子上住的全是人。护士指给我的那张病床在中间位置,两边是男患者,而且都是重病号。无奈,一头扎到床上,不停地呻吟着。还好有一个从上到下的大围帘,拉上它就是一个空间。护士给我下胃管,连接一个负压器,又点滴消炎药。护士在点药时呼唤我的名字,只听隔帘有人重复了一下,我想是熟悉我的人吧,也管不了那么多了,只听任护士安排了。

老伴儿楼上楼下跑了好几趟,取款,交款,取化验单,办理住院手续,全他一人跑了。等他办理完一切手续已经快午夜1点了。本来他就起个大早,又要打个通宵了,我让他在病床的那头睡一会儿,看来他实在是太累了,躺下就睡着了。我这里的疼痛还没有缓解,继续哼哼。不时地转动身体,每动一下,我的膝盖就碰一下帘子那侧的一个人的后背,我隐约看到那里坐着一个人,一动也不动,一直到天亮,那个人就坐在那里。

天亮了,胃疼缓解了。我睁开眼睛,只见病房里一片井然,地上的人都起来了,床铺都收拾停当,屋子里很整洁,空气也比较清新。这时我也有了说话的力气,就问邻床病人的家属:昨晚是谁坐在这里啊,我的膝盖总碰他,也不吱声。这时一个小伙子走过来说:是我。然后笑笑,什么也没说。原来他们是我家乡农村来的患者,他们都认识我,所以听护士喊我的名字,他们就下意识地重复了一遍。呵呵! 原来是老乡啊!

这时小女儿闻讯过来了,她请假来陪护我。为了便于休息,转换了病房。医生过来查看,确定手术治疗。

手 术

自己知道这个病得了多年了,早晚得手术,就是不敢做。如今得了急症,只有手术切除了。人到这个时候,就得硬着头皮,听任医生的安排了。因为胃疼缓解了,医生准备择时手术,就是说排号等待手术。大女儿给我的一位老朋友康北生打电话,他和科主任是好朋友,说了我的情况,主任亲自安排按急诊手术,亲自手术,我紧张的心安定了许多。

27日下午13点30分,护士先给我插导尿管,备皮,不一会儿,手术室的护士推着车子来接我去手术室。脱掉衣服,躺在高高的车子上,心一下子就绷紧了。我闭上眼睛,不敢睁开,任凭护士推着车子,从专用电梯去5楼手术室,家人也和我一样紧张地陪着我。我感觉出了电梯,就睁开眼睛,只见前面的门上写着手术室三个字,到了。护士说:家属在外等候。我就被推进了手术室,我又紧张地闭上了眼睛,只觉得小车的轮子咣当咣当地响着,好像转了弯,又过门槛,这时车子停下来,护士说:睁开眼睛看看吧,这就是手术室。睁开眼睛,只见屋子里全是暗淡的灰绿色,护士说:看看,这就是手术用的灯。只见有两盏灯在我的头上,椭圆形的。护士把车子靠了一下,只听咔的一声,我就到了另一张床上,很窄。护士说:这就是手术床,你自己找好中间位置,别掉下来啊。我用手摸了一下,床正好和我的身体一样宽。这时一个护士说把手给我,我伸出右手,护士埋针。又一位护士说:把胳臂给我,我伸出左手,她给我缠上血压仪。还有一位护士,给我的上身盖上一个垫子,下身一个垫子,又盖上一条被子,只觉得暖暖的。这时只听麻醉师说:“主任,2分钟”。我看见主任过来了,欠欠身说句:“主任,你好!”主任和我点点头。麻醉师过来,看着我笑,说:“你怎么这么紧张啊? 别紧张。”我说:“第一次做手术能不紧张吗?”他说,没事的。只听他说,来,吸氧,只见一个碗状的东西,扣在了鼻子和嘴上。这时,我就什么都不知道了。

睁开眼睛,看见一位护士坐在我身旁,说道:“醒了,走吧,出去吧。”她把我推出手术室,到门外喊道:“宫淑琴家属!”家人早已等得焦急万分了! 这时已经快

17 点了。我睡了那么久啊。这时,只觉得前胸如针刺般难受,就像有无数绳索缠绑着一样,呼吸特别费劲,一点力气也没有。从专用通道回到病房,需要三个有力气的男士把我托到床上,老伴儿在中间托着我的腰部,一位同病房的男家属托我的腿,正好遇到小老乡,他托着我的头和肩膀,三人把我放到病床上,换了被子,护士忙着点药,一条宽宽的腹带缠在上腹部,吸氧,上监护器。6 个小时不能枕枕头,8 小时翻身,定时看尿量。刚刚停当,闻讯赶来的三个弟弟从家乡专程开车来看我。夜间老伴儿和小女儿陪护。这时,最难受的是呼吸,呼吸很重,嘴和舌头干的难受,就像长了刺一样。小女儿不时地用棉球沾水涂抹。一直到下半夜,他们爷两个换班休息一会儿。听家人说,我取出的胆囊已经变大了许多,里面鹌鹑蛋大小的石头有三个,还有一些细小的石头。大夫说,手术就对了。

术后一日(28 日)

麻醉药的缓解也需要时间啊。早上醒来,去掉氧气和监控器,呼吸恢复的比较好了。腿也可以自由活动了。脑子很乱,闭上眼睛,有幻听幻觉出现,这个感觉很折磨人。病房里有电视,有人看乡村爱情交响曲,我脑子里全是这些内容,一闭眼睛,就会出现好多框框,里面需要输入赵本山电视剧如何确定主题等内容;清晨,外面是早市的喧闹声,一闭上眼睛,就会看到好多红色的框框,里面是提示我设什么摊床,请我输入,还呼呼作响,搅得我睡不好觉。僵直地躺着,滴着消炎药、保护胃粘膜的药,营养液,一点就是 24 小时不间断啊。老伴儿和小女儿换班休息,刚刚手术出院 10 天的大女儿也来替换他们。我真是于心不忍啊。我这点病把家人可折腾坏了,他们又着急、又紧张、又上火,还要照顾我,太累了!感觉就是难受,没有力气说话。上午 7 点多,我的小朋友刘欣华和丈夫、儿子来看我了,他们不知道我做手术,是领着孩子参加口才比赛,顺便给我带来农村的笨鸡蛋。听说我在医院里,又买的西瓜水果,来到病房。我有气无力地说,咱两个心有灵犀啊,我刚做手术,你就来了啊!真感谢他们一家子,给我送来关怀和问候!夜间,老伴儿陪护。

术后二日(29 日)

各种药物和营养液继续点着。撤了导尿管,轻松了好多。穿上睡衣,我试着下地走走,腿发软,头发晕,刚术后 36 小时,要求 48 小时才能下床呢,只好在床上躺着。药一直输到晚上 22 点 30 分,才把针头拔掉了。从入院到今天整整 4 天时间,这点滴的针才停了一会儿,顿时觉得轻松不少。小女儿陪我去卫生间,排气了,很高兴!明天可以撤胃管,可以吃东西了!夜间也可以睡一个安稳觉了。夜间小女儿陪护。

术后三日（30 日）

经得大夫同意,终于把入院时下的胃管撤掉了,完全解放了。自己洗脸刷牙,小女儿帮我洗头,觉得精神不少。从 25 日晚上到现在一滴水米未进啊。胃肠功能慢慢恢复中,刚开始还不会喝了,因为胃管通过左侧鼻孔插入,经由喉咙进入食管,时间长了,有些麻痹,喝水都呛了一下,震得刀口疼。中午喝点小米粥的米汤,有饿的感觉了,晚上还是喝一点儿小米粥,吃得很少,胃很虚弱。晚上 10 点多,药点完了。老伴儿来陪我,我自己可以试着起床,下地,上厕所了。看他疲惫不堪的样子,就让他回家住了,也六十多的人了,这几天给他折腾的够疲劳的了。好在另外两张床都有陪护,她们也可以帮我一把。大家都是病友,互相帮助都乐此不疲。夜间自己磨蹭着起来,先抬起头,然后左手撑着床,慢慢起来,去卫生间。躺下时先坐在床上,然后左胳膊支着,慢慢往下蹭,然后头靠在枕头上,慢慢挪动身体躺下,刀口一定也抻不着。夜间,只去了一次厕所,自己做得还不错。心情也舒展多了。尽量减少家人的辛苦,我也舒心了。

术后四日（31 日）

继续点药。主食小米粥。有亲友探望。偶尔自己到走廊里溜达,腿还是发软,身子发虚。夜间不需家人陪护。和邻床病友唠嗑,她是林甸的,一个很爽快的人,也是胆结石手术,还没做呢,特别害怕,总向我问这问那的。开始排便,肠子疼得厉害。身体的各个器官都经历一个更新或者恢复的过程,给我的感觉胃肠是最后,也是最慢恢复的器官啊!早晨我只喝了一小口牛肉汤,马上就有明显反应,拉肚子!老伴儿说:"就是喝毒药也不能这么快啊!"可是,真就是这么敏感,不由分说,排除去就好了。看来日后的饮食可要有一个新变化了,适应这个没有胆囊呵护的胃肠了。

术后五日（6 月 1 日）

昨晚没睡好,情绪有些烦闷。早早醒来望着天花板想着心事,无聊起来到走廊里溜达。人家都睡着呢,静静的,我一个人来回溜达。累了,上床休息。邻床患者要手术,家里来了好多人,闹得很。点药、换药。一天拉了三次肚子,很不舒服。上午大女儿陪我,中午老伴儿来送饭,还带来一小瓶酒。他陪我一起吃饭,把半斤酒喝掉了。他说:"我这样做就是为了提高你的食欲,让你正常进餐,是从电视里学来的。"他真是一番苦心啊。他这么一说,我心情好多了。下午帮我联系做手术的老朋友康北生来看我,我正在小桌子上写日记呢,他说:"还写字呢!真没想到您恢复的这么好啊!"晚上喝了不少粥,还吃了两个鸡蛋清。大姑爷从牡丹江赶回来了,到医院看望我。大家看我情绪不错,也都很舒心。

术后六日(6月2日)

昨晚因为邻床做手术,没睡好,早早就在走廊里溜达。医生过来说:"明天可以拆线。没问题,就可以出院了!"心中一阵欢喜。今天主食是小米粥、馒头、鸡蛋清、咸菜。吃的可口,肚子也不那么疼了。继续点药。妹妹来电话问候。下午,吃点西瓜,感觉不错。晚上,大姑爷亲自做的面片汤,吃了许多。夜间刀口处痒的厉害,看来恢复的还不错啊。只盼着明天拆线顺利,早点回家啊。

术后七日(6月3日)

早早醒来,溜达一会儿,吃早餐。迫不及待地盼大夫来。可是人家是按部就班地履行职责啊。因为明天放假(端午节),可以出院的病人,尽量都办理出院手续。所以显得忙乱一些。家人都来了,开来两台车,先把东西放到车上。大夫终于来了,给我拆线,说刀口长得很好,回去好好休息,注意饮食。那边家人已经办理完出院手续。我换上衣服,下楼,在大厅里等候车开过来。别人都穿着短衫呢,我穿着夹克衫,还把帽子拉上,一看就是个病人。我坐在大厅一角,等候着。终于可以回家了。这九天来,经历了病痛的折磨,手术的紧张,术后的治疗和恢复,家人为了我跑前跑后,特别的辛苦。回家了,一切都方便多了。想到这些,感到特别的欣慰。车开过来了,我小心翼翼地上了车,5分钟就到家了!躺在宽大的床上,看窗外蓝天白云,闻草儿清香,听家人欢声笑语,这会儿的感觉就是两个字:幸福!

2011年6月19日

尘封的日志

近日回家乡,想起有一个包,自从调离单位,从来没打开过,似乎有什么重要东西在里边。打开一看,果然有一个大信封里装着两本日记,信封的外面写着:

尘封的日记。

这两本日记是 1969 年 10 月到 1971 年 2 月和 1980 年到 1989 年间的日记。尤其珍贵的是我下乡插队时的日记，记录着那个特殊年代，我的青春岁月的思想、工作和生活的点滴。

那本早年的日记本，已经没有了塑料封皮，纸张有些泛黄，有的字迹已经模糊，可是大部分字迹十分清晰。

读着那些文字，思绪仿佛回到了当年十八九岁的时候。在那个时代，正值"文化大革命"时期，人们的思想空前活跃，我也同大家一样，随着时代的潮流而行。言行里充满着当时的革命气势，字字句句离不开革命和斗争。日记里记载了一些格言和革命文章的摘抄，有读后感、观后感，还有自己的心情日记。大都离不开学习、革命和理想，对自己的鞭策，反思和自省。好多文字显得特别的亢奋和激越，可以说是充满革命豪情。

血气方刚的青年，对将来充满理想和信心，不怕吃苦，不怕辛劳，苦中作乐。是属于那个时代的，具有时代特色的情怀。

看着这本日记，不由得感叹时间的速度，感叹文字的魅力。转眼间四十多年过去了，这些文字把时间留在那个时段，让如今的人循着历史的印记去探寻当年青春岁月的美好时光。虽说当时的政治形势与现在不可同日而语，但那也是历史的必然，是今日发展的基石。虽说我们的青春是那么的酸涩，但回味起来，仍然是充满豪情壮志的青春年华，因为，我们的青春属于那个特殊的年代。在艰苦的环境里，充满欢乐和激情，真可谓是激情燃烧的岁月啊！

我庆幸自己当时喜欢记日记，才留下这些岁月的痕迹。如今读起来，感到有些稚嫩，有些生涩，还有些空泛，但更感觉到它的弥足珍贵。因为记录当时知青生活和思想的文字还是太少了。

我庆幸历经多次搬家、调转，仍然把它保存下来，真是十分的万幸。这个不起眼的小本子，就是一本珍贵的史料，真实地反映了当时知青的生活和命运。也记录了自己走向社会初期的思想动态和生活感悟。

时光流逝，尘封了四十多年的日记，已经成为历史的见证。头脑里的记忆已经模糊，只有这文字清楚记载着那些重要的事件和具体的时间。犹如一个丰满的画面，展示着如火如荼的年代和生龙活虎的一代青年的火热的生活。

我把这些文字如实地存入电脑保存起来，收藏。并收录在泰来政协文史资料《激情燃烧的岁月》之中。

2011 年 9 月 13 日

三年零两个月的情怀

今天,来到单位的办公室,整理物品,因为很快就要办理退休手续了。

一边整理着文件、书籍和一些贺卡、杂志、报纸等物品,心中不免有些许淡淡的怅然。虽说早已做好心理准备,真正就要离开这间宽敞、整洁、静谧的办公室,心里还是有些发热。短短的三年零两个月的时间,在我参加工作的历程里只是一个小数目,却给我留下好多值得回忆的东西。

曾记得,付胜利秘书长得知我要调入,没等我来报到,就准备好了一个单间的办公室,新置了写字台、沙发和文件柜,还有崭新的床和洁白的被褥,包括办公室的窗帘都是新换的。从这些细节看出了单位对我到来是发自内心的欢迎和关爱。2008 年 9 月 19 日县里四个班子领导送我来报到,秘书长先陪我看办公室,并且说道:"大姐,以后就在这里一直到退休了,好好装扮一下,挂几幅字画。"我很感动,非常感谢秘书长想得这么周全。

2008 年 10 月 6 日,我正式来上班。办公厅后勤科给我买了几盆花草,给办公室又增添了几分生气。和我一墙之隔的同事张守生给我送来新茶,管资料的小王给我订了三份报纸,管财务的来给我介绍有关情况,管人事的小赫给我办理落编和工资等手续。熟悉我的同事们分别过来陪我聊天。机关中的大姐(其实比我小一岁)朱秀娟,我们早年就是老同行,请我吃饭,一共十几位女干部,我们以水代酒,气氛一样热烈。我知道姐妹们是在安慰我,关心我,担心我新来市里工作有好多的不适应,尤其她们都知道我不久前遭遇到的重创,在心里依然有阴影和悲伤。一连数日,我都被这种热情包围着,让我心中感到丝丝的温暖和莫大的安慰。

每天上午 10 点,走廊里的广播喇叭放出轻音乐和做广播体操的口令声。每到中午,窗户的一角射进的阳光,正好照在床上,我可以在那里休息一会儿。大楼里静悄悄的,没有任何的喧闹和声响。市直机关不仅办公条件好,管理也到位,每天上班大厅门口有保安人员执勤,保洁员不停地拖地、擦楼梯扶手和栏杆,到处都是井然有序,整洁干净。坐在办公室里读报纸,砌一杯清茶,很是安逸。

没有太多的工作,还有些不适应。也是以前忙惯了,清闲下来总感觉有些怅然若失。幸好原来县里机关的老秘书长写了一本回忆录,让我给写个序,还是年初的事情呢,却让我给耽搁了。现在正好可以仔细研读,潜下心来去了解一个中层干部丰富的人生经历。对于自己是一个难得的学习机会,我反复读着,写下一些简单的笔记,然后依据年代为序写了一些感受。从中不仅学到了好多知识和经验,也让我开阔了视野,懂得了如何对待坎坷和剧痛,如何排解忧伤和无助,也使我的心情逐步趋于稳定,学会适应生活的变故。这时期我也写了一些心情日记,抒发自己的内心情感,排解压抑和烦忧。

机关的工作不陌生,因为我在县里也是做这些工作,人也不陌生,都是多年的同行,有感情基础。我的到来使我们之间的关系更密切,更融洽,现在回想起来,这也是我多年的感情积累吧。

更值得珍惜的是,2008 年,我们三位女干部分别从一个县里调入市直机关,我是自己申请调入的,组织上照顾了我。一位是解决两地分居,一位是考入机关的。我们三姐妹经常聚聚,说说话,互相之间交流自己的感受,互相关心,互相鼓励。三年过去了,她们两个都提升了一级,让我感到特别的欣慰。

虽然时刻不忘乡情,在这里一样重温乡情的厚重。在市里工作的老乡们,经常聚会,其乐融融。有什么大事小情,老乡们鼎力相助,我是其中受益最多的人。每每想起大家的无私援助,让我心里热乎乎的。老乡热情的双手给予我和家人莫大的关怀和帮助,让我们一家人没齿难忘!

在这三年零两个月里,静静地回忆着自己走过的路程,回味着那些激情燃烧的岁月,整理着纷繁的思绪,把那些沉积的、零散的情愫收集起来,用文字记下心路历程,总结自己大半生的得失与感悟,让心境更沉稳,心态更平和,心胸更宽阔,淡定、从容、自在。

更值得一提的是,在网络里结识了一些优秀的、才华横溢的年轻朋友们,与他们的交流中,学到了好多新东西,让自己未泯的童心更加蓬勃起来。素颜、虎宝虎妈、兰、素心若雪、月满西楼、雨中漫步、莫言、水、潇湘玉儿……好多网络好友,给了我诸多的关爱和温暖。我们虽然素不相识,文字把我们连在一起,通过空间或者博客,互相阅读,互相交流,共同感受人生的真谛。

即将结束职业生涯的时刻,深感这段时间的宝贵和重要。它不仅给我提供了一个轻松、舒适、典雅的工作环境,也给我创造了一个思考与回味经历的空间,让我从生活到心情都有了一个很适宜的着陆点,给我一个淡化激情、淡化风光的休憩的场所。洗尽铅华,回归自然,回首往事,无怨无悔。从容面对即将开始的闲适的生活。梦还在,那是多年寻求的自在自如的生活。放松身心,放松心情,做自己喜欢做的事情(十字绣、写博客),与家人同乐,与亲人同乐,与朋友同乐,其乐无穷!

2011 年 12 月 7 日

写在学雷锋纪念日

3月5日是学习雷锋纪念日。1962年8月15日雷锋因公殉职。1963年3月5日,毛泽东主席亲笔题词"向雷锋同志学习",并把这一天作为全国人民学习雷锋纪念日。

时光荏苒,转眼间50年过去了。雷锋精神教育了一代又一代人。现在的年轻人对于学习雷锋的感知是模糊的,遥远的。

想起50年前,我正读小学五年级,正是学习雷锋的高潮时期。每天上课前唱的歌曲就是《学习雷锋好榜样》,各公共场所张贴的是雷锋的画像,我们读的课外读物是《雷锋日记》,看到电影是《雷锋》。学雷锋做好事,是我们的座右铭。在少年时代接受这样的教育,让我们终生受用。因为共产主义战士的形象深深地印在我们的记忆里。曾经一度我们模仿雷锋的字,那种向右倾斜的字体,我们把雷锋日记中的话语作为格言写在本子上。雷锋,是我们心中的英雄。

20世纪60年代,我们国家正处在特殊困难时期,国家建设的任务很艰巨,加上自然灾害的影响,人们的生活水平很低,但是人们的革命与建设的热情空前高涨。雷锋是一代先锋,是共产主义战士的典范。雷锋精神就是时代精神。雷锋精神的核心是全心全意为人民服务,为了人民的事业无私奉献。周恩来总理把雷锋精神概括为:"憎爱分明的阶级立场、言行一致的革命精神、公而忘私的共产主义风格、奋不顾身的无产阶级斗志。"学习雷锋,全心全意为人民;学习雷锋,做一颗革命的"螺丝钉";学习雷锋,爱岗敬业,艰苦奋斗;学习雷锋,舍己为人,无私奉献。雷锋精神,就是共产主义精神,是时代精神!

雷锋精神是中华民族传统美德的一种积淀,是随着时代的发展与时俱进的时代精神。雷锋精神早已渗透在人们的血液中,融合在人们日常的行为里。也许有人会说,现在谈雷锋精神有些不合时宜,甚至有的人对雷锋精神有负面的看法。我认为,雷锋精神永存。因为这种精神的内涵体现的是时代的主流,是崇高的境界,是优秀的品行,是高尚的情操。随着时代的发展,赋予了雷锋精神以新的内涵,是引领时代潮流的新风尚。到处可见的志愿者群体,就是雷锋精神新发展的时代产物;拾金不昧,助人为乐,扶贫济困,爱岗敬业,刻苦钻研,就是雷锋精神的新发扬。弘扬雷锋精神,是时代发展的需要,是提升社会道德水平的需要,是树立良好的社会风尚的需要,是激扬人们涵养美好思想品德的需要。

在雷锋因公殉职半个世纪的今天,大力弘扬雷锋精神,更加凸显了雷锋精神的伟大和永恒。如果每个人都能在日常生活中,多一些爱心,多一些奉献,多一些理解,多一些关爱,私心少一点,计较少一点,贪欲少一点,浪费少一点,这样一来,家庭是和睦的,群体是和谐的,社会是美好的。

弘扬雷锋精神,争做中华民族传统美德的传承者、社会主义核心价值体系的践行者、良好社会风尚的创造者,共同建设我们时代的精神家园。

2012 年 3 月 5 日

丝 巾

在不到一周的时间里,我竟然收到两份礼物:丝巾。

说起丝巾,是我的最爱。这么多年来,我不带金,不带银,服装也是很正统的,唯独丝巾是我最奢侈的装饰。除了夏天,春、秋、冬三个季节都离不开丝巾的陪伴。不同颜色的丝巾搭配不同颜色的衣服,那种感觉特别的好。于是我也喜欢把丝巾作为礼物送给我的姐妹们。

前几天宋洪波约我见面,并给我带来一个"上海故事"品牌的丝巾,浅灰色的底色,印着玫瑰色的牡丹花,特别雅致,正巧那天我穿一件浅灰色的羊绒大衣,带上它,色彩协调,鲜亮。那种滑滑的,柔柔的感觉,特别舒服。我心里暖暖的,她又请我吃火锅,和我聊天。我本来准备请她吃饭,却被她那份执着给折服了。洪波很年轻,也很漂亮,是一个聪明能干,洒脱利落的人。只是前几年遇到点儿事情,走了点儿弯路。但是她不气馁,很要强,正在酝酿着如何重新走向社会,展示自己的才华,体现自己的人生价值。

我们是同乡,曾经有过一面之交。后来在网络里我们成为朋友,她敞开自己的心扉和我聊了好多自己的事情,我很理解她。我觉得人难免犯错,只要改过,就是一个好人。一个人敢于正视自己的过错,敢于正确面对挫折,敢于再创自己新的生活,就是一个聪明的人,是值得信赖和支持的。她信任我,敬重我,我就必须关心她,理解她,鼓励她。几年来,我们在空间里互相交流,建立了友谊,今年她把和我见面作为一件重要的事情,精心安排,让我特别感动,面对她年轻秀丽的面庞,我抑制不住内心的那份情感,互相倾诉,倾听。我默默祝福她,今后的生活一定会更好!

心 田

这次回家乡,我想和邱景媛单独聚聚,因为最近她心情不好,情绪不稳定,给我打电话诉说自己的感受,也约我回去好好帮她治治心病。没想到她给我发一条短信说,我已经顺利地度过烦躁期了。我便打电话过去,便约我吃饭。中午,我到了饭店,见到好几位都是 20 年前一起工作的同事们。景媛来了,从包里拿出一条浅粉色的丝巾,长长的,上面还点缀着黑绒的圆点,是双层的沙、丝结合的,正反两面都可以戴,而且是两种效果,特别的时尚。景媛说,我特意给大姐买一条时尚鲜亮的丝巾。别说配我深色的衣服正合适。我知道景媛的心思,她总希望我打扮得再年轻一些。

邱景媛,自称是我的"贴身秘书",这话一点儿都不假。当年我们一起在政府工作,虽说工作比较繁忙,可是我们和办公室的主任、秘书、司机都处得非常好,每当工作加班或者有什么活动之余,都会坐下来一起聚聚,没有职务级别之分,大家都是好哥们好姐妹,开开心心,快快乐乐。如今,我们分别在不同的岗位,有机会相聚,便有说不完的话。那份亲密劲比当年一起工作时更亲。景媛,也成为我最贴心的妹妹了。

两条丝巾,精心挑选,寄托着两位小妹厚重的情谊,让我心情激扬,似乎自己也年轻许多。用手抚摸着丝滑、柔软的丝巾,犹如抚摸两颗善良、美丽的心灵。女士,如水的柔情,如山的坚韧,如花的美丽,如玉的晶莹,如清风般的飘逸,如霞光般绚丽。在人生的每个季节,她们都会把心底最美的情愫,最柔软的情感送给自己最爱的人。我能受如此殊荣,真乃幸福之幸福啊!

丝巾,我的最爱,在我的颈间飘逸,给我美感,给我柔情,给我无尽的芬芳!

2012 年 11 月 12 日

文字的魅力

文字是有灵性的。文字的产生,是人们智慧的结晶。尤其我们中国的汉字,方方正正,如图画般隽永。文字是人们心灵的窗户。语言变为文字,有一个思维转换过程,这个过程就是思索,归纳,凝练,然后找出最恰当的文字表达最真挚的情感。

早年,人们习惯用笔书写文字,把心中所想注入笔端,流利,娟秀的文字,洋洋洒洒地写满稿纸,一沓一沓的手稿,散发着墨水的香味,每每翻开看看,觉得特别的珍贵。

如今,人们喜欢用指尖轻轻敲打键盘,思绪随着指尖的跳动,如行云流水般倾泻在荧屏上。把自己的喜、怒、哀、乐,所思、所想、所悟毫不保留地倾诉出来。有了博客,给人们创造了一个互相交流的偌大空间,不分性别,不论年纪,不讲职位,不分穷富,不管在何处,人们可以平等的交流。是文字把距离拉近,是文字让相同性情的人结缘。

人们认识文字,先从读文字开始的。认字读书,认知世界,了解历史,进而熟读名著,陶醉在文学圣殿独有的氛围里。

人们运用文字,撰写文章。不论什么题材的文章,都必须具有命题,谋篇,叙述的过程。想到一个话题,或者有所感悟,在脑子里反复的思考着,直到成熟了,便把它写出来。

作者与读者,文字为媒介,让一个人去解读另一个人,去触摸作者的心灵。读着读着,便产生了共鸣,或理解,或同情,或赞许,或感动,或欣赏。一种难以名状的默契自然而然地产生了。这就是文字的魅力!

文字,可以把山水、天空、大地、树木、花草描绘得如诗如画;可以把心中最深处的情愫表达得淋漓尽致;可以把生活中的经历阐述得让人动容,催人泪下。这就是文字的魅力!

文字,最直接地展示人的心灵。当你读着一篇文章的时候,感人之处,会有一种感觉,仿佛听到了作者或铿锵有力或委婉柔和的声音在耳边回响。这就是文字的魅力!

文字,最能抓住读者的心。当你读到精彩之处,你的心会随之颤动,一种早已在心中要说的话没有说出口,或者早已想要写的东西却没有写出来,在这里却找到了答案。就是说,写到了你的心里,打动了你的心。这就是文字的魅力!

文字,展示了人们最本质的性情。不同性情的人,写出的文章也是不同的,智者见智,仁者见仁。文字所表述的字里行间,渗透着人的潜质和做人的理念。即使作者肆意想隐蔽一些东西,但是,字字句句都会透漏出最本质的思维动态。这就是文字的魅力!

鉴于文字的魅力所在,便出现了以文会友的佳话。不论身居何地,年纪大小,职位如何,以文字结缘,便有了共同的志向,相通的理念,相溶的性情。对世事的看法,对人生的感悟,对生活的赞美,对自然风情的欣赏都达成了共识,是心灵的呼应,是心灵的默契。

文字的魅力,让喜爱文学的人徜徉在文字铺就的神圣殿堂,穿越时空,畅想未来,抒发情怀,陶醉其间!

文字的魅力,让倾心文学创作的人,挥毫泼墨,描绘最美的画图,撰写最美的诗篇,抒发最美的情怀!

文字的魅力,让喜欢用文字抒情的人,敞开心扉,挥洒自如,倾诉心灵深处至纯、至真、至美的情感!

2013 年 1 月 12 日

微笑的魅力

惊叹中国汉字的神奇,当我们看到"微笑"这两个字,就像看到一张微笑如花的笑脸,让人心里暖暖的,禁不住会心一笑。

一个微笑,一份温暖;一个微笑,一份信任;一个微笑,一份尊重;一个微笑,一份自信。

在日常生活中,微笑确实有着神奇的魅力。比如,你遇到一个陌生人,只要一个微笑,就会拉近距离。当你遇到纠结的时候,朋友的一个微笑,就会让你的心沉静下来。当你遇到对你不恭的人,一个微笑,就会让他退避三舍。当你心情低落的时候,一个微笑,会让你振作起来。如果每天我们都对着镜子,给自己一个微笑,心中便生成一种自信。

微笑,不仅仅是礼貌和谦恭,更是一种智慧和气度。微笑可以化解矛盾,微笑可以打开僵持的局面,微笑可以穿透人的心灵。

说起微笑,自然就想起我的朋友刘艳芳。她就有一张总是充满微笑的脸。芳妹,一张端庄秀丽的脸庞,笑起来眼睛弯弯的,嘴角微微翘起,一副可亲可爱的样子,让人心中不免涌起一股温暖的热流。都说相由心生,这微笑,来自于乐观的内心,来自于智慧的大脑,来自于宽大的胸怀。

芳妹,凭着这独有的微笑,把事业做得红红火火,把朋友处得亲亲密密,把自己装点得优雅大方。都说芳妹机遇好,我觉得是她的睿智征服了人们,是她的聪慧闯出了坦途,是她充满智慧的微笑赢得了人心,击败了她的竞争对手。

说起芳妹,在前行的道路上,也遇到好多的障碍和坎坷。但是不论面对怎样复杂的局面,她都会以微笑面对。虽然心中充满苦涩,仍然做到微笑着出现在人们面前。即使自己很疲倦,也要用微笑把自己打理得精神十足。即使有人想设点障碍,也被这微笑击溃了。

和芳妹相比,我自愧不如。我最大的弱点就是心情挂在脸上。如果不高兴,不用说话别人就可以看出来,因为一切都写在脸上呢。更可气的是本来心中是好意,可是脸上却是阴沉沉的,说出的话硬邦邦的,让人的心里特别不舒服。所以,每每和芳妹聊天,我都由衷地佩服她那充满智慧的微笑,被那真诚的笑容所折服。

芳妹的微笑不是表面做样子,是内心深处的一种气度的自然流露。为了朋友,她竭尽全力;为了身边的人,她真心相待;为了家人,她倾其所有。即使遇到陌生人有求于她,她也会笑脸相迎,认真对待。

学会微笑,是一种豁达,是一种气度,是一种境界。学习的过程,也是修炼的过程。每当心情不愉快的时候,或者情绪低落的时候,微笑一下,就会振作起来。面对亲人和朋友或许擦肩而过的陌生人,一个微笑,就会增加亲切感,密切人与人之间的关系,创造一种温馨、和谐、友好的氛围。

学会微笑,让微笑的魅力把我们装点得更优雅,更大气、更美丽!

2013 年 1 月 25 日

国 庆 随 想

明天就是国庆节了,伟大祖国的生日。举国同庆,万众欢欣。忽然想写点什么,是啊,我生在新中国,长在红旗下,亲眼见证了伟大祖国成长、进步、发达的经历。随意写一点体会吧。

64 年前,新中国成立,在中国共产党的领导下,全国各族人民团结一心,勤俭建国,在一穷二白的基础上开始了新中国的建设。当时的新中国犹如一个热血青年,凭一腔热血向新的社会开战。经济要发展,人民要富裕,一切皆要从头开始,国内面对内战造成的创伤,国外面对帝国主义的白眼和排挤。可以说是责任重大,任重道远。自然灾害、偿还外债,社会主义制度的建立,科学技术的普及,几亿人民的吃饭问题。一宗宗,一件件,都要一点儿一点儿去捋顺,去开拓,去建造,去践行。

一代又一代国家领导人的接替,一代又一代人民的奋斗拼搏,新中国从幼稚到成熟,从贫穷到富裕,从落后到跻身于世界先进行列。改革开放,给新中国注入了新的活力,打开国门,让新中国走向世界,即让中国人了解世界,开阔眼界,学习新知识,又让世界认识中国的悠久历史和潜在的爆发力。如今,新中国发生了天翻地覆的变化,经济快速发展,社会不断进步,人民生活水平明显提高。

这些年走了好多的城市,也到发达国家考察过,从内心深处感受到了新中国的新变化真是日新月异。随着人们生活水平的逐步提高,城市建设也快速发展,我们可以看到花园式的城市遍布全国,经济、文化基础比较好的大都市正在向国际大都市迈进;人们的衣食住行也发生了巨大的变化,私家车、个人住房的数量和档次逐步提高。人们的生活环境也越来越趋于舒适、整洁、卫生。人们的文明程度也大大提高了。社会养老机制、最低生活保障机制、社会医疗保险机制等正在逐步完善。真可谓是太平盛世,国泰民安啊!

我们的国家仍然处在发展时期,距离世界先进国家还有一定的差距,仍然需要全国各族人民在中国共产党的领导下,齐心协力,奋发图强,开创崭新的最美好的未来!

随着改革开放,一些人们走出了国门,走向了世界,世界各地,到处都有中国人的身影,这可能是中国人口众多的原因吧,还有一些人移民国外,这倒无可非议,可是我觉得《西游记》里有一句台词说的好:"宁恋家乡一捻土,莫贪他国万两金。"我们国家虽说没有发达国家那么富裕,但是,这是生养我们的土地,是我们的家啊!在自己家里心里才踏实。树高千尺,叶落归根,走到哪里也不能忘记我们的根在中国!

时代在前进,社会在发展,这是不可抗拒的自然规律,虽然避免不了在前进的道路上存在这样或那样的问题,但是都阻挡不了社会的进步!历史的发展规律就是如此。伟大的祖国,迈出坚实的步伐,走在世界的前列;伟大的人民,英姿焕发,创建着最美好的未来!

习近平总书记说:中国梦归根到底是人民的梦。他说:"实现中华民族伟大复兴的中国梦,就是要实现国家富强、民族振兴、人民幸福。""中国梦是民族的梦,也是每个中国人的梦。"中国梦,给全国人民描绘了一个壮丽恢弘的前景,经过不懈的努力,我们国家的综合国力将进一步跃升,社会和谐程度进一步提高,人民的幸福特征、文明特征明显增强,以人为本的思想更加深入人心,为促进人的全面发展提供更加广阔的前景!

回顾64年的历程,更觉今天的幸福生活来之不易,更为祖国的伟大感到骄傲和自豪!更加珍惜今天的美好生活!

中华民族是伟大的民族,我们有着世界上最聪慧的头脑,世界上最厚重的文化底蕴,只要努力克服历史遗留的弱点,弘扬团结励志的民族精神,我们的民族会更优秀,国家会更富强,人民会更幸福!

2013 年 9 月 30 日

自有后人评说

清晨,去公园晨练,借机把老书记的照片还给他。在龙沙公园的湖边我见到了已经 76 岁,依然精神矍铄的尹树全书记,他步履轻盈,与老朋友们开心的说笑着。

说起照片,还有一段缘由。那是前些日子,县作协的朋友们要采访尹书记,请他谈谈当年修建泰湖的创意。委托我出面请几位老领导。尹书记很高兴地接受了邀请,也做了认真的准备。他回忆当年的情形,仿佛又回到了那个年代,那时候,他只有 28 岁,便被黑龙江省委派到县里任县委书记,一干就是 17 年。把自己精力最充沛的年华奉献给了我的家乡建设。这 17 年,是他最难忘的岁月,也是他最值得回忆的时光。他也得到了家乡人的认可和拥戴。

最能反映他人格品质的不是那些业绩,而是他的处世为人。说一个简单的事情,他的爱人原来在县里的服务公司工作,他在 80 年代末调入市里工作,后来提拔为市级领导,但是,他爱人的工作关系一直在县里。这件事情拿到现在来说,一个领导工作调动,爱人自然就随着调动,而且都安排得非常得体,是一件很正常的事情。可是尹书记却没有那么做。

话说回来,那天尹书记看到县里来的同志们特别的诚恳,他也非常的感动,他悄悄地对我说:"我把精品都带来了。"我很诧异地问:"什么? 还有精品"? 说话间,他小心翼翼地从外罩里侧的兜里掏出一个信封,里面装着两张黑白照片,还有两张 32 开的学生用本的纸张,上面写着照片的背景和缘由。我们大家都被这个举动惊呆了,原来,这是当年县委研究改造东碱泡子规划时的照片和县委领导一起参加治理东碱泡子的照片,真是太珍贵了。县里来的同志们如获至宝,要带回去翻印,留存。

我们从心眼里敬佩老领导的睿智,敬佩他严谨认真的精神。他对付出心血的第二故乡的挚爱,让我们感动不已。

送走了县里的同志们,尹书记先后两次给我打电话,叮嘱我,千万要把那两张照片及时收回来,那是他最珍贵的回忆。

前几天回县里,政协要成立文史学会,也想请老领导给写写或者讲讲那段历史,我想到了尹书记,在送还照片的时候,我就提起这件事情,他百般地推辞了,他说:"不写,也不说,这么多年了,这么多届领导都做得很好,我没什么可显摆的。要不是你几次找我说介绍泰湖治理的事情,我也不会把照片拿出来的。过去的成为历史,由后人评说吧"。这几句话让我深受感动。如今,好多人都喜欢为自己树碑立传,竭力宣传自己的功绩,像尹书记这样的老领导,他们把功绩归功于别人,自己的付出就是无私奉献。当年挥洒的汗水和心血留在记忆里供自己回味,当年的业绩留给后人评说。多么宽阔的胸襟,多么高尚的情操!

看着他消失在绿树丛中的背影,心中满是敬慕和钦佩。当年得到老领导的教诲,如今,依然接受老领导的言传身教。我顿然醒悟:一个人不管你做出多少有益的事情,不要自己沉迷其中难以自拔,沾沾自喜,留给后人评说,那才是最公正的评论。从另一个角度来说,付出不图回报,贡献不要政绩,那才是做人的淡定从容,处世的超然物外。

2014 年 5 月 11 日

永恒的美丽

美丽的风景,令人陶醉;美妙的乐曲,动人心弦;美好的情愫,怡人身心;美丽的人生,令人神往。

美,让人赏心悦目,给人们的生活带来快乐和愉悦,是人们追求的至高至上的视觉感应和纯净的心灵感应。

在我们的身边,美无处不在。只要用心去观察,去体会,去感悟,美就在我们的视野之中。

四季美景,千姿百态,是大自然的恩惠。

悦耳动听的音乐,是人们发自心灵深处的一种美感。

纯净的心灵衍生出的美好情愫,是人对于自然界、对生活的一种感悟,如陈年美酒,醇厚绵长。

人生的美丽,是经过含辛茹苦的历练,锲而不舍的追求,兢兢业业的劳作,坚持不懈的学习探索和无私无畏的付出锻造出来的。这种美是高尚的,是经久不衰的,是永恒的!

　　说起美丽的人生,眼前浮现出一个令人敬佩的美丽形象。在电视综艺频道,有一个《开门大吉》栏目,一位79岁的老人走上了舞台,她个子不高,精神矍铄,一头银发,两眼炯炯有神,身着嫩绿色的中式便装,只见她步履稳健,谈笑风生,与主持人配合的特别默契。她自如地打开一扇又一扇大门,得到了2万元的家庭基金。这是她为山东小朋友买书的基金。她叫李晋珍,1954年幼师毕业参加工作,是我国第一代幼儿教师。她一心扑在幼教事业上,后来还编辑了《启蒙》杂志,把自己的全部智慧和心血都倾注到幼教事业。最令人感动的是她说的那句话:"人老了,是自然规律,但是心不能老,精神不能老!"这句话掷地有声,令人感动。

　　从她的身上,我看到了一种厚重的美丽,这种美丽是发自心灵深处的,是经过岁月历练的,是经过心血酿造的,是多年的积淀,是智慧的递进,是情操的升华。年近八旬的她,展现在世人面前的是秀外慧中的美丽形象,那精气神令主持人小尼赞叹不已。小尼说,我和老人家跳舞的感觉似乎看到一位年轻美丽的姑娘在翩翩起舞。

　　这就是永恒的美丽!

　　美丽,不是浓妆艳抹,不是珠光宝气,不是花天酒地,不是豪车别墅。

　　美丽,是与生俱来的清纯,是自然生成的恬淡,是浑然天成的静谧。

　　美丽,不仅仅是豆蔻年华的稚嫩,不仅仅是青春岁月的青葱,不仅仅是中年的厚重,不仅仅是壮年的睿智。

　　美丽,是伴随一生的情愫,随着岁月的递进,生命之花散发出愈加馥郁的芬芳!

　　美丽,永恒的美丽来自美丽的心灵!

　　愿美丽与我们同行!

2014年7月8日

证　　婚

　　结婚是人生的一件最重要的事情。自古以来,就讲究结婚的礼数和程序。其中有一项很重要的内容,就是证婚。据查,"中国传统婚礼中并没有证婚人。只是到了清末民初,随着文明婚礼的兴起,时尚的大城市中的年轻人,借鉴天主教的婚礼规范(天主教教义规定,婚礼只有在证婚的地区助教、堂区主任神职人

员,或此二人所委托的司仪或执事,以及二位证人前举行,才有效)。在婚礼中引入了证婚人,后来这种风尚逐渐被社会承认,于是诞生了今天我们婚礼上的证婚人"。

证婚人顾名思义是婚姻合法的证明人。在婚礼上,由证婚人宣读《结婚证书》证明婚姻的合法性。如今婚礼的仪式越来越新颖,也越来越热闹,所以证婚人宣读《结婚证书》那种呆板的仪式也有了改进。

说起证婚,我还有幸做了好几次证婚人呢。

第一次证婚,是郭桂琴的女儿琳琳结婚。琴妹早早就和我说定,一定要请我给她的女儿做证婚人。我欣然同意了。为了参加这次婚礼,我特意买了一身"玫而美"牌子的三件套的裙装,孔雀蓝色,质地讲究,样式新颖,穿上之后显得端庄大方,时尚而稳重,我很喜欢。也给琳琳的婚礼增色不少。第一次证婚一点儿经验也没有,拿过结婚证一看,小小的铅字模模糊糊看不清,我就事先用一张纸把孩子们的姓名、出生年月日、结婚登记的时间等写在了一张纸上,然后用结婚证书托着,走上台时,婚礼主持人对我说:念念结婚证,说几句祝福的话。我便按照主持人说的做了,效果还可以。

过了两年,我的老同事王德江的儿子结婚,诚挚地邀我做证婚人,我也欣然应允了。

一次回乡参加丽娟女儿的婚礼,晚 21 点多了,丽娟打来电话,焦急地和我说:早已定好的证婚人是女儿单位的领导,因临时有急事参加不了婚礼,便想请我给救场,丽娟是我的老同事,也是好朋友,我什么也没说,立即问清两个孩子的简单情况,便做好证婚的准备。这次有了经验,干脆不念结婚证,就事先编好祝贺词语,里面包括了新郎、新娘的基本情况和登记时间、地点,再说几句祝福的话,就很圆满了。

又一次回乡,与老同事们聚餐,刘晓平的女儿要结婚了,他试探着说,要请我给证婚,我客套地推辞说,不想再给别人证婚了,因为自己早已退休,又调离这个小城,不想太多的在公开场合露面。建议他请在位的领导给证婚,多体面啊! 晓平还是坚持要我做证婚人。同时,其他同事也帮着他说话。我想,我们是老同事了,请我证婚是尊重,是信任,不该推辞。这样,先后为晓平的女儿、儿子证婚,在隆重热烈的结婚现场,那种氛围也感染了我,从中体味到做父母的对儿女终身大事所付出的爱是多么厚重,对儿女的期盼是多么深远。

2015 年的国庆节,是姜丽梅的儿子思川结婚的日子。去年,梅妹就和我说好,必须给她儿子证婚。思川是个帅气的小伙子,事业做得很优秀,在清华大学的一个研究院工作,儿媳也在北京工作,是一对优秀的年轻人。因为工作忙,一直拖到国庆小长假才回乡举行婚礼。他们早在去年就在北京市海淀区民政局登记领取了结婚证书。

梅妹是一个追求完美的人，她做什么事情都讲究全力以赴，尽善尽美。儿子的婚事更是她多年最大的心愿了。所以她早早准备着，自己亲自设计婚礼仪式的程序，尽可能做到新颖，时尚。因为她曾经担任过文体局的副局长，又担任过政协宣传、文史委的主任，有好多文化界的朋友，策划一个婚礼那是绰绰有余。

作为证婚人，我也不敢怠慢。着装打扮怎么也得讲究点儿。提前 20 天，我自己到市里大商场转悠，看了半天也拿不定主意，叫来大女儿给我当参谋，逛了大半天，还是一点儿眉目也没有。累得我迈不动步了，只好回家休息。第二天，正值大女儿休班，她早早给我打电话，陪我到百货大楼转转，正巧遇到了适合我穿的品牌衣服，反复地试了好几套，最后决定买了一身比较时尚的衣服。

婚礼那天，我穿着新衣服，还有点不自然，终究自己年纪大了，很少穿时髦的衣服，穿上了还觉得不自在。好在衣服的颜色不鲜艳，配了一条鲜艳的丝巾，却给大家一个很好的印象，也给梅妹儿子婚礼一个满意的证婚。

这天梅妹穿着大红提花织锦的连衣裙上场，让人眼前一亮。儿子的婚事，该多隆重就多隆重，这可是人生的最高的礼仪，最大的喜事啊！婚礼结束，答谢酒宴开始，梅妹又换上一身藕荷色的连衣裙，更显典雅、大方、柔美，让人赏心悦目。梅妹懂得，一个人的仪表体现一个人的素质，是对自己的看重，是对身边人的尊重。

证婚，在整个婚礼仪式上只是很短的一个内容，本来不必大做文章的。可是，因为我和朋友们的感情所致，尽量做到完美。一个人的衣着是对一个仪式的态度，是尊重、是敬重，是褒扬。一个简短的致辞，更是一种认可、赞赏、祝福。每个细节都应该做最充分的准备。往往越是短暂的情节，简短的话语，越要做到没有瑕疵，充满激情，鼓舞人，感染人，调动大家的情绪，把现场气氛推向高潮。

证婚，虽然只几句简短的祝词，却增进了我与同事们的情谊，分享了他们的幸福和快乐，从中享受生活的美好时光，体味亲情、友情、爱情的纯真和伟大！

2015 年 10 月 26 日

青春的歌声永不落

青春，人生最美好的时节。青春，留给我们的是永久的回忆，这回忆，是美

好,是清纯,是风华正茂,是燃烧的激情。

我们的青春,在广阔天地里成长,在火热的年代里迸发,在人生的征途上升华。

岁月抹掉了我们的稚气,却抹不掉青春的印记;时光在我们脸上镂刻下皱纹,却刻不掉青春的光环;年纪把我们带到了老年,却丢不掉青春的心怀。

我们属于上个世纪70年代的青年,我们也属于今天的老青年。与时俱进,使我们的青春不断更新;走在时代的前列,使我们的青春不断焕发新意。

人,不会长生不老。但是,我们的青春随着人生的年轮同步增长。不老的是年轻的心,还有青春的歌声。

网络时代,给步入老年的我们搭建了一个联络的平台。微信,让我们身居天南地北的老知青朋友有了一个相聚的群体。记得,刚刚建立老知青群的那个冬日,我们像孩子似地乐得合不拢嘴,一个个老姐妹、老哥们,北京、上海、深圳、海南、沈阳、牡丹江、大庆、齐齐哈尔、泰来,互相问候,互相传递信息,亲近的了不得。每天晚上,大家打开微信,唠家常,谈往昔。多少年没见面的老知青们,一下子就拉进了距离。视频聊天,看着一个个苍老的面庞,听着不老的声音,似乎我们又回到了青年点,大家坐在土炕上有说有笑的一般。卢姐高兴地说,有了微信,我每天都不寂寞了。张淑范大姐在美国洛杉矶女儿家,虽然时差相差12个小时,她依然和我们交流、沟通、发红包,唱歌。几位姐妹为了加入微信群新买了智能手机,不会操作,孩子们就是老师。

说起唱歌,首先要感谢霍亚贤,她从小就喜欢唱歌,当年是我们知青中最爱唱歌的女孩。几十年过去了,歌声一直陪伴她,给她带来了许多的乐趣也帮助她走过了艰难的岁月。一日,亚贤在群里唱起了老歌和样板戏选段,把我们的思绪又带回到知青岁月。于淑先大姐建议在群里组织歌会,我们几位有些为难,因为我们很少唱歌,另外,我和几位姐妹五音不全,唱歌找不到调,不好意思开口。也许是知青的情谊使然,也许是一种交流的需要,我们不知不觉地跟着唱起歌来。

不唱不知道,高手在民间啊,卢姐、大华、韩艳茹、颖达等唱得有滋有味,字正腔圆。我们开始唱老歌、红歌、样板戏选段,后来艳茹唱起新歌,是我们都未曾听到过的歌曲,把知青歌会弄得十分火热,竟然成为我们每晚雷打不动的节目了。为每天的歌会,我们买歌本,上网学唱自己喜爱的歌曲,乐此不疲。从会唱几首歌到十几首、几十首歌曲了。而且,声调也比从前更趋于准确,歌声也变得比较柔美了。另外,有一个收获,就是从来没学过的歌,只凭喜欢听,就可以借助歌词和简谱比较准确的唱出来,真是一举多得!唱歌,成为我们每天必做的功课,生活也变得充满情趣,焕发了青春的气息。

当然,有唱歌的,就有听歌的,听众是必不可少的,有了唱歌与听歌的互动,才是一个完整的歌会。几位不唱歌的男生和姐妹,给我们鼓掌、点赞、发红包,一边唱歌,一边抢红包,特别的开心。

生活中有好多新的体会,生活总会给我们打开一扇又一扇明亮的窗口,只要我们用心去对待生活的琐碎,必然会有新的发现和新的尝试。

知青歌会,源于知青的情谊,源于知青的情怀。是知青岁月锻造了我们之间特殊的情感,我们经常聚会,天天歌唱,依然保持知青时的状态。

美酒佳肴,我们经常举杯换盏;老歌新曲,我们天天吟唱。美酒凝聚着老知青近半个世纪的情感;歌声飘荡着我们不老青春的旋律。

歌唱青春,青春不老;歌唱生活,生活美好;歌唱心声,心声欢畅;歌唱岁月,岁月不朽!

这歌声唱遍天南地北,这歌声诉说着青春的韶华,这歌声演绎着不老的青春,这歌声弘扬着一代知青最广阔的胸怀!青春的歌声永不落!

2016 年 6 月 8 日

太极与人生

习练太极拳已有三年之久,当年在龙沙公园的广场上跳广场舞,天天早晨看到一群人在打太极拳,我被那舒缓起伏的一招一式深深地吸引住了。每天我都会一边在栏杆上压腿,一边欣赏他们打拳。终于有一日,我耐不住这种诱惑,便也跟着练了起来。

太极拳看起来很容易,练起来很难。打拳与跳广场舞不一样,广场舞的动作比较单一,只要脚踩上节拍,臂膀与脚协调,几天就会跳了。可太极拳是前后左右地变换着方向,一招一式,很有讲究。我比比划划地练了一个多月还是掌握不好要领。便到书店买了几本有关太极拳的书籍,上网看关于太极拳的视频,逐步了解太极拳的奥秘。

太极拳是具有悠久历史的武术运动,是中华文化的瑰宝。习练太极拳不是一日之功,是越练越精进,越练意境越精深,越练体会越无穷,是天人合一的运动。太极拳的特点是:"柔和缓慢,虚实分明,圆活连贯,速度均匀,上下相随,精

神关注,呼吸自然。"其拳架的风格是:"舒展大方,结构严谨,身法中正,动作和顺,轻灵沉着。"做到这些没有十年,几十年的历练是难以做到的。我不过是一个一脚门里一脚门外的初学者,真不敢在这里谈太极拳的所以然。不过在三年多的学习过程中,却有点滴体会。

太极拳不是单一的武术或者体育运动,太极拳是一种文化形态,它深深扎入中国传统哲学、医学、美学、文学等广袤深厚的领域之中,以形体的运动表达、阐述、张扬一种文化精神,是中国古人对于生命、自然、平衡、发展的理解,也是几千年中国历史文化的结晶。

习练太极拳,已经成为中老年人最推崇的健身活动,它不仅仅有益于身体的保健和养生,更有益于人们心灵的净化。我们经常可以看到在湖边,在柳荫下,在静谧的公园里,到处都有习练太极的群体。只见他们身着宽松的太极服,随着舒缓、优美的音乐,轻轻地挪动脚步,舒缓自然地拉开双臂,一起一伏,一招一式,特别的优美,如行云流水,似柳摆轻风,令人驻足。习练者也沉浸在太极的柔韧曼妙之中。一种协调、平和、圆柔的神韵,令人气定神闲,形成一个强大的气场,感染着练拳者,也感染着观赏者,一个美字了得!

太极拳的每个套路,每招每式都在演化着阴阳调和,动静平衡,融合在太极深邃的意念之中。太极是心灵的歌舞,生命的吟唱。

习练太极让人心静如水,超然物外,神情专注,远离喧嚣纷扰,是一种心灵的修炼。它让人心平气和,心胸开阔,心境圆融,宽容大度,沉淀内敛。以身体的轻盈带来心灵的充盈和性情的洒脱。

由此,我想到了人生。

我们的人生何尝不是一场太极拳的演练呢,我们从初始的幼稚到逐渐地成熟,哪一步都不能走偏,哪一招都不能虚设。稳重的脚步,是我们成长的根基;严谨处世是我们成熟的阶梯;协调一致是我们前进的助力;宽容、包容是我们做人的品格。持之以恒的精进与日积月累的积淀铸造了我们独特的人生。

人生如太极,太极如人生。在习练太极中领悟人生的哲理,在人生的道路上领略太极的深邃!

2016 年 11 月 24 日

相聚蓝林轩

泰来县有一个克利镇。克利,蒙语的含义是蓝色的林子。可以想象到,在遥远的年代,这里是树木葳蕤的地方,要不先人们怎么会称这里是蓝色的林子呢?

蓝林轩,却是实实在在的,坐落在克利镇西北角的一家宽敞的农家院里。这家的主人是一个普通的农民,一个喜欢作诗填词的农民,他就是泰来县诗词协会主席栾石玉。

蓝林轩,就是栾石玉家精致的小书房。别看书房小巧,蓝林轩的牌匾却悬挂在书房的门楣上。这里装着一个偌大的文化世界,这里充满创作的梦想,这里飘逸着唐宋诗韵的馨香。

栾石玉,笔名三柳先生,受祖父(教师)的影响,从小就喜爱诗词。高中毕业后,曾经当过教师、乡政府科员,后来下岗务农。身份有了不同的变化,可是对于诗词的爱好却始终如一。他买工具书,买名著,自己专心研读,学习写诗填词,投稿参赛。2004 年加入了泰湖诗社,诗词创作达到了高峰期。2012 年加入县作家协会,并且被推举为作协副主席。2017 年初担任泰来县诗词协会主席。他曾经于 2013 年编辑了诗集《柳韵乡情》,刊发诗词 500 多首。石玉的诗词特别有韵味,接地气,平时生活中的所见所闻都能入诗,正像他在自己的诗集后记中写的那样:

"浮世繁华醉几觞,家山风物品诗香。
胸怀装点乾坤色,襟袖盛来明月光。
物质追求微境界,精神求索大文章。
乡情一曲阳春雪,蛰动耕耘柳韵长。"

我很早就想到石玉家里来,看看他家门前的三棵柳树,看看他家宽敞的庭院,看看他农闲时挑灯构思、写诗填词的书斋,尝一尝他亲手栽种的玉米、土豆、茄子和农家大酱。

2017 年 8 月 9 日,我应栾石玉之约,有幸与县作协、县诗协的文友们一起来到了这个宽敞的农家院。

这一天,晴空万里,微风徐徐,雨后的空气格外清新。门前三棵柳树低垂着柔软的枝条,给院子里带来一片阴凉。我们摆开两张桌子,玩起扑克,欢声笑语穿过树梢,在院子的上空飘荡。我和谭杰对家,都不怎么会玩,我出错了一把牌,张青山也不好意思点破,还让我们赢了。谭杰爽朗的笑声特别感染人,此刻,忘记了一切,只知道开心地笑啊,笑啊!玩,就是为了开心,没人在意输赢,往往有点小插曲反而给大家增添了笑料。

院子的一角,用半只油桶做成的简易炉子上有一口大锅,正冒着热气呢,里面烀的苞米、土豆、倭瓜、茄子,一阵阵粘玉米的香味飘进我们的鼻端,真有点儿要流口水呢。

我起身到屋子里看看,石玉把我引到西屋,让我看看他的书房。在西屋的北侧,有一个不大的小屋,里面有一铺小火炕,西墙边是一个书柜,一个写字桌,一台电脑。北墙中央有一扇窗子,透过窗子可以看到后院里的果树结满了果子,好一幅自然景观的画面啊!墙上挂着两幅字画,十分的雅致。那个"蓝林轩"的牌匾就悬挂在这个小书房的门上边。我仔细端详着这个精致的小书房,一种感动,一种激情在心中涌起。一个普通的农民,凭着对诗词的酷爱,在这平凡的农舍,建造了一个可以涵盖天地的书斋;一个小小斗室,却充盈着唐宋遗风;一个狭小的书房,装着主人的宽阔的胸怀,演绎着美丽的文学梦。

在这里有主人的欢心,有主人的烦恼;在这里,有构思的艰辛,有创作的甘甜;在这里有农事的担忧与苦涩,在这里还有"绿蚁新醅酒,红泥小火炉。晚来天欲雪,能饮一杯无"的雅兴。令人称道的是,栾石玉全凭种地为生,还要供儿子上大学。一年到头辛劳不说,遇到自然灾害,更是苦不堪言。去年大旱,种植的玉米减产,价格下滑,非但不挣钱还得赔钱。今年又遇到春旱,整天浇地,劳神费力不说,还要增加种地的成本,多不容易啊!好在他有一个精明能干的妻子和勤奋好学的儿子,小日子过得还是很红火。

生活如此艰辛,可是石玉的心中却是如大海一般开阔,对于诗词的挚爱,对于诗协的工作,对于诗友的情谊,一如既往。他的家早已成为文友们经常聚会的场所,成为研讨、创作、交流的文苑,成为放飞文学梦想的殿堂。

午餐开始了,石玉家的农家饭菜摆满了两张桌子,散发浓香的白酒也斟满了杯子,我们一边忙不迭地啃着玉米,一边敬酒,热闹非凡。文友们纷纷感谢石玉的热情款待,祝福今年获得大丰收。我最喜欢吃粘玉米、土豆,还有面倭瓜、鸡蛋闷子,吃得满口香啊!两张桌子互相敬酒,互相祝福,欢声笑语不断。此刻,该有诗篇了啊!饮酒作诗早已成为文友们的习惯了。

县作协主席李齐军当即赋诗一首:

《新秋雅集蓝林轩》

蓝林三柳轩,情重润丹铅。

喜品农家宴,笑学唐宋篇。

流连届绿色,畅想放骗跹。

摇醉不因酒,传筋兄弟间。

一首诗引起文友们的创作激情,纷纷写诗填词,抒发情怀。真是酒引诗潮,诗助酒兴啊! 栾石玉也赋诗一首回敬文友们:

《八月九日与文友欢聚蓝林轩》

短短长长又一秋,人生惬意不回眸。

灵心难得情飞梦,慧语方知诗解愁。

塞远蓝林轩里事,杯深绿蚁笑中留。

青春过往全无畏,肝胆从容任白头。

时间在诗酒间悄悄划过,已经到了下午,我们要返回县里了。文友们恋恋不舍,争相拍照,在柳荫下,在枝条间留下了笑靥和欢欣。

蓝林轩,给予文友们那么多美好的印象,给予文友们无声的震撼和启迪。斗室虽小,精致雅观,包罗万象,气象万千。

蓝林、三柳,多么富有诗意啊! 这里就是诗人的雅居,诗人的天下,诗人的情怀!

蓝林轩,让文友们思绪飞扬,文思泉涌。

作协副主席张青山赋诗:

《秋游蓝林》

晨起蓝林任竞游,秋光悦目壮心筹。

举头极望三棵柳,美景超出栉比楼。

诗协副主席毛淑华写诗一首:

《于蓝林轩有记（坡底韵）》

紫气氤氲是汝家,白墙红瓦耀光华。

篱边几簇情人草,庭后一畦旱荷花。

三柳葳蕤遮烈日,蓝轩济楚拟烟霞。

等闲把盏邀乡友,酒过三巡再敬茶。

在泰来诗词群里,作协、诗协的杨桐、孙凤山、贾艳春、滕剑锋等都发表了自己的诗篇,没有参加聚会的文友李杰、清茶、乡里人等也纷纷写诗,表达自己的感想。

我也被文友们的激情感动了,把拍的照片与文友们的诗篇组合做了一个美篇,在结束语里我写道:

这是一次愉快的聚会,这是一次凝聚人心的聚会。一个群体的发展壮大,离不开凝聚力,这就是团结和谐。

不忘初心,携手共进,为了文学梦!

2017 年 8 月 13 日

心情驿站

疏　　懒

好久没有写日志了。工作忙？是借口；心情不好？也是借口。是疏懒。

不写，不等于不想写。想写，又不知从何写起。其实每一天都是新的，都有好多值得记忆的东西，或心情，或感悟，或发泄，都值得一写。记下一瞬间的感受，每个字都是宝贵的。写下自己的心情经历，就是把无形的时间、琐碎的生活保留了下来，这么重要的事情，为什么不去做呢？是疏懒。

看了红袖妹妹每天一篇或者几篇日志，我很感动，这是她对美好生活的挚爱和感悟，也是在享受自己的生活。她是充实的，是幸福的。

看了络络小朋友的文章，我很震撼，小小年纪，文笔犀利，大气磅礴，给人以女丈夫之感。她把自己融入了生活，深刻体会生活的细节，谈古论今，心怀若谷。从中，我也分享了她青春的快乐、充实、远大的抱负和坦荡的情怀。

我反思，我自责。时间那么宝贵，我慢待了它。是疏懒作祟，快把它屏弃吧！

2007 年 8 月 30 日

说"忍"

一说"忍"字，人们会说"忍"是无能，是退缩，是消极，甚至是投降。我认为，"忍"是放弃，是积蓄，是长远。古人云"和为贵，忍为高"，俗话说"心字头上一把刀，忍了吧"，都是很有哲理的。忍了眼前就赢得了长远。

在我们的现实生活中，有好多事情是躲避不了的，是纠缠不清的。时间那么宝贵，不能为了一点眼前的利益而去苦苦地争取，结果是适得其反，浪费了时间，浪费了精力甚至钱财，还因此错过了好多机会。所以说"忍"是一种放弃。

有时我们会遇到许多的挑战,不论是生活还是工作,不论是婚姻还是家庭,甚至是朋友间相处,都会有一些事情力不从心。如果为了自己的固执和偏见,刻意追求完美,或者是过于贪婪,只能是事倍功半。如果懂得积蓄力量,以利再战,才有望成功。所以说"忍"是一种积蓄。

我们会经常遇到一些很有诱惑力的事情,那些东西是我们梦寐以求的,是唾手可得的,可是又是不合适宜的。在这种时候人们往往会无所顾忌地伸手索取;或者,遇到常人以为难以忍受之事,为了一时的愤慨,竟然舍弃多年的苦心经营(包括婚姻),断然而为之。为了既得利益或一时的痛快,却失去了最珍贵的东西,功亏一篑,漫长的岁月或者凄苦的旅程只有一个人寂寞而行。所以说,"忍"是为了长远。

我们说"忍"并不是消极的。而是以积极向上,高瞻远瞩为前提的。对于那些陈旧的、落后的、消极的、不健康的思想和行为,必须快刀斩乱麻,犹豫不得。

愿我们都能保持冷静的心态,睿智的思维,妥善处理好各种不同的心情和事物,以平常心去对待一切事物,做到荣辱不惊,闲看庭前花开花落,来去无意,仰望天上云卷云舒,我们就赢得了人生的最高价值。

2007 年 10 月 22 日

闲时多读书

阳光透过玻璃窗照在身上暖暖的,我倚在床上,翻着一本《古今文学名篇》拆下的被单在全自动洗衣机里面转动着,洗涤着节日繁杂的灰尘。一边劳动,一边读书,好久没有这么享受了! 读着精美的文字,沐浴着灿烂的阳光,电视机里播送着优美的音乐,好惬意!

戴望舒的《雨巷》丁香一样的姑娘,丁香一样的心情,丁香一样的芬芳,在雨中渐行渐远;徐志摩的《再别康桥》:"轻轻地我走了/正如我轻轻地来;我轻轻地招手/作别西天的云彩。""悄悄的我走了/正如我悄悄的来;我挥一挥手/不带走一片云彩。"只把昔日自由浪漫的情愫留在了美丽的康桥。郁达夫的《钓台的春昼》以溪水般流畅的笔触,描绘了寻访严子陵钓台古迹的行踪。用最平和的语言把动和静描写得引人入胜,似乎读者也融入了那山、那水、那古道观,听摇橹声在静夜的回音和在古刹饮茶舌头吞水的声音在残壁上的回声。作者的语言典雅、灵动,纯熟而清新。如一捧清冽的泉水,润人肺腑,回味悠长。

我被这富有灵性的文字深深地吸引住了,陶醉了。

每个人都生活在这浩瀚的世界里,每个人都有游山玩水的经历,可能有几人以景物寄托情思,以心境描绘景物呢? 那清淡如水的文字,记载着时光的足迹;那充满激情的笔触,描绘着大自然的鬼斧神工;那悠悠情愫,融汇着人与自然的默契和浑然一体。

我想,先人名家,能留下这么精美的文字,不只是他们对事物细腻的观察和揣摩的能力,更是来自深厚的文学造诣和语言功底。

读名家名篇,如同观看高山清泉一般的感觉,只见那清凌剔透的溪流,汩汩地流淌,自然恬淡,跌宕起伏,依山而下,那种自如自在的神情,令人折服。

开卷有益。浏览着精美的文章,沉浸在如诗如画的意境里,心与文字融为一体。此刻,也许是一年中最难得的、最美好的瞬间。读之,有感,记于此。以激励自己,闲时多读书,开卷不孤独。

2008 年 2 月 23 日

给心放个假

人活得累,主要是心太累。人心不足,总是充满着无穷尽的欲望和奢求。生活中繁琐、零乱的东西把心填得满满的,每个人都是超负荷运转着,压得喘不过气来。尤其是在忧伤的时候,心就像被挤碎了一样,隐隐作痛,如阴雨天一样,不见天日。

人生苦短,不如意事十有八九。苦苦地追求、奋斗、付出,还要经历挫折和磨难,最终一切如云烟散尽,一切都回归了自然。

人的悲哀就是不知足。殊不知世界之大,诱惑之多,是人所不能完全涉及的。我们都生活在一定的局限之内,我们享受大自然的恩赐也是有限度的。可是,人的心却像长了翅膀一样,无休止地奢望得到更多更多,更好更好,怎么能不累呢?

人世间好多事情是不以人的意志为转移的,它们按着一定的规律运转着。无论人如何幻想,它仍然按着自己的轨道运行。也许人的无知就在不懂自然规律吧? 或者说违背自然规律吧? 好多可望而不可即的事情困扰着人们的心,弄

的天昏地暗,不得安生啊!

人身体累了,可以适当地休息,养足精神或者体力,继续工作。

人的心累了,也要适当的休息,恢复平静和安宁。

可是,能做到让心休息的,又有几人呢?

给心放假,把缠绕心头的乱麻先放一放,暂且让它休息一会儿。不论是兴奋还是抑郁,不管是快乐还是悲哀,都不去想它。静静的,如止水;安宁的,如旷野;轻盈的,似流云。放松心情,放松思绪,让心像大海一样宽阔,如夜空一样深邃。

这时候你会觉得你的智慧如山泉汩汩地涌动着,似小溪潺潺地流淌。它如雨露般滋润着你的心田,整个身心都轻松了,豁然开朗,与大地、蓝天、绿树、山水、景物空前的和谐一体,真正体会到一花一世界,一树一菩提的境界。

给心放假,做个生活的智者。

2008 年 6 月 28 日

别 离

人生最苦是别离,愿做山水总相依。

在人生的旅途上难免有别离之苦。我在即将退休的年纪,遇到了生离死别之苦,是那么痛彻心扉,不堪回首。2008 年的 6 月 15 日,我的小姑爷遭遇车祸去世,年仅 34 岁。犹如晴天霹雳,刺痛我们亲人的心,泪水无声地流淌。

为了改变一下环境,为了给女儿和小外孙女一个平静的生活空间,我决定请求调转到市里工作,不再担任现任职务,做一名调研员。我的请求得到各个方面领导的同情和支持。在我即将离开现任岗位和生活了 54 年的小城的时候,别离之情却是那么的苦涩。

一、工作调转

2008 年 9 月 12 日下午 15 点零 5 分,接到市政协秘书长的电话,告诉我市委正在开常委会议,我工作调转要研究了。我感到很惊讶,没想到这么快就研究。心情有些不平静,不好乱打听,在办公室里等待确切的消息。

16 点 46 分,接到第一个电话,告诉我市委会议结束了,我的工作有变动。紧接着又接到几个电话,都说的是这件事情。看来是真实的消息了,虽然组织部还没有通知我。

有一种复杂的感觉充满心头。是高兴？是欢欣？还是什么？说不清楚。总的感觉就是一种释然。

去市里工作，曾经是我的一个梦。如今，这个梦想实现了，来得那么突然，那么快捷，是我没想到的。虽然这个梦已经错过了美好的季节，终于是实现了。这是一种不得已的选择，是痛苦的抉择，也是明智的选择。好多人不理解，但是，这也是最好的路径了。

我把消息告诉了同事们，大家也感到很惊讶。

我舍不得离开这个集体，大家也舍不得离开我。终究在这个单位工作了 10 年！有那么多工作的付出，有那么多感情的积淀，有那么多难忘的日子，有那么多亲密的朋友。

二、整理办公室的物品

2008 年 9 月 13 日是周六，休息日。吃过早饭我来到办公室，准备收拾东西。办公室的同志们都来了，要帮我收拾，我婉言谢绝了。还是自己收拾吧，一个人默默地整理文件、书籍和杂物，也是默默地整理自己复杂的心情。

10 年的文件堆满了卷柜，还有好多的书籍也把书柜塞得满满的。还有一些字画一卷卷地放在书柜的顶上。收拾起来好乱的。先归归类，再放在丝袋子里。

心情与这纷乱的办公室一样，理不出个头绪来。这时我最亲密的姐妹们来了，要帮我收拾，我就和她们唠嗑，然后也劝走了她们。不一会儿单位的老同事也来看望我。刚刚送走了他们，电话接连不断，听到消息的，都来打听一下。有祝贺的，有不解的，也有舍不得我走的。我断断续续地收拾着，进展不大。

是啊，大家听到我调转的消息，都不理解是为什么。大部分人是舍不得让我离开这个小城，其实我何尝愿意离开呢？这里有我童年美丽的梦，有我走向社会的艰辛和喜悦，有我成长进步的足迹，有我苦苦奋斗的成果，有我至亲的亲人，有我亲密的朋友，还有呵护我的百姓。一草一木都是我成长的见证，一沙一石都是我成长的阶梯，包括那清新的空气，都弥漫着最熟悉的气息。我怎么能舍得离开呢？这里还有我最喜爱的事业等着我去做呢！

如果那件痛苦的事情没有发生，我会安心地做我的工作，在组织上需要我离开时，自然退役。组织上已经提前给我安排了相应的社会工作去发挥余热，在这块哺育我成长的土地上幸福地工作和生活。可是命运和我开了一个天大的玩笑，不得已只有改变那些顺理成章的未来发展趋势了。

抉择,对一个人来说是痛苦的。多少个难以割舍啊?多少东西值得留恋啊?多少情愫难以诉说啊?太多了!但是我必须面对现实。

三、不寻常的中秋节

2008年9月14日是中秋节。天气格外的晴朗,心情也平稳了一些。

早早起来,包饺子。饭后,一个人来到办公室,收拾陈年文件。这些文件有十几个文件袋,上面都标明文件内容、时间,是当时认为有保存价值,便于以后查用的东西。还有好多剪报,分门别类地粘贴在杂志里,真需要认真清理一下了。

办公室里静悄悄的,外面的车辆也比往日少了好多。唯独我一个人在这里度过一个特别的中秋节。

打开文件袋,一股纸张的霉味冲出来,呛得我直咳嗽。一张张地翻过,犹如翻过的是岁月的篇目,字里行间记载的都是岁月的痕迹啊!谁说岁月不留痕啊?可是这些痕迹又能说明什么呢?它们早已被历史淹没了,它们只属于那个年代。现在打开它,就是一堆垃圾。时间就是这样无情!无论当年你付出了多少心血,流下多少汗水,取得了多少荣誉,都是过眼云烟啊!如今,回想起以往,何尝不是一堆过时的文件呢?抚摩着这些昔日的字迹,犹如在脑海里回放一场电影一样的感觉,是虚幻的影子,模糊的影子,暗淡的影子。

突然有了新的感悟:人不要活在回忆里,回忆已经远离了我们。要活在现实中,面对现实,才是最真实的啊!要活在对未来的向往中,未来是新鲜的,虽然我们还没有经历过,更有诱惑力!即使未来就是新的挑战,也要在挑战中体验新奇!

尘封的文件给我以新的启示,也使我烦乱的心境轻松了好多。是啊,去追寻新鲜的东西,人的生命才会更充实,生活才会更丰富多彩!未来吸引着我,新的生活目标在诱惑着我,我必须坦然地前行!

四、离情

2008年9月15日,仍然是休息日。可是同事们都来到单位,帮我往家里搬东西。人多好干活,不一会儿,所有的东西大包小包地就装满了两台人力车。办公室一下子空旷起来。我一个人在屋子里来回地走动着,看着这,看看那,感叹着:10年,就这么快地过去了。这个不太宽敞的套间办公室,陪伴我度过了十年零一个半月,它见证了我这些时光的林林总总。它陪我迷茫,陪我叹息,也陪我高兴,陪我欣喜。如今我已经两鬓斑白,可是它仍然那么默默地伫立着,没有苦乐和悲喜。我突然很感动，我想，这无声的墙壁和窗棂应该是有生命的啊！因为，它陪伴我度过了那么多日子，这里凝聚了我的气息呀！我在心里悄悄地说：谢谢你！再见了！

中午，有朋友宴请。席间都是赞扬与依恋。

晚上，继续有朋友安排聚餐，饭后又去喝咖啡。咖啡煮好了，还没来得及喝，竟然摆上好几瓶啤酒！大口的干杯，大声地说话，都醉了。

回到家里很快就睡了过去。一觉醒来，夜间24点多，突然胃疼得厉害。忍不住呻吟着，在方厅里来回地走，在沙发上扭动着，痛苦死了啊！我心里怪自己，怎么喝了这么多的酒啊！复杂的心情加上冰凉的啤酒，这不是找病吗？从来没有这么痛苦过啊！刚好老伴儿醒了，给我找了一粒药，吃下后渐渐地缓解了疼痛，慢慢地睡去了。

五、最难以平静的三天

2008年9月17日到19日，是我心情最不平静的三天。

17日去市委谈话，主要领导与我谈组织的意图和关照，我感到很温暖。在基层默默工作这么多年，组织上是了解的，也是很关注的。尤其是这次变动，对于我来说，体现了人性化的安排。很感激，也很欣慰！晚上，机关全体和离退休的老同志举行晚宴为我祝福，浓浓的惜别之情包围着我，让我激动不已。

18日晚上县里四个班子领导举行酒宴为我饯行，我热泪止不住地往下流。马上就要离开温馨的集体和熟悉的工作，真的难舍难分啊！只觉得酸楚苦涩的泪水从心中涌出，实在是控制不住了！我哽咽着举杯敬酒：谢谢大家了！谢谢你们这么多年来对我的理解、支持、包容和关心，谢谢你们为我的成长进步付出的心血，谢谢你们在我遇到困难和痛苦的时候给予的抚慰和温暖！这泪水是埋在心底的痛苦的倾诉，是依依惜别之情，是对组织、同事的感激和情谊。

19日，是我去新单位报到的日子。也是我心情最难控制的时刻。早上7点多，各科局各乡镇的领导们和机关的同志们，我的朋友们都来送我。确定的时间是8点钟出发，大家在宾馆的院子里站了近一个小时。当我从宾馆餐厅走下来的时候，看到了大家的目光都集聚到我的身上，我异常的紧张。县委书记说，去和大家握握手吧！我走过去和迎过来的同志们握手，嘴里叨念着，谢谢大家送我，谢谢大家送我。也就和十几个人握过手，眼泪就要掉下来了。我停住脚步，给大家深深地鞠躬，说，谢谢大家！我赶紧上车，打开车窗，对大家摆手致谢。车启动了，我的心跳的特别的快，鼻子一酸，眼泪就下来了。看着这些熟悉的面孔

和亲切的眼神,我的心如同盛满五味的坛子一样说不出是什么滋味。

就这样离开了我生活了 54 年和工作了 41 年的美丽的小城。在接近退休年纪的时候,做出这样的抉择,我下了多大的决心啊! 我面临的一切都是未知的,都是崭新的,有好多问题和困难需要我去一个一个地解决,未来充满着希望,也充满着挑战。我只有坚韧地前行! 有领导的关注,朋友们的支持,我相信,明天会更美好!

六、分别

2008 年 10 月 5 日是我第一天到新单位上班的日子。早 8 点钟,和县里的老同事们在机关门前合影。9 点钟准时出发,三台车,副主席冯国海带队,一共 12 个人送我去市里上班。11 点到了市办公中心,秘书长等迎接我们。先到我的办公室看看,很宽敞的。大家寒暄几句,就去吃饭。

接待我们的规格很高的,市政协常务副主席参加接待酒宴。大家很尽兴的,欢迎的话说了好多。当我向来送我的同事们敬酒的时候,说什么也控制不住感情了,跑到外面掉眼泪。和我朝夕相处的同事们,就这样分手了! 我真舍不得他们(她们)啊! 单位就是一个大家庭。这么多年和大家结下了深厚的友谊,和谐友好,温馨宽松,无话不谈,那种亲近友好的气氛,真让人开心啊! 真的离开这个集体,哪里能舍得啊。

新单位的领导和同事们热情地欢迎我,他们真诚的话语让我非常感动,非常的温暖。都是老熟人,很快就会融入这个新的集体的。市政协机关一定有好多新的东西要去适应,去体验的,一切都要从头开始。

同事们就要返程了,一一握别、拥抱,眼泪又一次涌出。

再见了! 同事、朋友!

虽然我们不再工作在一个单位了,但是我们永远是朋友!

别离,是那么的痛,撕心裂肺般的疼痛,只有泪水去冲刷,只有时间去淡化。

别离,带给我那么多的相思之苦,亲情、友情、乡情。

2008 年 10 月 6 日写,2017 年 7 月 27 日合并修改

我为什么写博客

一转眼,我的博客建立已经一年半了。前几年喜欢在"四海闲潭"论坛里发

帖子,写心情,也结识了几位喜欢文字的朋友。那时的感觉很好,每天都是很充实的。后来论坛关闭了,也就不怎么写东西了,觉得有些失落。在朋友的建议下,建了博客。把以前写过的东西选了一些,放到博客里,后来坚持写心情日记,感觉也越来越好了。

我写博客,最初的想法,就是摆脱孤独和寂寞。这样说好多朋友不理解。其实每个人都是孤独寂寞的。虽然整天忙忙碌碌,一旦休闲下来,就会有莫名的孤独感。因为每个人都有自己的心事和想法,在生活的现实中,人们的思维和行动受着这样或那样的制约,好多想法是不能实现的,好多的心情是没有场合表达的。每个人都需要倾诉,每个人都需要关爱,每个人都需要自由的生活。把自己的所思,所想,所悟写出来,就是一种倾诉。

人都是以自我为中心,寻求的是别人对自己的关爱和呵护。无代价地去关心别人,听别人诉说,理解并接纳他人的人实在是太少了。把自己想说的话,想表达的情感用文字写出来,放在博客里,不指望点击率多高,有一两网友评价一下足矣。这是自己和自己倾诉,有空就打开看看,把自己当作知心朋友那样去诉说,也是对自己心路历程的一个回顾,感觉很不错!

写博客,也是一个学习的过程。在阅读别人博客的同时,会开阔自己的视野,学习好多新鲜的东西。还可以结识志同道合的朋友,互相交流对人生的感悟,对生活的畅想。

写博客,是一种积累。随时记下对身边事物的感受,随时记载自己的经历,随时记录自己的喜怒哀乐,随时地总结人生的感悟,就是一种积累。

博客,让我的生活更加充实。博客,让我的情感有了倾诉的场所。博客,让我增进了与朋友的交流。博客,让我能经常回顾自己的人生轨迹,让今后的人生里程走得更平稳。

2009 年 4 月 13 日

十字绣情结

接触十字绣纯属偶然。那是我刚刚调入市里工作的时候,暂时住在大女儿家。当时可以说是六神无主,心绪烦乱,头脑里一片空白,闲下来特别的失落。偶尔发现外孙女拿着一个十字绣抱枕的布料和丝线,学着绣呢。我突然来了灵感，对呀，没事就绣这个！年轻时就喜欢编织刺绣的，现在一样可以啊！我便把这个抱枕拿了过来，把已经绣上不多的，错了位的针脚先拆了下来，找好中心点，按照图示开始绣了起来。开始，也把握不好要领，就自己琢磨着绣。这样一来，早晚的时间就都用在十字绣上了。

时间随着一针一线的伸拉，过得很快。一上一下的穿针引线，也排除了好多烦恼和无奈。不到一个月，一个漂亮的娃娃头像就绣出来了。外孙女买了枕芯，装了起来，一个好看且实用的抱枕就做成了。

有了这个尝试，便先后买了两个十字绣，一个是竹报平安，一个是富贵花开，准备分别送给两个女儿。一个放在县城的家里，回去的时候有时间就绣几针。一个放在大女儿家，早晚没事，就绣十字绣。

刚开始绣《竹报平安》的时候，出了不少错呢！大幅的十字绣不像小小抱枕那么简单，不是能拿针就会绣的。做什么事情都要有个章法，离开章法就要走弯路，或者无路可走。我在没有太多经验的前提下，开始绣《竹报平安》绣着绣着觉得不对劲儿，我发现图纸上有小格子，是有十个小格子组成一个大格子，忽然明白了这就是十字绣的最基本的绣点啊！我便找来一支铅笔，用尺比着画好了格子。这时候又出错了，绣线的颜色有标号，我没看懂图纸，就按照自己认为的颜色去绣了。绣着绣着看出问题来了，原来图纸以绣线标号为准，而不是颜色。无奈，我又把绣好的全拆了下来。仔细研究好图纸、线号的关系，重新绣起来，终于绣出一个完整的十字绣作品。去装裱的时候，出售十字绣的老板告诉我，画线要用专用彩笔，铅笔不可以，因为铅笔的颜色不能溶于水。老板还送我几支融水的彩笔。这时候我才完全明白了十字绣的有关章法。

我是一个闲不住的人，手里没事做，就会坐立不安，不知所措，看会儿电视就会睡着了。有了十字绣，我可有精神了！四针绣出一个斜着的十字，密集的针脚特别的规律，有立体感；不同颜色的丝线把竹子、牡丹的枝叶、花瓣、小鸟绣的栩栩如生。虽然速度很慢，却把零散的时间聚集到了一起，把凌乱的情绪梳理的比较顺畅，把美好的情感展示了出来。看着日渐清晰的轮廓和图形，好有成就感呢！

坐在茶几前，心情特别的平静，凝目注视着图纸上的小标识，上下翻动着双手，用彩色的丝线精心的绣着。只觉得，思绪渐渐的平稳，心境逐渐地开朗起来，一种美好的感觉油然而生。只感到自己正在创作一个美丽的作品，陶醉在协调的色调里，沉浸在优美的图画之中。如在竹林漫步，听风儿摇曳竹叶，似美妙的乐曲；如醉卧牡丹亭下，微眸双目，欣赏国色天香。

十字绣品,把我的业余时间填充得满满的,一针一线绣进的是对美好未来的憧憬,一枝一叶寄托着对美好生活的畅想。

随着牡丹花在绣品上绽放,也给我带来了好运气。我们搬进了新居,新的环境,新的居所,新的感觉,是那么的温馨、恬淡、幽雅、安宁。

在我的计划里,准备还要选择一个我最喜欢的,具有书卷气的,典雅的,古朴的大幅十字绣品,去编织美好的梦,也是圆年轻时的梦。

《晨曦翠竹》是我的第十个十字绣绣品。这是我精心挑选,精心绣制的,送给侠妹的礼物。

《晨曦翠竹》,描绘的是在朝霞辉映下的竹林,竹子上被抹上了淡淡的黄色,那是清晨第一缕阳光绘就的色彩,淡淡的,柔柔的,看那翠竹,枝叶繁茂,枝干挺拔,宽大的叶子,有露珠在滚动。一双鸟儿在嬉戏,鸟儿欢快的鸣叫把竹子都笑弯了腰,那么灵动、活泼。

侠妹,喜欢竹子的挺拔清秀,喜欢竹子的修长直立,喜欢竹子的坚韧和顽强。为此,她为女儿起了一个美丽的名字,叫云竹,就是希望女儿长大后具有竹子的品格。竹子,潇洒自然,素雅宁静,柔中有刚,秀逸有神韵。象征着顽强的生命,青春永驻,虚怀若谷的品格。竹子与梅、兰、菊誉为"四君子",人们常常用竹子比喻人谦虚有气节,有君子之风。

《晨曦翠竹》是我在接近五个月的休闲时间里绣成的。这个绣品,可以说是零散时间的积聚,是岁月的印记。每当我拿起绣花针,一针一线,绣出竹子的枝干和竹叶的时候,心情也随之愉悦起来。看那翠竹跃然绣布之上,心中自然生成一种成就感,尤其绣到那两只展翅飞来的鸟儿,心中无比的喜悦,似乎那竹子和鸟儿是活生生的一般,看那还没有落稳的鸟儿,把细嫩的竹子都压弯了,另一只鸟儿急切地飞来,像是一对情侣久别重逢。整幅画面给人以动感和美感,我很喜欢这幅画面,侠妹也非常喜欢。不久侠妹的宝贝女儿有了男朋友,而且很快就结婚了。侠妹说,是这幅十字绣给她家带来了喜气。

送一幅绣品,是我对朋友的一份心意,是我对姐妹的美好祝福。侠妹对我关怀有加,尤其是我们分别离开工作单位以后,她总是悄悄地为我做一些事情,给我惊喜,让我感到特别的温暖。一幅绣品,微不足道,却可以代表我的感激之情,寄托我对朋友的思念。

这几年,利用休闲时间,绣了十幅绣品,大部分是花草,牡丹、荷花、玫瑰还有竹子。除了自己留用四幅之外,其余六幅都送给了至爱亲朋。一幅画,一份情;一幅画,一个心意。每幅画,都有不同的象征意义:牡丹的富丽堂皇,玫瑰的清芬

心田

高雅,荷花的纯净高洁,竹子的高风亮节。一针一线,饱含感激和祝福,一针一线,是我对友人的默默心语。把美好送给你,把吉祥送给你,把快乐送给你,友谊地久天长!

2017 年 8 月 23 日合并修改

梦

一

俗话说春困秋乏。在艳阳高照的初春时节,醉酒时分,我却做了一个美丽的梦。突然醒来,那梦境却如真实的故事一样清晰。

那是清明时节,我一个人孤独地在一片荒漠中行走,步履艰难地跋涉着。寂寞难耐不说,又饥又渴,举步维艰。忽然,柳绿花红,流水潺潺,无意中走进了一个漂亮的园子。这里花团锦簇,鸟语花香,青山绿水,亭台水榭,真是一个好去处啊!我沿着弯曲的小径前行,一阵阵悠扬的琴笙鼓瑟传来,幽幽的香气扑鼻,还有仙女般的女孩子们在嬉闹,那边公子哥们在轻声调侃。我好像变成了一位仙子,身着霓裳,竟然随着乐声翩翩起舞。一时间,还有侍女送来了瓜果点心,还有美酒在透明的杯子里闪着晶莹的光彩。这里难道是传说中的世外桃源吗?我诚惶诚恐,真不知道身在何处,我是何许人也。

忽然,一阵香风袭来,我来到了白云缭绕的山间,又一个美丽的景致吸引了我。繁茂的树木和竹林掩映着一个精致的小屋,里面香烟缭绕,窗子上挂着碧纱软帘,各处点着红色的莲花状的蜡烛,墙壁上还挂着美丽的彩球,素雅幽静。我忽然想到了一句诗:"曲径通幽处,禅房花木深。"我忘情地徜徉在这仙境里。

我又来到了牡丹园,假山青石,落花满地,这里莫不是红楼梦里的大观园吧!也许,这里就是史香云醉卧的地方吧?我也觉得累了,便想坐下来休息一会儿。刚要款款地落座,忽然发现身上的霓裳不见了,自己竟然变成了红楼梦中的刘姥姥了!在小桥上走过,在水中看到自己丑陋的样子,心里特别的难受,后悔闯入这个美丽的园子里来。这时一位面目清秀的小公子走过来,对我施礼,请我饮酒。还标榜我的善良和付出,每句话都让我感到像喝了美酒那样的甘甜。我举着酒,竟然忘乎所以了。喝了好多的酒,听了好多赞美的话,我陶醉了,渐渐地睡去。突然，一声声粗鲁野蛮的叫骂声把我惊醒！粗野的骂声直刺我的耳鼓，我的头像要炸开一样的疼痛，有生以来还是第一次直接听到这样难堪的声音啊！如雷贯耳啊！我突然醒来，头疼得厉害，我睁开了双眼，看到和煦的阳光从窗帘的缝隙中照射过来，暖暖的。原来是一场梦啊！

我起床，拉开窗帘，打开窗子。一股清爽的风吹进来，我深深地吸了一口。看窗外草坪上的草儿已经冒出了嫩芽，阳光柔和地抚慰着复苏的大地。我感慨着，真是噩梦醒来是早晨啊！

好久没这么做梦了。梦境中的情节是那么清晰地印在我的脑子里，就好像是昨天刚刚发生的事情一样。咳！不想那么多了。梦终归是梦啊，还是现实最实在，看这白色为主色调的房子，还有这和煦的春风，这即将染绿的草坪和高高的楼房，多么实际啊！多么美好啊！还有相伴近40年的老伴，善良明理的女儿、女婿，聪明活泼的外孙女，这些都是我最珍贵的财富啊！我拥有了他们，我是富有的，充实的。不要做那些黄粱美梦了，把握美好的今天，就是幸福的。也不要回忆过去那些所谓的辉煌了，那些已经成为过眼云烟了！充分享受这美好的人生吧！

二

在老爸病重的日子里，心里特别的累。一天晚上做了一个奇怪的梦，醒来清晰地记得梦中各种彩色的图形，形状不一，大小不同，缠绕着我的思绪。

我经常做梦，有的梦会接着做，像连续剧似的。可是这样带有色彩的梦还是第一次。那色彩最多的是橘黄色的，像一个多边形一样，比较大一些。还有粉红色的、天蓝色的、绿色的、黑色的、白色的。都是特别的鲜艳。它们好像在一个空间里，不停地转动着。我试图把它们拼成一个图形，就是拼不成。觉得很累，可是又不甘心，因为那些鲜艳的色彩太吸引人了！醒来以后还觉得有什么任务没完成一样地牵挂着，感觉头昏脑涨，又乏又累。

也许最近为老父亲的病情担忧过度吧，总觉得很累。其实并没有做什么吃力的活。感觉就是累。

我不会圆梦，也不喜欢圆梦。可是这个梦却给了我一点灵感，总想把它写出来。

我猜想，那天蓝色是广袤的天空吧，那粉红色是美丽的花朵，那绿色是夏日的大地，那黑色是我的担忧，那白色是纯洁的象征吧，那橘黄色该是我的家，我生活的小圈子，我梦寄居的地方吧，它那么的温馨、安宁、幽雅，充满生活的生机和活力。它们的组合就是我生存的空间，是我生命的动力和源泉。

心 田

我不知道这些色彩在提示我什么,也不知道它们预示着什么,更不知道它们象征着什么。我知道,生活的运行轨迹,一靠自己的经营,二靠命运的安排。命运,我们任何人都摆脱不了,生活的情趣自己还是有自主权的。对于自己的小家,确实需要精心的去打造、呵护;对于自己的生活,要按照情趣和爱好去合理地安排;对于父母和兄弟姐妹之间的关系,需要协调、宽容、周全,达到和谐。

人的一生也可以用色彩来形容比喻,那欢乐和轻松应该是橘黄色的,艰辛的操劳应该是绿色的,爱情和友谊应该是粉红色的,休息和睡眠是天蓝色的,病痛和挫折应该是黑色的,放松自在应该是白色的。每个人的个体因素不同,人生的色彩也会是不同的。这些不同色彩的人生构成了色彩斑斓的世界。

我祈盼,我和我的亲人生命的色彩更鲜艳一些,多一些美好,少一些暗淡;多一些轻松,少一些烦恼;多一些顺利,少一些挫折。

不是我贪心,是为我的亲人们祈祷:让命运多一些美丽的色彩吧,因为他们、她们都是善良的人!

这两个不同内容的梦境,让我沉思,它们从另一个角度给我启示:不要太在意自己,也不要被现实所累,勇敢面对生活的喜与忧,直面人生百态,坦然、淡然、超然处之,生活就是美好的!

2017 年 8 月 2 日合并修改

家

家,认识这个字的时候,并不懂得家字的组成是什么意思。因为还不认识那个豕字,自己就认为豕是从不同角度写就的若干个人字的组合。想起小时候的自己真够可笑的。虽说是童稚的可笑,可是也有她理解的道理。

家,就是一个房子里共同生活的,有着最密切的亲缘关系的人的载体。

在远久的年代里,家里居住着的大都是几代同堂;居住的房子也是几代世袭的。人口越多,家的味道越浓;宅子越久,家的积淀越深。

随着时代的进步,家的概念发生了变化:人口越来越少,三口之家是典型;房子是居住的时间越来越短,经常换房子已经成为每个家庭的常事了,只是房子越换越好了。

不过只有一种概念没有变化,那就是,家是人们生活的最基本的居所,是人类繁衍生息的场所,是人们赖以生存的地方,是真正属于自己的天地。

家,是有由父母的结合而组成的家庭,再以后才有了兄弟姐妹,然后子子孙孙地延续下去。

家,是任何人都离不开的地方,是人们一生的领地。家也是最难处理人与人之间关系的地方,夫妻、父子、婆媳、兄弟、姐妹。错综复杂,难以理清。俗话说:清官难断家务事,是至理名言。

家,是需要经营和呵护的。家是社会的细胞,家庭的好与坏不仅直接影响每个家庭的和谐,也直接影响社会的和谐。家庭的建设,在任何时候都是最重要的。

家庭的经营和呵护,取决于每个家庭的主要成员。从目前看,人们的家庭观念似乎淡薄了好多,由于突出了人的个体感受,如何履行对家庭的责任和义务受到冲击。可是,人是离不开家庭的。在某些人得到自己最大限度自由的时候,他也同时失去了最温馨的家庭和最温暖的港湾,一个人去漂泊,如浮萍般的定无居所。

家庭的安宁需要每个家庭成员共同的努力。所以夫妻间的默契,兄弟间的团结,子女对父母的孝敬,父母对子女的爱护和教养,妯娌之间的和睦,才能形成一个和谐、安宁的氛围。这里最关键的词是谦让和宽容,宽人之长,容人之短。家庭无原则纠纷,只要互相能够容忍谦让,大事化小,小事化了,天下太平了。

我的观点是:对家人,包括双重父母、兄弟姐妹和妯娌,都要褒扬他们的长处,谅解他们的不足,平衡在共同利益和共同责任之间,家庭自然就和谐安宁了。

2009 年 8 月 10 日

沉 默 是 金

沉默是一种态度,是一种修养,是一种品格。

面对一些事情,保持沉默,是一种睿智。

世人云:"病从口入,祸从口出。""话到嘴边留半句。"说的都是不要轻易发表意见。说到这里,可能有人会说:太世故了。我觉得适当地保持沉默,是有修养,是深沉。

比如,对自己没有把握的事情,就不能轻易发表不成熟的意见,对人对己都没有好处。对于家庭成员之间的一些不必要的纷争,也要保持沉默,就会减少矛盾,平和矛盾,小事化了。对于朋友间的误会,不必过分的,反复的解释,沉默对之,慢慢就会化解了。对于特别令人激动和气愤的事情,更要在冷静对待的同时,尽量保持沉默,避免把事情扩大化。

沉默,做起来很难,所以说沉默是一种修养。人在情绪不稳定的时候,消沉的时候,很容易感情用事,容易激动,发脾气。在不冷静的状态下,嘴无遮拦地发泄,说出令人难以接受的话语。非但没有解决问题,反而会出口伤人,得罪了亲人和朋友,给他人的心里留下阴影,严重的会伤害人,后果不堪设想。

学会沉默,需要一定的忍耐力和宽容度,恬淡的心境,平和的性情,宽厚的胸怀,沉着冷静的气度和善于思考的习惯都是应该具备的气质。

沉默是思考的过程,是等待的过程,随着时间的推移,好多事情会更加明了,一些疑问也会逐步清晰,一些误解也会淡化了,一些纠结也会淡然了。

沉默是金,面对繁杂琐碎的生活和五彩缤纷的世界,尤其社会发展这么迅速,诱惑那么多,更要学会沉默。

2009 年 11 月 29 日

瞬间便是永恒

春节期间,正值冬奥会开幕。我不是很喜欢看体育节目,但是我喜欢看艺术体操和花样滑冰。尤其对赵宏博和申雪夫妇的双人滑,早就领略过他们的风采。他们是中国人的骄傲啊!

在他们出场的时候,我有点替他们紧张,因为担心他们失误,可千万别摔倒啊!在这之前有几个选手摔倒了,说没想到会摔倒。运动、竞赛有好多难以预知的东西啊。音乐响起,他们随着优美的旋律翩翩起舞,犹如一双美丽的燕子上下翻飞。时而展开双臂飞速地滑行,时而凌空跃起,时而旋转,时而托举,动作是那么的协调、利落、遒劲、优美。这分明是冰上的精灵啊!他们赢得了最高分,赢得了冠军,赢得了整个温哥华!观众都被他们精湛的技艺和完美的表演征服了!短短的 18 分钟的表演,在人生的旅途上,只是一瞬间。这一瞬间倾注了他们 18 年奋斗的心血和汗水,受伤、隐退,复出。以一个崭新的形象出现在世人面前,是那么的炉火纯青,是那么的轻松愉悦,是那么的精致完美。在他们表演结束的时候,这一瞬间便成为永恒。他们创造了属于时代的巅峰!

最近,瞬间便是永恒这几个字总是在我的脑海里出现。可是,我不知道怎么去阐述它。看了这个比赛,我来了灵感。一瞬间的美好,是极致,是巅峰,是永恒! 因为这一瞬间的美好是无数次的奋斗和付出,是众多人的智慧和心血,是艰辛和苦涩的堆砌,是一种积累积淀的必然! 人生中,有多少这样的瞬间和永恒啊! 美好的东西,在瞬间展示了它的美,随后便消失了,但是,它创造的美丽却永远留在了人们的心中,留在了属于它自己也属于世间的那个时空。

我们的生活何尝不是如此呢。追求事业的巅峰,向往美好的情感,创造美好的生活,欣赏美丽的大自然。我们会遇到好多美丽的瞬间,我们也会留下永恒的记忆。

2010 年 2 月 18 日

说 幸 福

最近各地电视台热播的电视剧《老大的幸福》引起人们强烈的反响。看黑龙江电视台邀请编剧、导演、演员和热心观众一起谈幸福这个话题,每个人对幸福的感悟都是不一样的。对主人公的命运的设计和编排也是不一样的。我觉得不同的人生必然有不同的幸福。

对于《老大的幸福》这个剧目来说,无论什么样的结局,老大都是幸福的。因为主题歌中有这样几句说得特别好:得到是福,舍得是福,知足才是最幸福。这几句歌词已经把什么是幸福阐述的特别明白了。剧中,傅家五兄妹,五个不同的家庭,每个家庭各不相同的生活方式,不同的价值取向,不同的追求目标,形成了对幸福的不同感受。但有一点是相同的:知足是福。

得到是福。就是说,你努力追求的目标达到了,是幸福。为这个目标奋斗的过程是艰辛的,你付出了心血和力量。得到了,感到很幸福。得到的要珍惜,是惜福。

舍得是福。舍得是一种付出,有物质的,也有精神的,在付出中得到了安慰和满足。为亲人和朋友做出了奉献,看到他们幸福,你也分享幸福的甜美。付出的是奉献,是积福。

知足才是最大的幸福。不论做什么工作,生活在哪个层面,只要对自己满意,对生活知足,对得失不在乎,就是最大的幸福。

心 田

每个人都有自己的生活轨道,只要按照自己的目标努力追求,坦荡地走自己人生的道路,努力地去付出着,创造着,得到与否,这个过程就够幸福的了。丰厚的物资不一定给你完美的幸福,充实的内心和对生活过程的美好感受才是衡量幸福的尺子啊。

如果这山望着那山高,填不满的欲望之沟;总是怀才不遇,对社会不满,对现实不满,对自己及家人不满,终日里牢骚满腹;总是看自己是一枝花,看别人是豆腐渣,这样的人永远不懂得什么是幸福。

春日享受阳光的温暖,夏日品味清茶的幽香,秋日登高望远采菊,冬日煮酒赏雪吟诗,进而享受大自然恩赐的幸福。

工作中努力上进,生活中乐于助人,对父母孝敬,对儿女呵护,对朋友关心,对社会奉献,就是在创造幸福。在创造的过程中去享受快乐。

傅老大就是这样一个人。他是幸福的。

最值得赞赏的是给别人快乐和幸福,自己就是幸福的。

2010 年 4 月 7 日

有感心如止水

人们在形容人的淡定、从容时,都喜欢用"心如止水"这个词语。

我仔细琢磨这四个字,深感做到心如止水,是人生的最高境界了。

水是流动的。它的形态是自由自在地流淌,遇到平坦的河床,它平缓地流淌;遇到高山悬崖,它会一泻千里。

静止的水,只有装在杯子里或者是水缸等容器中,才会是静止的。

人的心,是跳动的,人的心情随着脉搏的跳动而活跃着。俗话形容人的心态:人心不足蛇吞象。在这激烈竞争、物欲横流、五光十色的社会环境中,那么多的诱惑吸引着人们的好奇心和猎取的心理,心情变得更加浮躁,人们的欲望越来越强烈了。多少人,为了既得利益不择手段,巧取豪夺;多少人,为了金钱和地位,不顾党规国法,肆意挥霍国家资财;多少人,为了一己私欲,不讲道德良心,为所欲为。

人活着,就是活的一个心静。贪欲太多,心怎么能静下来呢?

要做到心静,也就是心如止水,关键是如何收住自己的心。做什么事情,都要有所遵循。过去讲：家有家法，铺有铺规。现在讲国有国法，党有党规。我们也常讲做人要有原则，做事要有规矩，情感要有底线。这些就如盛水的容器一样，把水固定在一个范围里，它就静止了。心也是如此啊。

说到这里，不禁想起我们常说的"修养"两字。我觉得修养，就是修心养性。"修心"就是按照一定的道德规范去践行，摒弃自私的、颓废的、低俗的、不健康的心态，崇尚文明的、积极向上的、健康的道德情操。做到：心不为金钱所动，不为地位所动，不为色情所动，不为物欲所动，淡定、从容。"养性"就是遵循一定的伦理德行，在言谈举止中体现一种良好的风范。养成善良、慈爱、无私、奉献、睿智、宽容、饶恕等优秀品质。做到：不卑不亢、不骄不躁，低调做人，宽以待人，热心助人，宽宏大度，高风亮节。

讲这些不是唱高调。虽然做起来很难，只要把心气放缓一些，把欲望放低一些，把气节抬高一些，把心胸开阔一些，那么，我们的心就装在伦理道德的杯子里。心安静了，心如止水也就自然形成了。

2010 年 12 月 5 日

人往低处走

《读者》杂志中有一篇《人往低处走》的文章，引起我的好奇。俗话说得好"人往高处走，水往低处流"。读着，读着，我被作者孙睿的观点打动了，反复地读着，爱不释手。

开篇第一句是这样说的："人往高处走，是人生追求。人往低处走，是追求人生。"他讲的不是比谁更低，而是种低调的心态。

"低调，是自然、平和、不争。""低调，不是无为，是不显摆。"

文中讲，靠谱的都低调，忽悠的都高调。他在文中举了几个例子来说明这个道理。越是经历了风雨的人，越懂得低调；上品的瓷器，收敛、温厚、宁静。少年可以张狂，因为年少无知。如果一辈子都轻狂无知，那就是愚昧。

文中又讲，《老子》一书就是说明一个道理：人要往低处走。就是：无为、不争、寡欲、善为下。无为不是不为。不争不是无争，寡欲不是无欲。善为下，不是不上。无为的是太多的功利，不争的是身外之物，寡欲是懂得适可而止。善为下，是不做作，不装牛充雄。寥寥数语，把"人往低处走"的道理说得特别透彻，让人心悦诚服。

掩卷深思，人往低处走，这个道理很简单，可是，有多少人可以接受，真正理解其中的内涵呢？商品社会，真往低处走，太难了。如今，各种诱惑使人们的欲望与日俱增，浮躁、浅薄、张狂、贪心，让人们的心难以安稳。山珍海味、香车美女、房子票子、职称官位，让人眼花缭乱。有多少人不知不觉地，就走进了美丽的陷阱。高官落马，大款破产。多少人为了一己私欲，葬送了美好前程啊！不胜枚举。

社会进步，经济发展，是历史的必然规律，是不争的事实。每个人的脚步都要跟随时代前行，与社会的发展同步。在人生的道路上，积极进取，勇于奉献。在发展个人事业的同时，为社会做出应有的贡献。而不是物欲膨胀，一味地索取。为人、做事，都要有准则，在一定范围内施行自己的权利和义务，而不是以权谋私，巧取豪夺。在功利面前，保持冷静的头脑，明确自己的所能而为之。在欲望面前，要耐得住寂寞，守一份宁静，保持一种平和的心态，这需要功力。这个功力就是一种明智而睿智的心态。正如文中说到的那样，只有经历过风雨的人，才会积淀这种功力啊。

如今生活条件明显改变，生活水准显著提高。然而人们每每议论起来，大都是抱怨，抱怨天不公、地不公、心不平、气不忿。人与人之间的关系，也充进了商品的味道。多少人家，为了争夺家产，不养父母；为了分配不均，兄弟反目；为了既得利益，夫妻分手；为了金钱财物，朋友变仇人。这些都是膨胀的欲望惹的祸。我们缺少的是道德，做人的道德水准使然，也就是缺少了做人的格调和心态。

人往低处走，是因为"高处的风景已无诱惑，是一览众山小后选择返璞归真，平淡祥和"。"人往低处走，比往高处走还难，就像水往高处流比往低处流难一样"。

《人往低处走》，读之，欣然。欣赏之，自励。感之，共勉。

2011 年 4 月 29 日

夏 日 情 怀

北国的夏天，是一年中最美的季节，也是色彩分明的季节。仰望天宇，湛蓝的天空，偶尔有白云轻轻飘移；远眺原野，一望无垠，满眼的绿色甚是养眼悦心。

驱车在林荫大道走过，密密匝匝的树木，在微风中摇曳，阳光透过树隙，斑斑驳驳的光线在车窗前掠过,那么惬意。如果步行在田野的小径上,草的清香,庄稼的清甜混合着泥土的芳香,夹杂着湿润的水气,扑鼻而来,暖融融的,沁入肺腑,让人心旷神怡。如果走进茂密的樟子松林地,只见细密的草儿嫩嫩的,像毛茸茸的地毯一样,好想躺在草地上,透过松枝,看天上的云彩。

在原野里,远处是浓密的树林与天相接,稍一收眼,看到的是大片的农田,近处便是茂盛的草儿和野花。这里没有崇山峻岭,也没有秀美的园林,简洁,开阔,平坦,无垠。这里的水土养育了豁达、坦荡,坚韧的一方人民。

在这美丽的夏日里,心情也如被绿色覆盖的大地一样开阔,欢欣。

被人思念,是一种美好,被人牵挂,是一种幸福。一路走来,擦肩而过的人无数,一起共事的人也众多,然而能记起你,惦记你,牵挂你,想念你的人却是不多。所以,显得格外的珍贵。

翻开空间的日志,好多内容都是回家乡聚会的。反反复复,写也写不尽,啰啰嗦嗦,诉也诉不完。读起来,却读也读不够。每篇日志,都是我收获友谊之果的印记;每段文字,都是我分享亲人与朋友快乐的证明;每一篇深情的评语,都是我与朋友间感情升华的见证。这些文字激励我更好的生活,更理性地前行。

心情如同夏花般绚烂,如同绿荫般清爽,不仅仅是这夏日的风景,而是源自家乡友人的深情。

一个发自内心深处,真挚的邀请,我欣然前往。刘欣华夫妇的热情,忘年交的情谊深长;清瑜精心安排的场面,让我如痴如狂;我与景媛相拥,踏着优美的旋律起舞,20多年"贴身秘书"的温情日久天长;王朋与王富的至诚陪伴,深感"娘家"人的宽厚与仗义;丽梅与老哥们的盛情,倍感哥们意重姐妹情长;老弟同仁的热情如七月流火,炙烤得我频举酒觞。

情感,无法释怀的情感,是那么惹人醉卧梦乡!朦胧中,我是一棵小草,生长在嫩江岸边松软的土地上,阳光照射我的身躯,伸开双臂,拔节,向上;我吸吮着涓涓流淌的江水,沐浴着夏日的雨露,伸展着宽厚的叶子,疯长!那一排排挺拔俊秀的白杨,向我点头微笑,树影婆娑,和我一起吟唱;那一望无垠的稻田,散发着稻花的清香,和我一起拿起画笔,描绘锦绣大地最美景象!梦境里,我是一只小鸟,在家乡的天空飞翔,俯瞰嫩江两岸的美好风光。我栖息在泰湖湿地的芦苇荡,仰望百鸟争飞,闻莲藕芬芳,看鱼儿跃水,鸭儿拨掌,渔歌悠扬。忽而,船楫声声,水花迭起,似雪如银,苇花深处,惊鸿翩翩。

心情如同夏花般绚烂,如同绿荫般清爽,不仅仅是哥们意重姐妹情长,而是源自隔代人带来的幸福时光。

大外孙女,历经艰辛,只身一人在北京苦学半载,品尝了人生第一杯酒的苦涩与热辣;又潜心苦读,三个月的冲刺,临阵磨枪,刀戟剑光! 终于如愿以偿。当手捧红色大学录取通知书的时候,千言万语,万语千言,说不尽这一年的磨砺与蛰伏是多么的沉重与心伤! 大宝贝有志向,有思想,小小年纪敢于向自己挑战,勇于在竞争大潮里闯荡。父母的心愿,与儿女心愿协调一致,是多么不容易,多么的难以想象! 如今,一切苦涩化为甘甜,一片迷茫化为晴空万里,这个中滋味,文字和语言都显得苍白无力,只有那刻骨铭心的体会印在宝贝的心中,受用一生! 宝贝,还年轻,人生的路还很长,充满诱惑和考验。在为她取得进步而欣喜的同时,更期待着宝贝越走越稳当!

小外孙女,马上读初中了! 勤奋好学,自强上进的小宝贝,学习成绩名列前茅。大姐姐给她做出了榜样。她抓紧一切时间与姐姐密切接触,那种羡慕、爱戴的眼神让我看到了她内心深处的理想。我们相信,小宝贝的未来会更好,更强! 我们期待着,只要她健康快乐地成长,就是我们最大的愿望!

美丽的夏日给了我美丽的心情,美好的心情又给夏日增添了妩媚与姣好。品味夏日,如茶般清淡,如酒般浓香。香茶源自苦涩,浓酒源自辛辣。凡事种种,都离不开磨砺与锻造。付出才有收获,努力就有成功。孜孜不倦,默默无闻,才会在苦海中寻觅甘甜的彼岸;兢兢业业,无私奉献,肯于攀登,才会达到顶峰,领略一览众山小的意境。

美丽夏日,一切安好。

2013 年 7 月 16 日

网络空间随想

喜欢在博客里写写心情日志。

面对荧屏,敲打着键盘,文字便随着思绪自然流淌。虽说写的都是自己经历的事情,或所见所闻,或触景生情。有欢欣,有快乐,也有抑郁和暗淡。

有朋友说我写的东西很阳光,是的,我写出的文字大多都是阳光的,正能量的。可是,有些文字只有我自己懂得。那些充满阳光的文字和激励人心的话语都是经过自己反复酝酿之后,把暗淡或抑郁变换了角度,然后诉诸笔端的。

为什么会这样呢? 因为在 QQ 空间里有我的亲人、同事和朋友。我不想让他们看到我不稳定的情绪和抑郁的心情。不开心的事情留给自己化解，酸涩的泪水咽到肚子里，自己消化。把阳光的一面展现给亲人和朋友。

　　有时候自己的内心深处觉得很抑郁，为什么不能随心所欲地去抒发自己的情感呢？仔细回味一下，是与我多年在机关工作受到的约束有关吧？习惯就成自然了，其实这样很累。

　　今天，面对荧屏，写出这些话来，就是想打开这个心结，抒发内心深处的最真实的情愫。

　　我喜欢静静地一个人读书和思考，喜欢静静地回味自己走过的路，遇到的人以及与他们或她们之间的情感。

　　一个人静下来的时候，喜欢写点文字，似乎是自己和自己对话，自己和自己谈心。闲暇的时候就翻读自己写过的文字，思绪便又回到已经逝去的时空里，重温当时的心境和情绪，有一种特别亲切的感觉，可以说是一种享受。

　　写日志，很随意，想写就写。字里行间蕴意着心灵深处涌动的情思。不刻意讲究章法，不夸张地运用辞藻，就像说话一样，很自然，很随性。我喜欢这样，因为这样真实。

　　写日志，不是为了显摆，不是为了引人注意，只是抒发情感。不论是否有人评价，不论是否有人讥讽，都执着地写下去，因为这是我喜欢做的事情，是我生活中的重要内容。我喜欢，所以我写。在我的日志里，有一些就是写亲人和朋友的。我喜欢他们（她们）的性格，崇尚他们的品行，佩服他们的人格魅力，他们是我的良师益友。

　　在我的日志里，有好多与同事和朋友相聚的情结，开心快乐溢于言表。我感激他们，所以以感恩的心去赞美，去颂扬，去铭记。

　　有时候很自卑，觉得自己不会动用心计，不设防，多多与人为善。然而仔细一想，虽然不会心计，却也没有失去什么，可能失去一些唾手可得的利益，却赢得了人心和友谊。

　　有时候很失落，离开集体感觉心里空空的，不知道做什么好。静下心来，写点儿文字便让每一天都变得充实。

　　有时候很知足，回想几十年的奋斗，收获了厚重的财富，那就是经历和友谊。这些财富不是金钱所能替代的。虽然我不富有，却可以过着舒心的日子，足矣。

　　我是一个重感情的人，对大自然的景观或山水或花草树木，或风雨霜雪或旭日清风，都会产生深厚的情感，总会特别敏感地动情或者震撼。总会引动我的灵感，借景抒情，倾诉一番。

心 田

　　我还是一个喜欢幻想的人，总会在心灵深处留一处静谧之所，静下来时，一个人任凭思绪纵横，幻化出清净、优雅、如仙境般美好的处所，只身其中自得其乐。营造一个远离尘嚣，没有烦恼琐碎的世外桃源和精神世界。给心灵一个空间，那里是自由的，无拘无束，任何人都打扰不了。那是心灵的居所，是美丽清幽的精神家园。

　　网络空间，给我一个广袤的天地，任我的思绪自由飞翔；网络空间，给我一个恢宏的舞台，任我尽情抒发自己的所思所想；网络空间，给我一个无垠的原野，任我自由自在地徜徉其间，耕耘心田，收获美好！

2014 年 10 月 12 日

亲情与爱情

幸福的时刻

2006年10月14日(农历八月二十三)是老伴儿60岁生日,10月16日(公历)是我们结婚35周年纪念日。为了庆祝的方便,我们在10月14日星期六这天,举行了一个规模不大却十分热闹的酒会。

参加的人有家人、亲属、朋友和老知青的代表。整整四大桌子,四十多人。我的小弟给我们当主持,他简单地说明了酒会的主要内容,就让我致祝酒词。我十分的激动,回顾我们风风雨雨走过了35载,介绍了老伴儿辛劳的过去,感谢亲人、朋友对我们的关心和支持,为了每个家庭的幸福安康干杯!大家纷纷给我们敬酒,说着祝贺的话语,那些真诚的语言让我激动的泪花滚滚。最让我感动的有这么几个场面:从内蒙古扎赉特旗专程赶来的小侄女门迎春和我们没有一点血缘关系,只因为她的奶奶是我们的继母婆婆,在我家养老送终。她的丈夫前几年得了病没钱医治,我们无偿地借钱给她,她把我们当成了自己的亲叔婶。她要送给叔婶一首歌:《三百六十五个祝福》她动情地唱着,大家一起给她打着拍子,我们感动的泪水盈满眼眶。老知青姐姐韩艳茹控制不住激动的心情,送给我们一副对联,上联是:六十岁诞辰青松不老,下联是,卅五载结缘携手并肩。横批是,福禄双全。更让我们出乎意料的是两个小外孙女送上一个包装精美的礼品盒,是她们自己悄悄到礼品屋买的。一个摇椅上坐着白发的老爷爷和笑容可掬的老奶奶,在场的人们都被这纯真的童心感动了。

服务员小姐推着蛋糕走进来,点燃蜡烛,大家一起唱起"祝你生日快乐"老伴儿激动地吹灭蜡烛,切下甜蜜的蛋糕,幸福和激动包围了他,这一刻的内心是用语言表达不了的,只有默默地祝福。

不知道是谁提议,酒宴结束去歌厅。我们的弟弟妹妹和朋友们都争着唱歌,我和老伴儿随着歌声跳舞。此刻忘记了往日的艰辛,忘掉了自己的年龄,品味着生活中那最珍贵的甘甜。音乐突然变得激烈起来,舞会也进入了高潮。大家先是随意的蹦着,后来拉起手来扯成一个大圆圈尽情地跳着。

60岁,花甲之年,是人生的一个重要转折,它意味着人生列车已驶入了老年;35载,一个家庭曾经经历了多少岁月的考验。白手起家,如燕子衔泥般垒着窝巢;拼搏、奋斗为了事业操劳;赡养老人,生儿育女,过着清贫的日子。如今,走过来了,走过了青春,走过了四季,那艰辛苦涩、奋斗付出如陈酿的酒一般令人陶醉;那滴滴泪花是激动是感慨更是生活的结晶。

我们从来没有这么开心过,从来没有这么兴奋。感谢生活的恩赐,感谢朋友的情谊,感谢家人的亲情! 我们衷心地祝愿每个家庭幸福美满,祝愿每位朋友健康长寿!

2006年10月16日

为父母而骄傲

老爸住院了,听到这个消息,我心里一阵难受,我得回去看望他老人家,我知道老人家的病情是越来越重了。

第二天家里有亲属要来,女儿加班,孩子还没人照看,老伴儿脱不开身。我自己买了一张火车票,晚上就到泰来了。我径直奔医院去了,弟弟们都在那里护理呢。老爸脸色发黄,很虚弱地在那里睡着。我看了心里好难过,这个样子比我想象的还要严重啊! 我不忍心去叫醒他老人家。弟弟详细地说了住院前后的情况,我们都感到病情确实很严重。

19日早上,我早早来到了医院,看见老爸已经醒了,有了点精神了,想吃东西。我心里一阵放松,看来还是有转机啊! 趁着大夫还没上班,我用热水给老爸洗脚,轻轻地做按摩,让老人家尽量舒服一点。整个上午,我和妹妹就坐在病床的对面,陪护着。我想:平时,我们离老人很远,偶尔去看望他们,父母总是以灿烂的笑容接待我们,说一些让我们感到轻松的话。可是自己忍受着疾病的折磨,不吭一声,尽量不麻烦儿女们。这就是父母啊! 这就是父母对儿女的情怀啊! 只是儿女们为他们想得太少了啊! 看着老爸慈祥的面容,我想了好多好多。老人家太累了,今年已经85岁了,为儿女们操心挨累了快一辈子了。如今,疲倦地躺在那里,是那么的无助,那么的虚弱啊! 人老了是这的不容易啊!

下午弟弟过来护理,我和妹妹去看望在家里焦急盼望的老妈。老妈得脑出血后遗症二年多了,生活需要有人照顾。老爸住院,老妈一个劲儿地哭。他们相携62年了,在晚年是最亲近的依靠啊!为了安慰老人家,我也用热水给老妈泡脚,轻轻地按摩,轻轻地剪指甲,一边和她说点轻松调侃的话题,逗她笑一笑,看老妈那么舒心地笑着,我心里也特别的舒服。

以前我很少给老人家洗脚,后来我发现他们不能坚持经常洗脚,看着很不舒服。我每次回去都争取帮她洗脚,做简单的按摩,因为我不能经常在父母身边伺候他们,就尽量做点他们自己做起来很费劲的事。体现的是一点儿微薄的孝心吧。

为父母做了一点儿事情,非常的微不足道,对父母却是莫大的安慰。因为做父母的总不想为儿女添麻烦,总不想拖累儿女,儿女做了一点点事,他们就特别的满足。

看到衰老的双亲,回想他们辛苦的一生,我突然觉得他们非常的伟大,我更体会到了父母之爱的恢宏!我为有这样的父母而骄傲!

2009 年 4 月 19 日

亲　情

亲情,每个人都离不开的情感。

父母子女情,人间第一情。是父母给了我们生命。这种血缘关系是最亲密的,这种情感(父母子女之情)是最珍贵的。父母给予子女的爱是世间最伟大的爱,最崇高的爱。父母是我们一生必须尊重、孝敬的人。在经济困难的时候,父母可以省下自己的口粮,让孩子吃好,吃饱;在生活最艰难的时候,父母会借钱给子女买新衣服,送孩子去上学。子女长大了,成家立业了,父母有了欣慰的笑容。对于孙子女们倾注了更多的爱,比养育自己的儿女付出的还要多的精力去看护照顾他们。给他们做可口的饭菜,做棉衣棉裤,求医买药。即使他们已经老了,心还是牵挂着儿女、孙子女们的冷暖安康,直到离开这个世界。对儿女的牵挂和操心是父母一生的心愿了。

兄弟姐妹情,手足情。一奶同胞,骨血相连,生生相惜。虽然各自成家,这种手足般的情感是任何东西也割舍不了的。互相之间的惦记和关怀是任何情感都

取代不了的。虽然避免不了有些误会和不理解,或者一些见解上的分歧,但是,遇到具体困难的时候,还是心往一处想,劲往一处使的。共同孝敬父母的心情是一致的。即使有一天父母都离世了,兄弟姐妹的感情也是一如既往,随着年纪的增长,那种牵挂和关爱会与日俱增的。电视剧《老大的幸福》已经把兄弟情深表述的特别的淋漓尽致了。只是如今大多是独生子女,这种手足情会越来越淡薄了。

夫妻情,终生相伴的情感。夫妻,由不相识到相识,由相识到相爱,由相爱到结为终身伴侣。来自两个不同的家庭没有一点血缘关系的男女,却要演绎一生的情结。生儿育女,赡养老人,共同承担家庭的重担。年轻时创业养家,中年时事业、家庭、儿女、老人几副担子压在身上。俗话说得好:少年夫妻老来伴。这话一点不假啊。年轻的时候卿卿我我,恩恩爱爱的,中年时感情都用于儿女和繁琐的生活,感情似乎就无从谈起了。这个时候最容易出现感情危机,如果处理好了可以平安度过,处理不好,夫妻分手,家庭解体。等到年纪大了,退休了,又觉得老伴的重要,孩子们都成家立业了,老两口互相依偎着,互相照应着,回味着过去的时光,不论是苦还是涩,想起来都是甜美的。这种亲情如同陈年老酒,辛辣中洋溢着甘甜的芬芳,回味无穷啊!然而只有精心呵护夫妻情感的人,才会品味到这样的滋味啊。

人生一世,这三种情感是最亲近的,是陪伴我们一生的,最难以割舍的,也是最珍贵的。维系好亲情的关系,呵护好感情的发展,保持永久的亲近,需要做到的是奉献和宽容。

2010 年 4 月 29 日

思念我的老父亲

2017 年 8 月 1 日,是我敬爱的老父亲去世 8 周年的日子。谨以下边的文字,怀念我的老父亲。

一、老父亲离开了我们

2009 年 8 月 1 日,早 7 点 26 分,我最尊敬的、慈祥的老父亲悄然离开了我们,走完了他 85 岁人生的旅程。

他老人家,没有留下一句话,也没有留下任何的财产,带着他那倔强的性格、艰辛的付出、善良与睿智,静静地走了。没给儿女留下任何的负担和遗憾,留下的是他做人的准则和勤劳、友善、自立、自强的精神,是子孙后代用之不尽的精神财富。

我的父亲,1925年11月26日出生在河北省文安县一个普通的农民家里,三岁就没有了母亲。跟随我的爷爷和两个姑姑过生活。大姑出嫁,二姑早逝,父亲和我的爷爷相依为命,在家族的歧视下艰难的生活。为了逃避每年洪水的侵害,他们爷俩儿跟着家族的亲友们来到关外的黑龙江省泰来县谋生。先后在昂昂溪、富拉尔基等地居住过,主要靠编苇席为生。后来在泰来县镇内居住,经人介绍和我的母亲于1947年农历七月结婚,组成了家庭。经过几次关里关外的周转,最后于1954年,在泰来镇定居,与我的老母亲携手走过了62个年头,养育了我们姐弟6人。父亲在1958年成为了县煤建公司的正式工人。一直到退休,他老人家就是一个普通的工人。在那艰苦的岁月里,父亲凭借他的勤劳的习惯和灵巧的双手,支撑着八口之家的生活。

说父亲勤劳,是他最突出的特点。每天起来最早的是父亲,他要担水劈柴,扫院子。遇到下雪天,还要把雪运出去。退休以后也是如此,不仅扫自家的院子,把大家共同走的通道都要打扫干净。上班前,还要把一天编织苇席用的苇子收拾好。下班后,吃完晚饭,就要坐下来破苇子,要好几大捆。把苇子用刀破开,去掉苇叶,然后撣水,滋润着,早上用石头碌子压平,由母亲和我们来编席子。父亲下班也不空手,总会扛着一捆树皮或者挑着一挑子煤回来(那时候买煤,用挑子挑回来,钱少,买的也少)后来我们都长大了,成家了,谁家有活儿父亲都去帮着做,默默地为儿女们付出。

说父亲心灵手巧,这也是他的特点。父亲没上过学,只是在扫盲业余学校学过几天。可是我看见他老人家写学习《矛盾论》《实践论》的笔记有好几本稿纸,字迹特别的工整清秀。父亲自悟的木匠、瓦匠手艺,我家当时的桌子、小柜子都是父亲自己做的。谁家的土炕不好烧了,烟囱堵了,都来找父亲去给维修。我记得父亲经常拎着一个帆布袋,里面装着瓦刀、抹子和托泥板。也是靠这些工具,父亲创造了自己的特色服务,就是在单位,有什么瓦工活计都由他来承担,这也是他的骄傲吧。

父亲还会做得一手好菜,退休以后,经常为我们做鱼、炖肉,包饺子,给我们改善生活。就是在2009年5月初,还自己动手拌馅包饺子呢。

说父亲倔强,这是他最突出的性格。父亲的倔强紧连着自信和自尊,他从不趋炎附势,他从不自私自利,特别的奉公守法。记得我家的院子前边有块空地,大家都主张盖个小房子,他坚决不同意,说,国家规定超过 8 米不准盖房子。所以一直到房子动迁,也没有盖上这个房子。父亲认准的事情,谁也搬不过,基本都是按照他的意愿去做的。所以我们兄弟姐妹也都养成了特别倔强的性格。

说父亲善良慈祥,这是我们最尊重父亲的地方。父亲对我们姐弟从来没有打骂过,甚至听不到他骂人。总是眯着他那双睿智的眼睛笑着看着我们,用自己的行动关爱着我们。记得我成家以后,父亲帮我们盖房子,帮我们买米买煤,直接送到家里,甚至连我的大姑姐也能得到他的帮助。父亲知道尊重别人,对于儿女家对方的父母也特别的尊重,得到了亲友们的爱戴。

父亲还有一个特点,就是善于言谈。讲起理论也头头是道的,虽然有时候过激点,不过,是很有口才的。

父亲特别的聪明,记忆力好,耳不聋眼不花。虽然个头不高,身体很硬朗。83 岁前没有住过院,没有点滴过药物。只是在 2009 年 6 月份以来,他患了脑梗,不会说话,不能起床了,身体逐渐地衰老了。但是,他强忍着病痛的折磨,很少大声地呻吟。只要他清醒的时候,就拒绝治疗,不想给儿女增加负担。在他知道自己身体不行的时候,把自己多年的积蓄拿了出来,让弟弟保管,并告之这些钱用于治病和料理后事,不让儿女们为他花钱。父亲这种与人为善的性格深深地感染着我们。

老父亲,一生甘于清贫,甘于奉献。他是一个平凡的人,平淡地度过了充实的一生;他是一个普通的工人,用自己的智慧和心血写就了一个工人特色的生涯;他是一个称职的丈夫,用无言的爱关照自己结发妻子 62 年;他是一个伟大的父亲,像雄鹰一样用坚实的羽翼养育呵护着自己的子孙,用自己的言行教育他们如何做人。

如今,您悄悄地走了,没有打扰任何人。留给儿女的是无尽的哀思和怀念。

亲爱的老父亲,您放心地走好。我们做儿女的永远怀念您!永远做您值得骄傲的儿女!

安息吧!老父亲!

二、为老父亲送行

2009 年 8 月 3 日,农历六月十三,是为老父亲送行的日子。父亲的遗体火化,安葬。

天气特别的好,风轻日朗,阳光明媚。

我们儿女的本意,给老父亲举行一个小型的告别仪式,只有我们家人和亲友参加。因为考虑老父亲是一个普通的工人,他老人家一生不喜欢张扬和排场。但让我们没有想到的是,县里四个班子及我在市里单位给父亲敬献了花圈,直接放到了告别大厅里,主持人也有意要搞一个大型的告别仪式。没有办法,就把我们子女敬献的花圈挪了过来。更没有想到的是,他们都要参加告别仪式。这也许是天意吧! 老父亲的遗体告别仪式于早6点50分在县殡仪馆大厅举行。我看到领导们向我父亲的遗体三鞠躬的时候,感动得流下眼泪,我也深深地给每个和我握手的领导们鞠躬致谢。我为父亲骄傲,他得到了最高礼节的告别仪式,是老父亲的骄傲,也是我们儿女的骄傲。

老父亲安详地躺在那里,接受着人们的敬礼。

7点整,遗体火化。7点40分,安葬仪式开始,13年前买好的墓地,已经装修一新。妹妹把鲜花装成的花篮放在墓前,按照民俗摆设供品,焚烧纸钱。

蓝天,是那么的清澈,没有一丝的云彩。它在昭示着父亲光明磊落的一生吧。

轻风,是那么的柔和,轻轻地吹过,那是为父亲的灵魂助行吧,清风扶摇到九霄的极乐世界。

松柏,在微微的点头,它在赞美父亲刚毅的品格吧。

烟雾,升腾着,带去子孙们最深切的哀悼和最美好的祝愿吧!

老父亲,您一路走好! 走好!

三、父亲"三七"祭奠

2009年8月21日,是给故去的老父亲烧"三七"的日子。

时间过得真快啊! 一转眼,父亲离开我们21天了。这些日子,我时常想起父亲那慈祥的面容,睿智的眼睛,总是笑眯眯的。刚强、倔强了一辈子。为了儿女们,操心了一辈子,辛苦了一辈子。父亲不会骂人,不会抱怨,不给别人添麻烦,什么事情都喜欢亲力亲为。都80多岁了,也不愿意让儿女们去为他做什么,反过来还争着为儿女们做饭。父亲做事情特别地认真,干活特别讲究质量,不会去应付或者偷工减料,实实在在地做好每一件事情,勤劳、节俭的美德影响着我们姐弟。

今天,天气晴好。去墓园的路上虽然还有昨日滂沱大雨的痕迹,可是,路还是比较好走的。由于修高速公路,我们绕道而行。蓝天、绿树,清爽的风儿,让我们感受到了初秋的凉爽和舒适的温度。

墓园里，一片寂静，甬道两侧是高大的樟子松，在风中轻轻地摇曳，小树丛前的隙地上开放的波斯菊在轻轻地点头。来到父亲的墓碑前，二弟用毛巾擦去雨水淋湿的痕迹和灰尘，把压在墓碑上的纸换掉。然后摆好祭奠的供品，燃烧纸钱。望着跳跃的火苗，我们默默地祝愿故去的父亲安息。然后，我们列队向父亲的墓碑三鞠躬。

我在心里默默地祈祷：慈祥的老父亲，您安息吧！如若您在天之灵有感应的话，保佑您的儿孙们平安、幸福！

四、父亲"五七"祭奠

2009 年 9 月 4 日，是老父亲离开我们第 35 天。按照民间习俗，是烧"五七"的日子，也是人故去以后，祭奠中最重要的日子。

弟弟已经按照习俗定好了一切祭品，我们专程从市里回来，特意买了一束鲜花，有黄菊、康乃馨和百合。在火车上人很拥挤，我手不离花，一直擎着，带了回来，为了敬献给故去的老父亲。

老弟、二妹和老妹都有重要事情不能脱身，我和大弟、二弟代表他们的心意了。上午 8 点 10 分，我们来到了墓地，摆好供品、一盆绢花和一束鲜花，然后开始焚烧祭品和纸钱，二弟依照父亲生前的喜好，买了别墅楼房、电视机、麻将等模型，一边焚烧，一边叨念，让老父亲的亡灵安息。

我不知道父亲的在天之灵是否有感知，但是，我们用这种方式寄托着对父亲的怀念之情，也是继续为故去的父亲尽孝心。

我伫立父亲的墓碑前，心里默默地叨念：爸爸，您的灵魂安息吧，我们想您，您的音容笑貌永远刻在我们的心中，您的刚直不阿的精神永远激励我们，您最牵挂的事情我们姐弟会处理得很好，而且越来越好。您在，是我们的依靠，您走了，我们姐弟团结一致，是最坚实的依靠。我们互相依靠着，互相支撑着，更加细心地照顾好我们的老母亲，让她老人家活得更舒心。

天气是那么的晴朗，蔚蓝的天空是那么高远，郁郁的青松在和煦的风中摇曳，发出低微的飒飒声响，我的心感觉到一种宁静与安然。

祭奠故去的亲人，对自己是一种心灵的洗礼。我们的内心被悲痛压抑着，这种压抑是失去慈祥的老父亲的无奈，是不忍割舍的亲情的折磨，是失去我们共同依靠的失落啊。

我们姐弟的内心却是非常刚强的，非常坦然的，非常淡定的。因为我们尽到了最大的努力和孝心，我们无悔。

父亲去享福了,在我们还不认知的天国。我甘愿相信天上有故去的人灵魂寄托的居所,让父亲的灵魂安宁、自在。

五、父亲去世百天祭奠

2009 年 11 月 7 日,是我们最敬爱的老父亲故去 100 天的日子。我和妹妹分别从齐齐哈尔和大庆回到县里,祭奠故去的老父亲。

父亲虽然离开我们三个多月了,老人家的音容笑貌仍然在我们的眼前,他活在我们的心里。

对于父亲的思念是时时刻刻历历在目。父亲那慈祥的面容,勤劳的美德,倔强的性格,每时每刻都在感染着我们。

儿女对父亲的思念是割舍不了的,那是血脉相连啊!

而我的老母亲对父亲的思念是任何人都取代不了的,是最痛心的思念啊!他们共同生活了 62 年,一生的寄托,一生的相携,一生的依靠啊!父亲放大了的彩色照片就放在床前,母亲每天都默默地和父亲说话,静静地坐在那里凝视着。自从父亲故去,母亲就没有过开心的笑脸。我们给她拍照,让她笑一笑,可是,拍出来的照片是一脸的无奈和悲伤。我非常理解母亲此刻的心情。她大半生的精力都投入到这个家庭了,为了父亲,她可以远离娘家只身随着父亲和爷爷去河北老家生活。后来我们来东北定居,日子一天一天好起来了。父亲和母亲共同养育了我们姐弟六人,度过了三年困难时期。我们都健康地活了下来,健康地成长起来,都成家立业了,父母共同付出了多少爱心和精力啊!现如今生活好了,该享福了,父亲却离开我们去了,也带走了母亲一半的幸福啊!看着老母亲那份神情,我们心里都特别的难受。虽说生活得很好,弟弟、弟妹照顾得很好,可是她内心的痛是我们谁也触摸不到的啊!

父亲生前最惦记的是我的母亲,我们都在父亲生前表了态,一定让老母亲生活好。如今,我们都做得很好,父亲一定在九泉之下欣慰了。

六、写在父亲节

2010 年 6 月 20 日,是父亲节,是全世界同庆的日子。

我的心情却怎么也高兴不起来,心中充满悲切和忧伤。

我的老父亲离开我们已经 10 个月了。我永远没有孝敬他老人家的机会了。

在这里,用这枯燥的文字表达对老父亲的思念之情,也是对没有父亲的父亲节的一种缅怀吧。

父亲虽然离开我们,但是那熟悉的身影却时常在我的眼前浮现:

您喜欢穿藏蓝色的制服,戴藏蓝色的帽子。个子虽然不高,却脚步轻盈。您总是慈祥地微笑着面对艰辛的生活。您一生虽然没有高官厚禄,却得到了世人的尊重;您只上过几天夜校,却能读懂《实践论》和《矛盾论》;您凭着自己的勤劳和智慧养起八口之家;您就是一个普通的工人,具有工人特有的个性,那就是倔强和顽强。

您的仁慈,让我们学会善良;您的倔强,让我们学会坚强;您的睿智让我们学会自立;您的勤劳让我们学会自强;您的忍耐让我们学会宽容;您的超然让我们学会坦荡。

您也有遗憾,可是从不对我们讲,自己深藏在心,不想给儿女增加任何的负担,总是把美好的一面展现在我们面前。

您也有牵挂,惦记这些儿女们,更牵挂我那身患重病,与您共同生活 62 年的母亲。

您不用遗憾,一生光明磊落,心怀坦荡。六个子女、六个家庭都很兴旺。

您不必牵挂,儿孙们已经学会扬帆远航。我慈祥的老母亲,日子过得十分顺畅。

您虽然离开我们,您的恩情永不忘! 父爱如天,父爱永存!

儿女们祝愿您在天之灵,自在、安详!

2017 年 8 月 3 日合并修改

写在老父亲逝世三周年的日子里

2012 年 7 月 29 日,农历六月十一,是可敬的老爸故去三周年的日子。

按照民间传统说法,这个日子是一个很肃穆的祭奠日。按照习俗,我们怀着敬慕的心情,来祭奠故人,缅怀父恩,承传祖训。

我们夫妇和二妹夫妇分别从齐齐哈尔、大庆开车回来,两个侄儿从哈尔滨赶回来,专程参加这次隆重的祭奠活动。

当日,云雾蒙蒙,小雨沙沙,在我们来到墓地的时候,雨停了。我们姐弟六个家庭都有代表参加,尤其我的侄儿和侄女到的很齐。二妹特意定了鲜花,二弟准备的供品,我们大家都准备了好多的纸钱和金箔做成的金山、金条等祭品。摆好鲜花和供品,我们把纸钱点燃,一边叨念着:"老爸,我们来看您了,给您带来好多的金钱和美食,还有您最喜欢的香烟和扑克牌,您在天堂里尽情地享用吧。保佑您的儿孙平安康泰。"纸钱化为灰烬,纸灰像黑色的蝴蝶上下盘旋着,有人说,老爸来取钱了!我抬头看着天空,只见我们的头上乌云驱散,露出了一点点亮色,那黑蝴蝶腾空而起飞向高空。

我知道这不是真的,但是我真的希望老爸在天之灵感知我们儿孙们的这片心意。让他老人家知道,我们怀念他,我们感恩老爸的养育之恩,祝愿老人家的灵魂安息。

燃尽纸钱,我们列队向老爸的墓碑三鞠躬。

细雨滋润着墓碑旁边茂盛的松树,雨珠挂在针叶上,闪着晶莹的光。肃穆的陵园一片寂静,我心中想到,老爸的骨灰埋在这块幽静的陵园里,他老人家的灵魂在天上,在一个美好的境界里,很远很远。我遥望被乌云遮挡的天幕,相信那里有一个未知的世界,一个美轮美奂的世界,老爸就住在那里。

祭奠完毕,我们都到老弟家看望老妈。这时一个意想不到的安排,让我们感到很欣慰。大侄儿陆儿宣布,中午他安排家人吃饭。听二弟说,陆儿工作很忙,但是他早就做好准备,请假回来参加祭奠,还要请大家吃饭,以表示对故去的爷爷的孝敬,对家人的一份心意。我们一大家子十六七口人来到了饭店。陆儿起身敬酒,他说:"今天是爷爷故去三周年的日子,我请各位长辈和弟弟妹妹,是表达一番心意。我已经长大了,要继承我们家的好传统,顶起家里的这片天,让故去的爷爷安息。祝各位亲人安康,祝我们大家庭更加团结和谐。"一番话说得我们心里热乎乎的,看着帅气的陆儿,我心头一热,激动的眼泪差点儿掉下来。我说,大侄儿真的长大了,长得那么高大帅气,我看到电视剧里有个演员贾乃亮特别像我的大侄儿,为这个,我把贾乃亮演的电视剧看了好几个呢!

小侄儿晴儿,也是长得人高马大的,一双眼睛总是笑眯眯的,说起话来还有点害羞。看到他哥哥说得这么好,他也不示弱接着说:"我也长大了,自己挣钱了,有机会我也请大家吃饭。"一句话把我们都说笑了。孩子们都长大了,懂事了,我们家族后继有人,真让人高兴啊!

祭奠老爸的活动很圆满,我们都特别的欣慰。同时又得到一个好消息:小外甥女高考被录取了!妹妹和妹夫高兴得了不得,非要晚上宴请大家,这是托老爸的福,才有这样的好结果啊!晚上,俊俏的小外甥女和文静秀气的小侄女都出席了酒会,两个小美女也发表了令人感动的祝酒词。

"长江后浪推前浪,一代更比一代强"。在祭奠老爸的日子里,我们有哀思,有怀念;有宽慰,有希冀。老爸为了我们六个子女吃尽了苦,受尽了累,就像《父亲》那首歌唱的那样:"人间的甘甜有十分,您只尝了三分。生活的苦涩有三分,您却持了十分。"为了儿女的健康成长,您默默忍受着,默默付出着。当年,老爸帮我们新结婚的家盖房子,干完活回家吃饭;我们工作忙,把供应的粮食买好用手推车送到我们家里;隔三岔五地做点好吃的,等我们回来,到路口去张望,盼我们早点儿回来吃饭;不论哪个儿女家里有活计,老爸总是早早地去做活,再悄悄地回来,从来没听到老爸有一句怨言。为儿女做事,他吃多少苦,挨多少累,都是那么的释然。这就是父爱,父爱如山啊!

如今,我们都早已做了母亲或父亲,正在继承老爸的遗志,都在为儿女奉献着,这就是传承啊!

祭奠故人,尽表孝心,弘扬家风,启示后人。愿我们的大家庭和谐幸福,愿下一代健康成长!

2012 年 8 月 9 日

六十岁生日感怀

在连续飘雪的日子里,迎来了我的生日。今年的生日与往年不同,因为是我的第 60 个生日。

在生日还没有到来的时候,心里想着要好好写点什么,试着写了几句不讲韵律的诗,题目就叫作"六十感怀"。可是只开个头,就没了兴致,放在一边不再去理会它了。生日到来的前夕,亲人、朋友、同事,凡是知道我生日的人,都提前帮我设计如何过好这个进入花甲之年的生日。而我却找不到一点开心的感觉。只觉得是一个很普通的的日子,无须特别的安排。可是亲人和朋友的热情,没有因为我的淡然而削减,而且一闹,就是三天。

孩子们精心策划了我的生日晚宴。头一天的晚上,在市里一个比较有名气的饭店订了桌,点了好多菜肴,把在市里居住的亲属请了过来,一共 17 位,为我祝贺生日。席间,大女儿开场白,小女儿做主持,把生日晚宴弄得特别地热闹,我也特别地开心!两个小外孙女分别给我买了很讲究的礼物,大外孙女送我一条"上海故事"的毛围巾,小外孙女送我一双大熊猫的拖鞋。两个可爱的宝贝是我的最爱,她们的心意让我感到特别的幸福。我尽情地喝酒,尽情地说着,笑着,很少这样在家宴上开怀畅饮。老伴儿也分享着我的快乐和幸福。亲情,包围着我,我从心底感激亲人的美好祝福,更感激我的两个女儿、女婿对我的那份真挚的爱。

应同事之约,第二天,老伴儿开车,顶风冒雪回县里。刚刚下了高速公路,就接到同事电话,准备中午小饮。同时又接到小朋友刘欣华的电话,她推算出今天是我的农历生日,非要请我吃饭。只好按照她安排,我们去吃火锅,那份友情更是让我感动。我和刘欣华夫妇认识时间虽然不长,却是忘年交的朋友。我们之间没有代沟,只有一种特别亲近的互相的欣赏和敬慕。对生活的感悟,对事业的热情,为人处世的态度是那么的默契。从他们身上看到了我们年轻时的影子。

晚上,又飘起了细小的雪花。在县里新开业的一家酒店里,早已聚集了十几位我的同事们。一个大蛋糕特别的醒目,一束鲜花还带着雪花和冷风的味道呢,送到我的面前。百合、玫瑰、康乃馨,星星草,幽幽的清香扑鼻而来,让我的心都醉了。同事们可真是煞费苦心啊!这鲜艳的花儿和白雪相衬,让我感受到了纯洁又纯真的友谊和清新又青春的旋律。在这寒冷的冬日里,心中涌动的是一股清泉,甜美、清爽、甘醇。一声大姐,那么亲切,那么甜美,那么动情。我感激他(她)们,这么多年来对于我的尊敬和关爱。虽然我们大都离开了原来的岗位,但是我们之间的情感却更近了,我就是他们的大姐。

第三天上午,来到老弟家,先看望我年迈的老母亲。儿的生日,娘的苦日。老妈最惦记的是我,虽然老人家多半时间糊涂,但是她心中牵挂最多的是我,她的大女儿。这是我幸福的根源啊,俗话说:70岁有个妈,80岁有个家。我60岁了,有老妈的牵挂,多么幸福啊!回想起我一路走来,多半离不开妈妈的言传身教和含辛茹苦的抚养。妈妈虽然衰老了,但是在我的心中,妈妈永远是美丽、善良、勤劳、节俭的、优秀的妈妈!我小的时候,家里很穷,是年轻美丽的妈妈操持着这个家,我为有这样的妈妈而自豪。我长大后,走上了工作岗位,我是妈妈的骄傲和自豪。老伴儿打开我们带来的好酒,和弟弟妹妹们开怀畅饮,我和弟弟妹妹们谈论最多的是老母亲当年如何勤俭持家,在父亲月工资46元的情况下把我们姐弟六人拉扯大。我们穿的衣服虽然有补丁,确是干净整洁的。困难时期,我们很少吃糠咽菜,都是老妈的精心安排啊!儿女过生日,更不能忘记父母的养育之恩啊!孝敬好老母亲,是我们做儿女的最大的德行,百善孝为先!让我感到欣慰的是老弟、弟妹对老母亲的照顾是无可挑剔,我们向弟弟和弟妹敬酒,表达感激之情。

心 田

　　风儿刮起，下午开始降温。可是几位退休的女干部接连打来电话。我只好在晚上请几位老前辈、老姐妹喝酒。这里有我当年的老领导，有我们共同从事妇联工作的老同事，一共九位，这些女干部，英气不减当年，她们身穿红色、绿色的毛衫，满面红光，喝酒也不在话下。她们一直是我最佩服的铁娘子们，年轻时是铁姑娘，如今依然英姿飒爽，魅力无穷！轮到我最后敬酒，抑制不住激动的心情，单独敬她们每人一杯酒（不是满杯），诉说我对每个人的敬慕和情感。我衷心地感激她们为我的成长和工作奉献了无私的爱心。我29岁到县妇联工作，从此步入政界，一路顺利的走来，她们是我成长的见证人，更是关心、支持、帮助者。正在我抒发情感的兴头上，我当年的老领导杨秀文提议：让我买三件衣服，一件是大红色的，象征我的生活红红火火；一件是绿色的，象征着我的健康和永葆青春；一件是蓝色的，象征我的心胸像大海蓝天一样宽广！突然，大家一起伸出手来，手里是人民币！哎呀！真是出乎我的意料之外啊！我本来已经声明了只吃饭不收礼。可是，老姐妹们还是独出心裁，让我无话可说了，只有感动之感动了！真服了啊，她们总是胜我一筹啊！我忙给大家敬礼，说道：谢谢！谢谢！谢谢了！

　　时光荏苒，不经意间，我已经走进了花甲之年。时光啊，真是转瞬即逝。回忆往事，犹如昨天。心中仍然燃烧着青春的余晖，可是霜鬓华发，时不我待啊！对着镜子仔细端详自己的容颜，焗染的头发，略见白色的发根，细小的皱纹爬上了额头，我生命的年轮已经开始画第六十圈了。人生的规律，是任何人也扭转不了的。想起朋友的一句话：优雅的变老。是啊，在人生的转折点，优雅的转身，保持年轻的心态，悠然地向前走，淡然地生活，坦然地面对，继续燃烧青春的火焰，让生活更轻松、更自然、更阳光，这就是幸福的真谛。

2010 年 12 月 28 日

怀 念 母 亲

　　尊敬的老母亲，走完81岁的人生，于2013年5月28日11点58分，离我们而去了，作为您的儿女，我们悲痛万分！

　　您的一生是无私奉献的一生，是勤劳节俭的一生，是顽强不屈的一生。您光明磊落，善良淳朴，含辛茹苦，养育了六个子女，创建了团结和睦的大家庭。您是一个平凡的女人，却是一位伟大的母亲！

您年轻的时候，是一位贤惠的妻子。当年，父亲得了一场重病，奄奄一息，您为了保住父亲的生命，为了保住这个家庭，精心照料，寻医问药，还要照顾爷爷和年幼的女儿。年轻善良的您，天天晚上拜月亮，祈求上苍保佑父亲安康。此举感动了天地，父亲转危为安。那时，您还不满20岁。您与父亲相濡以沫，相扶相依，共同生活了62年，为整个家族的兴旺发达，您付出了毕生的心血和智慧。

您是孝顺的儿媳，多年孝敬我年迈的爷爷。记得那是三年困难时期，爷爷病卧在床，您省下家里所有的细粮，给爷爷做可口的饭菜，像对待自己的亲生父亲一样，一直到爷爷去世。

您是慈善的母亲，在那些艰苦的日子里，您省吃俭用，编苇席、絮棉衣、推砖坯子、卸煤车、装甜菜车，挣钱添补家用。不仅保证六个子女衣食无忧，还教我们做人要诚实，做事讲信用，为人要大度。您经常鼓励我们，要好好学习，将来做有用之才。我们工作了，您鼓励我们要敬业，要上进，多奉献，少索取。我们成家了，您教育我们要孝敬公婆和岳父岳母，夫妻互敬互爱。您对儿媳如同自己的女儿一样，您对待女婿胜过自己的儿子，您对待孙子女、外孙子女更是关爱有加。每个孩子都穿过您一针一线缝制的棉袄棉裤。每当节假日，您和父亲精心做了一大桌子美味，到街口等着我们回来吃饭。那么多细微的爱，温馨的爱，就像天上的星星数也数不清，说也说不完。

您是家庭的主宰，您把自己一生的精力和心血全部倾注在儿女和孙子女身上，关爱呵护每一个人的成长。吃穿用，您都悉心照料，体贴入微。女儿出嫁了，每逢过年，您会把大年三十的饺子留给我们。每逢端午节，您会把五月初一小鸡下的蛋留给我们。做了好吃的，您会给每个子女都打一份带回家。您的爱，就像灿烂的阳光，照耀在每个子女和孙子女身上，总是那么均衡，那么温暖，那么辉煌！

如今，您的儿女、孙子女都已长大成人，成家立业，本该享福了，可您却积劳成疾，重病缠身。自从您患了脑干出血后遗症，与病魔搏斗了九个春秋，耗尽最后一滴心血，悄然离去了。

敬爱的老母亲，我们怀念您，您永远活在儿女的心中！您虽然离我们而去了，您的音容笑貌依然在我们眼前，您的谆谆教诲依然印在我们的脑海，您温良谦卑的美德依然留在我们心间。

敬爱的老母亲，您走得那么安详，您在生命的最后一息，仍然爱着您的女儿们，您没有给儿女一点儿劳顿和辛苦，就那么安然地离去了，留给我们的是无尽的思念和无尽的爱。

送您走的那天,晴空万里,没有一丝云彩,没有一丝风。湛蓝的天空,为您展开通往天国的路径;苍松默立,青翠繁茂,鲜花盛开,为您默哀;鸟儿站在枝头,呢喃啁啾地为您唱着挽歌;您的女儿、女婿、孙子、孙女、外孙女从各地赶了回来,为您送行,还有好多亲朋好友闻讯赶来为您吊唁。

敬爱的老母亲,您放心地走吧,您的儿女子孙必定秉承您的美德和家族的优良传统,一代一代传下去。您安息吧,愿您与老父亲的在天之灵护佑子孙们健康、平安。

您永远活在我们的心中,您是我们永远的怀念!

2013 年 6 月 2 日

追 思 母 爱

老母亲离开我们 10 天了,这几日母亲的形象总是在我的脑海里游动,就像电影一样,变换着镜头,变换着场景,唯一不变的是母亲那和善的面容和满足的微笑。以往对母亲的牵挂,如今成为深深的思念,儿时的记忆愈来愈清晰。

回忆,总是那么温馨,那么美好。

在我刚刚记事的时候,我家居无定所,与河北老乡合租房子或者寄住在老乡家里。母亲就是我的依靠,我的家。母亲在我心目中是高大的、美丽端庄的、心灵手巧无所不能的人。夜里漆黑一片,有妈妈在,我就什么都不怕。在我八岁那年,我家有了自己的房子,大弟刚刚出生半个月,我们就匆匆忙忙搬进属于我们自己的家。虽然那两间土房低矮破旧,终归是自己的家啊!那时家里除了父母,还有爷爷、我、二妹和大弟。母亲高兴得不得了,没等大弟满月,就忙着编苇席,忙着装扮自己的家。后来有了二弟、三妹和老弟。爷爷去世后,我们一家八口人,过着既拮据又和谐的日子。母亲功不可没。

60 年代初,物资紧张口粮定量,各种食品日用品全凭票供应。父亲的工资,难以养家糊口,母亲就编苇席或出去打零工,勉强维持家用。要把这个家的日子过得去,真得费些心思。有几件事情,给我留下深刻印象。

我们姐弟上学、吃穿,是个不小的支出,有时候急用钱,家里一点积蓄都没有。母亲为了不耽误我们学习和换季,就到东院白大奶家借钱,白大奶识文断字,家境富足,母亲为了遵守信用,借钱是必须说好哪天还钱,到了日子,必定去还钱。白大奶知道我家孩子多,总有青黄不接的时候,看母亲这么守信用,就说:"你缺钱就来拿,别着急还,什么时候有,什么时候还"。虽然这么说,母亲还是按时还钱,白大奶没少帮我们家渡过难关。

　　没钱的日子,让母亲处处为难,可是,母亲也摸索出一些省钱的办法。那时候,在一百商店有个寄卖柜台(专卖旧衣物),母亲是那里的常客。记得有一次,母亲带我去商店,在柜台前看好一件咖啡色金丝绒旗袍,质地特别讲究,上面是直接织出来的花纹,大襟,扣袢,很高贵的服饰。母亲穿上试试,很合体,价格很便宜,便买了回来。当时我很不理解母亲,买这样的衣服到哪里去穿啊,那都是资本家小姐、太太穿过的衣服啊。没想到母亲回到家里,把旗袍从中间剪断,上半部做一件夹袄,下边做一件坎肩。后来夹袄变成了棉袄,穿了我们好几个人,二弟小时候还穿过这件棉袄呢。在我上初中的那年,母亲买了一件灰绿色的旧风衣,请裁缝师傅给我改了一套时髦的制服,因为那件风衣是肩上带缝的样式,所以我的制服也是肩上带缝的,这在当时很时尚呢,这套衣服一直穿到我下乡插队。

　　物质紧缺,偶尔父亲单位发购物券,凭券去买一些紧缺的物品。那年单位发了一块线绨布料的券,母亲便挑选一块可以做背面的花布,鸭蛋皮色的底,玫瑰红和浅黄色的花朵,又雅致又漂亮。母亲把这块布料包裹起来,放在箱子的最底层,留了好多年。一直留到我出嫁,做了一床棉被,成了我最贵重的嫁妆。那时都喜欢大红大绿的被面,可是这床被子却是少有的漂亮。我真佩服母亲的审美能力!

　　为了节省支出,我们穿的衣服总是大的穿小了,再给小的穿。我是老大自然总穿新衣服,二妹只有捡我穿过的衣服,大弟、二弟小的时候也穿花衣服,都是捡我们姐妹穿小的衣服。一次,母亲买了一块金红色花布,给我和二妹每人做一件上衣,为了多穿几年,身长和袖长都留了好多余头,用线把长出来的缝起来,等我们长高了,再一点儿一点儿放出来,这样一件衣服可以穿好几年。

　　那个年代,大多数人家生活水准都很低,孩子多,收入少。好多人家的小孩子都穿得很破的衣服,尤其是棉衣都露着棉花,袖口油亮油亮的,可是我们姐弟却穿着很整齐。母亲说:"笑破不笑补"就是说,穿破衣服被人耻笑,穿带补丁的衣服没人笑话。母亲会把穿坏的袜子的前部剪掉,剩余部分缝到棉衣袖口上,既保证袖口不脏,又可以防止袖口先被磨坏。母亲凭自己的智慧,度过了那个困难时期。

　　母亲不识字,是个很传统的人,然而又是一位很时尚、上进的人。说母亲传统,是因为她对我们的教育都是传统的礼教,谦虚、守信、诚实、守法。我小的时候,母亲经常告诫我,女孩子要稳重,坐有坐相,走有走相,笑不露齿,不可以疯疯张张的。说得最多的是让我们好好学习,只要我们肯读书,砸锅卖铁也供我们上学,决不能做"睁眼瞎"。母亲深受不识字之苦,她不想自己的儿女走她的路。记得那年还没有电灯,晚上母亲在煤油灯下编苇席或者做针线,就让我给她读小说听。我刚刚十一二岁,就在煤油灯下给母亲读从大舅家带回来的小说。这是当时母亲最喜欢的文化活动了。也是从那时候起,我喜欢上了文学。

说母亲时尚、进步,是她能跟上时代的发展,接受新事物。她爱党,爱国家。经常告诫我们要听党的话,做一个追求上进的人。适逢上山下乡,我们姐弟四人先后下乡插队,母亲心里不舍,还是积极支持我们报名下乡插队,从来不讲价钱。

母亲还是个热心人,邻里之间谁家有个大事小情,求到用到的,母亲都是全力以赴,热心相帮。慢慢地母亲在居住那一片有了口碑,后来便被推举为居民组组长,一当就是十几年。

母亲富有责任心,她的事业是家庭,她的寄托是儿女。母亲年轻时曾经有机会出去工作,只因爷爷反对,便没有走出去,便以家庭为己任,奉献自己全部的智慧和心血。"大跃进"那年,曾经一度单位吃大食堂,粮食定量,吃不饱,母亲就把自己那份分给爷爷和我们吃,自己吃野菜。一次,吃蚂蚱菜,吃得不对劲了,就全吐出去了。我看了心疼,可是母亲依然坚持自己少吃粮食,让我们多吃。虽然生活拮据,可是过年过节绝对不马虎。过年时,大年三十晚上必须有鱼,初一、初五吃饺子,初七擀面条,正月十五煮元宵、包饺子。为了年三十餐桌丰富一些,母亲把豆腐腌制好,用油煎得两面焦黄,一看就有胃口。面对困难的日子,很乐观,她总说:"三穷三富过到老,咱家不能总这么穷。"这句话就像一个坚定的信念一样激励着父母和我们一起走过了艰苦的日子。

母亲也是一个有理想的人,追求时尚和新潮。可是家庭把她拴住,好多梦想不能实现。为此她把自己的理想和梦想都寄托在儿女身上了。看着儿女们一个个长大,一个个成家立业,母亲乐得合不拢嘴,就像欣赏自己精心制作的绣品一样,爱不释手。为子女服务,为孙子女服务,是她最大的乐趣。

母亲虽然走了,她的音容笑貌深深留在我们的心间。在我心目中,母亲美丽善良,豁达乐观,勤劳俭朴,是一位可亲可敬的好母亲!

2013 年 6 月 6 日

写在母亲的诞辰

农历七月十一,是母亲的诞辰。可是,我们却不能像往年那样为母亲祝寿了,她老人家离开我们已经83天了。

这些日子里,母亲的形象经常浮现在我的眼前。她老人家依然那么年轻,那么美丽,白皙的脸庞上堆满微笑。她忙乎的身影,笔直的腰板,轻盈的步履。

母亲,永远是儿女的依靠。记得那一年,我只身一人陪着我的老伴儿去沈阳诊病。每当晚上21点,我离开病房往招待所走的时候,心中满是迷茫和不安。这个时候,我会给母亲打个电话,诉说心中的担忧。母亲非常自信地说:"没事的,什么事都不会有!"母亲这句话就是当时最好的定心丸,母亲就是我最大的靠山!如今想起那句话,我深知,母亲的担忧不亚于我,她是在鼓励我,让我安心。老伴儿病愈后,我一直记着母亲的那句话:"没事的,什么事都不会有!"这句话就是灵丹妙药啊!

母亲,离开她眷恋的人世,离开她深爱的亲人,走得是那么安然。她老人家没有留下一份遗产,也没有留下一分钱。但是,她留给我们的是终生受用的无形资产。那就是母亲对身边人的友善,对儿女的挚爱,对生活的酷爱,对大家庭的呵护。母亲就是核心,把儿女们紧紧拢在自己的身边,用自身的热量温暖着所有的儿孙。母亲喜欢一大家子团聚在一起,吃着,喝着,这是母亲和父亲最开心的事情。隔三岔五地打电话,约我们回家吃饭。可是我们经常姗姗来迟,惹得父母轮流到大街上望着我们回来的路口,等着我们回来吃饭。如今,我也成为母亲当年的角色,才深深理解老人盼儿女回家吃饭时的那种心情,想起来非常惭愧!

母亲善良,总是做着关心人帮助人的事。却从来没有听到母亲说过一句抱怨的话。她帮助别人,就是一件快乐的事,从来没有想到回报。那年,我夫妇两个到哈尔滨看望重病的大伯嫂,不能自理的婆母无人照顾,母亲便过来帮助照顾我的婆婆。她老人家不仅给婆婆做饭、洗衣,还给婆婆做了一条棉裤,让她换着穿。等我们回来看到这一切,我真的不知道说什么好了,只有一份敬重深深烙在心底。

母亲对儿女和孙子孙女、外孙女从不偏爱,尽她最大的努力去为每个孩子做事情。我的两个女儿小的时候,都是母亲给做好的棉裤棉袄,及时地送到家里来。那时,母亲的视力已经很不好了,做针线活最难的就是往针眼里穿线了。为了做活方便,母亲赶在光线好的时候,把一包针都穿上线,或者让弟弟帮忙把线穿好,然后一针一线地缝棉衣。如今想起来,真难为老母亲的那份爱心了。

母亲,为儿女、子孙付出了太多的心血,做了太多的奉献。而母亲从来不觉得辛苦劳累,总是乐呵呵的。真是千辛万苦,乐在其中啊!

夏日,悄悄离去,初秋的风儿特别的凉爽。母亲就在这个美丽的夏日远行了,葳蕤的草丛有她的身影,透过古柳的垂绦,可见她的衣袂飘飘,花丛中有她的笑脸,晚霞里有她挥舞的彩线。母亲去了一个非常美妙的地方,那里有莲花,有祥云,有无尽的自在。

2013 年 8 月 17 日

姐弟相聚在大庆

二妹家乔迁新居已有一年之久,我们姐弟商量着去大庆看看她家的新居,一拖就是一年多了。

我们姐弟六人,分别居住在泰来、大庆、齐齐哈尔,虽说相隔不远,但是真要聚齐也不容易。父母在世时,父母是核心,父母在哪里,哪里就是我们的聚集地。每逢过年过节、父母生日,我们都会团团围坐在父母身边,一大家子团聚,其乐融融。自从父母故去之后,兄弟姐妹之间的团聚依然继续着,甚至更频繁了。我和二妹在外地居住,其余四位弟弟妹妹在县城,他们每逢节日或者谁过生日就会聚在一起热闹一番。弟弟妹妹们还诚挚地约我们回去过年、过节,姐弟情、兄妹情越来越浓了。

前几日,我们商定,近日去大庆,到二妹家欢聚。正逢哈齐高铁刚刚开通,我们便决定来一次快捷之旅。

8 月 29 日是星期六,早上 5 点二弟开车,大弟、老弟、老妹和老妹夫,他们一行五人,从泰来出发,7 点钟就到了齐齐哈尔南站,在那里等候我们。早上 7 点 50 分,小女儿开车送我和老伴儿到齐齐哈尔南站。偌大的站前广场,好气派,新建的候车大厅形如展翅的丹顶鹤,十分壮观。我正在欣赏新建车站的景致,接到老弟的电话,告诉我在一楼直接取票。

我们先来到售票大厅,左侧是一排售票窗口,右侧是一排自动购票、取票机。因为老弟提前在网上购票,只要到取票机上提取就可以了,真是太快捷了,我把身份证放在一个读卡器上，只见屏幕上显示出我的姓名、购买的车次、往返车次的时间等等，只轻轻一按打印车票，两张往返车票便从下边一个出口打印出来。手持车票进入候车大厅，眼前一亮，只见宽敞、明亮的大厅里旅客熙熙攘攘，井然有序，经过安检，上二楼候车。弟弟妹妹们早已在那里等候我们呢。离开车时间还早，便到各处走走看看，开阔的候车大厅，舒适的座椅，饮水处、旅游商品销售部、书摊等等一应俱全。

8 点 50 分，开始检票上车，9 点零 5 分准时开车。我们大多数人都是第一次乘坐高铁，感觉很新奇。一等座很舒适，乘客不是很多，车厢里干净、整洁、安静。开车了，时速一点点儿提升，最高时速 242 公里。感觉一点儿也不快，稳稳当当地。一边欣赏窗外的大湿地，一边唠着闲嗑，不知不觉地就到了大庆东站，只用了 40 多分钟。快捷，真是快捷！

再说二妹和二妹夫，他们听说我们要来大庆，高兴得不得了。原本安排到饭店吃饭，可是大清早就开始下雨，他们临时改变主意，顶着雨到菜市场买来了鱼肉菜，在家里做饭款待我们，只是他们家基本没有外人来吃饭，准备九个人的饭菜确实有点儿手忙脚乱的，先煮好排骨，烤的小江虾，炖好鲜鱼，做好蓝莓酱拌山药，便匆匆忙忙地开车到大庆东站接我们。

来到二妹家，听他们说在家安排吃饭，正和我们心意。家里多温馨啊，自己做菜放心、可口。于是，老伴儿和大弟、二弟、老弟玩扑克，老妹夫自己玩手机，老妹帮着做菜，我吃着水果看电视，偶尔起身欣赏她家的格局和窗外的风景。

上午 11 点，准时开饭。我们带来的牛肉酱、苏子叶、蜂蜜花生米也摆上了餐桌，大家团团围坐，热热闹闹地开餐了！我仔细一看，我们姐弟六人和三位连襟，缺席三位弟媳，她们三位中两位是单位脱离不开，一位是家里有客人，好在各家都有代表了，能聚齐这些人已经很不容易了。在 9 层楼上，望望北边是开阔的公园和宽阔的街道，还有快速行驶的车辆，望望南侧是高高的楼房，小区环境很优雅，室内装修很简洁舒适。在这样的环境里品尝美味佳肴，喝着小酒，真是特别的惬意。更让人温暖的是浓浓的手足情。他们几位男士几口就把一杯北京二锅头干掉了，接着又斟满一杯。一杯酒下肚，这气氛就热烈起来，二妹夫搂着我老伴儿的脖子就不撒手，一边喝一边说，那个亲近劲儿真是让人忍俊不禁。

我们年纪大一些的都快奔 70 了，年纪小的也已年过半百，姐弟六人，如今是六个家庭，孩子们都离家在外学习、工作或成家立业，每家只有夫妻两人一起生活。聚到一起特别的开心，特别的亲近，特别的温馨。我不禁想到，这都是父母在世时给我们奠定的好基础。爸妈最喜欢一大家子团聚了，我是老大，结婚后经

心 田

常去妈家吃饭,不分节假日,家里稍有一点好的伙食,爸妈就喊我们去吃,有时候错过了,也会留一些,等我们回去时再吃。那时我们一大家子回妈家过年,爸妈去世后,我们还到老弟家过年。这个好习惯也影响到我们,如今,我们也是这样,喜欢家人聚会,喜欢给兄弟姐妹和孩子们带一些食物或者菜品。

酒过三巡,菜过五味,他们老哥几个有些微醉,看看时间快 15 点了,赶紧张罗结束酒局,我们还要赶火车回去呢。二妹坚持挽留我们住一宿再回去,车票在手,酒已喝好,不能久留了。恋恋不舍地下楼打车直奔大庆东站。15 点 50 分,我们又乘坐开往齐齐哈尔的高铁鹤城旅游号返回。小女儿打来电话,她已经在车站等候我们。我们邀请弟弟妹妹们吃完晚饭再回县里,他们执意不肯,非要回家再陪开车的二弟喝点酒。也罢,我们在南站挥手告别,快乐地结束了大庆之行。

高铁开通真是快捷啊!上午 9 点到下午 17 点返回,8 个小时的时间,即体验了国内最北端高铁的快捷舒适,又体味了手足亲情的厚重和温馨。

2015 年 9 月 2 日

正月初六感怀

2016 年的正月初六,适逢我的年龄进入第 66 个年头,按照民间习俗,正月初六这一天,用六两面,六两肉,由女儿包 68 个饺子,敬天一个,敬地一个,其余的66 个自己在一天之内吃完。

两个女儿早上就来包饺子。我在群里抢红包,接受亲人和朋友们的祝福,被幸福包围着。

特别让我感动的是,泰来文化群里的文友们,赋诗填词赠予我,让我倍感温馨。把这些诗词录在这里,与朋友们分享。

人逢六六正当年

田 友

人逢六六正当年,青春永驻可往还。

今生能得每日乐,心情愉快醉梦甜。

风华苑
李杰

风华初展青春苑,豆蔻始嫣柜台前。
静思畅怀泽东语,慎独常存饮水源。
律己宽人言行正,朴实为民耀光环。
清风扶袖六十载,佛心禅语感轩辕。

琴韵悠长
李齐军

载福大寿好时辰,六六吉祥逢丙申。
聩耳乡音传敬意,盈眸图片送温馨。
淑德不老欺岁月,琴韵悠长赋锦文。
敢于竹兰比青郁,鞠躬情润泰州人。

一剪梅·樽酒新开
毛淑华

六六吉祥好运来,鹊闹枝头,凤舞高台。金词玉律贺生辰,福运升平,喜气盈怀。恭语祝言纷至来,乐漫心田,笑溢红腮。临屏送暖盼重逢,清盏相盈,樽酒新开。

读着这些诗文词语,被文友的真情感动着,虽然诗词的文字有些过于褒扬,但是字里行间涌动的是浓浓的乡情和深厚的友谊。

春光乍现,阳光明媚,蓝天高远。在这新春佳节,凭借民俗乡约,过一个六六大顺的喜庆节日,很开心,很愉悦。最珍贵的是亲情,最厚重的是友情,最浓郁的是乡情。沐浴在亲情、友情、乡情的阳光里,几多欣喜,几多欢乐,几多温馨,如陈年美酒一般醇厚、甜美、绵长。

快乐要与众人分享,这欣喜便洋溢着幸福的味道,这欢乐便浮动着幽雅的芬芳,这温馨便令你醉卧梦乡。

2016 年 2 月 13 日农历正月初六

秋 日 暖 阳

老话说"人活七十古来稀",而如今人活百岁不稀奇。70岁正当壮年,一如四季中的金秋。

走在人群中,70岁以上的人比比皆是。他们或是悠闲地开着车,或是精神百倍地健步行走,或是几位知己相聚小酌,或是组团旅游大好河山,或是挥毫泼墨、吟诗作画,或是在静水湖边练练太极,或是随着优美的音乐翩翩起舞。鹤发童颜,精神矍铄,步履轻盈。

70岁,恰似秋日的暖阳,温润、炙热、隽永。岁月的画笔早已把人生的画卷描绘的色彩斑斓,姹紫嫣红间浸润着辛勤的汗水和智慧的露珠,凝结着浓郁的人生感悟和时世的沧桑。一如盛开的大丽花,在秋日的蓝天下、艳阳里那么鲜艳,那么蓬勃,那么绚丽。

70岁,走过了豆蔻年华和青葱岁月;怀抱着美好的理想与憧憬,趟过了而立之年与不惑之岁的人生之河;爬过了知天命的山巅,画出了花甲的年轮;经历了几十载雪雨风霜的考验和艰苦生活的锻造。回眸间,历历在目的过往,有辛酸,有苦涩;有贫穷,有艰辛;有美好的境遇,有快乐的时光;有幸福的时刻,有美满的生活。岁月知人心,天地有眷顾。在金秋时节,收获的是亲情、友谊、爱情和天伦之乐。

2016年9月23日既农历八月二十三,老伴儿迎来了70岁生日。孩子们早早策划着,预订酒店,提前邀请亲人们,一定要为他们的老爸办一个隆重的生日宴会。而老伴儿十分低调,提出来只邀请至近的亲属,小范围聚聚即可。

农历八月二十三的早晨,手机微信里便下了红包雨。我的二妹、老弟,远在北京的侄女、外孙女纷纷发来红包贺礼还有美好的祝福,同时,还收到了重孙辈的小彤在微信里用语音发来的生日祝福。另外,早在20多天前就收到了北京的大哥和侄子的大红包,让老伴儿特别的感动、激动、兴奋。千里红包寄真情,浓浓的亲情让人心里暖暖的。

下午,家乡的弟弟、弟妹、妹夫组团前来参加生日宴会,同时带来了一份贺礼,一份祝福。大家开心的聚集在家里,玩上了扑克,一阵阵欢声笑语,一阵阵赢牌的欢呼和输牌的不服,气氛特别的欢愉,不论输赢,玩的就是开心和快乐。

晚上,在市里的亲属们也纷纷来到酒店参加宴会并送来温馨的祝福和贺礼,又一次被红包包围了。二十位亲人团团围坐，一个偌大的生日蛋糕上面有一个用巧克力做成的大寿桃，上面写着"生日快乐，爸气十足"八个红色的大字，四周还镶嵌着几个小寿桃，可见两个女儿真是费了一番心思啊！点起"70"造型的蜡烛，大家拍手唱起"祝你生日快乐"歌，老伴儿虔诚地默默许着心愿和祝福。

生日宴会在一片祝福声中隆重开宴了。大姑爷主持宴会，亲人们相继敬酒。其间，人们都会提起自己记忆中的故事，有褒扬，有赞美，还有开心的调侃，往日的趣事也是话题中最惹人开心的事情。在欢乐的气氛中，洋溢着亲情的厚重，散发着亲人间的那份真情和爱意。对过去的回顾和感悟，犹如醇厚的老酒一般令人回味无穷，陶醉其间。

70年是一个历史的见证。经历了新中国成立，"大跃进""人民公社""三年困难时期""文化大革命"、上山下乡、参加工作，结婚、生子、入党、提干，参加中层领导班子，以至于退休，享受天伦之乐。一路走来，饱经沧桑巨变，历尽艰难困苦，收获了亲情、友情、爱情的甘甜。默默无闻地奉献于社会，对得起自己的那份工作和岗位；默默无闻地奉献于家庭与亲友，得到亲人、朋友的赞许和尊重。如今、女儿、女婿孝敬，外孙女可爱，学有所长。知足，知足矣。

70年，对于历史的长河只是一瞬间，对于一个人却是大半生的时光。往昔早已成为历史，往事早已尘封在记忆里。当我提起老伴儿过去的艰辛时，他摆摆手，不让我详细去说。我懂得，他不喜欢揭开那苦痛的疤痕，他对自己的付出无怨无悔，也问心无愧。所以他看重眼下的生活，他喜欢尽自己所能一如既往地为家人、亲人、朋友献出自己的爱心。

走过春夏，走进金秋，收获丰硕的果实，收获厚重的情谊，这些足够了。品尝果实的甜美，回味陈年老酒的甘醇，这才是今天的生活啊！

秋日里，最高远的是蓝天，那是太平盛世的福祉；秋日里，最斑斓的是原野和森林，那是做人处世的宽容所在；秋日里，最奇美的是湖水，那是低调做人的胸怀；秋日里，最炙热的是艳阳，那是温暖人心的圣光！

愿我的老伴儿，像秋日暖阳一般，温暖身边的亲人和朋友，温暖大家族的兴盛，温暖儿女子孙的成长。同时温暖自己那颗仁爱的心！在温暖他人的同时也享受亲人、朋友馈赠的温暖和爱。

2016年9月25日

友情与乡情

<h1 style="text-align:center">与 诗 友 聚 会</h1>

自从离开县里之后，就特别想和诗友们聚一聚。回忆我们一起参观学习，组织诗会等有趣的事情，共叙友情，饮酒论诗。在网络中，小诗友们也经常谈起想和我聚聚的事情。一转眼一年过去了。正值元旦回县里探亲期间，应邀参加书画院的活动，这件事情终于成行了。

2010 年 1 月 2 日，由诗词协会王德江副会长组织，由一位热心的私企老板赞助，在新扩建的宏胜饭店聚餐。一共去了 12 个人，大部分是年轻的朋友。

席间，饮酒几口，便热闹起来了。大家谈论着诗协的成长和发展，讲述着新的创意并设计着美好的未来。德江给了我几本新印制的诗刊和诗选，我简单看了看，就很有触动。感受到了诗协一年多来，工作很扎实，按照创建诗词县的规划有条不紊地向前发展。尤其是《克利专刊》是一个新的创举，一个乡镇成立了诗词协会。以机关、学校、村委会为单位开展了诗教活动，涌现了一批诗词爱好者和近百篇诗作，这就是进步和发展。

酒过三巡，大家纷纷即兴作诗，当场吟诵。农民诗人栾石玉带头写了一首诗，他很激动地说：我写的词语含义大了点，但是表达的是我真实的心愿。诗文如下：

<h3 style="text-align:center">赠 文 竹</h3>

诗旗高举太阳红，数万吟兵已启程。

开创人文新世界，诸君呐喊倡国风。

诗协副会长李齐军也当场赋诗一首：

<h3 style="text-align:center">元月二日赴宴赠文竹</h3>

新元宏胜蒙邀宴，雪韵竹风感梦魂。

书苑宏图君引路,诗坛雄壮汝勤心。

隐身幕后淡名利,施雨梓桑留迹痕。

寒陌初犁成垄亩,传觞相贺唱三春。

　　天军、忠奎、德江、坤杰、铁刚等都写了诗,真是酒香阵阵诗意浓啊。忽然想起曲黎敏教授说的,古人饮酒饮到想作诗,是酒喝得最恰当的时候,也是朋友之间感情最融洽的时候。我们这些人也应了古人的雅趣啊。我被大家的激情感动了,心情特别的愉悦。虽然我没有作诗,却分享了饮酒诵诗,抒发情怀的乐趣。那种直抒胸臆的豁达和舒展,让人特别的兴奋,我陶醉其间。

　　虽然调离县城,大家还不忘当年我对诗词工作的支持,借酒抒发他们的感受。我非常感动,也很内疚,为诗词事业做的很有限,是各位诗友付出了更多的心血。

　　诗词是中华民族文化的精华,是用文字表达情感的最高形式,是陶冶情操、言志抒怀的最佳境界。对于这项事业的支持,是弘扬民族文化的重要举措,是一件有益于文化建设的好事。

　　从一个县来说,诗词协会的发展主要依靠社会力量,这就需要诗词爱好者,自力更生,团结协作,广交朋友,求得社会各界的关照和支持。诗词协会内部要团结,要多切磋,多交流,要培养领军人物,要形成一种正气,这样就会吸引更多的诗词爱好者集聚在诗词协会周围,发挥出更大的作用。

　　作为一个诗词爱好者来说,不要受外界条件的影响和限制,执着地去追求诗词创作的最佳境界,日积月累,集腋成裘。把平时的灵感及时地写下来,久而久之,就会积累好多的素材和诗作,就会成为一个真正的诗人。

　　从这些年轻人的精气神和诗作中,我看到了希望,不久的将来,必定会出现一批睿智聪颖、德艺双馨的诗人和词人。

2010 年 1 月 9 日

喜看家乡新变化

　　2010 年 9 月 11 日,应泰来县委的邀请,曾经在县里四个班子工作过的老同志回家乡参观。

心 田

天气晴好,气温达到了 31 度。秋高气爽,艳阳高照。县委办的领导带车来齐齐哈尔市里接我们,一行 21 人乘车踏上了回家的路程。车驶入即将开通的 111 国道的高速公路,车窗外即将收获的庄稼已经是一片金黄。水稻、玉米、高粱丰收在望,一排排整齐的白杨树像护路的卫兵一样昂然挺立。

车里,我们欢声笑语,十分的热闹。

到城里,先参观泰湖风景区。这里是自然河泡,芦苇已经扬花,灰鹤、白鸟、野鸭自由自在地在水里游着,偶尔有水鸟飞起,传来阵阵鸟鸣。坐落在泰湖西岸的湖畔新城,造型优雅,倒映在湖水中,显得更加静美。沿着环湖路走了一圈,来到了文体活动中心和尚品家园,这两个都是正在建设之中的建筑,造型别致,大气壮观。在即将竣工的人民医院大楼前,看到了医疗事业的发展迅速,为人民健康提供了保障。越过横跨铁路的高架桥,便到了铁西路,白色路面覆盖了昔日的水泥(下雨泥泞难行)路,路边矗立着成排的路灯和白杨。来到一中广场扩建工地,推土机正在工作。明年这里就是一个集美化绿化一体的休闲广场,为学子们和附近的居民提供一个休闲娱乐的场所。沿着铁西路穿过铁路地下道,来到水泥厂,这个以往年产 3 万吨的小厂已经变为年产超过 50 万吨的中型企业,设计生产能力达到年产 100 万吨。

又参观了新修建的党政办公中心,这里是老楼新装,以前的平房礼堂和车库都拆掉了,墙面变成了浅灰色,显得十分庄重。在县委书记的倡导下,我们上楼去找自己原来用过的办公室。我来到四楼的 414 房间,早已是今非昔比了。单间扩大为套间,里面还有洗手间,新换了地面砖,颜色很柔和、明亮。好感慨啊,离开这个办公室已经 15 年了! 大家在办公楼前集体合影,留下了难忘的瞬间。

在返程的路上,先参观了新建的克利镇政府大楼,然后到引嫩工程的渠首,这是参观中最宏伟的工程,是几代人的心愿和期盼。嫩江水经由五个乡镇,却白白流过了这么多年,对于十年九旱的泰来县真是太可惜了。经过几届领导班子的努力争取,如今终于可以开渠引水了! 工程浩大,投入两亿元。可以想象这个工程实施起来有多么的难啊。虽然很难,一切都在顺利进行之中,不久的将来,就会把嫩江水引进来,直至县城以东的宏胜水库和泰湖。到那时将有 15 万亩水稻得以开发,将有五个乡镇的旱田得以灌溉,泰来昔日的水草丰美、鱼米之乡的美誉指日可待了! 看到这些特别让人感动。这些都是硬任务,实工作。可见这届党政班子是真干实事,民心工程撼人心。

参观结束,我们来到江桥镇的蒙古风情园就餐。资历最深年纪最大的老书记尹树全举杯发表感慨,赞扬泰来班子工作有连续性、团结性、创新性,感谢他们为泰来人民做出了实实在在的贡献。新老班子的同事们互相敬酒,共叙情谊,热闹非凡。家乡的酒喝不醉,家乡的情诉不完。不论是否生长在这里,都为这方水土付出了自己的才智。作为一个土生土长的泰来人,我感到欣慰和自豪。但愿家乡的明天更美好!山美水美人更美,牛羊肥壮鱼满塘。绿树清波百鸟唱,平安康健福绵长!

2010 年 9 月 13 日

文化宫情结

国庆前夕,回家乡与同事们小聚,吃饭的地点就在人民文化宫的后身。

我从文化宫门前走过,只见修缮一新的文化宫恢复了原貌,鲜亮地矗立在我的面前,不禁一阵惊喜!

前几个月一场大火,把文化宫的楼顶全部烧毁。我在县城的家就在斜对面,那天,我望着浓烟裹着火球迎面扑来,心中隐隐作痛,为失去这个建筑而惋惜。

文化宫建于 1960 年,当时我只有 10 岁。在一个小县城,能建筑一个文化宫是一件多么了不起的事情啊!我记得,当时那里是一排平房,旁边是机关幼儿园。拆迁后,盖起一座设计先进,布局合理的二层楼房。里面按照大剧场的规模建造的,宽大的舞台,折叠的座椅,按单双号对号入座。舞台的前面有供乐队使用的乐池。舞台下面是地下室,供演员化妆用的。舞台上方,镶嵌着用石膏做成的图案。各种颜色的射灯,照明灯,特别的明亮。墙的四壁上有圆筒形状的小灯,是供演出时使用的。二楼是三面环绕的看台,上面是递升式的台阶,台阶上面设有座椅,也是按单双号对号入座。金丝绒的大幕,里边还有淡青色的幕布。

文化宫是一个标准的剧场。县里有一个在省内闻名的评剧团,经常演出一些古装戏,我记得最清楚的是《春草闯堂》《秦香莲》《梁山伯与祝英台》,还有好多武打的折子戏。演员的级别也比较高。我经常和爸爸去看戏,那是我少年时最奢侈的文化生活了。由于喜欢看戏,文化宫就是我心中的文化殿堂,神圣、神秘。

"文革"后期,文化宫又成为会堂。经常在那里召开各种会议。再后来,经常举办一些群众性的文艺演出和比赛。有一段时间,改为放映电影。因年久失修,原始的电路设备已经老化,曾经几次作为危房禁止使用。虽然也修缮过,由于当

时建筑用的是手扣砖(手工制作的砖),木质房架子,很不安全。如何维修文化宫成了一大难题。

有传言说,文化宫要改造,包给个人。有人说,开发商要征用建筑住宅等等,说法不一。我很担心,如果卖给开发商,那么这块宝地就成了私有财产,一切收入皆进入个人的腰包。尤其在县城中心的黄金地段,人们将失去一个文化广场,也失去一个文化殿堂。我作为一个看着文化宫一砖一石建起来的见证人,忧心忡忡。

今日,忽听说政府投资,重新修建,恢复原貌,兴奋不已,一如丢失的宝贝失而复得一样的惊喜!

借着酒劲,我和同事们竟然闯入还没竣工的文化宫,一边欣赏新修建的舞台、座椅、会议桌,一边赞叹着。紫红色的沙发座椅,宽敞的舞台,崭新的幕布。我还跑到主席台上看看,又到原来的候会室看看。明亮的地砖,沙发,都已经收拾得干干净净了。这里既是剧场又是会堂,设备齐全,功能齐全,会场两侧的二层楼上还设置了小会议室和办公室。尤其听说还给书画院和诗词协会准备了展厅和办公室。这里是文化中心,会议中心,是人们心中集文化、政治于一身的殿堂。

兴奋之余,我禁不住给县委书记发了一条赞赏的短信,诉说我对文化宫失而复得的兴奋和感激。不一会儿他给我打来电话,又是一番赞扬和感谢,为这一举措的成功感到特别的欣慰!

文化宫,淡黄色的墙面,鲜红色的"人民文化宫"几个大字特别的醒目,下面用阿拉伯数字写着"1960"。外貌仍然是51年前的原样,里面却是崭新的、现代化的设备和设施,真是旧貌换新颜。留下了历史的原貌,留住了人民的心,更温暖着老一辈人们的心啊!

2011 年 10 月 13 日

美了,醉了

"我美了美了美了,我醉了醉了醉了"。用这句歌词形容我回家乡的情景一点儿都不夸张。

接到鲁清瑜的电话,我好像打了兴奋剂,即刻来了精神头。清瑜要喜迁新居了,请我回去分享她的幸福和快乐,借机会和同事们聚一聚。我们简单收拾行装,便顶着火红的夕阳驱车回家乡,一路上看日落瞬间的恢弘,赏玫瑰色的晚霞铺满半边天宇,心中也生出好多瑰丽的风景。回来参加乔迁庆典是早已确定下来的事情,想着又要和熟悉的朋友们见面,心里如同绚丽的霞光一样美好。

一向与我心灵默契的刘欣华,早上就给我发短信,问我什么时间回来,我便脱口而出说晚上到家。她即刻就说,晚上一起吃晚饭。不用细说,又是一顿快乐的晚餐,一边喝酒,一边聊天,欣华说,嘿嘿! 我又抢了个先! 看她美滋滋的,我也美滋滋的,忘年交的情谊是这么美好。

翌日,我和老伴儿一起来到湖畔新城,清瑜的新居。这里已经聚集了好多人,遇到了一些老熟人,大家互相问候着,感觉特别的亲近。景媛见到我,第一句话就说,大姐,明天中午我请你的老秘书们,不许答应别人了。说完就电话联络,即刻便敲定下来了。身不由己,任凭她们安排就是了。喜庆的酒宴上,我们与老朋友们团团围坐,菜香、酒香融合在一起,乡情、友情融合在一起,气氛特别的热闹。尤其原单位新换届的班子成员都来了,更是有说不完的话题。午宴结束后,借着酒兴,郭桂琴拉着我和刘凤侠去洗浴,其实就是为了在那里我们好好唠唠嗑。多日不见,我们都各自忙自己的事情,离开了原来的集体,更觉得姐妹情深。清瑜的电话一遍又一遍打过来,她又安排好了晚上的活动,非要和我们再聚一聚。

景媛安排的聚会,如期进行。我的三任秘书和几位好友都聚齐了。思绪又回到了曾经一起共事的岁月。当年他们是那么年轻,如今有的已经退居二线了,有的仍然工作在重要的岗位上;当年曾经是那血气方刚,如今已经人到中年,显得愈加沉稳老练,岁月已在他们的额头和发间留下了痕迹。酒逢知己千杯少,我们的情谊比酒浆还醇厚绵长。午餐竟然在接近晚餐的时间才结束。互相鼓励着,互相安慰着,互相祝愿着,恋恋不舍。已往共事的经历值得回忆,已往结下的友谊值得珍惜啊!

醉了,真的醉了,我回家便倚在沙发上睡着了。手机铃声把我从酣睡中惊醒,原单位的领导和同事请我们一起过圣诞。我推脱喝多了,也无济于事,只好又去喝啤酒,又去歌厅,一直闹到夜间23点多。耳畔,乐曲声声萦绕着,大家倾情欢唱着。不管什么调,也不管什么词,只管开心的高歌着。我和老伴儿深深地被感染了,也随着音乐双双起舞,沉浸在一片欢乐之中。

感动,感动,还是感动。感恩,感恩,依然是感恩。感谢乡情的浓郁醇香,我醉倒在你的泥土里,犹如投入你温暖的怀抱,醉了也快乐! 感恩友情的芬芳醇

厚,如玫瑰般的芳香让我尽享人间美景。心中盛开着友谊之花,装点着我的人生旅途,美不胜收! 我心中暗暗唱着:"我美了美了美了,我醉了醉了醉了,今夜让我们举起杯,干杯! 我美了"!

2011 年 12 月 30 日

"王府"的格格们

一看到这个标题,可能有人会想到,我讲的是一个清代的故事。其实不然,要说的是我们市政协机关女干部们的故事。

我所在的市政协机关,有二十多名女干部,接近干部总数的三分之一。都说"仨女一台戏",这么多女干部一定很热闹的。还别说工作起来,各个有模有样的,爱岗敬业那是没的说。工作中不仅配合默契,个人之间的情感也是很融洽。到了什么节日,谁提升了,谁退养了,谁公出了,甚至谁外出探亲了,都会有人张罗着饯行、接风的。姐妹们聚到一起嘻嘻哈哈的,那个欢乐开心劲儿就甭提了。

"格格"的由来就是因为一次聚餐引发的。记得那是一年的初冬,天挺冷的。一位妹妹请大家吃饭,就选在了王府酒店。我接到通知,忙着从县城往回返。还没等我走到酒店门口,就有一位妹妹出来迎我。我把大衣和包递给她,先去了洗手间。等我走进一间大包房的时候,只见十多个姐妹们一起拍手,高喊着欢迎我的话。由于我走得很急,没有听清楚大家喊什么,就跟着拍手,笑着走到座位上。身边的朱秀娟问我:"听清楚大家喊什么吗?"我说:"喊的什么啊?"秀娟和大家说:"再来一遍!"这次我听清楚了:"琴格格吉祥!"哈哈! 原来是这样欢迎我的到来,大家开怀大笑。

不知是哪一位妹妹的灵感,"我们在王府里吃饭,那我们就是格格了"。所以,你喊一句娟格格,她喊一句清格格。大家用每个人名字的最后一个字开头,后边称为格格,这样十几位格格们就开始了别开生面的聚餐。说别致,也真有独到之处。这个饭店以火锅为主,一个大桌面上有四个可以随着桌面一起转动的火锅,分为羊肉火锅,鸡肉火锅,排骨火锅,还有鱼锅。各种青菜涮品一应俱全。在一片欢声笑语中,吃得特别实惠,也乐得特别开心。从此格格就成为我们的代号了。

说起王府,我们的机关也可以称为是个王府,因为是一个大机关。说姐妹们是格格也不过分，因为大家都具备较高的素质。最值得一提的是姐妹们的大度和宽厚。二十几人可以到一起欢聚，这说明大家都有包容性，都注重情感的融合，在一个大集体里，做到这一点实属不易。这些姐妹们，平时很讲究仪表，在着装方面很得体，既大方时尚，又不失端庄典雅。有聚会的日子，或者到了节日，大家都会做做发型，换换新样式的衣服，打扮的整整齐齐的。姐妹们互相夸赞着，她说你的丝巾漂亮，你说她的衣服很时尚，在互相夸赞中，内心深处就会积淀一些美好的情感，互相欣赏着，互相赞美着，那种感觉就是一个字：美！每次聚会，都会有人带着相机，拍了好多照片。每到一处，那欢笑声会把整个屋子填的满满的。我们聚餐还有一个特别之处，那就是不喝白酒，很少喝啤酒，偶尔喝点红酒或者果汁，一般情况下，我们以白开水代酒。虽然不喝白酒，但感情交流一点儿也不差，频频举杯，把美好的祝愿和深情的祝福表达得非常到位。点的菜肴讲究的是绿色、营养，不奢侈，不浪费。每次聚会就像过节一样的热闹，每次聚会就是一次感情的升华。

　　近几日，我们姐妹中有退休的，还有即将外出的，又有姐妹们开始张罗了。尤其我们几位老姐妹，年纪相差不多，都到了退休或者接近退休的年纪，在一起聚的时候就相对多一些。大家坐在一起，不是为了吃喝，只是为了情感的交流。在一起工作是一种机缘，工作之余，可以互相交心，互相关怀，互相勉励着，对于离开岗位，离开集体的老姐妹来说，是难得的安慰和关爱，是深情厚谊，弥足珍贵。

　　"王府"的"格格"们，快乐的使者，柔美的化身，聪慧的智者。

　　美哉！"王府"的"格格"们！

2012 年 3 月 21 日

久违了的聚会

　　2012 年 6 月 5 日，回县里办事。我想利用这次机会了却一桩心愿。我曾经预约原单位的几位老领导，等到天气暖和了，请大家出来聚聚。

　　今天，风清日朗，是个好日子。我便拨通了已离休的李明山主席家的电话，接听的是刘大姐，我说明意思，她非常高兴，在电话那边说："老李出去溜达了，我一会儿就去通知他，他不知多高兴呢！等我找到他，给你去电话。"我说："中午我安排吃饭,吃什么李主席定,谁参加,也是李主席确定。"刘大姐说:"就吃火锅吧"。我说:"好了,我们就到王子火锅。"安排完毕,我就到几个单位去办事了。快到中午,办事回来,仍未接到回话,心里想,不会有什么变化吧。听说已退休的孙主席从北京回来了,我又给他打了一个电话,邀请他准时出席。

时间已接近11点,我该去饭店等候他们了。走之前,我又给李主席家打电话,这次是李主席亲自接的电话,先问候我,然后说都找了谁,我就放心地去饭店等候了。

不一会,饭店的老板告诉我:"他们来了!"我从窗口看到了一台出租车停在门口,马上大步向前去迎接他们,李主席下车了,后边慢腾腾的下来的是已离休的老秘书长张俊有。我说:"听说您摔伤了,好些了吗?"张秘书长诙谐地笑着说:"遭老罪了!不过现在好了,不影响喝酒。"我没想到老秘书长能来,心里特别高兴。刘大姐自己走过来的,72岁了依然是神采奕奕,精神头十足。我们坐下来,一边点菜,一边说话。孙岩峰主席自己走过来了,虽然比以前瘦了些,还是很精神的。这时,已退休的吴焕志主席也过来了,走路还是那么快捷,轻盈。这几位老领导都是我最尊重的人,也是最关心我成长,见证我成长的人。为了照顾好老几位,我还特地请机关负责老干部工作的苏伟来作陪。

火锅点起来,热气腾腾的,我们的话题也特别的热烈。李主席说:"说心里话,听到你调走的消息,我心里不好受,都掉眼泪了。"吴主席说:"你调走,我们心里都很舍不得。"听着这些话,我心中一阵阵发热,多么好的老领导啊!我却忽略了他们的情感,感到非常的惭愧。都调走四年了,才请老几位聚聚,真是辜负了他们的一片情谊啊!这几位最大的年纪83岁了,年纪最小的也76岁了(刘大姐除外)。

回想起这些领导在岗的时候,我还年轻。是他们鼓励我,支持我,帮助我进步。记得那年我正读电大中文,孙主席在组织部工作,他在下班的路上遇到我,就关切地问我学习情况,我说:"总下乡,怕坚持不下来。"孙主席说:"电大学习很重要,你一定要坚持下来,对你将来成长有益处。"这句话在我心里扎了根,那时我已是两个孩子的妈妈,还要经常下乡工作,三年没休节假日,起早贪黑,硬是咬牙坚持下来了,后来得到了首期电大中文专科的毕业证书。证书对于我无所谓,关键是我真学到了知识。那两位老主席,在我担任政协主席期间给予很多的关心和支持。

随着话题的变换,我关切地问几位老领导的生活情况,他们的回答让我感到特别的欣慰。机关装修房屋了,他们就到县老干部局活动室去参加活动,每周

一、三、五必去。大家到一起够手了,就玩一会儿扑克,或者开开玩笑,说说开心的事,乐乐呵呵地回家了。李主席自己还配了"专车",每到指定的时间,那台出租车准时到楼下接送他。我听了都笑出声了,真服了他了! 在欢声笑语中,我悟出一个道理:这些老领导之所以身体这么好,和他们的心态有关,他们年轻的时候,凭着智慧工作,如今离退休在家,仍然保持乐观的态度,智慧的生活着,是我学习效仿的榜样!

为了助兴,我特意选了一瓶洋河大曲,每位都喝了一点儿。张秘书长身虽受伤,酒意不减,他喝了整整一大杯白酒,又喝了一些啤酒。酒喝下去,气氛就更热烈了。他们之间开始开玩笑,主要目标对准张秘书长,开心地说着笑话,开心地喝着酒,看着他们的笑容,似乎都回到了青年时代,激情不减当年! 人老去的是身躯,心永远是年轻的!

一场久违了的聚会,一次情感的交流,一次学习的机会,一次鼓劲的演讲。人真是活到老学到老。年轻时,他们是我学习的榜样,退休了,他们仍然是我学习的楷模。

岁月不饶人,终归他们都到了耄耋之年,我该多安排机会和他们聚聚,让老领导们高兴开心!

2012 年 6 月 18 日

亲情深,友情浓

车子轻快地在林荫道上奔驰着,车窗外是一望无际的原野。玉米已经长有尺八高了,油绿的叶子在阳光下闪着光亮,有人在田地间除草。一片片稻田,秧苗苗壮,正在分蘖拔节。远远望去,田地的尽头有绿色的林带,天地间有轻纱般的雾气蒸腾。随着车内悠扬的音乐,心情十分惬意轻松。

走在回市里的路上,脑海里翻卷着几天来情感升华的一个一个场景,心中便充满甜蜜和美好。

一、手足情深

这次回家乡,是按照民间俗习,给老母亲烧"三七"。我们提前回来两天,与弟妹们相聚。母亲在时,老弟家是我们聚会的固定点,也是妈的家。都说,妈在家就在,我们就把老弟家当做了娘家。如今老妈走了,我们还是习惯回老弟家聚会。

一转眼,21 天过去了。我们从失去母亲的悲痛中走了出来,变悲痛为缅怀。在回忆中,母亲那慈祥、温和的微笑总是浮现在我们的眼前,点点滴滴的爱凝聚了宽厚的母爱之河,滋润着我们姐弟和子孙们的心田。

母亲在,我们都围着母亲转,母亲走了,我们姐弟间的情谊变得更为亲密和谐。那互相间的眼神,那举手投足的动作,那和蔼可亲的话语都与以往更多了一些亲近和依赖。我突然觉得,我们姐弟就是一个和谐的整体,相互依赖的亲情!

"三七"那天,晴空万里,蓝天、青松、碧草、艳阳高照。我们姐弟、妹夫、弟妹、小侄女,来给老妈做"三七"的祭奠。焚香,燃纸钱,叨念着安慰老妈、老爸灵魂,只见红红的火焰热气升腾,托起片片灰色的纸片飘向蔚蓝的天空。我们几乎是同时想起还有几位亲属的墓地就在附近,就分别到亲属墓前也送上纸钱和祭奠的心意。这是老妈的旨意吧? 因为母亲在世时,对亲属间的关系看得很重,对邻里的关系处得很好,如今,老人家安葬在这里,一定不会忘记在世时与这些亲属的情谊的。纸钱化为灰烬,寄托着我们子孙对老人家的爱戴和怀念。我们整齐站在墓前,行三鞠躬礼,礼毕,带着一种特别欣然的感觉返回。

在中午聚餐时,大家围绕一个话题,姐妹兄弟之间要更亲密、更和谐。老弟和老弟妹说:"妈在时,大家都来我家聚会,如今妈不在了,哥哥、嫂子、姐姐、姐夫还要经常来我家聚会。我们年纪小一点儿,家里屋子宽敞一些,愿意为大家服务。"听到这里,我心里好感动。老妈最近这三年多,是身体最差的时期,在老弟、老弟妹的精心护理下,干干净净,清清爽爽,一直到去世,一点儿也没受屈,老弟和弟妹也没有一点儿怨言,这些已经让我们姐弟很感动了。如今,他们一如既往,依然愿意为大家庭做出贡献,怎么让我不激动呢? 大弟最近买了新楼,二弟起早贪黑地帮着做装修的准备工作。二妹从大庆回来,给三个弟妹买时兴的夏装。我们一回来,老弟、老妹、老妹夫身前身后的陪伴,让我们感到特别的温暖。此刻亲情在升华,手足情深啊!

二、友情浓如酒

这次回来恰逢双休日,我不想打扰朋友们,所以我选择比较僻静的一中广场去晨练,为的就是不遇到熟人。一天早上 7 点钟,接到忘年交小朋友的电话,在网络里她叫携鹤飞翔,实名叫张淑荣,在县纪检委工作。这里我简称她鹤吧,因为她的性情如仙鹤一般雅致美丽。她知道我回来,是源于她爱人早上远远地看到我了,便告诉了她。她马上给我打电话,非要请我吃饭。说起认识鹤,真有一段难得的缘分。鹤和我的好友景媛在一个单位工作,在景媛的空间看到了我的日志,便加我为好友。我们很聊得来,后来我们都知道了各自的身份,就更加珍惜这份友谊。春节前,她就张罗找几位姐妹聚一聚,增进我们之间的情谊。景媛知道后,主动安排一个场面,我们终于相聚了。记得那天,她没说太多的话,分别时我和她紧紧拥抱,祝愿她生活得更好。

鹤,很有思想,也特别孝顺,她年纪不大,却承载了太多的生活压力。她顽强地与生活中的各种考验抗争,默默地付出自己的智慧和心血,倾心教育自己的女儿,让孩子幼小的心灵充满美好的理想和情趣;她勤恳操持家务,倾力支持爱人的工作,让他全力以赴地投入到工作之中。她孝敬父母,每到双休日都要回到乡下父母身边,照顾卧床的父亲。她全心全意地做好自己的本职工作,不论分内分外,只要领导安排,都尽力去做好。

鹤,善解人意,她今天请来八位女士,都是我的好友,让我喜出望外。本来,景媛已经帮她安排了经济实惠的饭菜,鹤非得顶着酷热到餐厅重新安排食谱,那份真诚和热情让大家特别感动。我的老同事好朋友丽梅、凤侠都非常了解她,向我介绍了鹤的好多感人的事情,让我对鹤刮目相看。我对鹤说,我们相识是缘分,相处更是投缘,因为我们有好多相似之处,真是相见恨晚啊!在单独敬酒时,我特别让鹤代表她的爱人喝一杯酒,也让她代表我们共同的好友李杰喝一杯酒,感谢他们给予我厚重的关爱。

朋友,不分先后。结识的时间虽短,但是情谊更浓!是共同的志向和情趣让我们走到一起。虽然我们年纪差距较大,但是情投意合,互相尊重,很难得。

珍惜这份友谊,升华这份真情!鹤的情谊,就像夏日的阳光一样炙热,灿烂!祝福鹤在为别人付出的同时,学会关照自己,让自己如仙鹤般美丽吉祥,自由自在地翱翔!

美丽的夏日,给我留下美好的回忆,刘欣华知道我回来,发短信约我去做按摩,解除我的病痛;王富知道我回来,晚上21点多了,站在街上等我们40分钟,非要去吃烤串喝啤酒,不醉不归。

2013 年 6 月 19 日

乡情胜酒香

回乡是我生活中最开心的事情。每隔半月 20 天的,必定得回乡与亲人团

聚，与朋友相逢。家乡这座美丽、清洁、优雅的小城，是我眷恋的热土，是我魂牵梦萦的家园。每每回到家乡总有一些场面让我动容，总有一些巧遇让我惊喜，总有一些情谊让我陶醉。

一

回到家乡，首先想到要见面的是弟弟妹妹们。随着年龄的增长，手足之情尤显得更为珍贵。我们先约弟弟妹妹到我家喝酒，团团围坐，谈天说地，话题大多是儿时的趣事和走过岁月的感慨，其乐融融。一次，我因为有推托不了的聚会，回来很晚了，弟弟妹妹们把酒斟的满满的，等着我回来。看我上楼了，大弟弟赶紧让弟妹再去买啤酒，他们已经喝得差不多了，又都举杯连连干杯。让我心里很过意不去，后悔自己该早点儿回来与弟弟妹妹们聚会。那天他们都是顶着大雨回家的，已经是夜间 23 点多了。

然后老弟、老妹分别请我们到新开业、有特色的饭店吃饭，我不忍心他们破费，也阻止不了。他们说，你经常回来，我们经常聚，大家都开心啊。那天我们吃完饭，我和老妹聊天，你一句，我一句的，一直聊到下午 16 点多了，我突然想起晚上还有聚餐呢，我们才不得已结束了话题。弟弟妹妹们的热情和亲近让我们夫妇的心里热热的，暖暖的。

这次回来我们还有一个特别的聚会，就是和刘亲家一家聚会，刘群得知我们回来，赶紧安排时间和饭店，备菜置酒，热情款待。好久没聚了，我们都期盼着聚会，又怕聚会。因为我们都经历过沉重的打击，心中的伤总是隐隐作痛。时隔六年了，我们可爱的小外孙女已经长大了，懂事了，也该让她懂得亲情，密切与亲人的联系，她也更需要亲人的呵护和关爱。我们都很真诚地谈论了好多，心情也逐渐平和坦然起来。面对现实，共同关爱丫丫的成长是我们的责任和义务，更是我们对于孩子们的爱。

二

在市里就接到姜丽梅的电话，她说，刘辰大哥从上海回来了，让我早点回来聚会。正巧我们在月末前必须回县里检车，便提前回来了。

姜丽梅张罗着，来到一家火锅店，点了一桌子肉和菜，频频斟酒、举杯。我们老哥几个快一年没聚会了，大家见面，特别的亲热，互相问候着，说得最多的是健康和心态，然后聊聊过去的事情，都是淡淡的，好像在讲述别人的故事。时间把我们从繁忙的工作场景拉到了闲适、悠然的退休生活。过去的一切如过眼烟云一般离我们远去了,留在记忆里的是经过岁月过滤的本真。随着时间与空间的变换,我们各自一方,经营着自己的小家庭,享受着天伦之乐,当年一起工作时的情结化作了厚重的友谊。心中总是牵挂着,惦记着,有机会就要聚一聚。

好久不见,边喝边聊,酒成为沟通友谊的最好媒介。刘大哥来了兴致,非要第二天晚上请我们吃饭,几次推托,大哥果断地说:我们聚一次不容易,就这样定了。我们欣然同意。

人们都说,人老了,要有四宝:"老伴儿、老窝儿、老底儿、老朋友。"这话一点儿不假。如今人们衣食无忧,吃穿不愁,在家有个老伴儿陪伴,体贴、温馨;在外有几个老朋友相聚,其乐无穷。其实还有一宝,那就是健康的身体。有了健康的身体,才会享受美好人生。朋友相聚,无话不说,倾诉、倾听,是最好的排解孤独、忧郁、烦躁的途径,有益身心健康。我有一种感受,老朋友开心聚会一次,好几个月都觉得心情愉悦。对于退休的老年人来说,适当的与朋友聚聚,确实好处多多,回忆往事,调侃趣事,传递信息,增进友谊,心情怡然。

三

景媛最近很忙,在微信里看到她到处旅游、聚会,都是家人的团聚。一天,景媛说,大姐,啥时候回来,我们聚聚啊! 这次回来,便给景媛打个电话。中午,她的新团队(乒乓球团队)中的我的同事、校友和我相聚在晟阳饭店,他(她)们都退休或退居二线了,乐于乒乓球运动,也都是高手,景媛是他们的徒弟。景媛开朗的性格,与这些高手处得很融洽,时不时地和他们开玩笑,大家开心不已。我很欣赏景媛的性格,总是给朋友们带来欢乐,和她在一起不寂寞、不压抑,特别的舒适。

在这个团队里,有我们一起共事六年的刘富副主席,他为人正直,做事谨慎,可以说是很守规矩的人,不羡慕别人如何高官厚禄,不嫉妒他人如何提拔高升,心境安然地做好自己的工作,业余时间,喜欢运动,而且很精通。退休后,县里领导请他做点儿群团组织牵头工作,他毅然推掉,把精力倾注到自己喜欢的运动上来,有自己健身的圈子,每天都快快乐乐的。我很赞赏这种淡泊、闲适的生活态度。用一句话概括,就是活得不累。我也难以忘记,我们一起工作时,刘主席对我的理解、关照和支持。

王忠民,是个好兄弟,当年对我的穷哥们儿(老知青)给予极大的关注和帮助,一顿酒没喝过,一份礼没收过,还要请我喝酒,我一直没给他机会。这次他抓住机会不放,非要明天去他家小园子采摘蔬菜,然后找个食堂加工菜肴,好好聚餐一次,我们欣然前往。

心 田

同行的还有我的师妹姐赵淑珍,她是乒乓球高手,早年在学校读初中时就参加过省里的竞赛。说起打乒乓球,她是童子功。我们两个同龄,她生日比我大十个月,我该叫她姐,可是,我却比她高一届,所以,我叫她师妹姐,她叫我师姐妹。虽然六十多岁了,打起球来依然是跳跃自如,体轻如燕,那精气神与年纪极不相仿,我自愧不如了!

还有张玉伟局长,前几年得了脑梗,还没完全恢复。也争着喝点儿白酒。本来有几位乡下的老支部书记来看他,中午他招待,却坐在我们这里不肯离去。快12点半了,我们才把他劝走。

与老同事们坐在一起,仿佛又回到了曾经的岁月,我们念的不是当时的职位和利益,而是那份相投的性情和一起经历了各种各样的考验,在共同的事业中结下的友谊。没有利益纷争,没有尔虞我诈,只有互相理解、关照、支持、帮助的情结。时间把纷繁和琐碎筛过,细碎的粉末随风飘逝了,化作了尘埃,唯有那份发自心灵深处的情谊越来越凸显出精纯的品质,弥足珍贵。

四

手机铃声响起,是小聂的电话,他是从景媛那儿听说我回来了。前些日子,他就给我打过电话,约我回县里时告诉他,他要请我吃饭。

说起小聂,我们认识很早。那时他是财贸办的干事,和我的办公室只一墙之隔。虽说不是一个部门,却相处得如同事一般。小聂很勤快,为人很谦虚。总是第一个到办公室,打水、扫地、擦桌子。工作起来井井有条,从来不争争讲讲的,任劳任怨做好每一件事情。因为都喜欢集邮,小聂就成了我的义务集邮员,只要按照所定的套数交足预订金,其余的事情都是小聂去运作了。后来,我们的工作先后都有了变化,可是集邮这件事依然是小聂负责办理。等到年末,小聂就会把成本的两套邮票送过来,还有支出清单。即使我调到市里工作,也是如此,一直到2013年,我把集邮转到了我们单位的老干部科,整整22年时间,小聂一直默默地去做着,从来没有一点儿怠慢。也因为集邮,我们成为朋友。

小聂请来几位我的同学和同事,还有一位虽然工作没什么联系却总想与我聚餐的朋友赵坤来陪我吃饭。我见到他们十分惊喜,小聂真费了一番心思啊!

看着小聂真诚、热情又特别开心的样子,我心中不免有些惭愧,回想起这么多年来,我却没有请他吃过一顿饭,反过来是小聂请我。我有些自责的同时,也被小聂的为人所折服。他把为别人服务或者做事看作是一件快乐的事情,认认真真去做,不图奖赏,不图回报,用自己最真挚的情感和辛劳的付出,给别人送去温馨和快乐。而自己在这种付出中享受着心灵的慰藉和欢欣。看似平凡的小事,却折射出一个人高尚的情操、宽阔的胸襟和纯正的品质。

回乡的一周里,我沉浸在亲情、友情和乡情的融汇之中,是亲情的厚重,友情的温馨、乡情的醇美,还有那些让我感动、钦佩的精气神!

2014 年 8 月 22 日

老哥们儿

北方的初春,寒风料峭,乍暖还寒时。

迎着灿烂的阳光,老伴开车行驶在宽阔的高速公路上,透过车窗,看见大地里冰雪已经悄悄融化,露出了褐黄色的土地,远处有地气升腾,好一个艳阳天。

此刻的心情一如这明媚的阳光般璀璨。

元宵节前就接到老哥们儿的邀请,回乡一聚。今天是正月十六,就迫不及待地返回县里,中午已经安排了聚会的人员和饭店。

这些老哥们儿大多是我的同事。有人说不与同事做朋友,这话没有道理。数数看,我们身边的人,哪个不是与同学、同事成为朋友的? 正因为是同事,在一起工作,才会互相了解,由相同的情志,相同的品格,相互的理解和支持,才会成为朋友。当然,同事也不可能都是朋友。

老友见面,笑逐颜开,互相问候,乐不可支。当年我们一起工作,如今退离岗位,一转眼也有些年头了。随着岁月的更替,我们之间的情谊越来越深厚。每当聚会的时候,都有说不完的话题,讲不够的趣事,谈笑间,情谊增长,友情升华,我们是一辈子的朋友。

第一顿聚餐,刘辰做东,请到八位。我们几位老哥们,开怀畅饮,竟然比在岗时候还能喝酒。我本不胜酒力,不打算喝酒,可是,这些老哥们的热情劲儿让我欲罢不能。也许是年龄的关系,也许是岁月的淬炼,往昔那些日子,那些事情,变得珍贵起来,留在记忆里的都是美好。我们坐在一起,看着熟悉的面容,说着过去的故事,是那么亲切,那么欢愉。就像一家的兄弟姐妹一样。我借着酒劲说道:我们之间多年的友谊,如今已经渗透了亲情的味道,互相之间,牵挂,关注,聚到一起,就特别的开心,一次聚会,让我们回味好久好久。

有这样情谊人不是太多。这些老哥们都是我最尊敬的人,他们凭自己的智慧和品行,一步一步走到了中层领导的位置;他们有头脑,有点子,有方法,在最困难的环境里开展工作,是真正的人民公务员。最能证明这一点的就是,他们廉洁自律,两袖清风,把自己最美好的年华奉献给事业,把自己最睿智的思想用于为民造福。如今他们退休了,心里坦然,生活安然,尽享天伦之乐。退休生活多姿多彩,写写回忆录,练练乒乓球,电脑、微信玩得很顺手。闲下来喝点儿小酒,聊聊过去,谈谈眼前的事情,乐哉悠哉。没有抱怨,没有悔愧,坦荡达观。虽然年近七旬,依然步履轻盈,精神矍铄,神采奕奕。

论工作,他们是首屈一指的优秀干部。论人品,他们关心身边的人,关心那些埋头苦干的人,包容素质较差的人,团结绝大多数人,注重发挥整体的作用,发挥集体领导的作用。所以他们赢得了人心。即使付出很多,得到很少,却无怨无悔,无愧人生。

一场聚会必然会牵连出又一场聚会。第二天,是刘富做东。聚了 11 位,气氛更是热闹非凡。紧接着又有第三场、第四场聚餐。大家很理性,因为连续几天喝酒,终究是年纪不饶人,我们多吃菜,多唠嗑,少喝酒,保持了一个良好的状态。

接二连三的聚餐是有原因的,只因刘辰大哥要去上海女儿家,至少得半年才回来,所以大家纷纷做东,多聚一聚。人聚得最多那天我们算计一下,平均年龄接近 66 岁,可是一个个却像个孩子似的那么开心,那么活泼,欢声笑语不断,偶尔穿插着几个笑料,更是让人开怀大笑。似乎,我们又回到了青壮年时期,又回到了曾经一起工作的岗位一样,充满了活力和激情。

在返回市里的路上,我和老伴儿依然沉浸在聚会的氛围里,浮想联翩。几十年来,我们遇到的人很多,有多少人擦肩而过,有多少人来了又走,有多少人求你帮助,数也数不清。就像淘金一样,流沙被水冲走了无数,沉淀下来的才是真金啊。十几年、几十年的同事生涯结下的友谊,随着时光的磨砺不断升华,可以说融进类似亲情的一种情愫,纯真、厚重、久远、绵长。

2016 年 2 月 29 日

夏日的傍晚

北国的夏日,白昼长。晚饭后时分,太阳还高高地挂在西边的天际。一抹斜阳给大地万物披上一层淡淡的金黄。

泰湖国家湿地公园,湖水清灵,蒲草、芦苇青翠繁茂。荷花塘里已经长出好多荷叶,在湖面上像一只只圆形的小船。小桥、流水,湖畔倒影,绿树婆娑,在夏日的傍晚显得更加妩媚。

一日回乡,便信步来到泰湖湿地公园散步。只见游人如织,熙熙攘攘。在公园门口的牌楼下方的广场上有上百人踩着锣鼓点,扭起了大秧歌。人们身着彩服,头戴花冠,手里的彩扇上下翻飞,如成群的彩蝶翩翩起舞。我看得入了迷,随手拍下了几幅照片。这时我发现一位男士身着鲜艳的旧式老太太彩服,头戴彩饰,一手拿着长扇做抽大烟袋状,一手挎着一个柳条筐,两只脚的脚尖翘起来,用脚后跟踩着点儿,一扭一扭地,十足地小脚老太太形象。看那神情,面带微笑,目不斜视,陶醉在自己的角色里。他便成为秧歌队里最吸引人们眼球的亮点。

看着这群欢快地扭着秧歌的男男女女,不仅陷入了沉思。想起二十多年前,每到春节,县里都要动员各单位组建秧歌队,并举行秧歌比赛。又下文件,又开会落实,还要深入到各单位督促,真是费尽了心思。好不容易组建起秧歌队,扭起来一点儿也不欢快,人们的表情呆滞,就像应付完成任务一样那么不情愿。哪里有如今群众自发组织的秧歌队这么欢愉,这么喜庆,这么感染人。

一阵欢快的节奏把我从沉思中引了回来,大秧歌换了节奏,节拍更快了,人们的动作也更加花样多变,彩色的扇子,轻盈的脚步,紧锣密鼓的音响,让我的心都欢愉起来。

物质生活的丰厚,生活的闲适,让人们的激情得到充分的发挥、展示。茶余饭后,尤其在这夏日的傍晚,人们自发地聚到一起,扭起来,动作自如、娴熟,欢快,陶醉了自己,感染了他人。

我正被火爆热烈的大秧歌深深吸引住的时候,又听到那边音乐响起,回头望去,是近百人的水兵舞的队伍,在这个队伍里,我看到了英妹苗条俏丽的身姿。她是水兵舞协会的党支部书记,虽然年过半百,看上去就是一妙龄青年。我问她:"是跳水兵舞跳的吧?"这么年轻,这么靓丽。她莞尔一笑,便融入了水兵舞的阵容里,只见那整齐的舞步,健美有力的舞姿,恬淡的情思都融进了金色的霞光里。

信步走来,广场东侧便是一个有三百多人的广场舞队伍,优美的音乐,轻盈的舞步,不断变换的步伐,给人以轻悠妙曼的美感。

在这个队伍的后边,有一群人抬头仰望蓝天,我随着他们眺望的方向望去,只见蔚蓝的天空,有十几只彩色的风筝在随风飘荡。

回过头来,向广场望去,川流不息的人群,此起彼伏的音乐,尽情舞动的人们,我的脑海里涌出两个字"沸腾"!这广场如欢乐的海洋一样沸腾起来,欢乐的气氛一浪高过一浪。

当我又返回到牌楼附近的时候，这里的秧歌调变成了优美委婉的舞曲，取代秧歌队的是一对对跳交谊舞的人们。这里有我认识的一位女士，她已经年过七旬，却梳着高高的发髻，浅粉色的蝙蝠衫，蓝花长裙，正优雅地跳着慢三舞步，随着音乐节拍轻盈地舞着，是那么美。远远看着她的身影，犹如一位美丽的淑女一般。我想，此刻的她一定陶醉在青春的、浪漫的意境里了。

围观这些表演的人们更是十分的密集。我遇到好几位熟悉的人。一位是老同学，他每天晚上都来这里观看大秧歌。还有一位老知青朋友，他身体不好，家住在城南四中附近，每天都骑着自行车，带一个小板凳，坐在台阶上看热闹。还遇到一位家居外地的老朋友，回来参加婚礼，也抽空过来看看家乡的公园，家乡的人们。不论是熟悉的人还是不熟悉的人，脸上都是温和的笑颜。

夕阳的余晖给人们脸上贴了一层金色，绚丽的晚霞给湖水抹上淡淡的橘黄。似乎这空气中都充满了欢乐、祥和与温馨。这人群、这色彩、这氛围让人陶醉其间，流连忘返。

庆幸我们生活在新时代，生活富足，闲适安逸。人们发自内心的歌颂新时代，唱响新赞歌，谱写新篇章，享受新生活的美好。

一阵清风吹来，湖水泛起涟漪，苇草在晚风中轻轻摇曳。湖畔新城、欧洲小镇的高楼倒映在湖水中，如诗如画。这种宁静的美景与喧嚣的气氛互相融合，互相映衬，愉悦的心情又增添几许恬淡与静美。

2018 年 6 月 25 日

芳华永在

——下乡五十周年聚会纪实

泰来县大兴镇阿拉新青年点知青下乡 50 周年聚会圆满落幕，33 名老知青满怀聚会的喜悦与激情回到了各自的家里。短暂的欢聚，留下了无限的回味空间。如陈年老酒，醇厚绵长；像一颗快乐的石子投入湖中，激起的涟漪荡起无数个圈圈；像一支美妙的曲子，余音袅袅，美韵悠长。

说起这次聚会，得追溯到 10 年前，2008 年 7 月 27 日下乡 40 周年聚会。那一次，我们聚了 54 人。在当年欢乐的宴会上，大家一致提出：10 年之后再相聚！

10年当时觉得很遥远,还有10年呢!

时间如流水,日夜不停地流淌。斗转星移,春花秋月,夏草冬雪,转瞬间,10年过去了,我们走进了2018年。

记得去年的一个夏日,我们几位老知青分别从齐齐哈尔、泰来到大兴镇聚齐,一起去阿拉新村。这次是专门为50年聚会的筹备工作而来的。年轻的支部书记陈万辉说:"家乡巨变,欢迎各位老知青常回家看看,这里是你们的家啊!"一句话,说得我们心里热乎乎的。从这一刻起,我们便进入了下乡50周年聚会的筹备阶段。

10年间,发生了很大的变化。老知青们陆续退休,颐养天年。

10年间,党风廉政建设有了飞跃性的发展,对党员、干部、各级党组织的约束更加严格。精准扶贫成为各级党组织的首要任务。

10年间,泰来大地发生了巨大变化,随着县域经济的不断发展,泰来四种文化建设日臻成熟。泰湖国家湿地公园已成为4A级旅游景区;江桥抗战纪念馆已升级为国家爱国主义教育基地;"九八"抗洪纪念馆、塔子城遗址博物馆建成,并成为旅游观光的重要景区。泰来的水稻生产、引嫩工程的渠首也成为人们旅游必到的观光地。城乡文化建设日益丰富起来。家乡的变化,牵动老知青们的心,不论身在何地,泰来永远是我们的家乡,我们的根。

走进2018年的春天,我们的心也同万物一样萌动,期盼着下乡50周年的聚会,期盼着那一天的到来。

下乡50周年,多么诱人的字眼!人生百岁,五十年就是半世。50年,半个世纪的时光,半个世纪的情怀。50年后再聚首,意义非凡。

50年前,我们刚刚十七八岁,如今已年近古稀,地地道道的老年人。回首往事,历历在目,驻在心间的是不朽的青春岁月,韶华芬芳。

老知青微信群里有人探问:聚会什么时间进行啊?私下小聚时议论的也是聚会的话题。人人都特别期望这次聚会尽早成行。

为了这次聚会,老知青们都花费不少心思。总得有个牵头人出面张罗聚会的事情。青年点常务副点长姜立金勇挑重担,他日思夜想,反复琢磨如何组织好这次聚会。10年前的聚会,是少数人出资,有社会赞助。10年后,形势发生很大变化,为了把聚会组织好,又不造成社会影响,决定采取最公平的方法AA制。有了初步的想法,姜立金我们老两口几次回到泰来与其他几位筹委会成员张晓明、赵锡昶、迟培恒、石松林、高淑清、杨德禄等人商量具体的聚会方案。

这次活动考虑到多方面因素,决定以阿拉新活动为主,同时参观"九八"抗洪纪念馆、江桥抗战纪念馆、塔子城遗址博物馆、泰湖湿地公园,中午在江桥吃午饭,不喝酒。晚上回到县里聚餐。

起草方案,发在老知青群里。聚会原则:"自愿参加,AA 制。"在群里接龙报名,由石松林负责接待报名并接收活动经费。与此同时,我们几位又来到阿拉新村,落实活动事宜。为了表达老知青的一片心意,我们准备订制一块"故土情深"的牌匾赠送给阿拉新村。聚会的月份和日期与 10 年前相同,定于 2018 年 7 月 27 日为聚会日。

聚会活动方案一经在老知青群里公布,大家积极响应。远在上海居住的老点长王剑一、王艳茹夫妇,沈阳的韩艳茹,天津的姜秀华、孙敬华夫妇,大庆的卢永福、卢秀兰,齐齐哈尔的赵锡昶、张丽华等都积极报名回乡参加聚会。筹备工作紧锣密鼓地进行着。多年来默默为老知青服务的石松林是最忙碌的,接待报名,接收活动费用,通知没入群的老知青们。他家的门市也成了老知青的落脚点,天天有人光顾,他们夫妻热情接待。

因为江桥镇的游览项目较多,为了便于安排行程,做到心中有数,姜立金我们俩开车到江桥镇,按着旅游线路走了一遍,并到中午聚餐的"江桥小站"实地踏查。

为了抓紧制作牌匾,迟培恒(省书协会员)亲自书写"故土情深"四个大字,交由大昌装裱店刻制。

为了落实聚会的每一项具体事宜,姜立金先后几次回乡牵头议事。张晓明、赵锡昶、迟培恒、杨德禄、石松林、高淑清等人积极献计献策。还有人主动到石松林商店问问有什么可以帮忙的事情。每个人都想为聚会做点儿事儿。

在急切的期盼中,聚会的日子临近了,身在外地的老知青们纷纷提前回到家乡。令人感动的是,王艳茹做完大手术不久,刚刚复查完,就赶回来参加聚会;卢秀兰也是做了手术不久,不顾家人劝阻,非要来参加聚会。她说:"50 年聚会,我拼命也得参加!"这句话太令人感动了! 她把这次聚会看得太重了,拼命也不能错过这次机会;姜秀华、孙敬华夫妇提前一周返回泰来,等待聚会。刘殿海早已定好车船票,却因突发腰椎间盘突出病,不能回来参加聚会,发来几张照片与大家互动,以弥补没能参加聚会的遗憾。

随着聚会的日子越来越近,我们的心情异常兴奋,就像小时候盼过年一样。租车已经落实,江桥午餐饭店与晚间聚餐饭店已经落实,牌匾已经落实,参加人数已经落实。我们决定 24 日回泰来,把聚会的各个环节再核查一遍,逐项落实。并接待王剑一、王艳茹等回乡的老知青。

24 日清晨,姜立金开车,我们接赵锡昶一起回泰来。上午来到石松林家店里,研究聚会事宜,通过细致算账,又增加一项内容,即 26 日晚参加聚会的老知青集体聚餐,欢迎外地回来的老知青。中午,赵锡昶请我们筹委会的几位吃饭,以表心意。

25 日早晨,顶着大雨去帮卢秀兰联系宾馆。最后选在经典宾馆,定了一个标准间,这里门面虽小,却整洁干净,有空调。上午又来到石松林家店里,杨德禄等已经在这里等候,我们又详细研究一遍各项准备工作落实情况,尽量做到万无一失。中午我做东宴请筹委会几位老知青。大家心里敞亮不少,万事俱备,只等聚会了。下午点长王剑一、王艳茹夫妇回到县里,我赶紧安排在人民饭店小聚。点长回来了,我们就有了主心骨,点长参加聚会才算圆满。

26 日是一个忙碌的日子。上午 9 点我和高姐到火车站接齐齐哈尔来的张丽华,在经典宾馆休息。上午 11 点半,我和张姐到火车站长途客运停车点儿接大庆来的卢姐。中午,高姐在宏胜饭店招待外地回来的老知青,我们一起参加聚餐。晚 17 点 30 分,参加聚会的老知青们来到人民饭店二楼大包厢里,两大桌子坐满了 30 多人,我们请来摄影师傅与我们一起欢聚。老朋友见面,特别热闹!男生一桌,女生一桌,个个喜笑颜开,握手、拥抱,亲近的不得了。为了迎接这次聚会,新作的发型,新买的衣裙,一个个打扮的精精神神地。杨德禄、刘承荣带来 20 周年聚会的老照片,请摄影师翻拍一下,准备放进纪念册里。大家在礼仪大厅的主席台前合影,然后三人一伙,两人一组地拍照。欢笑声在大厅里飘荡着,那么清脆,那么的豪爽,哪里像年近七旬的老年人呢!

聚会晚宴开始了,姜立金主持,王剑一祝词,频频举杯庆祝我们的聚会如期举行,欢迎外地回乡的老知青们。50 年后重聚首,大家非常重视这次聚会的机会,互相祝福着,最多的话题是珍爱身体,珍惜眼下,快乐前行!

夜深了,我兴奋的难以入睡。便起来草拟一个拍照方略。这次聚会要订制纪念册,所以拍照要有所遵循,保证纪念册里的照片更具有代表性,全面体现聚会的内容。尤其是,纪念册由我设计排版,所以必须提前做好计划。

27 日清晨,早早起来,看看天气,很不错。蔚蓝的天空,没有风,真可谓风和日丽。约张姐、卢姐出去吃早餐,直接去集合地点石松林商店门前。姜立金一人打车去大昌装裱店取来牌匾。这个牌匾是由一块 1.9 米长,0.41 米宽的榆木刻制而成,原木底色透着木纹,墨绿色的"故土情深"四个大字,显得十分古朴、典雅。此刻大巴车到了,老知青们陆续聚齐。我们乘车来到泰湖国家湿地公园,赏荷花,集体合影,留下相聚的最美瞬间。按照计划的时间,提前 15 分钟出发。宽敞、舒适的大巴车行驶在去往阿拉新的高速公路上,载着老知青们对第二故乡的

向往,载着重走知青路的激情,载着50周年聚会的欢欣,愉快地前行。车窗外天空湛蓝,空气清新,树木青翠,田野广袤。车厢里充盈着愉快的笑声。

大巴车下了高速公路,转向通往阿拉新的公路。公路两侧绿树婆娑,草木葱茏。这条路我们曾多次走过,早已由乡间土路变为通往大庆市的柏油路;50年前荒无人烟的旷野,早已变成万亩良田;昔日的地房子早已成为有几百户人家的新风村。半个世纪的时光里,我们曾经多次来到这里,这片热土有我们的足迹,有我们的汗水与泪水。这片沃土滋润了我们的青春,锻炼了我们的意志,演绎了我们的芳华。

阿拉新村到了。村支部、村委会以及包村的领导们热情的欢迎我们。两位老知青抬着刻有"故土情深"的牌匾走在前面,在村委会的办公楼前,我们与村干部一起围绕牌匾合影。然后把这块匾挂在二楼的支部书记的办公室里,大家分别在牌匾前拍照。又以当年生产队为单位分别拍照。当我们来到村委会会议室的时候,只见桌子上摆满了各种瓜果,主席台上方的电子字幕上出现了"热烈欢迎'老知青'回家"的红色大字。我的心里一热,眼睛有些湿润。感到特别的亲切,特别的温暖。离开这片土地48年了,村上的人们依然把我们当作阿拉新人,我们始终是阿拉新的一员。

快留下着这温馨的字符,快留下这美好的瞬间。我们即刻在主席台上排好队,与村里的领导们合影。紧接着,陈万辉书记等人陪我们参观食用菌养殖车间和青年点旧址。食用菌生产已经有两年多了,这里培育的香菇畅销大庆、齐齐哈尔等地,效益很可观。在去往青年点旧址的路上,只见一幢幢住宅楼矗立在村子的中心,昔日的大草房早已不见踪影。青年点的房屋经过几次变换,只剩下一角,早已变成民宅。只能在这个方位去寻找过去的影子。昔日的宿舍、仓库、猪舍、菜窖早已不复存在了。这里曾经是我们历练红心的课堂,是我们寻梦的地方。

时间到了,我们与村上的领导们握手告别。陈支书拉着我们的手说:"欢迎你们经常回来。"我们满怀感动之情依依惜别。我心里默默地说:我们会回来的,一定会经常回来看看的。

在大巴车上,老知青们及时把照片传到老知青群里,让远方的老知青们及时了解我们聚会的动态。外地的老知青们,隔空相望,积极回应,赞赏活动的每一个场景,犹如身临其境一般。写下了赞许的文字,表达自己的情怀。

来到大兴"九八"抗洪纪念馆参观。今年是"九八"抗洪20周年。当年洪水肆虐,铁路冲断,淹没良田房屋无数,是百年一遇的大洪水。军民奋力抗洪,全国各地无私援助,救灾重建,使受灾群众得以安置。一件件物品,一幅幅图画和视频让我们看到了灾害面前勇敢奋战的人民解放军和全国各地捐献救灾物资的场景,看到了一方受灾,八方支援,战胜洪魔的壮举。更加感受到优越的社会制度给人们带来的福祉。

离开"九八"抗洪纪念馆,我们乘车去江桥镇,参观江桥抗战纪念馆。江桥抗战纪念馆自 2004 年 8 月对外开放以来,经过多年的不断完善升级,已经成为国家爱国主义教育基地。纪念馆广场绿茸茸的草坪,郁郁葱葱的樟子松,盛开的鲜花。在蓝天的映衬下,纪念馆广场里的石碑、雕像显得更加庄严肃穆。展厅里的雕塑、图片、物品展示了抗日英雄马占山指挥的江桥战役打响抗日战争第一枪的辉煌业绩,展示了"还我河山"的壮士情怀。我们受到了一次深刻的爱国主义教育。

中午,在"江桥小站"农家院吃过午饭,便去参观"观江大道"。在嫩江边上,遥望横跨嫩江的铁路大桥和高速公路大桥,蔚为壮观。昔日的腥风血雨,兵荒马乱,民不聊生,今日是良田万顷,稻谷飘香,太平盛世! 我们倚在嫩江边的石栏杆旁,合影留念。

当我们来到引嫩工程的渠首时,更是赞叹不已。在观景台上,左手边是一望无际的稻田,平整的像绿色的地毯,用彩稻种出来的"泰来大米"字样平展在稻田里,十分醒目。右手边是嫩江水缓缓流淌着。泵站提引江水,通过六条偌大的管线把嫩江水引向泰来,望着水渠里滚滚的江水川流不息,独有一派风光。站在高高的观景台,只觉得视野更开阔,心情更舒畅。午后的骄阳似火,我们顶着烈日在这碧野蓝天之下尽享大自然的美丽风光,女知青们披上鲜艳的丝巾,扬起双臂,如彩凤展翅高飞,拍下这美好的瞬间,心中荡漾着无尽的芬芳。

结束江桥镇内景点的游览,我们乘车上江音(江桥到内蒙古扎赉特旗)公路,直奔塔子城镇。位于塔子城西边的塔子城遗址博物馆,是全国重点文物保护单位。随着解说员的讲解,我们进入了千年辽金古城,一件件展品,一幅幅图画和沙盘展示了塞北古城,历史悠远。塔子城遗址及出土的文物,是公元 11 世纪末期,汉族在黑龙江流域大量居住繁衍的重要历史见证。我们从千年古城的意境中穿越回来,来到宽阔的博物馆广场,参观雕塑,亭榭和重新建造的辽塔。并在博物馆前合影。

一天的游览结束了,回味所看到的这些景点,心中充盈着一种情愫。10 年间,家乡发生了这么大的变化,几百万亩的稻田和奔流不息的嫩江水滋养着 32 万人民,文化建设飞速发展,尊重历史,弘扬地域文化,教育后人,意义深远。

按照计划的时间,我们提前 15 分钟回到了县城。整个行程顺利、安全,可以说特别圆满。可是,这并不是结束,晚上的聚餐是重头戏。在宏胜饭店的一包

里,满满两大桌子的菜肴,满满围坐着33名老知青。晚餐的酒也显得特别的绵厚醇香,大家议论着,谈笑着,特别轻松自如的感觉萦绕着每个人。点长王剑一起身敬酒,他特别兴奋,为这次聚会圆满成功庆贺!王剑一动情地说:"这次聚会特别圆满,非常高兴。明天中午,我们夫妇宴请全体老知青,以表心意。"大家热烈鼓掌!酒宴在欢快的气氛中进行。

迟培恒起身敬酒,他风趣地说:"10年之后再相聚,我做东宴请各位老知青!"大家一片欢呼声,10年,再过10年会有多大的变化啊?不可预知了。10年之后大多数人年近八十,耄耋之年再能相聚是我们美丽的梦!有梦想就有希望!

酒到半酣时,霍亚贤以一首《见了你们格外亲》拉开了歌会的序幕。紧接着哈尔滨回来的于淑先动情地唱起一首"文革"前下乡时的歌曲《醉乡》,表达了怀旧之情。卢姐按捺不住,唱了一段样板戏《红灯记》选段,临行喝妈一碗酒,字正腔圆,底气十足。迟培恒与霍亚贤的一首《为了谁》把宴会推向高潮。知青们沉浸在热烈、欢乐的氛围之中。50年,多么令人感慨的时光啊!50年过去了,我们历经风雨,历尽沧桑,我们走过来了,值得庆贺,值得回味,值得珍惜!

27日的聚会圆满结束了,安全、顺利、开心,这几点都达到了。聚会凝聚了大家的心,升华了知青情,留下了难以忘怀的记忆。然而,聚会依然在延续。28日中午,在人民饭店的大圆桌前,我们又团聚了。王剑一举起酒杯,感慨五十年的时光变换,感慨五十年的人生不易,感慨我们古稀之年团聚的无比自豪。一个群体的团结和谐,源于有一个良好的基础(青年点时就是团结和谐的集体),源于点长的人格魅力,源于每位老知青的积极参与和主要骨干力量的悉心呵护。

为了卢姐安全返回大庆,姜立金开车,我和张丽华护送卢姐到齐齐哈尔火车站。把卢姐送到火车上的座位上,我们才放心回家。

回到了齐齐哈尔,我便着手订制纪念册。这是一项十分细致的工作。设计纪念册,就像写一篇文章一样,需要选择素材,精心加工,合理布局,用照片说话,体现这次聚会的主要内容,展示每一位参加聚会知青的风采。这本纪念册得到了老知青的喜爱。每每闲下来,总要翻开看一看,仿佛又回到了聚会的日子,心里会激起一股激情。为了表达我们对阿拉新村党支部、村委会的感谢之意,专程送去三本纪念册,作为老知青下乡50周年聚会的一个纪念。

聚会结束了,留给老知青们的回味悠长。一次聚会的场景,一本精美的相册,足以回味多年。这种回味是美好,是友谊,是半个世纪的知青情怀!在我们的心中,青春的芳华永在!

2018年8月24日

考察·游记

成都之行

2003 年 9 月 21 日下午,结束了农牧业考察,我们一行五人从北京飞往成都,到达已经晚上 21 点多钟了。第二天一早去九寨沟。从成都出发,经由都江堰市、汶川、茂县,中午在茂县吃午饭。这一路沿着岷江径直往上游走,全是山路,还有盘山道,一侧是高山峭壁,另一侧是万丈深渊。我们从一马平川的北方来到这里,走这样的山路,心里十分担心。可是旅游车的司机却把车开得很自如。下午经由松潘县、黄龙寺到一个小镇住下已经晚上 18 点多了,走了将近 10 个小时(当时九寨沟机场刚刚建好,还没有开通航线)。

一进宾馆两种感觉,一个感觉就是特别的冷,第二个感觉就是头重脚轻,好像踩在棉花上一般,胸闷,极不舒服。我赶紧吃点保养心脏的药。后来才知道这是高原反应,这里海拔 2860 米。宾馆门口就是卖棉衣的摊床,我花 30 元买了一件里面带绒的,玫红色的厚衣服。

这里是阿坝藏羌族自治州,九寨沟是藏族的村寨。

9 月 23 日,早上 5 点起床,5 点 30 分吃饭,冷的直哆嗦。上了旅游车,天还黑着呢,漫天的星星闪烁着,特别明亮。路越走越陡,弯越来越多,转的直迷糊。大约 7 点多,到了九寨沟游览区。我们换乘专用游览车去山里。车上有一位藏族的小男孩做导游,身着民族服装,给我们介绍景点的特色。九寨沟一共有九个寨子,现在只开放三个寨子,这三条沟呈"丫"字形,先从底部往上走,到了三岔口先往右手方向去,到了顶点叫长海,车停下来,我们步行往下走,沟边有用木板做成的栈道,上面布着钢丝网,紧贴着水面。这条沟只有两个景点,主要是看水。这水瓦蓝瓦蓝的,清澈透底,水下的石头、枯木看得清清楚楚。走了两个景点以后,直接乘车去左手方向则喀沟,车一直开到顶端的长海,海拔3 100 米。我们下车,沿着沟往下走,边走边拍照。这里的水是绿色的,树木造型各异,好多呈原始状

态。大约行走有半个小时,就有供游人休息的地方了,这里可以买到食品、胶卷等物品,还有公共厕所,很方便。

导游讲,当地人把山泉形成的泡泽称为海子,所以这里的景点都是以海命名。我们走了五花海、珍珠海等景点,最好看的是瀑布,山泉从四面八方奔涌而出,从山石里,从树丛中冲出来,汇成了一条河流,顺山而下,在落差大的地方就形成了美丽的瀑布,响声十分震人。人们站在栏杆旁拍照,溅了一身的水,也乐此不疲,真是太壮观了!我也穿上藏袍在瀑布旁拍了照。

每个景点都有停车点,走累了,可以随时上车游览。大约下午15点多,我们到了出口。走马观花地看了一遍九寨沟的山水景色,蓝色、绿色的山水给我们留下了深刻的印象,一种原始的美,萦绕在心,那么静谧、深邃,还有几分神秘。

晚19点,观看阿坝州藏族歌舞团演出。剧场里的座席是在四周围坐,每个人面前的桌子上,一杯水、一杯青稞酒、一小碟牦牛肉。整个演出十分火爆,藏族的小女孩长得挺漂亮,小伙子们跳起舞来,特别的投入,大动作,快节奏,使用全身力气表演。周围的观众们也纷纷下场与演员们一起跳锅庄,气氛达到了高潮。还有羌族婚俗表演也很有意思。观众与演员手牵手地跳着、唱着,别有情趣。

这一天很累,又很快乐。不仅领略了祖国美丽的景色,也与少数民族近距离接触,体会到我们多民族国家大团结的美好氛围。

9月24日,去黄龙游览。上午先去几个购物店,水晶店,土特产品店等。在黄龙景区吃午饭,大约中午12点多,我们步行进入景点。步行上山,大约7.5公里的路程,最高点海拔4 000多米。租了两个氧气袋,大家轮流使用。越往上走,越气喘,景色也越美。到黄龙也是看水,这里的水与九寨沟不同,水里有黄色的矿物质(熔岩),而且水在岗上而不是在沟里。山多高,水就多高,水面宽,形成不同的熔池,阳光一照,清澈透底,以黄色为主。到了山顶的五彩池,景色更美了。好多个大水池,有深蓝色的、浅蓝色的、浅黄色的、白色的、深绿色的,阳光照射,水的流动,波纹就闪出五颜六色的光来,美轮美奂。

由于我到庙里去了一趟,耽误一点儿时间,等我到山顶时,他们已经下山了,只有李锐跟着我。我也抓紧时间下山,这时觉得饿了,走起来速度很慢,我赶紧找卖东西的地儿,想买点儿巧克力,可是只有饼干,我买了点儿吃了,接着往山下走。这时我知道自己不是缺氧,是体力不支了。我让李锐先走,告诉他们我没事儿,就是走得慢一点儿。有抬滑竿的,我不敢坐,只得坚持走下去。一直到17点多了,我才走出来,陈绍林主任他们还有导游在出口焦急地等着我呢。一车人都在等我,我很不好意思,赶紧和大家说抱歉的话。大家什么也没说,我心里更过意不去了，后悔没坐滑竿下山。17点16分车往茂县返，因为我晚走了40分钟。

一路上，雾气往下来，天也黑了，山高路弯，陡坡多，开车师傅熟练地开着车，我们的心里也平稳一些了。我回过头看看车外，只见山上的车一辆接着一辆地下山，车灯画出了一个连着一个的之字。哦！好险峻的山啊！大约21点，我们到了茂县凤仪镇饭店，吃完晚饭已经很晚了。我心里一直为自己耽误大家时间内疚，也为一天的安全旅游感到庆幸。

9月25日，上午主要到购物店，去了牛角梳加工厂，中药材销售点儿，工艺品商店等。大家分别买了一些东西作为纪念品带回家。

下午，我们去参观都江堰。先观看都江堰模型操作，了解自然分水的构成，然后看专题片。参观宝瓶口，过安澜桥，看鱼嘴岩。真是令人震撼，2500年前的李冰父子，利用自然、科学的治水方法，到现在仍然受益，真不愧是世界自然遗产之一。岷江的水哗哗地流淌，穿过都江堰市区，为农田灌溉，为人们的饮水服务。

2500多年来，历代王朝都延续着每年一次的开水仪式，坚持岁修和大修，使都江堰至今仍然发挥着引水、排水、排沙的作用。真是千古奇观啊！遥望都江堰的水渠，不免产生一种震撼，心中升起一种民族自豪感，感叹先人的智慧和英明。

9月26日，参观乐山大佛。中午时分到了乐山，先游览正法眼藏堂，参观大雄宝殿，然后去乐山大佛。游人太多了，参观大佛得从山上往山下走，佛高71米，下山的路特别陡峭，只能容一、两人通过。从山上下来，抬起头才能看见大佛。据说大佛开凿于唐玄宗开元初年（公元713年），是海通禅师为减杀水势，普渡众生而发起，招集人力、物力修凿的。海通禅师圆寂以后，工程被迫停止，多年后，先后由剑南西川节度使章仇兼琼和韦皋续建。直至唐德宗贞元19年（公元803年）完工，历时90年。乐山大佛被近代诗人誉为"山是一尊佛，佛是一座山"。大佛双手抚膝正襟危坐的姿势，造型庄严，排水设施隐而不见，设计巧妙。我们来到大佛的脚下，仰慕这尊世界最大的石刻大佛，并在这里拍照留念。

晚上到峨眉山市，住在蓝湖大酒店。这一天比较轻松，心情也不错。

9月27日，游览峨眉山景区。先乘旅游大巴到峨眉山景区，然后换乘景区专用游览车进景点。先坐缆车到万年寺，这是一个千年古寺，香火很旺。接着去白龙洞（清音寺），传说白娘子就压在峨眉山下。然后去一线天、猴山。今天雾气蒙蒙，峨眉山更有一种神秘朦胧的感觉。雾气、香气缭绕，恰如在仙境一般。往上看，青山滴翠，往下看，泉水潺潺，冲刷着奇形怪状的山石向下流去。各种草木在湿漉漉的雾中发着油绿的光。我们的头发也是油汪汪的，脸上特别湿润，不冷也不热。真不愧是千年古山、古寺、古佛，灵气十足。走在下山的路上，也不觉得累。我买了两只绒布做的小猴子背在身上,悠哉、悠哉地下山了。在山下的品福饭店吃饭,回到成都已经晚间 20 点多了,住在八宝大酒店。

到成都整整 7 天了。游览了九寨沟、黄龙、都江堰、乐山、峨眉山,景致很美,不虚此行。既游览了祖国大好河山,也体会到了四川省改革开放的步伐是比较快捷的,尤其在开发旅游业,挖掘本地资源,展示、推销各种地矿、药材、特产等力度大,系统化。用一句俗一点儿的话说,就是想尽办法把各地游客的钱掏尽,用自己固有的人文景观,自然景观来吸纳国内外的资金,发展自己,富裕民众。

9 月 28 日,早晨 6 点 30 分,陈主任去重庆探亲。早饭后,我们三人游览成都市内的景点。先到武侯祠。天下着毛毛细雨,给我们的游览带来几分惬意。武侯祠(汉昭烈庙)位于成都市武侯区,肇始于公元 223 年修建刘备惠陵时,它是中国唯一的一座君臣合祀祠庙和最负盛名的诸葛亮、刘备及蜀汉英雄纪念地,也是全国影响最大的三国遗迹博物馆。成都武侯祠现占地 15 万平方米,由三国历史遗迹区(文物区)、西区(三国文化体验区)以及锦里民俗区(锦里)三部分组成,享有“三国圣地”的美誉。

我们参观了刘备墓、刘备殿、诸葛亮殿及三结义殿等。园内景致十分幽雅。树木、花草在细细雨丝里显得更加青翠欲滴。我们仿佛进入了三国演义故事的氛围之中。尤其看到三结义的雕像,深深被古人的结义情谊感染着。

在杜甫草堂,被一种独特的文化气息包围着。杜甫草堂位于四川省成都市西门外的浣花溪畔,是中国唐代伟大现实主义诗人杜甫流寓成都时的故居。草堂完整保留着清代嘉庆重建时的格局,总面积近 300 亩。园林是非常独特的“少陵草堂”、“碑亭合式”中国古典园林。草堂旧址内,照壁、正门、大廨、诗史堂、柴门、工部祠排列在一条中轴线上,两旁配以对称的回廊与其他附属建筑,其间有流水萦回,小桥勾连,竹树掩映,显得既庄严肃穆、古朴典雅而又幽深静谧、秀丽清朗。尤其是那三大间茅草屋和屋前种植的四松五桃,都是仿原来的样子建造的,给游人带来了无限的遐想。我们在迄今为止国内最大面积(64 平方米)的大型彩釉镶嵌磨漆壁画前拍照。游走在杜甫草堂精致幽雅的园林间,体会着杜甫诗歌的辉煌成就万古流传,也领略了中国古典诗歌的发展史以及对后世的深远影响。

中午,在步行街的龙抄手老字号吃午餐,点的是套餐,每份 14 种食品,25 元。有汤、有水、有点心,吃得挺饱,挺好。是这次最轻松的一次游览,也是最可口的一次午餐。

游张家界国家森林公园

9月28日晚18点40分,旅行社的车送我们到机场,晚21点30分登机,22点30分到达张家界机场。提前联系好的张家界旅行社的项小姐和导游陈小姐到机场接我们。住在国际大酒店。

9月29日,上午8点30分,乘旅行社的车去张家界国家森林公园游览。在景区门口换乘环保车去黄石寨,先乘缆车游览。张家界的山都是高高直立的独立的山峰,我们从缆车往下看,全是万丈深渊啊,特别险峻,心里一阵阵的紧张。到了山的中间,我们步行观赏山景。看这些林立的山峰特别地有趣,导游提示我们这座山峰像谁?那座山峰像什么?只可惜大雾弥漫,山峰在雾中隐隐约约地,看不清楚它们的全貌,奇山异石都在朦胧之中。一边走一边观赏着奇异的景色,只见偌大的一块山石上有朱镕基与夫人游览张家界时的题词:“张家界顶有神仙。”这个题词太有概括力和想象力了,张家界的奇妙景色都包含在这句话之中了。我们借着这句题词的意蕴,竟然觉得自己就是神仙了。张家界的山奇,奇就奇在座座山峰直立云天,像一座座不同造型的柱子一样,如南天一柱、定海神针等等。远望雾气缭绕,山峰在云雾中时隐时现,树木、花草也显得十分青翠。时而,有薄薄的云气从身边飘过,游人们也真的飘飘欲仙了。

中午,在山中吃点儿点心,便去金鞭溪游览。导游讲,这是因为山下一条溪边有一座山像一条金色的鞭子而得名。又传说秦始皇策鞭赶石填海,海龙王有气不随,秦始皇一气之下把鞭子扔了,变成了一座山,这些不过是民间的传说而已。

金鞭溪全长7.5公里,一般游览时间在2个半到3个小时左右,因途径“张家界十大绝景”之一神鹰护鞭的金鞭岩而得名。金鞭溪沿线是武陵源风景最美的地界。我们在溪边走过,只见清灵的溪水潺潺流淌,清澈见底。溪边是茂密的森林和各种奇花异草,满眼都是柔柔的绿色,似乎我们也变成了绿色的了。金鞭溪穿行于深壑幽谷之间,溪的两边千峰耸立,高入云天,树木繁茂,浓荫蔽日,奇花异草与珍禽异兽同生共荣,构成极为秀丽、清幽、自然的生态环境,被称为“世界最美的峡谷”,“最富有诗意的溪流”。有诗赞曰:“清清流水青青山,山如画屏人如仙,仙人若在画中走,一步一望一重天。”途中你会看到点歌台,那里有土家姑娘时刻准备为游人唱民族歌曲,只要付10元钱,就会听到优美的歌声。

晚上住武陵源区的湘溪酒店。这里特别有趣的是每个房间的最后一位数字都是"8"。

晚饭在区中心的酒店,我们点了有湘西特色的菜,银耳炖土鸡、腊肉炖干菜,特意喝了点酒。一天走了有 20 多里路,有些累。另外,我们今天都分别定好了返回大连、泰来的机票、火车票和船票。船票是我托项小姐与大连旅行社联系为泰来书画院的同志们去山东预定的船票,所以心情比较放松。出来这么多天真有点儿想家了。人就是这样矛盾,在家里总觉得外面的世界很精彩,很想出去看一看。在外待一段时日,又很想回家,家里才是温馨的港湾啊!

今天晚上打了好几个电话,把去山东考察书画院建设的事情安排一下,也特别想念小外孙女,在电话里听到她的声音,特别开心。

9 月 30 日,早上李锐接到县政府领导电话,要求他立即返回县里,畜牧局两位也要返回。县里 10 月 3 日召开重要会议,通知在外考察的领导们抓紧返回县里。因为我要继续与书画院的人去山东考察,推辞了有可能这次考察就泡汤了。我便给县主要领导打电话说明情况,并请了假。

上午,仍然按原计划去黄龙洞——天下第一大溶洞。黄龙洞旅游区属典型的喀斯特岩溶地貌,现已探明总面积 48 公顷,全长 15 公里,垂直高度 140 米,内分二层旱洞,二层水洞。黄龙洞洞中有洞,洞中有河,由石灰质溶液凝结而成的石钟乳、石笋、石花、石幔、石枝、石管、石珍珠、石珊瑚等洞穴景观遍布其中,无所不奇,无奇不有,仿佛一座神奇的地下"魔宫"。龙宫是黄龙洞十三个大厅中最大的一个,也是景色最美的景点之一。两千余根石笋拔地而起,千姿百态,异彩纷呈,或如飞禽走兽,或如宫廷珍藏,有的像巍巍雪松,有的像火箭升空。这个溶洞上下四层,先上第四层,然后一层一层往下走,到了底层,乘船观赏溶洞景观。船行了大约有 400 米,到了出口。

本来下午去天子山游览,由于接到县里电话,就取消了这个景点。分头准备发送东西。他们三人退掉去大连的机票(原定他们同我一起飞大连,再回县里),买了飞哈尔滨的机票。

晚上,去看土家族风土民俗表演。土家族人个头不高,比较瘦小。表演起节目却特别的精致。整个演出很有土家特色,让我们对土家族的生活习性及风土人情有了粗略的了解。

整个考察即将结束,明天我们飞长沙,然后分头活动。

景仰韶山

2003 年 10 月 1 日,接近半个月的考察活动就要结束了,我们到长沙做短暂停留,然后我飞大连与县书画院的同仁继续考察书画院建设,其他同志返程。正巧赶上国庆节,早上 5 点 30 分起床,6 点 10 分去张家界荷花机场,7 点飞往长沙,7 点 40 分到达黄花机场。我们打车到蓉园路蓉园宾馆,出租车师傅五十多岁,比较沉稳的一个人,他看出我们是外地来旅游的,又是机关干部,就介绍我们到蓉园宾馆。这个宾馆位于蓉园路 1 号,是湖南省省委定点会议住宿的宾馆,是接待国家领导人的宾馆,共有 1 至 8 号楼。我们住在 8 号楼,是宾馆的主楼,这里还有一些别墅式的楼。有山、有水,是一个园林式、花园式的宾馆,条件很好,环境幽雅,十分幽静舒适。而且离机场、火车站很近。这位师傅还给我们留下了自己的电话号码和车号,有什么事情,可以随时和他联系。在车上时我向他打听去韶山怎么走法,他说可以坐火车,也可以坐公共汽车,如果想打车去,可以和他联系。

安排好房间,同行的三位男士显得十分疲惫,准备好好休息休息,明天早上就飞哈尔滨了。我心里拿定一个主意,我自己去韶山。

我和几位打个招呼,说我自己自由活动一天,让他们好好休息。他们以为我自己去逛街,就没再追问。出了宾馆,打车到长沙火车站,只见火车站的门口拥挤不堪,根本挤不进去,我在门口看了看,可能一天也挤不到售票口啊。我马上改变主意,在火车站附近找去韶山的公共汽车,汽车很多,我连着问了几辆,没有去韶山的。一位售票员告诉我去长途客运站。我便上了公共汽车奔长途客运站,公交车一站一停,特别的慢。我问到长途客运站需要多长时间,有人告诉我大约半个小时到 40 分钟,哎呀,这可不行,时间太紧张了。我赶紧下车,打车到了长途客运南站。到这里人生地不熟,也不知道哪里最便捷。车站里依然是人山人海,挤得水泄不通。这时候,我很焦急,难道去韶山的计划要落空吗?不行,得想办法去,要不再来长沙是很不容易的事情了,决不能错过这个机会,于是我决定打出租车去韶山。

我一个女人,在异地他乡,打车去韶山,真有些玄乎。我看到有一位很年轻的男孩开着出租车停在那里,我便和他谈去向和价格,他一边用手机和他的师傅请示,一边和我讲好价钱,便上车直奔韶山冲。韶山离长沙有多远,我并不知道,这个小孩也是第一次去韶山。按照他师傅指的路,出了市区就向湘潭方向走,路不好走堵车。后来才知道,这样走很远。车子终于可以正常跑路了,只见路两边是连绵起伏的山峦,山不高,葱郁青翠,山脚下就是成片的农田。我没有心思欣赏窗外的风景,心里涌起一丝担心,不知道什么时候才能到韶山,看来,这路程很长啊。我又有些后悔,当初不如与机场接我们的师傅联系来韶山了。过了湘潭,路上的车子越来越少了,走着走着,只见前面靠右侧停着一排车,我们的车子也停了下来。小司机下去探问情况,原来是中央领导人去韶山参观毛主席纪念园。

我们的车子在那里停留好久,终于车子开动了,这时我想到一个问题,回长沙怎么办,最好的办法是让这个小司机等我,再坐他的车回长沙。我便和他谈这个事情,开始他有些不情愿,我说你可以加钱。后来他想了想说,行,但是时间不能太长。我看看时间快11点了,我说,等我一个小时。他同意了。说话间,到了韶山市区,前面不准出租车运行,只好停在那里,我先付给小司机一半车费,那一半回到长沙宾馆再付清。互相记下电话号码和车牌号,我便往前走打听去毛主席故居怎么走。见到一位中年妇女,我便上去问话,她一口湖南话,我也听不明白,只知道还有六七里路呢,我当时就傻了眼,这可怎么走啊!这时我看见前面有一位女民警在维持秩序,便上去打听,她往下坡一指说:"到那里坐旅游专用车去韶山。"原来从这里去韶山确实有六七里路,一律乘坐专用的中巴车去毛主席纪念园和故居。

我来到站点,和游客们拥挤着上了车。这时的心情豁然开朗起来了,特别的兴奋,就要到早已盼望的毛主席故居了,抑制不住的激动和欢欣。大约十几分钟车子停下来了,这里是去往毛泽东纪念园的,不往前走了。我只好下车,步行一段路程终于到了毛主席故居——上屋场。走过一片池塘,便来到了故居,这是一栋坐南朝北,呈凹字形,左右对称的小青瓦房。是用灰黄色的泥土做成的土坯建成的。屋子里面是用黄泥抹的墙,室内的家具都是灰黑色的,正巧有导游给一个团讲解呢,我便跟着一起听起来。游人很多,没人大声说话,静静地随着导游的介绍瞻仰室内陈列的物品,从那些照片、桌椅、床、衣柜,农具室里的石磨、风车、水桶等,看到了一个普通农家的景象以及毛泽东及其父母、弟妹们生活、劳作的印痕。一种肃然起敬的情感,油然而生。参观完故居,我就去排队照相,在故居前留影做个纪念。这时候小司机打来电话,催我快点赶回来,我说在宽容一点儿,这里还有很远的路呢。他答应了。同行的同志们打来电话,约我去吃午饭,我才说明我在韶山呢,他们大吃一惊。

照完相,便随着人流,穿过一条狭窄的小巷子,到了毛主席纪念馆。这里陈列一些图片和实物,还出售毛主席铜像、书籍和光盘。我赶紧选了一尊毛主席全身铜像和两尊半身铜像,还买了一本《毛泽东世家》、一本《伟人故乡山水采风》和一套《我们心中的红太阳》的光盘。这时,已经快下午1点了,天气很热,我又走的急,真是心急火燎啊!我小心翼翼地捧着毛主席塑像,快步回到故居取回照片,便向乘车点走去。抬头远望,只见为纪念毛主席诞辰100周年落成的毛主席纪念园,特别的壮观,绿树掩映,清泉潺潺,好多游人在那里瞻仰毛主席高大的铜像。只可惜我是没有时间继续游览参观了,只能远远地望着,心中默默地表示一种敬意了。好在我的双手捧着的就是这座铜像,只是比例小了好多而已。铜像上面有落成的时间:1993年12月20日,上面有江泽民的题字,还有编号。沉甸甸的捧在手上,心里有说不出的神圣感。虽然没能全部参观毛主席纪念园,但是我的心愿达到了,我来到了伟人的故乡,亲眼见到了伟人的故居,领略了这块神奇的土地所焕发的灵气和神光。

也许是我的诚心感动了那位小司机,他又给我打来电话,不是催我,是告诉我,他的车就在站点附近等我呢。我下了旅游车,一回头便看到了那台车和小司机。我心里一喜,一股温暖的感觉涌上心头。我们走在返程的路上,小司机问我吃饭了吗,我才觉得又饿又渴。一摸包里还有几块早上在飞机上吃剩下的几块饼干,就是我的午餐了,水却是一滴也没有,忘记买水了。虽然如此,心中却像灌满了清泉一样清爽。看着路边青葱的树木和庄稼,还有碧绿的流水曲曲弯弯伸向远方,蔚蓝的天空,灿烂的阳光,只觉得身心都是明快欢畅的。瞻仰毛主席故居,让我借了伟人故乡山水之灵气,顿觉心清气爽,身轻如燕。什么饥渴、劳累,全然抛在脑后了。小司机也被我感染了,他说,这里还有刘少奇故居呢,您去看看吗?我说来不及了,同志们焦急地等着我回去呢。我向小司机表示感谢,他却说,我看你是一个女士,要不我也不敢拉你来这里的。哦!原来我们都有些警惕性呢!回来的路不是原路,特别好走,路途也近了好多(我住的宾馆在长沙城北,我去时的地点是城南,可不要多走不少路程呢),当我回到宾馆的时候刚刚过了15点。等我的同志们也放下心来了,埋怨我怎么就不带个人去呢,多让人担心啊!我也觉得自己做得有些冒失,可是心中那份庆幸却是美滋滋的。

晚上,我们几位到外边吃饭,喝了点白酒、啤酒,吃的饺子。明天一早我们就各奔东西了,也算发发脚吧。我和陈主任的活动经费都在李锐那里,钱已经花没了。杨国臣局长给我一个银行卡,告诉我里面有近9 000元,去大连、烟台等地使用吧,我很感激地接过卡,告诉他,回去向他报账,我也花费不了这么多钱,有3 000多块钱就足够了。他笑笑说,你就尽管用吧,出门在外,还是多带一点儿钱为好。我只有满心的感激。

10月2日,凌晨2点多我就醒了,3点多他们三位赶飞机,我把他们送到楼下,接我们的那台出租车早已在那里等候,开车的却是一个年轻人,我便问他那位老师傅怎么没来啊?年轻人说,那是他父亲,白天开车,一会儿就由他父亲接我去机场。真感谢这父子两个,为我们服务真周到、准时、守信。

送走他们,我继续回房间睡觉,只身一人在这个宾馆里,心里觉得空荡荡的。6点40分起床,吃过早餐,便到附近超市买点儿当地的香烟和辣椒酱,然后回到房间打理行李。9点50分退房,那位师傅准时来宾馆接我去机场。

长沙之行,仅仅一天半的时间,却给我留下了深刻的印象,这里不仅仅有一条美丽的湘江,还有拥有美好心灵的长沙人,还有美丽神奇的韶山冲,还有那么多来这里寻找毛泽东足迹的人们。

2017年9月11日整理

携书画院同仁赴山东、北京考察

2003年10月2日,12点20分飞机从长沙起飞,1小时10分钟后在南京机场停留大约1小时,下午15点40分到达大连国际机场。书画院的几位到机场接我。他们四位乘县政协车昨天到大连,今天我们一起去烟台、威海、青岛等地,开始书画院联谊考察活动。我们在一个小酒店做短暂休息,我电话联系大连旅行社的小孙,并由迟培恒同苏伟到星海公园正门取烟台的船票。

这次考察一共五人,万家宾、迟培恒、姜立金、苏伟和我。主要目的是考察书画事业的发展方向,寻求泰来老乡的支持和帮助。这次考察酝酿很久了,正好借我外出考察的机会同他们一起把这次考察任务完成。费用我向县里专门请了五千元,县土地局赞助了大部分费用。

晚上19点多,开车去港口,等候上船。我们乘坐的是棒棰岛客船(豪华型),船的底层可以停放100台汽车,我们的车也上了船。轮船晚点,夜间24点才开船。我们坐的是三等舱,六个人一个间,我到上铺休息,又累又困,还睡不着。老姜和迟培恒买点熟食和白酒,吃上夜宵了。凌晨4点45分船到了烟台港。下了船,天刚蒙蒙亮,海天一色,十分宁静。我们在烟台大学宾馆住下,稍稍休息一下。中午约好了泰来老乡,烟台大学教授刘国斌、付秀华夫妇,在东北菜馆共进午餐,并听取了刘教授对于县书画院发展的意见和建议。他表示尽自己可能为家乡书画事业多做点儿事情。

下午 14 点，开车去威海，一个小时的行程就到了。到这里约见齐齐哈尔老乡，万家宾老师的朋友张树清夫妇。张老师带车来接我们，安排住在豪华大酒店。晚上，张老师夫妇在家里安排了丰盛的晚餐为我们接风。详细地介绍他的古山美术学校和千一画苑。他们的热情让我们有一种到家的感觉。

10 月 4 日，又到张老师家吃早餐，他夫人特别讲究，弄了八个小菜，四五样主食。我们吃得特别可口。饭后，张老师带我们往后山走，爬山过去就是一个公园。在山顶上，威海小城尽收眼底，真是蓝天、碧海、红楼、绿树、花草相衬，空气清新，湿润，是人类宜居城市。

走出公园，在对过一条街上，就看见了千一画苑，门市不大，经营字画、印章、笔墨、砚台、宣纸等等。这是书画用品一条街，比较繁华。看出来山东沿海城市也是书画市场最兴盛的地方。

乘车来到古山美术学校。这里是租用华孚大厦的三层楼房，有教室、办公室、画室等一应俱全。有专职画家任教务主任，聘用的教师。学校设有少儿班、高考班、老干部班等。学校办的有模有样，很规范。他们夫妇二人来威海仅一年多时间，就办起这么大的美术产业，真了不起，让我们大开眼界。为了答谢张老师夫妇，中午，在酒店宴请了他们夫妇。

下午，我们驱车去青岛，由于道路不熟，走了一段弯路，才找到高速路口。高速路上车多，速度很慢，早已约好的泰来老乡聂申梅一直在高速路口等我们，晚上 19 点才到青岛市区。很快就到了一个大饭店，原来聂申梅的小儿子刚刚举行完婚礼，正在与二十多位亲友们会餐，我们刚好以泰来老乡的身份参加了酒会，也表达了我们一行的祝贺和心意。

聂申梅已经退休，她离任前是青岛一个区的文化局长，在她的家里我们看到了墙上挂着好多她与明星、大腕的合影，文化气息很浓。

10 月 5 日，上午 9 点，我们来到聂申梅的南苑画苑，听她介绍情况，查阅了有关资料，开眼界，受启发。退休了，把文化事业办得这么好，值得我们学习借鉴。

聂申梅送给我们每人一份礼物——水晶帆船模型和喜烟、喜糖。我们也分享了她的喜气。中午专门招待我们一行，然后陪我们到"五四"广场参观。送我们到高速路口。万老师留在青岛，他还要返回威海与张树清老师深入探讨有关书画的问题。我们四人取道泰安，然后去北京。

晚上 19 点，我们选择在莱芜市住宿，住在政府宾馆，条件比较好，整洁、宽敞、明亮，而且很安全。此刻，杨国臣送我那张银行卡派上了用场，带来的钱都花

光了。我便取款,用于后一段的费用。

10月6日去泰安。上午10点多到了泰山脚下,把车停在天外村停车场,换乘旅游专用车直接到中天门,步行上玉皇顶。我是第二次登泰山,第一次是在1988年夏天与乡镇妇联干部来过。那时候的路没有这么宽,游客也没有这么多。

刚刚下过小雨,天还是阴着的,雾气很大,越往上走越陡,只得走一走,歇一歇,到了天街,我们休息一会儿,每人吃一碗方便面,继续往上走,一直走上玉皇顶。从山顶往下看,一片云海,壮观恢弘。因为雾气大,"一览众山小"变为一览云海无边了。我们四人在山顶逗留有两个多小时,拍了好多云海的照片,被不断变幻的云海给迷住了,流连忘返。这时大雾从山下升腾上来,从我们的身边飘过,雾气或者云团就在我们的身边,越来越多,越来越浓,能见度也越来越低。开始,我们很兴奋,觉得飘飘欲仙了。可是不一会儿,我们之间就互相看不清楚了,而且云雾越来越高,越来越厚,温度越来越低。不禁紧张起来。要是在这里迷失了方向可不是闹着玩的啊!我们立刻从仙境中醒悟过来,赶紧互相照应着来到索道口,乘坐缆车到中天门,乘旅游车来到山下。回头想起来禁不住笑道:这神仙可不是那么好做的啊!

下午5点,我们开车奔济南方向前行。为了节省时间,我们总结了一条经验,叫作走高速,住小城。这样既能适当的休息,又不浪费时间。我们不住大城市,选择齐河县出口下高速,进入城区,找到一个比较合适的宾馆住下。

10月7日,我们上京沪高速直奔北京。去北京主要是约见北京画院院长刘春华,请他对家乡的书画发展提出建议。因我们的亲属在北京,便由他们接待我们。大约在下午1点多,到了京津塘高速的大郭亭出口下高速,我们的大伯哥、侄儿、侄媳开车在那里迎接我们。由他们带路先到海淀区万泉河路的侄女家看看,然后江西菜馆吃午饭。饭后到离高速路口比较近的昆泰大酒店入住,正值黄金假日搞优惠,房价很便宜。晚上侄儿陪我们游览长安街夜景,又到新疆风味吃晚饭。

10月8日,上午去八达岭登长城,雾气很大,下着牛毛细雨,气温也很低。我们登上长城,拍照,然后下来看全周电影,参观长城博物馆。

下午我们返回北京市区,在路上,我电话联系公安部老干部招待所,正好有房间,价格很便宜,便预定了房间。下了高速,打一台出租车给我们带路,大约14点30分左右到了驻地。赶紧联系刘春华院长。本来想在市区内找一个比较好的酒店宴请刘院长,可是,刘院长坚决不同意。我们便打车到了他的家里,他家住在五环外的京顺路别墅区,到了他家才知道刘院长唯一的一个女儿重病两年后刚刚去世才10天,心情还很悲痛的,可是听说家乡来了客人他热情应约。按照刘院长的要求,我们在国门路大酒店(高速服务区的一个酒店)请他吃饭,点了几个清淡的菜肴,喝了一点北京二锅头。当谈起泰来书画院,他特别的兴奋,侃侃而谈,给我们介绍了好多有价值的信息。他说泰来成立书画院是一件大好事,是书画之乡的重举。告诉我们不要急于求成,要发展队伍,搞好学习交流,多出精品,争取在市里、省里以至于到北京举办画展。刘春华院长一席话,让我们茅塞顿开,看到了书画院的发展前景是十分可观的。

送刘春华院长回家后,我们每个人都有一个共同的感觉,乡情是最真挚最感人的情愫。我们为泰来县能走出一位北京画院院长而感到骄傲和自豪。尤其是他那种平易近人,和蔼可亲,对家乡的眷恋和深情,深深打动了我们。

10月9日,早上到天安门广场看升旗仪式。上午购物、结账。

下午13点准时出发,上长安街,奔建国门,到四惠桥,从这里转入京沈高速,一路走来,晚上7点到辽中县迎宾旅馆住宿。

10月10日,早8点出发,中午到金宝屯吃午饭,晚17点30分就到家了。县政协的同志们为我们接风洗尘。历时9天的书画院考察圆满结束,收获多多,乡情满满。不论到哪里,老乡们都是那么热情,那么诚恳,那么亲近。有这些老乡的关注和支持,泰来书画事业必定蓬勃发展,前途无量!

2016年12月27日　根据2003年出行日记整理

俄罗斯之行

2005年7月5日　天气阴

凌晨3点,起床洗漱,去机场。检疫、海关、安检、候机。6点开始登机,机场的另一边在举行黑龙江省齐齐哈尔市与俄罗斯克拉斯诺亚尔斯克市通航剪彩仪式,参加剪彩的市四个班子领导过来为我们送行。与我同行的有冯国海、任国学、纪景峰。这次出行是市里统一安排的。

7点15分起飞。飞机穿过厚厚的黑云,蓝天白云一览无余。飞机平稳地飞行,不久便进入了俄罗斯境内。天空云层很薄,清楚地看到连绵不断的山脉和茂密的森林,很少看到村落。大约一个多小时以后,才陆续看到了小小的村落和道路。一望无垠的仍然是黑绿色的森林。

经过 3 个小时的飞行，终于到达克市机场，飞机平稳地降落了。

大约 12 点钟，我们乘大客车去市中心，在一个叫夜上海的中餐厅吃午餐。饭后，去游览克市的市容。沿着叶尼塞河游览，水电站、浴场、城市制高点等。我们看到在河边有许多人在游泳、晒太阳。导游告诉我们，这里一年的日晒时间非常短，所以人们经常来这游泳。一家人一台车，一玩就是一天，尤其到了双休日，基本上是全家出动，到野外或别墅去度假。俄罗斯人特别会享受，也特别看重各种假日。百分之七十五以上的家庭有汽车，所以出行特别方便。

来到克市的制高点，观看城市全景。其实这里就是一个高地而已，地方不大，有一个小小的教堂竖立在最高处。俄罗斯信仰东正教，是国教，所以这里教堂特别多。

吃过晚餐，来到一个别墅式的宾馆住宿，条件一般。来之前已经告之这里的宾馆不备洗漱用具，可是我还是忘了带杯子。怎么办？恰好我带了一个方形的小皂盒，用盒盖做水杯吧，喝水、吃药、刷牙。人的适应性可真强呀，我们三个人一个房间，洗漱完毕，赶紧休息，明天还要起早飞莫斯科呢。

第一天的感受是：俄罗斯地广人稀，生活节奏慢，享受第一，建筑环境一般。

7月6日　天气晴

早 4 点半起床，6 点去机场，8 点 15 分起飞。飞了 5 个小时，在莫斯科时间 10 点 30 分降落在莫斯科财神爷机场，莫斯科有五个机场。莫斯科比北京时间晚 4 个小时，我们将要经受时差的考验，就是说，我们要比每天多过 4 个小时的白天。

到中餐厅吃午饭，饭后去游览。当地的导游是一位留苏的中国学生小冯女士。

第一个景点是莫斯科国立大学，在列宁山（麻雀山），是一个相对高一点的山坡。国立大学是 50 年代五大建筑之一，高 240 米，正方形的建筑，四面造型是一样的，很壮观。紧挨着的是使馆一条街，中国驻俄大使馆就在这里，是占地面积最大的大使馆，因为中国是第一个与苏联建交的国家。在异国他乡看见中国国旗，感到非常亲切和自豪。我们在使馆门前摄影留念。接着来到胜利广场，是于 1995 年为纪念二战胜利 50 周年建造的。由纪念碑、纪念馆、广场组成，很大气。最为壮观的是纪念碑，造型是一支枪的刺刀，直刺青天，上面刻着有关城市的名字，顶尖有胜利女神像。广场很宽广，左侧是 15 个喷泉，右侧是 15 个旗帜柱，上面刻着参加二战的部队番号。花岗岩石块铺地，给人的感觉开阔、壮观。

到莫斯科的感觉很好，天气晴朗，空气清新，绿地覆盖，虽然苏联解体，但是，这座英雄的城市仍然无处不在地展示当年的繁华和历尽的沧桑。城中莫斯科河缓缓流过,莫斯科因此而得名。莫斯科的大街很宽,车很多,没有摩托和自行车,所以车开得快。但是有一点很令人感动,当行人在斑马线旁等候过路时,在没有红绿灯的地方,车会自觉地停下,打手势让行人通过。因为路上的行人不多,大部分人都乘地铁呢。人的文明程度也很高,从不乱扔垃圾,看不见包装袋到处飞的现象。

晚上,去看马戏表演。圆形的剧场,座无虚席,俄罗斯人特热情,掌声不断,不仅是演员演的认真投入,观众很讲礼貌,秩序井然,这点值得我们学习和效仿。一天时间安排很紧,也很累,我们都很兴奋,到了宾馆简单洗漱,就睡下了,太困了,我们的白天多了4个小时呀。

7月7日　天气晴

可能由于时差的原因,早上莫斯科时间3点40分就醒了,睡不着,闭着眼睛休息,6点起来补写日记,和同室的小徐闲聊着。8点30分吃早餐。这里的作息时间是上午10点上班,晚上19点下班。10点乘车去参观圣瓦西里大教堂,正赶上举行大型的祈祷活动。这个教堂里面很宽敞,金碧辉煌,牧师正在唱诗,祈祷的人们很肃穆地站着,随着歌声不时地鞠躬,划着十字。有一些年纪大的女士,跪在地上祈祷,脸上的神情很悲悯的样子。我们也受了感染,不敢大声说话,默默地在四周的回廊里看墙上的壁画,全是上帝、圣母的画像,又静悄悄地走了出来。

接着,去参观耸立在城中心莫斯科河中的彼得雕像,是一个青铜色的,船的造型,上面是彼得的全身像,双手把着船的舵,很高大,远远地就能看到。然后去红场,因为列宁墓今天不开放,所以红场也不开放,我们在附近照相。借着克里姆林宫的背景,照了几张。有一个大教堂特别壮观,五颜六色的元葱头型的屋顶,在阳光下闪闪发光。红场占地不大,是一个斜坡式的广场,青灰色石砖铺地,游人很多。然后去附近的莫斯科最大的百货商店古姆百货商店购物。我们游了一大圈,由于语言不通,什么也没买,这里物价太高,不讲价。

午饭后去游览莫斯科市容,太累了,都在车上睡了起来。吃了晚饭,就去火车站,乘晚上22点38分的旅游号去圣彼得堡。莫斯科有9个火车站,车站的名字是以火车的终点站命名的,我们去的叫圣彼得堡火车站。车站是开放式的,直接上车,不检票,对号入座。秩序井然,没有拥挤的现象,都是自觉排队上车。整车是软卧车厢,每人发一套洗干净的床单、被罩、枕套和枕巾,自己铺。条件不错,可以睡个安稳觉啦。

7月8日　天气晴

清晨5点38分,我们到了圣彼得堡。这座历史名城还在静悄悄地睡着,第一印象是古朴、整洁、安静。这里的建筑不高,大都是三到五层楼,最显眼的建筑是教堂,镀金的圆顶在阳光的照耀下闪闪发光。最有特色的是涅瓦河在城中缓缓流过。

今天的导游是一个俄罗斯小伙子,他是学中文的,在天津南开大学留学一年,汉语讲得很流利,还很风趣的。他向我们介绍了圣彼得堡的一些情况。圣彼得堡建于1703年,地处波罗地海,河多、桥多,号称北方的维尼斯,原来是芬兰的领土,沙皇占领后在此建都。城中的主要河流是涅瓦河,全长74公里。

我们先来到圣依沙广场,这里矗立着金碧辉煌的圣依沙克大教堂,高105米,据说用了40年的时间建成的,经过二战的洗礼,仍然保存完好。它的金顶是用100公斤紫金铸成的,闪着金灿灿的光,向人们展示着曾经的辉煌与沧桑。教堂的对面是玛利亚宫,曾是尼古拉一世的女儿的住所,现在是杜马办公楼。导游说,杜马的意思是思考。广场实际是一座最短的桥,把教堂和玛利亚宫连在了一起。

紧接着,我们到城外的普希金城,参观叶卡捷琳娜宫花园。

叶卡捷琳娜宫是女皇的宫殿,没有对外开放,但是公园建的很好,这里有水、有树,最特别的是用树修剪成高低错落的树墙,最高那层有三米多高。草地维护的很整洁,工人们在修剪草坪和树墙。

下午,我们去游船,坐着游船观看圣彼得堡的风景。游船在涅瓦河里慢悠悠地行走,我们一边喝着啤酒,一边欣赏两岸城市的风光与俄罗斯民间舞蹈的表演。

今天最精彩的节目是观看芭蕾舞表演。古香古色的大剧场,座无虚席,楼上设有包厢,我们在电影里看到的那种景象,现在是身临其境了。演出的主要节目是享誉世界的天鹅湖,太精彩了,这是我们最大的收获。演员特别投入的神情、精湛的演技让我们为之倾倒。我们和热情、文明的俄罗斯观众一起鼓掌为他们喝彩。演出结束的时候,掌声经久不息,演员们多次出来谢幕,大家还是久久不愿离去。

7月9日　天气晴

今天是这次出行的重头戏,参观世界最大的博物馆之一——艾尔米塔什(冬宫)博物馆。先来到冬宫广场,面积比较大,这里耸立着亚历山大柱,为纪念亚历山大而建的,因为是一个柱型的建筑,所以叫亚历山大柱,是冬宫广场的一大景观。

冬宫,一个金碧辉煌的建筑,相当于我们国家的故宫。据说,这里保存了世界最多的文物和珍宝,全看完所有物品要十一年,我有点不相信,这是那个俄罗斯小伙子说的。一进入冬宫,首先映入眼帘的是耀眼的金色,高高的柱子是金色的,墙壁上的装饰花纹是金色的只露出墙壁一点点的白色,在金色与白色之间的是天蓝色的油彩。这是冬宫以及我们看到的叶卡捷琳娜宫的主色调,这是俄罗斯古建筑的风格吧。我们从大厅进入二层,逐个房间地看着,真有些眼花缭乱。看了多少个展室我是记不清了,我只能凭着大概印象简单地说一下。这里展示的是当年沙皇的生活起居的情况,每个房间大小不一,但是非常的华丽,地面都是由各种不同颜色的木材(本色)拼成的特别精细的图形,虽然有三百多年的历史了,但是一点也没变形、变色,特别的平整,真是巧夺天工。这里展示最多的是油画,导游说,这些油画不是艺术品,而是展示当时皇宫景象的道具。画的多数是沙皇、皇后、公主、王子的肖像和他们的生活情景,很少有实物。在一个大厅里,看到了沙皇坐的椅子是红色绒布包的镶了宽宽的金边。一个厅里展示着孔雀绿的大托盘,都是由小块的(大约有1公分左右)的孔雀绿石镶成的,我们叫马赛克。有好多马赛克镶嵌的大型的工艺品。如柱子、桌子、托盘和地面。另外这里还有古埃及的文物和木乃伊、石棺等。走了一上午,很累。看了冬宫,让我们了解到当年沙皇生活的奢侈、豪华和大气。

7月10日　天气晴

坐了一夜的火车,又回到莫斯科,今天是列宁墓的开放日。上午,我们去盼望已久的红场——列宁墓,去瞻仰伟大的无产阶级革命家列宁的遗体。列宁墓就在红场西侧,紧挨着克里姆林宫的红墙。瞻仰的人很多,排着长长的队伍,不准带包和其他物品,有两个安全检查的关口。我们排成一队缓缓地走向列宁墓,列宁墓占地不大,墓的建筑也不高,是一个正方体的两层建筑,在外看是两层,其实是一层,停放列宁遗体的是地下一层。我们进入地下那层时,里面很暗,转了一个直角弯,就看到了列宁的遗体,他安详地躺在那里,好像睡着了一样。他的右手呈握状,左手十分自然的放在身上,遗体保存的特别好,耳朵、嘴角的皱纹十分清晰,头发和胡须也特别的自然,手的皮肤很白皙,给人栩栩如生之感,好像刚刚开完一个重要的会议,洗浴之后在那里歇息一样。他穿着黑色的三件套装,扎着领带,十分地安详。我们静静地、缓慢地从水晶棺旁走过,静穆地瞻仰这位伟人的遗容。十月革命过去这么多年了,苏维埃已经解体,人们仍然敬慕着伟大的无产阶级革命家列宁。来自世界的人们都以十分崇敬的心情瞻仰他的遗容。

从列宁墓景点出来,沿着克里姆林宫的红墙又瞻仰了十月革命时期牺牲的英雄们,那里有中国人。墓碑十分简单,花岗岩的石碑平着镶嵌在地上,刻着名字和时间。上面放着鲜艳的、红色的康乃馨。

紧接着,参观克里姆林宫。我们进入了克里姆林宫的红墙之内,这里分为办公区和教堂游览区。办公区占地面积并不大,用防护绳拦着,这部分是不准游客入内的,如果你走了下去,特警会吹哨子提醒你。我们在游览区参观了五座教堂中的圣母玛利亚教堂。这是一个圆形的建筑,里面没有桌椅,四面墙上画着上帝和圣母的画像,亚当、夏娃吃了伊甸园的禁果和亚诺方舟的故事情节。参观的人很多,非常有序,悄无声息,只有导游的讲解声。从教堂出来,顺路看了炮王和钟王。炮王是一个很大的炮,但是从来没打响过,因为,炮弹比炮筒还要大;钟王有三米多高,可从来没敲响过,因为钟还没等制好就掉了一块茬,现在仍然放在那。真不理解,在俄罗斯这个沙皇大国的办公中心,把这打不响的炮,和鸣不了钟放在那里是什么用意。

国外考察已接近尾声,时间虽短,但收获颇丰。几天来,我也感触颇深:第一,俄罗斯是一个伟大的民族,他们有着与生俱来的大国的优越感,他们自信,骄傲地享受着大自然的恩赐。第二,俄罗斯是一个文明的古国,有着良好的教育和文化,人们对于文化艺术的至爱,令人感动。第三,俄罗斯是一个高消费的国家,他们追求的是舒适的生活,珍惜每一个假日,是一个会享受生活的国度。但是,他们的缺点是,工作慢节奏,不讲究效率,讲究享受。

2005 年 7 月

澳大利亚考察日志

一、墨尔本印象

2006 年 5 月 19 日,经过 9 个小时的飞行,飞机平稳地降落在墨尔本国际机场,行程7 419公里(香港——墨尔本)。这里已是深秋了。当地的导游带领我们去参观库克船长的小屋,它坐落在城边的一个公园里。据说这个小屋是从英国搬迁过来的,砖瓦都是编了号,到这里又按编号重新建起来的。库克船长在一次航行中发现了澳大利亚这块大陆,他是第一个登上这块大陆的英国人,为了纪念他,便把他的故居移到了这里。虽说是深秋,气候很好,刚刚下过雨,空气很湿润,草坪像柔软的毯子一样,有的树木已经落叶了,可是松柏和一些不知名的树木还是郁郁葱葱的,山茶花盛开着。我们走在公园的小路上,就像在画里一样。异国的美景令人赞叹,大家忙着留影。其实,这里没有太多的花草,满眼都是绿茸茸的草地和粗壮的大树,偶尔几棵红色的树叶一半落在地上的绿草间,一半还挂在树上。那种原始的美、自然的美令人折服。

澳大利亚人很热情,晨练的人们主动同我们打招呼,感到很亲切。白皮肤黄头发的澳大利亚人对中国人非常的尊重,我们在异国他乡也感到十分的自豪。

墨尔本只有200多年的历史,在英国人进入之前,这里是土著人的领地。库克船长发现这个大陆之后,英国女皇派来的第一批人是海军和流放的犯人,后来成了英国的殖民地。现在是移民国家,意大利、希腊、华人居多,当地人称华人为唐人。从建筑上看,只有市中心有几十座高楼大厦,其余全是别墅式的小洋房,非常的别致。这里是穷人住楼房,富人住平房。

来到市中心的联邦广场,这里的建筑非常的独特,用钢筋和玻璃建造的,不规则图形构成的大楼耸立在广场的一侧。好多的华人正在准备召开庆佛会,这天是中国农历四月二十八。一个个白色的小帐篷里已经摆满了奉佛的用品和斋饭。广场中心临时搭建了一个主席台,上面供奉着观音菩萨的雕像,两侧摆满了鲜花。人们脚步匆匆地忙碌着,充满了中国传统文化的气息。

又来到战争纪念馆,纪念馆的外形是埃及法老神殿的造型,正对着步行大道。一些战争中牺牲的战士的墓碑铺在地上,旁边栽上了松树。一个不高的雕像特别引人注目,一位受伤的医生坐在毛驴上,一位军官用手扶着他。这是最受当地人尊重的雕像,这个医生在战场上抢救了好多的伤员,最后自己牺牲在战场上。为了纪念他,当地政府把雕像印在了澳大利亚的钱币上,作为永久的纪念。

在墨尔本,有世界上最小的企鹅,我们要乘车走两个多小时,在太阳落山后观看小企鹅回巢。晚上17点,太阳就下山了。来到海边,坐在台阶上等着小企鹅回来。大海涛声震耳,海浪掀起高高的水花,小企鹅只有鸽子那么大,顺着海浪走上岸来,五六个一群,摇晃着身子,慢慢走上山来,可爱极了。太阳没出来它们就到海里去觅食,太阳下山才回来,把胃里的食物喂给它的孩子们。我们也随着它们走上了高坡,看那可爱的样子,特别开心。

一天的墨尔本之行,给我们留下了深刻的印象。这里自然环境保护的好,没有人为破坏的痕迹。是一个人与自然非常和谐的城市。这里任何一个地方的水都是达标的,路边和公共场所都设有饮水器,随时可以喝到干净的水。洗手间特别的干净,没有异味,还有热水、洗手台和免费供应的手纸,非常方便。给我们留下了一个整洁、文明的好印象。

二、堪培拉掠影

一说起首都,人们都会自然地想到,首都是一个国家政治、经济、文化发展的中心,是一个繁华的大都市。可是澳大利亚的首都——堪培拉,却是一个普通的小城。这是怎么回事呀,原来这里还有一段故事呢。

澳大利亚的首都原来在墨尔本,又叫新金山,因为英国人在这里发现了金矿,这里便繁华起来,以前首相墨尔本的名字命名,并确定为首都。墨尔本,地处澳大利亚的最南端,在地理方位上,来这里很不方便。悉尼是澳大利亚第一大城市,这里有着世界知名的海港,交通也十分便利,好多国家要员的家和产业在这里,国会的一些人提出在悉尼建都。这样一来,便为在哪里建都,争执不下。最后,英国女王下令,选一个合适的地方,设计一个首都。根据地理方位和环境,按照设计好的图纸,在一片荒地上建造了首都。堪培拉——当地土著语是"开会的地方",国家要员议事的时候,便从悉尼坐专用的军用直升机来这里开会,然后再返回悉尼。

堪培拉,小城特别的规范,它以首都的特点设计的。市中心是办公中心,高楼林立。在城市一角,一个漫山坡上是使馆区,世界各国在这里都有自己的大使馆,大使馆的建筑是本国最有代表性的建筑。中国大使馆在山坡的正下方,占地面积仅小于美国大使馆。其他国家的大使馆,依山而上,各具特色,我们的车在使馆区驶过,就像在世界公园一样领略各国的风情和建筑艺术。中国大使馆是最具北京故宫特色的琉璃瓦顶的楼房,很壮观。在异国他乡,来到使馆前留个影,特别的亲切。

堪培拉还有一个最有特色的建筑,就是国会大厦,相当于我们的人民大会堂。这个建筑有十几层楼那么高,顺着楼底,斜坡式的修了一个大草坪,人们可以从平地,沿着草坪直接走到大厦的顶上,就像登上了一个小山冈。这样修的寓意是:人民的地位高于一切。

这里还有国家展览馆,格里芬湖,景色特别的美。在美丽的格里芬湖中间,有一个库克喷泉,喷出的水柱有140多米高,水柱随着风散开来像一个半开的扇面，在阳光的照射下水雾里有彩虹闪烁。湖边各种树木花草，错落有致，深绿、浅黄、紫红交相辉映。离格里芬湖不远处，有一个战争纪念馆，里面陈列着各种战斗机、大炮、战衣和枪支弹药，还有好多的图片、文件，记录着当年参与侵略战争的事件和过程，这个纪念馆建造得十分壮观。

在城中心，建有临时总统府，开会的时候，总统就住在这里。总统府建在一片绿树丛中，连房顶都看不见，是一栋非常别致的小洋房。堪培拉，占地面积只有 240 平方公里，人口 30 万。是一个精致、秀美、功能齐全的城市，是澳大利亚美丽的首都。

在堪培拉停留的时间很短，却给我们留下了深刻的印象。一个让我们自豪的是中国大使馆雄伟的建筑，展示了中华民族文化底蕴的博大精深，更显示了中国人在澳大利亚的地位和尊严。

三、悉尼之旅

乘着旅游大巴，从堪培拉去悉尼，一路上两边都是丘陵地带，自然生长的树木郁郁葱葱。车速只能限制在 100 公里/小时左右，我们一边听着中国导游介绍澳大利亚的国情，一边欣赏着车外的风景。我发现这里的公路都是与原野在一个水平线上，如果稍有一点沟坎就设有护栏。公路两侧很少看到人工栽植的树木，而是一望无际的大草原。还有一个奇怪的现象，有好多私家轿车的后边拉着一个铁质的方形的车厢，是全封闭的，像一个大铁盒子一样。我猜想，开这样车的人一定是农场主，那个箱子里是他采购的食品和日用品吧。因为我看到在广袤的原野里有白色的小房子，远离城市，孤零零地坐落在草原上。

悉尼，是澳大利亚的第一大城市，是世界有名的海港，也是华人居住最多的地方。

晚间我们入住一个相当于国内四星级宾馆，宾馆内装饰的十分豪华，一层除去接待服务台，全是老虎机，好多人在那赌钱。我们住在了 19 层，从窗口看去，悉尼尽收眼底，灯火辉煌，色彩斑斓。

第二天，我们开始了悉尼的观光活动。首先，来到了皇家植物园，这里是供皇家贵族喝下午茶的地方，1973 年才对外开放。这里有一个高高的平台，坐在那里正好可以看到悉尼歌剧院和悉尼大桥这两个标志性的建筑。然后，我们又来到悉尼歌剧院，这个特别有名气的建筑，是由丹麦出名的设计师设计的，1959 年开始施工，1973 年建成。这个建筑不是在陆地上，而是建在海平面上。悉尼歌剧院的形状像张开的贝壳，高高地耸立在海上，凭栏远眺就是蓝色的大海。游人们

争相留影,欣赏着这个只能在图片和电视里才能见到的独特的建筑。

离开悉尼歌剧院,乘游船游览悉尼的天然海湾,吃着自助餐,欣赏着两岸的风光。

在悉尼的市中心,高楼林立,密密匝匝的,抬起头来往上看去,就像在一个井里一样,四面都是亮着灯光的大厦,别有洞天,感受到了世界大都市的那种特有的魅力。到了晚上,没有霓虹灯和各种装饰灯,而是办公大楼里射出来的灯光,楼多高,灯光就亮多高,那种隐隐约约的感觉,给都市的夜晚增加了神秘感。

到了白天,映入眼帘的是楼区四周的别墅式建筑,造型各异的小洋房在绿树的掩映下,十分的别致。不禁使我想到了我们国家的威海和青岛。世界很大,国度不同,却能找到似曾相识之感。

当我们乘飞机飞往黄金海岸的时候,再看悉尼就是另一番景色了。这个城市占地很大,晚上看到的摩天大厦也并不显得怎么高大了,而一望无边的是漂亮的小平房,像织锦铺在大地上。悉尼大桥如铁丝编制的模型一样横在海上,悉尼歌剧院像几个不规则的贝壳镶在海边上。蓝天碧海,水天一色,偶尔飘过几朵白云,才知道哪里是天哪里是海。

四、黄金海岸 富人的天堂

黄金海岸,位于澳大利亚的昆士兰州。这里是澳大利亚最美丽的城市,也是一个富有的城市,当地人称这里是富人的天堂。说它富裕是指这里的富人多,到底怎么富裕,我们游览以后就明白了。

黄金海岸,顾名思义,是说这里的海岸线长,依着海岸线建起来的城市,是一个风景优雅的地方,引来国内外的富人来这里居住,是富有的人集居的地方。

我们先来到天堂庄园,观赏澳大利亚的特有动物——袋鼠和考拉。袋鼠有60多个品种,繁殖特别快。考拉,人们称之为树熊,只有70公分高,喜欢吃桉树叶子。紧接着参观剪羊毛表演,首先展示优良品种的羊,然后邀请游客中的"大力士"参加,其中有好多滑稽的动作,逗得游客捧腹大笑。最后把整个羊的毛全都剪下来,外面看是灰突突的羊毛,里面却像天上的白云一般洁白柔软。

参观澳大利亚普通人的居家生活,是最吸引人的内容。晚上我们到城里一户居民家参观。这是一个中等水平的市民,户主是开大巴的司机,两个孩子都自己搬出去住了(满18岁,自己生活),家里只有夫妇两人,有一个房间租给了华人留学生。

这是个占地1 300平方米的院落,有一个小花园,三个卧室,大小客厅各一个,一个开放式的厨房,一个小电脑房兼书房,单独的洗衣间、洗手间,还有一个车库兼仓库。室内的装修十分简单,却特别的雅致。房子全是木头建造的,造型也很独特。给人一种干净、整洁、温馨的感觉。家里有两台车,一台是吉普,一台是轿车。年收入税后6万澳元,相当于36万人民币。他们的主要支出是买房子,也贷款,房子的造价大约80多万澳元(折合人民币450万元),25年还清。类似这样的家庭占绝大多数。澳大利亚居民的经济构成是枣核状,中间大,两头小,最富有的是少数,最贫穷的是少数,中等水平占大多数。

紧接着我们乘豪华四人游艇游览黄金海岸,体会一下富人的生活。在黄金海岸边上建造着许多漂亮的小洋房,在海边的私家码头上停着私家游艇,主要用于休假观光游览。我们乘坐的这个游艇是最豪华的,上下三层,设有两个驾驶室,两个卧室,洗手间、灶台一应俱全,装潢的特别华丽。我们一边享受着豪华游艇的舒适,一边欣赏两岸的夜景。一边是摩天大厦,一边是别致精巧的别墅花园,楼里、别墅里的灯光折射在水面上,随着波浪浮动着,犹如在梦中的天堂一般。

抬起头,望夜空,繁星闪闪,我想找到最熟悉的星斗——北斗星。可是我只看到由四个星星构成的星座,那是南十字星,也叫南极星。在这人间天堂,突然有了思乡之情,因为,在北斗星的对应下,是我的家乡。

转眼间,五天的澳大利亚之行就要结束了,美好的、新鲜的感觉令人兴奋不已。美丽的草原、精致的城市、宽阔的大海、文明的国度、热情的人们、舒适高雅的住处,真是人间天堂。人与自然的协调,充分享受生活的情调,让我们开阔了眼界,受到了熏陶。一次美好的异国行,不虚此行!

2006 年 5 月 25 日

新西兰之行

2006年5月26日凌晨,在澳大利亚的布里斯班国际机场,乘阿联酋 EK432 航班飞往新西兰的奥克兰。行程2280多公里,大约2小时30分钟左右到达。阿联酋的空中小姐特别漂亮,她们服务热情周到,很高兴与我们留影。飞机上乘客不是太多,觉得很舒服。一边欣赏飞机外面的景观,一面回忆五天来在澳大利亚的印象。这几天的天气特别的晴好,蓝天碧海,绿树红花,清新的空气,一望无垠的大草原,文明热情的人们,舒服幽雅的宾馆,让我们感到心悦诚服。

飞机在奥克兰国际机场平稳地降落了,下着小雨,这里已经是冬天了。导游带领我们坐大巴去驻地。一路上导游给我们介绍新西兰的基本情况。新西兰是一个以牧业为主的国家,这里是蓝天、白云、绿草和遍地的牛羊。他们的目标是:要在100年以后,成为世界上最后一块净土。就是说,没有污染,没有人为破坏自然环境的国家。虽然经济速度发展不是很快,但是他们欣赏这美丽的、原始的自然风光。

新西兰于1840年建国,还不到200年的历史。当地人是毛利人,早于英国人1000多年来到这里居住。英国的库克船长航海时同发现澳大利亚大陆一样,发现了这个大陆,便成为英国人的领地。毛利人没有文字,对历史没有记载,只能通过雕刻来记述所发生的历史,或者口诉历史,当时的毛利人还处在原始时代,英国人给他们创造了文字,用26个英文字母,按照他们的发音,编了毛利人的文字。

新西兰有千帆之都之美誉,因为四面临海,帆船运动从小学生开始就学习锻炼了,风帆运动在世界排第四位。

在新西兰的北岛,主要城市有:奥克兰、罗托鲁阿、汉密尔顿和惠灵顿。罗托鲁阿是新西兰旅游局重点推荐的旅游点,这里的特点是:毛利人的起源地、居住地,一半以上是毛利人;有地热喷泉;北岛最大的羊毛集散地。也是我们这次旅行的主要城市。

新西兰一年只有两个季节,6月份就进入冬季了,刮风、雨加雪。可是草地和树木大部分都是绿色的。温度在零上5~6摄氏度左右。我们在下午入住宾馆,之后去参观港湾大桥和海边停泊的帆船。大桥没有特别吸引人之处,只是这数以千计的帆船是特别的令人叹为观止。海边上全是白色的帆船,风吹起帆猎猎作响,特别的壮观,真不愧是千帆之都啊!

因为时差的关系,天很黑了,还是难以入睡。外面是狂风暴雨,真担心明天的行程。

第二天早上,我们结伴去附近的政府花园散步,这里并没有太多的花草,全是绿地、树木,还有用铁线围起来的牛、羊等。刚刚下过雨,空气很清新,脚下的泥土软软的。新西兰的老人们在这里遛狗、散步、快步走,他们主动和我们打招呼,问好,"你好"!用生硬的中国话问候我们。在回来的路上,一边欣赏两侧造型别致的民房和开放式院庭里盛开的茶花、鲜红的枫叶,一边拍照。这里的房子都是木板房,一家一个造型,大都是白色的,门前的院庭没有围墙,地面上全铺着草坪,里面有各种开着花的树木,最惹人流连忘返的是缀满鲜花的茶花树,树有一人多高,花有大碗口那么大,鲜艳夺目。走到路的一端,回头望去,绿树红花掩映的白色屋顶和笔直的公路,就是一幅精致漂亮的明信片。啊!这里的冬天也是这么的姹紫嫣红!

2006年5月27日,天下着小雨。我们乘坐旅行社的大巴,去罗托鲁阿。一路上绿茸茸的大牧场,满山遍野的牛羊和鹿群,还有精致的民房点缀其间。这里的草场都是种植的,一年一轮换,所以到处可以看到用铁线围绕的大块地草场。虽然已经进入了冬季,一些树开始落叶,大多数的松柏和不知名的树木还茂盛地生长着,绿油油的叶子在雨水的滋润下,像挂了一层蜡,亮晶晶的。

每行30公里,有一个休息站,大家下车休息大约15分钟,继续前行。中午12点左右,到了一个叫machamacha(毛利语)的小镇,在这里吃午饭,顺便到街头的小店逛逛。下午14点,到了罗托鲁阿。先去毛利文化村参观,这里有毛利人原始时代住的小木房,(按1:1比例后建的)小房子很矮,只有一人多高,而且非常的狭小。还有毛利人聚会的场所和毛利人的图腾,木刻的很怪的一种头像。整个文化村的景色很独特,山峦起伏,地热喷泉冒着热气,满山蒸汽升腾,热浪扑脸。石头特别的烫人,散发着硫黄的气味。展眼望去,蒸汽缭绕与云雾连接在一起。在文化村的出口处,有一个毛利文化展览馆,里面展示着毛利人的起源,发展和进步的历史。在一个工作室里,一群工匠们正在大圆木上雕刻类似鬼怪形状的头像,那就是毛利人的图腾。

来到国家公园,英国哥特式的建筑是这个公园的亮点,这种建筑的造型是中间突出,两侧稍矮一点的楼房,中间和两侧都有一个高高的尖顶,就像教堂的尖顶一样。这里原来是英国贵族洗温泉的地方,现在已经对外开放了。在这个建筑的后面是高尔夫球场,我们特意去那里的草地上踩踩,草特别地有弹力。公园的地面上除了人行道硬化之外,90%以上是草坪,修剪的非常整齐,像刀子刻的一样。各种造型各异,小巧玲珑的小屋,错落有致的台阶,鲜艳夺目的奇花异草和高大的树木,摆布的十分得体。黄的、红的、绿的树叶交错着,整个感觉就是舒旷、幽雅、洁净、一尘不染,人在画中,画在水中。

紧接着又到地热公园,比起国家公园,这里显得更加秀美、幽静。水是蓝的,静静地像一面镜子一样,岸边是奇特的花草,远处有不知名的大树,树叶的颜色也是特别鲜艳。我们来到一个小棚子里,有一个能坐30多人的温泉池子,大家脱掉鞋袜,把脚伸到池子里,水温有30多度,感觉很舒服。看这对面的湖水,不时地冒出气泡来,那也是温泉。到这里来旅游的人们都是为了洗温泉而来的,还

有美不胜收的自然景观。

晚间我们就住罗托鲁阿,宾馆是一个英国式的平房,有点像北京的四合院,只是很宽大,很别致,白墙,赭石色的窗棂,四面是客房,院子中间有一个大温泉水池,里面有一对夫妇在洗温泉,旁边还有一瓶葡萄酒和两个酒杯,一边泡着温泉,一边喝着酒,不时地还亲热一下,呵呵,像进了无人之境一样。天已经很晚了那一对夫妇还没尽兴呢,好在没有游人去打扰他们。

第二天,去红木原始森林,正赶上下着小雨,树林里的空气特别的好,偶尔太阳出来了,透过茂密树林的缝隙,洒了进来,那光像一条线,又像一缕雾,变幻无穷。脚下是厚厚的落叶,软软的,走起来很吃力。高大的松柏和厥树交错着,树干上长满了苔藓,仰头望去,树冠把天都遮住了,大家特别的开心,互相大声呼喊着,那种回归大自然的感觉舒服极了!

来到罗托鲁阿湖,看海鸥成群地落在湖边的草地上,当它们飞起来的时候,就像一片白云。还有成群的鸽子与游人们玩耍,一会儿落在你的头上,一会儿落在你的手上,一会成群地飞起。湖水清清,白天鹅、黑天鹅优哉游哉地在水里游着,不时地等着游人给它食物,和人特别的亲近。人与动物,人与自然的那种和谐之美,令人难以忘怀。

2006 年 6 月

北戴河印象

北戴河,全国最早的度假旅游胜地,也是国家领导人及中央各部委疗养、休假、培训的中心。疗养院、度假村、培训中心遍布北戴河的海滨。

知道北戴河的名字,还是在孩童时代,从杨沫的长篇小说《青春之歌》中读到的:大海、沙滩、海鸥,美丽的林道静和她凄美的爱情故事、革命生涯,在我年少的心灵留下了一生都磨灭不了的印记。我向往着有一天,能到北戴河亲身体会那令人心驰神往的美丽风光。

第一次来北戴河,是在 20 世纪的 80 年代末,我有幸带队参加全国妇联组织的培训班。那是我头一次出省去南方,也是我有记忆以来第一次看到大海。从秦皇岛下火车,便乘着全国妇联的大巴车去北戴河。一路上,心情特别的激动,一切都是新鲜的:红褐色的土地、满山的桃树、精致的小楼、飘香的槐树。最让人心动的是浩瀚的大海和立着桅杆的渔船。我不禁想到了毛泽东的一首词"大雨落幽燕,白浪滔天,秦皇岛外打鱼船,一片汪洋都不见……"海连天,天连海,水天一色,我被震撼了!才感觉到世界如此之大、如此弘浩。突然觉得自己是那么的渺小,如一叶小舟,如一片落叶,如一朵浪花,如一滴水。

第二次来北戴河是90年代末,我参加全国政协的培训班,20天的时间,可以尽情地享受这海滨城市的美好生活了。正值鲜花盛开的五月,到处都是花的海洋。全国政协培训中心坐落在海边,依山傍水,错落有致,出了大门往左拐100多米就是大海。站在房间的阳台上,就能看到海,听涛声呼啸,临海风拂面。围墙上的蔷薇花开的密密匝匝的,粉红、淡黄的,挂满枝头,一直拖到地面上。院庭里的绿地鲜花相映,美不胜收。清晨,沿着海边散步,在岩缝里抓小螃蟹,晚上结伴去海边浏览小摊上琳琅满目的珍珠、贝壳做成的项链和工艺品,偶尔买上几件,特别的开心。蓝天、绿树、红瓦和清爽的空气,令人陶醉,为之欣狂!

第三次来北戴河,是2007年6月份,齐齐哈尔市政协在这里召开座谈会,给我们提供了又一次领略北戴河风光的机会。如今的北戴河,从一个大家闺秀出落成一个风韵绰约的少妇,成熟、丰满,更具魅力。这个美丽的海滨城市增添了现代化的建筑和新的人文景观;旅游度假的人流中增加了好多外国游客,黄头发蓝眼睛的俄罗斯人,日本、韩国人,还有来自世界各地的友人。这一次我头一回下海洗海水浴,海底的沙子软软的,凉凉的,坐在水里,任凭海浪袭来,水花冲进嘴里,咸咸的。海水好滑润,好清爽,随着波涛起伏,感受着大海的魅力。晚间这里的夜生活也是那么丰富多彩,街道两旁是经营海鲜的店铺,游人在这里品尝海鲜;一些退休的老年人,聚在一起吹拉弹唱;年轻的画家在给游人画像。从这座历史悠久的旅游城市发展变化中看到了我们国家快速发展的步伐,一种和谐、富足、文明、开放的气息处处都在凸显着、释放着不可抗拒的力量!

2007年9月4日

晚点的快车

2007年6月27日,北戴河会议结束,我与老伴儿准备去黄山旅游。大侄儿帮我们在北京一个旅行社组了一个散团,去黄山。我们买的是上午11点45分的K45次北京——黄山的硬卧票,一个中铺、一个下铺,很理想。想去黄山很久了,

心 田

终于有了机会,登上了去黄山的列车,心情特别的不平静,既激动又兴奋。我和老伴儿忙把旅行箱子放好,列车准时开出北京站。外面天气不好,云层很低,黑云密布,不一会就刮起大风,下起了大雨。我们吃完了午餐,便躺在卧铺上睡着了。这几天太疲劳了,这会儿可以美美地睡上一觉了。

列车在风雨中行驶,晃晃悠悠地,不一会儿就进入了梦乡。等我醒来的时候,列车停在一个小站,外面仍然下着雨。广播喇叭反复播送着:"各位旅客,因机车设备故障,大约晚点 2 小时 40 分左右,请见谅。"原来列车驶出北京站不久,风雨把机车的电线刮坏了,机车不能行驶。列车还没出北京市呢!

我们座位附近都是旅游团的,大家似乎并不在乎列车晚点,出行的兴奋心情抑制不住,大声说笑着。一伙来自北京某社区的大妈们开心地玩着扑克,有的还放声唱起了京剧。一种愉悦的气氛在整个车厢里飘散着。列车走走停停,快车变成了慢车,甚至比慢车还要慢。人们都沉浸在热闹开心的氛围里,没有谁抱怨什么。

车里的空调散发着适宜的冷气,很舒服。只是窗外的雨时断时续地下着,雨丝滋润着绿色的植物,雾气蒸腾着,看着窗外的景色心情还是不错的。北京、天津西、沧州、吴桥,这时已经晚上 19 点多了,列车晚点了 4 个多小时了,真不知道还要晚到什么时候呢。正点到达时间应该是明天早晨 7 点多。看来旅行计划中明天的日程安排要泡汤了。这时车厢静下来了,人们有些着急,真的耽误了行程可是太遗憾了呀!咳,又有什么办法呢?晚上 21 点多,便上卧铺睡下了,着急也没用,睡吧。

第二天清晨 5 点多,人们纷纷起来洗漱,吃早餐。外面仍然下着雨,车还是走走停停,已经晚点 4 小时 40 分了。南京,马鞍山,芜湖。过了马鞍山,太阳从云缝里露出了一缕光线,让沉闷的心有了一点开朗。真的希望到黄山时阳光明媚呀!放眼向远处看去,仍旧是浓云密布。既然如此,着急也不是办法,烦闷也解决不了问题,干脆欣赏这窗外的自然风光吧。

列车驶进了安徽省境内,离黄山越来越近了。路边一片片稻田,一池池荷塘,荷花正盛开着,粉红的、白的,十分娇艳。荷叶像一把把小伞支撑着,接着雨滴;荷花的包蕾从荷叶旁伸出,犹如羞涩的少女。远处,山峦起伏,山边飘着浮云。雨滴在车窗上斜着划过,留下一道道水迹,雨雾蒙蒙,笼罩着浓绿的田地。河水弯弯,稻田片片,村落点点,白色的小楼错落有致。

列车到了芜湖车站,大家下车换换空气。下一站是宣城,这里的民宅都是二层的小楼,很精致,占地面积不大。土地是红褐色的,每块农田里都有一个小庙,一米见方。种植的大都是水稻、玉米和棉花。

过了宣城，就是宁国县，山峦起伏，茂密的树木覆盖着连绵的山峰，间或可以看到小块的农田。过了绩溪就是黄山了。天气还是多云，人们的心情都很沉闷，担心着旅程如何安排。邻座的一位女士，很激动，把车长请来了，问他们要负什么责任，车长的态度十分谦和，微笑着听着女士发牢骚。车长其实什么也解决不了，老天惹祸，谁又能负什么责任那？

28日上午11点45分，列车终于到达了黄山车站。我们在列车上整整待了24个小时，列车晚点5个小时。呵呵，虽然有点出师不利，但是一路欣赏异地风光，心情还是不错的，但愿整个行程平安顺利吧！

2007年9月12日

黄 山 行

这次旅行，是从北京出发，主要景点有黄山、西递、千岛湖、杭州、上海、龙门古镇水乡乌镇六日游。

由于北京的火车晚点5个多小时，本该早上7点30分到黄山车站，却在中午时分才赶到黄山站。行程计划中的第一站是地处黄山脚下的世界文化遗产地、"桃花源里人家"——黟县境内的明清民居博物馆——西递。却暂时不能前去，直接吃午饭，然后去黄山。

从北京出来，一路上总是电闪雷鸣，大雨滂沱，到了黄山脚下依然是阴雨绵绵。我们每人买了一个雨披，一把拐杖，便开始登黄山。在慈光阁站乘索道到玉屏站，全程2 176米，高差753米，每个缆车乘坐六个人。下了缆车，便是玉屏楼景区，只见这里山锁云雾中，时隐时现，山崖上的松树千姿百态。这里最著名的景点是迎客松，以雄美的姿态欢迎天下来客。我们争相在迎客松前拍照，只可惜小雨唰唰，人们披着雨披，形象自然不太理想，为了留下纪念，也顾不得这么多了。

接着全靠步行上山了，目的地是光明顶。我们一行36人，男女老少，参差不齐，大家尽量都跟上导游的步伐。虽说下雨路滑，却是观景的绝妙机会，为什么这么说呢？因为越往山上走，云层越厚，只见奇山怪石，在云雾缠绕中变幻着不同的景象，那傲立崖头峭壁的松树更是别具形态。当你抬头看山时，是一片雾气，再回头望去，突然在云雾中露出山石的一角或是松树的倩影；本来眼前是雾

气迷茫,突然有一个山景树影出现在前方,给人一种若即若离之感。俗话说:看景不走路,走路不看景。尤其在阴雨天气,更要注意脚下湿滑的山路。我们只能按照导游的指点走走停停,远望天都峰,远观黄山最高峰——莲花峰。

　　雨越下越大,我们的裤脚全都湿透了,泥水溅满了裤脚,越走越累,一边出着汗,一边雨水浇,真不知道是汗水混着雨水,还是雨水混着汗水了,只顾赶路,早点儿到黄山第二高峰——光明顶。一路上,最惹人瞩目的是一家人,子女们陪着老两口,还带着一个六七岁的小男孩儿。走着崎岖的山路,他们总是努力走在前面,互相关照着,互相追逐着。我特别佩服那一对老夫妻,看年纪接近七十岁,却步履坚实,一点儿也不示弱,不掉队。走着走着,队伍的距离开始拉大,人们的体力不支,走一走,歇一歇。我们问从山上下来的游人,离光明顶还有多远,那人说,还不到一半儿呢!我们就更觉得累了。导游只好等着后边的人们,不停地摇晃着手中那面早已滴水的导游旗,招呼大家,给我们鼓劲儿。

　　终于走到光明顶,又一阵瓢泼大雨,我们赶紧找个亭台的墙角躲雨,等大雨过后,才向光明顶的宾馆走去。天已经黑了,晚上在山顶住宿,明早看日出。我们先到房间安排一下,这里的住宿条件太差了,一个房间上下铺,住有8个人,一个卫生间。被子都是湿漉漉的,一股霉味。这还是不错的房间呢,有的房间还没有卫生间呢,那就更不方便了。我们第一个任务就是洗浴,一个人一个人的轮换着洗,好在有热水,冲下来的水的都是黄色的,泡洗的衣服的水也是黄色的。因为这里的泥土是黄色的,特别的细腻,溅到腿上的泥土轻易弄不掉,只有用水冲洗干净。换洗完毕,到楼下餐厅用餐,老伴儿买了一瓶二两半的白酒,花了15元,点了几个小菜也吃得津津有味的,真是太累了,吃啥都香啊!

　　回到房间里,素不相识的旅友们互相认识一下。在我们房间里有一位外国姑娘,记不得她是哪一国家的人了,白皙的皮肤,一双大眼睛特别有神,淡黄色的、蜷曲的披肩发,很招人喜欢。她与男友(中国小伙)一起来游黄山的。她有着很高的素养,中国话说得很流利,特别的文明礼貌,很随和,喜欢与我们交流,也很能适应环境。有人抱怨住宿条件不好,而她却一句抱怨的话都没有,很有条理地铺好床铺,躺下来看书。她是电视台的记者,有人问,她的国家媒体是否报道一些负面的消息,她说:我们电视台不报道阴暗面的东西,都是正面的、教育人的新闻和消息。这个外国女孩的举止言谈给我们每一个人都留下了深刻的印象。

　　终于亮天了,期盼着看到日出。当我们走出房间,来到大厅里,我不禁惊呆了,昨晚宽敞的大厅里住满了游人!他们穿着黄大衣,手里拿着拐杖,席地而卧,或席地而坐,正睡得香甜。导游说,这是夜间上山来看日出的人们。和他们比较,我们真是太幸福了啊!为了看黄山日出,顶着大雨夜行,席地而睡,这是多么大的毅力啊!

黄山的日出,真是太难得一见了。外面是白茫茫的一片云雾,早已有人在这里扶栏远眺,盼着云雾散去,看红日升腾。可想而知昨天下了一天的雨,湿气达到了一定的程度,这厚厚的云雾如何能散去呢!

人们翘首以盼,望着东方的天边,只见云雾翻滚着,不断变幻着形态,一忽儿如万马奔腾,一忽儿似大海茫茫,一忽儿又群山凸起。这云海也让人看呆了啊!最终也没看到日出。下山的时间到了,我们在导游的引领下开始了下山的行程。按照行程可以徒步下山,也可以乘坐缆车到云谷寺,然后步行下山。那一家子的老两口和孩子选择了乘缆车,我们几位年纪大一些的也选择乘缆车下山。这个索道全长2 808米,上下高差772米。缆车特别大,可以乘坐50多人,速度也挺快的,大约八九分钟就到了云谷寺站。这里山路比较平坦,走起来不觉得太吃力,路边好多楼堂馆所,都是出售土特产和工艺品的店铺。我没有兴趣观赏这些东西,却被山间的翠竹深深吸引住了。都说黄山松是一绝,可是我却喜欢这满山的竹子,青翠、挺拔、秀美,一阵风儿刮过,摇曳多姿,瑟瑟作响,如诉如泣,好感动人。我凝望着半山的竹林,想象着它们是不是仙女的化身呢?那么纤细,那么清灵,那么飘逸。它不与崖松争高下,不与花树争艳丽,把根深深扎在岩石里,以修挺的身姿给人们带来清爽和惬意。给人们以启迪和深思,以君子之风深受文人墨客的喜爱。有诗咏竹,有画写竹,在人们的庭院里,窗前屋后,都有它秀美的身影。真是意外的收获,没想到在美丽的黄山看到了我最喜欢的竹林!触动我心灵的竹林!

来到了乘车点儿,导游已经在那里等候我们,人们陆续来到这里候车。这时候,我又看见了那个外国女孩和中国小伙,身着户外服,从山上走了下来,那份神情特别的骄傲,他们才是真正的登山族啊!青春年少,血气方刚,徒步登黄山将成为他们值得骄傲的事情。我们羡慕着,也分享他们的快乐。

黄山游即将结束了,虽然阴雨连绵,云雾蒙蒙,却体会到了别有情趣的黄山风貌。若即若离,若隐若现,让人琢磨不透黄山到底有多美。那山石、那松树、那竹林,给我们留下了无限的遐想空间。身边的游人们也给我们留下了深刻的印象。

2017 年 3 月 24 日

一次不寻常的培训

在工作岗位时,经常参加各种各样的培训和学习班,县、市、省、国家级的培训都参加过,也参观考察过好多的城市。可是,给我印象最深刻的,最难以忘怀的是全国老促会(中国老区建设促进会)举办的大讲堂。

一

2007年11月,我有幸参加中国老区建设促进会妇女工作委员会举办的《学习十七大,促进老区家庭致富》大讲堂。

11月,黑龙江早已进入冬季,祖国首都北京的温度适中,空气清新。我们来到南池子大街缎库胡同5号南池子宾馆,这是一个部队的招待所。西邻天安门,东靠王府井。南池子大街不怎么宽,路两边的槐树还绿着,路面上已经有了一些落叶,一台自动扫地车把落叶吸到车里,一片深秋的景象。

下午没什么事情,我一个人去王府井大街游览。出了宾馆往南走不到100米,便是菖蒲河公园。这是依着一条小河建起的长条形的公园。据说这条河原来是盖在下面的暗河,最近几年市政府把它挖掘出来,修建了小桥、假山,栽植了绿篱、松柏、竹子、菖蒲和月季,铺上了青石板路。小河的水浅浅的,轻轻地流淌着,河边是高大的垂柳,柔软的枝条在风中摇曳,抬头望去,阳光从树隙中照射进来,有轻薄的烟雾缭绕,风儿吹过,拂动的柳枝犹如绿色的丝绦在烟雾中嬉戏。小路弯弯,那小桥、那亭阁掩映在绿树间与红墙相衬,景致十分恬淡、幽静。迈着轻盈的脚步走过,那松风竹韵浸透衣袂,真是层层叠绿,曲径通幽啊。

二

新的一天开始了。培训的第一天有好几项内容,日程排得满满的。第一项内容是与中国老促会的领导合影。早饭后,我们从南池子宾馆出来,往右拐,有十几米便穿过马路,到对过(西面)的小胡同,进入劳动人民文化宫。映入眼帘的是高大繁茂的柏树群,这里生长着大都是500年以上的古柏,个别后补植的也有300年的历史,大部分是修建太庙时栽植,每棵树上都有编号,是有户口的啊。穿过古木群,从一个小门进去,就是太庙的三殿演出厅,也是我们上课的地方。又走过一个高门槛的小门,就是太庙的正殿了。红墙、高柱、琉璃瓦结构的古建筑在阳光下熠熠生辉,恢弘庄严,还有几分神秘感。古木参天,青石铺地,玉栏石阶,整个感觉是那么庄重威严。身置这红墙碧瓦之中,似乎回到了几百年前的皇宫一般,心底涌动着莫名的激动和感慨。

8点40分,我们已经整齐地站在早已排好的架子上,等候和领导们拍照,凑巧了,一位资深的领导记错了地方,要晚七八分钟才能到,北京的早晨也有些凉意,好多领导已经坐在前排了,这时一位叫扬立的老大姐(中国老促会的)站了出来,高声说:姐妹们!我们唱几首歌吧!说着便举起双手打着拍子,唱了一首《红梅赞》,又唱了一首《我们在太行山上》,这激扬的歌声在寂静的太庙的大广场响起,显得特别的雄壮。我们被杨大姐的情绪感染了,唱的特别起劲。平时我们也曾在茶余饭后到歌厅唱歌,那就是一种消遣,没有什么激情。在这里唱起来,感觉是特别的不一样,我们似乎置身于解放前夕的战场,闻到了战争硝烟的味道,心中有一种激情在燃烧!

杨大姐有力地挥舞着双臂,非常投入地唱着,这哪里是一位67岁的大姐啊,分明是一个血气方刚的年轻姑娘,激情饱满,斗志昂扬。我想,此刻她的思绪一定是回到了战火纷飞的年代,在祖国解放的前夕,那遍山的红梅如同东方欲晓的红日,照亮了祖国大地,照亮了人民的心!焕发着永不凋谢的青春光彩!

她陶醉了,也陶醉了我们每一个人。青春的激情在明亮的眼光中闪烁;青春的旋律在雪白的发丝间飞扬;青春的神韵在稳健的步履中飘逸;青春的生命在摆动的双臂中延伸。这激情包裹着我们,激动着我们,祖国的心脏永远同老区人民的脉搏一起跳动!这激情鼓舞我们认真学好每一课,认真交流好建设老区的经验,建立了全国革命老区间的友谊!

这次大讲堂,学习的内容分为三部分:一是听取国家有关部委的权威人士讲授关于建设小康社会、加快老区扶贫开发步伐、国际形势、新农村建设与环境保护、奥运筹备情况、太庙介绍、提高老区妇女工作水平等课程。二是交流全国老区建设工作的经验。三是参观考察。日程安排是上午听课,下午经验交流或者参观游览名胜古迹。

中国老促会的组成人员大都是从各部委离退休的老同志。他们特别的热情、认真的接待来自全国各地老促会和来自老区最基层的同志们,细致周到地为学员们服务。尤其有几位女士,年纪60多岁,与我们同吃同住,形影不离,时时刻刻出现在我们身边。时不时地到驻地问候大家,看看有什么需要帮助的。吃饭的时候,她们也关切地问我们饭菜是否可口,还有什么建议等等。外出参观时,她们跑前跑后地照应我们,生怕我们走散。上课前组织学员们上台唱歌,而且都是红歌,把我们带进那个火热的年代,让参加学习的人们感到特别的温暖。

三

在南池子宾馆往南走50米,有一个文物保护单位——皇史宬。午饭后,我怀着好奇心独自来到这里游览。皇史宬,是我国现存最古老的皇家档案库。始建于嘉靖十三年(1534 年)七月,建成于嘉靖十五年(1536 年)八月正式投入使用。

皇史宬,占地8 460平方米,建筑面积3 400平方米。分宬门、正殿、东配殿、西配殿、御碑亭五部分。正殿是我国大型古典无梁建筑,全为整石雕砌(包括门、窗、匾额),殿内大厅无梁无柱,南北墙厚6.4米,东西墙厚3.45米,乃石砖拱型建筑,整个大殿不用一砖一木,是谓:"石室",殿内地面筑有1.42米高的石台,其上可排列151 个包铜皮鎏金雕龙的樟木柜,是谓:"金匮"。整个建筑与装具既能防火、防潮、防虫、防霉,又冬暖夏凉,温度相对稳定,适应保存档案文献。明、清两代这里主要存放列朝皇帝实录、圣训,玉牒(皇帝家谱)等皇家档案。另外,还存放过《永乐大典》副本、《大清会典》、将军印信等重要文件。

如今,朱门禁闭,荒草盖地。曾雄伟恢弘的与皇宫建筑相像的大殿,静静地伫立在那里,好像一个年迈的老人,沉浸在对往昔的回忆里,不去理会人们的关注和仰望。风蚀的大理石栏杆上的雕刻,隐隐透露着当年的雍容华贵和壁垒森严。

观看大殿的外貌,看着标志牌上的简介,我为古代建筑的精致、实用而感叹。伟大的中华民族历史悠久,文化底蕴深厚而绵长。尤其是古建筑的精美堪称世界一流!

在学习期间,劳动人民文化宫研究室主任给我们专门介绍了有关太庙的基本常识。太庙是帝王祭祀祖先的地方,全国只有一处。是明清两朝的太庙。清朝建立后,并没有破坏太庙。太庙建于永乐十八年(1420 年),与紫禁城一同建成的。从建筑上看,其价值从某些方面超过故宫。因为故宫被烧过多次,太庙却没有被烧过,保存的非常好。在建造时,就很注重质量,台阶、殿顶、雕饰都有讲究,是最高级别的,也是保存最完好的建筑群。太和殿是金銮殿,太庙的位置比太和殿靠前一段。太庙,基座有 8 米高,木质结构,金丝楠木(非常珍贵的木材)建筑,高13.2米,比太和殿高,寓意帝王不能压祖宗。

我们每天都在太庙的后殿的演出大厅听课,休息时间,我们穿过角门,走到太庙的大殿前散步,看古柏,赏古迹,用手抚摸那些雕刻着云朵、莲花、龙凤的图案,心中想象着这些古柏和建筑经历了近 580 年的沧桑,多少帝王早已逝去,唯有金碧辉煌的建筑和郁郁葱葱的古柏依然矗立在这里，没有一点儿衰败的迹象。人们在这里浏览、参观，观看演出，举行外事活动，成为历史文化与现代文化的交点。帝王早已作古，劳动人民的智慧结晶永存。

四

第一次登上天安门城楼，不禁想起"文革"期间，天安门是我们心目中最神圣的殿堂，神话般的新奇。那时，只有国家领导人才能登上这个城楼，伟大领袖毛主席在这里接见红卫兵，使我们十几岁的青年近乎疯狂。天安门，中华民族的象征，是我们心中的图腾。而今平民百姓都可以登上城楼，领略当年皇帝颁诏和国家首脑检阅百万游行队伍的风姿。

天安门雄伟屹立在首都北京的中央，红旗招展，红灯高挂，红柱红门红墙，高高的楼顶金碧辉煌。天安门的大厅里，摆着红木包着金边的椅子，供领导人休息用的。四周展出的是有关的图片资料，反映了天安门兴建至今590年的历史。几经兴衰，几度修建，今天这个雄伟的城楼沐浴着新时代的阳光，青春焕发地伫立在天安门广场。放眼望去，高楼林立，绿树红墙，游人如织，一派欣欣向荣的景象。

从天安门城楼下来，去故宫参观。从午门进去，便是太和殿，也就是金銮殿，正在整修，我们便到西侧的各个展厅里参观明清两代皇宫中的用品。武器、乐器、朝服、器皿等一应俱全。虽然大部分是复制品，但从中也了解到当时宫廷的生活状况。然后，去西六宫参观，狭小的院落，长长的过道，高高的门槛和高高的红墙。每个宫就是一个院落，进门有影壁，正殿，东西配殿，正殿是妃子居住的地方，屋子不大，陈列的器物都是金银玉器，大都用黄金包裹或者镶嵌着玉石和珍珠，虽然经历了几百年的历史，依然如故。但是，人去楼空，物是人非了。看那锦被罗纬，不知浸透多少苦涩的泪水啊！每个高墙围障，壁垒森严的宫院，演绎了多少争宠失宠的故事啊！

从西六宫出来到御花园，楼台水榭，假山古柏，池中的牡丹叶子早已落尽，回想当年是何等的葱郁繁华，如今松柏苍翠，人已换了几代了。我抚摩着遒劲的古柏，感慨万千。

我们从东侧返回，因为时间的关系，东六宫已经来不及参观了，腿脚也觉得累了。从太和殿东走过，正看见红日斜挂天边，把紫禁城映得一片金黄，由于空气比较混浊，太阳就是一个红红的圆体悬在金色的古建筑之上，我们赶紧拍下了这难得的景观。

望着这宽阔的太和殿前的广场,似乎看到了当年皇帝理朝议政的场面,旌旗飘飘,百官齐拜,卫士肃立。脚下的石砖已经风蚀破损,这里面曾经演绎了多少倾轧杀戮的惨剧啊!如今青石尤在,人已成灰。唯独这紫禁城与青松翠柏,百年不衰。

故宫,人类文化的遗产,以它特有的魅力跻身于世界之巅!

五

每次听课前,来自老区的姐妹们都争先上台唱歌跳舞。她们深情的、特别投入地唱着、跳着。台上台下互动,来自大草原的长调,来自山西的小调和湖南的民歌,展示着老区姐妹对战争时期的怀念,对先烈的敬慕、对家乡的热爱,对美好生活的赞颂。这种感觉打动人,感染人,人与人之间的情感如鱼得水般的交融在一起。

最令人感动的是中国老促会的几位大姐。那种敬业精神和周到的服务,让每一个人都发自内心的感动。杨立大姐67岁了,看上去就像刚刚50岁的样子,体态轻盈,步履稳健,脸上总是挂着开心的笑容,说起话来声音又清脆又甜美,灰白的头发烫成了大波浪式的短发,整个人精干利落,朝气蓬勃,给人的感觉是特别的清爽和美丽。每天她都把课前的活动组织得特别的活跃,把大家的情绪调动到最兴奋的程度,让我们每一天都是那么的开心。甘大姐65岁了,自己开车,才拿到驾照不到4年。她整天陪伴着我们,不论是吃饭、上课、参观、购物,她的身影总是在我们的眼前晃动着,直到每个人都回到驻地,她才能休息一会儿。还有一位男士,为我们管理后勤,服务得周到热情还特别的谦虚。每逢去参观,他就穿上一件大红的夹克衫,走在队伍的前面,做先导。他说,你们找不到队伍就找红色的衣服。在拥挤的人群中,他是那么的显眼。

全国老促会的培训,学到了全国老区经济发展的知识和经验,更学到了老区的光荣传统,是一次心灵的淬炼。

大讲堂的学习时间很快就过去了,早已成为历史的一个微小的浪花。可是,老促会的领导与老师们却给我们留下了深刻的印象,这种别开生面的学习、参观、交流形式以及带给人们的影响却是长远的,难以忘怀的。老区精神永存。

2007 年 12 月

参加省诗词协会年会纪实

2008 年的"三八"节,是有意义的一天。我和同事王德江、王忠魁来大庆钻井二公司也是铁人工作过的地方,参加黑龙江省诗词协会举办,由钻井二公司承办的诗教年会暨第三届冰雪诗会。日程安排的很紧。参加会议的来自各地市、县政协、宣传部、文联、诗词协会、诗社的领导和同志 64 人。

上午是大会。省诗词协会常务副主席陈修文做工作报告,重点谈了如何创建诗词县和诗教先进单位的意见。有五个县区和单位做了发言,其中,我代表泰来县诗词协会发言,谈了我们县书画、诗词的底蕴和创建诗词县的具体想法。会间,参观了书画展。我非常高兴地又结识了几位新的朋友,她们虽然年事已高,但青春的热情不减。尤其是哈尔滨青山诗社的王颖社长,74 岁了,却英姿飒爽,美丽端庄,也许是隽永的诗词使她青春不老吧? 我很敬慕她,她也非常喜欢和我聊天。原嫩江县政协的王国华主席,也是一个诗词爱好者,自己出书了,在会间他是一个活跃人物,看他喜笑颜开的样子,似乎陶醉在诗词的创作之中。讷河市诗协的王主席 84 岁了,虽然满头白发,却步履轻盈,能背诵自己写的诗歌长达 10 分钟,我被他们的情绪感染了,心情出奇的好。

下午,参观 1205 钻井队和铁人纪念馆。1025 钻井队是铁人——王进喜带过的钻井队,至今已经更换了 18 任队长,现今的队员平均年龄 27 岁,都是血气方刚的小伙子们。望着高高的井架在蓝天中耸立,发出隆隆的钻井声,身着红色工作服的队员们紧张地忙碌着;在他们居住的活动房里,有 1205 钻井队的队史展览,记录着昔日创业的艰辛和今天的辉煌。我不禁想起了一句歌词"茫茫草原立井架,白云深处把井打"。今天,身临其境,感慨万千。

当年的一派荒原如今变成现代化城市和油田,工人们住着带空调的活动房,里面一应俱全,拿着高工资,还有数额可观的奖金。他们真是幸福的一代,幸运的一代。从他们身上也看到了社会的进步和发展。

铁人纪念馆,建造得特别的壮观,这可能是全国最恢宏的一个,也是唯独的一个为工人建造的纪念馆吧。登上高高的台阶,走进了造型别致的纪念馆,在大厅里对着大门的是一个土黄色的雕塑,整整一面墙,是石油工人的群像,大气磅礴,震撼人心。随着解说员的引导,逐个展室去参观。好多实物、图片、影视片和一比一的实物、人物、会战场景的再现,让人感动着。当年的会战指挥部是一个废弃的牛棚,石油工人住的是废弃的土房和自己挖的地窨子,可以想象当时的冬天他们是怎样的艰辛。井喷了! 王进喜第一个跳进水中用身体去搅拌水泥浆;打井断了水,他带领工人们破冰取水用脸盆、水桶拎水保证钻井顺利开钻。王进喜说:"宁可少活20年,拼命也要拿下大油田!"他实践了自己的诺言,因劳累过度,患了癌症,47岁就走完了自己的一生。王进喜,不认识几个字,就挤时间学习,他说:"学会一个字,就是搬掉一座山,我要翻山越岭去见毛主席!"他也实现了自己的愿望,受到了毛主席的接见。他的语言非常的精练,还喜欢写点小诗,在展馆的一面墙上有就他写的诗,虽然语句非常的短,却是催人奋进的号角! 王进喜出生在一个贫苦的农民家庭,十多岁就给地主放牛,吃了好多的苦。当他成为一个石油工人,就把自己交给了祖国的石油事业,为了甩掉一穷二白的帽子,奉献了自己的一生! 王进喜,属于那个艰苦的时代,是时代的巨人,铁人精神永远弘扬! 他创造了最宝贵的精神财富,值得后人景仰。看铁人业绩,学铁人精神,做一个对社会、对祖国有贡献的人!

铁人精神鼓舞着我们,也激励了大家的创作热情。在晚间的诗会上,人们争相上台,朗诵自己新创作的诗篇,歌颂石油工人的伟大,讴歌铁人精神的隽永,赞颂新时期党的政策的英明。

感谢省诗词协会,选择这样一个场所召开会议,我们汲取的精神力量远远超过了会议内容的本身。借鉴铁人精神,做好诗词事业!

杭州培训纪实

一

2008年4月5日,齐齐哈尔至杭州的1341次快车徐徐驶出齐齐哈尔车站。我们一行8人,都坐在邻近的卧铺上,刚好是晚饭时分,把买来的食品、蔬菜、水果还有白酒,都摆妥当了,便开始了别有风味的晚餐。大家边吃边喝边说笑,互相敬酒,其乐融融,对这次外出培训考察充满了期盼。

第二天早晨,刚刚5点,人们就纷纷起来洗漱。列车到达大虎山车站,新的一天开始了,我们将在火车上度过一天一宿。天气阴,窗外雾蒙蒙的,和同志们玩了一会扑克,就到铺上休息。躺在舒适的卧铺上,打开随身带去的诗词,慢慢地欣赏着精美的文字和文字描写的美好意境。不时收到朋友们的短信,祝福我们一路平安。车厢内安静、舒适,身心得到了放松,真是太难得了。

出游真乃一好事也。暂时放下繁杂的工作,远离那些不必要的烦恼,静下心来休息,观赏祖国大好河山,体会异地他乡的新奇。心情得到暂时的放松和平静,去抚慰自己的心灵和思绪,一切似乎都是那么的淡然恬静,任凭自己的思绪自由自在的流淌。

车窗外,雾霭遮日,天、树、大地都笼罩在一片茫茫之中,柳树刚刚吐绿,杏花、桃花已经竞相开放,湿润的土地已经翻耙平整,一派春意盎然,蓄势待发的景象。

车一驶过山海关,景色就不一样了,绿色越来越浓,村庄越来越多,人口也更密集了。到了下午15点多,进入了河北境内,阳光透过云层,烟雾迷蒙,麦田绿莹莹的,树木泛绿,果园的花开得正艳,高架路从头上掠过,远处还没耕种的土地泛着土黄色,好一幅春景图啊!

接近下午17点,斜阳下,烟雾在林间升腾,不禁想到了"漠漠平林烟如织"的诗句。过了德州,已是春意盎然满眼绿了,广袤的平原一望无垠,小河、水渠、树林交错,路边的小城精致、整洁,浅黄色的墙壁,红色屋脊的农舍,整齐划一。公路上的汽车一排排,好像在和火车赛跑,麦田像绿色的地毯一样铺向了天边。须臾间,行车已过三千里,柳绿花红,轻烟渺渺,油菜花似黄色的绸带一样在绿树间交错闪现。我们禁不住对起诗来:"晓雾连天雨,轻风遍地黄。驱车若千里,两夜到苏杭。""天欲晓,雾迷蒙,窗外细雨窗外风。无奈夜间行路晚,躁听鼾声到天明。"

第三天上午9点45分,到了杭州车站,齐齐哈尔市政协办公厅的同志接站。我们分成两部分,参加培训的同志们去杭州郊区的富阳县境内的太阳城假日酒店,我们参加主席座谈会的住离车站很近的赞成宾馆。

下午自由活动,有会老朋友的,有去西湖游览的,我一人打车去商场闲逛。杭州商场的商品比较新潮,价格也合理。这里年轻女孩喜欢穿着半大裙衫,很适合身段苗条的女子穿,面料也很轻薄的。浏览了一番,我便自己步行回来,凭着一种感觉,竟然走到了驻地,一点也没走错,这第六种感觉还不错呢。

晚饭后,我们结伴到附近的步行街——河坊街散步,这里大都是清代的建筑,街两边都是店铺,各种丝绸制品、小玩艺儿、茶叶、药品、各种小吃,琳琅满目,一应俱全。这里的丝绸制品有各种丝巾、丝绸衫、睡衣、被罩、床单,质地不错,价格便宜,很适合做旅游纪念品。

杭州这个城市很美,在90年代初我来过这里,那时候给我的印象:没有太高的楼房,绿树成荫,特别的精致、秀气。如今,发生了很大的变化,但是,在现代化建筑的空隙间仍然浸透着那种传统的、幽雅的美。4月,正是鲜花开放的季节,加上天天有小雨,梧桐、香樟树那种湿润的绿色衬着或粉或黄的花朵,让人感到特别的养眼。

4月8日上午,我们乘车去太阳城假日酒店参加齐齐哈尔市县区政协委员第五期培训班开班式,听取杭州市政协常委、工商联副会长介绍杭州市民营经济发展情况,听取雄鹰、龙辉集团董事长介绍在杭州的企业发展情况。

太阳城假日酒店坐落在杭州野生动物园的左侧,这里有山有水,错落有致,山上是茂密的树木,非常适合养育和观赏野生动物。园内有袋鼠、鹿、虎、豹、狮子、斑马、骆驼、熊、鸵鸟等,它们不是被关在笼子里,而是在野地里散放着,路的两边是高高的栅栏或者深沟,便于游人观赏。在寸土寸金的杭州有这样一个去处,很是难得。经营这个野生动物园的是齐齐哈尔人,可以看出,那里的环境对于发展民营企业是非常宽松的。

下午,召开主席座谈会,围绕杭州市民营经济发展,大家发表了很好的意见,感到非常开眼界,长见识,我们和人家比较不论从思想上和行动上都有很大的差距。杭州,没有什么资源,却在女装品牌上下功夫,把企业做大做强,把旅游事业做到极致,把招商引资做到了顶尖,把LP产业做到了最高水平,现在已经成为浙江省经济最发达的城市。

二

杭州培训期间,安排了学习考察和游览。

2008年4月9日上午参观萧山德意厨具总公司,然后去绍兴。顺路先到兰亭景区游览。

兰亭地处绍兴市郊西南,依山傍水、茂林修竹,为一处幽雅的古典园林。春秋时越王勾践植兰于此,汉代时建有驿亭,因而得名。

这里最惹人注目的是御碑亭,御碑亭建于清康熙年间,1983年重建,八角攒尖顶,重檐翘角,碑高6.86米,宽2.64米。碑的正面是康熙皇帝1693年所临写的《兰亭集序》全文,书风秀美,雍容华贵。碑的背面是乾隆皇帝1751年游兰亭时即兴所作的一首七律《兰亭即事》,书法飘逸,对兰亭的仰慕之情溢于言表。祖孙两代皇帝同书一碑,所以又称祖孙碑。御碑曾经历了很多劫难,如1956年一次强台风和"文革"时的破坏,但均幸存下来。"文革"时,红卫兵要来砸碑,在兰亭驻扎着的血吸虫防治所的医生们得到消息之后,连夜在碑上涂上石灰,再用红漆正面写上毛主席的《送瘟神》诗词,背面写上毛主席语录"千万不要忘记阶级斗争",才得以保存下来。

《兰亭即事》诗文:"向慕山阴镜里行,清遊得胜惬平生。风华自昔称佳地,觞咏於今纪盛名。竹重春烟偏澹荡,花迟禊日当舞荣。临地留得龙跳法,聚讼千秋不易评。"乾隆于 1751 年 3 月 8 日所写。

下午参观鲁迅故里。1953 年 1 月,绍兴鲁迅纪念馆成立,它是新中国成立后浙江省最早建立的纪念性人物博物馆。它以鲁迅生平事迹的宣传教育、鲁迅文物资料的征集保护、鲁迅思想作品的科学研究为主要任务。经过半个世纪的风雨历程,已发展成为历史文化名城绍兴对外宣传教育的一个"窗口"和著名的人文景观,在海内外享有较高的声誉。2004 年 5 月,一座以"老房子,新空间"的设计理念建造的富有 21 世纪时代感的标志性建筑——绍兴鲁迅纪念馆在鲁迅故里落成。

一条窄窄的青石板路两边,一溜粉墙黛瓦。鲁迅祖居、鲁迅故居、百草园、三味书屋,咸亨酒店穿插其间,一条小河从故居门前流过,乌篷船在河上晃晃悠悠,此情此景不禁让人想起鲁迅作品中的一些场景。

鲁迅故居内陈列的物品一如当年使用过的一样,身临其境,似乎走进了当年一代文豪朴素、精致,充满文化气息的生活场景。

参观完鲁迅故居,我们来到乌镇。乌镇地处浙江省桐乡市北端,西临湖州市,北界江苏苏州市吴江区,为二省三市交界之处。乌镇是一个有 1300 年建镇史的江南古镇。十字形的内河水系将全镇划分为东南西北四个区块,当地人分别称之为"东栅、南栅、西栅、北栅"。

走进乌镇,我们立即被这具有千年历史的古镇吸引住了。小镇中间是一条河流,河中有乌篷船慢悠悠地前行,游客们坐在船上欣赏两岸的风光。细柳摇曳,河水清清,偶有小桥横跨,一派江南水乡的韵味。我们则在窄窄的小巷里行走,参观文昌阁、宏源泰染坊,在高挂着蓝底百花的花布下留影,游览矛盾故居,古戏台,还在纺织作坊里亲手摇动纺车。

中午,我们找了一家简易的饭铺吃午饭,品尝当地特产"三白酒"(白米、白面、白水)。欣赏了江南水乡,喝了美酒,心里美滋滋的,下午去游西湖。

杭州西湖,还是那么美,那么恬淡,静谧。那山,那水,那景致依然焕发迷人的魅力。重新建造的雷峰塔,耸立在茂密树木遮掩的山间,在阳光的照射下,庄严凝重。美丽的传说给它罩上了神秘的色彩,那精致的造型和工艺更折射出中

华民族建筑文化的深厚底蕴。

从"苏堤春晓"的题字碑旁走过，绿树红花，娇嫩多姿，绿柳低垂，轻抚岸边的草地，摇曳着明媚的春光。游船在湖中悠闲地飘荡着。4月，正是苏堤最美时节。抬头望去，现代化的大都市笼罩在烟雾之中，唯有西湖清澈的湖水泛着微小的涟漪，清新的空气在水榭花木中流转着。断桥、长桥、白堤、苏堤依然静静地伏在柳丝竹韵之中，犹如一个淡妆素裹的少女，清纯自然，带给人们的是无尽的遐思。

乘着游船来到湖中心，停泊在那里，欣赏三潭印月和远处的平湖秋月的亭台。古香古色的楼阁掩映在绿柳之中，西斜的太阳照在湖面上，这水，这岛，这山和树都披上了一层薄薄的金色。美丽的西湖，令人赞叹，流连忘返。虽然是第三次来到西湖了，她独特的魅力依然是那么诱人！

从船上下来，走过苏堤，到对面的岳庙，瞻仰民族英雄岳飞的雕像和墓地。圆形的墓，坐落在大堂的后面，四周有青松翠柏相护，白、粉、红色的鲜花开得正艳，尤其是那一丛一丛的枝子花，洁白如雪、如玉般在墓旁绽放，好像大英雄的英灵显现着朴素、忠贞的灵光。

晚上就在西湖边一个坐落在半山腰，绿树掩映，曲径通幽的山外山餐厅就餐，正值山茶花盛开的季节，硕大的花朵惹人驻足观赏，还有紫红色的树木叫不出名字，我们拍了几张照片留做纪念。在美丽的西子湖畔，赏着美景，品着美酒，大家的心情非常的快活，真切地体会到了人间天堂的滋味。美哉！西湖！

2017 年 1 月 11 日根据出行日记整理

考察全国诗词之市——淮安

2008 年 4 月 11 日，杭州培训结束了。下午 15 点 40 分，我们一行 8 人到杭州汽车北站乘大巴车去淮安考察诗词之乡建设。

在来杭州培训之前，就安排好了，由县政协办公室负责与淮安市政协取得联系，请他们帮助我们联系淮安市诗词协会，为我们介绍创建诗词之乡的经验和具体做法。为了返程方便，我们选择了由南京回到齐齐哈尔(有直达车)，然后回到泰来。

大巴车很舒服，平稳地行驶在杭州——淮安的高速公路上。晚间 22 点 30 分，到达淮安汽车总站(老槐荫寺站)，淮安市政协的同志们带车来接我们，住在淮安市政府大楼对过的梅园宾馆。梅园宾馆是三星级标准的旅游涉外宾馆,位于淮安市健康西路。

淮安市地处苏北地区,520万人口,1 100平方公里,辖四县四区一个开发区。

淮安至今已有2200多年的历史。淮安人文荟萃,历史上诞生过大军事家韩信、汉赋大家枚乘、巾帼英雄梁红玉、《西游记》作者吴承恩、民族英雄关天培、《老残游记》作者刘鹗等。

淮安人杰地灵,是中华人民共和国第一任国务院总理周恩来的故乡。

一

4月12日早上,淮安市诗词协会会长尚云(原市人大常委会主任)、副会长兼秘书长周新民、陈部长(女)过来见面,并陪我们吃早餐。下午15点参加座谈会。

座谈会由尚云会长主持,并向我们介绍了淮安市的概况和创建全国诗词之市工作的具体做法。

会后,淮安市诗协赠送我们好多诗词书籍,包括机关公务员诗集、校园诗集、社区诗集、企业诗集等等。还参观了市区有关诗词的牌匾。

晚间淮安市政协的秘书长、办公室主任热情款待我们,市诗协的老领导们与我们共进晚餐。具有淮安特色的菜肴一道一道地上来,一杯一杯地敬酒。这里敬酒的方式与我们东北不同,一人敬一次,逐人去敬。我身边的陈部长是一位七十多岁的老太太,她穿着鲜红色的夹克衫,看上去也就六十岁左右,酒喝到高兴处,她便到旁边的桌子上写诗,并给我们诵诗,赞赏我们这次考察。尚云老会长和周副会长也写诗、诵诗、饮酒。诗酒相融,气氛异常热烈。县政协的王德江、王忠魁也写诗、诵诗。忠魁特意为我写了一首,我也在酒会上诵诗一首。

酒会达到了高潮。是诗词让我们结缘,千里迢迢、素不相识,为了诗词我们团聚在一起,欢畅地饮酒、作诗、诵诗,就像久别重逢的老朋友一般。真可谓:

> 把酒吟诗兴致高,推杯换盏乐逍遥。
> 江南大地添春色,塞北龙江涌巨涛。
> 千里之行交挚友,周公故里慕英豪。
> 寻诗觅画淮安处,敬羡同仁艺更高。

这次考察特别成功。首先感谢淮安市政协的朋友们,一个电话,就把考察工作落实了,他们不顾双休日,陪我们参观周恩来故居,为我们协调市诗协的领导,还为我们安排了丰厚的酒宴,接站、送行,让我们感受到了"全国政协是一家"的深情厚谊。更感谢淮安市诗协的老领导们,他们大都是淮安市市级领导退下来的,那么平易近人,那么执着地工作,为了诗词的普及,发扬老革命的光荣传统,深入到社区、乡村做辅导员,讲解古诗词的创作知识,真是令人敬佩。我们不仅学到了经验,更亲身体会到诗协人为了弘扬中国文化精华的那种锲而不舍的精神和无私奉献的风范。

二

淮安,清秀的山水养育了一代伟人和文学巨匠,积淀了厚重的文化底蕴。淮安,是敬爱的周恩来总理的故乡,是一代文豪吴承恩的故乡。

这里的景致与西湖比较,不比那里逊色,给人们的感觉却不尽相同,在一样的色彩里更蕴涵着浓厚的文化和历史的印记。看着古香古色的故居,雅致的亭台水榭,还有其主人曾经用过的物品,留下的字迹,如同走进了时空隧道,回到了那久远的年代,领略了伟人及文学家的宽阔胸怀,似曾目睹了那一代人的步履艰辛和仕途的坎坷。是啊,不经历磨难的历练,如何造就一代伟人!不尝尽人间仕途的挫折和苦涩,如何能写就历史巨著!年代,时间,经历,还有这灵气充盈的一方水土,孕育了惊世之作和世界伟人!

一代伟人、文豪,在属于自己的那个时代逝去了。可他们的精神却在鼓舞着后人奋发搏击!一代伟人和文豪,留给人们的不仅仅是精神上的财富,随着改革开放,这些潜在的文化积淀,给一方经济发展也带来了契机。难怪淮安能成为全国的"诗词之市",是巨大的文化底蕴在托举着,伟人的精神激励着,现在的人们奋斗着。相信不久的将来,淮安必然会走向全国,走向世界,走进亿万人民的心中!

周恩来纪念馆,经中共中央批准,于1986年3月在周恩来故乡兴建,于1992年1月6日落成,对外开放。纪念馆位于全国历史文化名城江苏省淮安市城北桃花垠。这里曾经是淮安著名的风景区,桃花垠宽阔的湖面能体现周恩来宽广的胸怀;建馆不需占用耕地和搬迁居民,这些都符合周恩来一生全心全意为人民的意愿。

纪念馆由一组气势恢宏的纪念性建筑,一座纪念岛和三个人工湖以及周围环形绿地所组成,占地面积35万平方米,其中70%为水面。

周恩来纪念馆馆区平面图案呈等腰梯形,俯瞰全景,纪念岛和三个人工湖构成"忠"字形。纪念性建筑主要分布在南北长800米的中轴线上,从南向北依次建有瞻台、纪念馆主馆、附馆、周恩来铜像、仿北京中南海西花厅等纪念性建筑。

纪念馆主馆高 26 米,为外四方内八角形建筑,外形似原来江淮平原上的提水灌溉的牛车棚,寓含总理一生为人民的孺子牛之意。支撑四坡形屋顶的四根花岗岩石柱,象征周恩来先后四次提出在我国实现"四个现代化"的宏伟设想。

纪念馆附馆为"人"字形,向主馆呈拱卫之势,寓含"人民总理爱人民,人民总理人民爱"之意。附馆在北面建有周恩来铜像和仿西花厅。分上下两层,上层仿总理在北京生活工作了 26 年的"西花厅",底层为陈列展厅,展出周恩来的生平以及当时生活工作的场景。

铜像高 7.8 米,寓意周恩来走过了 78 个光辉的人生春秋。

纪念馆四周碧水围绕,绿树红花环抱。修剪成球状的绿篱,粉红色的樱花,各种树木,一眼望去,清波荡漾,绿树葱葱,花团锦簇,似乎展示着周恩来坦荡、豪放、坚毅、仁爱的胸襟。

怀着崇敬的心情,在纪念馆的各个景观游览,聆听着导游满怀深情的讲解,每个人的表情都是那么的敬慕。伟大这个字眼萦绕在心间,倾慕、爱戴、景仰之情油然而生,周恩来,世人的楷模,为人民而生,为人民而做,为人民而死,鞠躬尽瘁!站在主馆前的广场上,远眺四周,感觉到了那分清净、开阔、幽雅,连空气都是特别的清新。我们敬爱的周总理的英魂与日月同辉,与天地共存!

周恩来故居坐落在淮安市淮安区驸马巷内,由东西两个宅院组成。都是曲折的三进院。整个建筑都是青砖、灰瓦,木结构的平房。具有明清时期典型的苏北民居建筑风格。这座老式的宅院是在道光十九年即 1839 年,由周恩来的曾祖父周光勋和弟弟周光焘以 260 两银子买下的,占地 1 987.4 平方米,共有大小房间 32 间。

大门上方的"周恩来同志故居"红色门匾,是由邓小平同志在 1984 年题写的。这里有读书房、诞生地、主堂屋、乳母住房、水井、榆树、厨房、菜地、嗣父母住房等组成。故居后院还有周恩来墨迹碑廊和观音柳。东侧,开辟了邓颖超纪念馆。

周恩来故居里陈列着父亲、母亲、小叔、小婶等亲人的画像,周恩来的生母长得端庄秀丽,小婶也是一样的美丽。周恩来和母亲长得很相像,因为小叔没有儿子,把他过继给小叔,小叔小婶就是他的嗣父母。在周恩来 9 岁的时候生母和小婶相继因病逝世,因父亲和伯父在外谋生,年仅 10 岁的周恩来就承担起家庭的重担。

周恩来五岁入自家的私塾读书,小婶聪慧伶俐,懂得诗词书法,给他好多的

启示,他美丽的小婶是他第一个启蒙老师,对他后来的诗词等有很深的影响。只可惜他的小婶只活了 28 岁就被肺结核夺去了生命。

后来,周恩来在亲人的介绍下到东北读书。他从小就有着爱国、报国之志。当校长问同学们,为什么读书时,好多人回答不是为了当官,就是为了发财,而周恩来却回答:"为中华之崛起。"而读书。

周恩来生长在一个书香官宦之家,受到的是良好的教育,从小就立志精忠报国,为后来的革命生涯奠定了十分坚实的基础。

在故居东侧的邓颖超纪念园里,有一个邓颖超生平事迹陈列室,陈列着邓颖超的生平以及与周恩来一同革命的图片。陈列室的两侧有一副对联:右联为:颖悟非凡女豪杰,左联为:超然物外大乐天。体现了邓颖超超然大度,乐观向上的革命乐观主义精神。

古朴静谧的故居,充盈着浩然正气,这里没有琉璃瓦的金碧辉煌,没有名利熏心的张扬,只有浓重的中华民族厚重的文化底蕴,有着一代伟人的铮铮骨气和轩昂的气节。在故居的后院,有日本友人赠送的樱花树,淡粉色的樱花正盛开着,这淡雅的密匝匝的花朵象征着周恩来与日本的情缘,也展示着周恩来不仅是中国的骄傲也是世界的伟人!

三

离周恩来故居不远,便是吴承恩的故居。这是一个十分典雅的古代建筑,和周恩来故居不同的是,有花园、书斋,院内水榭、回廊、竹林。十分的精巧幽静。在吴承恩的书房前,后人给立了一个汉白玉的全身雕像,手拿书卷,背手而立,淡然深邃的表情,给人以超然世外之感。这个书房就是吴承恩创作《西游记》的地方。

吴承恩,从小就聪明好学,尤其是喜欢听大人讲唐僧取经等神话传说。但是,他三次入考不及第,让他十分的不得志,便周游名山大川,与同学参与反侵略战争。他娶了两房妻妾,只生了一个儿子又早夭。仕途的不顺,家境的不顺,并没有把他压倒,凭着一种精神,也许就是齐天大圣的精神,倾心创作《西游记》,把自己所见所闻以及自己的身世和向往结合在一起,写出了惊世之作。《西游记》里浸透的是吴承恩执着精神和独特的性格,他崇尚孙悟空那种机警、多才多艺、无拘无束的性格,字里行间倾注了他一生的追求和企盼。把自己未曾实现的抱负,在《西游记》里面体现得淋漓尽致。

参观了吴承恩故居,更深刻理解了这篇巨著的内涵以及其创作的过程。历尽磨难,呕心沥血,积淀成书。在他的后半生,孤身一人在这小巧精致,竹林掩映,溪水潺潺的庭院里和幽静素雅的书房里与他笔下的人物共同生活,一直到故去。

伟人也好,文豪也好,用自己坚实的脚步走出了一条辉煌的道路;用心血凝聚成了不朽的业绩;用不屈不挠的精神创造了人生的精致和光华!

伟大出于平凡,伟大饱含着无数艰辛的付出和磨难。也可以说艰辛和磨难还有正义执着的精神孕育了伟大!

参观南京大屠杀纪念馆

2008年4月13日,上午乘大巴车去南京。淮安市政协的同志们提前帮我们预定了车票,并送我们到汽车站。大约上午11点多到了南京北站。下车后,就有联系旅游的,我们办理了南京风光一日游和苏州园林一日游。因为我在杭州提前预订了返程车票,可以在南京停留三天时间。到天宇酒店入住,住在20层,放眼望去,南京市区尽收眼底。宾馆位置在中山北路88号。这里是市中心,是繁华的商贸区,还有小吃一条街,很热闹。

下午我们打车去参观南京大屠杀纪念馆。纪念馆建在南京大屠杀江东门集体屠杀及"万人坑"遗址之上,1985年建成并开放。经过1994—1995年,2005—2007年两次扩建,占地7.4万平方米,建筑面积2.5万平方米,展陈面积9 800平方米。新馆于2007年12月13日南京大屠杀30万同胞遇难70周年之际建成开放。是一个纪念性的遗址型历史博物馆。

纪念馆免费参观。一接近景区,就被一种肃穆的气氛包围着。青灰色的高墙,墙外临街是青灰色的雕塑,一看就让人揪心。景区里面是一色的青石建筑,高大威严,给人一种特别沉重的感觉。进入纪念馆,映入眼帘的一幢高高的青灰色的30万同胞遇难纪念墙,我们抬头仰望着上边写着的"30万同胞遇难地"的字眼,心中涌起一阵阵的悲痛和愤恨。随后,进入展区,各种实物、照片、音像等,向人们诉说着1937年12月六周之内发生的惨景——30万同胞被日本军阀杀戮。一件件、一桩桩,真是惨不忍睹:不分男女老少、孕妇和襁褓中的婴儿都是恶魔残杀的对象。一组一组的还原当年现场的雕塑,让我们看到了有的人就惨死在自家的屋门前,有的趴在桌子上,有的躺在厨房里。

在展厅的一角,有一个数米高,十几米宽的档案柜,这里面保存着30万遇难

同胞的档案,黑色的柜子,一个一个的抽屉,那是 30 万同胞的魂灵啊!看着,看着,仿佛走进了那个血腥的日子,心情压抑,义愤填膺,特别的难受,日本侵略者的烧、杀、掠、淫令人发指!国恨家仇一起涌向心头,恨不得拿起枪向日本军阀开火!

走出陈列厅,来到万人坑遗址,看到的是破碎的骨头和整具遗骸一层一层的叠在一起,真是尸骨如山啊!

在万人坑的旁边,有一个祭奠的场所,人们可以在那里凭吊祭奠被无辜杀害同胞的亡灵。

再往前走就是和平公园,在一个偌大的池塘中间,有一个高高的石碑,顶端是一个雕塑,一个女子抱着一个小孩儿,右手高高举起,手上有一只和平鸽,象征着人们对和平的期盼和追寻。

参观的人很多,有来自全国各地的游人,也有许多来自世界各地的人们,不同的国籍,不同的肤色,不同的语言,都被这大屠杀的惨景所震惊。整个展馆内肃穆、寂静,没有人大声喧哗,没有人嬉笑玩闹,迈着沉重的脚步缓缓而行,似乎怕打扰了沉睡的冤魂。

整整 2 个小时,参观了整个纪念馆,不论是露天的展馆还是陈列的展厅,无处不是令人痛心的惨景,那一层层的白骨,在我的眼前挥之不去,心中悲痛不已。为什么当年的中国人那么任人宰割呢?几十万人被无辜残杀,成千上万的妇女被奸淫杀害!真是国弱民遭难啊!

记住历史!记住这段令人痛心的耻辱和仇恨吧!

国民当自强!国强民安。

从南京大屠杀纪念馆出来,我们的心情十分沉痛。没有一点儿心情去逛街,回到宾馆休息,参观的场景在脑海里翻腾。

台湾考察纪实

2009 年 1 月 8 日,我们一行 14 人,从齐齐哈尔乘火车到哈尔滨,由太平国际机场乘 ZH9932 航班飞深圳,开始了圆梦之旅——台湾行。

去台湾,是多少大陆人的梦啊!记得小时候上学的时候,从课本上知道了祖国的宝岛——台湾,那里有美丽的日月潭和丰富的矿产,还有阿里山的大森林。半个世纪过去了,台湾是什么样子呢?人们都想去那里看看。可是,真的要去确实很难的。好在实行了三通,这个梦就可以圆了!

一、深圳—香港—台北

下午 14 点 20 分,飞机滑行起飞。晴空万里,扶摇直上。在 9 600 米高空从飞机的窗口往下看去,大地如同一个积木拼成的版图,阡陌如织,村落点点。大约一个小时左右,云朵一层叠一层的,远远望去,犹如一望无际的大海,云朵密集的地方,像一片片的棉花堆成的山峰,无云的地方如一片止水。大约需要 4 个半小时到深圳,为了消磨时间,我从窗口欣赏浩渺的天空,看云海与蓝天相接,明朗的太阳照着云海,白云朵朵,泛着金辉。大约在下午 17 点左右,太阳已经接近云海的边际,云层也变得黑暗起来。灰黑的云层,厚厚的,软软的,轻轻地浮动着。晚上 18 点左右,飞机开始下降,太阳也慢慢地落下来,云与天之间一抹粉红色,淡淡的。须臾间,那一抹粉红变成了橘黄色,铺满了半边天。在云层的缝隙里太阳是一个红色的球体,时隐时现,慢慢地落到了地平线的下边,橘黄色渐渐变成了玫红。

晚上 18 点 30 分,飞机稳稳地停靠在深圳宝安国际机场。我们随同接团的导游乘大巴去深圳市区的宾馆,行程需要 40 分钟。我是第三次来深圳了,这里高层楼房林立,高架路纵横交错,秩序井然有序。它给我的感觉是,城市更加成熟沉稳,更加规范缜密,处处都展示了这个大都市独有的风范。

这里的温度零上 18 度,有些许清凉的风儿吹来,不冷也不热。

我们住在骏庭饭店,简单吃过晚饭,换薄衣服。

2009 年 1 月 9 日,早饭后,8 点乘 LG868 号大巴从深圳湾过海关,去香港国际机场。香港的车行驶是左侧通行,汽车的方向盘在右侧。我们不太习惯,车子一转弯,就害怕车撞过来,其实只是一种感觉而已。

台湾方面来接团的是一位赵女士,1948 年出生,哈尔滨人,现定居在台中。她发给我们每人两块点心,算是中间垫补一下,飞机上是正餐。

9 点 50 分,到达香港国际机场。机场有 100 多个登机口,我们在 60 号登机口登机。上下电动扶梯,还要乘坐小地铁,才到了 60 号登机口。13 点 15 分,开始登机,14 点起飞,到台北需要 1 小时 10 分钟左右。

BR868 次航班开始起飞了,蓝天,红日,一片光明。飞机载着我们兴奋和急切的心情在 9760 公尺的高度飞行。一切都是那么的顺畅,这预示着我们的台湾之行一定是顺利的,圆满的,成功的!

15 点 30 分,到达台北桃园国际机场。办理入境手续,提取行李,兑换台币。

导游陈小姐来接我们去驻地圆山饭店。行程大约要 40 分钟。感觉和大陆没什么两样,温度零上 13 度。路两侧绿树成荫,这里的气候和季节和我们的秋天差不多。陈小姐,自我介绍后,非常有寓意的说:我长的个子小,你们的个子高,在你们面前我是那么的渺小啊!我们听出了她的话外音,那就是大陆与台湾的比较啊!这个小个子的女士可真不一般啊!她用很清晰的普通话介绍台北的情况,也穿插着谈大陆的风土人情,让我们感到特别的亲切。

我们在宏泰松江大楼的大戈壁蒙古烤肉餐馆用晚餐。属于自助餐那种,有火锅,有各种炒菜,各种果汁果冻类的食品和水果。饭菜很可口,尤其是把几种果冻拌在一起吃,又酸又甜又清爽,特别开胃口。到台北第一餐感觉好极了!

饭后去台北历史悠久的也是最有名望的圆山大饭店,这个饭店的创建人是宋美龄。

"若说基隆河畔巍峨宏伟的圆山饭店,是深植于台北人儿时回忆的美丽宫殿,一点也不为过。由七彩画梁,飞檐斗拱,丹朱圆柱,琉璃金瓦建构而成的圆山饭店,不论你在什么时刻,从哪个角度仰望它,它总是散发出一种难以言喻的独特风采"。这段描述基本说明了圆山饭店是一个具有中华民族特色的金碧辉煌的建筑。它雄伟壮观,气势恢宏,典型的中华传统的皇家建筑风格,大气,高雅。大厅宽敞高深,两排朱红大圆柱支撑着高高的雕梁,上面悬挂着红色的宫灯,红毡铺地。电梯间能容纳 20 人。走廊宽阔明亮,房间装饰古朴典雅。洗手间里安装着最现代的可以有热水冲洗的坐便。整体上都很舒适。第一天,就让我们感受到了接待规格是这么高啊!

二、阳明山、故宫博物馆、101

2009 年 1 月 10 日,主要日程是游览阳明山,参观故宫博物馆。顺路先去一个花园,那里枫香树长得很茂盛,树叶在风中轻轻地摇曳,空气非常的清新。玫瑰园里花儿盛开,粉红,鹅黄,白的似雪,红的胜火,还有鸡冠花、梅花竞相开放。路边用淡紫色万寿菊做的大花篮,像一把张开的大伞。我们刚从冰封的东北来到这里,对这些花草特别的感兴趣,拍了好多花的照片。

阳明山,是一个火山群,山谷里热气蒸腾,地下的热气和着灰色的泥水汩汩地往外冒,温度很高,有的地方可以把鸡蛋烫熟。山上很冷,我们穿上了羽绒衣,脚下却是热的。大家忙着拍照,然后下山到竹子林农家乐饭店吃午饭。一进门,先喝地瓜汤,在饭店门口一个大号的电锅,里面是热气腾腾地瓜汤,用勺子去盛汤,还有大块的地瓜和生姜,喝下去甜甜的,正好驱寒。饭菜不错,都是绿色食品,吃得很热乎。

下午去故宫博物院参观,这里的展品都是解放初期从大陆运过来的,十分精致,中华民族文化的一角,让我们感到很亲切。然后参观珊瑚加工厂和珊瑚制品商店,这里全是红色的珊瑚制作的各种装饰品,有项链、手链、戒指、胸花,还有雕刻精致的工艺品。台湾岛盛产珊瑚,珊瑚制品也是独一无二的。

晚上到台北101参观,这是一座有101层的大楼,所以叫101,并在这里用晚餐。先乘电梯到89层的观景台,看台北的夜景,又到露天的观景台鸟瞰夜幕下灯火闪烁的台北。然后到4楼,晚上台商林老板请我们一行吃铁板烧。我们还以为就是一般的烤肉呢,原来在餐厅里有一个门字形的大灶台,上面铺着铁板,我们围坐在这个大灶台前,由两位师傅现场给我们烤肉和菜,看他们的动作就像在进行艺术表演一样,轻轻地用两个铲子翻动所烤的食品,然后盘子一字摆开,准确地把食物分成若干份,放到我们的面前。吃一道,撤下去,再上第二道,运行的十分自如。席间,互相敬酒,共叙友谊,畅谈台湾大陆一脉相连的同胞之情。在一种美好的感觉中结束了别开生面的晚餐。

台北一天的旅行,让我们感触很深,在这里的感觉就像在大陆一样,台湾本来就是我们大陆同一个版块,只是多年的海水冲刷,分离了出去,但是这山这水都是大陆的余脉。台湾同胞惊羡大陆经济文化发展的神速,他们认为自己就是中国人,大陆就是他们的根!

三、花莲行

上午先去台北免税店、书店购物,11点到孙中山纪念馆看卫兵交接班仪式。天气非常好,绿树红花相映,空气清爽湿润温和,人们穿着也很特别,上身穿着厚衣服,下边穿着短裤和短裙。在休闲公园歇息的老人主动和我们打招呼:"你们是从大陆来的吧?"我们回答:"是从黑龙江来的",他们说"哦,那里好冷啊!"那亲切的表情就像是久别重逢的老乡一样,我们的心也暖暖的。

在彩蝶宴大餐厅吃过中午饭,起程去花莲。穿过一个大隧道出台北城,路边都是蓄满水的稻田地,民房都是单独的小楼,奇怪的是每个楼上都有一个白色的圆形的桶,不知道是做什么的,问导游才知道是水塔。路过宜兰县,又到苏澳镇,看到一个牛年招牌"牛转钱坤"呵呵!是为了牛年多发财吧!这里有一个军港,叫苏澳港,有2艘军舰停靠在岸边,很安静的。

我们行进在苏——花公路上,这是清代修建的一条山路,后来日本人又重新修建了它。山路很险,越走越陡,弯也越来越多,左面是高崖,右边是深谷。这里

叫作中央山脉,海拔2 000多米,下面是太平洋,水深1 000多米,海天相连,雾气沼沼的,看了很是心惊啊!在东澳火车站,停车休息,大家趁着这个机会,在车站前面拍照。

大约在下午16点半左右,大巴车在崇德隧道口旁边停下来,去看太平洋。沿着石阶走下去,便是太平洋的海滩,从细碎的沙石上走到海边,看浪花卷起,涛声隆隆。海浪掀起一米多高,向岸边扑来,发出震耳的声响。看那浪花似雪一样起伏不平,一浪推一浪。岸边被海水冲刷成椭圆形的石头更是让人爱不释手。正值夕阳西下,身居其中,身心是那么的轻松。在太平洋面前,我们显得那么渺小!

晚上住在经典假日酒店,房间整洁干净,布置得很人性化,每个房间里备有逃生的器械。卧具舒适,色调典雅,给人非常舒服的感觉。

四、台东行

乘大巴从花莲出发,路的两侧都是大理石加工厂,这里盛产大理石。还有一些是水泥厂,很讲究环保,厂区周围的树木花草没有一点灰尘。这里土地太稀少了,还是土葬的习俗,墓地和学校紧挨着,而且墓修建的特别讲究呢!看来这里传统的观念还是根深蒂固的。

车走到一个路口,有个牌坊,上面写着"东西横贯公路",从这里看出花莲地处的位置是很重要的。穿过隧道,路边的河床里全是大小不等、形状各异的大理石。这里是太鲁阁国家公园,为了保护这里的自然状态不遭到破坏,公园范围之内的大理石是不允许开采的。车开进了太鲁阁大峡谷,导游介绍,这个峡谷的形成是由于立雾溪水切断了大理石岩层,形成了一个大屏风,陡峭直立。进入峡谷后,车停下来,我们步行游览峡谷的独特景观。从右侧行走看峡谷,高崖直立,像用刀切开的一个平面,可以看见一层叠一层的不同颜色的大理石的横切面,有的是直条的,有的是弯曲的。谷底很深,低头望下去有点晕的感觉。溪水跌宕而下,把石头冲刷得圆圆滚滚的,大块的理石颜色也不同,有白色的,有浅灰色的,还有彩色的。在峡谷中有一种声音特别的响,是溪水流淌跳跃的声响。我揣摩这声音用什么字去描述呢?想不出来,我请教在文字上很有造诣的同行,他说,如茅屋听急雨,又说,如疾风刮过。我觉得用一个字表达,就是唰唰唰——这声音是溪水冲撞岩石的声音在峡谷中回响的总旋律啊!我们轻松地走在大峡谷的边上,听水声、风声,看高崖直壁,穿九曲迂回的山洞,如神仙般的自在逍遥啊!

穿过山洞,从左侧往回走,上车去参观大理石加工厂。大块的石头写着编号,体积重量,整齐地摆在院子里,解说员热情地给我们介绍这些石头是如何采集加工的。大家却急着去卖场看看,那里有好多精致的玉雕和装饰品,还有做工精细漂亮的手镯、戒指、项链和各种小挂件,尤其是猫眼石是这里的特产。大家一边欣赏,一边讨价还价,一边采购可心的物件。

下午,起程继续往南走,沿着太平洋版块前行。马上就要到北回归线了,天突然阴了,下起雨来。导游讲,她每次来这里都赶上下雨,是这里特殊的天气。我们在北回归线标志塔前合影后,马上上车赶路。左手边是一望无际的太平洋,与天际相接处,水是灰黑色的,而近处的水却是碧蓝色的。右手边是低矮的民房和水田,远处是起伏的山峦。行程还要很长时间,导游给我们放 DVD,看一些历史资料片。一边看片,一边昏昏欲睡,也算是一种休息吧。

晚上 18 点多,到了台东,住在东台温泉大饭店。房间条件很好,按照日本榻榻米的方式装修的,很舒适的。晚上有很重要的一项内容,泡温泉。温泉是露天的,这里温度零上 6 度左右,我们穿着泳衣,戴着泳冒,披着大浴巾,穿过马路到对面温泉浴场。好多的池子,水温不同。还设有很多泉眼,有的可以按摩腰部,有的可以按摩背部,腿、脚底、腹部都可以按摩,还可以躺在水床上按摩。在最里边,设有治疗酸痛的中药汤,美容的美人汤,还有高温(42 度)的池子,泡起来很舒服,解除了几天来的疲劳,也享受了天然温泉那种特有的舒适。

五、可爱可亲的导游

行程接近一半了,每天我们都沉浸在十分轻松愉快的氛围里,没有一点生疏感。我们这个集体也是特别的团结,七男七女和谐风趣,在付胜利秘书长的带领下我们的行程特别的顺利。与我们同行的导游是带给我们欢乐和温馨的关键人物。短短几天时间,我们已经成为朋友。

导游陈小姐叫明芬。我们都叫她阿芬。她 40 岁了,个子很矮,白皙的皮肤,平直的齐肩短发,戴着一副很讲究的眼镜,她的长相不是特别地好看,可是给人的感觉却十分的可爱。阿芬普通话说得不错,我们听她讲话很亲切很清楚。这几天的接触,给我们的感觉很好。她热情、周到、善良、睿智。她工作的宗旨就是让我们大家满意。她知识面很广,对大陆的风土人情以及流行的口头语她都略知一二。尤其是对中华民族的传统文化掌握的很娴熟,她对大陆与台湾的关系认识的非常准确到位,对大陆来的客人非常的亲近。她的言谈举止十分得体,既风趣诙谐又文明礼貌,分寸掌握得比较适宜。给我们留下了深刻的印象。

她出生在农村一个普通农民的家庭,身下有四个妹妹,因为没有男孩其父亲酗酒耍钱,把家庭弄得十分贫困。她从小立志工作养家,至今没有婚嫁。刻苦读

完高中,到城里工作,吃尽了苦头。自己攒钱供妹妹们读书,然后让她们留城里工作,成家立业。而自己仍然供养年迈的老母亲。因为她特别喜欢旅游,就做了专职导游。

她的敬业精神特别令我们感动。首先,她用简单的语言拉近了与我们之间的距离,让我们感到亲切温暖。她适时地用调侃的语言引导我们的情绪,让我们不觉得疲惫。在长时间乘车的时候,她让我们唱歌,给我们说笑话,也适当地安排大家休息,等到目的地的时候,她模仿公鸡打鸣把我们唤醒。总是把欢声笑语送给我们每一个人。看着她那总是挂满灿烂笑容的脸,真猜不出他是一个辛苦操劳,生活艰辛的单身女人。她和其他导游不一样的是,始终站在游客的利益之上,维护我们的利益。比如,到商场购物,她帮我们砍价,帮我们退还商品,还说:不喜欢就不要。每到一处吃饭,她会跑到后厨告诉师傅菜里多加点盐,还从自己家里带来辣椒、腐乳给我们换口味。到阿里山,起早看日出,温度很低,她把自己的棉手套和棉衣送给我们穿的单薄的人,让我们特别的感动。

一个普通的导游,也是一个素不相识的人,在短短的几天里,用她的爱心或者说是职业道德赢得了我们的爱戴。

小个子的阿芬,就是台湾同胞的缩影,是骨肉亲情的代表。我们看出,她把对大陆的那份深情揉进了自己的工作,通过细致入微的言行表达了对大陆亲人的爱心。当我们结束台湾之行的时候,给我们留下深刻印象的不只是美丽的山水和富饶的物产,还有可爱可亲的阿芬。

六、边走边看

2009年1月13日,新的一天旅行又开始了。温度不高,有些许的凉风吹过。行车的左手边仍然是太平洋,右手边是连绵的山脉,人烟稀少,山路弯弯,曲曲折折,路很窄,有些颠簸。一面看张学良的片子,一面昏昏欲睡。胃有些不舒服,懒懒地靠在椅子背上打瞌睡。途中到一个小镇子边上吃西瓜,西瓜特别的甜,也没敢多吃。卖西瓜的人是台湾土著人,西瓜论个卖,他的脚下大片土地种的全是西瓜,看我们买的多吃的香,高兴了,送给导游好几个大个的西瓜。

车子转到了右边行驶,右边是碧绿的台湾海峡,阳光照在水面上,绿波白浪,海天一色,在海峡的那边就是我们祖国的大陆啊!车行到垦丁国家公园的猫鼻头公园,因为海岸的岩石酷似猫的鼻子而得名。这里是台湾海峡与巴士海峡的交汇处,海水湛蓝湛蓝的,浪花雪白雪白的,色彩艳丽透明。大家下车拍照,只是海风太大了,把我们的衣服和头发高高地卷起。

吃过午饭,继续前行。仍然是一边看片子一边打瞌睡。中间到屏东县的一个乡休息,吃水果。这里盛产应季的水果叫释迦,形状像释迦摩尼的头,里面很嫩的特别的甜。还有莲雾,又脆又甜的。台湾水果的特点就是果汁多,甜度浓,特别的爽口。这里还有好多的果脯,我们也买了一些品尝。

下午,到西子湾看台湾海峡的落日余晖。这里曾经是英国人关押中国人的监狱,现在是一个旅游景点。我们进去参观,看到狭窄低矮的小号,如果人进去只能坐着。可见当年英国人对中国人的奴役和虐待是何等的残酷!然后我们登上现在的观景台,眺望台湾海峡的风光。看落日、彩霞辉映的大海。

晚上到了高雄,在鼓山渡口搭摆渡游览高雄港两岸风光,来回不到20分钟。然后是逛六合夜市,品尝风味小吃。晚饭就自行安排了,导游发给每人300台币,自己在街头小摊上选择各种风味的小吃品尝。我和张丽娟,崔生林主席一伙,我们先买了几串烤肉串,边走边吃。路两边全是卖小吃的,好多都是传统风味,我们选择了一种叫棺材板的食品,听起来难听,意义可是很吉利的,是官财齐发的意思。原料是一大片厚厚的,油炸的面包,里面放上肉馅,蘸一种调料吃,我们还要了几个小菜。我和崔主席吃的还可以,也是饿了的原因吧。可是丽娟却吃不下,原来她看见摊主是如何把馅装到面包块里的心理条件反射,再加上那馅是用猪油和的,特别的腻,一般人真吃不习惯呢。呵呵!好歹也算是品尝了台湾风味小吃了!

这一天竟坐车了,有些累。我们住在高雄市中心的寒轩大饭店21层,条件很好,宽敞明亮,干净舒适,服务热情。洗洗澡,好好睡一觉吧。时间过半了,有些疲劳,身体疲惫,视觉也有些疲劳了,刚到台湾的新鲜感有些淡化了。人一累就想家,快过年了,家里还在装修房子,好多事情要做呢,真盼着早点回家啊!

七、游览阿里山

从高雄到阿里山要走接近一天的路程。上午,顺路到台南的安平古堡,这里是郑成功纪念古堡遗址。17世纪初,荷兰人以军商结合的队伍,于1642年进占今日的安平,并建立热兰遮城为其防御要塞。郑成功驱走荷兰人后居住于此,所以又称"王城"、"安平城"或"台湾城"。日本人占据后又重新修建,光复后称作"安平古堡"。目前,荷兰人占据时期的遗址仍然存在,已经是残垣断壁,老榕盘根,无限沧桑了。

吃过午饭,往阿里山方向进发。据阿芬介绍,阿里山的名字来自一个传说。相传于早年邹族有一位酋长名字叫"阿里巴",勇敢善猎,由达邦翻山越岭到现在

的阿里山打猎,经常是满载而归。他就带领族人入山打猎,每个人都得到了丰厚的猎物。族人为了感念他,就把这里叫作阿里山。

阿里山森林游乐区面积有1 400公顷,山峰气势雄伟,人文与自然资源十分丰富,点点滴滴都是历史的遗迹,处处都是大自然的课堂。由于保护的好,没有人为的破坏,古木参天,异草繁茂。

我们乘大巴盘山而上,两侧的花草树木很抢眼。山的下部是茶树,山的中间部分是槟榔树,再往上走,就是青翠的竹林,挺拔清秀,摇曳飘逸。山路弯弯,盘旋迂回,往下面望去,就是令人眩晕的峡谷。一座山三个季节的气候,山越高气温越低。到了停车场,又换乘小车到了山顶的阿里山大饭店,我们住宿的地方。然后,我们步行下山,看妹潭、姊潭,走环潭步道。这两个潭面积不大,因为是冬季,没有雨水,潭里的积水不是很多。过吊桥、地庙、旌功碑,到阿里山神木,一棵2 300岁的神木,大家在树前拍照,抚摩这千年古树——红桧树。我们在森林中漫步而行,石阶很平缓,走得很轻松。又到了一处特别有亮点的地方,这里长着的树木叫三代木,由于三代同根株,枯而复荣,所以称它为三代木。横倒在地上的古老树根是树龄1500年的第一代。枯死后经过250年,一颗种子偶尔落其上,藉古树为养分,又生长第二代。二代木根老壳空,经过300年又生出第三代,枝叶茂盛。附近还有一棵象鼻木,那形状酷似大象的鼻子。从这些树木身上看到了原始森林的保护很到位。我们呼吸着清新湿润的空气,欣赏着古木异草,顺着台阶而下,脚步轻松,漫步其间,十分的惬意。

到阿里山来,主要看的是树木,体会森林中古老清新的空气。这里没有溪水,只有两个不大的水潭,就是姊妹潭。阿里山对树木的保护十分的特别,枯死木,风倒木都不外运,而是留在原地,滋生新的树木,或者堆积在路边,还有的作为根雕放在山里供游客欣赏。不允许任何游客带走一草一木。

时间过半,旅途非常顺畅,大家都很开心,秘书长也非常高兴,晚餐时我们都喝了好多的酒,一是为了庆贺我们的行程过半,二是为了驱寒。因为明天要起早上山看日出呢!

第二天早上7点30集合,乘小火车去阿里山看日出。山上特别的冷,我穿得太单薄,厚衣服都寄存了,尤其是鞋子还是双皮凉鞋,冻得我浑身发抖,真不想去了,导游执意不让回去,只好上了小火车。大约25分钟左右,到了下车点,又爬了一会儿山,才到了山顶的观景台,太阳还没有出来,只有耐心地等待、等待。最难耐的是冷啊!手脚都冻木了,冷得我直蹦跶,心都缩紧了。7点20分左右,太阳终于在对面的山头露出来了,大家忙着拍照。只一瞬间,整个太阳明晃晃地出来了,把原来黑灰色的云、山都抹上了一片橘黄色,温度也高了一点,在阳光下感觉到了些许的温暖。在山上看日出是第一次,没有我想象的那么美好,只是感觉到了太阳是最温暖的啊!记得第一次在海边看日出,却是很壮观的,期盼着火红的太阳从地平线也就是海面上升起的时候,用"喷薄欲出"形容是最恰当的了。在寒冷中期待太阳的升起也是一次难得的经历啊!起码更加体会到了太阳的光辉对于在寒冷中的人是多么的重要啊!

八、游日月潭,访中台禅寺,赴招待酒会

上午9点出发,去日月潭。中午在池鱼乡吃午餐。利用午饭的闲余时间,我们到水社码头游览,在附近的邮局买了日月潭的纪念邮票。这个乡就在日月潭的岸边,风景秀丽,气候宜人。尤其是这里的码头修建的十分讲究,错落有致,远眺是日月潭的碧水和连绵的山脉,山水清丽,烟云浩渺。近看是轻波荡漾,舟船悠悠,水傍亭台。这绿水,白船,远山,近水,美丽的小城,在阳光下,色彩非常的亮丽,给人以平和、安逸、典雅、幽静之感。不怪有一首歌中唱道:"日月潭啊好风光。"我们有幸亲眼赏识了这美好的景色。

下午13点,乘游船游览日月潭的迤逦风光。这里最美的是水,碧蓝碧蓝的,清凌凌的,透明滑润。在对岸是绿树掩映的玄光寺,碧瓦生辉,香烟缭绕,很有灵气。我们先到潭中间的一个小岛上,这里有日月潭的标记,可以拍照留念。开船的小伙子是高山族,特别热情地为我们服务,和我们聊天,把自己拍照的日月潭的风光片放给我们看。开船的时候,他会放大家都喜欢听的"阿里山的姑娘美如水啊,阿里山的少年壮如山"的歌曲作为召集我们上船的信号。

日月潭是根据潭的形状而来的。日潭是圆形的像个太阳一样,月潭是弯月形的,一圆一弯连在一起,就像太阳和月亮连在一起一样。我们上船向对岸驶去,靠岸拾阶而上,登到山顶,便是玄光寺。也许是玄光寺灵气的覆盖吧,这山也显得特别的清幽。站在山顶望去,日月潭的美景尽收眼底,蓝天,白云,碧水,绿波,在明媚的阳光里,是那么的妩媚俊俏,犹如一位秀美的仙女一样,令人神往。

船儿又返回码头,上车去参观台湾最大的庙宇——中台禅寺。2002年建成的这个建筑特别的壮观,融合艺术、文化、科学及弘法功能。中台禅寺,远望恰似一位修行人澄心静坐于群山之中,散发着包容大千的磅礴气象。这里的禅寺与大陆不同的是,造型是比较现代的特别高大宽敞的建筑,只有在尖顶可以看到莲花的装饰。里面特别的宽阔,敞亮。这里还设有佛教学校。好多年轻的男女身着统一的服饰,为游人讲解,引导游人礼佛。禅寺的庭院也特别的大,好多奇花

异草和盆景,长的特别的茂盛。开得最鲜艳的是三角梅,满树都缀满了花朵,远远就招人眼。也许这里的空气特别的清新湿润,也许是住在庙里的人的精心伺候,也许是禅院里的灵气熏染,各种花草枝繁叶茂,色彩斑斓,俨然一个大花园。特有的气息感染着我们,呼吸着清新的空气,漫步其间,心情也如浸透了佛家那四大皆空的妙法一样,超脱,虚无,淡然。与大自然的那种和谐之感让人特别的轻松愉悦。

晚间还有重要的社交内容。台中市议会副议长陈先生设宴招待我们考察团全体成员。陈先生来齐齐哈尔考察过,是我们的朋友。他及他的同行为这次招待酒会费了好多心思。首先,选择地处台中市中心的担仔面大饭店请我们吃活海鲜,是在齐齐哈尔吃不到的海鲜。其次,赠送礼品,男士送领带,女士送丝巾,而且用专门印制带有陈议长名字的包装盒。还有台湾特产的太阳饼和茶叶。没等开饭,我们就被一种浓浓地友情和亲情包围了。招待酒会开始,陈议长的助手杨议员主持,互相介绍后,陈议长起立讲话,说完欢迎的话后,他谈了对大陆经济发展的赞赏和对齐齐哈尔的印象,并表示愿意长久保持友好往来,尽力为两地的经济、文化事业做一些力所能及的工作。付胜利秘书长代表考察团致辞,以热情洋溢的话语对陈议长等人表示衷心的感谢,诚挚地欢迎台湾的朋友来大陆齐齐哈尔投资建设,搞好文化交流,为增进友谊共同努力。气氛非常热烈,大家互相敬酒,就像久别的朋友一样,十分尽兴。

台湾之行,就要结束了,在友好的氛围里,在轻松的旅行中,圆满地完成了考察任务。

九、归程

2009 年 1 月 16 日早早起来,收拾行李。我忙着给大家发收据和资料。各个房间的人都忙着呢,大大小小的包裹可是不少啊!大家互相帮忙照应着,弄得满头大汗。要回家了,手急心更急啊!

早饭后,我们在一楼等候着,接团的赵小姐来了,送给我们每个人一双环保筷子作为小礼物,礼物虽小,却让人感到特别的温馨。陈小姐从家里拿来绳子和胶带给我们打包用。

8 点 30 分,准时发车去机场。开车的是大自然旅游车公司的老板,看来,旅游局真的重视我们的台湾之行啊!大约 2 个小时到机场,利用这点时间回顾台湾的行程和感受,心情很是激动。总的感觉是,亲切,熟悉,文明,礼貌,热情,周到。被一种亲情包围着。台湾人对大陆的向往、赞叹之情是出乎我们意料的。

来台湾的感受是：

民主。议员、议长都是选民直接选举。人们都非常拥护他们，他们也真正代表选民的利益，和选民最亲密。

尊重。我们每到一个驻地，都有"欢迎齐齐哈尔贵宾"标志。每当离开的时候，服务人员会站在我们的车旁挥手致意。

亲情。大陆、台湾民间的亲情是割舍不了的。这里大部分人来自大陆，祖籍也在大陆，他们只要有机会就会回去祭奠祖宗。我们结识的那位陈议长祖籍就是洛阳的，他和他的亲人每年都回去一次。

文化氛围浓厚。宾馆、饭店以及其他公共场所，悬挂着具有浓厚中华民族文化精髓的书画和古香古色的摆设，很感染人。

遵纪守法。自律能力都很强，也许是台湾的规矩多，惩罚严格的关系，人人都很自觉地遵守社会公德。比如，在公共场所（包括宾馆）严禁吸烟，这方面做的效果很好。

卫生习惯好。讲究吃绿色食品。不随地吐痰，不乱扔垃圾。公共卫生间卫生保持的好，设施齐全。

敬业。我们直接接触到的导游、司机和几位朋友给我们的印象都是非常敬业的。两位导游年纪都不小了，可是她们对自己从事的事业做到了极致，可以说是无可挑剔。

台湾之旅，不虚此行。我们不仅游览了宝岛的美丽风光，更领略了浓浓的乡情。

中午，我们在桃园县竹围乡的宴饮餐厅吃午饭。这里的机场就叫桃园机场。这也是我们在台湾的最后一顿饭了。大家围坐在一个圆形的餐桌前，欢声笑语，杯光交错，陈小姐不时地过来劝我们喝酒。她和司机是不准许和客人同桌吃饭的，我们就过去给她敬酒，其实她喝的是白开水。但是，我们表达的是浓厚的感谢之情。

我们就要登机了，陈小姐默默地送我们，和大家拥抱，眼里满含着泪水，还是那么温和地笑着向我们招手，说着一路平安！真有些恋恋不舍啊！虽然短短几天时间，虽然我们没有亲缘关系，虽然我们未曾相识，但是，那份最难以割舍的，最连绵不断的是——中华民族情啊！

飞机起飞了，我们将飞往香港国际机场。再见了！台北！再见了！台湾宝岛！我们坚信有一天你必定回归祖国大陆的怀抱！我们等着你的到来！

2009 年 2 月

牡丹江之旅

一、镜泊湖印象

近日有机会去牡丹江探亲、访友、观光,更有幸去镜泊湖游览。想去镜泊湖是多年的愿望了,曾经在十几年前去牡丹江开会,却没有机会看镜泊湖,深感遗憾。如今能专程去游览,特别高兴。据说,近几年镜泊湖不是经常有瀑布的,我们早已有思想准备,即使看不到瀑布,领略一下镜泊湖的风景也是不错的。

游览车把我们带到镜泊山庄,一下车,便看到了一片偌大的水面如明镜般平静。孩子们赶紧跑到水边,不由分说脱下鞋袜,就跑到水里了,弯腰撩起清清的湖水,嬉闹起来。这边早已买好船票,孩子们才恋恋不舍地,赤着脚,走过沙滩上了游船。

船儿启动了,游向宽阔的湖水。只见两岸青山连绵起伏,偶尔露出红房碧瓦,那是一些单位建造的疗养院。船行了不远有一个拐角,临水而建的是一座宏伟的庙宇,正在建造之中,金色的瓦顶在阳光下闪着金光。往远处望去,无垠的水面依着山峦,静静地流淌。看船边的湖水,清澈透明,碧绿清灵,被行船荡起阵阵浪花。对面不时地有游船驶过,人们互相挥手致意。造型各异的游船也是一大景观,有的修造成宫殿的造型,有的酷似古代的楼阁亭台,金碧辉煌,煞是好看。时而,有冲锋舟快速驶过,掀起波澜,把其他游船冲荡得左右摇晃起来,我们有点紧张,好在船家若无其事的样子,我们也就放下心来了。船儿行驶到一个分水点,那边有一个半圆形的小桥,对着小桥往远处望去,便是毛公山,那起伏不平的山峦特别像纪念堂里仰卧的毛泽东,大家赶紧拍照。船儿继续前行,看两岸绿树覆盖的山峦,望蓝天下白云朵朵,悠闲自在的飘动,水中绿波荡漾。船儿行走了有半个多小时调转船头,往码头方向行驶,宽阔的水面,各样的游船,把静静的湖面掀起了雪白的浪花,虽然烈日当头,还是感觉到一分清爽。

下了船,上了游览车,去吊水楼瀑布。心中揣摩着,今天能否一饱眼福呢?车子转了几个弯,只见前方游人如织,十分的热闹,在车子一转弯的功夫,看到了白色的瀑布正倾泻而下,我们同时惊呼道:瀑布! 瀑布! 下了车子,直奔瀑布而去,太幸运了! 走进观赏瀑布的观赏台,游人十分拥挤,人们都忙着拍照呢。选了几个角度抓紧拍下瀑布的美景。远看瀑布就像一幅白色的帘子一样挂在山崖边,近看瀑布快速地从山顶奔腾而下,溅起有几米高的水花,太壮观了! 再往上走,就看到了瀑布的源头,在一个平坦的山头上,水从四面八方汇聚到一起,倾身而下,一泻千里。据说,在丰水期,瀑布的面积特别宽阔,大大小小的溪流汇聚在一起,三面山崖上都是瀑布,似浮云堆雪,白雾四溅,如银河倒挂,彩练悬崖,水珠扑面,水声如雷。今日水面宽有几十米,也甚是壮观了。

赏尽瀑布的上游,又到下方去游览,距瀑布大约有几百米远,水已经很平静了,水中被瀑布冲刷成奇形怪状的石头大小不一,随意地堆在岸边,人们踩着石头去水边拍照,清凌凌的水透彻见底,我试探着把手伸进水中,冰凉冰凉的水让人立刻就凉爽起来。那水,那么清澈、透明,让人爱不释手。听水声潺潺,看流水悠悠,奇石怪树,错落有致,真是绿树遮湖畔,清波逐浪欢,怎能不陶醉在这迷人的景色里呢!

二、游地下森林

火山口国家森林公园位于黑龙江省宁安市境内,是镜泊湖风景区的重要组成部分,距镜泊湖西20公里处。也称为地下森林景观。刚刚听到"地下森林"时,我还以为是那种溶洞里酷似树木的钟乳呢,后来才知道是火山口里生长的树木。

在镜泊宁家鱼庄品尝过美味,便乘车去游览地下森林。来到火山口国家森林公园门口,这里已经停满了大小车辆,看来游客不少。按照引导把车停好,便乘坐景区的旅游车,去火山口,大致行走了接近20分钟的路程,便到了火山口景点。请了一位导游小姐给我们讲解。行走在茂密的林间,狭窄的小路,高低不平,身边全是各种树木,最多的是松树,还有各种灌木和最古老的植物蕨类。

导游小姐介绍说,大约在一万年前,这里发生三次火山喷发,形成了12个直径大小不等的火山口及岩浆流淌形成的溶洞群,经千年沧桑变化,形成以红松为主的原始森林顶级群落,俗称"地下森林",这种自然现象极为少见,在国内外享有很高的知名度。导游一边讲解,一边指着钻天的大树给我们看,这些树木最大的特点是树大根不深,因为它们的根就扎在火山岩上,好多的树根裸露在地面上,老干虬枝,盘根错节,造型各异。仔细观察,发现松树是生长在岩石缝隙里的。

从古至今,多少文人墨客用文字颂扬松树的品格,用丹青描绘松树的雄姿,用诗句歌颂松树的伟岸。这些笔直挺拔的红松,密密匝匝地覆盖着山岩,散发着阵阵清香,空气特别的凉爽,真是天然的大氧吧啊! 我深深地呼吸着这独有的清

新湿润的空气,涤荡着腹内的浊气,享受大森林的自然美景。

除了红松,还有黄花落叶松。黑桦高达20米;红皮云杉高达30米;鱼鳞松高达50米。还有好多大小不一的树木和灌木,森林中处处可以看到大小不等的火山岩石,上面覆盖着厚厚的青苔,岩石的缝隙里还长着好多不知名的花草。层层叠叠的绿色植物,错落有致的山岩,根本看不出这里曾经是火山口。

往高处走,山势有些陡峭,依山搭建了阶梯式、带有扶手栏杆的游览路径,九曲十八弯的,在绿树掩映中时隐时现。走了一半,只觉得气喘吁吁,汗流浃背,只好休息一会儿再走。导游小姐善解人意,一边休息,一边介绍火山口的重要景观,激发我们继续游览的兴致。不一会儿,来到了火山溢出口,火山溢出口宽57米,高42米,呈"U"字型,三号和四号火山口的熔岩由此流出,是熔岩河的起点。如今,这里早已被植被覆盖,只有立着的标牌上记着这些文字了。

最有看点的是"坐井观天"景点。这是一个内火山口,一个岩洞,宽14米,高8米。进入洞口内,觉得特别的凉爽,一股冰凉的气体从洞口喷出来,是个天然的空调。正值烈日高照,人们走得满身是汗,到这里正好凉快凉快。大外孙女走进洞口,眼镜上竟然上了一层霜,洞里洞外俨然两个世界。

解除炎热,继续往高处走,只见茂密的森林里,好多自然倒伏的树木,树身上布满了青苔,有的还长出了其他草本植物,与绿色的植被成为一体。还有的枯树上又生出新的树枝,长成了高高的大树,成为森林的又一特殊的景致。看到这里,我不禁想到了台湾地区的阿里山和新西兰的国家森林公园,和这里的景象一般模样,都是天然形成的自然景观,没有一点儿人为的破坏,真是难得!但愿游人爱惜这里的一草一木,始终保持原始森林的原貌。

走到高处,回头望去,脚下古木参天,苍翠挺拔,葱葱茏茏,绿树婆娑。再往上走就是四号火山口,也是这次游览的最神奇的景观。我们扶着栏杆,走上陡峭的岩壁,只见有一个洞口,上面写着"雄狮岩洞"。往里走,十分的凉爽,这个洞是斜坡形状,上面还有一个出口,就是三号火山口。从上边的洞口可以看到一棵有四百年树龄的椴树,枝杈横在洞口,像一只开屏的孔雀,又称为迎客椴。在洞口的斜坡上还长着翠绿的植被,透过婀娜多姿的椴树,可以看到蔚蓝的天空和洁白的云朵,这白云、蓝天、绿树和怪石嵯峨的熔岩交相辉映,形成了奇特的景象。

火山喷发,熔岩流淌,自然形成了奇异景观。历经万年沧桑,熔岩被绿树花草覆盖,形成了郁郁葱葱的森林,潺潺溪流,凉爽的空气,构成了天然氧吧,真是一个旅游的好去处。

三、要塞与口岸

7月9日,观光的内容有两项,一是参观东宁要塞,二是参观绥芬河口岸。

早上7点从牡丹江市出发,直奔东宁县。大约走了2个小时,先到口岸看看,然后就去东宁要塞。在广场的中间,竖立着苏联红军纪念碑,广场的东侧是要塞展览馆。在要塞的山根底下有一个宽大的石壁,上面刻着八个金色的大字:"勿忘国耻,强我中华。"是张万年的题词。我们沿着山路上了要塞的入口,这是一个运送物资的出入口,台阶两侧有小铁道,对着的是绞车的车库。再往里走是高一米八,宽一米多的通道,通道两侧开有洞口,里面多是指挥所,指挥官的住室,士兵的住室,特别的宽大,一个住室里面可纳上百人。这里设施十分齐全,有升降井、集结室、防毒门、炮室、通气孔、灶事间、仓库、包扎所等一应俱全。据讲,东宁要塞是一个群,是日本在中国建造的规模最大的要塞,主要是对苏联进攻的军事基地。当年,13万日本军队进驻只有35 000人的东宁,成了日本的大兵营。要塞建筑上下三层,最深的达八十多米,进能攻,退能守。对内可巩固对东北的统治,对外则是进攻苏联的战略基地。修要塞动用全国各地劳工17万人,能活着回去的却是寥寥无几。

从要塞出来,便去展览馆参观,那里陈列着日本军队当年使用的武器、用具和衣物,还有挖掘出来的中国劳工的骨骸。看到这些,心中好不是滋味。可以想象当年日本军队践踏我们祖国大好河山,蹂躏中国人民,是多么的惨不忍睹。我想起来曾经参观过的瑷珲要塞和南京大屠杀纪念馆,那种心情真是用语言难以表达,只有一句话:勿忘国耻,振兴中华!

下午,我们参观绥芬河口岸。第一次来绥芬河,给我的印象很好。绥芬河是一个山城,街道坡度很大,连广场都是斜坡形的。中午,在一家俄罗斯餐馆品尝俄罗斯风味的西餐。这是专门接待俄罗斯人的餐馆,据说,每到晚上,居住在这里的俄罗斯人来这里喝酒、唱歌、跳舞。

品尝完美味,我们去口岸参观。这里一般不让游人进入,有朋友帮忙,允许我们到界碑拍照。驻守的小战士,反复地告诉我们,不要踏过界碑后边的那条石板,越过就是出国界了。韩大哥把手伸过去采了一把蒿草,我们开玩笑地说:大哥,你越国界了!国界,真是太神圣了,一样的天,一样的地,一样的植物,只一个石阶就把国界分开了。看那边是白皮肤黄头发的俄罗斯兵在那里把守着。国界,对于一个国家是不可逾越的界限,可是却隔不断两国人民的友好往来,经济交往。在海关好多的俄罗斯车辆,好多的俄罗斯人在那里等候过关呢。拍照完

毕,便去免税店购物,去俄罗斯商品一条街浏览,采购了一些俄罗斯的小商品。

结束了一天的行程,返回牡丹江市。一路上,我的思绪翻腾,时光流逝,转眼已过半个世纪,历史上国与国之间发生了那么多的纠葛,甚至侵略战争。战争中受到侵害最大的是老百姓。战火纷飞,民不聊生。如今和平年代,歌舞升平,安居乐业。历史不能忘记,耻辱不能忘记! 只有我们自身强大,才能立于世界之林,只有我们自身发展,才能立于世界之巅!

四、北国小九寨

"小九寨",到牡丹江后才听说的。以前去过九寨沟,那里的美景给我留下了深刻印象。北国小九寨会是什么样子呢? 带着好奇心,去游览小九寨。

天气晴好,风和日丽,温度很高。乘车走在去往小九寨的路上,听蔡师傅给我们简单介绍小九寨的大致情况。

小九寨是威虎山国家森林公园的核心景区,位于长白山脉张广才岭东麓,归属于柴河林业局宏声林场。走了将近两个小时到了景区,道路的左侧是情侣峰,两块直立的岩石像一对情侣紧紧依偎着,有山泉从山岩的顶端倾泻下来。车停靠在小小的停车场,游客不是太多,是一个很幽静的山谷。我们顺着左侧阶梯式的小路走进了景区。各种树木遮天蔽日,便觉得清爽了许多。脚下的路高低不平,很窄,是自然形成的小路,弯弯曲曲通向山顶,路边便是潺潺而流的山泉。在寂静的山林里,这水声是那么清灵。有歌唱到:泉水叮咚,泉水叮咚,泉水叮咚响。可是,这里的泉水的声音不是叮咚,而是唰——唰——唰唰——如万箭齐发,似急雨倾泻。这里的水是湍急的,是有落差的。据说,这里有两条高山河流,金古溪和银古溪,终年流水不断,落差较大,多处跌水而形成瀑布。

走着走着,眼前出现一个吊桥,没有扶手。我最怕走吊桥了,便小心翼翼地走上了吊桥,刚走到中间,后边的孩子们调皮地摇晃起来,我站不稳,慌忙用双手把住走在前面的老伴儿的双肩,才慢慢走了过去,孩子们在后边开心地笑着。曲曲弯弯地又走过两处吊桥,好在有扶手,不怕孩子们调皮,把着扶手跌跌撞撞地过去了。不一会儿,听到水声大作,哗哗地流水声吸引着我们,顺着声音来到了一个景点,上面是一座拱桥,下边是一个半开着的石洞,有水从上边倾泻而下,形成了一个水帘洞,我们从石洞走过,看着山水从头上流下,落在河谷里,水花溅起,弄了一身的水珠,特别的凉爽。走出水帘洞,山路开始陡了起来,这里的地势也发生了变化,中间是阶梯式的水流,两侧是陡峭巍峨的山石,山石上长满高大的松树,古木参天,蔚为壮观。河谷里好多的山石被水冲得变成椭圆形的大石头,河边也有好多的山石,上面长满青苔,还有说不出名字的植物,古朴自然。沿着木板铺就的山路,往上走,越走越陡,绿树掩映着山路,显得特别的寂静清幽。山谷里,只有流水声声,空旷深幽。

走了大约一半儿的路,几个年轻的孩子们跨过一处小桥到对面走崎岖小路,我们几位年纪大的就走木板路。真是山有多高,水有多高啊,山越高水越宽,跌落的落差就越大。时而倾泻跌落,时而静静流淌,起伏跌宕,奔腾不息。在平缓处,可以弯下腰用手掬起清澈见底的流水,喝上一口,十分的清爽。我拿着毛巾在水边洗洗再扑在脸上,冰凉的感觉,真舒服。

继续前行,感觉有些累,便走一走,歇一歇,借着休息的功夫再仔细看看山景。只见参天古木密密匝匝,山泉叠落水声潺潺,群山一片葱郁,泉溪山间奔流,秀丽的山峰婀娜多姿,花草树木遮天盖地,如入绝人之境,只有空山响彻流水声,真是难得的自然风光啊!

再往上走便是九天瀑布,在瀑布群的最高处,落差有 15 米之多。据说这里水多的时候,飞流直下,颇为壮观,即使水少的时候,瀑布也是涓涓细流连绵不断,阶梯式的瀑布从山顶到山底,时急时缓,形成了景致独特的瀑布群,在绿树环抱中潺潺而流,让人们感受到山间溪畔的凉爽与清新。

终于来到了九天瀑布前,只见迎面的山石高达十几米,山泉水顺着山顶的岩石,飞流而下,溅起水花朵朵,发出清澈的声响。一位游客说:真是太神奇了! 打井不出水,山顶有流水,这是大自然的魅力啊! 说着,他便弯下腰双手捧起泉水洗脸,又俯下身子用嘴去接流淌的山泉,喝了好几口清凉的泉水。我们一边欣赏瀑布奇观,一边拍照,开心惬意。

该下山了,回头望着悬挂在山崖的泉水,恋恋不舍地往山下走。大约走了不到三分之一的路,只见右手边的一棵大树上钉着一块牌子,上面写着"仙人洞"三个字,还画着一只手做着指点方向的手势。我便十分好奇地走上山崖,有一段较为平坦的小路,再往里走,看见有一个女人在那里卖香,我想看看仙人洞到底是什么样子,她便给我讲仙人洞的故事来,听起来挺神秘的。她说,开发景点的老总,在实地考察时,发现山石上长着几棵特别高大的松树,便上来看看清楚,没想到发现了大树环抱的是一个洞,进去一看,里面只能容一个人爬进去,进去之后,洞里特别的宽敞,老总准备开发出来,供游人欣赏。便找来施工队,挖掘这个洞口,可是,挖了两次,却被石头堵住两次。后来,老总放弃了开发,把洞口保护起来,在洞口前摆上了偌大的香炉,供游人来敬香,洞里一定有神仙。听到这里,我也觉得挺神的,在这原始森林环抱的深山老林里,有着不可思议的神秘感。忽然

想起那年去张家界,在山顶上,有朱镕基的题词:"张家界顶有神仙"在这山水清秀,古朴清幽的山林里,一定会住着神仙的! 有句古话说得好:"山不在高,有仙则名,水不在深,有龙则灵。"这山这水,充满了神秘感。

一边下山,一边想,如果说,九寨沟是大家闺秀的话,那么小九寨就是小家碧玉;九寨沟是由众多的海子组成了奇异景观,而小九寨是由无数个小瀑布构成了独特的景致;九寨沟的水是蓝色或绿色的,以色彩打动人,而小九寨的水则是清灵、透彻,以其纯净、清洌,手掬可饮而吸引人的;九寨沟可以把车开到山顶,游人可以坐车游览胜景,而小九寨只可以在狭窄的小路上攀登到山顶,游人可以亲身体会走崎岖山路的独特感受,更亲近于大自然。小九寨,精致、小巧、俏丽可人,于细微处感觉到山水交错,岩峰秀丽,绿树掩映之中更觉空谷静美。

走下山来,回首碧绿葱茏的山脉,听溪水声声,突然觉得这静谧的山林是如此的美好,美就美在它是纯天然的景观,没有人工雕琢的痕迹;美就美在它是原始的,没有人为的破坏;美就美在它是静谧的,没有喧嚣,没有浮尘。回来的路上,看到好多大卡车来来往往,有些人文景观正在建设之中,真的希望还是少一些人为的景致,多一些精力保护好那些纯天然的自然景观,让人们更多地体验到大自然的神奇魅力。

2012 年 7 月 22 日

海 南 之 行

一

我们结束了北海的探亲,来海南旅游。夜幕下的海,黑蒙蒙一片,偶尔可以看见一闪一闪的红色导航灯在闪烁,近处可以看见海浪拍打着船身,发出唰唰的声响。一阵海风吹来特别的惬意。北方已经严寒霜雪,这里却微风习习,穿着短袖衣服,暖意融融。

就要到海口了,站在船上,可以看见灯火通明的城市,还有高高的楼群,在霓虹灯下显现出轮廓。旅游公司来人接我们,住进宾馆已经深夜零点了。暖暖地睡了一觉,又早早起来,开始了海南三日游。

我们乘坐的大巴可以容纳 53 名游客,因为是散团,来自 31 个旅游公司,忙中出错,多了两位游客,导游一个一个人的动员,大家都约定好了返程的时间无法改变行程,没办法导游便在车厢里面对大家做动员:"看看哪位可以在海口居住一天,费用由公司负责,明日再参加三日游。"坐在前面的一对中年夫妻站了起来,大家报以热烈的掌声表示谢意。

三日游正式开始了。大巴车启动,沿着东线向三亚方向出发。导游开始给我们介绍海南的历史、重要的景点及风土人情。车外是蔚蓝的天宇,翠绿的树木花草,远处可以看到碧绿的大海,椰子树伸展着宽大的叶子像张开怀抱在欢迎我们的到来。

第一个景点是博鳌亚洲论坛会址,博鳌亚洲论坛由 25 个亚洲国家和澳大利亚发起,于 2001 年 2 月下旬在海南省琼海市万泉河入海口的博鳌镇召开大会,正式宣布成立。论坛为非官方、非营利性、定期、寻址的国际组织;为政府、企业及专家学者等提供一个共商经济、社会、环境及其他相关问题的高层对话平台;海南博鳌为论坛总部的永久所在地。

我们乘坐游轮来到一个小沙岛上,好多卖水果的、照相的,人们先到海水里摆好姿势拍照,然后到水果摊品尝海南水果,虽然价格不菲,大家还是一一品尝,有香水菠萝,小小的圆圆的,特别好吃,还有木瓜、芒果、莲雾、鸡蛋果、榴莲、火龙果等等。吃过水果,便上船返回岸上,岸边建有一幢幢的楼房,造型像棺材一样,寓意是"官财房"升官发财之意,听起来还是有些瘆人。紧接着我们乘坐竹排漂流,大家穿上救生衣,两人并排坐着,一个竹排可以坐十几个人,一条机船可以带着三到四个竹排,互相用绳子拴好,慢悠悠地在水里游着,来往的竹排互相用水枪喷水,弄得大家满身的水,一些年轻人打起水仗特别的热闹,我们看着也很开心。

吃过午饭,便继续出发,去东山岭。东山岭风景区在万宁市东 2 公里处,因三峰并峙,形似笔架,历史上又叫笔架山,是海南开发较早的旅游景点之一。素有"海南第一山"之称。东山岭面积有 10 平方公里,海拔只有 184 米高的山上遍山都是奇石,东山岭濒临南海,景色十分秀丽。岭上还有多处古迹和庙宇,均为省重点保护文物,东山岭海拔不是太高,可是很有灵气,叫作"仙山佛国"。我们先是乘坐缆车到山顶,可以看到南宋抗金名将李纲的塑像,站在山顶远眺,山绵起伏,海天相连,绿树掩映,蔚为壮观。又乘坐缆车来到半山腰的一座寺庙里,有人导引进了一个大殿,有师傅给游客点化,然后有人引领到大雄宝殿礼佛。走出庙宇便漫步下山了。

导游又带领我们去品尝咖啡,先参观咖啡树的生长情况和咖啡果的研磨过程,然后一一品尝口味不同的咖啡,可以根据自己喜欢的口味选一些咖啡带回去。我们选了两袋椰奶咖啡。

一天的旅游在香喷喷的咖啡味道里结束了,晚上住在华侨农场的一个别墅式宾馆里。这是 1998 年建造的宾馆,现在有些陈旧,依然可以看出当年的繁华和别致。园子内多年的棕榈树和椰子树,在晚霞里摇曳,园中还有一个椭圆形的游泳池,虽然已经废弃了,还是给人一种怀旧之感。

二

日月湾是海南万宁市西部风景诱人的旅游区。日月湾依山傍水,是个天然海水浴场。海中有巨石激浪,颇为壮观。境内的茄河和田头河静静流淌,河流在日月湾内出海,河海水相渗,咸淡互补,水质清净,咸度适中。这里气候宜人,风景秀丽,四季如春。

景点最突出的是民族特色。我们先进入一个台湾村,一群身着民族服装的年轻男女,给游客们戴花环,拍照,然后导游引领我们免费品尝小吃,有一种汤,里面有几粒黄豆,热热的,挺好喝的。然后品尝蒸熟的木薯,饮米酒等,随着导游便来到了小吃一条街,这里就不是免费品尝了。紧接着,来到一个演出场地,有四位少数民族的男子手拿着矛,随着音乐反复地舞动着,一个男子用树叶吹出好听的乐曲,主持人动员游客全体起立,拉起手来跳舞,伴着"高山青,涧水蓝"的歌曲,大家手拉手地跳了起来,玩的十分开心。在出口处一群人高声喊着吉祥照片,每张 10 元,看到有自己的照片,游客们大都花钱取了回来。

出了台湾村,又来到苗寨,导游先教大家学几句苗族的问候语和称赞的手势。进入苗寨,先参观苗族妇女坐在地上织锦,然后品尝小吃,几位男子在那里用刀砍椰子,切成小片,旁边有一口大锅,一个人在炒椰子肉,再往里面走就是小吃一条街了,正好有些饿了,我们就买了蜂蜜炒椰片和小小的烤饼,甜甜的,酥酥的,很好吃。再往里面走便是打造银器的作坊,有几位匠人在用手工制作银手镯等,再往里面走就是销售大厅,全是各种银质饰品,有好多游客选购自己心仪的首饰。最后一个活动就是观看演出了,这个场所比台湾村的大,有舞台,有一个特别会煽情的主持人。观看苗族人赤脚踩火和玻璃,还请游客互动,表演草裙舞,特别有意思。最后,邀请游客们一起上台跳舞,演出在高潮中结束了。这时已经过了午饭时间,大家只顾开心了,忘记了腹中早已空空如也了。

在日月湾风景区还有一个供全体游客免费参观的活动,那就是祭海仪式,全由当地的村民表演。在海边有一个祭坛,祭坛前面的沙滩上有妈祖的塑像。一条木制的大船放在离祭坛有 100 多米的地方,由二十几名黑黑的男子用原木抬起,两边是女村民抬着供品,敲着锣,一起行进,一直把大船抬到海边。然后有一位头戴黄色巾帽的人上香,口中念念有词,他敬完之后,村民们一个挨着一个到祭坛上香,有几位游客也参加了祭奠活动,还喝了几口米酒。看完祭海,我们就到海边拍照,那里有好多奇特的石头,上面长满了青苔,坐在石头上,背靠大海,拍出的照片特别好看。

下午,去大东海,这个景区位于三亚市田独镇,海湾成月牙形的,海面辽阔,晶莹碧透。大东海三面环山,一面向海,一排排翠绿椰林环抱沙滩,蓝天、碧海、青山、绿椰与白沙滩的独特之美博得海内外游客的赞叹。大东海沙滩平坦细软,缓缓延伸,长达千米。"水暖沙白滩平"早已使大东海蜚声海内外。冬天,游客既可以畅游于碧波之间,浮游于"雪"浪之上,也可以躺在沙滩上沐浴着柔和的阳光。在沙滩上拾贝壳、挖螃蟹、垒沙塔,更是快乐无比。冬季水温在18℃～22℃左右,成为冬泳避寒胜地。在这里可以潜水,有教练带领潜到海底欣赏各种鱼类和珊瑚,还可以坐游轮和潜艇观看海底世界,也可以自由活动。我和老伴选择了自由活动。沿着海边走走,很惬意。

在椰子树下摆了好几十张桌子,是专门供游客晚上来品尝海鲜的,我们绕过这些桌子,继续往前走,只见海边沙滩上好多的游人在日光浴,俄罗斯人最喜欢晒太阳的,一对对男女躺在阳光下,直接接受太阳的沐浴。海里好多人在游泳或者玩水。我们选了一个紧靠海边的小桌子坐下来,点了一盘长海螺,两根烤肠,还有一个大椰子,一边吃着海鲜,一边饮着新鲜的椰子汁,一边欣赏海上风光。椰子树的叶子在海风的拂动下,轻轻地摇曳,像美丽的少女在舞动手中的扇子,树影婆娑。海风吹过我的肩头,拂动我的头发,一种特别清爽的感觉让人心里特别的舒服。远眺大海无边无际,蓝天、碧水相接,湛蓝的天空飘着几朵白云,像盛开的莲花,悠悠然。我们老两口,坐在这里静静地观海,身心极度地放松,似乎我们也融入这水、这云、这天宇。

来这里旅游的大多数是北方人,由于温差太大,人们来到海南,必须得买一套"岛服"。所说的"岛服"就是薄薄的花布做成的半袖衫和短裤,不论男女老少,都是花花绿绿的一身"岛服",在人群里,在大海边,成为一道亮丽的风景。我和老伴也各买一套"岛服",老伴选的是浅黄色地带绿色椰树图案的,我选了一套橘黄地带白花的,穿在身上宽松,轻柔,很是舒服。还选了一双拖鞋,一双塑胶镂空花的女鞋,穿上它,在沙滩里行走,即使进去沙子,用水冲冲,就干净了,很便当。

三

又是一个风和日丽的好天气。我们的大巴车继续前行。今天我们要去坐落在三亚市凤凰镇凤凰开发区的世纪昌源水晶馆、南山生态园和天涯海角。

走进世纪昌源水晶馆，解说员给我们介绍水晶的生成、开发利用情况。虽然我十年前来过海南，也参观过类似的水晶馆，但是还是特别喜欢水晶那种晶莹剔透、柔和静美的质地。水晶石的主要成分是二氧化硅，是贵重矿石，宝石的一种。除此之外还有一些含伴生矿：铬、锰、铜、铁等离子而造成折射产生多种颜色，是贵重宝石之一。因为它的生成与火山爆发和地震等有关，确定了它自身的潜质很珍贵。我用手抚摸偌大的紫色水晶矿石，感到一种如冰般的清凉，给人一种特别舒适的清爽。古人把水晶比作皎洁的月光，清洪升《长生殿·偷曲》："凉蟾正当高阁升，帘卷薰风映水晶。"中国古老的叫法称为水玉、水精、石英、佛家七宝等。《山海经》中，水晶又被称作水碧："又南三百里，日耿山，无草木，多水碧"，又有人称它叫玉瑛。

走进大厅，各种水晶制品琳琅满目，吸引游客们争相观赏和购买。我平时不簪金不带银和玉，所以也没有购买的打算，快到出口了，我被一排排的紫色水晶手链吸引住了，我酷爱紫色，它高贵、凝重、雅致。这个紫晶手链价格不贵，是合成水晶打制的，薄薄的，外部呈半圆形的小方片被一条皮筋穿在一起，晶莹透亮，很是雅致。我便趴在柜台上看，并让营业员拿出来，放在手上，又戴在手腕上试了试，感觉很不错的，然后就退下来送给营业员。这时意想不到的事情发生了，老伴以为我想买，就把钱递了过来，我当时一愣，因为他平时不喜欢我买这些东西，他的举动让我感到机会不能错失，便买了下来，心中一阵惊喜，一片温暖。我们结婚40多年了，这是第一次给我买饰品，价格虽然不是怎么昂贵，这份情可是最难得了。我喜滋滋地把包装精美的手链放到包里，心里都乐成一朵花了。

出了水晶馆，便去南山生态园。南天生态大观园是由三亚市天行旅游实业有限公司投资兴建的，集农林科普教育、园林生态旅游和休闲度假观光为一体的大型旅游景区。位于海南省三亚市天涯镇塔岭，东邻天涯海角，西壤南山寺。大巴车停在一片花丛中，还没进园，便被盛开的三角梅给吸引住了，红的、黄的、浅粉的，大家抢着拍照。导游喊大家快点进入院内，里面的花儿更美。我们先参观仙人掌园，各种仙人掌类的植物形状各异，一进门便是高大的仙人柱，有两米多高。地面上是矮矮的小仙人球，开着星星般的小花，花园中间用不同颜色的仙人球拼成一个金字塔式的花坛。

出来仙人掌园便进入了瓜果园,架上结满各种形状的瓜果,顺着瓜果园又到了无土栽培植物园,这里面大部分是花卉,长得特别繁盛。紧接着进入海洋馆,这里展示着各种稀有的鱼类、珊瑚等。最美的景致是"兰花大世界",这里有万代兰、千代兰、石斛兰、蝴蝶兰、卡特兰、文心兰、莫氏兰、国兰、兜兰等近千种世界名贵兰花。一进园门,迎面是一个方格木架上挂着好多盆盛开的蝴蝶兰,进到里面,绿草青青,树木清脆,山泉喷洒,曲径通幽。各色兰花千姿百态,争奇斗艳,恰似百花迎来千蝶落,翠竹引来百鸟鸣。游客们如醉如痴,流连忘返。我不断地按动相机快门,真想把所有的花都拍下来。最抢眼的是蝴蝶兰,红色的、白色的、粉色的,橘黄色的,偌大的花朵像一张张笑脸,欢迎游客的到来。还有好多叫不出名字的兰花,娇嫩的花瓣让人心醉。喷泉、绿树相映,人也觉得飘飘欲仙了。怪不得这个景点叫南天生态大观园呢,真是比红楼梦里的大观园还要美啊!在赏花的同时,我看到一些花匠们精心侍弄花草,更换花盆,他们默默无闻地忙碌着,心中不免对他们肃然起敬,这美景,是他们用辛勤的汗水浇灌的,他们比花还要美啊!

导游千呼万唤,我们才恋恋不舍地走出南天生物园,去下一个景点天涯海角。天涯海角游览区,位于三亚市区西南 23 公里处,背负马岭山,面向茫茫大海,是海南建省 20 年第一亮丽品牌。这里海水澄碧,烟波浩瀚,帆影点点,椰林婆娑,奇石林立水天一色。海湾沙滩上大小石块耸立,"天涯"、"海角"和"南天一柱"巨石突兀其间,昂首天外,峥嵘壮观。那年我来这里是踩着怪石走到刻着"天涯"、"海角"两块立石那里的。其实,那两块山石并不高,只不过是个标志而已。这里最美的是海水,远眺海面,水呈碧绿色,远处与蓝天相接,广袤无垠。海边被海风吹得歪斜的椰子树与碧水、蓝天融为一体,构成一幅精美的画面,这画面就是海南美丽景色的象征。

因为我们还要在三亚住两天,和老朋友聚聚,在这里就要与朝夕相处的团友们分别了,导游告诉我们出了大门就有 16 路车去市区。我们来不及和大家告别就匆匆拿着行李去等公交车了。

回想这三天的旅行,心中有些眷恋和不舍。我们这个团一共 53 位游客,大家来自祖国各地,有的是夫妻、兄弟、姐妹一起来的,有的是只身一人出来旅游的,有的是一大家子来玩的。虽说大家来自不同的省份,年纪也各不相同,但是就像一个大家庭一样,和谐团结,互相关照,按照导游安排的行程愉快地完成了三日游的大部分景点,下午还有几个景点和购物店,回到海口,就散团了。

山东籍的导游小夏,年纪不到 40 岁,在海南当导游有 10 年之久,他沉稳、老

练,带团很有经验,尤其带 53 人的散团,他得心应手,安排得非常妥当,大家也都非常满意。就像小夏说的那样,我们 53 人就是一个大家庭,大巴车就是我们的家,老实巴交的司机和热心勤劳的小夏就是我们的服务员,三天时间大家快快乐乐,顺顺当当地游玩,不仅欣赏了美丽的海南风光,也体会到了人们的文明友好互相关照的良好风气。社会进步了,景区发展了,人们的精神风貌也得到了提升。这次旅游,在心情和精神上都是一次新的体验,新的升华。

四

来海南之前,就用电话与住在三亚的朋友毛自然、田静夫妇联系好了,旅游结束我们去看望他们夫妇。所以,我们提前订好返程机票,这样可以在三亚住两天。

三亚的中午,阳光照射的特别厉害。大约接近中午 12 点,我们在三亚市工行站下车,老朋友毛自然来接我们,他事先帮我们联系好旅馆,还讲好了价格,先带我们去安排住宿。在市工行站 16 路站下车,往前走不远便是吉祥街,顺着右手边拐到这条街里,再走大约 200 米,就到了吉祥旅馆。小店门面不大,房间很整洁,而且离海边很近,去机场也很方便。我们交完押金,领了房间钥匙,安排妥当就下楼和朋友一起乘 11 路公交车去他家。

毛自然曾经同我一起在政府工作过,他爱人田静是我们老知青,和我老伴儿一个生产队。大约有半个小时,我们在市交警支队站下车,穿过马路,走不远就到了他们居住的小区。只见高大的椰子树、棕榈树掩映着造型别致的楼群,路边盛开着三角梅,是一个很幽静的小区。因为来的匆忙,我们也没带什么礼物,便在楼下的一个小超市里买了两瓶白酒和一点食品,还买了两个新鲜的大椰子。来到楼上,只见田静正在厨房忙活呢,准备了好几样活海鲜,还有当地出名的文昌鸡,见我们到了赶紧炒菜,上菜上酒,忙得不亦乐乎。为了迎接我们,他们两口早上到海边,又到菜市场采购海鲜等,回来就忙活做饭做菜,高兴得不得了。

说话间,酒菜已经摆满了桌子,他们两口轻易不喝酒,今日也斟了一些白酒,我们共同举杯,开怀畅饮。说说笑笑之间就把一瓶白酒喝光了。这时我把已经削好的大椰子拿上来,大家一起用吸管喝椰子汁,老伴来了灵感,赶紧给我们几个录像,我也抢拍了几个镜头,我们尽情地笑着。是啊,在祖国的最南端,在阳光灿烂,鸟语花香的三亚,我们可以相聚,多么难得啊!

时间不早了,我们起身告辞。他们夫妇两个一直把我们送到 11 路公交车站点,我们上车挥手告别。

　　回到旅馆,热情的店主和我们搭话,他是黑龙江人,来这里做生意,所以觉得很亲近。休息一会儿,我们去海边散步。出来旅馆不到200米就到了海边。这里聚集了好多人,大多是居住在这里的老年人。他们在椰树下乘凉,观海。再往前走,就是银白色的沙滩了,沙滩上好多游人,有的在拍照,有的在玩水,有的在游泳,十分的热闹。

　　第二天,早早起来,到对面的湘菜馆吃过早餐,又回到旅馆,和店主打听去机场的公交车站点。这里出租车很难打,起早去机场要提前预订,有时候还不把握。店主告诉我们街角就有8路车直接到机场候机楼。我们便去街口看看站点的具体位置,正巧8路车过来了,停在那个街角。我们两个一琢磨,干脆坐上车去机场走一遭,也算先熟悉熟悉地形吧。大约20多分钟,到了凤凰机场,我们到出发候机厅转了一圈,又坐8路返回。在街面上,买了几袋椰子粉、椰子糖,还到一个综合的菜市场里转转。不知不觉就到了中午,找了一个比较适合我们口味的四川面馆吃午饭。下午,把行李打理好,把棉衣服装在一个简易包里,其余东西装箱子里托运。

　　明天早上就要离开三亚了,我们又来到海边。我脱下鞋子到海水里走走,海浪一阵一阵地拍过来,我挽起裤腿往里面走,体会波浪冲击的那种力量,柔柔的海水拍打着我的双腿,感觉有一股劲头冲击着我,这就是海浪的力量。看着浪花翻卷着退去又冲过来,细碎的水花如玉似雪,在沙滩上留下了一片水迹。双脚踩在湿润柔软的沙子上,与海水亲密接触,体味那种感觉,身心都是愉悦的。我来了兴致,让老伴给我拍几张照片,留下这美好的记忆。

五

　　一转眼出来10天了,赏尽南国美景,领略大海的风光,享受了夏日之美好,望着窗外婆娑的绿叶,心中生出几许思念和期盼。出来这几日,两个女儿经常发短信问候我们,打听我们走到哪里了,身体还适应吗?我知道她们惦记我们呢。

　　还不到5点,我们两人就起床了,洗漱完毕,换好衣服,便提着行李下楼结账。旅店老板知道我们起早走,正在前台等我们呢。见我们这么早就下楼了,他说,时间还早着呢,头班车最早到也得6点10分以后。我们说,睡不着了,也待不住了,到外面等着去吧。说着,我们就走出了店门,这时,老板跑了出来,大声对我们说:棉衣服千万别托运啊,在飞机降落前一定要换上棉衣!

　　在三亚这几天,我们遇到好多东北人,大都是黑龙江人,一见面特别的亲近,这位老板家是尚志县的,来这里租的房子开旅店,代卖机票,生意还不错的。三亚是个旅游城市,没有什么企业和工厂,除了机关公务员和事业单位的职工,居住在这里的本地人大都是附近的县城和乡下来的,这几年,全国各地候鸟般的人们来这里避寒,使得这个城市发达起来了。只是一到夏季,人又少了,生意也不好做了。这个季节正是旺季。比如出租车这个行当,在夏季就没活可做了,所以这里的出租车很少。

为了把握起见,我们选择乘公交车去机场。没想到我们先后遇到了三台出租车,最后以33元的价格上了出租车。

早早到了机场,换登机牌,托运行李,安检过后,就到候机口等候了。时间还早,我们找一个比较凉快一点儿的地方坐下,简单吃点方便面,就算早餐了。三亚飞哈尔滨,8点5分登机,8点35分起飞,如果准时到达时间是下午14点25分。大女儿和女婿开车到机场接我们。

准时登机了,只是飞机到点也不起飞,大约延时到9点才起飞。俯瞰三亚大地一片葱茏,青山秀水,郁郁葱葱。须臾间,就离开了美丽的三亚,美丽的海南。飞机在云端上飞行,下边是一片云海,千奇百怪,变幻无穷的云海,甚为壮观。云层稀薄的地方可以看到山峦、海水和城市的轮廓。飞机平稳地飞行,我的思绪也像这云海一样翻腾着。短短的10天时间,体会了北海的阴冷,享受了海南的温暖,观赏了迷人的美景,品尝了新鲜的海鲜和甜美的水果,也见识了这里的风土人情。祖国之大,山河之壮美,让人折服。南北之差别,不仅是距离还有温度,真是无法比拟啊。今天我们将同日体会这南北之差了。

回想这几天旅游,深感海南的旅游业做得精致,和10年前比发展太快了,开辟了好多新景点,老景点又有创新。尤其在旅游经济这块,可是做了篇大文章。景点打造的好,门票也很贵,这一点全国都一样,只是他们在一些细节上下了不少功夫,比如在收费景点里建民族村,搭建一个美丽的狭窄通道,你一迈进村里,就给你拍照,给你录像,到了出口,就要你付款,弄得你无可奈何,只好掏腰包了。他们摸准了游客的心理,既然来旅游,就不会在乎这点儿小钱了,还解决了当地村民的收入了。想一想也无所谓了。总的看,组散团走还是比较合算的,虽说吃住条件差一些,但是比较省心,导游照顾的也不错,利大于弊,还是可行的。

飞机到达扬州泰州机场,在这里做短暂停留,我们下飞机领取转乘牌,告知大约休息15分钟左右。我们去趟洗手间,出来接点热水,还想到机场商店看看有什么土特产,就听到广播喇叭传来登机的通告,马上登机坐好,飞机也做好起飞准备。可是左等右等,就是不起飞。而且机场就几架飞机,机舱里还把小电视放了下来给大家播放动画片。人们有些急躁,纷纷质问,怎么还不起飞啊?有人以为哈尔滨机场又关闭了呢,往哈尔滨打电话,问下大雪了吗? 回答是否定的。这时广播通知:因上海航空管制,暂时不能起飞。我们只好耐心等待了。一直等到接近下午 14 点,飞机才起飞,到哈尔滨大约在下午 16 点多。

飞机又一次穿越云层,平稳地在万米高空飞行。不一会儿,就看见起伏的山峦上铺满白雪,薄薄的一层。在过一会儿,就看到了冰面,那是河流结冰了。飞机一进入东北地区,雪显得厚了起来,白茫茫一片,漫无边际。阡陌纵横,把大地划成不等的块状,村子的房顶上都是雪,好一个银白色的世界! 不仅想起毛泽东的那篇《沁园春·雪》"北国风光,千里冰封,万里雪飘……"南国花正红,北疆玉晶莹。我喜欢南国的红花绿草碧水蓝天和四季如春的温暖,我更喜欢北国四季分明,白雪皑皑的旖旎风光!

我正沉浸在一派诗意之中,老伴提醒我该换棉衣了,这才缓过神来,赶紧起身打开简易袋,把绒衣绒裤棉鞋拿出来,为了方便换衣服,我们在三亚就把线裤穿在里面,把绒裤一套就可以了。我穿着短袖衫,把羊绒衫直接套在身上,再穿上羽绒服。一切就绪,飞机也快降落了。当飞机穿过云层时,地面已经是黑蒙蒙的了。16 点 10 分,飞机稳稳地降落在哈尔滨太平机场,有一种到家的感觉。当我们迈出机舱的时候,只觉得寒风直往衣服里钻,我的鼻子立刻就不通气了。哈! 真冷啊! 和 8 个小时之前比,温度降低了 50 多度呢。

坐上回家的汽车,天已经黑了。还要跑三个小时左右才能到齐齐哈尔呢。家里小女儿紧着打电话问我们走到哪儿了,正忙着准备晚饭呢。晚上 20 点 30 分,终于到家了,热气腾腾的饭菜摆满了桌子,孩子们为我们接风,其乐融融。还是家好啊! 我感叹地说:走遍天涯海角,还是自己的家好啊!

2012 年 12 月 15 日

送莹莹上大学

2013 年 8 月 24 日上午 9 点,一行五人,登上了 K40 次快车,去北京送大外孙女上学。

大女儿一家三口加上我们老两口,开始了愉快地旅行。在火车上要吃两顿饭,女儿、女婿准备了一大包吃的,还带了白酒和一箱啤酒。

车厢内整洁干净,温度适宜,井然有序。我们安顿好行李,在下铺坐定休息。

途径泰康、大庆、哈尔滨,看看窗外的风景,只见铁路两侧多有洪水浸泡,庄稼被淹了半截。前几日洪峰刚刚通过齐齐哈尔,国堤安然无恙,民堤基本都被冲毁了。目前洪水退的缓慢,北部有些车次停运或者晚点,好在我们乘坐这个车次正点运行。

到了午饭时间,打开自带的食品,烧鸡、牛肉香肠、豆腐卷、花生米还有自家腌制的咸菜、大葱等。一边吃着喝着,一边谈论莹莹上学前后的事情,历尽艰辛,如愿以偿,那份满足和开心是难以用文字表述的。努力了,奋斗了,拼搏了,赢得了最后的胜利。这里有苦涩的付出和努力,也有时机的把握和运作,更有亲友的关注和支持。莹莹即将开始人生新的转折点,走向了更为宽阔的舞台,更需要付出和奋斗。我们鼓励莹莹,莹莹也很有信心,有勇气,有着充分的思想准备,在更高、更大的舞台上展示自己的才华,实现人生的梦想。

午后的时间,我们都静静地躺在自己的卧铺上休息。很快就到了晚上,我们又把带来的食品酒水一扫而光。晚上 19 点多,到了沈阳车站,下车在站台上散散步。熄灯以后,车厢内静悄悄的,无人大声喧哗,也无人随便走动。我却睡不着,像孩子似的兴奋不已。

清晨 5 点 46 分,火车到达北京站。大伯哥和侄子姜楠、蔡婷小两口各开一台车来接我们。先到传媒大学附近的宾馆寄存行李,径直去了校园,时间尚早,没有多少行人。只见灿烂的阳光照在校园的草地上,柔和的光线把绿地染成淡淡的鹅黄,浇花的喷头飘洒着水雾,草地显得更加柔美。我们坐车绕校园一圈,然后在正门拍照。又到校园西侧的女生宿舍看看,超市、食堂一应俱全,只因 27 日正式报到,我们只能在宿舍的院子里看了看。条件很好,心中也安定了好多。

早饭后,为了便于这几天在北京活动,姜楠把另一台车给大姑爷开,定好导航,在北京就可以畅通无阻了。我们兵分两路,大女儿一家住学校附近的宾馆,我们到侄子家附近的江西大酒店住。安排停当,大伯哥和侄子夫妇陪我们到鸟巢、水立方游玩拍照。天气太热了,我们早早回到酒店休息。

晚上,姜楠安排了北京亲属聚会,在"海底捞",聚了 13 口人,二侄女夫妇、六侄女一家三口都来了。大家都为莹莹到北京上学感到高兴,真诚地祝贺。一大家子聚会北京,其乐融融。

饭后,姜楠夫妇执意带我们去后海游玩。后海的两岸是美食一条街,游人如织,人声鼎沸。霓虹灯勾画出楼台亭榭的轮廓,火树银花,甚是壮观。湖边,荷花盛开,在彩灯的辉映下,更显妩媚。沿着荷花池,弯弯曲曲地木桥,伸向水面,转角处,摆放着小巧的桌椅,上面点着精致的彩灯,有人在月下饮酒,一双一对的,静谧、优雅，别有情趣。更有意思的是后海里游荡的各种游船。姜楠也租来一条六人位的船，我们五个人坐上去，便在水中游荡起来。一边喝着特制的酸奶，一边观赏两岸风光。岸边灯火辉煌，人头攒动，酒吧、歌厅里不时地飘出高亢的歌声和管弦演奏的美妙旋律；水面上，游船来来往往，多是一家子乘一条船游玩，也有好哥们、姐妹儿乘船游乐的，还有外国人乘船玩耍的。船型不一，有的是人力划橹，船上有身着古代服饰的女子弹着琵琶。有的是用脚登着轮子驱动船只。还有电动船，我们坐的就是电动船，用手把握方向舵就可以前行或者后退。大约半个钟头左右，船行至一个单孔桥下，好多船只拥挤在一起，谁也不给谁让路，船挤船，大家特别的开心地闹着，无奈，我们把船开到开阔处，等到船只疏散开了，就顺利地通过桥洞到更为开阔的水面划行。水面开阔了，岸边的亭台也稀少了，风儿也大了起来，我们便回转船头，通过小桥洞，向码头驶去。歌声阵阵，人语喧嚣，灯火闪烁，一派歌舞升平。

26 日，早饭后，我和老伴儿乘地铁到了传媒大学女生宿舍，陪孩子们去购买生活用品，先到宜家家居城，又到家乐福，东西购买齐全，便回到宿舍，我和大女儿（男生不准入内，家人也不允许）帮助莹莹铺床，安排一切用品摆放。宿舍很宽敞，六人居住，上下铺。柜子、桌子、椅子每人一套。无线上网，有饮水机，双蹲位独立洗手间，有淋浴喷头。方便实用。看着干净明亮的房间，心里很是宽慰。一切安排停当，已到晚饭时分。我们到附近的烤鱼馆吃饭，和莹莹一起喝点儿啤酒，祝福她开始崭新的大学生活。

27 日，正式报到，学校不准家长参与，全由学生自己办理。我们无事可做了，便去西单随便转转。因晚车我们要去包头，便早早回到酒店，打点行李，准备开始新的旅途——包头——西安，探亲访友。

2013 年 9 月 11 日

包 头 之 行

2013 年 8 月 27 日晚乘 K263 次列车去包头。28 日早晨 6 点 56 分准时到达包头站。还没出检票口，我们就看见二姐的两个女儿大南、二南两家子在外面等候我们的到来。出了站口，孩子们热情的围拢过来，抢着把我们的行李装在两台车上，便直接去吃早餐，然后到和平宾馆，安置好房间，就去二姐家。

心 田

二姐是老伴儿的姐姐,有10年没见面了。10年前,我和老伴儿专程去看望过她们一家。给我留下了深刻美好的印象。二姐和二姐夫都是汉族,当年,他们毕业后在包头参加工作,无亲无故,夫妻俩带着三个孩子,过着艰苦的日子。二姐是妇科医生,经常在缺医少药的蒙古包里为妇女接生,一心扑在工作上,顾不了自己的孩子。于是孩子们从小就养成了独立生活的习惯。如今孩子们成家立业了,日子过得很富足。只是缺少亲人的光顾和来往。我们这次去看望二姐一家,也是早就安排好的,借去北京的机会,一并到包头一行。二姐一家忙得不亦乐乎。

与我们同行的还有我的大伯哥。

姐弟相见自是说不完的话,道不完的情。人老了,更念手足情深。

我们这次旅行,还有一个特别有意义的活动,就是我们的老朋友郭桂琴、周广和夫妇在西安给女儿照看孩子,他们约朋友来包头与我们会合,然后,我们一起去西安。说起这个安排,还得感谢琴妹的女儿琳琳。一天,我和琴妹视频聊天,说去西安的事情,琳琳说:"让我爸爸开车去包头接你们。"当时,我只当是随便说说而已,800多公里,开车去太累了。谁知琴妹一家真就这么安排了。当时我们早已定好去西安的火车票,只好把票退掉了。与他们同行的还有新结识的朋友许刚夫妇。两台车四个人将于晚上到包头市。

午饭后,回宾馆休息,等待琴妹到达的消息,我们不断用电话联系着。晚上18点多,二南的爱人开车同我们夫妇一起到黄河收费站等候他们的到来。大约晚上19点左右,他们出了高速路口,与我们一起到宾馆。然后来到大南夫妇特意安排的宝格特生态园吃蒙古特色餐,在宽大豪华的蒙古包里,十几口人围坐在大圆桌边,饮酸奶和奶茶,吃手把肉,喝蒙古王酒。盛情之下,开怀畅饮,亲人、友人相聚,快乐无比。亲情与友情的融合给晚餐增添了许多快乐和欢愉。推杯换盏间,亲情与友情无声地升华着,那种默契、和谐让人与人的心贴得更近了。真可谓他乡遇故知啊!

29日,二南夫妇请假陪我们去游玩。大南、二南各开一台车,我们一共11人,开始了饶有趣味的旅游。

我们旅游的第一站是千年古道东联影视动漫城。这个景点隶属于东联控股集团。位于鄂尔多斯市东胜区西15公里处,是鄂尔多斯市重点文化产业和旅游开发项目,是国内外唯一以直道文化为主题,以秦汉边塞文化和匈奴故地文化为特色的旅游景区。45集电视连续剧《秦道传奇》就是在这里拍的外景。

景区利用鄂尔多斯独特地貌,再现了2200年前"堑山堙谷,直通之"的秦道特征,并在沿途复制了烽、障、亭、台军事设施和条、铺、驿站交通节点。使二千多年前的秦直道宏伟历史景观跃然眼前。我们走在宽阔的直道上,似乎穿越了时空,回到公元210年的秦朝,领略了一代枭雄的桀骜和霸气。在直道展览馆,我们通过沙盘,看到直道南从陕西淳化县,北到包头市(古称九原),是古代的高速公路,全长900公里,宽60米。是为秦始皇巡视边塞而修建的。还通过图片再现了当年民工修建直道的情景,令人叹为观止。人们都知道秦始皇修建万里长城,却很少知道秦直道这个与万里长城相媲美的北方浩大军事工程。真是开了眼界了。在景点的一个类似烽火台的景观旁的楼亭中观看了4D立体电影,很是惊险刺激。在景点的北端建有内蒙古东联书画博物馆,这是当代最大的中国书画名家巨幅作品主题博物馆。里面收藏了近百幅特大幅的当代名家的书画作品。在博物馆的一角还设有宽大的书案,供游人挥毫泼墨。我们每个人都到那里挥笔留影。宽阔的景区里还设有影视厅、游乐场,好多可以娱乐的项目,比如射箭、打飞碟,双人、多人自行车等等。

整个影视城,可谓蔚为壮观。只是开发时间较短,人们认知程度还不够,所以游人不是很多,这是一大遗憾。但愿有一天,它会引起游人的青睐,引来众人欣赏这内蒙古草原深处的一个值得一看的景观。

看完大秦直道,接近中午时分,我们又驱车前往苏泊罕大草原景区。美丽神奇的苏泊罕大草原景区位于鄂尔多斯市伊金霍洛旗苏布尔嘎镇,中国保留最完整的一片原生态湿地草原,是东联集团开发的第三大景区。被称为城区大后院,梦中桃花源。我们来这里,不是看草原,而是到比草原更美的蒙古包群里吃烤全羊。这里蒙古包成群,造型各异,远远望去,蓝天白云下绿色的原野里白色的蒙古包群格外显眼。每个蒙古包都有一个蒙古族的地名,我们落座的是阿尔巴斯蒙古包。进到里面,宽大豪华,可以坐下二十多人。我们一行12人。主要是吃烤全羊,还配有十几个蒙古特色的菜肴,另外还有酸奶、奶茶、炒米等。我最喜欢蒙古族最本土的酸奶和奶茶。

吃烤全羊,是蒙古民族招待贵客的最高礼节,有一些程序是必须履行的。酒菜摆好后,由两个蒙古装扮的小伙子用红色的车子抬着烤好的羊进来了,摆在门口的一个位置上,烤得焦黄,冒着油星和香气的羊身上披着红绸带。吃烤羊前,要由资深的客人来剪彩,然后才能食用。大家推举我老伴儿来剪彩。由一个年纪较大的蒙古装扮的人引导,先用一把尖刀在烤羊的身上划一个十字,然后端上酒杯,先用手蘸酒向空中点一点,再蘸一下,向地上点一点,然后喝上一杯酒,拿掉彩绸,便由专门的厨师用刀分解烤羊,一盘一盘装好,摆在桌子上,大家便动筷子开始品尝香喷喷的烤羊肉了。这时，一对蒙古族男女歌手手捧哈达和斟满白酒的银杯，一边唱着祝酒歌，一边给每个人敬酒。一个接着一个的敬酒，一首接着一首地唱歌，往复敬了两次，我们每人都喝了两杯酒。这种氛围令你不喝不可啊！品尝美味，也在品味民族文化，佳肴、美酒、美妙的音乐融合着最典型的蒙古族的饮食文化，更体味着古老民族的文化底蕴与宽厚、热情、豁达的民族魂灵！蒙古餐是蒙古文化的集中载体，全羊宴，一曲颂歌，一场盛宴，令我们的视觉、味觉、听觉得到了无限的享受和震撼。

离开苏泊罕大草原的蒙古包，我们便去最令人景仰的成吉思汗陵旅游景区。景区位于鄂尔多斯市伊金霍洛旗甘德利草原上。现今的成吉思汗陵是一座衣冠冢，它经过多次迁移，直到1954年才由湟中县的塔尔寺迁回故地伊金霍洛旗，北距包头市185公里，这里绿草如茵，一派草原特有的壮丽景色。东联集团投资2.6亿元建成了世界最大的以成吉思汗文化和蒙古族文化为主题的旅游景区。

步入景区，远远地看到三座以白色为主色调，配以天蓝色的大蒙古包紧紧相连，这就是成吉思汗博物馆。在通往博物馆宽阔的路上，爬地柏铺地，在一片绿色中是铁马金帐的群雕，再现了成吉思汗英勇善战的铁骑大型军阵。进入偌大的蒙古包，里面陈设着蒙古族早年的生活用具、服饰、武器等等，一应俱全。最吸引人的是墙壁上用油画表述的成吉思汗的成长过程，由铁木真的出生，遇难，脱险，后来长大成人，一直到成为蒙古帝国的国君。成吉思汗和他后来的子孙，曾经三次远征，蒙古帝国版图曾经横跨欧亚，成为古代军事史上一次罕见的奇迹。

看着蒙古帝国的版图，令人震撼！

参观完毕，天色已晚。返回包头要走上一个半小时。我们上车，返程。只是天色黑了下来，车子跑不起来。好不容易离黄河收费站很近了，却因为前面并行的两辆大车相刮，被堵车将近一个小时，回到市里已经晚上21点多了。虽然很累，很乏，回想着一天的行程，收获颇丰，不仅品尝了蒙古特色的美味佳肴，更领略了蒙古族博大精深的文化和厚重辉煌的历史。成吉思汗，一代天骄！

历史，那么久远了，回味起来依然令人肃然起敬。我由衷地折服这个旅游景区的创建者，再现了历史的恢宏，潜心铸造了一个活生生的历史教育基地，缅怀先人，激励后人，民族精神不朽！

2013 年 9 月 16 日

西安会友

一、自驾游

8月30日,我们就要离开包头市了。早饭后,我们再次来到二姐家,和他们夫妇辞行。二姐眼泪汪汪地舍不得我们走,我紧紧拥抱二姐,祝她身体健康,愉快地生活。大南开车送我们到210高速路口,依依不舍地告别。

我们坐广和开的车在前,小许夫妇开车在后,开始了包头至西安自驾游之旅。琴妹拿出一张纸,上面是琳琳在网上搜的沿途的景点和可以入住的宾馆。按照这个旅游参考路线,广和调好导航仪,便开始了新的旅行。

一路上,一边欣赏道路两侧的风光,一边聊天,感觉特别的轻松愉快。这次来西安,主要是访友,一是看望我们的老朋友琴妹和广和,另一个是看望我10年之交的网友织雨儿。然后才是游览重要景点。从包头市到西安市,行程接近900公里,为了不过分辛劳,我们计划沿途看景点,在榆林、延安停留住宿,然后到西安。

沿途第一个景点是红碱淖,是中国最大的沙漠淡水湖,地处毛乌素沙漠与鄂尔多斯草原的交汇处。进了景区,迎面是一座王昭君的雕像,园内绿树婆娑,往里走便是清凌的湖水。我们沿着栈道走到湖边,近看湖水在阳光下熠熠生辉,远眺水天一色,波光粼粼。蔚蓝的天空,把湖水染得更加碧绿。在湖边的一侧正在建筑水上乐园,已经初具规模了,只是那些脚手架遮挡着,看不清真实面目,不过凭借高大的建筑可以推测出,这个乐园是很壮观的。

离开红碱淖,向榆林市方向出发。这里有一个景点叫镇北台。按照导航引导,进入了榆林市区,继续往北走,在离市区三公里左右,有一个高大的台子。这里就是镇北台长城景区,位于陕甘宁蒙晋五省交界的"金三角",昔日的九边重镇,当今的能源新都(榆林有石油等矿产)。核心景点镇北台建于明万历三十五年(公元1607年),位于款贡城(当年款待、赏赐民族来使,接受纳贡和洽谈边贸事物的场所,俗称"官市")西南角制高点,分四层叠起,高30余米。是万里长城遗址中最为宏大、气势最为磅礴的建筑,有中国长城"三大奇观之一"(东有山海关、中有镇北台、西有嘉峪关)和"天下第一台"之称。

仰望着高大的建筑,被一种神圣不可侵犯的恢宏感染着,心中生成一种景仰、肃穆之情。顺着斜坡走上这个高台,踩着灰砖铺就的台阶,左转右转,一直走到台子的顶端，只见上方是一个呈四方形的平台，四周是城墙，整个榆林市一览无余。在这里凭借望远镜可以眺望远处的烽火台、城墙和边塞自然风光。望着那些逶迤蜿蜒的长城遗址，似乎看到了当年长城的雄伟壮观，似乎听到了金戈铁马驰骋疆场的鏖战声声。在高台的前方，有一块石碑，上面刻有刘敏宽（万历四十三年延绥巡抚升任陕西三边总督）的诗"镇北台。重镇秋声雾色开，巡行不是为登台。千山远向云霄列，一水还从沙漠来。戍阁崔嵬天阙近，塞垣缭绕地维回。凭高极目狼烟靖，恍是逍遥阆苑隈。"足以体会当年在镇北台戍边的情景。

此刻，夕阳辉映，镇北台笼罩在一片霞光之中，更显得巍峨壮美。我们踏着夕照余晖，离开了镇北台，心中多了一份豪情，多了一份惊叹。伟哉！古长城的壮举！

8月31日，行程的目的地是延安。早饭后，车子驶出榆林市区，进入高速公路。顺路看到"统万城"的旅游标识，便下高速，又行驶近30公里，来到了统万城景区。统万城位于靖边县城北50公里处的红墩界镇白城子村，因其城墙为白色，当地人俗称白城子，又因是赫连勃勃所建，又被称为赫连城。始建于413年，建成于418年。迄今有1600年的历史，是大夏国的城都。

走进景区，远远看见白色的残垣高高仁立着，有红旗招展，走进一看，原来是考古研究所的旗帜。高大的白色城墙被埋在沙土里，看着挖掘整齐的土坑有三四米深。裸露在地面的最高点有三十多米高，可见当年这座城池是何等的壮观。据资料记载，统万城作为五胡十六国时期的大夏国的城都仅存为15年，后来大夏国被魏国所灭，而作为北方军事重镇的历史却有600多年。它是我国匈奴族留在人类历史长河中的唯一的一座都城遗址。

登上白色的城墙残垣，举目远望，只见城池依然具有一定的规模，这个城分为外郭城、东城和西城。整个城池用砂子、黏土、石灰夯筑而成，其坚"可砺刀斧"，可见当年建城要耗费多少人力和物力啊！时光荏苒，岁月变迁，昔日一座巍峨的城都高昂地耸立在碧水绿草之间，是何等的壮观啊。而如今，这白色的城池已成为残垣断壁，被沙土掩埋，是那么萧瑟悲凉。看那依然耸立的城墙一角，似乎在向苍天诉说着历史的兴衰。

据悉，此城于2012年列为世界文化遗产预备目录，今年正在申请国家考古遗址公园待批。考古研究所的技术人员正在挖掘考证，这个遗址还处于待开发时期，如果真正建成遗址公园，还需要好多时日。但是，只这个原汁原味的遗址已经足以吸引游人流连忘返了，因为，它藏着好多的故事，是那么神秘，那么令人遐想。

离开统万城，已经接近中午了，我们来到靖边县城吃午饭，然后直奔延安。

下午，来到了革命圣地延安。我们先到延安革命纪念馆参观。这里是免费参观,只需凭身份证领取门票,凭票入场。纪念馆的广场十分宽敞,广场中间伫立着毛泽东叉腰站立的铜像,铜像前面整齐地排列着高大的绿色植物盆栽。我们拾级而上,进入纪念馆,馆内分为上下两层,从延安革命根据地的建立到全国解放,通过文物、图片、蜡像等详实地展现了中国共产党领导全国人民开展革命斗争直至取得最后胜利的发展史。令人敬慕,发人深省,震撼心灵,鼓舞斗志。我们仔细地看着陈列的物品和图片,似乎走进了窑洞,和当年的革命志士一起重温那段不朽的历史,心中充满革命的激情。

离开纪念馆,驱车来到宝塔山,远眺宝塔山屹立在黄土高坡之上,那是一座普通的宝塔,却承载着无数革命志士的期盼和向往。它昂然挺立,是革命的象征,是历史的见证。那段充满激情的岁月赋予了它神圣的灵光,指引着世世代代人们前赴后继,从黑暗走向光明,从贫穷走向富庶。

天色已晚,我们抓紧时间去杨家岭。走过一排土平房,先进入中央大礼堂旧址,是一座灰色的小楼。主席台上挂着一条横幅,上面写着:中国共产党第七次全国代表大会,好多人在那里拍照。穿过大礼堂,越过一段小桥便到了当年党的领导人的旧居。那是一排排窑洞,因时间已晚,旧居都关门了,我们趴着墙头参观毛泽东等领导人的旧居,并拍照留念。

一天行程400多公里,参观了古城遗址和革命圣地,历史的比照,历史的恢宏,让我们激动不已。晚间我们在枣园路公园对过的宾馆入住,在楼下的饭店吃饺子喝白酒,心情很愉快,情绪也很高涨。在革命圣地住一宿,别样心情啊!

9月1日,目的地是西安。早早起床,没吃早饭先赶路。广和通过导航找了一条近路去黄河壶口瀑布景区。车子驶出延安市区,走上一条省级公路。只见路上被水毁的路段接二连三,延河的水并不太多,却有好多树木被洪水冲倒在河床,可见前些日子这里遭受到了多么大的洪水袭击。我们小心翼翼地走过这些水毁路段,在一个小镇吃早饭。然后继续前行,车子驶向了盘山道,这里的地势越来越高,路也越来越陡。终于到了壶口瀑布景区。

壶口瀑布,位于宜川县城以东35公里,吉县城西45公里。是黄河上唯一的黄色大瀑布,也是中国的第二大瀑布。进入景区,我们来到瀑布附近,只听得瀑布下落时发出的轰轰声响,黄色的水花翻卷着,奔腾着,一泻千里。它以排山倒海的独特雄姿著称于世界。

奔腾不息的黄色巨浪翻滚着,吼叫着,冲向大峡谷,掀起无数浪花,扬起黄色的烟雾,那阵势令人惊叹不已。这时,我的耳畔似乎响起了"风在吼,马在叫,黄河在咆哮,黄河在咆哮。"的雄壮歌声。壮哉!黄河。美哉!壶口瀑布!

我们靠近瀑布拍照,有细腻的水花溅到脸上,这样近距离与壶口瀑布接触,有些胆战心惊,还有些欣喜若狂。向对面望去,只见高高的山崖上刻有山西临汾四个大字,原来我们身居陕西省宜川县,而河对面就是山西临汾市,那边也设有旅游景区,对面河岸上也聚集着众多的游人,观瀑布,抢拍壶口瀑布奇观。

黄河,母亲河!黄河壶口瀑布像一匹脱缰的野马,驰骋在大峡谷,向下游冲去,奔腾不息。

面对这奇异的自然景观,心中也掀起波澜,惊叹大自然的鬼斧神工,折服大自然的神奇美妙。这种勇往直前的精神,不就是中华民族精神的象征吗!

怀着恋恋不舍地心情,离开壶口瀑布,继续前行,向西安市进发。我们的自驾游就要结束了,整整三天时间,我们边走边看,每到一处,都受到一次震撼,受到深刻的教育。深感祖国历史悠久,中华民族文化博大精深,祖国山川秀美,地域辽阔,景色迷人。对祖国的热爱,对山川河流的赞美之情油然而生。我爱你,中国!

二、老友新朋同相聚

9月1日的下午,时间显得特别紧张。我们即将进入西安市区的时候,接到织雨儿的短信,她说下午有时间,与我相聚。只是我还在路上,到市里也很晚了,脱不开身。我便暂定明日见面。

西安,1992年我来过,留给我的印象是灰蒙蒙的古城。如今,却变成一个新兴的大都市了。老城的城墙修建一新,新城高楼林立,车水马龙,绿树、草地、花坛色彩纷呈,道路宽阔、整洁。给人焕然一新的感觉,真是古城新貌啊!

晚上,终于到达市里了,我们先到琳琳提前安排好的汉庭宾馆,安置好行李,就去琴妹家。这次最重要的一个任务就是看看琴妹的小外孙女,她刚5个半月,却特别的精神、灵活,抱着她那胖嘟嘟的身体,她竟然会对着你笑,还露出两颗刚刚冒出的小牙,真健康啊!又看看她们家的格局,琳琳就张罗着去金海湾饭店吃饭了。同时作陪的还有许刚夫妇。琳琳夫妇精心安排了考究的酒菜,热情地款待我们。大家一路辛劳,在这优雅的餐厅里得以休憩和放松,便欢声笑语不断,和谐友好气氛越来越浓。真难得在西安与琴妹一家相聚,还有新朋友相陪,远在异乡倍觉亲切和温暖。

9月2日,琴妹安排琳琳开车,让广和休息,她抱着小蒙蒙,陪我们去看兵马俑、游华清池,在御膳阁安排了午饭。这时,织雨儿的短信又过来了,约我下午见面,我们赶紧回市里。

说起织雨儿,实名叫章琼文。我们相识在网络有十年之久。当年,我们在一个论坛认识的,是她的优美的文字、恬淡的情思吸引了我。我们年纪差距很大,却没有一点儿代沟。通过文字,心灵相通,后来论坛关闭了,我们就在 QQ 里聊天,可以说是无话不谈,谈生活、婚姻、家庭、爱情、文学、伦理等等。曾经有一段时间,我们在网络空间密切交往,日日相逢。随着时间的推移,我们都经历了好多的变迁,也曾一度联系很少。我想她了,就去她博客里看看,通过那些发自心灵深处的文字,去触摸她内心深处的苦与乐。

织雨儿,是一个聪慧文静、文思敏捷的女孩,写得一手好文章;更是一个上进要强的女干部,有着一份令人羡慕的工作和一定的职位。她富有爱心,追求完美,按照自己既定的人生目标努力拼搏。她为了支持丈夫的工作,一个人带着孩子,既要工作,又要同病魔搏斗,还要教育好聪明可爱的女儿。可想而知,她要付出多少艰辛啊!

有一段时间,织雨儿曾经计划来东北看我,只是没有找到合适的机会。今天我们就要见面了,心中不免有几分欣喜,几分激动和迫不及待。

说起我们见面,还真有一点儿小曲折呢。我告知织雨儿我住的酒店是汉庭大雁塔店,不一会儿,雨儿焦急地打来电话说,我来了,你怎么退房了啊!原来大雁塔这里有两个汉庭连锁店。这里单行道多,她开车过来要费一些时间,我便约定在宾馆的大门口等她。我左右瞭望着,大约有半个钟头,也不见有车在我身边停下来。这时雨儿又来电话,说她回单位有事,晚一会儿过来。天气有些热,我便上楼换了裙装,准备自己出去随便转转。我下楼,走到门口,只见一辆车慢慢驶进宾馆院里,一个俊俏的脸庞带着微笑看着我,我一下子就认出来这就是织雨儿! 她把车停好,下了车,只见她上身穿了一件浅玫瑰红色的休闲衫,下着深色的短裤,手里拎着两个精致的礼品盒,里面是她家乡特产茶叶,让我放到服务台寄存,我们一起去找个茶座好好聊聊。

我们出门,右转弯径直向大雁塔方向走去。她的个子高高的,笑盈盈的,说话的声音轻柔甜美,特别好听。我们并肩走着,说着,就像经常见面的老朋友一样,没有生疏感,没有拘谨感,自如得很。走了有一站地的光景,路边有一处大唐茶语,我们便进去找了一个临窗的位置坐了下来。织雨儿执意她请我喝茶,还点了果盘。我们一边聊着,一边喝茶,说话间,我拿出早已准备好的丝巾送给她,谁知她又从包里拿出一个精致包装的玉镯送给我,说是早就想寄给我的,怕弄坏了,就等着我来送给我。我好感动,惭愧自己的礼物太微薄了。

织雨儿,不仅是个才女,还是个美女。我望着她那秀美的脸庞,心生欢喜。一双明亮的大眼睛带着笑意,一张小巧的嘴,特别可爱。织雨儿,特别信任我,虽

然她称我姐姐,可是她对我如长辈一样的尊敬。我们互相倾诉着,似乎有说不完的话。从论坛的朋友到现实的生活,从女人到女干部从政的艰辛,以及网络里的林林总总。织雨儿,很睿智,也很机警,她很前卫又很传统,对于网络或者现实生活中一些情感的东西,把握的很有尺度,处理的非常理智,这是我最佩服她的地方。

难得在网络里认识这样一位优秀的女性。我不仅喜欢她的文笔,更喜欢她的善良、优雅、睿智的品性。结识一位优秀的朋友,得到的是一笔宝贵的财富,值得珍惜。

时间匆匆而过,不知不觉已经到下午17点多了。织雨儿还要开车回老家,给她母亲祝寿。我们只好结束聊天,恋恋不舍地挥手告别。迢迢数千里,网友喜相逢,太珍贵了!

这次旅行,有幸结识琴妹夫妇的西安好友许刚夫妇。许刚和妻子小沈,是从云南来西安给儿子照看孩子的,他们与琴妹在这个城市没有其他的熟人,所以很快成为朋友,也就有了这次一同去包头一行。小沈特别热情,也很爽快,一路同行,她总是抢着安排旅店,抢着安排饭。几天下来,我们也就成了熟人。大家一起旅行,最能看出一个人的性格,许刚沉稳很少讲话,小沈开朗,爱说爱笑,很容易接触。他们夫妇与我们一见如故,哥啊姐啊叫的可亲了。在旅途中就约好必须到她家吃一顿云南风味的饭菜。

9月2日,小沈夫妇不顾几天旅途辛劳,精心准备了一桌子菜,鸡、鱼、肉,摆得满满的,尤其是我们没吃过的凉拌五花肉,别有滋味。在异地他乡到刚刚相识的朋友家吃饭还是第一次,没有莽撞和冒失的感觉,这种热情与真诚让我们感受到了人与人的那种缘分和默契。相隔千万里,有缘才相逢啊!

吃罢晚饭,小沈拿出她家乡特产——植物提炼制成的洗衣粉和肥皂,整整一口袋,沉甸甸的,非要送给我们不可。我推说太重了,我们带不了,小沈却说,这是纯天然的,绿色无污染的,也是他们夫妇的一点儿心意。看她那认真劲,我们只好恭恭敬敬地接纳了。

离开小沈家,琴妹和广和陪我们两口去大雁塔休闲广场。远远地看到灯火辉煌,人头攒动,有的在做健身操,有的在跳交谊舞。我们来到最新奇的也是当今世界第一大音乐喷泉附近,只见霓虹灯闪烁,射灯旋转,变换着不同的颜色,翠绿、鹅黄、天蓝、淡紫、橙色、红色交织,美轮美奂,那喷泉随着优美的旋律起伏跌宕、忽而轻柔地低垂,忽而高亢叠起,变换着不同的姿态,好似水中仙子翩翩起舞,真是美妙绝伦!

这美丽的景色就在琴妹家的附近,她经常来这里欣赏这美景,可是她对我幽幽地说:我总想,要是在这里遇到家乡人该多好啊! 一句话,说的我心里酸酸的、痛痛的。谁说都市风光好,不如家乡泥土亲啊! 此刻,我太理解琴妹的心情了,俗话说,人熟为宝,身在异地他乡,怎么能不思念家乡的亲人和朋友呢? 如今,只能举杯邀明月,遥寄思乡情了。我们能来这里看望他们一家,也给他们带来些许温暖和安慰,可是却也让他们破费不少金钱啊,一想到这里心有不安。在这里对琴妹、广和和琳琳夫妇表示真挚的谢意了!

三、参观陕西省历史博物馆

9月3日,今天我们自由活动。早饭后,步行到陕西省历史博物馆。这里参观是凭有效证件取票,凭票入场。

参观的人络绎不绝,我们随着人流进入博物馆,依次参观。如今的博物馆与20年前比有了些许变化,一是馆内的背景布置更庄重,以暗色调为主,更凸显历史的厚重久远。二是一些贵重的文物单独设馆低价收费参观。我们从一层到三层仔细观看西安和陕西省历史发展的脉络,这个古代十四朝代的都城,承载着中华民族最厚重、最辉煌的历史,那一件件文物,穿越千年,依然熠熠生辉。

西安,堪称十四朝古都,历经西周、秦、西汉、新、更始帝、东汉、西晋、前赵、前秦、后秦、西魏、北周、随、唐等王朝,长达1001年之久。从秦始皇,统一中国,结束战乱,同时统一文字、统一度量衡、统一驿道,立郡县,奠定了多民族中央集权国家的基本格局,到唐朝李世民的"贞观之治",使中华帝国进入了一个辉煌的时代。从各个古建筑遗址中,可见历史上的西安(长安)是何等的繁华鼎盛。馆内陈列的文物,展示着历史的沧桑,目睹这些历史的见证,眼前浮现出一个巨幅的历史画卷,文采纷呈、金碧辉煌、流光溢彩,似乎听到了管弦丝竹,盛世欢歌。历史,已经成为过去,那渺渺余音在天宇间荡漾,那就是中华民族之魂,激励着世世代代,渊远流长。

走出博物馆,心灵依然被那些历史的精华震撼着。看看时间尚早,我们打车去古城的钟鼓楼广场,并登上鼓楼,俯瞰古城墙之内的城郭,浮想联翩:昔日古都,今朝经济文化重镇,国际历史文化名城,世界四大古都之一。如今正在为打造国际化大都市奠定基础。西安,凭借厚重坚实的历史底蕴,必定跻身于世界文化名城之巅!

西安,游不尽的景点,看不够的遗址。那山山水水都是说不完的故事,讲不完的历史,神秘奇异,博大精深。我们蜻蜓点水般的浏览几处景点,跑马观花,了解的东西也是特别的肤浅。记载下来,为了记住这次旅行,也为今后翻看旅游足迹留下印记。

四、饯行酒

我们的旅游快要结束了,琴妹一家按照老家的规矩,包饺子为我们饯行,俗话说"上车的饺子,下车的面"这个令还是要行的。晚上,我们聚集在琴妹家的29层高楼上包饺子。许刚和小沈也来了,大家齐动手,不一会儿,饺子包好了。广和还准备了几个下酒菜,我们团团围坐,推杯换盏,欢笑声声。回顾几日来的旅行,好多可圈可点的趣事,好多难以忘怀的情景。友谊在升华,尤其在远离家乡的大都市,故乡朋友相聚是何等的难得,何等的珍贵啊!琳琳抿着小嘴听我夸奖她的母亲;琴妹笑得像一朵花;广和紧着和我老伴儿斗嘴,开心得像个孩子;小许和小沈也被我们的情谊感染了,高高举杯敬酒,邀我们有机会去云南玩,他们要做东道主。

9月4日,凌晨5点多,天还没亮呢,广和开车和琴妹来到宾馆送我们去咸阳机场。依依惜别,盼着下次在家乡聚会。

飞机起飞了,望着这片神奇的土地,心中充满眷恋和希冀。真希望有机会再来西安,探寻历史的奥秘,欣赏历史的神奇。

小女儿发来短信:哈尔滨太平机场有人接机。出行12天,火车、汽车、飞机,一路顺畅平安。我们深知,这次旅行得到两个女儿、女婿,侄儿、侄媳妇,两位外甥女和外甥女婿跑前跑后,相互照应着,才使我们出行愉快顺利。更感激广和、桂琴、小沈、小许,还有琳琳夫妇的热情款待,一路同行,让这次旅行别开生面,收获颇丰。

透过飞机的窗口,俯瞰广袤的大地,只见白云朵朵,蓝天碧透,阡陌纵横,山水树木都在阳光下闪着金色的波光。祖国的山河雄伟壮丽,祖国的大地广袤无垠!

长兴岛之旅

长 兴 岛

长兴岛,位于大连瓦房店市西侧,四面环渤海,只有一桥与陆地相连。是一个新兴的省级经济技术开发区。又名:大连长兴岛临港工业区。长兴岛被渤海湾环抱,盛产海参,是海参养殖的重要基地。

当我们踏入长兴岛,就被这里的气势吸引住了,高楼林立,道路宽阔,已经建成的小区掩映在绿树之中,正在兴建的步行商业街,很有气派。这里有标准化的小学,有五星级的电影院,有体育公园和森林公园,还有美丽的海滨公园和海滨浴场。

晚饭后,朋友带我们去海滨公园游览。这时天已经黑下来了,只见灯火通明,霓虹灯点缀的公园给人的感觉特别的神秘莫测。公园的前面有一个标志性建筑,三条金色的大帆船正以迎风破浪之势伫立在公园的最前面,给人一种扬帆远航,整装待发的感觉。进入公园,便是一片开阔的草坪,草坪上传来优美的乐曲,却看不见音箱在哪里。原来音箱隐蔽在小小的山石或者霓虹灯里。这里说是公园,却是一个开阔的休闲广场,四周全是新铺就的道路,一块一块经过美化绿化的地段,各有各的主题,偌大的花坛,三条鱼的造型,假山亭榭,还有溪水潺潺流过,古朴的木质亭子,精心设计的瀑布墙,流水在各色灯光下变换着不同的色彩,发出清脆悦耳的声响。在一片开阔地上有一个长兴岛地形图,用蓝色的小灯点缀出基本轮廓,我们从上面走过,如同走在缩小的山脉之上。越过地形图,便到了一个方形的高台,这里是音乐喷泉,还在最后的修建之中。横跨过一条宽阔的公路,便到了海边。虽然天色暗淡了,依然可以看到海天之间的灰蒙蒙的云烟。海水轻轻地拍打着沙滩,有游人在海边游玩,临海建着漂亮的阁楼,那是供游人居住的宾馆。岸边灯火通明,时而有大卡车呼啸而过,那是运送建筑材料的汽车。

真是出乎我的意料,原以为,长兴岛一定是一个很普通的岛屿,人烟稀少,草木深深。没想到这里竟然具有大都市的建筑风格和气度。返回的路上,我们依然从海滨公园穿过,这里没有大都市的喧嚣和拥挤,没有叫卖声声和人为的环境污染,一种优雅、静谧、温润的感觉让人心里特别的舒适,真是难得的世外桃源啊!

第二天的清晨,我又来到海滨公园,在公园的一角,我看到了美丽的百合花竞相开放,金黄色、浅黄色的蓓蕾和怒放的花朵相互映衬着,硕大的花朵那么鲜丽!我喜欢的不得了,我循着花圃来回地走着,舍不得离开。在这幽静的清晨,这些美丽的百合像豆蔻的淑女般俏丽,如出水芙蓉般清爽,散发着淡淡的幽香。哦!美丽的海滨公园笼罩在一片淡淡的雾霭之中,如害羞的少女,罩着轻纱,那么淡雅清幽,那么温润祥和,这些百合就是这小岛的花语吧!

海 参 圈

以前听人说过养殖海参的事情,却始终没有机会亲眼看看养海参是怎么回事。这次来长兴岛了却了这个心愿。同行的朋友家就在这里养殖海参。他专门安排我们去游览他的海参圈。

海参圈，我是第一次听说。

吃过早饭，朋友开车带我们去参观海参圈。出了城区，直奔海边而去，大约行驶了半个小时左右，车子进入了一条砂石路，略有些颠簸。只见小山坡上密密麻麻地盖着灰色的房子，一栋连着一栋的，朋友说，这就是饲养参苗的地方，由于发展太快了太多了，好多人都赔了钱，所以有好多房子都被废弃在这里了。

穿过饲养参苗的区域，便到了海边，远远看见有几座山都被齐刷刷地切成半个山了。我们好生奇怪，朋友告诉我们，这些山石都用去修海参圈了。原来，人们为了挣钱，学愚公移山，用山石填海，修成几十亩水面的海参圈。按亩计价卖给养海参的人，一个圈可以卖到百万以上。现在政府已经不允许移山填海修海参圈了。

车子开上大坝，走了一段路程，到了朋友家的海参圈。举目望去，海边全是一方一方的，用山石垒起来的海参圈，隔三五个圈就有一幢灰色的小平房，那是供看守海参圈的人居住的。宽阔的大坝可以行车。我们怀着好奇心，望着连天的海参圈，猜测着，养海参一定是一件很复杂的事情吧？

恰恰相反，养海参真的不复杂。海参就是靠自然的海水带来的微生物生存，不用任何饲料。只是得有一个可靠的人每天开关水闸。我们仔细观察，发现每个圈都有两个水闸，分别安在相对应的方向。一个是进水闸，一个是放水闸。海涨潮了就放水进来，海水退潮了，就把水闸关闭。每个圈的中间是一条宽阔的公用海水道，进水，放水都是通过这些水道来周转，以保持圈内的海水新鲜如大海一样。

住在这里的是朋友的亲属，他们夫妇两个关照三个圈，这些圈都是亲友们合资买下的，每人投资二三十万，就买下一个圈，常年有人看管就行了，不影响工作，也不耗费时间。等到春秋两季卖参、放苗，主人们再来，只需一周左右就可以处理完毕，大家按投资比例分钱，分摊费用，几年下来，效益还是不错的。

看管参圈，不是很累，只是关闸放水而已，另外还要观察圈里的情况，及时把随着海水进来的螃蟹、海螺、鱼等清理出来，否则会影响参苗成长。

吃饭的时候，我们和看圈人攀谈起来，他说，刚来时真不想在这里，太寂寞了，一天也看不到几个人，特别憋屈。整天就守着这几个方方正正的海参圈，没事就在大坝上走来走去的。时间长了，也习惯了，和邻居们以及陆地上村子里的人都熟悉了，还结交了一些朋友。没事可以捞些螃蟹、海螺拿到村子里去卖，收入也很可观呢。

我们要在这里住上一宿,虽说寂寞,也很开心。我们到大坝上走走,看看圈里都有什么,却怎么也看不到海参。回来无事可做,大家就打扑克,晚饭很丰盛,全是海产品,新鲜无比。

第二天清晨,我和老伴儿早早起来,到大坝上去散步,呼吸着带有海腥味的空气,看着雾霭遮盖的朝阳,红彤彤的,倒映在海水里,是一片金色的波纹,我一时兴起,在大坝上练起了太极拳。四处眺望没有一个人影,只有我们两人一边散步一边嬉闹,难得这么轻松闲适啊。

不一会儿,只见朋友从屋子里出来,一手拎着一个水桶,一手拿着一个捞子(用铁圈包上纱布,安一个长把),奔海参圈走来,老伴儿说,他是不是来捞海参啊?真猜对了。他向我们招手,我们赶紧奔过去。他说:"看见参没有?"我们说没看到。他用那个捞子一下子就捞出一个海参来,我们好奇怪的。他说,你们仔细看,这边上好几个海参呢!我循着他手指的方向,看了半天,才看到伸着爪的海参。原来,它的颜色和水里的石头是一个颜色,不仔细看,根本就看不到它。我们来了兴致,用那捞子捞起海参,小的就放回去,大的放桶里,这就是中午的美餐了!

我们一起回到院子里,把海参放到泡沫箱子里用海水养着,大家赶紧拍照。当我们把海参放在手里时,一用力按它,它就会喷出水来,身体一点点变成团状,放在水里,就恢复了原状。我们折腾了半天,才把海参放回水箱里面。

还有一件趣事,很是有意思,那就是捞螃蟹。只要从坝上走过,你稍微用心看看,就会发现小螃蟹,偶尔还有大个的呢。离午饭时间还早,我们便到圈里捞螃蟹。螃蟹可不好捞,它躲在石头缝隙里,你越想捞,它越往里钻。看圈的人弄一小船,在左右对岸拴上一条绳子,下面放上一种简易的捕蟹的小圈网,螃蟹进去就出不来。他每天都会捞一些大小不等的螃蟹。用捞子捞蟹可不是那么容易的,因为蟹随着水就跑掉了。我们想了一个办法,用捞子捞起蟹时,快速甩出去,蟹就落到坝上了,一个大蟹硬是给摔断了腿,大家好开心地玩着,竟然弄了好几只大蟹!

丰盛的午餐开始了,桌上摆着炖海鱼,煮螃蟹,煮海螺,还有辣酱伴海参,我们几个女士包着八爪鱼馅的饺子。大家说说笑笑地给这个寂静的小屋增添了欢愉的气氛。看圈人乐得合不拢嘴,喝了好多酒。他说:"可盼着来人呢,人多了真热闹啊!"是啊,一年365天,天天守着这个海水和大坝,真是寂寞啊!没有他辛勤的付出,怎么会有大家丰厚的收入呢!好在他一年的收入也是不菲的。

在人们看来很贵重的海参,生长的条件并不苛刻,只要有海水,只要没有天敌侵扰,它就会健康地成长,成为人们养生的首选佳肴。

好奇心得到满足,看海,看海里的珍品,品尝海鲜美味。真是不虚此行啊!海参圈,不神秘,就是石头围起来的小海洋啊!它却可以盛产无数健壮的海参,让人们益寿延年。

冰 峪 沟

冰峪沟是大连境内的著名旅游景点之一,位于庄河市城北40公里的仙人洞镇附近,有东北小桂林的美誉。

朋友带我们去冰峪沟游玩。从长兴岛到冰峪沟,开车要走上2个多小时。6月19日,天空晴朗,艳阳高照,我们乘朋友的车去冰峪沟。从长兴岛出发,经由瓦房店、双塔镇碧流河水库、蓉花山、荷花隧道、仙人洞,到冰峪沟。

冰峪沟被称作大连冰峪国家地质公园,是国家4A级旅游度假区。这里有两条水上旅游线路,三条陆地旅游线路,因为时间的原因,我们只走了一条水上旅游线。在东门下车,停好车,便上了游船,边走,便欣赏两岸的风光。碧水悠悠,山峦起伏,连绵不断。各种奇石林立。山峰虽然不高,却很有灵气,俊美秀丽。导游介绍山石的传说,大约七八分钟的时间,船靠了岸,人们下船步行过"饿鱼桥",一座精致的小桥横水而卧,水中成群的小鱼儿游来游去,如果人们往水里投放面包和饼干等食物,鱼会成群结队而来,须臾间,食物就被抢光了。我们在水边驻足,蹲下身子,用小网兜捞鱼,虽说鱼很密集,却很不容易捕捞,费了好大劲儿仅捞上一条小鱼,看那小鱼可怜的样子,就又放回水里去了。

走过小桥,便登了一段台阶,来到一个开阔地,这里可以观望四周的山水,抚摸凸立的岩石。停留一会儿,向前方走下台阶,面前有两条路可以通过河流,一条是平坦的桥,一条是在河水里用石头间隔着铺就的路,导游说,走哪条路自己选择,想升官的走桥,想发财的走石头路。我们也没想什么升官发财,只觉得走石头路很好玩,便都走了石头路。这石头路也不好走啊,一步迈过去,要稳稳地站住,因为石头形状各异,空隙里有河水流过,走不好就会掉到河水里,到了对岸,只觉得两条腿有点发颤。来到一个小码头,便又上游船继续前行,依然是欣赏山水奇观。船行驶到很狭窄的水面,便调转船头,往回行驶。据说前面船是通不过的,河水里布满了石头。微风徐徐,迎面吹来,抬头看两面的山石,却有桂林山水的形貌,俏丽秀美,山石的影子倒映水中,碧波荡漾,给人一种如临仙境般的感觉。不知不觉,游船靠岸了,这次我没有走石头路,而是在平坦的桥上走了过来。

几位年轻人,去附近爬山,我们年纪大的,在阴凉地方休息。真是年纪不饶人啊,要是前几年,我一定和他们一起去爬山的,这会儿,只想尽量轻松一些,不要把自己搞得太累。

　　冰峪沟,我是第一次听说这个地方,也是第一次来这里游玩。没想到在关外还有这么秀丽的景致,真可谓山清水秀,峰回溪转,兀立的奇峰可与桂林山水相媲美。

　　亲近自然,心旷神怡。徜徉于山水之间,领略祖国大好河山的无限风光,惊叹大自然的鬼斧神工,奇山秀水,真乃幸事也!

2014 年 6 月 29 日

诗　律

五言绝句（新韵）

游 紫 禁 城

紫禁苍松劲,红墙古柏青。
金樽空对月,不见众王公。

2007 年 12 月

雨 中 偶 得

昨夜飘霏雨,今晨看落花。
闻香知夏韵,染翠释芳华。

2015 年 5 月 19 日

咏 梅（二首）

一

嫩蕊添香色,娇妍为雪开。
虬枝铮傲骨,玉盏送春来。

二

疏影寒窗侧,春葩沁暗香。
仙姿堪冷艳,独秀斗群芳。

2016 年 11 月 26 日

夜 雪

昨夜东风紧,今晨赏玉沙。
天公承众愿,润土助桑麻。

2017 年 2 月 21 日

冬 韵 三 首

一

玉树临风立,幽香沁雪融。
江天独钓月,旷野舞银龙。

二

窗外雪花飘,亭间赋兴高。
举杯推韵律,落笔著心潮。

三

暗香闻雅韵,瑞雪醉松涛。
莫道寒风凛,诗情上碧霄。

2016 年 12 月 15 日

七言绝句（新韵）

秋 日 偶 感

红枫醉卧恋乡情，梦呓呢喃任露凝。
恰遇秋风平地起，轻盈落地笑生平。

2006 年 10 月 18 日

游菖蒲河公园

悠闲漫步小河边，竹韵松风伴月眠。
暗水轻流浮日月，青石路侧柳拂烟。

2007 年 11 月 28 日

湖 边 晨 练

一

清清湖水引白鸥，寂寂山林唤鸟啾。
淡绿鹅黄相竞美，人欢曲畅舞轻悠。

二

樱桃李杏竞相开，碧水粼粼映榭台。
人攘曲高堪鼎沸，太极静气理闲怀。

2016 年 4 月 30 日

大雪节气

雪花堆砌玉阶台,风舞霜凝翠蕊开。
厚卷轻翻循李杜,薄笺重刻诉情怀。

2016 年 12 月 8 日

66 岁感怀三首

一

吉顺生辰喜乐多,亲朋好友共欢歌。
欣逢盛世生活美,把酒吟诗颂祖国。

二

金樽共举忆华年,养育之恩父母先。
利禄功名皆过往,唯留忠孝在心间。

三

友朋千里送温馨,福信频传字字真。
不忘手足情意重,更惜儿女孝双亲。

2016 年 12 月 13 日

赞雪乡三首

一

蓝天瑞雪伴青松,玉砌瑶台映彩灯。

万里霜天寻胜景,千年林海隐冰城。

二

串串宫灯喜气盈,皑皑玉雪舞银龙。
北疆奇景游人醉,南岭宾朋未了情。

三

日落霜凝冷夜长,红灯高挂送吉祥。
木屋听雪倾心语,炉火烹茶伴酒香。

2016 年 12 月 18 日

赞逸人拍照《腊梅》二首

一

疏枝俏立绽鹅黄,蜡染金梅暗沁香。
傲骨凌寒春意暖,百花摇落自抒芳。

二

金梅玉盏寒风里,傲立高枝一品香。
独占韶华吹落雪,鹅黄点点缀斜阳。

2017 年 1 月 4 日

贺文联作协两会召开

两会新风气势高,百花争艳颂英豪。
复兴使命宏图远,笔下乾坤尽舜尧。

2016 年 12 月 1 日

赞泰来首届"六水香杯"稻草文化旅游艺术节三首

一

纤纤稻草弃寻常,谁料今朝做锦裳。
彩凤金龙江畔舞,泰来禾谷绽芬芳。

二

大寒时日北风强,江畔春潮抗雪霜。
纤草变身成彩俑,稻菽文化沐新光。

三

江桥抗战美名扬,鱼米之乡写锦章。
禾谷金稞神力大,天工巧塑草馨香。

2017 年 1 月 21 日

过大年三首

一

爆竹声脆响连环,火树银花不夜天。
春晚平添新创意,举家欢聚共团圆。

二

团圆共庆跨新年,美酒飘香喜气添。
早将烦忧抛万里,亲情炙热暖冬寒。

三

正月初一拜大年,电波传递越重山。

天南地北祈福事,瑞气祥和盛世缘。

2017 年 1 月 28 日正月初一

二 月 兰

户外梨花落满坪,庭台玉盏伴春风。
晶莹剔透争梅俏,暗把幽香绕榭亭。

2016 年 3 月 8 日

赞女子商会年会三首

一

一簇红梅映雪开,万花吐蕊沁芳怀。
曾经商海劈波浪,今日登台唱未来。

二

寻常女子志恒高,辛苦衔泥巧垒巢。
智慧结出丰硕果,遨游商海竞妖娆。

三

红巾相系友情长,百俊团圆玉酒香。
淡抹浓妆皆俏丽,商潮靓女庆辉煌。

2017 年 1 月 1 日

赞诗词大会六首

一

诗词大会摄心魂，古韵新风世代循。
后继有人堪赞誉，万民同贺长精神。

二

亦姝雏燕语惊人，满腹诗书唐宋魂。
淡定从容心若谷，轻摘桂冠志凌云。

三

百人团练诵诗潮，万众齐欢助兴高。
华夏韵坛添锦绣，芳春新翠显妖娆。

四　赞主持人

名流气质美如兰，一笑一颦魅力添。
临场解疑堪自若，诗书满腹语悠然。

五　赞舞台美术

绚丽平台巧扮成，波光潋滟寓清宁。
悠扬古乐和唐韵，恰似诗融仙境中。

六　赞嘉宾评委

通今博古智情高，细数家珍气势豪。
信手拈来千古韵，点睛之笔助诗潮。

2017 年 2 月 8 日

春 寒

鹅黄惹眼笑春寒，柳绿樱红四月天。
昨夜冰凌浮碧水，今朝嫩蕊绽芳颜。

元宵节三首

一

冰轮玉盏醉无眠，火树银花不夜天。
月露风华增妩媚，素肴浊酒喜清欢。

二

天河浩渺缀星云，满月曾经照古人。
笑看光华灵秀地，吟诗酌酒寄心魂。

三

上元佳日尽心欢，对月独酌雅兴添。
竹爆烟花增喜庆，填词作赋祈丰年。

2017 年 2 月 11 日正月十五

迎逸人兄返乡

去年春日赴申城，今遇花朝返故庭。
阅尽繁华身是客，人间最美数乡情。

2017 年 3 月 19 日

雨水逢雪三首

一

雨水时节雪雾扬，复苏大地换银装。
风调雨顺祈祥瑞，五谷丰登喜乐长。

二

鹅毛大雪罩龙沙，疑似天公撒玉华。
日照冰融天渐暖，春风化雨种桑麻。

三

素玉翩翩雨水天，银蛇蜡像两缠绵。
寻梅踏雪新奇景，倩影清纯留此间。

2017 年 2 月 21 日

水仙三首

一

天生丽质待春来，金盏银台誉雅斋。
巧女倾心精养育，情魂相近释芳怀。

二

妹家清舍绽香兰，静美芬芳紫气含。
不与百花争锦绣，云台素影俏春帘。

三

翡翠素衣玉蕊黄，花中仙子雅名扬。

身居浅水根苗壮,金盏生辉呈瑞祥。

2017 年 3 月 5 日

同 窗 相 聚

同窗相聚在"荷塘",半世情深似海洋。
莫道沧桑逐岁月,青春梦里早还乡。

2017 年 4 月 6 日

谷雨见闻三首

春 种

风和日丽艳阳天,万物生发鸟语喧。
旷野唱和春种曲,开犁播下幸福田。

晚 春

南国花绽尽芳菲,北坞青枝展翠微。
莫怨迟来春日暖,樱红李素映朝晖。

邻家樱桃树

邻家樱树沐阳开,花满枝头紫气来。
嫩蕊娇娇盈蜜露,蜂蝶恋恋喜心怀。

2017 年 4 月 20 日

贺泰来诗词微信群成立三首

一

雨霁初晴百草鲜，樱桃累累坠枝弯。

欣闻故里传诗话，不愧初心泪染衫。

二

回眸往事泪潸然，转辗淮安觅锦篇。

只愿诗乡增秀色，更求新韵永相传。

三

喜见诗乡百业兴，文人墨客总相荣。

心齐必得擎天志，广纳贤才事竟成。

2017 年 6 月 17 日

赞泰湖荷花三首

一

东湖美景数荷塘，菡萏花开映日光。

苇草相依拂嫩蕊，如帛似玉绽芬芳。

二

一湖碧水映花红，绿伞高擎雨露凝。

疑似凌波仙子到，蜻蜓吻蕾野鸭鸣。

三

银光漫撒罩池塘，百态千姿隐素妆。

唯有蛙鸣添夜曲,清风抖落满湖香。

阿拉新之行三首

一

初伏酷暑汗淋淋,结伴而行旧梦寻。
莫笑七旬人未老,青春印记驻心魂。

二

日月穿梭转瞬间,回眸已是五十年。
今朝故里花团锦,巨变乡村换丽颜。

三

万亩田塘稻谷青,村头地角建菌棚。
香菇换来金元宝,精准扶贫见党情。

2017 年 7 月 20 日

七夕随想三首

一

秋风瑟瑟绕云端,喜鹊衔来百草鲜。
织女牛郎彩桥会,双眸对望泪潸然。

二

天河浩瀚厉风寒,王母挥簪设禁园。
试问佳缘何处有? 真情笃爱在人间。

三

七夕神话古今传,未见银河鸟鹊旋。

心 田

情系人间多伉俪，相濡以沫好姻缘。

2017 年 8 月 28 日

赞"八一"大阅兵

一

平畴旷野阅兵忙，壮显神威震四方。
古道军魂如虎跃，万民同慨铸辉煌。

二

九十华诞遣神兵，飒爽英姿好阵容。
剑影刀光凌敌寇，中华锐气满苍穹。

2017 年 8 月 1 日

和平节有感

8 月 15 日，被齐齐哈尔市定为和平节，每年这一天全市放假一天，开展纪念抗日战争胜利等活动。为此写诗三首，以作纪念。

一

又逢八月庆和平，国恨家仇印在胸。
昔日硝烟蒙沃土，今朝国盛绣鹏程。

二

稻菽千顷绿平畴，嫩水悠悠万古流。
勿忘昔年倭寇恨，再铺丝路上层楼。

三

江桥抗战撼青天，倭鬼惊忧胆战寒。

莫忘英魂仆战火,金樽玉酒祭先贤。

2017 年 8 月 15 日

喜迎"十九大"三首

一

秋阳如醉染云霞,万里江山景色佳。
十九欣逢丹桂美,民心同聚爱中华。

二

中华大地起祥云,盛会凝一暖庶心。
试看环球风浪涌,红旗漫卷定乾坤。

三

乾坤浩瀚任腾龙,党建新风四字明。
盛世江山福万众,和谐筑梦永安宁。

2017 年 10 月 4 日

母亲节感怀三首

一

蒲月花红柳色新,平湖落雁觅乡魂。
千山万水儿行远,遥寄石竹谢母恩。

二

柳拂湖水荡春痕,燕子声声恋旧邻。
乖女新衣尊母爱,玫瑰千里醉心魂。

三

世代相传母爱深，倾心奉献苦追寻。
魂牵游子辛酸泪，化作甘霖慰后昆。

2018 年 5 月 13 日

无　题

枯枝叶落又逢秋，几许闲愁惹泪流。
只愿心宽容百恼，春风化雨解千愁。

2018 年 10 月 7 日

窗 外 梧 桐

窗外梧桐入画屏，翩翩叶翅似飞鸿。
金风辗转旋秋意，飒飒如歌唱晚晴。

2018 年 10 月 19 日

营口行——出生地

辽河岸畔觅乡愁，幻景依稀梦里游，
落地生根魂不寐，桃园里苑寄情由。

2018 年 10 月 20 日

随　想

花开叶落各随时，秋尽冬来雪满枝。
漫道枯荷叠素简，虔诚握笔著心痴。

2018 年 11 月 15 日

自驾游二首

一

天高云淡恰出游，阔路轻车满眼秋。
莫笑古稀情致远，日行千里乐悠悠。

二

秋高气爽艳阳天，五彩斑斓绣锦山。
隧道桥梁穿峻岭，崎岖小路变平川。

2018 年 10 月 18 日

重阳节有感

平生酷爱品菊香，馥郁芬芳傲雪霜。
九九重阳花似锦，登高望远俏夕阳。

2018 年 10 月 28 日

心 田

五言律诗（新韵）

为泰州风诗文研讨班而写

元月宾朋至，诗文比酒馨。
泰州文蕴重，故里唱新春。
原创传灵性，群言探古今。
推敲明韵理，锻造铸诗魂。

2016 年 2 月 22 日

赞《泰来文萃》

文萃花集锦，千言笑语盈。
微群酬墨客，巧手采唐风。
平仄切磋苦，诗词韵理明。
笔端凝逸致，翰墨喻豪情。

2016 年 2 月 24 日

春　雪

料峭寒风里，迎春瑞雪飘。
梨花倾素色，桃李尽妖娆。
日丽蓝天阔，地苏紫气高。

升腾除旧貌,福雨育新苗。

2016 年 2 月 25 日

赞泰来文化群

故苑微群里,文人研讨忙。
集思宽视野,众采绎芬芳。
不惧斟酌苦,欣为斧正狂。
新诗调锦瑟,古韵奏华章。

2016 年 2 月 28 日

赞泰来民警吕志双

利剑雄风展,丹心映盾光。
明眸识罪犯,睿智护民乡。
办案堪神速,除凶惠四方。
罪逃十二载,擒获警威扬。

2016 年 3 月 1 日

七言律诗（新韵）

读 诗 有 感

欣闻诗社有新篇，信手拈来网上传。

月影低吟绝妙句，旗亭浅唱醉如仙。

忽听俞瑞瑶琴曲，又见嫦娥广袖旋。

莫道泰湖无卧藕，清风盈袖暗香潜。

2007 年 11 月 13 日

参 加 大 讲 堂

皇城根下英豪聚，金水桥边故友逢。

古柏葱茏迎远客，苍松郁郁会新朋。

童颜鹤发青春驻，绿袂红衣飒爽风。

劲舞高歌说盛世，和谐共建老区情。

2007 年 11 月 23 日

登 天 安 门

紫气东来罩帝宫，炎黄巨帜焕新容。

花繁木秀泽福祉，凤翥龙翔见盛兴。

万象更新昭日月，红旗漫卷舞东风。

和谐社会国昌盛,壮美河山众运增。

2007 年 11 月 22 日

惊 蛰

惊蛰雪霁日初晴,九九骄阳映碧空。
大地复苏萌嫩蕊,江河涌动破残冰。
春雷始震伏虫醒,桃李初开伴鸟鸣。
紫气氤氲温冻土,耕牛摇落满天星。

2016 年 3 月 6 日

为贾艳春剪纸《牡丹》而写

雍容华贵绽芳妍,国色天香傲骨坚。
矢志不移皆赞颂,落红飘逸美名传。
精雕细刻灵犀动,掏剪划刀巧为先。
信手拈来情满坞,倾心绘就艳阳天。

注:掏剪与划刀是剪纸的两种技法。

2016 年 3 月 12 日

贺毛淑华 66 吉辰

六六吉辰呈瑞祥,风华丽质溢芬芳。
情思婉转抒心语,文采飞扬绣锦章。
巧智兰馨铺画卷,清词雅令诉衷肠。
谦恭俊逸春常驻,不染纤尘志更强。

春　分

春分三月浴新阳，寒暑均衡日渐长。
煮酒簪花人喜悦，飞莺吻绿雁成行。
推开窗扇听风语，半掩门扉问柳杨。
万里山川披锦绣，无垠田地备耕忙。

注：古时在春分这天，民间有煮酒、簪花、放风筝的习俗。

2016 年 3 月 20 日

回望 2016

韶光荏苒岁蹉跎，耳顺之时轶事多。
未改初衷寻雅趣，再铺新束写欢歌。
先翻十载心灵语，又阅千篇感悟说。
莫论年华如逝水，欣然命笔绘山河。

词

卜算子·人在旅途

人在旅途中,坎坷知多少。水尽山穷叹晚烟,犬吠鸡鸣晓。布鸟伴君飞,花坞竹林渺。丹桂婆娑送客行,陌路何时了。

2005 年

卜算子·老友相聚

挚友返家乡,寻找昔时路。往事云烟渐远行,净剩真情愫。抬眼看今朝,鹤发童颜驻,莫论经年苦累多,只愿康平度。

2017 年 8 月 6 日

卜算子·咏荷

嫩蕊散清香,绿伞凝珠腫。摇曳多姿妩媚生,碧色随风动。本是水中仙,不把纤尘弄。玉质冰魂自好身,世代皆称颂。

一剪梅·仲夏

细雨连绵雾气浓。菡苕消残,墨草青青。远山遥望鹤飞腾,海阔天空,不见飞踪。雨霁月明送爽风。泥土芬芳,绿蜡浓浓。青竹摇曳影稀疏,漫撒

银光,蟋蟀轻鸣。

2005 年 7 月

醉花阴·九月

荏苒时光如流水,又是秋一度。今日又重阳,松墨菊黄,把酒登高处。
新朋故友真情诉,尽叹人生悟。满目阅秋光,莺鸟轻鸣,情在云深处。

2005 年 9 月

渔歌子·秋

海阔鱼飞巨浪翻,天高莺舞密云旋。风北至,雁南迁,秋风萧瑟换人间。

2006 年 10 月 18 日

忆王孙·游菖蒲河公园有感

依依垂柳沐黄昏,古柏青松萦绿魂。瘦水清清映紫云。醉游人,步履轻
盈踏雨痕。

2007 年 11 月 28 日

清平乐·赞巾帼

云清日晓,湖上烟缥缈。三月春潮萌嫩草,树蕴桃花蕾饱。彩绸拂动和
风,红裙摆起长虹。气质如兰似玉,才情华茂青葱。

2017 年 3 月 4 日

鹧鸪天·贺泰来诗词协会

万顷河田稻谷香,轻舟嫩水泛银光。千年古韵流传远,一缕新风美誉长。十二载,赞家乡,齐军①石玉②勇担当。重拾旧梦潜心智,众力杨帆又启航。

注:①齐军,作协主席李齐军。②石玉,诗协主席栾石玉。

2016 年 11 月 28 日

鹧鸪天·读习近平讲话有感

两会强音阵势弘,中国气派撼长空。五湖四海齐鸣乐,万水千山共峥嵘。谈理想,倡文明,精神指引赞英雄。肩担使命心怀远,情系人民唱大风。

2016 年 12 月 2 日

鹧鸪天·赞泰来书画院年会

书画之乡底蕴深,传承薪火历艰辛。十年一剑精磨砺,万紫千红满苑春。描理想,绘乾坤,呕心沥血苦追寻。堪摘硕果枝头满,笑看花开慰梦魂。

2017 年 2 月 12 日

鹧鸪天·"三八"节感怀

三月和风唤丽颜,女媛节庆唱新篇。如兰气质心怀远,似玉才华眼界宽。凭巧智,释淑贤,巾帼豪气慰轩辕。温柔典雅一身负,笑与鲲鹏试比肩。

2017 年 3 月 8 日

鹧鸪天·巧遇老友

赴宴欣逢旧友朋，多年未见喜相迎。一别卅载无音信，偶遇千言道细情。谈过往，诉心声，金樽频举泪朦胧。人生难得相知己，老酒新丰回味浓。

2017 年 2 月 14 日

鹧鸪天·贺齐齐哈尔诗协成立三十周年

塞外名城美誉长，百年花苑阅沧桑。盈盈嫩水凭鱼跃，浩浩晴空任鸟翔。承古韵，赋新章。诗情画意绽芬芳。倾心卅载犹无悔，妙语箴言颂鹤乡。

2017 年 11 月 30 日

鹧鸪天·学习十九大文件有感

盛会空前震宇寰，全球瞩目史为先。民生大计人心暖，路带蓝图众志坚。描愿景，谱新篇。中国特色启征帆。和谐构建复兴梦，华夏腾飞福祉安。

2017 年 12 月 1 日

鹧鸪天·为王丽伟、代福臣夫妇去海南而写

雁阵南飞九月间，乡关远望泪潸然。江南水暖花千树，塞北风凉月寂寒。思挚友，念前缘。黄昏灯下阅微篇。清茶绿蚁遥相祝，孟夏樱红再聚欢。

2017 年 12 月 4 日

鹧鸪天·大庆之行

七月葱茏草木深，同窗相聚旧情真。东行湿地观栖鸟，西绕油城阅锦文。心震撼，泪沾襟，铁人创业献忠魂。初心不改承宏愿，锻造新程越古今。

2018 年 7 月 12 日

鹧鸪天·赞宁姜乡古树节

古木参天瑞气腾，百年上善洛神通。枝繁叶茂调风雨，灾祸年荒佑众生。逐日月，伴辰星，功名久誉亦无声。今朝把酒黄花醉，鼓乐铿锵唱太平。

2018 年 7 月 16 日

新诗

风　铃

粉红色的风铃/挂在窗前/随着风儿/轻轻地旋转

丁丁冬冬/丁丁冬冬/清脆的声响一串串

悦耳的铃声/随风飘荡/带去我的祝福/带去我的思念

远方的朋友/你可听见/当夜幕降临/晚风是它的伙伴

像玉与玉的相碰/像琴与弦的相恋/哦/我明白了

它在向我倾诉/朋友们的美好心愿

2006 年 10 月 18 日

旅　途

踉跄地走来/穿过岁月的峡谷/幸运的我/登上了山的顶峰

太阳已经西斜/绮丽的云霞/把山脊染红/采一叶丹枫/吻一束菊藤

揽白云入怀/闻初秋的清风/感叹世界的博大精深

赞美大自然的魅力无穷/支一顶帐篷/明朝看红日升腾

2006 年 10 月 18 日

我心飞翔

——送给三位文友(麦子、织雨儿、野文)

我的心长了翅膀/自由自在的徜徉

云儿与我为伴/风儿托着我飞翔/我将飞去何方

先去瀛洲看麦子的青翠/再去古长安沐浴春雨的清爽

还要去美丽的鹤乡/再握北大荒旷野的苍茫

我掠过三山五岳/鸟瞰祖国大地的广袤/我飞跃黄河长江

领略壮美河山的辉煌/山美水美人更美/我心欢畅思绪飞扬

我感叹文字的魅力/我惊羡网络的宽广/轻轻弹动指尖

便闻到了江西老区麦子的清香/她温柔美丽/聪慧睿智落落大方

我为她的文字而陶醉/我为她的热情而欣狂

大雁塔下古道旁/我看雨丝飘洒/织出彩虹挂在天上

清新隽永的话语/凝聚着对生命抗争的智慧和力量/不屈不挠的追求

让生命处处闪光/我被震撼了/青春的生命如此绚丽辉煌

在富饶广阔的北疆/有一双倔强的臂膀/他双脚踏着坚实的土地

用汗水和力量拼写着普通人生活的乐章/虽然生活的担子沉重

梦是他幸福生活的故乡/用凝练的文字诉说着真诚/用热忱的心期盼着
美好时光

我与她们(他们)未曾谋面/却一见如故情深谊长/感谢网络

打开了我心灵的一扇窗/融入了轻柔的风/滋润着禁锢的胸膛

与年轻的心相通/干涸的心渠酿出甜美的琼浆

云儿在我耳边呢喃/诉说着远方朋友的情谊/风儿与我携手同舞

传递着美好的畅想/我心飞翔/去那魂牵梦绕的地方

2007 年 4 月 6 日

我 多 想

我多想/多想歪在柔软的床上/睡到日落西山/静静的没有一点声响

我多想/多想悠闲地坐在摇椅上

看夕阳染就的绚丽霞光/让心儿随着云儿飘荡

我多想/多想躺在草地上数天上的星

任凭露珠打湿我的头发和衣裳/与草儿一同迎接初升的朝阳

我多想/多想思绪随着时光倒转

心田

回味年轻时不羁的畅想/跳动的心永远属于不老的胸膛

我多想/多想静下心来做自己喜欢的事情

没有任何的禁锢和阻挡/驾驭属于自己的时光

我多想/多想打开一本书

去咀嚼文字间的人生百味/与主人公同喜同忧如痴如醉如狂

我多想/多想敞开心扉直抒胸臆

毫无隐晦地倾诉衷肠/用坚实的脚步去寻觅隽永的诗行

我多想/多想举杯邀月痛饮琼浆

"起舞弄清影"醉卧牡丹旁/也许梦才是我幸福的天堂

2007 年 10 月 27 日

累　了

累了/靠着你宽阔的肩膀/就进入了梦乡/烦恼忧愁如云烟散尽

累了/牵着你有力的大手/走下崎岖的山冈/披上你递过的衣裳

累了/凭栏远眺/看斜阳/心情融进了玫瑰色的霞光

累了/在林荫小路上漫步/看落叶黄花/秋的影子把我拉长

累了/擎一杯清茶独饮/阵阵幽香透出苦涩/如人生四季般的绵长

累了/听琴声悠扬/思绪随着音符流动/脑海里跳跃着儿时的影像

累了/打开尘封的日记/幼稚的文字里/记载着青春的梦想

累了/步履蹒跚/在回忆中行走/却抓不住逝去的时光

累了/什么都不再想/只希望你扶着我的肩/相依相偎看夕阳

2007 年 11 月 4 日

珍 惜 友 谊

像一颗颗珍珠/洒落在我人生的路上/我小心地拾起/把它珍藏

轻轻地一声你好/温暖了我的心/亲切地一句祝福/驱散了内心的孤独

一路走来/我肩头的袋子越来越沉/那是充满关爱的友谊啊

我麻木的心热了起来/我禁锢的思绪活了起来/我有了微笑
发自心底的/最真实的/最灿烂的微笑

我知道/友谊的珍贵/它不需要过多的表达/它不需要刻意的雕饰
一个友善的眼神/一个发自内心的祝福/一个共同的志向
一句关心的话语/便把心灵沟通/友谊——纯真、厚重、久远
友谊是人的情感中/最珍贵的情愫/我把友谊的珍珠/穿成无数个项链
送给亲爱的朋友/让友谊的光芒/象璀璨的星星/闪烁在朋友的心间
我收获友谊/我快乐、充实/我珍藏友谊/我富有、幸福
我播种友谊/我拥有最真诚的朋友

2007 年 12 月 4 月

雪 思

终于盼来了你/披着洁白的羽衣/魔术般把大地覆盖
飞扬的尘沙/枯败的叶子/还有烦躁的心绪
都被你的圣洁震撼/轻轻地不敢落下脚步/怕伤了你娇嫩的羽翼
你从天宇飞来/带着太空的灵气/我想伸出双手与你相握
又怕融化了你美丽的身躯/我默默地欣赏你/那超凡脱俗的美丽
你是浓缩的甘露/给冬麦盖上温暖的衣被
你是冬的精灵/把广袤的大地装扮得分外俏丽
你从天宇飞来/带来春的消息/轻盈地在天地间跳舞
如花、如蝶、如絮/当万物复苏的时节/你悄然地融化
灵魂在白云中升腾/血液融汇于大地
默默地与风为伴/给世界一片新绿

2008 年 3 月 12 日

心是一片海

心是一片海/任凭风儿掀起巨浪/也任凭风儿抚慰平静的海面

心是一片海/承载着无数的船只/也承载着轻风和明月

心是一片海/包容着蓝天的倒影/也包容着生灵的繁衍

心是一片海/蕴藏着美丽而神秘的海底世界/也蕴藏着搁浅的船只和残损的珍宝

心是一片海/装满了喜悦/也装满了苦涩

心是一片海/在包容一切的同时/也包容了自己

2010 年 3 月 1 日

故 乡

踏上这片土地/那种亲切让我感到踏实

泥土的芬芳/陶醉了我的心/这里有我的足迹

跨过弯曲的嫩江/那种熟悉让我感到轻松

奔流不息的江水/流入我的心田/这里有我的心愿

拥抱笔直的白杨/那种感觉让我心动

浓郁的绿荫/给我遮挡烈日/这里有我的爱情

徜徉在泰湖边/那种幽静让我倾倒

茂密的芦苇荡/让我品味清宁/这里有我的甜梦

走过大街小巷/那种曾经让我怀旧

依稀的记忆/带我回到童年/这里有我的憧憬

看着熟悉的面孔/那种情结让我感动

热情的话语/温暖着我潮湿的心/这里有我至爱的亲朋

说起昔日的话题/那种情愫让我动容

酸涩的汗水/浸泡我执着的追求/这里有我辛勤的耕耘

故乡/故乡啊/你让我魂牵梦萦/多少次泪水串成了珠链

挂在你宽阔的前胸/多少次呼唤你的名字/在睡梦中惊醒

多少次重新扑入你的怀抱/体味那份难得的安宁

多少次把你回想/重温昔日甜美的梦

多少次拿起笔/描绘你丰盈的面容/饶恕我这个不孝的子孙吧

虽然离开了养育我的故乡/永远忘不了故乡情/我眺望南方的蓝天

每天都为你祈祷/祝福你昌盛繁荣

我拜托南去的清风/送去我的心意/祝福父老乡亲安乐康宁

不论春夏还是秋冬/难忘你半个世纪的风情

不论白昼还是黑夜/眷恋你鱼米之乡的恩宠

故乡啊/故乡/爱你终生/爱你终生！

2010 年 3 月 15 日

<h2 align="center">醉　　了</h2>

醉了/在回乡的路上/那熟悉的乡村/挺立的白杨/还有满眼的鹅黄

醉了/在乡间的小径上/平坦的村村通/覆盖了往日的泥浆/还有那诱人的稻花香

醉了/在美丽的泰湖边上/湖中的蒲草菡苕/鸟儿尽情飞翔/还有那摇曳的芦苇荡

醉了/在那美丽整洁的小城/蕴含着文化的厚重/民风的纯朴/还有那迤逦的风光

醉了/在朋友相聚的日子里/斟满盛情的酒杯/把乡情荡漾/还有那抹不掉的情长

醉了/我真的醉了/醉我的不是酒/是真诚的友谊和浓郁的乡情

是我对家乡和亲人朋友的眷恋/是熟悉的乡音/是黑土地的芬芳

醉了/醉了/醉卧在养育我的土地上/犹如母亲的胸膛/我醉得是那么酣畅

2010 年 8 月 9 日

冬 日 感 怀

风儿渐吹渐凉/草儿瑟缩在风中/树枝干枯地摇晃/冷风浸入我的衣袂

一个寒颤/心儿紧缩着/一身冰凉/黄叶飘摇着/已是满地的忧伤

曾记得/那春风把草儿染绿/天地之间是生命的张扬

那夏日火热的太阳/唤醒了百花齐放/那秋日登高远眺/金色原野一片菊香

这寒冷的冬日啊/早已把温暖收藏/是孕育春天的到来/还是冷静思考昔日的彷徨

孤寂的时候/心比冬日的风还凉/在倒转的时空里/回味那温暖的时光

这漫漫长夜啊/再长一些吧/梦境中的酒正喝得酣畅

梦呓呢喃中悄悄地说/我爱你/家乡/家乡/家乡

2010 年 11 月 15 日

情 满 四 季

遥看草色在天边泛绿/近拂柳枝一抹鹅黄/我便是那微风/携雨而至

催开你窗前淡紫色的丁香/那是我的心语/有你的陪伴/我心不慌

玉轮照映一弯池水/风乍起/吹起涟漪/珠染霓裳

轻轻摇曳/低吟浅唱/我就是那菡萏仙子/守候着皎洁月光/听你琴声悠扬

把酒临风/赏黄花于旷野/沐金风/迎晓日/纵目远眺/云淡天高

我便是那潺潺清泉/依偎在你的身旁/听鹤鸣诗意/望雁阵成行

红妆素裹/寥廓天疆/羡青松翠柏/傲雪凌霜

我便是那浮动的暗香/引你踏雪寻梅/相伴相随/印迹成双

2012 年 8 月 22 日

心 河

弯弯曲曲蜿蜒在心头/曲曲弯弯凝岁月成河/潺潺而流/唱着心灵之歌

时而静静地迂回/引来月华入梦/时而一泄成瀑/跌宕在山间沟壑

牧笛声声是童年的欢笑/柳荫深处萌生着青葱的梦幻

无边的田野疯长着理想与誓言/繁杂的日子摆布着忙碌的身影

迷茫中寻找方向/徘徊中苦苦思索

前行的路上如履薄冰/足下一步一个脚窝

平坦是你闲适的河床/沟壑是你历练的跳台

失落是你休憩的港湾/孤独是你静思的依托

生命之水是你的源头/心灵之美是你的碧波

思绪的小溪涓涓流入/岁月的点滴积聚滂沱

顺着时间的河道前行/闯过四季更换的阡陌

探寻心灵深处的呼唤/演绎璀璨的生命之歌

充盈着生活的苦与乐/承载心中的梦

包容酷暑严寒/让心灵之水永不干涸

2014 年 2 月 27 日

秋 日 遐 想

走在铺满落叶的小径上/任凭金色的叶子伏在肩头/贴在我的发髻

轻抚我的面颊/随我款款而行/陪着我在秋日的霞光里徜徉

坐在路旁的长椅上/轻轻闭上眼睛/聆听风儿与叶子窃窃私语

好似在议论春夏的过往/又像在告别/相邀明年再赏春光

俯身拾起一片黄叶/看那清晰的脉络/那是生命的奇迹/是阳光风雨写就的诗行

把它夹在书页里/与我一起阅读时世的沧桑

把祝福写在树叶上/让鸽子衔到远方/带着我的思念和向往/还有感恩与敬仰

一片金叶一片情/在秋日的酣梦里欢唱

心田

落叶是秋的精灵/静静地匍匐在树根旁/是感恩根的哺育
是回馈根的供养/它用酥软的身躯/为大树铺上厚重的棉裳
走在铺满落叶的小径上/任凭风儿把衣袂轻扬/伸手接住飘逸的树叶
轻轻嗅着秋日的清香/携它在蓝天下翩翩起舞/让斑斓的色彩尽染秋光

2016 年 10 月 6 日

乡恋

走过你的窗前/恍如昨日一般/我的旧颜未改/你已换了新妆
窗口/那种温馨的感觉/依然
走进你的小巷/又看见了那把红伞/你窈窕的身姿
在风雨中前行/风起/你稳健娇捷的步履/依然
走上你的石板桥/眺望冰雪覆盖的湖面/成片的苇草
在风中摇曳/雪落/你坚韧的性格/依然
窗前/小巷/湖边/留下我的脚印一串串/投入你的怀抱
我用心吻你的脸颊/眷恋/在我的骨子里/依然

2016 年 12 月 10 日

乡愁

乡愁/是老街的那棵神柳/童年的乐趣/藏在你葳蕤的枝叶中/印在我的心头
乡愁/是东湖岸边的马莲花/少年时的欢愉/怒放在你娇嫩的蕊中/印在我的心头
乡愁/是那一片清灵的湖水/青春的梦想/游弋在芦苇荡的深处/印在我的心头
乡愁/是那飘香的稻谷/跋涉的步履/徘徊在你阡陌交错的田埂/印在我的心头
乡愁/是心中的思念/梦中的呢喃/回响在葱郁的松林间/印在我的心头

2016 年 12 月 12 日

岁 月 如 歌

岁月是无边的沙漠/任你艰难地跋涉/那深深浅浅的脚印/却被流沙埋过

岁月是一条长河/任你斩浪劈波/只有把握前进的航向/才能躲过险滩旋涡

岁月是一座高山/任你攀登陡峭巍峨/只要锲而不舍/就能一览众山景色

岁月是一把刻刀/把我们的棱角镂刻/在磨砺中成长/才能品出生活的苦乐

岁月是一部书/我们是主角也是作者/用心写就不只是坎坷/还有五彩缤纷的生活

岁月是一首歌/歌手是你和我/弹起心中的琴弦/青春的歌声永不落

2016 年 12 月 16 日

爱 在 深 秋

沉甸甸的稻穗金黄/霜染的枫叶丹红/深邃的蓝天高远/洁白的云朵轻悠

秋天就是一个故事/凝重/浪漫/深情/时间穿越四十七年前

一个传说/一段佳话至今依然传诵/七十年代我们正年轻

那是激情燃烧的岁月/广阔天地历练红心/造就了朴实与忠诚

没有豪华的婚车/没有太多的陪嫁/两人自己建造的土坯房/就是爱的见证

那不是浪漫是真诚/那不是荒唐是真情/我们追求的不是金钱/地位/相貌

是一颗朴实笃诚的心灵/一个推车的身影/一句理解继母的话音

就把心与心沟通/善良的心比金子还重

贫穷是一个山岗/翻过去就是坦途/用自己双手创造的是财富

用无私心怀付出的是幸福/走过困窘/走过迷茫/走过千辛万苦

困窘中有梦想/迷茫中有希望/辛勤付出的汗水与心智凝结成做人的品行

近半个世纪的风霜雪雨/近半个世纪的人生征程/循着时代的脉搏奋进

固守一个坚定的信念前行/脚踏实地锲而不舍/付出再多且淡定从容

不计较得失不追慕虚荣/日复一日地去践行

用汗水去耕耘/用智慧去经营/真诚会感动神灵

那神灵是我们的自信/那神灵是我们的宽容/那神灵是我们的互谅

那神灵是我们的共赢/问心无愧就是我们心中的神灵

回眸走过的岁月/穿过荆棘趟过险滩/攀爬崎岖的山顶

闻花香看柳绿桃红/在深秋里唱一首浪漫之歌献给我们的至爱亲朋

感恩你们一路相伴同行/感恩你们一心追随遮雨挡风

秋天是我们的节日/金穗是我们的妆容/蓝天是我们的胸怀

白云是我们的心灵/难忘知青的情谊/更知相偕的贞忠

无怨无悔笑迎朝阳升起/相扶相依喜看彩霞蒸腾

珍惜患难之交的姻缘/珍惜相伴相牵的柔情/珍惜太平盛世的欢乐

珍惜温馨祥和的安宁/把最美的祝福送给亲人/把最诚挚的爱分享给每一位友朋

让深秋之爱更加隽永/让生命之树永远郁郁葱葱

2017 年 10 月 17 日农历八月二十八

红船再扬帆

南湖的船,载着一颗火种,点燃了中国共产党人的希望。

没有压迫,没有外侵,为劳苦大众求解放。一心为民的初心沉甸甸。

南湖的船,承载着历史的重任,亿万人民的重托,在险恶的急流中扬帆起航。

越过多少暗礁,多少风浪,多少腥风血雨,坚韧地向前,向前,勇敢前行!

南湖的船,经历了二十八个春秋,闯过了无数的险滩,

迎来了一轮喷薄而出的朝阳,屹立在世界的东方红光闪闪。

南湖的船,扬起风帆,百舸争流,万帆竞风,江山无限!

新中国的领导核心,指引社会主义的新航程,大步向前,向前,勇敢前行!

南湖的船,风雨兼程,不断调整航标,劈波斩浪,激流勇进。

改革开放的新航程,留下了闪光的足迹一串串。

走出贫穷,走向世界,走向富强,快速向前,向前,坚韧地前行!

南湖的船,闪烁着中国共产党人的智慧与大国风范。

八千四百万党员组成的执政党,冲锋在前。

新时代的号角已吹响,威武的巨轮载着国威、军威与民意,为实现伟大复兴的中国梦,再扬风帆远行!

2018 年 7 月 1 日

附 录

一同走过人生四季的朋友

王丽伟

人的一生有很多朋友,少年时代、青年时代、中年时代、老年时代;读书时的同窗,工作时的同事,闺中的相知密友,退休赋闲在家、一起欢度晚年的老朋友。每一个人在不同时期都会有很多不同的朋友。可我和宫淑琴却是走过人生四季的好朋友,60年来,岁月在流逝,生活在变化,世事在更迭,不管经过多少沧桑,走过多少风雨,我们的友情始终延续,不曾间断。就像茉莉花的香气一样,清香淡淡,悠远绵长;也像大山里潺潺的小溪,清澈透明,涓涓流淌……

我觉得上天对我俩似乎情有独钟,让我们在茫茫人海中,漫漫的人生路上,分分合合的,总是能够联系和牵手。上小学我们是一个班级的同学,三年级时分开了,中学又走到了一个班里。结束了上山下乡的知青生活,宫淑琴分别在商业、妇联工作,我在文化系统的书店工作。本来不对口不相及,可宫淑琴被提拔为主管文卫工作的副县长,成了我的上级。我们人生的线路又走到了一起。60年来,就是在这种分开走近,又分开又走近中,我们变得倾心、相知,建立并发展了我们的友谊,一直到今天。

60年前,我们背着小书包走进了泰来县实验小学,进入了同一个班级。那时同学之间的友谊是共产主义式的,惠及每一个同学,大家在一起学习玩乐,甚至不分男孩女孩。我和宫淑琴是那种蔫蔫的,不太喜欢表现自己,不愿意一起扎堆,不好咋咋呼呼,喜欢自己独处、沉静思考的小女孩。也许是共同的脾气秉性,让我们发现了对方身上,都具有自己喜欢的东西,所以互相之间惺惺相惜,我们友谊的嫩芽就是那时萌发的。那时,我们都是班里很听话的好学生,很少叫老师操心。挂在黑板上方"好好学习、天天向上"就是我们心里最宏伟、远大的目标。决心像老师教导的那样,上小学、升中学、考大学,完成学业后,做一个又红又专的人，为国家、为人民做事，实现自己的人生抱负和理想。

我觉得书也是我们建立友谊的一个纽带，我们同属于那种愿意在书中寻找情感、快乐、理想，有些小资情调的女孩子。

三年级时，宫淑琴去了企业办的小学，五年级我也随着父亲工作调转，转入街基公社中心小学读书，我们就这样分开了。

巧的是1964年，我们从不同的学校，同样以优异的成绩考入了泰来一中，更巧的是我们居然分在同一个班里。

这时宫淑琴已经长成一个亭亭玉立的大女孩，我也长大了，我们再不是当年的丑小丫，都变成了美丽的白天鹅。再次成为同班同学，我俩都很高兴，两个人的性格也都没什么改变，依然还是比较内向，喜欢安静思考，不愿喧嚣热闹。喜欢在课余的时候，一个人安静地阅读自己喜欢的书籍，江山易改，禀性难移嘛。重新成为同学，相处中发现，宫淑琴沉静的性格中，增加了许多坚强和刚毅，她心无旁骛，全身心地投入学习中，非常刻苦努力，成绩在班里面总是名列前茅。我感觉她的心里似乎有一条路，这条路连接着高中、大学、和一个辉煌壮丽、幸福甜蜜的人生，她正执着、努力地沿着这条路前行。因此对她的感觉也更加贴心，还多了几分尊敬。

爱读书依然是我们延续、发展儿时友谊的纽带。我父亲在粮食局工作，粮食工会有很多图书，父亲见我喜欢读书，就借回来给我看，宫淑琴到我家来，看到这么多好书，爱不释手。我们就串换着阅读。那时我们共同读了很多五六十年代的著名小说。如，《红岩》、《烈火金刚》、《野火春风斗古城》、《青春之歌》……两个爱读书的女孩在书的海洋中牵手，在共读中发展着互相之间的友谊。这些书中英雄人物深深刻在了我们的心中，他们的牺牲、奋斗精神，爱国主义的情怀，常常把我们感动得热泪盈眶，影响了我们一生，直到现在。

1966年，轰轰烈烈的"文化大革命"开始了，我们也投入到这次运动中，因为我们年纪小，只是随着高中学生，做一些贴大字报、发传单等小事。那时学校已经停课，学生无课上，整天无所事事，所以我们有更多时间看课外书。我父亲依然给我借小说，我也依然和宫淑琴共读这些书，借书还书，她去我家次数更多了，我们的关系在共同读书中升华。

1968年4月份，我们初中毕业了。后来，响应毛主席知识青年上山下乡的号召，宫淑琴下乡去了大兴阿拉新，我去了大兴安岭达拉滨林业部所属的农场做了农工，这样我们又分开了。

1971—1972年间，我们又先后回到了县城，宫淑琴下乡回城，分在了县里的第三百货商店做了一名营业员,我也调到县新华书店工作,也是一名营业员。

由于宫淑琴个人努力,加上工作出色,逐渐显露出她的领导才干,从第二百货商店副主任的岗位上,调到了县妇联工作。几年后又提拔为县妇联主任,那时我们刚刚人到中年,正是人生最忙碌的阶段,我们聚在一起的时间并不多,偶有同学返乡,或者看望老师,才能聚在一起聊天,回忆同窗的趣事,畅叙学时的友谊。

再后来,宫淑琴又被提拔为主管文教、卫生的副县长,成了我的上级。这时,我感觉我们之间的距离拉的太大了,所以对她敬而远之,见面时有了一份拘谨,多了一些客气。后来由于工作关系,频繁接触,才知道我们之间的距离是我自己在拉大。她虽然职务升迁,当了副县级领导,但仍然谦虚处事,平等待人,把自己摆在适当的位置,从不盛气凌人,趾高气扬。反而更加珍惜同学、同事之间的情谊,更注重创造一个上下和谐的工作环境。她仍然是那个热情率直、安静沉稳、善良本真的宫淑琴。

1994 年,我的工作也发生了变化,刚刚提拔的年青经理,突发疾病去世了,当时我已做了近十年的副经理了。省市书店和县文化局的领导都有意让我接任经理,由于个人和工作的原因,我不想挑这副担子。那时,两个孩子的学习都正处在关键的时刻,爱人在外应酬多,忙于工作,很少顾家;单位虚营实亏,小小的县城书店库存竟达到 80 万元。房屋、取暖设备等,都急需改造,都要花钱。因为宫淑琴是我们主管县长,我们之间又是同学,所以我曾从个人角度和她交流,不想接任这个经理,她虽然也想让我接任,但没强迫我,而且从同学和朋友角度,表示了最大的同情和理解。

由于组织和领导的坚持,我还是挑起了书店经理的担子。而后来的工作,真是一段艰难岁月。在省、市书店、宫淑琴和杜学礼局长支持和帮助下,我们书店逐渐从困境中走了出来,并创造了泰来县新华书店历史上一段辉煌。那时书店的各项工作,省、市店都非常满意,我退休时,书店经营管理在全市名列前茅,并成为省、市出版发行系统的先进单位。营业室也由原来 200 多平方米小平房改造成 600 多平方米的楼房,职工们也住上了自建的居宅楼。我退休十几年了,人们可能已经不记得我曾做过的工作。可我却不能忘记,宫淑琴对书店那段辉煌做的付出和努力,以及我们个人的友谊。

那时候,我身后始终站着两个坚定支持我工作的身影,一个是县主管文化领导,又是同学好友的宫淑琴;一个是主管局长杜学礼。组织和领导的支持关心,帮助我很快打开了工作局面。那段书店的工作,凡有需要宫淑琴指导帮助的,无论多忙,她都精心做出安排,这里面有我们的友谊,也有对事业的共同负责。

20世纪90年代中期,开架售书是新华书店经营方式的历史性转变,现在所有的书店早已采用了这种销售方式了,但当时职工不太理解,甚至有些抵触和担心,害怕读者随意翻看,会造成污损和丢失,影响经济效益,我有一张宫淑琴参加我们开架售书活动的照片,一直珍藏着。

宫淑琴对我们书店改造工程的支持和帮助我至今记忆犹新。书店营业室是始建于20世纪60年代的砖木结构的平房,那时已经难以为继。如果不及时改造,极有可能被挤出这个黄金地段。当时最大的问题是资金。记得宫淑琴、杜学礼、我们三人几次到省图书发行集团汇报工作争取资金。一次,我们从哈尔滨回来,赶到江桥已经是最后一班摆渡,回到县城很晚了。当时通讯不方便,家里以为出事了,乱成了一团。省新华集团被我们的诚心和努力所打动,拨给我们110万元改造资金。现在每当我看见伫立在中央街的新华书店的楼房,心里就充满自豪,也想起宫淑琴、杜学礼帮我们争取资金的往事。这次改造给书店以后几十年的发展奠定了基础。保住了书店所在的黄金地段,增加了营业面积,现在书店除了自营面积以外,每年出租房屋都有一笔可观的收入。

后来宫淑琴的工作有了变动,老局长杜学礼也退居二线。我们书店也归到省、市管理。老局长似乎对我在书店的工作非常满意,常常挂在嘴边,向人谈起。我知道,那时书店确实是历史上的最好时期。这个最好是凝结着宫淑琴、杜学礼的心血和努力,我们分别从不同的方面做出了自己的贡献。可以说我们对得起职工,对得起书店,对得起组织,无愧于良心。和谐的工作往往能够建立、加深友谊,我和宫淑琴的同学情谊在这段时间也更加深厚浓烈,倾心相和。杜学礼、宫淑琴、我们三人之间的工作友谊也建立和发展了。两种友谊融合在一起,发展升华,相互变得倾心、相知。那段岁月虽已过去了,但我们常常抽出时间在一起小聚,但这已经完全是友谊的继续,有时一聊就是几个小时,或是一起回忆开创书店工作的艰辛,或是天南地北、古今中外、工作的喜悦和烦恼,或是聊家里的老人和孩子,没有主题,随意随便,真诚而轻松。但是彼此都感觉到,心里有一种共同奋斗,并肩走过一段艰难道路的战友情感。

2006年,我退休后在上海居住的时间较多,不常回泰来。这时宫淑琴已是县政协主席,后又调市政协工作。那时的通信远没有现在方便,时间长了我们互相又没有了消息。一次我回泰来,偶遇杜学礼局长,他说宫淑琴曾嘱咐过他:"一旦看见我,立即通知她,"当她得知我已回泰来,马上从齐市赶到县里,我们又在一起聚会了几次。我被宫淑琴这种珍视友谊的浓浓的深情所感动,人间自有真情在。

现在我们都退休了,过着安逸幸福,恬淡平静的生活,宫淑琴依然做着她喜欢的事情——读书,写字。她在县作协担任名誉主席,仍然为歌颂家乡,宣传家乡,为家乡的建设和发展尽一分力量。每当我看到她的诗词、文章等作品后,总被她几十年笔耕不辍坚持所感动。也不免联想到学生时代那个喜欢读书、热爱写作、善于学习的宫淑琴。

每次见面,她都鼓励我,过去我们都喜欢写点东西,退休赋闲在家,试着用文字把自己的人生经历、工作生活写出来,可以锻炼脑力、愉悦精神、回味人生、健康身体,很有意义。在她的影响和一再鼓励下,我试着拿起笔来,以美篇的形式,抒发了我对家乡、母校、同学、朋友的怀念和赞美,歌颂家乡改革发展的新容新貌。成篇之后,她是我的第一个读者,总是充分肯定和赞扬这些青涩的文字,并放到互联网朋友圈传播,从而使我渐渐的找回了拿笔写字的信心。支持难忘,友谊珍贵。

2017 年 3 月份,在宫淑琴的组织下,我们初中同学建立了微信群,她主动担任群主,为同学们服务。建群后,分别五十年没有联系的同学,重新建立起联系,再次走到了一起。在微群中,同学互相交流,相互问候,传递着毕业 50 年来的思念和友情。今年 4 月份、6 月份、8 月份,我班已圆满的组织了四次同学会,每次聚会她都经心的组织安排,给同学友情发展写下浓艳的一笔。

60 年光阴,60 年风雨。我和宫淑琴始于天真烂漫童年的友情,走过了人生的四季,依然在延续着。这友情像茉莉花一样洁白如玉,清纯淡雅;像出水芙蓉一样冰清玉洁,善良本真。随着岁月的增长,愈加浓郁淳厚,更显弥足珍贵。我很高兴能够结交宫淑琴这位朋友。感谢友谊给我们带来的感动和慰藉;感谢友谊让我们得到真情和美好;感谢友谊让我们共同渡过风雨岁月;感谢友谊给我们传递的善良和本真。

2017 年 6 月 21 日

有感老同学出书

——写在宫淑琴文集《心田》付梓前

迟培恒

前些时,我回泰来,作协李齐军主席和我说,我的老同学、老知青、原县政协

心 田

主席宫淑琴的文集《心田》就要出版了。李主席说："宫主席这本书后边有个附录，都是作协文友写的一些东西。你和宫主席是同学、知青，对她了解比较多，你要写肯定是能够更准确、更深刻一些，再说宫主席出书，你还不得表达一下祝贺的意思吗？"我一想也对。于是，一番思索后，动笔写下这篇文字。

要说对宫淑琴最早的了解，那还是五十多年前的事了。小学五年级时我俩一个班，还曾一个桌，那时她的作文就非常好，经常作为同年组的范文传阅。我初中的时候，按学区分配我进入二中，她上的是一中。可巧的是，1968 年我们这些老三届初、高中学生上山下乡，由于都是商业职工子弟，我们又都到了同一个青年点——大兴公社阿拉新大队知青点，开始了插队知青的农民生活。

"文革"大学停办，宫淑琴上大学的梦想没有实现，但她始终把学习提高自己放在首位，参加工作后，尽管工作、家庭都要牵扯她的精力，可她还是克服着极大的困难，又是上电大，又是参加补习班，不断地为自己充电。功夫不负有心人，随着她水平素质的不断提高，逐渐崭露头角，终于被组织和领导发现，并重点培养和重用。由一名普通营业员到任商店副主任、县妇联主席、副县长、人大常委会副主任直至县政协主席。成为泰来县有史以来很少有的本土正县级女领导，而且口碑非常好。我真心敬佩，同时又引以为骄傲和自豪。

宫淑琴是我的"老领导"。缘由是我在县政府办公室工作时，宫淑琴任主管文教卫生工作的副县长。后来在她时任县政协主席时，我被聘为县政协委员，并连续三届。那时政协工作在她的带领下开展的非常好，我也在参加政协活动中受益匪浅，得到了锻炼和提高。

宫淑琴不仅工作上优秀，在家也是贤妻良母。无论娘家、婆家的父母和兄弟姐妹，她都一视同仁，每有困难都伸手帮助，极尽女儿、儿媳、姐姐、嫂子之责。于是甜美的小家庭在勤劳能干的姜立金与宫淑琴携手奋进，共同努力下，日子过得红红火火。更让我尊敬的是，他俩几十年来，始终是我们阿拉新老知青的"大哥大"和"大姐大"，凡有外地回来的知青朋友，他们都张罗在前头，把大家聚到一起。1988 年的下乡 20 周年和 2008 年的 40 周年聚会，都是他俩挑的头。大聚会活动搞得非常好，我们既回忆了那个激情燃烧的岁月，又增进了彼此的感情。几十年来，这些老知青把彼此都当作亲兄弟姐妹，互相帮助，互相支持，谁有困难大家都会伸出友谊之手，给予温暖和关爱，非常团结和睦，别人都很羡慕。这一切都包含着他们夫妻为搞好这些活动所付出的心血和努力。体现了他俩对我们老知青兄弟姐妹的深情厚谊，也体现了他俩在我们这些人中的向心力和凝聚力。

泰来县历史悠久，文化底蕴十分丰厚，尤其是书法绘画，既有打底奠基的先贤，又有创造辉煌的名家。80年代初，我县就被誉为"书画之乡"。为了传承泰来的光荣历史，霍忠先生和万家宾先生等一直在积极呼吁成立泰来县书画院，以期把泰来这些书画爱好者组织起来，共同努力，发扬光大书画之乡美誉。但由于种种原因，没能实现。直到2000年在宫淑琴的帮助下，才组织成立了"泰来书画院"。由于宫淑琴的鼎力支持，书画院一步一步地走了过来，队伍逐步扩大，成绩和影响也越来越大。宫淑琴带领我们南下山东、北京、昌图、铁岭，北到齐市、富裕等地参观、学习、交流，支持帮助我们开展各种形式的书画活动。成立书画院时我们聘她为泰来书画院名誉院长。可她比我们这些院长、副院长操的心、出的力还要多，真的让人感动。

后来又是在宫淑琴的倡导和支持下，泰来县诗词爱好者们成立了泰来县诗词协会，并且发展迅速。几年的工夫，就被评为"国家诗词之乡"，为泰来争得了荣誉。

2012年，李齐军与田友、德江我们三人说，他要成立作家协会。于是在大家的支持下，作家协会步履蹒跚地走起来了。五年多的时间就取得了一系列骄人的成绩，如今已是风生水起。在作协的发展过程中，已经调离泰来并退休了的宫淑琴同样表现出极大的热情，不仅应聘担当了作协的名誉主席，还积极写作撰稿，经常开车特地回来参加作协的重要活动，在培训班上为大家讲课，传授写作知识、经验和体会。姜立金出于对作协弟兄们和这项事业的感情，主动充当她的专职司机和保镖，起早贪黑的往返于泰来和齐市之间。有时看到作协驻会同志们很辛苦，他们夫妇还宴请大家；听说作协的人到齐市办事，就在齐市设宴招待，真有长者的风范，亲人的热诚，可谓感人至深。发现谁的思想情绪有纠结了，宫淑琴还像亲人般的给予安慰、劝导，极力维护作协的团结和谐，维护这个群体和这项事业。

关于她的出书，几年前，我们就动员鼓励她，可她总是谦虚低调说自己写得不好，不想出。田友主任、李齐军主席我们一再和她商量，既然你酷爱文字，半辈子笔耕不辍写了那么多好文章、好诗词，为什么不把它编辑成册，做个纪念呢？还能对大家有个好的影响和带动，怎么能不出呢？

在大家的一再要求鼓励下，特别是温明远老师一再劝说，她终于同意了。初稿很多，她是一砍再砍，一再压缩，形成了这本文集。

和宫淑琴成为同学和知青，我是荣幸的；和他们夫妻真诚相处一辈子，我觉得我是幸福的。我的感受是交到了好人，读到了好文，经常有好事，一定有好运。那就让我们在那海量的文学、思想、情感的《心田》里分享宫淑琴送给我们的文化

2018 年 5 月 10 日于哈尔滨

诗 友 赠 诗

贺宫大姐文集付梓

田 友

拜读大作润心田，回首相识感叹添。

政府运筹同历练，文坛伏枥助云帆。

素笺驰墨情怀付，码字集书夙梦圆。

妙语琼词呈祝贺，丹青画卷壮家山。

2018 年 6 月 13 日

贺宫大姐《心田》付梓

王德江

捉管躬耕意志坚，经纶满腹写流年。

几番梳理已成器，毕世植耘自有田。

书画复兴扶小树，诗词承继辟新天。

辞章喜向今朝看，笔底风华凝碧澜。

2018 年 5 月 22 日

读宫主席《心田》有感

栾石玉

椽笔神飞不计年，清纯过往忆从前。

青春无悔时光跃，故事延情海角传。

书卷留香殷岁月，芳华筑梦润心田。

洋洋数万玫瑰句，朵朵花开只为缘。

贺宫大姐诗文集付梓奉题

毛淑华

曾荒曾政复从文,解甲而今又建勋。
施墨皆出春雪志,行文尽注晚情心。
岁无憾在堪为美,日有痕留可谓勤。
集作华章成是卷,丹青妙笔馥氤氲。

2018 年 9 月 16 日

校对宫淑琴大姐书稿有感

杨 桐

笔耕不辍赋诗篇,恰似珍珠落玉盘。
游记飘然纯净美,散文欲醉锦霞言。
青山绿水抒情愫,雅韵冰心叙世缘。
尚有几多聪慧女,激扬文字胜儿男。

2018 年 5 月 21 日

读宫淑琴书稿有感

张青山

满腹经纶不显扬,躬耕不辍著华章。
敲盘运笔才情溢,感记春秋话梓桑。

2018 年 4 月 6 日

读宫淑琴大姐文稿感怀

滕剑锋

通篇文稿总关情,字里行间韵味浓。
倾酒抒怀陈旧事,醇香厚重醉人生。

2018 年 3 月 24 日

贺宫大姐书付梓

李建国

一身才气伴书香，妙笔生花著彩章。
三昧笺言多逸韵，丹铅付梓寄情长。

2018 年 5 月 22 日

后　记

　　我的文集终于付梓出版了。首先要感谢温明远老师。早在 2016 年夏天，温老师回泰来指导县作协工作，就建议我把写在博客的日志结集出版。当时，我并没有这个想法，也没太在意。温老师回哈尔滨之后，给我发来一条微信，专门谈关于我出书的事情，我很感动。

　　出书我确实有很多顾虑。一是这些文字很肤浅，是我从 2005 年以来写在论坛、QQ 空间和博客里的心情日志。二是这些文字比较随意，没有精雕细刻，只是个人心路历程的记录和个人情感的自然流露。三是这些文字比较零散、琐碎，成不了大文章，不宜结集出版。

　　然而温老师几次督促，让我也有了些认识。于是我便从 2016 年年末开始，试着整理这些文字，没想到竟然写了 70 万字。因没有整理书稿的经验，便按照时间顺序一一整理出来，也没有分类，发给了作协和温老师。温老师看过文稿后，给我列出分类的具体要求。我又按照文章体裁重新整理，然后发给县作协，由作协的几位同事们帮着校对。这洋洋万言真是特别的冗长，让作协各位十分辛苦地校对出来。在我进一步修改时才发现这些文字太啰嗦，有好多近似的内容。便下决心，大刀阔斧地删减一番，反复修改后达到现在的文稿。

　　这些文字真实记录了我工作、生活的足迹以及十几年来的心路历程。有失意的痛苦，有离开岗位的落寞，有亲情、友情的关爱，有乡情的温馨。有些文字是含着眼泪写出来的，有的文字是发自肺腑的感恩。虽然有好多描写季节、花草、梦境的文字，那是我心灵之光的折射。不想把太多的苦涩宣泄给他人，只有对生活的挚爱，对亲人、友人的挚爱，对关心我，帮助我的人的感激。

　　文字是心灵的写照，文字是抒发情感的载体，文字是沟通心灵的媒介。但愿这些文字能给亲人、朋友带来一丝温暖和关爱。

心 田

文学是我儿时的爱好，是我大半生孜孜不倦的追求，也是潜藏在内心深处的梦想。然而，只因文学功底浅薄，视野有限，写出的文字比较粗糙、肤浅。但是，它是真情实感的结集。即便是一个丑小鸭，也要在蓝天下寻找自己的天地，享受属于自己的那份快乐和美好。

感谢县作协的李齐军主席、杨桐、张青山、尚铁群、徐国强副主席及李建国、滕剑锋主任。感谢你们一字一句地校对，认真地提出修改意见和建议。《心田》这部书有你们的心血、汗水和智慧。感谢为此书题字的迟培恒同学和为此书撰文的王丽伟同学。同时要感谢泰来县作协名誉主席田友、作协顾问王德江、县诗词协会主席栾石玉、副主席毛淑华为我馈赠诗词。还要感谢那些关注我、支持我、督促我出书的朋友们！

在此特别感谢黑龙江人民出版社副社长李梅老师及夏晓平老师的支持和帮助，使这部书顺利出版。

再次感谢温明远老师的鼎力支持，并为本书写序。

尤其感谢我的老伴儿姜立金和孩子们给予我的理解、关爱以及在出书费用上的全力支持。

《心田》载着我满怀的激情问世了，她是我 13 载的心血和情感，是精心雕刻的一个礼物，送给亲人和朋友，也送给我最依恋的故乡——泰来。

作 者
2018 年 9 月 10 日